新編乾隆御製文物鑒賞詩

上

石光明　主编

國家圖書館出版社

圖書在版編目（CIP）數據

新編乾隆御製文物鑒賞詩／石光明主編.—北京：國家圖書館出版社，2014.8

ISBN 978-7-5013-5153-4

Ⅰ.①新… Ⅱ.①石… Ⅲ.①古典詩歌—詩集—中國—清代 Ⅳ.①I222.749

中國版本圖書館CIP數據核字（2013）第189331號

書　　名　新編乾隆御製文物鑒賞詩

編　　者　石光明　主編
責任編輯　王燕來

出　　版　國家圖書館出版社（100034 北京市西城區文津街7號）
　　　　　（原書目文獻出版社　北京圖書館出版社）
發　　行　（010）66139745,66175620,66126153
　　　　　66174391（傳真），66126156（門市部）
E-mail　cbs@nlc.gov.cn（郵購）
Website　www.nlcpress.com→投稿中心
經　　銷　新華書店
印　　裝　北京聯興盛業印刷有限公司
版　　次　2014年8月第1版　2014年8月第1次印刷

開　　本　787×1092毫米　1/16
印　　張　60
印　　數　500

書　　號　ISBN 978-7-5013-5153-4
定　　價　980.00圓（上下册）

開戶敵莫止晉唐宋元法彙合泯彙合跡益
奇已奇已却復出平易按之可辨止與起由
來不以技爲用是謂能以神爲體見者盡當
退三舍却命桂也試倣擬初猶難之戒自畫
誨以勉强學問理數月間斯卷亦成步兵中
郎或類此凡物無不可造就題辭因悟棫樸
旨

展子虔遊春圖
柳暗花明霽景靄如茵陌上草萋萋王孫底
識春遊倦賸得宣和六字題
軟勒平堤試驌驦晴絲罥柳柳絲長湖光山
色天然句不用奚童負錦囊

再題展子虔遊春圖用卷後題者韻
水隨筆底生波瀾意著花叢芳未闌伊人妙
解寓法外豔裔韶光正好看韶光祇以物情
媚更值景明與風細遊人各盡憑賞豪小步
亦驕錦韉被錦韉繡遥盤差參開唐畫祖誠
無慙出函垦盎鑒聖湖匡略頗相似起予興在巡

處不必置然疑是幅多經裝裱名已裁去然玩其精神筆墨非馬遠不辦的係眞蹟

馬遠歲寒三友圖

擷朵鋪枝雪未消一般寒意各飄蕭竹梅解道同爲友可任孤松獨後凋

馬遠探梅圖

倚梅冒雪立多時揀擇南枝與北枝體槊奚僮寒不耐意中若謂此何爲

馬遠尋梅圖

不有貞元氣安知天地心斯能消息報溪畔一相尋

題馬遠四皓圖

遯跡商顏一例清不夷齊實弟和兄如何對奕長松下勝負居然有鬬爭

題馬遠四皓圖

肥遯商顏物外遊出山畫筴自留侯司勳卓識空千古不擬安劉擬滅劉卷中題者數十人率元明間名賢其論四皓類以避秦安漢爲骨識力無能出杜牧右因題是詩爲之拈出容謂詠古者

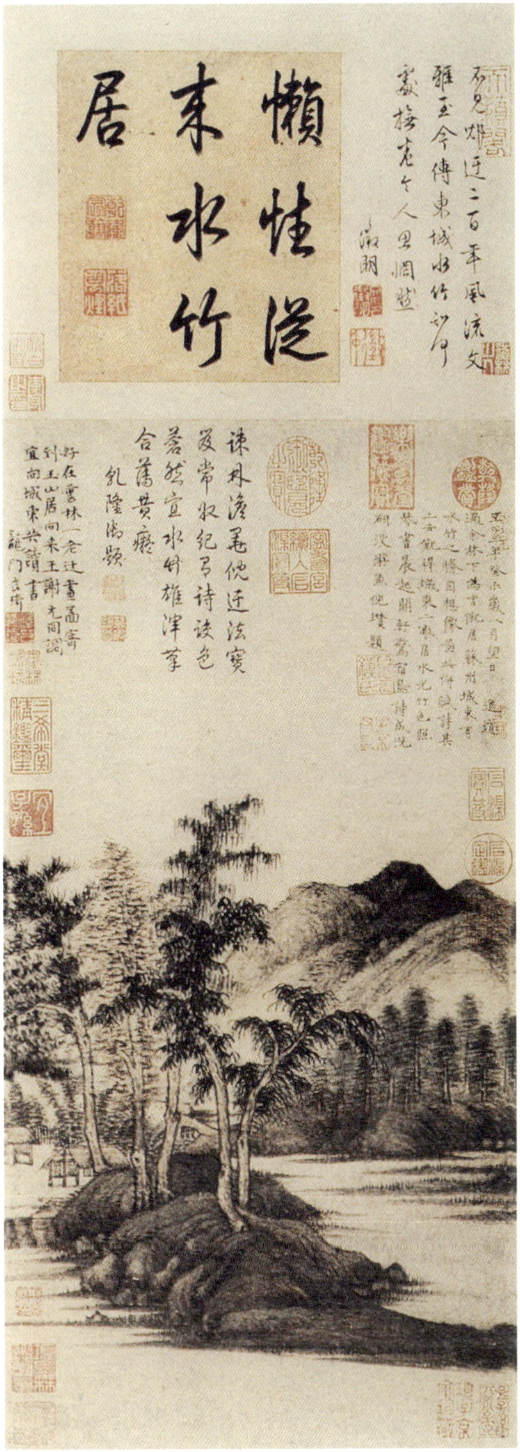

倪瓚林亭遠岫
吳地吳人畫煙雲互渺茫排空疑送雨訝在
錫山傍

題倪瓚畫竹
風裏試披清夾籟月中乍展宛飛龍一梢已
占琅玕性千畝如看煙雨重

倪瓚水竹居即用其韻
水繞坡陀竹抱居蕭閒景趣寫無餘緑含細
籟經風後潤帶朝煙過雨初問字惟應知稼
穡著書何必注蟲魚笑他阿那幽深處往歲
無端目擊予

倪瓚水竹居圖
十笏蝸居却可居灑然水竹適三餘闘浮提
裏無塵界靜致山中太古初倦倚匡床閒夢
蝶獨臨曲沼樂同魚還思放筆徜徉際白石
清泉盡起予

題倪瓚設色水竹居圖
疎林淡墨倪迂法寶笈常收紀有詩設色者

軒樹灑然清琴書許暢情山蒼仁體現樹古
靜風生活火烹商鼎枯棋對晉枰恍如佺羨
侶聯袂暴南榮
有鶴足稱清無梅也覺情水流還似昔客到
不嫌生（用沈周自題語）梧影團垂幕苔紋亂點枰古
今商榷處直欲傲桓榮

題沈周張公洞卷

巇岈一穴若無憑危棧可登不可登沈老破
天慳有作張公因洞府留稱雲開千疊解隔
世石乳萬年已變冰內有人家並怡樂別開
生面武陵仍

沈周廬山高

倒看詭石立看濤卜宅惟應賦楚騷若與廬
山相較量石田豪興比陳高（沈周此圖爲陳醒菴作并題長句其上）

沈周郭索圖

應月期無紊稱星度不差黃泉雖後蚓渤海
邿降蛇

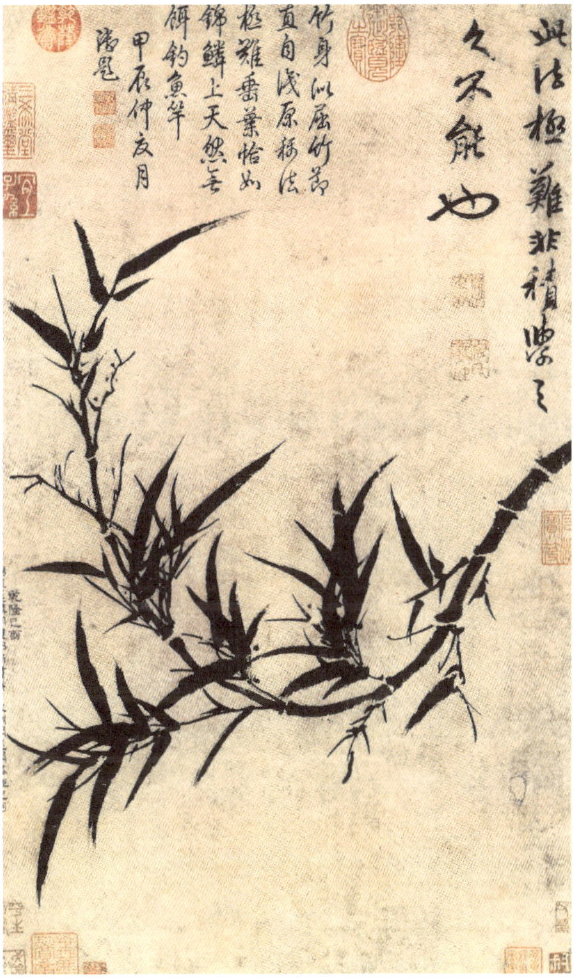

柯九思夏山欲雨圖

蒼岫出奇雲喬柯吟微風未雨雨意來濕潤含穹窿對此迷茫景益覺憂思忡擬鞭癡龍起沛然灑長空

柯九思白雲精舍圖

精舍惟聞稱白雲主人姓氏未教聞箇中若用鼠鬚筆書法何如王右軍九思自識云用張可觀硯郭忠恕墨故戲及之王右軍得此筆法於白雲先生亦有出也

柯九思墨竹

竹身似屈竹節直自識原稱法極難九思自識此法極難非積學不能垂葉却如錦鱗上天然無餌釣魚竿

題柯九思鳳尾竹

結實將成飧待鳳肖形先作尾葳蕤丹青妙意在言外定是晴枝非雨枝

柯九思竹石

秾月披烟迴出塵櫹槮倚石矗新筠爲思愛竹洋川老一寫精神便逼眞

閒武陵記晉漁秦隱兩兼之

題文伯仁溪靜山深圖

水拖山環隔世塵茅堂據勝足延賓溪橋前後來相訪總是雞豚社裏人

文伯仁秋巖飛瀑圖

瀑奏琴瑟聲巖張錦繡色錦繡較猶俗琴瑟擬豈得高人世表致聲色詎能域造物無盡藏耳目之所食

文伯仁秋江垂釣圖

不繫虛舟任所如絲綸欲下故徐徐一川秋水清何礙意釣原非爲羨魚

題文伯仁新水晴嵐圖

春波暖霧相氤氳遠黛微皴斧劈紋新水活時思濯耳亂山深處已需君一川淡蕩吟無盡滿谷迷茫望莫分底事天風吹不散畫家家法是停雲

題文伯仁萬壑松風

家法傳來有伯仁伯仁字德承徵明從子善山水覆名不在衡山之下認濤如響落嶙峋山莊偶閲因題句卅六景中一最眞萬壑松風爲山莊三十六景之一此圖適與暗合

題文伯仁松岡竹塢圖即用其韻

椿槿休論大小年林泉佳處每陶然看予杖策石橋度笑煞瞿曇論四緣

文伯仁方壺圖

瓊室珠宮鏡裏涵石橋斷後渺難探漢皇却欲尋仙路致使齊人搤擘談

文伯仁研山山房圖

山水清音處幽人結隱寮無僮閉洞戸有鶴守塘橋獨坐溪亭上遐思太古遙誰知隔谷口還復客來招

文伯仁聽雨樓圖

樹色陰沉水漲溝高人息偃在書樓雨爲時也抑爲潦聽者欣乎或者愁遮莫閒庭空立鶴依稀遠浦有歸舟便教雲脚全收去點滴質簹卒未休

文伯仁天池石壁圖

玉雙痕幾點血片片停雲爲誰裂

題趙孟頫畫菜

翠翻瓊片葉參差玉食何妨此味知記得蘇
堤香撲馬濛濛春雨作花時

趙孟頫幽篁戴勝圖

降桑傳月令如簧詠風詩何事辭雙侶翩然
借一枝劇覩得神際遙想揆毫時磔裂陳縕
地恒新墨妙垂

趙孟頫墨蘭

幽蘭野荊伍那礙王香展道人豈浪爲寫義
固不淺

題趙孟頫驍驪圖

連騎權教谷口避下車欲進步還停（圖中景若此）
觀書驍驪睟盎者非病惟貧意自形

題趙孟頫水村圖手卷

屈子卜居後潭邊漁父逢滄浪鼓枻去煙水
自重重

題趙孟頫雙松平遠圖

窈窕吳孃倭墮裝採菱唱出水風涼峯容波
態似相識憶在石湖菲碓旁

題趙雍三陽開泰圖

三百何須詡牧羣三羊足註九三文揭思曾
著開泰說或匪離經創臆云

題趙雍十八拍圖

能讀園人釋誨書曲傳十八拍穹廬明妃尙
自漢宮出衡量生還殆弗如

趙雍三馬圖

古樹平蕪宜坰牧嘶風顧影態都閒錦鞍玉
勒渾無藉始識傳神阿堵間

趙雍臨李公麟人馬圖

性是龍媒形鳳姿于思左立控韃覊貢呈哈
薩犇常事乃信王孫非炫奇

題趙麟相馬圖

坐樹對良驥權奇意態雄底須受玉勒耐可
韻秋風一記畫圖內諸吟想像中素蓰定誰
是應自擬支公

趙雍臨李公麟人馬圖

弄

江南春閱遍寫照遇王孫將欲發行舫訝欣對憩軒是日錄園遊趙見此卷花明偏暗柳神契可忘言題什弄原處溪山永靜存

題趙昌歲朝圖

滿幅輕綃晉眾芳歲朝首祚報韶光硃紅石綠出畫院寫態傳情惟趙昌祇以麗稱弗論格猝於多處若聞香宣和好畫非眞好跡涉竽吹熱鬧場

趙昌杏花

歲陳粉質褪紅裝設色猶然說趙昌不著遊蜂花側畔似憐枝上本無香

題趙昌茄實小幅

綠葉青莖綴紫茄傳來嘉種上聲自暹羅蔡樽郡井誠不飲安得齋前種去聲許多按南史蔡傳為吳興太守不飲郡井齋前自種白莧紫茄以為餌夫不飲郡井誰為水還豈不渴死而種茄亦必須汲井灌溉也紀載乖謬大都如此

題趙昌花鳥海棠白頭翁

明皇遺事爲南唐雜列朝譜繪與黃棋局當

前未著子如何布置且思量

放猧亂局傳雜俎妃側親王太不倫酉陽雜俎載明皇夏日尝與親王基貴妃立局前觀之上數子將輸貴妃放康國猧子上局局子亂上大悅云

善諱白詩猶厚道良家女選入宮嬪白居易長恨歌有楊家有女初長成養在深閨人未識及一朝選在君王側之句竟似太眞由良家女選入宮者而陳鴻所作長恨歌傳則云開元中深居遊宴聲色自娛宮中雖良家子千數無可悅目者乃詔高力士潛搜外宮得弘農楊元琰女於壽邸既笄矣進見甚悅冊爲貴妃載記甚悉史鑑中亦均相合蓋居易意托温厚諱言其事不知欲蓋彌彰豈能逃千秋之譏議哉

題周東鄉魚樂圖

隨意潛波隨意浮底須知否較莊周鏡中樂

意态生動與在嘉禾煙雨樓嘉興煙雨樓俯臨鴛湖規湖爲池蓄魚其中上有董其昌書魚樂圖石碣

題周砥沈周山水合卷

西澗龍嵓不遠塗偶過瞻眺遂成圖見周砥自識語

奇常祇道工詩客誰識多能若此夫

右周砥荆溪圖

朱欄干曲畔梅信正含春

張經歲朝圖

缾簪卉復盤貯果（佛手香橼各圖）信手拈香總逼眞

那更水仙辭洛渚也因初祉祝（天竺）長春（月季一名長春）

張渥雪夜訪戴圖

雪夜覺來乘興行剡溪沿溯一舟輕傳神恰

是斯時妤較勝門前著語情

題張羽松軒春靄圖

樓臺金碧望雲頭軒外春松翠欲流人世定

知無此境前生遊處寫防邛

張子俊秋山書屋卽用圖閒題者韻

峯容樹色兩蒼蒼元氣因之合混芒展卷高

人神解別豈徒數（上聲）墨與舞行

風翻峭壁連空碧霜落澄潭徹底淸策杖石

橋且小立愛聽陡峽瀑泉聲

張元舉山水

架木溪亭碧水濱俯澄何異坐船脣對談惟

古樹寒雅

古樹霜餘葉盡紅寒鴉翔翥夕陽中誰知筆底無多子寫出飛卿句獨工（溫庭筠詩寒鴉多落葉紅時）

梅花文鳥

飛來翠鳥南枝上春入芳心始作花應是苔碑補德壽不教絕藝擅孫家（梅石碑盛藉孫爲合璧是幀瑛則以石兼梅故戲及之）

題顏輝袁安臥雪圖

遠峯積玉皚野徑旅蹤埋獨樂蓬廬臥誰期騶馬來應門無五尺一室自三才可望不可見別饒生面開

戴嵩鬭牛圖

角尖項强（去聲）力相持蹴踏騰轟各出奇想是牧童指點後股間微露尾垂垂

再題戴嵩鬭牛圖

牧童遊戲何處去獨放雙牛鬭角叉畫跋曾經鬭畫錄錄誠差跋更爲差

按廣川畫跋舉畫錄謂牛與牧童點睛圖

出版說明

本書是在一九九三年出版的《乾隆御製文物鑒賞詩》基礎上加以完善而成，其底本爲國家圖書館藏清光緒五年（一八七九）内府鉛印《六朝御製詩文集》之《乾隆御製詩文集》。編者從中選輯出題詠繪畫、玉器、陶瓷、漆器、古硯的詩詞。其中『繪畫類』約四千八百餘首，『玉器類』約七百餘首，『陶瓷類』約二百餘首，『漆器類』約六十餘首，『古硯類』約二百餘首，共計六千餘首。由於乾隆皇帝對文物的特殊愛好，加之其詩文多採用『五、七言絕句』寫實的手法，惟妙惟肖地描繪出物品的内涵及外在特徵，因此其詩文爲文物研究和鑒賞提供了大量寶貴的歷史信息，尤其是詩文中大量的小字批註及詩後跋語，更爲文物鑒定提供了第一手資料。

《乾隆御製文物鑒賞詩》自一九九三年出版後獲得了讀者及相關研究人員的廣泛重視。二十年後的今天，我們的社會及人民生活發生了巨大的變化，人民更加富裕，國家日益强盛。正所謂『盛世收藏』，從高端到大衆，各類文物藝術品拍賣會、鑒寶類電視節目欄目及收藏鑒賞類圖書報刊層出不窮，收藏愛好者大軍也日益擴展、規模空前。此次修訂出版，編者對原書做了完善，一是於書後加入了繪畫類和器物類的索引，以方便讀者快捷方便檢閲全書，準確地定位所需查找的人物、繪畫作品及各類器物。『繪畫類』索引按人物姓氏筆畫排列，附帶繪畫作品；『器物類』索引則按時代、材質、窑口等爲讀者提供便利的查詢綫索編排；同時，在書前冠以若干精美彩圖，方便讀者對照詩文所描繪之文物，對作品有更加直觀的瞭解。另外，後附有畫家小傳，簡要介紹書中所涉及的三百餘位畫家生平，著重其繪畫藝術成就。

《新編乾隆御製文物鑒賞詩》的出版，無疑將爲專業文物研究者、從業者以及廣大收藏愛好者提供重要的參考資料，使得本書更具有『工具書』式的意義，爲廣大讀者提供更爲方便、全面的幫助。

在本次重新編輯的過程中得到了董光和、伍躍、楊光輝諸位先生及劉映女士的大力幫助；中國人民大學陳傳席教授在百忙中爲本書做了序言，在此對他們表示衷心的感謝。

石光明

二〇一三年五月

序

陳傳席

乾隆皇帝姓愛新覺羅，名弘曆，廟號高宗，乾隆是他做皇帝時的年號。實際上，應叫他弘曆，或稱他清高宗。歷史上，元代之前的皇帝經常更換年號，如宋徽宗趙佶的年號就有建中靖國、崇寧、大觀、政和、重和、宣和等六個。到了明朝，皇帝當政期間就一個年號，所以就以年號稱之。

歷史上的皇帝，若論個人價值的實現，没有任何人能和乾隆皇帝相比。他自稱『十全老人』，雖然出於他的『十次武功』（他指揮的十次大型戰役的勝利，進一步穩定了清朝的統治，也進一步穩定了國家的統一），但也寓意他的人生十全十美。乾隆是歷史上最長壽的皇帝，享年八十九歲。他也是當政時間最長的皇帝之一，乾隆在位共六十年，僅次於乾隆皇帝的六十一年，退位後做了太上皇，實際上仍然在重大問題上起作用。康乾盛世，到了乾隆時期最鼎盛。乾嘉學派，也起於乾隆。乾隆時代，中國的版圖（疆域）也最大。歷史上的人口，有的朝代衹幾百萬人，最多也不過二千萬人，清順治年間人口還不到二千萬，而乾隆末年，人口達到三億。

在文化方面，他組織文人編輯的《四庫全書》也是中國歷史上最全最大的叢書，乾隆四十七年（一七八二）之前中國所有典籍幾乎都集於此書之中，這也是空前的文化大事。

他還把內府所藏的歷代名畫法書集中起來，著録在《石渠寶笈》《秘殿珠林》中，這也是空前的。乾隆皇帝還是歷史上寫詩最多的詩人。陸游説自己『六十年間萬首詩』，乾隆皇帝寫的詩，有人統計是一萬四千餘首。

歷史上的皇帝，秦皇漢武、唐宗宋祖也都是十分顯赫的，但他們皆不長壽。秦始皇四十九歲，漢武帝六十九歲，唐太宗四十九歲，宋太祖四十九歲，壽不長，福就有限了。他們都沒有留下《四庫全書》這樣規模巨大的文化典籍，也幾乎都沒有詩文方面的創作，有的也十分少。

乾隆皇帝寫的一萬四千多首詩，有的被刻在石碑上，到處樹立，至今猶存；有的留在歷代名畫法書上，也將永久保留下去。現在，我們在北京和臺北的故宮博物院以及世界各國的一些大型收藏機構中還能看到原藏清宮的書畫作品上，有乾隆皇帝的題詩題字，這些都會永久流傳下去。即使原作壞了，大量的印刷品、複製品也將保留下去，再繼續複製。這些，秦皇、漢武等都沒有這個幸運。

由石光明先生整理出版的這本《乾隆御製文物鑒賞詩》中就收有乾隆帝的詩六千餘首。乾隆好寫詩，遇事、遇景、遇物，他都要以詩記之。他見到名畫、名玉、名陶瓷、名漆器、名硯，自然也要吟詠一番。

有人說乾隆詩雖多，無一首好的。『文窮而後工』，對於乾隆皇帝來說，他各方面都無『窮』的時候，所以，他的詩不可能太好，更不可能首首皆佳。但他遇事即能當場揮毫，詩思還是敏捷的，一般詩人未必能此。有的詩也有一定價值，比如他在山陰看了蘭亭修禊處，當場寫了《蘭亭即事》一律，末句言：『臨池留得龍跳法，聚訟千秋不易評。』似乎也看出《蘭亭》的真僞問題。

至於他的鑒賞能力，也不是一無是處。說他是大鑒定家，未免孟浪；說他完全不通，也不合實際。我看了乾隆對很多文物的鑒定，還是有一定水準的，即使對黃公望的《富春山居圖》開始鑒定錯了，後來見到真跡，他心裏也是有數的。因而他的鑒賞詩，尤其是題在繪畫上的鑒賞詩，還是有一定的價值。筆者研究唐代韓滉的《五牛圖》，就是從乾隆的題詩中得到啓發又去查閱資料，纔得其正解。

有的繪畫原作，我們看不到了，乾隆題畫的原跡當然也就無處可尋，但這本《乾隆御製文物鑒賞詩》卻保存了大量與原作有關的資料，這對於研究家來說，是十分珍貴的。尤其是詩中的小註及詩後的跋語，更具資料性、知識性，給研究者不少啓發和提示。

李白的詩好，對文物的研究，未必有用；乾隆的詩有的並不佳，但對文物的研究，卻很有價值。他是面對文物的真跡，真實地描繪出書畫、玉器等文物的特徵、內涵以及在藝術史上的影響和地位，甚至披露出文物收藏和流傳的經過。還有很多文物的深意，他也能一語點破，給文物研究者以及觀賞者提供了大量寶貴的歷史信息，給文物鑒定家提供了第一手資料，這是十分難能可貴的。所以，本書一出版，就得到很多讀者和研究人員，特别是鑒定家的廣泛重視，一銷而空。

此次再版，由石光明先生重新整理修訂，並定名爲《新編乾隆御製文物鑒賞詩》。石光明先生於一九八四年進入國家圖書館善本部，從事古籍編目工作近三十年，是《中國古籍總目·集部》編纂者之一，《北京圖書館普通古籍總目·地志門》分册主編。功力深厚，經驗豐富。這次再版，他在原有基礎上增加索引，便於使用者更快捷準確地查閱到所需查的人物和繪畫等文物。另外，書後附加了畫家小傳，略述書中所涉及的三百多位作者生平事蹟及繪畫藝術的成就，提高了本書的參考和使用價值。

二〇一三年五月三日於中國人民大學

目録

詠繪畫

題五代刁光胤寫生花卉用宋孝宗御

題韻

桃花蛺蝶

元都又值早春開喜綴芳枝惜點苔膩有漆

園談夢覺前身誰辨菜蟲來

寒林乳羝

五國城邊雪似塵南冠應憶漢宮春可知鄜

廟調梅者未及氷天乳牧人

獨石叢葵

一般賦色分叢耳幸得佳名曰向陽試擬本

來余面目誰教葉綠更花黃

雪坡蹲兎

二麥東阡早兆祥坡陀積玉軟莎長臥來毛

穎渾難辨蟾窟迷離認白章

清風晚節

春草秋花總化工碎金偏喜鏤寒叢篔簹弄

影清溪繞却勝漂香萬點紅

雪猧戲蜂

文石芳叢步縟毛遊蜂引惹忽騰逃當年十

八稱李靄底似傳神正午高

瓊雪山榤

膩粉嫣紅總化城一般春意可憐生非關西

蜀無留詠詩客偏饒未了情

紫薇蜻蜓

一片琉璃滿意涼絳雲低拂碧波香蜻蜓蘸

影旋成兩試問齊年誰短長

仙佩凌波

雍京筆底有生姿黃孔曾聞師事之獨寫凌

波應有意惜伊曾未入周詩

秋浦芙蓉

拒得霜華秋鮮雙東籬相望未必降柴桑不

羨陪高節錦里權教照碧江

宋孝宗原題第六首用劉克莊詰貓事考

克莊以淯熙丁未生上距乾道之元二十
二年此題㞧也既用其韻並正之御識

丁雲鵬山水

綠水青山淨以妍不瀛島亦卽金田箇人偶
作尋常景薰習還如寫佛仙

丁雲鵬滌硯圖

書窗吟罷縹緗收三沐龍賓碧澗頭却立崖
邊聊袖手看他水共黑雲流

丁雲鵬洗硯烹茶圖

松下乘涼倚石磴課僮洗硯更烹茶鶴相顧
去立莎渚魚不須招上上聲浪花最得神情屬
魏氏別開生面是丁家佛仙慣繪餘稀繪丁雲
鵬愛畫仙釋珠林收弆無多斯則少見爲珍耳軒舉斯人亦若霞

題丁雲鵬豐年家慶圖

無象太平有象存豐年佳景具烟村兒童怯
點送神爆翁嫗笑斟老瓦盆負荷歸家得魚
米恬熙比戶足雞豚誠能九寓遍如此察吏
安民實緒論

丁雲鵬盧仝煮茶圖

綠蕉翠竹佈淸陰火候武文自酌斟高致雅
宜八圖畫不須重讀彼狂吟

丁雲鵬掃象圖

語言不著坐金神掃象眞乘示應眞法供是
誰稱愜當紫檀軸首白檀身

丁雲鵬東山圖

翠森紫邏鬱孱顏秀色臨安想像間風宇未
如文靖者優遊詎可學東山

丁觀鵬竹林七賢圖

嗣宗青眼携子咸叔夜舉白微醺酎河內背
立若後至忘言之契遲何嫌伶揮毫正頌酒
德秀罷佐鍛蒲葵拈卿輩意復易敗耳俗物
由來有理談

丁觀鵬羅漢圖

雲海遨遊睹聖僧觀鵬筆妙貌雲鵬依然誰
認前身是可畏端知後者能
作隊伽梨降應眞野鷗都是渡杯身底緣三

蠶雞形似機示吾宗迴出塵

題丁觀鵬西園雅集圖

諸賢高致遙堪想二李風流近可犇一例開
園會賓從聲華底事到於今

丁觀鵬九成宮圖

參差宮殿倚崢嶸風落雲中度曲聲傍檻醴
泉誰作頌依稀猶記魏元成
避暑當年作勝遊紫絲步障外人留文皇詎
是忘温凊婉諫隨教進馬周

命丁觀鵬倣顧愷之洛神圖成即用題

顧元韻得句

見說後生畏誰云前藝空神傳期阿堵目送
易歸鴻詎在依形肖堪稱積健雄緬懷八斗
韻三百有遺風

題丁觀鵬摹宋人明皇夜宴圖

沉香亭畔端正樓晝短夜長爲夜遊三郎馬
上眞風流紅燭燒華不許睡彩翠瑩煌照天
地一曲霓裳妃子醉歌傳白濁辭元凊後來

復有青邱生展圖欲詠遲予情

題丁觀鵬摹宋人漁樂小景

雪潭夥集漁舟遠山積素寒浮設向孤篷問
客應逢張志和流

題丁觀鵬仿仇英乞巧圖

蟾光漢影流高梧凛秋來哉胡爲乎自昔愁
人易感觸遺懷聊展乞巧圖當前即景更無
那秋色秋聲紛四座脫胎粉本古有之爰命
濡毫爲仿作經營却喜青出藍神珠象罔宛
能探汝宗雲鵬工變相家雞野鶩何妨兼東
隣西舍鄉嬛聚（叶）誰家庭院深深處强爲歡
笑夜方凉未畢衷情天欲曙安排金鑷更錦
棱翠盤紫褥摩睺羅盤鴉墮鳥裝無定一一
翹瞻向絳河吁嘻圖寫神貌有若此有道存
焉豈徒技玉階幾點熠燿流銀塘一夜芙蓉
紫却顧樓頭乞巧筵刻牛畫鵲羞常年長歌
題罷轉自哂兒女子情何事牽

題慎郡王山水即用其韻

好山欲斷雲與連見在天成古寺邊今日坐糸相應處底須蠟屐破蘿煙想是白蓮社裏迴裙腰綠潤步蒼苔柴扉半掩雙桐靜畢竟應糸孰去來

題慎郡王水閣叢篁圖

飛流界青山散作鳴琴潤虛軒架其上烟雲朝夕變洞口鎖篠簜案頭陳筆研携客策短笻指點喬松畔縱賞固已佳忘言良復善

題慎郡王田盤山色圖十六幀

靜寄山莊

別業搆田盤潤挹千峯翠陵谷因天成軒齋稍位置境惟幽絕塵心以靜堪寄披圖似重歷悅此煙霞意

千相寺

曾聞佛示蹟一夜千相成千相各殊別因茲寺得名而我莞爾笑此語殊不經燈籠答露柱熾然無色聲

萬松寺

萬松松無萬無已云萬松颯沓韻金石猙獰挐虬龍白澗幾曲盤綠陰千古濃茲芻八三摩眞糸不空空

天成寺

兩峯五丁闢一寺雙林開坐我挹秀閣抒茲即景懷冷泉淙石菌踈林掛兎胎結習一以忘故知無去來

少林寺

精藍據層嶺煙磴凡幾叠丁星綴紫茸爛漫紛紅葉北山鮮移文是山古爲隱者藪今則爲禪家宅矣西域饒梵筵少室本同名跋陀倘能接

盤谷寺

出壑幽霧寫峯崐繁雲噴我曾拾級登蒙茸破秋蔓愛此老筆遒更豁煩襟悶蹁躚策杖人然疑覩李愿

雲罩寺

常時望田盤雲在山頭起昨歲登絕頂雲乃在足底由來萬仞高只此一步是定光無說

說不異天龍指

古天香寺

嶂葉綠交軒岫霧白封殿隔岩望初地金碧時隱見遥想佳蔭下春深鳥應囀何當半日閒一飽伊蒲膳

中盤

盤谷實有三中盤爲最幽我曾坐松下幾度沿溪流契理在寸心曠觀足千秋長嘯萬壑空彷彿晤田疇

東竺庵

西方亦有竺東方亦有竺試問爲異同兩三原是六眞偈空水泥妙曲絲竹肉可惜門外漢不如屋裏宿

雲浄寺

山水智仁德松竹清和聖學遯久無人逃禪乃有柄梵宇何林立法體交光鏡坐對默忘言一川秋雲浄

東甘澗

入山既遠俗尋流復得源菡萏咽白石絲絲漾綠蘋在陰鶴叫子猗庭竹育孫仲長今豈無可以樂衡門

西甘澗

澗水分東西地靈甘則同汲冷垂折竹潤枯燒老松無須調水符可作清齋供嗟彼棲遲客來思慰遐悰（予既慨隱者之絕少而又感隱者之不予從也）

上方寺

蘿逕迴羊腸攀躋到上方鳥語奏笙筑嵐氣霑衣裳天樂悟根塵花雨紛幻常漢室仙人掌至今零露瀼

雙峯寺

衆峯何攢攢雙峯迴莫攀下臨衆壑空高入天風寒月影標靜常秋容變蒼丹鐘聲間上方堪證六度檀

金山寺

造物無盡藏環中有獨得偶爾寄林泉誰云娛翰墨心與空宇閑身在孤松側維摩明示

予萬古田盤色

題愼郡王黄山三十六峯圖

浮邱

洞天三十六黄山峯占足第一數浮邱芙蓉四時綠

飛龍

鱗鬣何之而憶向天門覩大地是羲經占乾符九五

叠嶂

新浴必振衣新沐必彈冠聞道神仙窟故應人到難

芙蓉

黄山非夥山嵐靄朝暮浮颯然風散之寫出漢宫秋

天都

天都九百仞巍然切太虚我雖未升巔仙侶原可呼

松林

松以石爲胎故得蒼而直何當立峭厓飽睇歲寒色

翠微

山深含濕翠翠滴山承之彷彿謫仙人幽壑横琴時

紫石

紫石連青鸞干霄殊屼巉古寺號祥符便欲尋荒碣

擲鉢

仙僧擲鉢去鉢留不能舉我更難重拈惟道可惜許

聖泉

名字本相形有貪斯有聖泉自無分別渫然寒且淨

仙都

何處非仙境此地會而都借問驂龍侶雲巒半有無

軒轅

峯頂芝光紫峯腰松影碧是處豈崆峒駐有
軒轅跡

九龍

層巒各蜿蜒變化成九龍恰似披横幅名家
陳所翁

棋石

圓子星躔布方枰玉樣陳孤松立其側恰似
爛柯人

紫雲

延緣柏木源攀陟紫雲峯尙憶溫伯雪青蓮
此處逢

青鸞

軒軒振羽翰凝望何時翥疑駕帝車來到此
不飛去

上昇

阮公昔得道白日此上昇至今溪澗畔空聞
仙樂聲

雲際

出岫雲成峯雲峯岫難辨依稀聽其間似吠
淮南犬

桃花

桃花峯下水亦名桃花源匪爲秦人芳却因
晉隱尊

鍊丹

仙人鍊丹處孤峯天與齊丹成久仙去空自
餘刀圭

雲外

觸石生輕雲俄浮滿空霽迴首望丹崖依約
雲以外

望僊

玉筍何嶽嶽仙踪已渺邈是處有名言可望
不可學

淸潭

貯如仙掌露瀉似天河源時有唼藻鱗却避
掇果猿

石門

靈境多祛人時復藉人賞不緣自闢門誰能
鎮來往

雲門

沓嶂渺難即紏蘿不可攀惟向畫圖內時時
叩雲關

容成

我已識容成容成不識我以此例學仙不及
刧餘火

石柱

撐霄何岦岌千秋鎮古歙因會爲學方所貴
矯然立

獅子

文殊騎以來化石昂其首每當萬籟寂似聞
一聲吼

丹霞

複嶺互窈窕恠石爭嵚岈當時爐火氣天半
餘丹霞

石人

何來醉仙人卓立九秋清似盼浮邱子排空
駕鶴征

僊人

無知莫如石頗與仙人類設云仙似石冠履
殊倒置

布水

輞水垂淪漣宜聽復宜望頗覺勝匡廬限以
三百丈

石牀

名山多奇書不入世人目我欲移石枕玉簡
從頭讀

采石

采石眞采石璀璨紛珠璣策杖者高士應緣
漱齒歸

硃砂

軒轅昔慕道敝屣衮冕華至今第四峯猶聞
湧丹砂

蓮花

簇簇玉井蓮太華匪當對誰知萬里遊却在寸心內

題愼郡王山水小景十二幅

梅溪

幽夢到羅浮春風入蓓蕾虛舟本無繫泛此香雪海

桃塢

白屋幾家靜紺霞萬樹春不教花逐水恐引問津人

春泛

前溪新水生後溪烟柳橫來往東風裏心隨一葉輕

觀瀑

飛流落危峽凭欄俯平楚天地不藏機色聲無著處

雲棧

劍閣天外矗磴棧雲中繞誰復嗣青蓮抽豪吟蜀道

雪溪

天沉玉峯外蘆重凍溪邊破冷方蘭棹惟應訪戴船

雲嵐

千章樹影濛萬疊山容活妙領米南宮此間得衣鉢

賞荷

朗開徵士扉閒對君子花霞標徵瑞露鏡裏吐天葩

山寺

棒喝臨濟宗幽寂雲門寺青鬟布襪來知復誰家子

梧月

古月不速客高梧有脚秋鶴夢清宵冷幽人正倚樓

霜鴻

攜得塞垣霜書空三兩行蘆花眠不穩却爲憶衡陽

紅葉

錦樹經秋絢如燃，不著枝相對停車客司勳字牧之

題仇英秋江待渡圖

瑟瑟吳江楓落時長天秋水動漣漪招招舟子橫塘畔體物風人有所思

仇英秋山仙館

雲海擁山崇樓臺懸鏡中松濃聳髻絲楓染駐顏紅西極來金母東華謁木公伯駒風格在渲穆出精工

題仇英秋溪曉渡

潦盡寒潭問渡時旅人馬上動秋思打頭落葉來何處悟得風因便而吹

仇英楓林釣艇

楓落吳江候煙篷破冷浮聊存竿綫意詎爲（去聲）釜鬵求山色早辭夏波光宜是秋思蓴風味在靜與目相謀

仇英雪夜放舟圖

雪溪破夜放輕船危坐寒篷聳兩肩應是前灣尋句去小鬟磨墨待題箋

仇英紅樹垂綸

意釣休言不在魚既然其意又何如丹楓翠巘清溪曉泛宅何妨試寄居

仇英剡溪訪戴圖

雪壓蘆汀水不波山陰妙趣攬如何千秋佳話傳乘興見戴由來勝幾多

仇英碧梧翠竹圖

石泉窮以清梧竹復修翠誅茅爲小榅延得青山致幽人兀然坐開卷默而識彷彿沂水風吾與點也意

題仇英撫松看菊圖

擷芳撫介自徘徊招誘常懷公幹纔不爲白衣同送酒王公安得過橋來

仇英梅邊尋詩圖

玉想丰姿鐵想腸橫斜疏影蘸銀塘高人倚樹抒吟思落筆應知字亦香

仇英松陰觀瀑圖

擁膝松陰謖籟佳獨憐飛瀑濬人懷錫山秀
色依然好那覓當年十笏齋見圖中自識語

題仇英松風水閣圖

十洲筆向先纖穠此獨神傳淡泊宗山則似
盤湖弗似伊人共我聽濤松

題仇英松風水閣

盤谷之中池上居十洲畫幅映紗疏松風水
閣皆相似活脫精神笑不如

題仇英林亭佳趣

選幽結屋萬山間山外流來水一灣石岸溪
妨教詰曲木牀眞足養高閒並無俗客尋常
到雖有柴門總不關架上抽書聊棄暇龍蒙
那擬便爲刪

仇英松泉高士圖

宋人格法士家風却以神傳弗以工獨撫喬
松泉石颯淵明高致不言中

仇英移竹圖

暑雨初晴宜曝書更教移竹補林虛長竿選
得無枝葉繫綫把來自釣魚

題仇英水仙

傍依文石俯清泉香色晶晶總淨娟院體不
存餘士氣英並多類院體此幀獨有士大夫氣乃其傑作也畫中悟
得小乘禪

何妨玉瓣與金心風度應於意表尋子固高
標細模擬墨林爲贈是知音並倣趙子固法款作寫贈墨林蓋因其墨林賞鑒家故倍加精妙耳

仇英水仙蠟梅

冰鏤芳葩蠟纈枝託殊水陸契風姿月明相
對如相語只恐人間金玉之

題仇英桐陰畫靜圖

日長山靜綠梧稠坐聽沿階活水流一室蕭
然惟四壁片言得意足千秋心將太宇同寥
闊意與閒雲共去留掩卷匡床高臥處蝶原
是我我原周

題仇英水仙蠟梅小幅疊舊韻

小幅携將秘笈中不疑色相未相融楚荆屈子長沙賈恰稱龍門合傳同

玉質標來宜近水金相放處正衙寒氈廬試展香盈室那藉尋常睡鴨蘭

各具風流正何礙相投氣味本來宜却如巡到西湖上水清山凹屢見之

墨林曾見畫圖親此作偏宜贈此人題罷偶懷賡韻者（庚午命和韻欵左右方者汪由敦劉綸二人而由敦物故今已閱四載矣）當前如幻悟根塵

仇英蠟梅水仙小幅

作友風饕雪虐中淺黃深白意相融詩人擬議休唐突色相雖殊品格同

含香蠟瓣全欺雪徹骨冰姿解辟寒樓鑰詩情天水法（樓鑰有詠蠟梅水仙詩）傳神豈止欲掀蘭

婢視女星應太屈兄呼寒客似相宜雌黃世論曾何定我亦於中一酌之

攜得行勝日與親悠然並對古之人檀芬玉質疑飄動氈室風和不近塵

題仇英迓福報喜圖

見說鍾葵喜辟邪名堯家亦字于家（世傳鍾馗辟邪謂起於唐明皇之夢按考工記杼上終葵首注云爲椎於其上明無所屈此辟邪之義所防也又考北史太原公于勃字鍾葵又堯喧本名鍾葵字辟邪此皆史册可證者楊愼丹鉛錄世並鍾葵於門謂之辟邪由堯喧而傅會但馗葵二字異耳向題文徵明寒林鍾馗圖曾辨其訛）何因幻起明皇夢烏帽紛傳載鬼車

題仇英採芝圖

芻豢百年養芝朮千齡美課童劚雲根九華辨蒼紫精氣資坎離煉玉謝刀匕彷彿龐德公不然抱朴子

題仇英西園雅集圖

檃括米家記裏語規模李氏畫中人底須蓄色求形肖三蠶由來貴得神

仇英後赤壁圖

山高月小是初冬反以登舟二客從試問其間話何是傲稱踞虎豹虬龍

題仇英虎邱圖

實父名傳以工緻於工緻具古爲難訝斯可

謂淡而穆急切莫𡙁倪與端水陸嬉遊胥自得李（昭道）王（維）家法有兼殫即今展幀一迴憶境及畫圖不二觀

仇英桃源圖

鈔鑼溪接武陵源峽口通人宛見村望去陌阡雞犬富迎來老幼笑言溫傳神別致超凡品（仇英畫多院體此卷獨摹超千里法無凡俗氣）避世高情足靜論粉本問從誰所得伯駒眞蹟石渠存

題仇英畫九成宮簏頭

由來細筆擅仇英士氣饒他院本精拾級鞠躬獻銘者其人自是魏元成

仇英畫馬

不知誰向車前識應有人從窗內窺乍憶黃沙紫塞外正當草淺獸肥時

題尤求山水

卜築幽深絕世埃水亭消夏綠編陪溪橋曲折重關鎖猶有高人問字來

題尤求書閣早梅圖

寫山孤山不落梅（尤求此圖蓋取林逋孤山之意桑邵圖詩末句云寫仿孤山不落梅茲易其孤一字便覺不俚并識之）野亭放鶴憶徘徊（孤山今有放鶴亭而無留鶴軒不知桑邵何所指）石橋策蹇伊誰氏應是杭州薛映來

尤求弄笛圖

艤舟駐蓋追隨臨風傲弄參差彷彿青溪那畔作者可是桓伊

卞文瑜山樓繡佛圖

淨蓮一朶是前身繡佛無緣那有因笑煞文瑜特多事偏稱津逮管夫人巾幗盦無杜子美依稀茅屋即東屯荒村落日絕人至雙掩還教鶴守門

再用韓昌黎送盤谷子詩韻題文同畫盤谷卷

盤谷之地實在孫盤谷之圖乃弃張（是卷文同畫盤谷圖并書序乃張若靄所藏有四識及錄雷晴嵐鑒賞諸印記張照復書之跋）其圖繪自文與可名人跋識書幾行（是圖有臧良楨同德為斯道文徵明諸人四跋又項元汴姜紹書吳道明諸印記）就中徵明（文）言

更悉作家士氣備陽陽見徵明識語得天繼闢竹
掩畫謂珠傾出栲栳筐見張照識語益證昔謂田
盤錯向以盤山亦有盤谷又在太行之陽而韓愈詩所云燕川方口又雅合田盤之說是以詠田盤每假藉用之然無以證其實終屬疑似嗣於己丑年命河南巡撫阿思哈親至濟源確訪則若谷若寺李愿之居韓文之刻石一一具在盤谷實在濟源而不在田盤因著濟源盤谷考證命於濟源田盤磨崖兩泐之並用韓愈盤谷子詩韻誌事遊
山徒屢駕車箱假藉濟源作盤谷東竺庵名曾
詠春風楊己丑訂實賡韓句險韻得消半刻
忙茲閱與可實佳作元氣沕漠鴻芒芒法寫
龍眠洛神賦經營慘淡意慨慷數典韓詩爲
再和雄而秀也逊非狂巒迴谷抱互遮邐巖
枝凋葉相低昂石渠妙蹟以千計獨無盤谷
笈中藏何來鍊雪珍蹟出茲眞面目見太行
因之憶到衞輝旱河南衞輝等屬總爲太行之陽上年被旱屢經降旨加賑撫卹茲因盤谷在河南題此圖輒憶及之茅屋艱窘空箱倉作
歌爲戚邪爲懌安得災區雨足興耕桑

文徵明山水

攜舟避暑白洋灣著色聊乘三日間檃括徵明自識

語生面爭衡太湖水層巒聳出翠屏顏

文徵明山水

詩以得稱畫以名畫雖入格欠詩精或爲贗
鼎炫時俗故祇題圖韻未賡

文徵明以詩畫得名向題其畫多即用其
韻此幀畫筆雖工而其自題句頗不佳邪
類其作知爲贗鼎故祇題畫而不賡韻

文徵明山水

憑欄俯層閣空澗恰恰神祛暑松陰老點秋
楓葉新高山森犖嶨流水淨漣漪佳客携琴
至應爲同調人

題文徵明山水即用其韻

山因樹迴樹依山處處還飛瀑水潺著箇草
堂特幽絕客來徒望石橋間

文徵明青綠山水

水秀山明處佛家仙者都往來無俗士談笑
有鴻儒詩合曹從事畫宗趙伯駒陡思龍井
上視此定何如

文徵明春山夜雨卽用其韻

夜牕風滿雨來時對坐劇談靜掩扉不是巴山秋漲際却同商隱驀思歸

文徵明竹裏春深圖卽用其韻

擘峽飛泉落澗流春園與物樂油油畧嫌密竹遮人眼騁望還因上迴樓

題文徵明春雨晩烟圖卽用其韻

烟重長林水漲汀善傳吳景是徵明姑蘇不到安知此解使江山氣韻生

文徵明春山烟樹圖

春山秀冶含姿春樹烟融雨滋記得楓橋那畔所逢往往如斯

文徵明燕山春色卽用其韻

閱徵明詩中頗有思鄉之意故卽用其韻反以嘲之

東華塵愛軟紅酣待詔金門衣脫藍旣憶江鄉蓴味好何來鵬翼此圖南

文徵明南屏秋雨卽用其韻

石崖坐客撫瑤琴落澗流泉萬嶂深底識一天秋雨意七絃成韻總潛沈

文徵明胥口秋晴

銜山胥口寫秋晴疊樹層巒霽景淸曾渡胥門一片水不能無譏致閒評

文徵明秋巖聽瀑圖

晶箔不遮山色螺屏欲逗雲容葉態將疎還密秋光似澹而濃高人隔崖小坐伊誰策杖過從可許平分幽韻青蓮日照鑪峯

文徵明獨坐看泉卽用其韻

獨坐屭屭意何託山崔錯處水摐然欲詢縱目凝思者視聽旣亡那是泉

文徵明柴門草閣圖

地僻江深樂軸薖寒侵草閣邁淸和浣溪神韻形容處靜坐無言知作麽（作麽生會出指月錄）

文徵明琴韻松風卽用其韻

碧溪足洗箏笛耳蒼巘不孤鍾伯心漫謂草亭無客對長松落落是知音

文徵明桃源圖

捨船入訪洞中春逢有人言此避秦一自淵明成記後漁郎未免是知津

文徵明紫竹

綠葉猗猗綴紫枝初覩想以意爲之不從韻玉館（杭城行宮內書室名）傍過那識人間信有斯

文徵明蘭竹

一首尼山操三篇衛國詩眞教投氣味誰復覺參差介入葳蕤影香含瀟灑枝衡翁非漫作應爲寄相知

文徵明温蘭圖卽用其韻

寫花生動葉倉琅叢下仙男抱夜光楚畹風清佩無斁藍田日暖玉生香逐炎謾諵隨伊去引與應知爲爾長珍重停雲館裏客本無身境可相忘

文徵明泉石清音卽用其韻

對坐誰分賓與主劇談却喜老松陰石泉激越音偏好不藉調絃更撫琴

文徵明買魚沽酒

船脣漁父提魚賣橋首奚童沽酒迴鑪火正紅宜對雪較量陶党底爲哉

題文徵明千巖競秀圖

二老喬柯下高談暢遠眸蔚巖秀相競落瀑響如浮作轂經三歲（徵明自跋云此圖初僅得一樹自戊申至庚戌屢作屢輟歷三歲明始成）精神八九秋似茲費日力亦自足風流

題文徵明蘭亭圖

脩禊依然晉永和書成只待蓮山婆何須感慨論修短試看衡山駐日戈

題文徵明金山圖

不到江天寺安知空闊奇携將親證取當境固如斯

文徵明溪亭流玉卽用其韻

飛流如玉落溪灣碕岸虛亭俯澗潺蒼穆林巒無俗態（世之僞作徵明畫者多茶弱近俗此幅古意盎然信是衡翁眞蹟）足知眞蹟出衡山

文徵明吉祥菴圖卽用其韻

良友相將遊寺間一忘還乃一思還徵明自題云舍西有吉祥菴嘗與劉協中訪僧過之協中詩云相依半日便思還徵明和云坐戀樓陰忘却還二人品詣相去卽此可見矣不言自可分伯仲何必衡山更寫山是圖弗寫還山而山意自存

文徵明雪景

見晛應知消未得吹風却訝積猶高漫言幻景饒眞賞對幻思眞望每勞

題文徵明雪景

萬木已枯枝著松故若斯後凋紅寺護一例玉花披峯態不藏峻溪聲似帶斷策笻歸閣者腹藁恰成時

題文徵明寒林鍾馗

假借終葵遂有稱訛傳進士辟邪能衡翁自負博古者北史緣何未讀會終葵字見於考工記杼上終葵首注云爲椎於其上明無所屈辟邪之義蓋防諸此後世遂以爲名字考北史張白澤本字終葵太原公于勁亦字鍾葵又堯暄本名鍾葵字辟邪此皆史册可据者楊愼丹鉛錄云世並鍾葵於門謂之辟邪由堯暄而傳會但葵馗二字異耳俗傳鍾馗謂起於唐明皇之夢蓋爲唐人戲作鍾馗傳所誤徵明故自負博洽者何未加詳識耶

疑是地仙抑鬼仙寒林漠漠立輕烟長髯袖手如微笑幻閱人間二百年徵明自題甲午除夕述今甲午閱世二百四十年舉成數也

文徵明谿山深雪圖

山陰艤舟凍溪邊尚有泠泠瀑水懸此日料應王逸少倚窗停筆望江天

題文徵明袁安臥雪圖

一榻淸風足古今高軒何事重相尋立朝封事干將淬猶是冰霜不畏心

文徵明松坡高士

松陰有客貌淸矑可喚仙翁可喚儒手把黃庭向空宇卽心卽境契虛無

文徵明松陰高士

瀟落茅菴淺淡山野橋欲過又成還匪屬已有班荊者付與林泉相對閒

題文徵明松陰高士圖

松陰趺坐兩高人想見王裴心跡親常占靑

山爲宅寄奚煩綠水滌纓塵手披圖畫聊同賞身被詩書未是貧問絹家風重鑒定圖中有文嘉鑒定貫翊縹香墨瀋鎮如新

文徵明山靜日長圖

淡墨疎皴眞不眞惟欣對處靜無塵草成玉露有佳話韻寫停雲自主人溪水鎮如廣長舌潤松已作老龍鱗東坡最是齊年者乃較區區百四旬

題文徵明松陰曳杖圖

陶令歸來後盤桓撫孤松惟應王太守籬下一相逢

文徵明綠蔭携琴卽用其韻

對坐幽人水閣深詩情六義託高岑待琴更有溪頭者欲譜臨河綠樹陰

題文徵明茂松清泉圖

橫琴不鼓有餘情聽取潺湲絃外聲茂樹嘉陰默相對肯談俗事擬班荆

文徵明綠陰草堂圖卽用畫中題者韻

淡碧濃翠點斜曛遠嶂相聯瀑爲分佈景要當具神解豈同一例寫松雲

杖策常看隔岸青結茅爲愛平林綠溪光開鑑擬若耶峯色展屏卽天目

生計何須二頃存家私頗喜千編積柴門靜絶剝啄聲斷逕閒過鶴鹿跡

輞水猶疑華子岡靜聽天弄發叢篔同人各有清詞誼儼是當年玉磬堂幅間有徵明自題及蔡羽王寵陳師道詩因各用其韻

文徵明清溪茅屋卽用其韻

百尺飛流落石灘綠陰深處草堂閒幽人獨聽仍獨返那更林扉藉叩關

文徵明溪坪雅話

相商隱趣得淸陪愛坐嘉陰掃綠苔生面別開三友逕有人散步過橋來

文徵明柳汀仙舫卽用其韻

青蒲戟戟刺波芽艤舫輕風拂鬢斜對坐如評高士傳那更水面問桃花

題文徵明松壑仙廬

神明境裏謝塵緣或坐仙廬或泛船可識置身斯地者丹鑪不守也成仙

文徵明草堂對坐圖

榕樹森森蔭草廬劇談試擬意何如因提以上相商搉不是萬言時事書

題文徵明溪亭對語卽用其韻

草堂點筆趣偏長徵明自記云寫於石湖草堂我甫行春別石塘緬想高人清晤處雄談豈涉世炎涼

文徵明茅亭清話

茗椀香鑪盡灑然高僧相對試談禪據床者定知誰氏識得依稀似樂天

文徵明滄江漁樂卽用其韻

漁村近水宅如浮兩箇漁翁閒並舟置却答箵魚不捕且拏大白醉清秋

文徵明梅竹雙禽圖卽用其韻

有梅未覺小園荒間竹眞稱君子堂對語山禽不飛去爲耽幽籟與清香

文徵明蘭竹卽用其韻

邈矣幽人本同節久而君子不聞香衡翁寓意在齊物偏放竹邊蘭葉長

文徵明竹蘭

淇澳風依空谷香氣求雅合此同堂衡翁寓意眞超俗所見猶思鶴阜旁

文徵明千竿聳翠

萬玉叢看遠岫尖靈巖早見翠當檐木涇卜築今誰氏合是詩宗沈德潛沈德潛所居木瀆地饒竹樹往年賜詩中皆及之木涇卽木瀆也

文徵明墨梅

貞白是本性丰姿有別調不可作梅觀停雲自寫照

文徵明竹樹卽用其韻

蕭落槎枒各有神新蕪詭石靜無塵物猶擇友兩相得應笑燒桒對畫人

文徵明琴鶴圖卽用其韻

蕭齋綠樹蓋重陰家事無他鶴與琴祇許幽

人來問事相商疏佗以前音

文徵明觀瀑圖

立者扶笻杖坐者倚松陰人各適其適同一聽泉心

文徵明觀瀑圖卽用其韻

淜滂振鷺落烟空遙對人如太白風回問停雲夢醒未（見徵明詩）天台只在浙江東

文徵明松陰聽瀑圖

爲愛泉聲滌垢思不簪不履坐厜巖山莊曾學斯人聽却愧中涓供奉隨

文徵明萬壑松濤卽用其韻

飛泉直落白雲深松下班荆籟謖林細擁枕流將漱石古人端復有知音

文徵明絕壑鳴琴卽用其韻

班荆陡澗飛泉處不必劇談琴寫心欲笑移情伯牙未過時猶復憶知音

文徵明飛瀑松聲卽用其韻

巖間松韻荅泉聲策杖高人與目成記得寒山千尺雪無端一中（去聲）畫中情

題文徵明松堂吟賞小軸

結宇芟荒草向簷依老松延將幽籟颯覆處翠陰濃芸簡堪娛目茶甌藉洗胸箇中尋獨樂不擬客來逢

題文徵明吳淞草堂圖卽用其韻

過眼風光共水流却憐畫意報迎頭塔灣春午先題幰揚子明朝始渡舟且喜將臨不多日漫言小別數經秋草堂豈復吳淞在作證惟應是野鷗

文徵明林徑微吟圖卽用其韻

江落林疎山復空移情何必海天東抱琴童子聊遲步閒止幽懷自忖中

文徵明古石喬柯卽用其韻

石介柯亦古氣求蔚森陰詎可畫圖視停雲自寫心

文徵明古松奇石

石骨松皮了莫分松蒼石詭相（入聲）氤氳設如

太古無名字何致人疑布與廬

文徵明晴山策騎圖卽用其韻

吳天晴似未晴時過雨前村水滿陂款段溪橋如怯步因之也與意俱遲

文徵明聽琴圖

長松疎竹夜堂清横膝焦桐澹蕩鳴更不題詩應有意昌黎猶自致閒評

文徵明山村嘉蔭圖

重陰緑樹覆茅堂邱索遺編共摧商童子烹茶不妨緩相投水乳正言長

題文徵明紅葉漁梁圖卽用其韻

繡繪峩峯瀑帶崗秋光人意兩茫茫停雲若貰惠山酒問渡應知溪號梁

題文徵明蓮池濯足

炎夏乘涼濯虎邱（見徵明自識語）軒軒高致傲王侯蓮池漫道方盈畝津逮臨淄萬里流

題文徵明獨樂園圖用蘇軾獨樂園詩韻

闢園百年上成圖百年下園圖均可傳名勝逾緑野書堂緇簡編竹齋列樽斝澆花與物春弄水知荷夏遊心飫禮樂結契招儒雅每先天下憂詎效香山社獨樂園中人究非獨樂者藝苑夥如林設色胡其寡乃今見衡山老筆出神冶如從刻畫求何異風牛馬亦足覘其人展卷誰能捨明窗適幾餘黄絢錯緇赭因讀長公詩吟情幾欲啞

文徵明溪亭客話卽用其韻

絡石飛來瀑水長淒然清聽滿林塘劇談想是羲皇上那涉世間炎與涼

文徵明倚樹觀泉

石橋好是隔紅塵古樹槎枒澗水濱肯向世間留姓氏白衣祇合號山人

題文徵明贈王穀祥東坡詩意圖卽用其韻

作輟八年歷食眠京華吳下幻江煙（二句見徵明識語中）祿之設問停雲事依舊波含碧落天

題文徵明畫蘇軾詩意即用其韻

獨倚書樓罷午眠喬松疎竹淡秋煙扶笻嘉客來相訪欲話羲皇以上天

題文徵明禊飲小圖

羅(文瑋)家臨帖文家畫雙絕眞宜作袖珍恰值泉林逢上巳山陰端不讓精神

文徵明仿李成寒林軸

山樹不知名山泉處處清葉丹飄復止石白凸兼平踈密擅風伯精神是李成騷人工寄興楚誦緬幽情

題文徵明倣黃公望山水即用其韻

覲民豈爲事春遊衣食根源廑訪諏暇亦弆山渾愜意昔曾歷處憶從頭花初經雨紅猶潑樹欲成陰綠漸稠寫照恰欣披玉罄片時不覺畫中留

記得天平有范家清泉白石帶汀沙峯爲屏幛橫雲迴林繞墟閭得路斜印我初心惟古月發人新思是梅花樓遲莫待吟喉燥便可松陰一試茶

江村橋及上沙塘十里非遙接莽蒼春日晴烘麥苗蔚水風輕度菜花香所欣到處供江硯豈事無端舉魯觴我笑衡山詎忙者山靈應笑我眞忙(二句反衡山詩意)

五家意氣合生平(見徵明題句中)羼步春山入畫屏吳國人工吳土語白雲泉傍白公亭拔來小幀無多子留得層峯不改青衡泌端知眞賞在幾曾肥遯爲懷刑

文徵明仿董源筆意

飄然巾袖坐崖巔明月松間石上泉恰是右丞得句候盦惟北苑借神傳

題文徵明臨趙孟頫空巖琴思圖

空巖琴思彼何人古弁寬衣綽有神而峙高山偏契趣目澄流水自無塵得情詎止徒得貌孟頫傳來識孟仁(幀端王孟仁題識云趙魏公舊本剝落商之衡山太史許爲臨摹信手揮灑較原本精彩有加云云內府藏文畫極多此幅可以信其必非僞託)假借衡翁畫多矣此圖特謂是其眞

題文徵明仇英合摹李公麟蓮社圖

文爲山水仇人物分盡其情合擅長何獨今人遜古者試看聯句也成章有茲來（謝靈運）亦無礙去（陶潛）豈必緇（慧遠）而不納黃（陸脩靜）却恐公麟隱以笑一之爲甚再奚當

文徵明姑蘇四景即用其韻

虎邱

突兀平川一阜蟠豫遊曾記奉
慈顏遥瞻虔祝
福如海近指欣歌
壽似山清遠學仙成獨往祖龍求劍笑空還却憐選壁題詩處應有蒙茸綠蘚斑

石湖

秀到石湖莫更加山翻翠影水涵花行春橋畔絲垂柳磨嶼岡頭葉吐茶萬頃太湖望波渺上方淨域步蹊斜堵坡阿那雲深處好在蓮龕住薄伽（伽在五歌以依其韻仍用之）

天池

半巖乳竇浸山生匯作天池數畝成陡峽不期跳浪鯉落崖那數（上聲）聽春鶯爾時知有良朋挈此日如陪勝賞并佳處祗宜公四海衡翁何事乃言爭（文詩故園光景有誰爭似有私爲己有之意）

天平

范園屏障玉峯堆（今天平山前有范家園南巡賜名高義）花作藩籬徑碧苔爲政設方萬笏拱（是處又名萬笏朝天爲吳山十六景之一）如傷敢忘（去聲）兆民哀行時每憶春方半小雨忽欣雲盡開赤子追隨近馬足展圖情似此重來

題文徵明茶事圖

茶塢

享帚蘭堂茶塢詠支硎虎阜秖蘇州（徵明爲茶事圖稱支硎虎阜茶事最盛然蘇州雖產茶實不如浙之龍井也）昨經龍井連林薄却笑斯爲强出頭

茶人

雷後雨前正及時筠筐挈出採槍旗高人偶一爲之耳豈似種茶者習茲

茶筍

枝頭纔吐幾分長眼想青芽鼻想香不與籜龍爭尺寸一般淸品入新嘗

茶籯

編竹爲籯雅製精品殊部別貯分明設因功用論甲乙合向其中號建城

茶舍

開牕掃地置都籃勝友恒來茶事探試問最宜是何處惠山寺裏聽松菴

茶竈

竹爐石鼎總堪陳無突還看製作新坐祀竈傍定誰氏陶形陸羽乃其人

茶焙

雀舌新芽要焙乾憶曾辛未一親覯（辛未南巡曾至龍井觀採茶作歌有慢炒細焙有次第辛苦工夫殊不少之句）新絲新穀夷中詠滿目民艱絜矩看

茶鼎

罏以進薪鼎盛茗相需殷處得相彰盡其材在處（上聲）得地茶諫還應憶蔡襄

茶甌

塸埞曾輕劉氏啟（見陸龜蒙集）烟嵐珪璧亦妍詞（反龜蒙句意）三淸詩畫陶成器（向以松實梅英佛手烹茶因名三淸陶甆甌書詩并圖其上重華宮茶宴每以賜文臣也）頗覺箇中佳話宜

烹茶

魚蟹眼定須細求無過解渴綠盃浮十章吟罷飛逸興又似金閶一再遊

題文徵明倣古十二頁

倣王維海山仙觀

崇椒仙觀俯滄瀛誰泛樓船一葉輕徐福非關權避世成連應爲巧移情

倣鄭虔秋山行旅

秋林翦翦氣蕭蕭驢背行人過野橋眞蹟何曾見三絕略資津逮已神超

倣董源寒崖蕭寺

紅牆綠樹碧溪頭物色看來颯作秋摩詰輞川暫捨舫寒崖獨去訪僂婁

倣燕文貴夏山過雨

雲歸山脚漲增津如滴層巒翠色新叢樾之間猶墜露支持破繖過農人

倣趙令穰湖莊秋曉

湖上軒窗面面開輕風水際挾涼來高人杖策石橋畔應是初探秋信迴

倣李唐松巖高士

謖奏喬松綠映顔涼生襟袖坐高閑超超筆意不凡處睎古應論伯仲間

倣劉松年水閣延賓

水閣圖書伴靜娛明知石棧尙縈紆良朋夙有盍簪約策杖溪橋過也無

倣馬遠松亭眺雪

萬嶂素皴氣俱肅一松青蔚勢偏豪寒侵鑪火茶煙歇漫認倚欄人姓陶

倣趙孟頫雲岫臨流

臨水因之心不競覩雲還與意俱遲衘翁非擬王孫法恰是神傳子美詩

倣黃公望富春秋色

峯色含蒼樹色紅閭閣一笠俯長空富春大嶺石渠弆景概不同神韻同

倣王蒙春渚垂綸

出水輕儵欲上綸溪堂袖手立佳賓相看未免還相笑似笑猶爲有羨人

倣唐棣楓林歸梵

楓林葉落打頭風笠子挐來似任空行脚僧人歸寺去小叅恰證不言中

題文嘉墨蘭即用其韻

細篠五葉十葉幽蘭三莇兩莇石上猶存墨瀋幀間洗盡鉛華

題文嘉梅花小幅疊舊作韻

常舒常韻復常香者箇梅眞白玉堂迴望盆叢還致笑可曾一例引蜂黃

適見山桃也自姿却饒火氣與塵肌展看始覺眞花在黃鶴樓中任笛吹

隨行北塞與南江風滿氈庭月滿窗詎爲目

謀清賞足十分生意養於腔

拂廬處臞向南開正好三清試茗杯忽見一
枝踈影動訝如巡蹕到吳來

題文嘉蓮藕淨因圖即用其韻

不是人間種疑生功德泉藕長還葉直實結
復花鮮圖中花葉藕蓮蓬各盡一四大或如是一空屬偶
然性當何處覓聊示淨因緣

題文嘉南村草堂圖

面水澄泓背碧山幾楹蝸舍綠楊環箬頭摘
繭開簾晒町畔看秧杖策還太古林泉惟靜
靜長年雞犬自閒閒應知塵世無堪比只在
桃源蓮社間

文嘉橫琴聽泉圖即用其韻

世間萬事如雲烟逝者應懷子在川焦尾不
彈非默坐祇爲眞琴當我前

文嘉支硎草堂圖

山水清音草木馨傳神不問識支硎蒼巖阿
那雲深處我亦微吟得少停

文嘉高山流水即用其韻

樹如搖籟嶺生煙千尺飛流落碧川趺坐幽
人方默會不知客到草堂前

題檀鏤香山九老屏風九老以玉爲之

會巡崖口洛之陽經詠唐賢繪會昌石渠寶笈有唐人會昌九老圖向曾題詠瀟灑衣冠稱圖畫優游賓主八
詩章一屏風此看檀鏤九老人眞宜玉相盛
典香山亦再舉乾隆辛巳恭遇聖母七十萬壽集文武及致仕大臣年七十以上者每班各九共二十七人爲香山九老會即賜遊香山並繪圖賦詩以紀其盛辛卯恭遇 聖母八旬萬壽仍倣行之嗣後每十年一舉永以爲例其三其
四祝無央

文嘉遙山高樹即用其韻

清和高樹綠陰齊一帶遙山望欲迷佳客不
妨挈柑酒黃鸝盍必獨聽啼

題文嘉爲僧望洲作草堂圖

記得華山道從夷入險巇迎人立怪石藏鳥
蓊叢枝開士祇宴坐休承能爾爲引予飛遐
與片刻到天池見卷後周光詩

文嘉仿米家苕溪春色卷

吏隱薄青綸（此卷在烏程官舍所作）消閒只合問曉嵐
迷野塢春色滿江關玉磬叅承處窪尊點綴
間雲烟生濕潤活脫米家山

文嘉仿米友仁雲山卷

衡山三絶肖老米休承亦復如虎兒家風輝
暎稱合璧藝苑盛事傳今玆瀟湘白雲留董
蹟畫禪書室重拈題文水規模見是卷比似
原作無然疑夜雨曉烟乍合泮三湘七澤渾
迷離草草中不失天眞元暉三昧誠得之妙
哉道場山畔苕溪上屢教神往撚吟髭雙美
合幷信奇遇不脛妙喻有所思

題文伯仁山水

玉磬山房妙法貽無心寫出總成詩却稱筆
意倣荆浩野鶩家雞語可知

文伯仁山水

茅菴搆築翠巖隈樾蔭梳風自不埃羽客庚
申守以靜青童採得紫芝來

題文伯仁品茶圖即用其韻

昨歲惠山曾一攬（伯仁詩云惠山泉下小船歸句雖欠佳然實境也）聽松庵（寺中庵名）外駐鑾旗武文火候因久坐風
月春朝欲忘（去聲）歸畫裏眞情渾不隔天邊逸
興又遄飛却憐席地今無隙（壺中乃席地品茶無處舍）非
是禪房即旅扉

文伯仁溪山行旅

棧道縈紆問路頻秋風颯沓拂衣巾谿山跋
涉何須歎率作千秋畫裏人

文伯仁溪山秋霽朱允文題即用其韻

溪山有路樹無名谷裏茅菴世外情底事臨
秋似生感潘家賦語案頭橫

文伯仁江山蕭寺軸

蕭寺枕清流丹楓色作秋閒僧雲水衲估客
利名舟鷗鷺忘機慮江天豁遠眸萬緣空半
偈不用悟泥牛

文伯仁花溪漁隱

閒闊獨坐釣竿持夾岸飛花點釣絲生面別

開武陵記晉漁秦隱兩兼之

題文伯仁溪靜山深圖

水抱山環隔世塵茅堂據勝足延賓溪橋前後來相訪總是雞豚社裏人

文伯仁秋巖飛瀑圖

瀑奏琴瑟聲巖張錦繡色錦繡較猶俗琴瑟擬豈得高人世表致聲色詎能域造物無盡藏耳目之所食

文伯仁秋江垂釣圖

不繫虛舟任所如絲綸欲下故徐徐一川秋水清何礙意釣原非爲羡魚

題文伯仁新水晴嵐圖

春波暖霧相氤氳遠黛微皴斧劈紋新水活時思濯耳亂山深處已霑裙一川淡蕩吟無盡滿谷迷茫望莫分底事天風吹不散畫家家法是停雲

題文伯仁萬壑松風

家法傳來有伯仁（伯仁字德承徵明從子善畫山水櫂名不在衡山之）

下謖濤如響落嶙峋山莊偶閱因題句卅六景中一最眞（萬壑松風爲山莊三十六景之一此圖適與脗合）

題文伯仁松岡竹塢圖即用其韻

椿權休論大小年林泉佳處每陶然看子杖策石橋度笑煞瞿曇論四緣

文伯仁方壺圖

瓊室珠宮鏡裏涵石橋斷後涉難探漢皇却欲尋仙路致使齊人搤掔談

文伯仁研山山房圖

山水清音處幽人結隱寮無僮閉洞戶有鶴守塘橋獨坐溪亭上遐思太古遙誰知隔谷口還復客來招

文伯仁聽雨樓圖

樹色陰沉水漲溝高人息偃在書樓雨爲時也抑爲潦聽者欣乎或者愁遮莫閒庭空立鶴依稀遠浦有歸舟便教雲腳全收去點滴賀篁卒未休

文伯仁天池石壁圖

疊樹層巒凡幾重梵王宮在翠微濃潤含石壁常疑雨雲羃天池欲起龍目觀靜条千尺練耳根遙徹六時鐘更誰愛把任公釣不許區區渭上逢

文伯仁具區林屋圖

萬頃接雲空具區遠莫窮水誠稱浩渺山以間巃嵸林屋高低出幽人來往通分明洞庭景不辨是西東

題文伯仁姑蘇十景

齋居政事簡新正名蹟摘覯陶冶情却愛五峯圖姑孰恰如躡路喜來迎

右洞庭春色

山塘北首峙精藍雲徑仙關夙所諳去弗逾時留弗意（寓意於物而弗留意於物）憇他月景未曾探

右虎山夜月

城南池館曰滄浪來往官僚駐客裝不識彼時似兹否但看溪樹渺蒼茫

右滄浪清夏

胥門外即胥江帶傍晚歸舟競入城試問忙忙爭渡者是誰使汝苦勞情

右胥江競渡

崇岡南赴太湖濱平壤梅鋪香雪勻分付詔光略相待莫教孤負畫中人

右鄧尉觀梅

倚巖俯澗梵王宮阿那石橋有路通誰不曰斯春色好發硎可識有支公

右支硎春曉

治平寺側石湖垠泓泓清波拍舫肩作者雖圖莊水意題橋我自愛行春

右石湖秋泛

五色光輝紀宋時至今寶塔尚名遺假如調御許諮議法屬無爲抑有爲

右寶塔現瑞

夾河鄽市幾層樓富庶荒涼景不侔設使斯時泊張繼未能得句也應愁

按張繼楓橋夜泊之作荒涼景也今楓橋

寒山寺一帶兩岸樓居直接閶門富庶莫
比大異繼詩崇故云
右江村漁火
巡邏多逢春仲時幾曾積雪見嶔崎德承貟
解箇中事鏤玉裁氷爲補之
右靈巖雪霽
題文伯仁金陵十八景
鼓棹三山正順流素車白馬一時收英雄語
囿出犂耳利舉風帆不泊舟
右三山
原爲名利塲中客却信因緣教外書詹事移
文稱儁俗雖云貶也半猶譽
右草堂
聚寶山經六度巡每因詠古託懷頻可憐同
泰會三捨竟未臺城贖得身
右雨花臺
黃道隆崇雙闕開牛頭自古迴崔嵬南朝都
會無踰是却幾家曾久此哉

右牛首山
迤邐三山接石頭福藩南渡最風流臨朝却
歎無名妓直欲湖邊唱莫愁
右莫愁湖
江山表裏旁含包三日棲遲去復抛不必隱
人頻道古合稱是我貯詩巢
右攝山
符瑞分明宋志垂至今臺號未曾移元嘉政
治如相較合曰鳳兮何德衰
右鳳凰臺
安石從容坦之懼慢將往事論前朝勞勞客
況閱千古祇有新亭名不消
右新亭
石頭埤堄鬱嵯峨飛鳥猶艱絕壁過寄語恃
茲守險者逮茲守險失應多
右石頭城
故國長干千百春春來柳色鎮如新曹彬北
望金陵處不事殺傷受訓仁

右長干

淸曠眞宜野鷺居綠洲蕩蕩水如如自從太
白題詩後點筆無非是緒餘

右白鷺洲

幾曲溶溶淸且淪向南流繞故宮濱漫嫌寂
寞青溪水曾照當年歌舞人

右青溪

不脛而行無翼飛因之燕子號江磯至今江
退沙塗漲燕啄惟欣麥隴肥

右燕子磯

元武湖經堙濬廈長堤直接太平門設云一
箭將軍定皂羽依然釘板存金陵太平門其左扇一箭飲羽其又餘箭痕者二爲順治年間取江寧時濬臺都統所射壯防人不忍湮其蹟故常整葺存之

右太平堤

桃葉歌傳王子敬一時高致想流風雖然名
教能相傲誓墓心當愧乃翁

右桃葉渡

感言穿竹立都牆王儉傳中事可詳白下門
過李太白驛亭醉酒對三楊

右白門

方山屢見難屈指獨數上聲金陵多隱淪眞隱
幾人充隱幾翠峯無語峙千春

右方山

家學規模近可夸得無粉本手摹臨將三百
載饒生韻却見新林作舊林

右新林

題文伯仁金陵十八景

行笥攜來文氏圖江山欲驗是同殊無過過
眼雲烟幻王濬休稱此伐吳

右三山

孔氏移文固足高沽諸待賈亦箴韜務名一
往有充隱未免濫觴由汝曹

右草堂

猶傳梁武信毘耶法涉有爲祇肆奢當面失
之初祖去定知天不雨其花

右雨花臺

欲因立闕指牛頭卓識由來自不侔桓彝渡江期管仲斯人豈祗尚風流

右牛首山

三山門外水明秋南國當年最勝遊連接長江作天塹誰能飛渡莫須愁

右莫愁湖

養生那駐少年顏每到棲遲兩日間但看堂堂面南勢也教秀拔攝諸山

右攝山

元嘉遺事尚堪稽大鳥依稀是鳳兮太白已來應罷詠却因展畫一拈題

右鳳皇臺

新亭晏飲會嘉賓文獻正言斥伯仁三問無言見前表涕流負友又何因

右新亭

倚石壁臨大江險攻誠非易守何難然而失守恒於此在德由來語不刊

右石頭城

百年休養南京地按轡勝朝遺蹟觀九軌遙通報恩寺依稀猶說大長干

右長干

鷺洲師進多俘斬既至圍城稱疾盟魯國無慙儒將矣兵機要識重和輕

右白鷺洲

一水環流護故宮岸傍草綠野花紅至今鷗鷺閒浮侶也識當年畫舫空

右青谿

插入江濱祥發商勢疑飛翥又疑翔南瞻比似烏衣巷可認盧家玳瑁梁

右燕子磯

左臨桑野右湖虛聞道當年五庫儲大綱小罾底須備方春生養不觀魚

右太平隄

渡口留名歲月賒春來桃葉與桃花不羈放蕩猶餘事書法何當跨竈誇

右桃葉渡
白下由來名久標白城相接白門遙而今遺蹟多荒沒誰復凄涼歎六朝

右白門
方山四面聳嶙峋聞說當年多隱淪相去市朝七十里東華豈果遠紅塵

右方山
民風吏治總廑心宦在明山秀水夅十六年重烟景閱新林今果是新林

右新林

題文伯仁金陵十八景

三山
三峯突兀大江濱曾是南朝衝要津今日畫圖聊寄詠惟懷鮑謝鮮齊倫

草堂
周子草堂北麓陲孔家見說有文移至今謖謖松風處不異當年竊吹時

雨花臺
無語維摩絕妙談天花落那著天男雲光粱武曾何謂越是重儓越不堪

牛首山
石闕誠如天闕披但司馬未足當之巉峯對峙青雲表誅蕩銘辭緬陸倕

莫愁湖
南邦何事最風流樂府新詞唱莫愁兩字無邪敵三百諸名士此亦思不

攝山
俯臨江介迥凌雲攝養堪資藥草芬幾度棲霞覓殘碣神馳江令有佳文

鳳皇臺
永昌大鳥集元嘉改里稱臺瑞應誇設使蕭梁生桀代與荊棘亦有何差

新亭
餞客迎賓列榼罍虛亭恒是閱勞勞（寰宇記新亭即勞勞亭）桓溫兵衞紛陳日安石方知度量高

石頭城

石城倚壁復臨江地利誠云險絶雙何事南
朝諸帝子豎旛每見舉宗降

長干里

延陵長干最古區與亡曾幾閱吳都祇今惟
有春前柳依舊青青入畫圖

白鷺洲

二水南來洲間去聲之青蒲白鷺渺無涯片帆
到此誰將泊疑是謫仙暮宿時李白詩暮宿白鷺洲

青谿

發源鍾阜入都城大內經流幾曲清妙舞新
歌久閟盡官蛙尚作舊時聲

燕子磯

插江當日此雄磯振翼翩翻儼若飛此際漲
沙成沃土春來惟見麥菲菲

太平隄

太平門外太平隄煙柳雙行葉已齊蘸影後
湖眞恰當碧連上下總淒迷

桃葉渡

渡口名因愛妾留都誇子敬特風流爾時樂
地在名教那在歌欄與舞樓

白門

當日宣陽築六朝雕欒鏤楶久沈銷白門名
獨傳闤闠道是依稀內小橋內小橋坊在行宮南三里云即白門遺蹟

方山

方阜常棲隱者流秦淮經下水悠悠賀循迎
得因張闓曾幾分禪克復謀

新林浦

港山牛頭江水通謝家江樹辨滃濛連朝近
攬兼遐眺總在德承幾幀中

題文從簡停雲館圖

桐樹曾經種乃翁見從簡自識語年深鬱鬱綠雲籠
家傳六法猶餘事意在撫琴操角弓

題文從簡初冬燕居圖一韻二首

燕處深堂罷遠遊園林想像足清謀櫽括圖中題語
氣澄別浦收雲腳葉落空庭見樹頭

似憶青田自在遊遭斯祇以稻粱謀不存所樂求因己那更籠中强出頭圖中畫一籠鶴延頸外出故戲及之

題文從簡寒山圖

老筆寫寒山寒山座席間撑雲松突兀繞砌瀑潺湲鶴是支公物峯標大士顏依依皆宿識了了省新舉眞可遙情託誰能結習刪輪他曳杖者一字曰惟閒

題文從昌虎邱圖

家法衡山儼是乎一時撫畫與飛吳前年屧步留吟處幻景視茲同與殊

文璧雨餘春樹卽用其韻

爲圖復與補詩成送客北征辭景明二句用徵明自識意却是靈巖曾駐處展覩亦用纏懷生

文璧高樹棲烏

孝廉茅屋養其親玉磬慈烏却認眞徵明此圖爲德成孝廉作自題云烏好人亦好爲君還作圖吳寬亦題有慈烏飛宿處喬木孝義家之句故戲及之應識圖中攜手者漢家未是別居人

題文璧倣趙孟頫筆意

秋氣入池塘秋亭猶未涼破荷無舊綠碎菊有新黃對坐似相得其言難具詳王孫眞蹟少不失可同羊

毛益牧牛圖

老牸前行隨小犢情雖不舐也相關甫田雨足耕犂罷春草如波縱齕閒戴嵩聞說藝神絕童子居然在雨晴脫殼安能容對照廣川別解詡精評

題方從義山水用圖間勝遠題韻

峯姿林態明還暗雨勢雲容聚復開何事飄然塵外客拏舟偏向畫中來

題方從義山水小幅

本是方壺羽客狂金門聊作洞天藏畫中方壺自識作於金門之小洞天孤亭小坐延眺處何異三山憶故鄉

方從義畫菜

向背分明葉簇攢瀼瀼似浥露華寒栽培自

不如老圃滋味何妨識大官且喜煙蕪共長
養漫同冰鯉齊去聲鹹酸融融生意春鐙下晝
幀當如漢詔覩

方從義松巖談道用圖間孫琰題句韻

無地樓臨有項松金題玉蹊啟緘封由來可
道非常道茅狗難希騎二龍

題方方壺山水

世上山川未此逢方壺應寫自遊踪雲間試
問相招侶祇有王韓與太容

題方方壺山水

羃歷叢林屹巘山米顛生面刱機關仙家結
習未曾化樓在虛無縹緲間

方方壺雲山圖

金門羽士寫雲山員嶠方壺縹緲間本是三
生來往處拏舟期去不期還

方方壺神嶽瓊林圖

巉嵒嶽麓仙人宅琪樹瓊林柰漢碧金堂十
二只茅菴笑指洪厓肩可拍何年換骨遺方
壺偶寫宿遊懸圃跡我今掛壁眄烟霞忽忘
高奔迅過隙

方方壺秋水晚山

秋船載畫如居室水閣臨溪似泛舟賓主一
時訝難辨山光萬古座中留

方方壺仿米襄陽夏山煙雨

山嫌露體綴雲衣雲處翻疑山是非誰教石
畔靈根動釀作人間細雨霏

題方琮山水

環抱蒼山瀑水流丹楓翠竹互爭秋金陵記
得曾逢處紅葉村中掃葉樓

題方琮山水

靈山能吐雲春氣與氤氳杳嶂千林絡飛泉
百道分花宮仙梵靜茅屋客談聞試問問何
語應嗤孔稚文

題方琮山水

蒼環復翠羅喬樹好音多是處誠天宇誰家
此碩薖涼聲泛仙籟素色落飛波獨上高樓

者知他意屬何

方琮山水

紅牆綠樹白雲隈宜是金仙梵宇開覆釜上人約飯罷石橋策杖自歸來

題方琮山水

溪堂賢主復佳賓相對無言會以神野彴尺餘支谷口不教容易過蒲輪

題方琮山水

卜築溪山秀溪山秀逼人開窗眄澹沲携杖陟嶙峋紅寺白雲外蒼崖綠水濱如將諮太古此地有先民

題方琮山水

山復水環處幽居迥絶塵瀑垂白虹氣松挺老龍鱗古寺棲巖罅石橋鎖澗濱高樓凝望者疑是薛方倫

題方琮山水

畫家筆法學宗蒼氣韻居然合渺茫小幅山川稱（去聲）遊目竟教難辨孰王羊

題方琮山水

山境塵世遠樹姿秋仲臨無雲不彌谷有寺總依林怪石當窗立飛泉擘峽斟高人坐水閣相對正論心

題方琮山水卷

紅樹白雲疊巘蒼最幽奇處有書堂何人携杖看輞水大似維摩華子岡

題方琮山水

茅店婪年識石橋招客遊紅桃經雨潤綠柳受風柔谷口雲猶吐溪頭水已浮木蘭待碕岸將泛問春舟

右春景

梧葉高樓上蕉芽曲逕邊愛涼仍捲幔滌暑或觀泉樵憩不遠斧漁迴那用船千林綠猶重其意已蕭然

右秋景

題方琮山水

巖谷意含韶葉濃花復夭閨人翠樓上（上聲）遊

客綠林招春水纔勝舫渚蒲未隱橋東郊舉
趾者爲爾祝豐饒
右春景
滿谷膩雲浮雯雯卒未休斜風急傘底亂水
漲橋頭漁子銜煙舫幽人聽雨樓彼安懶惰
性我切怨杳愁
右夏景
左嶂迴嶔崟右溪解與深雲閒猶戀岫天朗
恰開襟紫欲楓千點翠惟松百年亦堪欣即
目何事有繁欽
右秋景
萬樹玉爲糊千峯銀遍鋪古來擅摩詰今復
見方壺犬吠人蹤滅童年酒望沽蹇驢怯泥
滑興與灞橋殊
右冬景
題方琮山水圖
桃蹊春靄
太古千峯靜幽人一事無谷神能蘊藉春色

有工夫蕭寺依雲構危亭借石扶亦云工位
置吳苑此規模琮學張宗蒼畫法故云
楓林秋意
一夜霜吹宇千林葉纘峯蕭蕭且未下熠熠
轉如濃彷彿天孫織依稀白帝逢扶笻人小
佇應是託喬松
題方琮山水畫二首
春溪澹沲
春柳似生煙春溪可漾船槎頭漁父得牛背
牧僮眠綠嫩林如滴紅酣花欲燃越家法不
一此是大年傳
秋林蕭瑟
萬巘金鞽八千林霜信通欲疎枝戀葉鬬色
綠輪紅飛閣俯流水敞軒仰淨空雖云各適
適却是不同同
題方琮山水二幅
柳岸艤舟
清江岸側草堂臨艤舫乘涼就柳陰不似遠

帆來往者未忘幾許利名心

楓溪鳴瀑

草亭匯麗對飛瀑楓葉因風落澗翻却爲貼
波紅幾點恐防人認武陵源

題方琮山水二幅

春山過雨

曉煙纔泮遠天晴濯濯千峯綠潤生憐是農
夫不偷暇村村襏襫出新耕

夏嶺含雲

嶤峯聳拔夏雲沈大壑滐疑百里深箇裏固
宜高士住惜他常是濕衣襟

題方琮山水二律

春景

開韶初歲嫩曦烘太古山中景漸融新水偏
宜蘸柳綠微風不忍拂桃紅一犂春雨農驅
犢夾鏡湖隄客策驄萬物登臺意頗具民艱
滿目恐難同

秋景

層峯昨夜入金官一刻千林遍染丹何必停
車幽徑側恰宜携客坦崖寬雲間楓葉惟紅
點秋際松枝祇綠攢橋上抱琴童子過縱能
知妙不能彈

題方琮山水四幅

花塢煙嵐

江南山色四時青祇有羣芳別性靈底識春
歸花塢裏錦煙輕噴麝檀馨

清溪曲樹

落斜玉澗入溪平措木臨溪小閣横憑檻高
人無箇事滄浪那論濁和清

秋山蕭寺

紅葉蒼松萬嶂秋精藍遥枕碧溪頭過橋人
若擬韓愈相訪應爲文暢流

竹窗晴雪

綠瓊銀粉落蕭蕭叢薛翠峯雪未消誰道冷
窗多寂寞素朋挈榼有招邀

題方琮山水八幀

春原驅牧

西墅東村農事興野橋驅犢向春塍牧童自有偷閒樂那管烏犍喘月會

澄潭泛艇

層疊流泉瀉作溪溪頭略彴隔東西孥舟不復留名姓却笑五湖有范蠡

水榭納涼

出峽奔泉赴壑忙上擔水榭宛如航畫長那更頻揮扇箇是人間第一涼

竹樓過雨

宿雨初收潤意濛颸雲歸岫竹吟風書樓今日披新霽景與圖中正復同

曲港秋深

綠葉全稀紅葉攢秋深潦水淨沙灘壁崖飛瀑雖依舊却聽聲中帶峭寒

松濤清聽

簷角松風峽口泉倡予和汝謖音傳水軒啾嘆高人坐清聽因之意與然

澗閣風泉

怒泉吼澗已稱奇更落巖風瀠灩之小閣匣覊無一客問娛覗聽付伊誰

溪橋吟雪

滿目寒光滿意涼千峯晴雪樹蒼蒼欲詢策蹇溪橋客吟得新詩凡幾章

題方琮山水八幀

桃源延客

漁父沿溪忽逮津洞中天地別逢春却緣欲訊外間世壘集東鄰西舍人

江帆綠漲

春江新漲綠漣漪剛是鮒魚上水時網集漁人施濊濊客帆正待繪銀絲

雲山過雨

溪口疑聞響瀑泉雲山過雨尙含煙村鄰見處辨家法大米應非小米然

松泉清聽

林嵐宿映樂飢勝松韻泉聲靜者朋欲擬高

人傳（去聲）還問明姿韶伏是誰曾

溪館生涼

開館臨溪復倚山葛衫涼拂覺初閑一天秋意憑誰報祇在梧桐樹影間

繡巖錦樹

巖爲疊繡樹爲錦機杼問誰能爾工草閣伊人凝思者依稀疑是杜陵翁

歲寒吟興

有松有竹有莓苔獨坐高人無客陪拂紙拈毫猶懶下吟情應是待梅開

扁舟釣雪

煙溪雖冷波猶活蓑笠竿絲雪滿艘不寫釣魚寫釣意知他津逮自吳江（方琮山水學張宗蒼）

題方琮四時山水畫

春

觸目意訢闓韶光已可人擔盤挈奴子連騎共嘉賓花礁暖烘黛太湖新漾淪石橋名實副眞不負行春（圖寫吳中行春橋大意）

夏

逭暑於何好溪亭俯淨蓮主人如茂叔坐客定伊川闊論宜披帙閒居且繫船風來知欲雨雲重那峯邊

秋

凜秋切旅情水驛復山程豈不懷蕭瑟無非爲利名葉林辭夏意澗瀑入寒聲雲外禪關掩閑僧悟淨明

冬

噴珠千澗凍削玉萬峯稠沽酒孱童去待糧瘦鶴留無妨老梅發依舊暗香浮爲問窗中客逋仙可似不

題方琮秋景

落澗飛泉疊樹端劃分松綠與楓丹誰知秋色一朝至了識流陰逝水觀寺閒迴臨千嶂外書堂虛借萬筠攢高樓閒著無人坐應待山陽憑檻看

題方琮秋山行旅圖

萬山稠疊紫芙蓉客路深秋欲栢冬兩字利名忘(去聲)誰得一時伴侶喜初逢新芻笨麴村壚貰納稼長腰水碓舂麴首巖關迴天半相於茅店且從容

題方琮雪景

六花萬嶂共雲同歲暮村村喜卜豐暖閣圍鑪賦謝雪高堂稱酒詠唐風驢寒旅趁店橋白僧晚歸翹寺院紅灑粉原因倣小幀(畫家作雪景多積墨烘染留白地爲雪昨冬畫山水小幀偶出新意擬爲灑粉法旣成頗疎密飛舞飄具生動之致因命方琮倣爲之)絜塵卒作愼吾躬

方琮松巖飛瀑

擘峽崢嶸勢赴溪汩瀨流有聲皆作冷無色不含秋喬樹雲爲脚遠山空出頭到斯寂萬慮宋玉也忘愁

詠方琮松閣聽泉幅

松籟泉音清聽(去聲)宜虛堂掛壁亦多時峯頭空(去聲)處題七字恰合今來爲(去聲)補詩

方琮雲鳴泉聲

谷深林靜致生雲高下泉聲遠近分歲歲山莊秋月裏同斯清韻毎常聞(遠近泉聲避暑山莊內三十六景之一)

題方琮溪邊策杖

密竹臨溪徑入深何人策杖獨行吟思量大似雲栖路著箇孤亭即洗心(洗心亭雲栖寺入路夾徑脩篁致人愛賞)

題方琮倣文伯仁聽雨樓圖即用題伯仁畫韻

疏龍爲首注池溝池上書齋不是樓惟以雨暘廑宵旰每因佽咎託欣愁漫教展拓戲魚本(文圖懸壁路窄愛其意故合方琮展拓爲之)何必深求刻劍舟素壁懸看寬窄適庭蕉滴響正無休

題方琮仿王蒙松路僊巖圖

仙巖松路久傳王藏庋鈐山舊有堂(見名畫大觀)其昌(題語)昔實得門自文貫(亦見題語中)今虛授業者宗蒼(方琮從張宗蒼學畫有年)詎惟溪壑肖曲折端在精神合混芒那更丹臺旁葛羨起子翠望厲中

郎

題方琮倣黃鼎羣峯雪霽圖

雪霽羣峯矗玉簪巖枝澗瀑氣蕭森師承已自非私淑況是親從粉本臨棧道縈紆路幾盤炊煙旅店曉升寒客人驢背行猶顧似是相存難不難已入室偏未及門不遺形復有神存持將淨垢黃鼎號原圖看一例寒光射眼昏

題方琮畫顧愷之詩意

疊綺春波滑笏流溪村處處出漁舟可知滿壁滄洲意津逮原從顧虎頭

右春水滿四澤

峯出奇雲雲肖峯峯雲勢若兩爭鋒高人指顧艱著語有定容還無定容

右夏雲多奇峯

梧桐院落夜深沉獨上高樓涼不禁祇有團團一輪月清光雅似識人心

右秋月揚明輝

岡疑千仞振衣裳雪壓風淩意自強茅屋展編相映者是孫康抑是長康

右冬嶺秀孤松

題方鈞袖珍山水卷

烟林野艇

綠樹蔚溪烟人家隱烟樹野艇載羊裘沿溪自來去

柳墅蓮香

玉露下銀塘芙蓉自在香粉本定誰取依稀萬柳堂

晴蹊粉蝶

琅實堪飼鳳烟梢欲舞龍忽似春叢裏韶光之所逢

江村晚照

秋谷幾村靜夕陽千樹披入江飜石壁杜老句負奇

古木幽篁

幽篁既瀟灑古木亦振奇恰似嵇與阮相逢

把臂時

松巖飛瀑

寒濤及雪練映帶翠屏裏適自田盤來所見多相似

王齊翰江山隱居圖

翰林好寫邱壑隱佳麗江山稱考槃粗勾八木三分信細理得環一氣完鑪地磔裂神自蔚曇華示現香常漫摛詞不可爲恒語應作我聞如是觀

題王詵烟江疊嶂圖用蘇軾詩韻

智者樂水仁樂山何殊過眼觀雲烟千年藝苑留佳話要因論世然乎然駙馬都尉威里貴乃厭聲色耽林泉與來寶繪（晉卿堂名）破醉墨蒼厓秀入秋雲川將軍金碌寶隨狀眼空當代心追前胸中邱壑具粉本不期其法全其天玉堂學士眉山老橫排硬語出瓌妍驪珠落落傾栲栳暖玉疆疆生藍田觸逆當道禁所作愈使氈蘄綿後五百年詩如陽羨八卷秀以麗圖如玉局落筆便而娟此詩此圖眞恰當撫掌三絕頓令忘食眠尤物更喜得奇遇瑯邪元美人中仙品評離合豁法眼（王世貞跋）（此卷因歌辭畫境小有牴牾疑晉卿畫已失僅餘蘇跡而好事者取晉卿別本配之故云）使我遐想定國元本求無緣中丞三歎烟江幻卽今我復賡其篇

題王詵漁村小雪圖用蘇軾烟江疊嶂詩韻

烟江疊嶂及瀛山存亡滅沒隨雲烟（二圖皆王晉卿所作見董其昌畫譜）漁村小雪最後出曹碑晚見突漢然（見宋犖識語）著粉古法爲積雪破墨奇拂飛流泉閒砢林樹棲危嶂案衍沙石開平川川橫樹稀蘆葦接蝸廬蟹舍洲嶼前舉罾下網作活計病腓那避嚴寒天摩詰雪溪千古獨津逮難辨誰媸妍已覺冷風拂玉浦又如濕氣生銀田瘦金眞蹟識贉首屈指閱世五百年不矜細行終累德絕藝劫乃神而娟惜哉髯翁未見此有如佳境對以眠江上愁心屢賡

和金聲擲地飄乎仙否則不說是眞說使我
欲問嗟無緣展圖吽絶和艱韻誰謂長公缺
此篇

題王詵瀛海卷

海上三山遠隔塵雲屏露障玉嶙峋底緣紛
見挐舟侶想共君房採藥人

都尉由來閥閱家詩情畫意足烟霞飽柰玉
局心如月遠謝安期棗似瓜

漫云海水變桑田一例鷗汀鶴嶼邊歷歷肆
農還學圃但心閒者合稱仙

題王希孟千里江山卷

江山千里望無垠元氣淋漓運以神北宋院
誠鮮二本三唐法總弗多皴可驚當世王和
趙王希孟是卷畫千里江山後有溥光一跋題云設色鮮明布置宏遠使王晉卿趙千里見之亦當短氣按李溥光本爲頭陀號雪菴和尚大德中詔晉集賢授昭文館大學士已訝一堂君若臣此卷蔡京題云政和三年王希孟年十八歲召入禁中設獻畫上親授其法不踰半歲進此圖上以賜臣京謂天下士在作之而已曷不
自思作人者爾時調鼎是何人

題王振鵬魚藻圖

古泮無魚有藻耳孤雲小卷趣堪論設如拋
向池中去拾起定知空紙存用卷末蓋其昌跋語李思訓畫魚事

題王振鵬龍池競渡圖

蘭亭脩禊暮春時開放金明競水嬉妙筆孤
雲傳勝事不教午日獨稱奇

龍驤慣弄水龍舟教戰昆明古有由齊赴錦
標難奪得五雲高擁寶津樓

烟裏樓臺鏡裏花尙聞雷動笑聲譁千秋佳
勝率如此獨許騷人說夢華

題王淵三白獻瑞圖

石傍芍藥不須欄素質全勝湖纈丹出花譜栩
栩采香來粉翅嘐嘐顧影刷銀翰愛他名寓
祥花卜屬我望殷瑞葉攢忖度人心故應爾
宸當一例畫家看

王淵秋山行旅圖

旅食是何人長途不避塵驢忙怨前路㠀野

起閒津大似杜工部勞經三十春澹軒工屬

詠圖外有清新

詠王淵秋塘立鷺

秋水芙蓉柳葉稀橫柯鷺立獨忘機再斯可矣昨吟卷（鷺與思同音昨題王淵雙鷺卷有作者分明註論語再斯可矣味猶長之句若祇並一鷺則不知其寓義於何爲一思矣）滅一難忝思所依

題王淵秋塘立鷺卷

郭王畫法各師良（見卷後鄭元祐跋）獨撰寫生尤出常細膩中仍饒古樸經營外別見蒼涼一雙白鷺蘆花立半朵紅蓮秋水茫作者分明註論語再斯可矣味猶長（鷺與思同首卷並雙鷺鷺盡取再思之義適可而止也）

戲題王淵花鳥軸

玉堂富貴儘風流（花並玉蘭海棠牡丹三種）更擬雙棲共白頭（鳥並白頭鳥錦雞二種）寓意不知贈誰氏奢哉所願恐難讐

題王淵竹鳥圖

野竹可醫俗幽禽不識名風來渾欲動春入定能鳴

王淵踈枝雙雀

痲雀彝棘枝鶺鴒啄華黍物類有萬殊各自命其侶老安少者懷因之悟胞與

王淵鸜鵒梅雀

鸜鵒噪枝頭痲雀爲驚起由來小畏大物情詮易理在上貴不驕其祥來止止

王淵桃竹春禽圖用圖間題者韻

滿幅和嬌色春光忽冶明更聽枝頭鳥東皇鼓吹聲

春水綠且淨春禽靜不譁雙鴛交頸臥一夢穩烟花

題王蒙山水

蜿蜒磴道繞山腰古樹扶疎曡嶂嶢壺裏人家崖口見綠窓丹竈守佺喬

王蒙山水

祇疑霧潤欲霑裳雲意猶濃樹色涼活脫右

丞詩裏畫空林積雨輞川莊

題王蒙山水

落落蒼松下卜居絶四隣清風永今日明月是前身有水隔塵世無橋度客人山樵高致在底辨贗和眞

王蒙山水

飛閣臨流翼若飛遙源雲外辨依稀高人可望不可即神契寥天靜者機

題王蒙山水

樹圖茅舍竹籬扉藹軸眞宜靜者機漠漠峯容自張幪濛濛春氣欲霑衣不無僮僕供灑掃那有賓朋論是非高謝尋常隱士傳移文恐惹北山譏

王蒙谷口春耕

治生似擬陽羨計命筆還同青弁圖（見董其昌識語）二頃秫田足家釀等閒村酒不煩沽

王蒙夏日山居圖

蒼山雅解朱明障灌木還饒翠蔭籠結宇名

待溧水上（圖中蒙自題寫於嘉樹軒溧陽別墅亦有此軒名予舊所題也）不因今昔辨殊同

王蒙秋山讀書圖

林靜山深結茅宇雅是幽人讀書所疑因風度聞誦聲却不識爲何代語

王蒙秋山蕭寺

秋山作四鄰蕭寺枕嶙峋愛此無中色留將幻裏眞蒼松原不老碧水自離塵驢背獨歸客何如蓮社人

題王蒙秋林萬壑圖

秋絢峯姿紛紫翠書披古道益精神板橋策杖來過者應是相尋奇字人

題王蒙秋林散步

不爲荷葉皴祇作筍尖矗峯腳橫秋雲屋頭籠古木欲變畫家格別開生面目策杖一行人明告此意獨

王蒙秋窗良話

戶外萬山羅佳賓秋墅過陳蕃欣榻下庾闡

倚窗哦（庚闕樂賢堂頌酒臨倚窗）良話知奚謂高情有足
多停橈獨坐者與會又於何

王蒙秋山草堂圖

靜看黃鶴山樵畫神蘊錦里高人詩兩行秋
樹紅復綠獨拔中峯參且差意行水宿皆適
性谷粒坊芹可樂飢茅簷把卷何爲者此問
奚必重題詞

王蒙秋巒夕照

溫潤神情秀拔峯溪橋策杖有人逢底知夕
照秋巒表幾點丹楓間老松

題王蒙雪景

萬嶂皚然一玉如高人騁望默吟餘披蓑恰
見歸漁舫便欲呼來貰凍魚

王蒙寒林策蹇

打頭落葉颯寒聲山徑崎嶇策蹇行人固覺
勞馬亦爾倩誰翁仲爲（去聲）知情（論衡楊翁仲乘蹇馬之田聞有放吵馬者鳴聲相聞翁仲知其相罵云云）

王蒙竹趣圖即用其韻

酌斟范綏與倪迂竹院深沉晝曝書借問伊
人趣何在得來非竊子猷餘

王蒙林泉清趣

倚巘長松繞屋筠溪邊策杖鶴爲賓何須世
上留名氏不是南朝充隱人

王蒙東山草堂圖

雲外飛泉松下風草堂瀟落寫王蒙東山良
友知誰是（見王蒙識語）安石蒼生望可同

題王蒙東書草堂

丈室烹茶剪燭時草堂乘興遂爲之（二語爲蒙自識）
（語意）既然當是丙之夜策杖巖邊復阿誰
蒙是幀即景爲圖自應寫主賓相對翦燭
烹茶意乃室中把卷者一人其一則自巖
際策杖而來殊與夜景不合畫筆雖佳而
畫理則未臻也

題王蒙隱居圖即用其韻

長林復大壑天與碩人居考澗心無悶枕流
意亦舒松陰眞是盞鶴跡自成書却笑東門

餞人人識二疏

王蒙松窗高士圖

澗邊濯足還聽瀑，閒著松窗一事無。借問伊人何姓氏，非愚公定是潛夫。

題王蒙松壑高賢圖

茅檐商榷會清賓，妙義通微復入神。童子候門眞解事，野橋更見盍簪人。

王蒙松壑高賢圖

布席掃苔坐相對，幽人策杖更斜來。如詢別號爲誰氏，應不出乎松竹梅。

王蒙松林高逸圖

卜築巖阿好溪山，愜志清有松堪作友，無物可縈情。蓋色連峯色，濤聲答瀑聲。隔林來策杖，疑是訪逢萌。

王蒙山中歸隱圖

草堂趺坐淡無思，白石清泉可樂飢。蘗桂小山增慨慕，寄言衡泌漫棲遲。

題王蒙松谿草堂圖

對坐茅簷下，誰能賓主分。高談爲底事，不可得而聞。

題王蒙曲江草堂圖

山清水秀樹蒼蒼，擇勝偏宜築草堂。自是古人企遙慕，不知爲杜抑爲張。

王蒙仙居圖

萬嶂羃青烟，千林扶玉蓮。石欄雲母井，茅屋碧璃天。鐵鎖何須挽，金編耐可傳。蘇張名利輩，置此合成仙。

王蒙南屏山居圖

雲表層峯荷葉皴，南屏翠色鎮如新。詎嫌鐵遂爲生客（卷尾有綴筵道人題句後跋云當乘興造園所毋日生客），未覺山樵作古人。窗下展書消甲子，林間安竈守庚申。衡門自有棲遲樂，何問披裘與艾薪。

王蒙南屏山居圖

北漠（見元史劉秉忠傳）南杭（見西湖志）兩見之，未知圖者屬乎誰。劉家精舍靜宜隱（謂上都之南屏），蘇氏道人贈有詩（謂西湖之南屏）。徒看溪山眞合沓，遠離城市

稱去聲棲遲凝神獨坐茅簷者視若無思又有
思

王蒙聽松圖

松下結軒清可愛聘松不已聽松籟彼禪和
者四五人或倚松根或趺對寓目煙嵐作靜
供謀耳寒濤如梵貝我聞如來如物來無眼
乃至無意界聽松者庸詎非松豈伊原在松
之外蒼官落落獨無言喬柯[illegible][illegible]拏虬蓋

王蒙坐聽松風圖

偶來松樹林趺坐虬枝下忘筌弄泉石謖謖
幽籟瀉主人對客言橫琴爲我寫客謂主無
須聽取眞琴者

王蒙松崖飛瀑

白泉一道間山青有定聲中無定形扶杖橋
頭背立者不知爲望抑爲聽

王蒙高崖結宇圖

松桂陰森避世埃碩人結宇白雲隈斷橋陡
澗通無路爲恐鶴書偶到來

題王蒙梧館鳴琴圖

假山圖處泌眞溪結以茅菴隱者棲膝弄恰
宜孤鶴聽絃操不藉一僮攜花枝庭錯紅意
野梧葉簷籠綠蔭齊自有山樵清迴致底須
小印爲重提

圖中無款而標籤曰王蒙圖脚更有一黃
鶴山人小印却似贋爲者故戲及之

題王蒙停琴聽阮圖

山樵應是好古者胡作停琴聽阮圖何異三
郎愛羯鼓一夔豈遜仲容乎

按晉書阮咸字仲容妙解音律善琵琶又
唐書元行沖傳有人得古銅器似琵琶人
莫能辨行沖曰此阮咸所作器命易以木
絃之其聲亮雅樂家遂謂之阮咸夫琴者
古樂阮者鄭聲王蒙此圖自題曰停琴聽
阮是進鄭退雅於義何取乎昔唐明皇好
羯鼓令待詔鼓琴未終曲而遣之急呼宦
王爲我解穢夫以琴爲穢而欲以羯鼓解

之正與停琴聽阮者同一顛倒豈后夔典樂轉遜阮咸製器乎或蒙别有寓意乎然其意亦昧矣因題是圖爲闢其謬

王蒙溪閣閒碁

松下溪亭水石磷消閒賭墅會嘉賓野橋策杖相過者漫擬彜常叻歸人

王蒙幽壑聽泉

減景山棲悅性靈相攜松下少延停飛泉阿那雲深處一例寒濤試往聽

王蒙脩竹遠山

亭覆脩篁瑟瑟崖臨流水淙淙記得會稽山下暮春遊目會逢

王蒙修竹遠山圖

萬玉叢中一草亭欹崖流水帶沙汀此間合著幽人老終日遥山蓄眼青

王蒙幽林清逸

老屋喬林下清溪峭壁邊會心多野趣契理謝言詮已下延徐榻誰拏訪戴船何須羨李

郭塵世謌登仙

題王蒙有餘清圖

雲横青嶂遠屋繞綠林疎眞覺樂無悶堪名清有餘山妻供雞黍野客話琴書却笑騷人昔何須更卜居

王蒙水亭讀書用圖間題者韻

水面孤亭絶世塵讀書人益十分春分明黄鶴留淸照欲閱滄桑劫後人

王蒙雲林小隱圖

大小憑誰論隱居山林城市兩忘諸但心閒者斯無礙所遇安之自有餘綠樹岩前蹤復密白雲窗外卷還舒叔明安在彦輝往蒼弁清茗秀故如

王蒙竹樹孤亭

種竹無多足延爽搆亭惟野乃怡神底須重疊雲嵐染頗自瀟踈緬若人

王蒙丹臺春曉

黄冠松下是誰乎霞舉軒軒佺羨徒無病自

應疎藥裏忘機亦不索陰符春山濃處心同盎古木枯餘體共臞便是長生眞妙訣笑他底更是丹鑪

題王蒙荆溪濕翠

法脫尋常荷葉皴荆溪濕翠寫其眞林姿峯態胥如滴興引沾衣確賞人

題王蒙層巒蕭寺圖

巒疊枯荷葉寺樓老衲寮烟霞爲世界松竹伴昏朝戸跡絕雙足鐘聲披七條林關客且止未許易相招

王蒙太白林巒

太白何蒼然羣峯蔚翠烟去天三百里鎮地億千年境豈俗能寫神惟契故傳黃眉如驀遇應解說其緣

王蒙破牕風雨圖卽用其韻

顛風凄雨一間屋伏案低頭半夜槃高士當年讀書樂至今佔畢尙聞聲

題王蒙少白雲松圖

太華巃嵸少白連蒼松盤自赫胥年後生笑覩金城柳契友恒依玉井蓮埳壈有根皆倒壁搪撐無樹不參天山樵那擬試剛斧鎮坐茅菴聽謖然

王蒙泉聲松韻圖

松如問道誰爲侶泉似答言可作朋我昨田盤一遊目於斯每覺得相應

王蒙松林書屋

隱几先生若有遲（去聲）隔溪佳客迴無塵相逢定話羲皇上肯作空迴題鳳人

王蒙長林話古圖

豐草長林迥絕塵淸風明月自相親鏡中舊蹟閒評處（見叔明自識語）不作扁舟獨返人

王蒙紫芝山房圖

太古林巒塵世遠野鷗家鶴各怡然山房著在蒼松下便不餐芝也覺仙

題王蒙松風泉石圖

有瀑垂垂有石磷喬松爲蓋淨無塵數（上聲）來

屈指劇談客作者恰成益者人（圖中三人坐談故云）

題王蒙所性齋圖

峻嶺崇山荷葉皴喬松之下草房陳子與書裏詮義路天水法中契妙津家計何須問雞黍齋居貟足樂精神晬然見面盎於背所性存爲是箇人

題王蒙多寶塔院圖

千福招提畫補唐（見揭傒斯識語）潤同董巨雅如王（櫽括董其昌跋語）曰無此君倪懶瓚（五百年來無此君即瓚句自書）卷後眞有賢甥趙子昂（亦卷中孟頫識語）信具仙風及道骨渠（去聲）誇林韻與烟光肯因書就闕題句認取石渠繼鑒章（是卷入石渠寶笈上等時未經題句茲重加展玩得句題幀端並鈐用石渠繼鑒寶以識之）

王蒙閬苑仙山圖

瓊宇松巖鬱且雄巨然嫡派說王蒙何當絕頂遊遙目縈帶眞堪俯八鴻

文璧當時友叔明爲知音寫自多情（見蒙自識語文璧當是馬琬）禚期雖是寄方外國禁原遵字左行（是卷題句字左行蓋從元蒙古文制也）

王蒙花溪漁隱卽用其韻

桃花開矣夾溪頭便有繽紛亂錦流詎是思蓴辭帝里要因避世見漁舟傳神生面別彭澤託志孤蹤概許由我亦禦兒攬烟水（蒙詩有欒見西畔雲溪頭之句）梯波惟見起飛鷗

題王蒙喬岳初秋軸

幾縷白雲意向閒喬峯插漢絕躋攀底知景是初秋候紅葉輕忝綠樹間

題王蒙天香深處圖

葉自青青花自黃披圖千載發天香傳神不朽宜斯在未必周家永占堂（見卷中張翥天香深處堂記）

王蒙香林書屋圖

茅堂靜坐置編芸颯沓庭先落葉紛箇裏非聲亦非色祗餘天籟隔溪聞

王蒙石壁飛流

荷葉皴山荷製裳漁舟著在水雲鄉亥山五首形容裏靜對方知意趣長

題王蒙長松飛瀑

玲瓏山吐高低瀑磊落松翻上下風生面愛他引奇句底須眞蹟定王蒙（圖中飛泉出壁穴中雖別具生面究不似大家合作筆法亦覺微嫩恐非山樵眞蹟因并識之）

題王蒙長松飛瀑圖

山莊壁著王蒙畫見少因題七字詩設使石渠閱眞賞謂當無瑕及於斯（是圖飛泉出壁雖別具生面而筆法微嫩恐非山樵眞蹟向曾題詩誌之）

王蒙山中訪友

杖策溪橋度石磯春烟潤逼薜蘿衣主人早倚筠窗待莫遣門題鳳字歸

王蒙蘭亭脩禊圖

二難四美盡堪圖杜渚浮觴作靜娛未識東牀坦腹者却稱自詡配齊奴

王蒙鐵網珊瑚圖

有竹昂藏瀟灑倶有石禿兀醉道士間以槎枒古樹枝或俯而垂或軒起妙萘月窟與天根漫云生意長辭春珊瑚鐵網名亦稱想見當年倡和人范綏倪迂廳壓倒釣竿欲拂思杜老古來契合別有神一時榮悴眞其小

王蒙侶鶴圖

黃冠兀坐浮小艇祇有胎仙介爾隨設使東坡逢覿面臨皐道士屬應誰

松路仙巖歌題王蒙所畫

我久思題松路仙巖王蒙所作之長歌意有弗快把筆欲吟行復捨試語（去聲）巧遲拙速論詩流應有聞之掉頭長笑者是時快雨初霽長烟收値我香山偶消夏晝耶境耶兩適合況當勤政（香山正殿名）召對之餘幾務寡日中必蓺操刀割時不可失興會惹反愁渾渾浩浩難爲枯亦惟就其所具天然邱壑一粗寫嶺雖險而可登磴縱窄而堪下峭筍天齊飛流珠瀉古木恠石支撑厓厈翔鳳閣於木末知誰悟乎般若盪扁舟於溪濱又誰釣竿之獨把曾青相蔽虧紛不辨梧櫝更愛閒閒結茅屋高僧仿彿東林社雄乎博乎鈐山堂之舊

物而畫禪室所藏也

太白山歌題王蒙畫卷

曾讀昌黎作太白山高三百里又憶子美何青髎布韈從此始詩人往往爲豪遊興屬雲霞氣薄秋如彼所爲未可效祇餘名蹟置案頭壯哉王蒙太白圖鬱蔥嶒嶮有是乎一覽不啻登鳥道直與顥氣相吸呼秀鍾金星切旻昊巖巒既雄復窈窱洪荒以來冰雪存故知絕項無凡草蒼松丹樹紛轇轕萬派流泉奔澗活橋通林豁山梵宮千古高僧閟衣鉢層峯巉嶭怪石磷皓然雪積荷葉皴是宜白足脩淨業乃見松下排衙人作者之意弗易揣曰爲（去聲）左菴（僧號見卷後倪宗溯識語）特圖此左菴山樵兩不知雲煙過眼而已矣

長江萬里歌題王蒙畫

支機之源誰易窮萬里蓋言寰區中讀書必當破萬卷方可下筆圖其雄蜀江公麟（李）已絕技（李公麟有蜀江圖）後來繼者王氏蒙湯湯浩浩浴日月濫觴始出羣山叢江城水郭各映帶或寬或狹致不同南戒北戒亘古劃西源東委一氣通其間割據難悉數淚洶洗盡天水空作者或於斯有會直如說偈標禪宗爾雅樓中富名畫（王世貞藏畫處見書畫譜）湖山清曉曾收幷（叶）執信致惜失彼一（見趙執信跋語）貪哉望蜀於得隴

王蒙林壑雲泉

曲注白雲端濤然落澗底色聲堪眺聽閒立遲高士道筦會有餘言泉發無滓顧彼非陸賈望表亦知裏

王蒙滌硯圖

臨池靜課餘洗硯命僮胥應有魚呑墨邪無騖換書豈懷投卞璞惟覺類莊樗徙倚南榮下窗開萬象虛

王蒙倣李公麟藍田莊圖

同意不須同格調藍田生面宛重開題詞詎似蘇學士折簡惟招裴秀才輞水淪漣琴筑

巒屏山巖薜黛螺堆龍眠長卷相參證冰水青藍謾涙猜

王繹松下聽泉用圖中題者韻

峭峯雲外卓然立寒籟松間泛若流設使東陽擬樂曲正爲水調聽歌頭

王冕畫梅卽用其韻

浙東新品詩香片（香片梅近始出會稽）冰萼瓊枝纈翠苔誰識無端風月下前身曾向箇中來

王冕畫梅卽用其韻

朶朶枝枝碎玉堆獨撐古榦長青苔展圖恰合清風下自有暗香徐送來

題王冕梅花

野艸嫌狂豐艸肥至哉藝也入精微世間贋作會稽者貌已不然神更非

世傳王冕墨梅率多繁密蓋因夏文彥圖繪寶鑑稱其萬蕊千花自成一家之言從而假託耳宋濂嘗稱冕墨梅不減楊補之夫无咎以疎花老榦勝冕旣與之相匹不當獨趨於繁且畫梅當以枝榦爲主花之疎密本非所重蓋得貌遺神尚不足取矧并其貌而失之耶此幀用筆簡勁有神固當是元章眞蹟因並識之

王紱山水

有樹槎枒有石潺樂飢眞可託高閒軸薖藉問爲何處只在梁溪惠嶺間

王紱春流出峽圖

水驛山途各趲程問誰忘世得無營九龍一幅蕭蕭筆別有悠然訪荔情

題王紱秋江泛艇

波面瀲秋風遙峯望不窮船頭俯溪客屋底背山翁（畫中景如是）溪趣和山趣人同志弗同似嫌羨魚者騁目送飛鴻

題王紱秋亭遠岫卽用其韻

秋江近岸一亭孤四壁無窗紙不糊自弗還山誰未遂笑他望岫寫成圖（末二句反王紱詩意）

王紱秋林亭子

石罅流泉泌且淙林亭結搆似曾逢無端憶得春巡處山色分明是九龍

題王紱草堂雲樹卽用其韻

野亭獨坐那嫌孤心託遥峯剆不糊歸與邪歸原在己底須惆悵寄詩圖（紱詩云但看末遂還山約空復於今寫止圖句既苶弱神亦不超故末二句反其意）

王紱漁樂圖

是人都道漁家樂不識漁家樂何若弗躬親者已隔膜況耳食者眞畫諸九龍山水最佳處孟端卜宅棲烟壑興來潑墨寫所見非想當然成約略山高水深漁鳥閒偶著漁舟傍山脚豈徒浮家追租賦信是登仙聽韶護（叶）名之漁樂亦自得山人意或別有託

以王紱溪山漁隱圖賜惠山寺弆珍以償竹鑪四圖回祿之失詩以誌事

四圖回祿雖分補（竹鑪王紱等四圖既燬因爲補寫首卷而命皇六子及郡統弘旿侍郎董誥分寫二三四卷雖詩並依前而氣韻非昔乃復檢石渠所弆王紱並卷郵寄賜之）氣韻終嫌似舊難爰命石渠出眞蹟俾藏僧舍作奇觀幸兼跋語存原博（惠山王紱竹鑪卷有吳寬題跋今石渠寶笈所弆王紱溪山漁隱圖亦有吳寬跋語稱其詩畫並臻妙境與竹鑪圖筆墨絕肖款識依然賜藏山寺俾還舊觀庶爲名藍復增韻事）一例長圖寫孟端試問惠山白足者可猶飲恨有司官

王紱溪山漁隱圖

松風低度玉參差澹蕩蘆洲月上時却笑會稽夏仲御忽傳小海唱來奇

王紱松壑聽泉用圖中邵寶題句韻

故山常憶昔遊蹤（用王紱自識意）供奉身因羈九重何不掛冠神武去（用蘇軾掛冠神武門古有今則無句意）聽泉空寫坐崖松

王紱携琴訪友

喬木草堂深淸泉落碧潯高人過石彴童子抱瑤琴將叶宮商調依然山水心鍾期欣既遇情寫爲知音

、王紱松雲高士

皴爲荷葉法王蒙謖謖濤翻松下風我昨九

龍試春蹕依稀氣韻畧相同

王紱古木竹石

骨立稜稜如古德角穿戟戟是龍孫請看枯淡蕭騷處爾許生機箇裏存

王紱密樹層巒

長林崇巘蒼蒼樂飢可賦泌洋撫覲不無後議何事豔稱玉堂（紱自識畫於翰林院之寓館故戲及之）

王紱溪亭夜讀圖

四山夜色已蒼然高士觀書未肯眠詎是天人勤董策或疑花木補嵇編

王紱秀石蒼筠用圖間題者韻

疎不蕭條密不濃天然合處見文同只疑靜寫三更月可惜敲殘一院風

孤巖何必待鳳儀池邊上伏雨中時移來新榦堪爲伴翠影相籠不自持

白石蒼苔雅稱清松梅何必弟兮兄掃愁落落詩中畫抹月翛翛靜者情

王紱山亭文會疊己卯舊作韻

縱橫峯軸與雲紳勝處盍朋六七人印證恰披行篋畫重看己卯仲之春

王紱山亭文會再疊己卯韻

亦有山林亦搢紳都爲圖寫詠雩人不知箇裏盍簪者誰會當年點也春

題王紱詩畫卷

佳處可遊亦可居擬將蹤跡混樵漁溪光不讓琉璃也峯色翻看圖畫如洋泌樂飢誠切彼小山招隱雅殷子陪遊駙馬更何事欲起九龍一問諸（圖後紱自書入蜀還京遊覽諸作稱駙馬公奉使入蜀因命侍行舟中云云姓名事蹟既不可攷而詳然可知紱亦非真遯世者矣）

王紱鳳城餞詠小軸

或稱畫錦或稱還送別情殷握手間便是墨禪一再寫可能透出利名關

王紱湖山書屋

澹澹春嵐鬱鬱松岧嶢梵閣倚層峯山川宛似曾經到審視分明是九龍

水與舟拏陸杖扶優游那戀紫青紆具區可

見非無意想欲因之泛五湖

題王紱溪山漁隱圖疊庚子詩韻

分補四圖償舊失（竹爐四圖既燬因補寫首卷而命皇六子及弘旿董誥分寫二三四卷以補其闕）猶思願海滿僧難石渠特出山人蹟古寺留供過客觀（既補四圖復檢石渠所弆王紱溪山漁隱圖後有吳寬跋者留賜僧寺以供過客傳觀爲精藍復增韻事云）王畫吳書都弗闕亡凡存楚那窮端笑他微有不足處御筆經題恐屬官（竹爐圖四卷向存僧寺爲僧人污損地方官重裝致燬因補寫四圖並御題此卷補存寺中然恐有司鑒前此之失必爲時加檢看則屬官物寺僧仍不得由己與衆傳觀以得布施或未能滿其所願因題是圖並戲及之）

題王謙梅花

水部風如何水部（此王謙圖以贈吳工部者同時方晃題云水部當年省墓回王郎圖贈一枝梅云云）王郎筆勝宋王郎（謂王泓也）若教風裊簾旌動定有蜂窺壁上香

題王諤豐年農慶圖

金颸蕭蕭楓葉落高空爽氣橫寥廓如雲多稼漸登場歡騰西墅連東郭白鶴下水烏犍閒池田波靜流潺湲秋原穲穗雜黃紫乍似春迴萬井間刲豚烹魚爲翁壽新粱炊飯香噴口三時拮据豈徒勞共喜西成獲大有弱婦房中自理機砌蛩唧唧催寒閨可知衣食民生切辛苦終年無已時

王諤溪橋訪友

草樓松下碧溪隈不設窗櫺面面開恰似陳蕃方下榻遙看徐孺過橋來

王寵高樹虛亭

識得吳中派愛看雲外皴問他虛四柱所待是何人

題王穀祥水仙圖

澹染檀煙薄著綃泉清石白間飄蕭暗香疎影何輸遜雅蒜天蔥太琢雕

王穀祥春雛得飼圖

老雀含蟲歸故枝羣雛待哺意堪悲觀圖不覺生憐憫合共思哉良有司

向曾摹宋李迪雛雛待飼圖并題句以喻政在養民誠當保赤因鐫石頒賜用勗司

牧之吏茲覽王穀祥此圖老雀歸飛含蟲欲飼雛者色喜迎承恐後一段殷情神貌欲活與李迪待飼之意同而予絜矩之志觸目卽廑民艱雖新正下詔展賑加恩行之五十餘年猶未能戸慶盈寍水旱常有彼向隅者豈盡免腹枵之嘆哉仍命摹泐以示良有司俾各發天良勉與我共治者

王穀祥梅雀卷

泉香亭合弆佳圖酉室雀梅恰當去歲夫莫謂南枝關北地向以盆梅植之於庭今旣成樹作花矣別有詩紀事試觀弄影與呼雛曰眞曰幻渾難辨是異是同都可娛何必絃干羣怨冷郎看龍井傍西湖泉香辛蓋寫龍井一曲爲之

王穀祥梅竹羣雀卷

山中所少者曰惟竹與梅邇歲培植之庭際頗成材古松卓相對三友名宜哉是謂忘年交展圖兩不乖羣雀何爲乎飛鳴驚客來

題王穀祥梅竹瓦雀

梅竹嘉賓集飛樓態各超喜緣胥啄粟怒或目如椒花下依香任竿間弄影飄處堂還免誚樂意託淸寥

題王穀祥寫生卷

柳

金絲嬝娜葉纔靑風拂長條動不停何必靈和致深思年年張緒寫眞形

杏

一般風韻一般色却似微醺酒暈腮不識孤山林處士緣何生死獨於梅

燕

綠柳無根亦可依靑靑嫩葉襯烏衣尋常嬾入王家巷爪挽柔條任不飛

枯荷葉

謝過荷花剩荷葉雖枯垂柄向依然其間妙趣分明會未似春光六月妍

蝴蝶

底須博辨菜麥化亦謾紛稱花柳迷造物由

來大公付蚑蚑栩栩各天倪

紅梅

胭脂幾點寫紅梅同是禁寒冒雪材別調似猶傲白者分明不礙月中開

綠竹

綠葉垂枝間絳英一般丰韻一般貞風過莫謂無淸馥贏有蕭蕭颯颯聲

麻雀

一枝聊託意相羊那識莊辛告楚王小鳥謾訾無遠慮星輝見說散瑤光

萱花

依然葉綠復花黃孰謂人憂爾解忘設使伯兮詠樹背閔民誰得似文王

石榴

春光五月到塗林翠葉紅葩豔不禁恰似元宵燃火樹金支赤焰一時森

練雀

逐蜂鼓翼向前頻誰謂斯禽性最仁見禽經長尾縱然拖白練可能剪拂入縫紉

蜜蜂

採芳蜂向石榴枝練雀隨來欲捕之倘遇中郎赴客召亦應一例識桐絲

紅蓼

秋風嫋嫋亞波舒長穗垂垂粟顆如疑是胡麻備仙饌水晶宮裏飯三閭

鶺鴒

風吹秋滿鯉魚寒鞏允桃蟲且自安似慮一枝還未穩託來荷葉較差寬

題王穀祥花鳥册

野梅翠雀

五五三三朵瀟瀟落落姿翻然來翠雀小住得橫枝豈羨雕籠好那知綴窨宜以幽閒適性畫者具深思

水仙紅梅

梅紅水仙白斟酌有權衡豈較肥兮瘦何妨弟與兄丰姿各遠俗格調總標淸詮出宋玉

賦非關施著成

梨花白燕

燕子銀爲羽梨花玉作粧風前態相似月下色難詳聲氣應求合紀諶兄弟方畫家工度曲三疊拍霓裳

杏花燕子

高下凌風葉淺深暈露縒施朱嫌太赤不語亦含辭何處烏衣女翩來白日虧紅綃鋪帖妥下翦意還遲

緋桃白頭翁

緣緣紅紅續枝枝葉葉敲佳禽鐃樂意名卉立芳梢駐得春前景堪成世外交如何張子布却訝與相嘲

牡丹

春到鼠姑科春光欲漸過問誰堪作殿捨此更於何葉襯綠壚褥花擎紫玭窠莫憐惟一朶增許便嫌多

紅薔薇

薔薇各色有紅者致稱佳金錠麗娟買錦袍陳濬諸何妨號野客頗可伴幽齋傍山略多刺須防莫浪揩

筍籃

春泥劚春筍藉用葉青青一體非彼此三生認色形蘇翁偈堪悟（用東坡玉版生事）沈老畫稱靈（內府有沈周寫生卷畫筍極爲精妙）偶憶韜光寺携籃我亦曾

枇杷果

枇杷因葉名夏月果方成體備四時氣枝擎百顆瓔漫耽甘可口須識味移情建業相誇耀居然呼蠟兄

白蓮

白雲自有鄉綽約試霓裳雨過通身淨風來滿意涼聲爲水仙操色是道人粧展看難成詠祇聞撲鼻香

蘭

花雖四時有品格獨宜春幽實不論地芳盜復待人朶曾聞作佩葉亦可爲紳比似康成

宅香應竹素勻

萱

黃花開韡韡綠葉發蕤蕤夜玉層籠砌秋金
滿布蹊含芳風度別散影月華低我獨憐行
役殷然詠伯兮

秋海棠

擷得春園號重開秋砌花北牆恨猶託後洞
豔偏詩四出迎風孃千葩畏日斜倚兒酸態
在祇合住裴家（見耕史）

桃

不獨花宜玩還饒果供（去聲）餐家丞那可忘（去聲）
庶子未盧看瓤剖綠冰滑液流翠露寒瑤池
有仙種却隔海漫漫

寶相花

寶相名誰贈薔薇別種分朱葩光借日綠葉
影搖雲日色固無奪其香若可聞持將比丘
對定復有疑龐

菊花

淡淡疏疏筆斜斜整整枝不衫不履意絕俗
絕塵姿裛露眞堪掇傲霜豈炫奇徐黃稱妙
手精緻覺多爲

石榴

顆擘火齊絕實孕水晶圓笑似開口杜便如
果腹邊摘時爭出手剖處欲流涎三品大蒙
貢（回部平定時駐守大臣以彼中所產石榴蘋果木瓜三種來貢曾爲詩以紀其事）
曾因擷藻篇

菘

伏雨初佈種秋成摘滿筐窮簷供卒歲老圃
喜經霜此味勝他味南方遜北方（菘白菜也北方者佳）
（南方蕓薹大不及）莫輕寒儉物玉食也應嘗

芙蓉

根陸宜照水芙蓉豈溷名飄蕭態絕俗豔裔
色猶淸白鷺波依浴鯉魚風欲生美入青鏡
句獨步祇飛卿

㮈花

抱月飄煙質淩冬傲雪花遜梅惟是白不茗

亦稱椄瓣染輕紅疊鬟攢淡赭斜設饒香味
噴迴顧定林家

盆中枸杞

大邑競盆妥植生却老枝綠瓊葉雲佈火齊
子珠垂壽可延千歲名猶殊四時賦成史子
玉亦復寓深思

硯山

陶泓常作伴人北爾恒南架合琉璃筆貯宜
水月龕情田發藻思墨雨潤煙嵐比似江花
吐斯應太華柰

柏枝綬帶鳥

丞相祠堂種孫枝亦鬱森猶然依老榦翩爾
集佳禽廿幅寫生動（穀祥畫本廿三幅舉成數也）一時寓
抱襟如將擬夏綺綬帶那縈心

題王穀祥仿夏森畫册二十六幀

溪橋策杖

先生舊與白雲遊何事支筇野彴頭疑是翻
然到吳郡返因興罷肯遲留

繡壁開雲

過雲錦繡似雲披纂組丹黃更陸離石壁漫
言無巧樣天孫機架此曾支

沙津艤波

艤舟沙岸攜童子囊橐相隨擬問津雞黍孔
門猶致議寄言作者又何人

江岸歸漁

西若東瀛隨泛宅蓬頭跣足共浮家銀鱗網
得入漁市持換香醪不用賒

煙波釣艇

煙波萬頃瀁迷離七尺青竿一丈絲不有元
眞苕霅趣何殊樵子在山時

江深草閣

鏡水屏山翠欲交虛明向遠入江郊恰如老
杜新題句背郭堂成蔭白茅

春風禽語

翠柳絲絲蘸碧潭黃鶯恰恰弄音酣空林且
喜無人聽謾舉陳言艷酒柑

漁浦秋深

來去湖天總不期鯉魚風拂綠蓑披請看孤鶩齊飛處正是絳州作記時

一竿靜趣

倚樹持竿俯碧泠鈎無餌豈爲魚鯉畫家不著伊誰氏恐似嚴光釣客星

飛泉清聽

箕踞科頭聊放浪臨流坐石足清眞誠然樂處多名教何礙容兼此輩人

臨流寄逸

含貞養素許巢儔濯足惟應萬里流横遍九州豎千古幾人當得看青眸

風雪歸人

風雪漫天野渡濱柴門不見夜歸人藉知小夏法無匹（王穀祥本擬夏森筆法見冊後自識語）更憶長卿句有神

疎柳寒鴉

幾絲蒼柳染霜輕鴉背飛翻夕照明風物報人寒近矣授衣時節最關情

平皋清嘯

疎林霽色滿平皋嘯出仙喉調自高舉似華亭寄清怨不知爲陸抑爲陶

水宿相呼

溪鳥無名有匹隨葦叢命侶意熙怡問誰識得相呼趣子美當年水宿時

風蒲鳧浴

濕蒲垂露復含風浴浪羣鳧出綠叢煙雨瀟湘渾一致佳名何獨讓冥鴻

春江水暖

詩禪誰占最高乘小杜髯蘇句可徵梅徑餘寒蝶未耳春江已暖鴨先會

會心魚鳥

鳥集蘆枝魚泳波親人樂處會心多水天空闊供俯仰濠濮奚當較若何

桑陌占時

季春月令降於桑織婦耕夫一例忙何必談

奇辨鸜鵒端知綴景勝鴛鴦

響答樵柯

樵柯不見入山深却聽丁丁出碧林抑笑士
乎抑求友同詮宵雅渴賢心

原上飛鳴

在原水鳥曰雝渠行搖（去聲）飛鳴急難如比似
鶺鴒同物類唐宮作頌豈虛譽

在梁興詠

或降于飛或在梁相關樂意水雲鄉詩人寓
義分明會上下情親福祿長

飲啄自如

溪梁栖鳥不知名飲啄悠然適性情萬物散
殊欣職殖好生天地有何營

荷塘飛鷺

晚來微雨過荷塘水面風輕溪閣涼野鷺閑
然忽飛起掠空猶帶滿身香

蘆汀霜信

蒹葭采采不成叢白露爲霜肅碧空清怨問
誰能寫出試聽二十五絃桐

秋水清標

毵毵獨立髮垂絲西室中人想似之寫物渾
成自寫照盍詩優孟效前爲

題王問畫拾得像

色空作麽生會袈裟聊爾蔽寒暄腹箇中無
著哆口常自餘歡適遇傳神子裕庶殊饒舌
豐干依稀向人欲語云當作如是觀

題王問山水

幽谷喬林靜絶埃科頭窗下古琴陪柴門不
閉小年永應待佳朋問字來

王鑑秋山蕭寺圖

梵宮門對萬峯羅精舍三間也足多誰道金
秋氣蕭颯白雲紅葉錯青螺

王鑑倣元四家筆意

不擬富春長卷艱輿來小景倣秋山愛他迎
面金鼇意豈在蹤皴仿佛間

右仿黃公望

數疊蒼山松幾株九峯爲憶讀書區絳雲可
惜咸陽炬欲覓眞王正復無
右倣王蒙
淡淡喬柯遠遠山却因鼻祖溯荆關草亭莫
問應誰付流水行雲好是閒
右倣倪瓚
山居粉本宛呈前津逮還教溯巨然匪說攸
聞不師古亦云師意始稱賢
右倣吳鎮
王維烈芙蓉秋鳴
霜寒北漠鳴南迴幾朶芙蓉貼水開正是山
莊秋半景畫家那得見茲來
王鏊溪橋紅樹
丹楓青松護草庵溪光不動鏡光涵過橋接
客相攜返等度秋風一劇談
王鏊倚杖夆詩圖
古屋喬樹下曲欄野溪邊溪外帶碕岸淙淙
落流泉是中可得句亦可破管絃何必苦研

練玩日以愒年
王時敏片石雙松圖
松有寒濤石有稜飽參黃海得相應英雄故
是欺人慣偏說離塵異允冰（見時敏自識語）
題王時敏晴嵐煙翠長卷
王氏山水多超羣豈於維也得脈親宋元明
已難數（上段）論本朝作者三其人翬與時敏原
祁掄是卷乃出時敏眞平生多作小幀存似
此長卷誠希珍（二語出卷後王澍跋語）崇巒大壑何紛
紜山村水郭雞犬聞逵林壘巘曲抱原蕩以
雲氣蓊氤氳漁者樵者耕讀勤宅茲天宇胥
天男（叶）濛濛濕潤不可捫迴然去情而得神
七十七叟遊戲皴（見卷中自識）精力弗減年少洵
晴嵐煙翠王澍云書以九府圜法文我時二
月方東巡岱宗近嚐五嶽尊以畫質境難區
分作爲長歌紀絕倫何當以是億萬民置斯
樂土咸飽溫濬華去侈都還諄
題王時敏王鑑山水合册

溪坪雲塢 倣范寬

層白千溪瀑深青九夏山雲容方醸雨樹態總含閒遊客未夅逕枯僧早閉關如云師范緩似不似之間

竹泉清聽 倣王蒙

澤畔是誰乎依稀楚大夫賦蘭應有間聽筑且爲娛泉唱竹相和竹于泉則喁石渠法堪證鐵網得珊瑚 王蒙畫幀有題爲鐵網珊瑚者存藏石渠寶笈

秋林蕭寺 倣黃公望

秋林紅間去聲綠深處有禪宮村屋還相近山蹊若可通居斯或摩詰謁者定璿公衲契大凝處那論同不同

峽樹溪鐘 倣吳鎮

山複澗之澳花宮隱碧巘一庭靜忍草萬樹總禪枝鐘韻寺樓山溪聲古渡隨欲詢應答者可悟七條披

深巖濃翠 倣董源

傍峯皆拱揖大嶺獨隆崇遊可復居可內空還外空翠濃綠過雨響颯欲吟風龍宿郊民法 內府藏董源龍宿郊民圖大幅 神同別撰中

右王時敏

林陰高檻 倣董源

古屋喬林下憑欄阿那誰泉聲高處落溪色遠邊披小閣滿風際夏山欲雨時不知默會者可解許渾詩

翠壑丹臺 倣惠崇

生翠千層壑燒丹百尺臺有山隔塵世不海亦蓬萊雲自吐金鼎露誰飲玉杯仙如謝資藉此地若爲哉

松溪草閣 倣王蒙

覆屋惟誅草起樓非背山松陰常匼匝溪水自潺湲適足供吟嘯居然謝往還應須笑文景名姓謀入寰

羣峯疊硐 倣黃公望

一峯一起伏一硐一迴環乃悟詩文境原同圖畫間無殊富春嶺 黃公望富春大嶺卷眞蹟今藏內府 那數

上聲秣陵山（見後吳偉業識語）欲掃溪橋路閒當數（入聲）往還

晴崖積素（倣李成）

一家合筆墨十幅具雲嵐堪擬難兄弟何須論北南（吳偉業識語稱太原率當琅琊廉州然琅琊王原自太原分出本一家也）

霽光凝（去聲）陰嶺寒氣逼巖庵閉戶山僧好安禪悟毘曇

右王鑑

王時翼岳陽大觀圖

兩舟近傍山四舟遠瀁湖近山者衆忙遠湖者事無當前憂樂境所值霄壤殊高樓憑欄觀更覺逸且娛一碧萬頃間不出咫尺圖怪哉筆禪人說偈如是夫

題王原祁倣古畫幀

鏤冰剪水後歸雲烘日時老筆意無盡九峯霽若斯山棧凍泥滑幽人出戶遲

右仿李成

丹楓與翠栢高下籠縈紆飛泉落迴溪颯沓鳴笙竽記得田盤路往往入斯圖

右倣范寬

留白非為雲漬墨能生烟層峯堆濕潤其狀幻萬千津逮自伊誰不問知巨然

右倣巨然

法本傳海岳慘淡神微露暮靄歸秋谷谷村不知處郎今過房山此景猶常遇

右倣高克恭

夏山非冬山而何蔚紫色徐悟曉日烘丹霞出崩岁斯可以意會不可以工得

右倣黃公望

小幀成戊子逾周甲始題西清舊命吟多作古與稽晨星今餘誰疏草木者嵇（每幀下方書命內廷諸臣題句今汪由敦梁詩正蔣溥莊有恭張若澄諸人俱無存所餘惟嵇璜耳嵇含有南方草木狀因借用之）

右倣王蒙

寫竹不同吳作石畧如沈（見原祁自識語）氣韻以為勝滃濛餘墨瀋宜與碩人居簞食而瓢飲

右倣吳鎮

颯景摹雲林滿目如清秋消寒偶拈筆那問形似不題曰適然集（原祁跋云三冬侍直暢春公寓暇時得醉消寒便一弄筆不覺成此數幀因題之曰適然集）宜粘讀畫樓

右倣倪瓚

題王原祁山水

麓臺老筆儼如生戸外松泉應答聲我亦錫山曾耳食（用蘇東坡赤壁賦句意）不思山景憶民情

題王原祁山水卷

松綠楓丹傢山縈水抱間溪堂相對搆野彴那須彎倪意參黃法神超致趣閒伊人求不得作者姓當顏

題王原祁秋山圖

三庚無那暑氣炎紗幮八面開書室吟哦靜裏遣小年左圖右史陳無逸挂壁吳綾裝尺幅本朝作者麓臺筆規橅唐宋弱元明胸中自有天然質一川平遠萬里空插天青嶂高無匹尤愛老松巖腰出羊腸難上疑螯厓溪亭對此聽飛濤蒼石白泉復澎泌如是坐觀兼臥遊觀遊兩忘三郎一滿座清涼似作秋梧梢輕籟飄瑟瑟不知題句者爲誰長掇芬菁消永日

題王原祁秋山晴霽圖

晴霽秋山倣道人墨猪拈出露精神（是幀原祁仿吳鎮筆意其自識云世人論畫以筆墨必須辨其次第審其純駁一任意便弊顯滿紙每於梅道人有墨猪之誚余於此指出得其三昧云云）不離不即諸峯朗日色曰空一意眞溪落寬中坦呈鏡泉從仄處迴垂紳既然悟得超三昧筆墨何須言以諄

題王原祁虞山秋色圖

虞山山色朝夕變惟有秋光最可人老筆蕭蕭爲寫照高松落落皆傳神儘饒紅葉爭繁艷却與白雲結好鄰吳下年年秋不改麓臺幾度參迷因

題王原祁雪景

宣紙一幅剛尺一中有千山高嵂崒摩挲象

軸認蟲文喜是麓臺老來筆麓臺年老筆亦老洗淨鉛華存秀質當軒爲展玉屏幛別有石筍天邊出槎枒古木無萬數蒼松葉在陰猶密盤折羊腸圍山腰替戾鈴聲飄塔室憶昨盤山最上盤巉巖偶駐金吾蹕謂當積素復來觀旋念執事增寒慄今朝披圖正雪後十四從知原二七坐教心地足清涼把玩閒吟看折聖

王原祁夏山小景

平生山水與有餘欲買名山都無價吳綾裝池盈尺幅千里煙嵐此中化置之五嶽伯仲間若非東岱即西華巇嶫筍尖碧玉削每有白雲出其罅陡澗懸崖若無路畧彴幾板淩空架下有泠泠珠玉聲俯瞰始見清波瀉谷轉荒村綠樹叢掩映竹籬與茅舍蒼松皆作老龍鱗盤拏不祈斤斧赦仄仄山徑相通處別有軒齋水雲榭省我遊歷蠟雙屐更無須向山靈借常住是中讀我書何用勞勞說消夏

題王原祁松壑流泉小景

蜀紙纔盈尺千里江山具每於疎處佳恰向淡中悟洞壑何窅窱雲岩若無路界青走白龍平溪待其赴孤村關鹿柴掩映松杉樹其背起高峯飛鳥不能度巃嵸巇萬仞展矣山靈鑄宿聞評畫法是景誠堪住挂壁雲烟濕卓午如日暮晏坐草亭中題此亭中句

題王原祁倣古六幀

幾株古樹幾重山北苑精神想像閒憶得香光圖婉孌（董其昌婉孌草堂圖亦用北苑法）草堂曾是對高門

右倣董源疎林浮黛

輕雲欲作雨絲絲綠柳紅桃映水湄恰是去年春二月行春橋畔問春時

右倣惠崇江南春色

宿雨初收曉煙泮石渠眞蹟此無殊（石渠寶笈中有米友仁瀟湘圖眞蹟）欲知兩米微分處可指山非鶻突

圖

右倣米友仁雲山新霽

臨溪野彴背山堂洞裏乾坤世外鄉常看桃花紅滿樹不教飛去引漁郎

右倣趙孟頫桃源春晝

精舍高低翠岑據老松虬張石虎踞雖稱倣古各體俱却是自家得力處王原祁畫畫自大癡法得悟入

右倣黃公望翠岑精舍

祇在精神不在工寒泉曲折疊峯崇伊人墨妙會無盡意與溪山正復同

右倣吳鎮溪山無盡

王翬春山飛瀑用惲壽平題句韻

細皴粗染入神知春水初生落澗遲書識重光詩正叔天餅小册合評時畫中有笪重光書松雪後一人五字及惲壽平此韻詩內府舊有書畫集玉小册其中亦有翬畫而重光題者張照評其書後云宜在辛書雖不入格要是名跡蓋鄙之也此幀字亦不佳故敢及之

王翬夏木垂陰

粉本原從紈扇來翬自識云趙文敏有紈扇小景因師其意寫此居

然天水綠陰繚放彌卷合如是耳春末夏初豈異哉

王翬秋山聳翠圖

綠林仍護巘紅葉已標枝秋意傳新景伊人具別思試看聳者翠不可奪惟時歲歲山莊繪斯情恒見之

題王翬雪江圖

雪江會詠宣和矣生面別開視此乎巫峽水聲補杜句卷尾翬自書雲來氣接巫峽長二句並識補杜詩云富春嶺法運黃圖是圖雖用宣和雪江之名而全用黃公望富春山居之意鴉羣字意渾難辨驢背詩情若可呼卷尾乾坤一亭在圖景如此蓋亦用杜詩意目窮千古迴標孤

翬畫藏內府者甚夥亦多贋鼎獨此卷渾穆高古寒氣逼人較之宣和雪江斯爲無縫天衣矣

題王翬雪江圖

辛丑暮春初得此促成七字吟大旨適當幾暇重展觀正值六花頻紛委元氣旁礴雪淋

濶郎境郎圖渾一理巃嵸玉嶺落銀瀑曲徑從中入林裏林閒山遠忽豁然驢背誰家奔句子並江巖聳倚高樓映以讀書或車氏冷烟寒樹互隱現又見琳宮雲外峙枯枝峭壁各盡態江復環流溪閣迤閣中可望隔溪路路上旅人寒戰齒飛泉那凍覊長松招提白足遊節屐（叶）峯迴路轉境愈深冒霧高飛鵶陣起崖寬波濶眺無際復下遠帆來玉壘別開生面殊越㪍一例長江圖萬里（石渠寶笈著藏超㪍）江山萬里圖所畫乃晴景而此卷所寫則雪景兩卷各極能事彼以江勝而此以雪勝均得江山萬里之趣卷尾獨殿小孤亭詩情足補杜子美（見翬自識語）空前絶後莫形容運神蔣手嗟何以眞是長言之不足舞之蹈之而已耳

王翬千巖萬壑圖即用其韻

日照層峯罨翠烟精神入在搆圖前空林阿閣風旛靜便是四禪天上天

題王翬石泉試茗

崇山爲障帶清池取水烹茶便且宜著箇胎仙茗鼎側（畫中景如此）知伊善反魏家詩（烹茶鶴避烟魏舒句也）

題王翬重江疊嶂長卷

鍾陵秀色几筵前（用翬自識語義）心寫長圖似巨篇不可名家論伯仲當知造物藉傳宣重江約略成三月大嶺倭遲閱七年（二句亦檃括翬語）讀萬卷書行萬里發爲繪事故應然

王翬修竹遠山小景

寫竹惟傳風雨枝聲敲寒玉別丰姿無多石谷蕭然筆恰似湘江颯爾時

王翬松風書屋圖

茅堂大壑滚翰墨自相親舊矣青氈席飄然烏匼巾聲流碧濤籟陰覆老龍鱗策杖隔谿者應來問字人

題王翬匡廬讀書圖

瀑迴山深水閣虛高張上伏樂幾餘底緣却得塵千斛匡俗先生此卜居

王翬江山勝覽圖

石可跏趺瀑可聽際天繚白更縈青江山藉
助興不淺意匠縱橫筆有靈曲棧人行秋瑟
瑟精藍僧定月惺惺披吟省識非無李攬取
閒雲席上停

題王翬萬頃滄波小景

石谷曾收十萬圖何人粉本此重摹無端掛
一僞爲是正叔詩兼補以誣

石渠向藏王翬十萬圖眞蹟續又得是册
內九幀圖名結搆俱合惟此第二幀萬頃
滄波布景殊異蓋屬摹本故畧更而目並
僞作南田題句耳因定爲次等止題是幅
其題眞蹟各詩命董誥分書各幀之上並
識

題王翬圖孟浩然詩（水迴青嶂合雲度綠溪陰之句）

兩山狹水水瀠迴疊樹生雲雲合開坐客憑
窗正疑孟（謂浩然句假司馬光書用之）佳賓策蹇證而來

題王翬倣王紱山水

避暑寫秋景（見翬自識語）金蘸筆底含濃青猶在
樹淡白已浮嵐野客笠憑榭漁人網下潭自
云倣王紱把對紱將慙

王翬倣王蒙秋山讀書圖

耕煙已自倣黃鶴又道山樵法巨然（見王翬自識語）
非說攸聞不師古祗應佳處讀遺編

題王翬臨燕文貴武夷疊嶂圖

蒼古微變王體（是圖倣燕文貴武夷疊嶂林木森蔚巖壑深窈微變石谷本體）精嚴因倣燕宗要自不失神韻亦能有發
吟胸傑池萬林環抱窈窕九曲包容若論雪
江本色（內府所藏王翬雪江圖元氣淋漓極畫家之能事昨曾題句云空前絕後莫形容運神著手嗟何以蓋雪江乃翬本來面目而此卷倣燕文貴著意追橅有天工人巧之別耳）此則有爲法蹤

王翬倣巨然夏山圖即用其韻

千章灌木綠陰稠策蹇何人來訪幽世務請
君謾啟齒尊盧前事搉從頭

題王翬山水畫册

蒼山蕭寺

碧宇蒼山空不空林間微見寺樓紅板橋流

水隔塵界祇合習禪任義公

草廬欵鶴

誅茅竹裏學僧菴鶴子殷勤似對談一種元人傳簡澹縱橫畫史豈容探（見畫中自識語）

秋山溪閣

颯颯秋山澹澹溪溪光山色蔚茫迷幾楹水閣憑虛架合付騷人點筆題

溪橋策杖

背郭茅堂竹作垣碧溪澹淹繞衡門板橋策杖知誰氏文敏目成圖水村（舉自識倣松雪水村圖）

雲在水流

白雲似水偏常在碧水如雲却自流不競俱遲誰解會都從石谷筆端收

江村曉色

柳放絲條桃作花籠村篆竹映波斜平江春曉行舟處祇惜溪烟一半遮

古木寒鴉

歸鴉繞樹覓棲枝村舍柴門欲閉時早作暮休無別事阿瞞那學賦雄詞

秋林遠岫

秋林蕭颯意含霜遠岫雲端色欲蒼不擬畫家倪范派瓣香獨識有香光（見舉自識語）

山光竹影

溪上書堂暑氣消板橋過客早相招共欣竹影宜疏密解使山光能盪搖

雲林濕翠

春雲低似掩林扉步向叢間欲濕衣寺閣可看不可入絕蹊徑處是禪機

王翬晚梧秋影

葉葉露纖纖秋光一夕兼蕭疏偏入牖颯沓正捎檐幽賞殊未已清機宛可拈當前相印證舉首見銀蟾

題王翬仿曹知白小景

竹木周遭茅屋低遠山澹澹草萋萋長日閉關惟掃榻清齋爨鼎或蒸藜君如有意開牖北我亦無端識雲西梳翎雙鶴松陰靜彈舌

一聲今古齊

王翬石磴巖關圖卽用其韻

天外芙蓉萬朶稠巖關拾級逕偏幽若教吸盡西江水高坐峯巔許掉頭

題王翬山水畫册

白石露齒齒清泉滴泠泠長烟一空白好山四季青咯約無人過可以讀黃庭

樂土無俗事秋山有古姿清暉已三竿高人出戶遲問誰會此趣作者黃大癡

靈山能出雲靉靆滿封中林齋坐對客潤逼冠芙蓉長笑進屐人功成奪赤松

灌木蔭佳時山中小年夏却似維摩詩詩以無言寫點頭聽經翬盡是科頭者

有節倦不支有書慵且置跏趺白晝靜翛然無一事鹿苑夫豈遙不出十笏地

匡屋枕秋江琴音鎮日淙耳觀一以悟心旋底用降看竹問主人居士應姓龐

近林鎖煙光遠峯濕雲氣重溪渺難卽弄棹豈無謂匪慕熊羆釣爲愛蓴鱸味

陌頭楊柳色天涯芳草菲凝粧上翠樓王孫歸未歸妙哉詩外意子夜安能妃

山窮若無路林豁忽有家磴道接雲關梯巖飛白斜疑在天成閣萬景衆窗紗

飛流紛萬派嶷峯矗千狀巘髮與鬘鬟一寫天籟放耳食恰宜聽目謀不可望

題王翬十萬圖册

十萬圖摹高士倪萬竿烟雨占前題忽然憶得兩竿直（石渠寶笈所藏倪瓚畫譜寫竹雨直竿題云竹葉下垂乃雨後之景余嘗寫竹枝而觀者問爲何樹余爲一笑云云瓚所畫竹位置略高而平淡天眞不似之似正深得竹之神理耳向屢倣之）此是南華示物齊

右萬竿烟雨

正是清和四月天漾波萬點貼田田不爲花乃全爲葉企慕應於李謫仙

右萬點青蓮

容容霮䨴鎖崔嵬意想難分聚與開蒼茵草亭晤谿蔚精神知自雪江來（石渠寶笈王翬雪江圖卽臨高）

古寒氣逼人與宜和雪江歸棹圖有無縫天衣之妙余屢經題詠卷尾寫茅亭一雲氣滃蔚其上余題云卷尾乾坤一亭在目窮千古迴標孤此幅中亦有一草亭精神印合固知名手下筆有源也

右萬山雲起

書樓卽是淸閟閣識去聲語分明紀壽平此幅中有惲壽平識語可識胸無萬卷者縱然能畫衹成傖

右萬卷書樓

落雲壁峽各爭雄就下都歸大壑潨莫謂其源有差別流同應足識源同

右萬壑爭流

蟠虬設鎮罨孱顏仿彿鳳山東角山不認梵宮認書院鳳凰山東南角爲萬松嶺有古院舊名萬松書院今爲敷文書院每教得句在其間

右萬松疊翠

八律金龘萬籟加淸商聲叶勝筝琶怪伊曾未出古北景寫山莊了不差避暑山莊中萬樹園每秋風排林此景似之

右萬樹秋聲

平遠秋江萬里天微波不動月潛鮮高人艤棹非垂釣爲愛淸光未忍眠

右萬里淸光

雪景由來撫元鎭萬峯高下玉同皴家原饒蓄棄弗顧其性知爲喜冷人

右萬峯飛雪

性冷偏兹寫十萬迂翁寓意究緣何想因繪事祝人壽千叟年斯倍蓰過倪瓚十萬圖盡卽繪事寓祝延曼壽之意兹乾清宮舉千叟宴與宴臣庶自百餘歲至六七十歲者凡三千人合計得二十餘萬歲較之倪瓚所圖倍蓰過之矣

右萬橫香雪

題王翬摹古十二幀

園林春午

欹岸柳絲綿緣坡碧草芊有臺臨曲渚無客繫輕船野約纔平水翠樓若隱煙半仙遊戲能高架靜鞦韆

白雲出岫

一空鋪白絮雙岫罨靑螺神以互吞吐韻爲

相邊摩果然見石谷曾是出鷗波（見圖中自識語）漫
向虞廷頌高標隱者多

夏山欲雨

景是夏山雨法摹吳仲圭中年渾董派側幅
重（去聲）翬題（幀邊翬題云吳仲圭夏山欲雨猶是董元的派爲中年用意筆）萬
澗潺湲落千峯薈蔚躋風來寺樓滿洗鉢悅
招提

松風水閣

水閣雙松下陶家別面開三層底須搆二老
鎮爲陪風處涼滿袖濤中響殷雷瀑聲相問
答誰解譜琴材

水流雲起

滄江起怒雲霰雨立披紛風勢倏先動雷聲
若可聞居然展張（借僞）畫全是貌韓（愈）文作解
利農後天龍豈詡勤

空林積雨

空山霽宿雨處處有泉流雲護崖根重露垂
樹杪稠句傳王摩詰法是李營邱野岸孤舟
繫何曾驚海鷗

煙巒初翠

巃峯初欲霽雲尚護其根已見林容濯如閆
瀑水喧遠天收雨腳古寺靜風旛深得大癡
意（翬自識用大癡意寫房山景）房山底足論

江雨泊舟

江上暴霖作煙舟未可開防風遠石壁待霽
聚沙隈旅況誠肖矣漁歌亦罷哉水禽獨無
礙飛去又飛來

疊嶂澄泉

疊嶂忽怒起其根迸石泉宮商近淸聽天水
遠澄鮮小景擬關氏大圖成石田（見幅旁王翬自識語）
一時參合相六法喜兼全

秋原平遠

秋原敞平遠秋氣鬱蕭森樹綴禁風葉鶴彈
唳露音石龕虛月相茅屋空（去聲）塵心津逮知
其自倪迂獅子林（是幀翬雖未識爲倣倪而結構氣韻大類雲林獅子林圖）

湖村夜色

夜色湖村別濛濛似雨天樹梢軟欲臥葦葉重疑眠渡口空支彴灘頭都繫船猶聞數聲雁嘹唳遠雲邊

修竹寒泉

石罅有泉白球傍有竹脩寒聲入清影介節映澄流品格均臻靜神情自相入定投何須稱摹古此意足千秋

王炳山水

落落盤盤蔚萬松翠微深處有雲封石灘迸水來何自惟見半天垂白龍

題王炳山水

夏山欲雨樹生涼暑法惟期氣韻長此是宗蒼不傳秘披圖何異慕中郎炳曾學畫於張宗蒼故云

題王炳山水

招提蓮社白雲隈門外飛泉落澗洄訝彼客人豈陶氏石橋何事策驢迴

題王炳山水

欲雨夏山氣鬱蒼層林濕潤意先涼笞鋤農父野橋過放水溪田防寑秧

題王炳山水

桃塢新耕

雨過春山似沐新紅桃綠柳壓塍鱗問伊相肄農耕者可是鈔鑼溪裏人

竹樓烟雨

山閣風來送雨絲溪烟巒靄接迷離詩情入梅道人畫畫意出許員外詩

楓林晚坐

振衣傲睨坐㕒巖童子壺笻落後遲此老一時如屬詠恰應絶壁過雲時

板橋風雪

萬磴冰鏤盤棧道兩峯玉削鎖巖關蹇驢問彼衝寒者多少詩情得此間

題王炳雪崖高士

峭壁層嵐玉作皴俯臨千丈聳嶙峋漁人尚集寒潭網高士方收野艇綸獨上崇崖聊縱

目何妨薄冷足怡神孤舟蓑笠由來慣生而羊裘此富春

題王炳畫水村春色卷用舊題句韻

古寺僧房悟色空那論雲淡與煙濛拈吟却值行齋暇展看因携東篋中爲纔吳江千里隔況臨德水一舟通偶然祇可飛遙與正務巡方在振窮

題王炳水村春色小卷

霽景分明浮遠空春山無雨亦濛濛東村西塢溪光外綠柳紅桃煙靄中放鴨言歸小艇繫牧牛欲出野橋通行縢携去南巡卷展詠翻牽思不窮

江山小景歌題王炳仿李唐畫

杜甫七字眞淸新不薄今人愛古人於詩既然畫豈異江山景命摹其神求師當於古人好進斯更當師大造畫禪室裏秘笈貽此卷爲莁其昌審定神品炳也試一研精討位置江山已合宜江烟山樹紛呈奇離鈎三寸不可說會之當於弗即離松下藉草伊誰氏以手招呼那肯起驪連轟事如可聞我亦因之下風矣

題王炳倣趙伯駒春山圖二首

峯青湖碧春方罨柳綠桃紅景向暄論趣全規仲長統畫情猶是宋王孫

水塍陸町起農功山市溪鄽致弗同學手居然成古畫王炳爲畫院學手中可造就者惜积成藝而没綵雲不散讓圖中

題王炳倣王蒙松路仙巖圖

松路仙巖王蹟眞倣臨一再得精神藝惟師古過時輩因悟菁莪作育人炳學畫未十年臻此以爲難矣

題王元逢芳杏叢蘭即用其韻

絳雲低紫箭靜態惹眞香莖林將屈畹雅合引同堂

題王孟端齋宿聽琴圖

雅會瀛洲翰墨筵琴心何論有無絃相於明月清風際只在高山流水邊佳話適然傳此日彈章偶未掛當年齋宿歷微縣而諧公撫琴動操幸免當日矛冠

者流之鼓舌搖唇耳柯亭劉井經遊處（前年曾幸翰林院今閱此圖風景宛然在目）恍悟翩翩作者賢（鄒絳記圖中齋宿聽琴者凡七人絳亦與焉）

題王晉卿九成宮圖

精工渾是李昭道題識却稱王晉卿避暑恰欣窗納爽飛泉本自枝疏淸羲壇禹洞高低辨月宇雲軒掩映呈爲問作銘合誰氏不忘規定魏元成

僧巨然雪圖

畫雪難畫寒留白誰不曉高張三伏間肌粟生多少縟枝饒冷英繞樹斷歸鳥迷目尙皚皚澄懷自了了溯景故淒其而胡灞陵道

題巨然寒林晚岫

名蹟由來稱巨然却因裝潢失其全（巨然畫近今罕觀此幀實堪珍賞惟邊幅款識圖書無存自因歷久裝潢爲俗工所損）四家題各出手眼頓置斯圖不少焉（幀中有貢璗楊維楨陶宗儀僧超然四家題詠標明巨然所作名蹟雖頗以不泥而其辭率拙劣故戲及之）

山市晴巒歌題巨然畫

山市晴巒無山名疑在大峨小峨阜試看峯頂露遠白萬古氷霜九夏守凹坪乃始排精藍已是天半梯險陡八十四盤堪歷數一盤一澗垂龍走林坳茅屋凡幾家新店不知斯是否（范成大峨眉紀行有新店之名）曉煙初泮落晴光濕潤猶然滴樾藪蜀犬吠日雖得聞訝似雲中鳴玉狗瀟湘傳景何足云（瀟湘八景其一爲山市晴嵐）馬遠見之應縮手（石渠寶笈有馬遠瀟湘八景圖）元氣磅礴神淋漓不可捉摸誰可偶此僧爲畫乃談禪普賢世界空諸有

題巨然溪山林藪

山自堂堂水自瀰村墟綴景不須爲譬如文到昌黎筆那藉纖奇藻繢施

僧巨然層巖叢樹圖

迴巖疊樹蔚層層神與爲遊韻與勝何事香光生別議出藍偏許仲圭能（見董其昌幀首識語）

數圖進

昔予讀書之暇間亦旁涉繪事嘗恭製

聖母用供清玩茲蒙
聖母宣付裝潢仍
命各題以句敢辭不文聊以效九如之頌云

爾

埭畔淩冬傲雪株濡毫渲染發清娛松枝翠拂蒼鸞尾竹實紅垂火齊珠香散檀心欺蠟淡花懸磬口帶寒敷作朋三壽徵忱切生意長含看此圖

右題松竹梅畫幅

溥溥珠露未凝霜丹桂黃花應節芳細蕊密攢金粟碎疎英低蔭玉墀香喜從月殿分根遠愛飲秋泉益算長同是神仙稱上藥駐年無恙九霞觴

右題桂菊畫幅

一枝穠麗占東風生態曼陀落畫中澹暈華脂饒的皪細鏤紅玉著玲瓏葉酣宿露淩晨沃香散春晴傍午融見說西池培植厚人間富貴詎能同

右題牡丹畫頁

梨花開足晚香含白燕飛來春正酣樓傍銀雲人不見祇聞好語報呢喃

香雪霏霏入眼新一雙玉剪舞暄辰上林景物非人世花鳥春來總絕塵

右題梨花白燕畫頁

梅雨初收候林蘭每放花素芭欺雪艷粉蕊淨鉛華映月姿逾澹臨風香更賒多情憐野雀棲托一枝斜

右題梔子花畫頁

冷露暗滋秋草著花紅紫成堆小鳳貪餐竹實合教一處同開

絡緯送聲秋至蜻蜓弄影風涼幽卉一叢舒艷都來石畔尋香

右題鳳仙石竹畫頁

天際雲呈白玉盤花光如雪望漫漫冷香離合因風悟（楞嚴經云香以合中知離則原無有）清影橫斜界地寒開處已知春漸逗折來常記臘初殘月明

林下青邱句彷彿今從畫裏看

右題月下梅花畫頁

偶爲山水小幅兼題以詩

文石枯枝間(去聲)草堂坐來兼可俯滄浪烟雲堪悅吾情性山水何知彼范王不有今人那有古設無閒者亦無忙儒臣謾自誇多藝聊爾憑消幾暇長

偶爲竹泉春雨圖兼題以句

戛玉垂珠幾萬竿猗猗石罅激鳴湍玉堂儘有琳瑯輩(是日考翰詹賦以命題)淇澳閒情試賦看

偶爲春華秋實卷各題以句

纈白標紅貴得情番風次第鬬春榮可知實盡從華孕公幹當年特自鳴

右春華

水珍陸品分甘脆採實誰當筐筥盛信是家丞風度在名言遡爾憶東平

右秋實

偶爲春喜圖輒題以句

春信梅傳鵲喜占晴枝報喜藉毫拈喜神元日西南値送喜金川願早詹

偶寫雪梅幷系以詩

先春寫素梅得雪爲淸友寒香色一家賓主誰分剖口微弄數珠腰豈折五柳如幻斯已然卽眞審能否(時方望雪故云)

偶作設色梅花並題是句

元章渲染態嫌豔无咎勾圈格畧孤斟酌濃纖聊寄興不知神韻得傳無

偶寫温牡丹一枝戲題以句

纔報春歸已大開盆前顏色笑寒梅相稱富貴眞無忝原是熱中場裏材

寫三友圖疊舊作韻題句

奚必庾嶺及淇岱松竹梅何處無有率筆揭然寫三益試問與眞同異否眞眞幻幻人謂之是異是同適當偶直諒多聞我向評(向題三友軒以松喩直梅喩諒竹喩多聞並就其德性立論觸類引伸頗爲發前人所未發)詎不可爲帝王友王順長息豈足云一再圖之

識以久
偶爲三友圖並題以句
塞山古松兆計歲雪梅風竹斯無有與來走筆寫大夫高士君子可缺否雖然轉語亦可言既松梅竹定爲偶蒼髯玉貌與勁節何處忘年不三友莫謂畫也本非眞眞物誰能似畫久
偶爲歲寒三友圖並題以句
節槩貞心冰雪顔相看風味總高閑恰如張許將高憚結契淸泉白石間
偶作三友圖因題以句
伯夷聖之淸瀟灑侯似彼伊尹聖之任後凋貞可比柳下聖之和報春屬冰蕊堪爲忘年交要之皆君子孟氏既前呼蘇家後唱是允稱益者友不出尼山旨命筆寫其眞在彼不在此
戲成四友圖各題以句
松
性是白鶴孤形乃蒼龍偃試問如擇交可能遺楚畹
竹
倪迂瀟灑枝自取性情驗鳳影將龍文毋乃失華贈
梅
爲愛衝寒意聊成照水枝逋翁得句後祇合罷言詩
蘭
氣味出塵凡丰姿自高格把臂君子林宜當厭生客
籧頭寫五君子圖四疊舊韻題句
一韻數疊剏東坡愈出愈奇取適性設如織麗逞詞華義乖風人翻爲病五君子圖凡兩作頗類玉局飛吟興張若靄鄒一桂錢維城各什成一畫苑無題等曹鄭瓷盆雜植儼聚奎朶殿春和景初孟寫眞貌殊神則同氣求聲應胥歸正五君五詠效延年却非踈誕託酒政

偶爲五君子圖仍叠舊韻題句

飛潛動植質縱殊何一弗具天地性植中君子數有五貞介宜隨衆草病各各圖貌傳其神玉磬貞稱善起興譬三百皆屬風八此是二南非衛鄭螭坳綈几延清伴色映祥霙春始孟幾餘命筆聊仿爲寓意要不失乎正藝林偶涉那求工玩物誠恐妨於政

偶爲梅竹雙淸圖用王世貞題王冕吳鎮梅竹合卷韻

今秋問俗燕趙以南豫以北頗慰覲民富孳息浮洛祠嵩諸務畢攀躋直攬華蓋峯尖碧駐罡淇澳前迴蹕廣平後一時餘事寄翰墨却喜携得雙淸友旋歸溫室未踰旬日日來往吾心神似欲倩吾寫生面不須假藉虬松鱗因檢石渠寶笈所葆祕恰得吳王合作手蹟眞仲圭學得仙人縮地千里爲咫尺竟罣淸淇在几側元章吏以文貞鐵石肝腸作胸臆居然鄧尉傳本色明窗日嫩小陽春是一是二煩叅論後來好事琅琊君雄材麗句驅紛紜我無元美便便經史簏又謝吳王落筆光射屋乃今撫其合作賡其吟翻愧當前對珠玉梅香竹韻總道腴詞壇藝苑有是夫都來薈萃成吾雙淸圖窗外十八公省乎相看伯仲原不孤

偶爲枯樹文石小景並題以句

樹欲蕭疎石欲古所期雅淡不期工自知得愜於心者未落倪黃品格中

偶爲振衣濯足圖戲題以句

振衣濯足句誠高足見太沖興致豪千仞之岡澗底水一時陟降豈無勞

偶寫青楊圖并題以句

青楊書屋屢題詩却未青楊一寫姿興至偶爲傳古貌圖成因與識新詞大椿建木友存此漢栢秦松子視其秋月春風田海調蒼皮翠葉付無知

偶爲呂嵒圖并題以詩恭依

皇祖題畫詩原韻

何來三醉岳陽仙尙憶開成應舉年一向八間留面目可能容易守天全

題舊作寶應雨景圖 圖粘安瀾楣中

壬午南巡遇時雨畫爲寫照什爲題故人忽爾如逢矣齊地殷然却望之安得甘膏零夜舫卽當沃野起春犂迴瞻泰岱纔伸悃膚寸崇朝此重去聲徯

戲爲水鳥窺魚圖並題以句

踈葦鸂鶒集輕鰷避沓如弋人猶未至樂得且驚魚

一例臨淵羨無須結網羅獨鷗會有喻觸景會心多

題辛丑所爲錦樹小幀

錦樹寫於幾務閒流光八載隙駒間八徵耄念寶增用辛丑年成是幀用古稀天子寶茲來重題乃增用八徵耄念之寶彈指流光而予已壽增八袠感繫 昊眷洵非易得我亦知爲得此艱

再題壬申所寫青蓮朶卷

移自杭城一朶蓮是石乃杭城宋德壽宮故址中物辛未南巡至杭見之其後地方大吏以便舟貢致因念其事已成遂置之御園而錫以是名並繫以詩碑傳梅石峙亭邊德壽宮有梅石碑相傳爲藍瑛所作乙酉南巡就視始知梅乃孫杕作而石爲藍瑛筆也且碑刻漫漶幾不可辨因重橅勒石砌碑之側以正其誤此卷乃壬申所寫屈指已四十年矣展閱重題以誌歲月易得云壬申寫卷今壬子迅閱流陰四十年

偶爲松陰高士圖并題以詩

獨坐長松下仙籟譏盈耳不作不聞觀會取聞前理

高人無一事徙倚把芳菊孰當青眼看邱陵蒼滿目

烟雲作供養泉石資吟凭崔氏却無亭陶家原有逕

偶爲松陰高士圖并題以詩

偃息白石上嘯傲青松底從知壺嶠中神僊亦人耳

流水淨我耳凱風梳我髮不須攜七絃有客彈淸越

嘗笑黃綺輩千秋稱大隱漢庭豈金堂何須搖唇吻

蒼蒼虬枝外望望迷處所莫云足寂寥爛漫雲堪侶

偶爲溪亭煙篠並題

無色色天形匪形遙峯數點送來青平分風月千秋調明照乾坤一草亭

硱磳詭石倚篸篔溪上虛亭眪渺茫欲擬世風還燧古非關家數較倪黃

偶爲梧窗夜課小景并題以句

義府足探尋良宵漏復深天邊一片月照我古人心

几席絕塵氛梧竹含蕭爽金盤倩誰手推出東岡上

月色潔宜秋桐陰疏勝柳映月讀書人問彼會知否

今居古與稽古月即今月梧牕對古人軒然逸興發

題補寫惠山寺聽松菴竹鑪圖叠庚子詩韻

何事鬱攸燬舊圖補裝四卷宛成夫披覩似示空即色細體未忘有若無王氏弗輪龍有九（九龍山人王紱別號）米家終遜虎之雛（虎兒米友仁小字）僧房佳話聊酬矣斯永存乎詎信吾

戲擬夏卉八香圖各題短句

蘭

春黃秋太紫綠色夏欣猗習習薰風裏都梁鼻觀吹

夜來香

聞是海西種偏標齊代名還似華林苑舞罷獨盈盈

晚香玉

傍晚豔香放形如小玉簪嗅復鼻根淨何殊薝蔔林

茉莉

雅友清芬擅宣和列八芳高謝金蛾輩新交

又厠香

珠蘭

弱榦挺長穗瓊珠覼覼垂三閭如紉佩覺復此爲宜

荷

態合擬仙人品早稱君子八香結夙盟屬應執牛耳

梔子

十里香盈谷六月雪封枝玉欄干側畔等度是仙姿

玉簪

花色白多香玉簪最郁烈美人起晨裝搔頭一枝折

寫雲山圖並題以句

底論房山及米顛與來隨意掃雲烟端倪處以靜爲用規矩外由天與然

寫烟雨樓圖用去歲烟雨樓圖詩韻此亦弆懋勤殿者

曾兩圖臨米昨歲仿小米爲烟雨樓圖凡二一弆嘉禾本處一弆懋勤殿忽忽已過時茲於塞之浙亦復畫而詩那辨異同鏡都饒烟雨絲函三原是一舊韻偶賡之

寫東竺菴慈柏倣沈周慈竹圖法

慈竹向曾圖辛未歲曾倣沈周慈竹圖精幀獻聖母此柏實似之向未前見也因互其形並題句慈柏圖茲始東竺所翔見不可無言紀山僧巧種植於恒未覩此百柯共一根櫛櫛復鬣鬣張如龍尾舒覆似鳳翼纏陡思前所吟卽今無用矣而僧頗炫奇自謂勝常耳爭能郭橐駝滅價柏樹子僧問趙州如何是祖師西來意對曰庭前柏樹子

仿高克恭夜山圖因成什

一輪碧宇迥高閒明晦分於向背間米鶻究圖微著相別開生面法房山

題倣高克恭夜山圖疊壬寅詩韻

作圖曾是趁幾閒暫眼流陰十歲間展卷不殊當日興却羞白髮對青山

摹唐寅事茗圖卽用其韻

記得惠山精舍裏竹罏瀹茗綠杯持解元文筆閒相仿消渴何勞玉虎絲

偶仿唐寅筆意作寒梅小景幷題以句

清標宜象外春色在枝南瀟灑將塵遠芬芳與靜諳遐心聊復寄生意幾多含恍憶書窗曉還憑結習叅

摹唐寅折梅仕女圖因用其韻

羣芳譜裏冠春臺拗得南枝幾朶開恰似壽陽初睡起渾忘點額玉珠來

偶摹唐寅梅花仕女戲題以句

蹁躚彼美脉西方新樣唐宮鬧掃粧環珮風清明月下不因梅朶也生香

臨文衡山仿倪迂小景卽用其自題元韻

消閒戲墨勝分茶詎論倪黃各擅家楓岸却如吟小杜茅齋雅稱讀南華庋橋詩意行勝草映座生香佛鉢花古樹幾梢煙靄淡晚來隨分噪歸鴉

仿文徵明春林策杖圖卽用其韻

雲外層峯幾疊青鐘聲鎭日聽南屏綠陰已自成帷幄不用東坡擇勝亭

偶倣文徵明山村嘉蔭圖卽用題徵明畫韻

四友良宵會一堂言唐虞上薄周商三庚底似淸秋景戸外喬松八鏡長末二句櫽括徵明詩意

避暑山莊仲秋尚有荷因倣文嘉蓮藕淨因圖寫之並再疊舊韻

荷朶仲秋見惟應此熱泉山莊內有溫泉熱河以此得名味堪爭桂馥色似傲霜鮮再倣仍率爾相看祗淡然一空具四有圖內花葉藕蓮蓬各一默會是何緣

筆頭倣文嘉蓮藕淨因圖仍疊舊題句韻

既是青蓮種發生那藉泉花開實同結藕壯葉恆鮮擬性色非色摹形然不然粗覯原有質靜想本無緣

倣王維雪溪小景成詠

幾暇畫禪賞祥花戸外霏雪溪相印證湘管試臨揮爲愛神情入那論筆力微如因夆姓氏耐可副三希

題自爲倣王穀祥柳陰垂釣箑頭

倣王因配張（行宮内有張照臨米芾帖扇其一面未書壬午歲曾倣王穀祥柳陰垂釣意並題以補之）置此歲壬午今來逾古希一笑古人覩

偶仿項聖謨松濤散仙卷爲小幅輒題其上

巆括長圖意松濤宛散仙飛蘿籠仄澗落葉逐流泉太古無朱夏一峯凌紫煙何妨苔壁上又識戊辰年（聖謨於圖間石壁上題戊辰年爲是圖今歲又戊辰故云）

倣孫克弘盆蘭仍用張照題是畫韻

冬居例用還法宮近喜甘玉尺澤蒙宵長數點漏聲下雪梧圖展消清夜題詞揭爾憶舊臣不殊昔日前席耆因之放筆倣孫爲幾朶吐芬幾葉灑亞盆亦植有温蘭是一是二沒握把却笑難呼圖裏人逋句顏書爲賡寫

倣倪瓚山景用題瓚山樹眞蹟原韻

疊嶂試爲倣山意叢枝未寫置林情有餘不詭託閒想認影求眞惡溷名

雲林山樹長幀爲楊維楨所作氣韻天成自然生動向曾題句茲得佳紙因倣其筆意成是卷以限於邊幅寫山不寫樹所爲嘗鼎一臠耳

偶倣倪瓚小景輒題以句

藝事偶寄懷固知非所貴近來更有悟每倣雲林意

偶倣倪瓚喬林詭石並題以句

有樹槎枒有石嶙高低不約任天眞疎皴揭倣無多子却憶吳淞江畔人

倣倪瓚江岸望山圖并用其韻題句

不留烟靄快初晴了了嵐光入眼明笑我曾同高士興隔江亦復遠山橫錢塘秦望應如昔白傅蘇公只剩名若向錦曬論氣韻輸他

老驥騖前程

偶仿倪瓚葉湖別墅圖并題以句

去年問俗江之南湖山妙趣供清探倪迂葉湖試親印題句憶在青春三傳神信得水鄉樂坐對每令澄襟恬初冬夜永喜餘暇瓮盆低亞黃花籤摒擋筆研鋪金粟刻楮何必求精纖背臨面證出偶作吳門山乍掩眉尖不似之似似亦可五合得一如書兼詎惟文房寄陶詠要因澤國懷農蠶

摹倪瓚獅子林圖並題以句

獅子林稱薌故吳倪迂舊蹟不宜無石渠妙品難虛彼（倪瓚是圖已入石渠寶笈上等不可置此而去因摹其眞跡命永藏吳中）竹院清娛漫倣吾雖亦循門得蹊徑眞成依樣畫葫蘆裝池付弆留佳話惜墨閒情或可夫

題所倣倪瓚獅子林圖四疊前韻

逸品倪圖藏石渠倣爲一再並題書孤高祇以蹟傳彼搆築因之事搊予卷展神遊到姑孰几憑清夢擬華胥吟成依舊蜖頭寫老眼先慚昔不如

題所倣倪瓚獅子林圖三疊前韻

樸室原非夏屋渠愛他宜畫更宜書兩番粉本粗臨彼四韻成章又曼予水復潺湲憑武列春同遊豫到姑胥迂翁簡筆含多趣面目如之神未如

再題所倣倪瓚獅子林圖仍疊前韻

由來水到便成渠斯語堪詮畫與書園建獅林原慕彼圖藏清閟復題予幽佳此日傳上塞同異明春證古胥一再倣之一再詠自維何事太紛如

仿倪雲林秋亭嘉樹并題以詩

四柱虛亭向遠開秋山如洗淨無埃不添略彴平湖面爲恐遊人杖策來

踈枝亂葉莽秋烟信是壺中別有天若比桃源贏一著不曾洞口引漁船

秋水澄泓天泬寥榛烟楓籟韻山椒亭中常

任無心客大隱還嗤說市朝
湖山四季秋偏好我亦秋風瀟灑人忽學老
迂爲放筆却嫌全未悟根塵

擬沈周寫生玉蘭兼題以句

最是饒丰韻誰能擬色形報春常濯濯照夜
自亭亭訝許凌風質疑聞過雨馨謝家賢子
弟端愛繞階庭

偶做沈周寫生散牛卷幷題二絕句

喘乖丞相問耳濕牧人來何似無拘束烟莎
濶步迴
在腰傳白綬鳴窌應黄鍾腹果休教懶東郊
好力農

題倣李唐夏山雨後小幀

雨香館裏壬申畫雨後夏山倣李唐雪霽今
朝重卽景卅年訝忽變烟光

仿李廸雞雛待飼圖卽用題廸畫韻

待飼摹李畫吾心重（平聲）念之設如歉歲值誰
救小民飢獨我誠深懼諸臣願共思子輿舉
稷語應各愼攸司

偶詠宋人名流集藻畫册中李廸雞雛待
飼圖惻然有懷於災壤飢民之無救也因
摹其畫成什命泐石以示爲民父母之官
題李詩並書於左

雙雛如仰望其母竟何之未解牽揚啄誰憐
空腹飢展圖一絜矩觸目切深思災壤民待
哺愼哉羣有司

倣柯九思筆寫竹一枝賜鄒一桂並成
是什

山水蒼渾花卉鮮畫師孰與爾齊肩聊因寫
竹開生面恰似來京晤老年不側出看枝特
挺惟中虛故節常堅白家記（白居易養竹記稱竹似賢人其本固性直心空節堅云云）與柯家法在我無非屬偶然

偶仿董其昌天池石壁圖漫題以句並
用其韻

展幀眞饒氣韻涉筆偶值幾閒誰謂一叅黄
石（其昌以黄公望天池石壁圖所見多贋本及策筇吳山下狂叫黄石公謂如遇吾師）

也居然重歷吳山

偶摹燕肅秋山晚靄圖因題

古樹參天列幾株深籠蕭寺翠模糊愛聽猿嘯來三峽肯放漁舟出五湖羇馬玩鶩傲顛米清風明月友髯蘇逢人若問終歸處指點青山半有無

倣趙孟頫蓮塘圖用舊作題趙畫韻

風動鯉魚波滿塘枯荷葉上獨禽翔別傳秋意斯臨趙盡得風流彼勝黃（趙圖中有董其昌題識云倣黃筌本）藻荇蕭疏筆幾點水天幼渺尺盈方欣於五合同書法小幅旋成趁爽涼

仿趙孟頫梧陰高士圖用題趙句元韻

不必七絃攫琴音流水彈傳神非阿堵師意試臨看

倣趙孟頫汀草文鴛圖卽用趙孟頫畫韻

飛潛胥各樂生生汀草雙棲具逸情波面鯉魚風欲起漪紋寫照豔光晶

偶倣趙氏合璧卷各題以句

枯槎密篠離披間以詭石參差不擬刻楮求似頗兼作篆行之春意昌昌有腳化工蕩蕩無私水晶宮道人曰昔者吾亦如斯

右趙孟頫枯樹竹石

吐雲春靄靄爲月夜娟娟最是相宜處一家眷屬連

右管道昇竹石

不雜石白與筠青仲穆神襟未易形恰比鷗波坡渚側幽蘭雅合是同馨

右趙雍筠石幽蘭

箑頭偶仿東坡偃松圖因作歌題便面

曾倣東坡偃松卷收之箑頭栩己意世傳三友斯已紛益以幽蘭復爲四（松竹梅世稱三友復有益以幽蘭者雖格韻同清而松姿君子非竹與梅品可比不如屏去其三獨寫松風也）一夔足矣盍須多概屏其三弗容厠覺有謖濤出問（去聲）問清風安藉比戶試

再倣蘇軾偃松圖仍疊舊題韻

偃松傚以闕廿載（昔圖甲戌年作）境詣欲驗仍歎改曰榦曰枝雖不殊其情其神畧殊在殊不殊乎松想知揭其妙有侍臣詩（甲戌傚蘇軾偃松圖、卽用張照題蘇卷韻茲再傚仍用前韻題之）東坡豪興示端倪笑屢傚者誠但（讀作燕去聲）吹

題仿楊補之三疊圖箋卽留置繼思齋

遼東會鮮見寒梅擕得疎花幾朶開隨路秋風那吹去先期冬雪幻飛來畫圖三疊何須較香色雙淸喜共陪留置芸齋還什襲無端防惹午蜂猜

偶傚陳琳溪鳧圖因疊舊題陳畫韻

不喜萍茵喜沙阪翠衿丹臆素纓昂秋風獨立處誰妬那學鵝鶵假羽翔

傚陳書長松圖疊向題陳畫韻

題詩猶憶甲申年傚畫聊因適性天溪壑似哉神不似果然眞者怵當前

偶傚錢選三蔬圖幷題八韻

瓊芳貽舜舉可以注蔬經兩顆魚鱗紫（茄）一丸鴿子青（瓜）書生原識味（菜）畫士善傳形縹軸千年秘瑤箱幾氏扃江村今夢幻七字昔調停（是圖昔爲高士奇家物自題七絕三首頗別有所託）何是不脛至偶然師意寍迎秋早呈實過雨自餘罄學圃觀生趣還因悅性靈

偶傚鄭重達摩渡江並題以句

好風吹送大江橫世界三千莖葦輕若說一花開五葉有人我壽者衆（平聲）生

題傚宋刻絲九陽消寒圖

九羊意寓九陽乎因有消寒數（上聲）九圖子半迴春心可見男三開泰義猶符（圖中有三男亦寓開泰之義也）宋時挅作眞稱巧蘇匠傚爲了非殊謾說今人不如古以云返樸却慚吾

題弘旿山水

畫裏別裁有合詩黃雲漠漠倚欹崎眞情實景得扈蹕萬頃山田麥熟時

題弘旿山水畫二幀

竹徑通幽萬个青豁然開朗有溪亭主人欲

寫湖山趣會以神非會以形

右竹閣臨流

楓溪幾曲水瀠洄攬景沿流一棹開未肯秋風吹落葉恐妨杜句涉垂僮

右楓溪縱葦

題弘旿山水册

層城十二難爲數（上聲）隱隱雲端見玉樓說向世間佞仙者此中無路慢須求

右層城元圃

漁舍蝸寮隔野陂春來新水乍生時綠含遠柳近未葉趙北燕南故若斯

右湖村新綠

萬壑有泉松護之泛乎濤者屬乎誰却從問答問悟得有說不期塵世知

右萬壑松濤

孤峯絶澗遠塵氛曲棧還教數白雲周子設恒處乎是雅圭何致有移文

右螺峯暖靄

泛泛平波破野烟隨流得任任其然湖光山影都晴意莫認尋常訪戴船

右晴溪輕舫

縈青繚白路難通爲恐人來拜下風若問芝田何處是翠峯搖刖半天中

右丹嶂芝田

峻挺重重疊樹蒼羊腸有路曲偏長軸藹問孰宜居此合是逢萌與薛方

右烟扉雲厂

西嶺霞標暮色披塞湖如鏡淡輕漪六年前此濛舟景（向來駐蹕避暑山莊每當秋蹔塞湖泛月即景成吟或待月設棹乘馬遊山自辛丑壬寅以年逾古稀遂有塞湖弗泛月之作迄今荏苒又閱六年此圖仿其頗似之）老矣而今懶不爲

右鏡湖泛月

水之平也自無鳴港隔高低必作聲却憶昌黎寄東野忽然漏此未曾評（昌黎送孟東野序雖云水之無聲風蕩之鳴而未及高低之鳴湍究於不得其平之義猶有未備）

右曲港鳴湍

底論得神及去形渝然雲白與山青別開生
面浣花句不見山村露一亭（畫中景如是）

右歸雲擁岫

蘿磴盤盤入雲表仙梯有路可能成不如築
室嘉蔭下靜聽松風自在鳴

右仙梯蘿磴

寒鎖千崖突兀枝琳宮隱約向空披翠巖有
問如何答正是眉毛落盡時（翠巖承明禪師說法云一夏與兄弟東語西話看翠巖眉毛在麼見歷代禪師語錄）

右寒崖琳宇

幾架幽居倚翠微深林自爲（去聲）掩雲扉欲詢
箇裏遁肥者周黨其人是也非

右翠微雲屋

畧彴平橫溪水上柳風上下映輕漪小樓更
在山深處問渡不知待者誰

右柳風野彴

萬綠叢端有玉臺虛無雲表豁然開教他磵
底閒房幾足接尋常過客來

右玉臺積翠

板橋曲折溪亭接習習香風左右披傳得杜
詩神逸處灑然荷淨納涼時

右荷香水榭

梁爲橫也壁爲豎經緯從心一幅中筆底可
知解禪偈十方三際遍而窮

右石梁苔壁

近喜樹婆放疎濶遠延山勢露淸眞笑他騁
目眺景者饒有披圖眺己人

右碧巖靜眺

犖嶨崇峯疊樹皴濃陰如蓋路堪循匼匝四
柱空空在留與方來坐眺賓

右深谷濃陰

幾樹丹楓俯碧漪停橈有客背觀斯可知舟
較車爲穩生面饒他杜牧之

右楓江艤棹

一箇危亭幾株樹不爭多景祇爭神幀中邪
著倣誰筆知是深於倪法人

右笠亭霜坂

青蓮萬朶碧霄摩何事瀌浽愛𨵩他休訝芙蓉森陸地白雲襯底豈非波

右萬疊芙蓉

開闢山樓出樹端供平聲來腹藁却非難設云兩句三年得島瘦如何耐此寒

右山樓覓句

廿四番風減却春是册二十四頁皆山水共同覔句正如空中樓閣耳瑤岑册裏獨嶙峋空中樓閣搜吟罷聊故戲及之借玉花淨掃塵

右遙岑竹墅

題弘旿香山九老圖仍用白居易詩韻

分班各具九之數兩次命遊白者鬚辛巳辛卯兩年俱以恭逢聖母七旬八旬大慶因命舉九老之會諸王與在朝文臣爲一班武臣爲一班致仕者別爲一班各得九人命遊香山以副嘉名並冀嗣後十年一舉亦茲盛典再已幸覩三絕望辛丑年欲三舉此會而已不可得追維往事曷禁悵懷丑惟識悵戌盍娛今歲朝臣以予八旬萬壽欲請仍舉此典予以丑歲既不獲遂願而今豈忍以自娛且諸臣中亦罕有年長於予者是以未允所請重

儓弗忍宴而樂置去又嫌疎且覊祇以關餘聊一至尙仍强在未資扶欲因靜慮省諸詠却撫宗臣舊所圖圖即貯此香山靜宜園那更白家較伯仲大都佳話不如無

題弘旿畫翠巘高秋

千尋翠巘嵌丹楓秋色臨平想像中石渠寶笈有王蒙臨平秋早畫軸上等眞蹟楊昇曾未見款識仿昇筆法精神直欲逼思翁

史杠杏花麻雀

雙雛相倚枝頭宿老雀飛來喚不醒祇有其雄若無事杏花深處獨梳翎

題牟益茅舍閒吟圖

擣衣曾弄白描圖石渠寶笈藏牟益白描擣衣卷曾用謝惠連擣衣詩韻題之設色今看結撰殊幽客罷茶味編簡僕人沽酒貧壺盧一椽足慰棲遲耳五斗寍耽仕祿乎試問閒吟趣何託日新惟德肯名孤益字德新

再題牟益擣衣圖仍用謝惠連韻有序

是卷題於乾隆丁卯比戊辰再題則已
遭
先孝賢皇后之感迨今甲戌倏已七易星
霜矣寒食前一日適值忌辰追念前徽
撫懷節序披圖觸緒繭館猶新用寫悲
懷仍賡舊韻
鴻龍運玉斗紀序相嬗催新烟引緣榆兕目
吐高槐邇日頻望雨愁卜桑鳩啼孰謂斷魂
節憶昔別椒闈東巡禮岱宗鳳萋聊相攜大
故遭登舟銀漢不可階茲辰值忌辰感感余
懷悲遺緒展斯圖圖間有舊題傳神擅老牟
宛似秋氣歸佳人闊掃粧相聚擣寒衣即今
重織紝親蠶館復開何當盆手三愴念前人
非
再題牟益茅舍閒吟圖用舊作韻
復得烹茶劉氏松年圖重看此卷格非殊牟益此卷題已三年矣近復得劉松年烹茶圖閱其印鑒位置恍與此卷相似因以兩圖比較則並法正同蓋牟得劉稿本仿爲之而劉卷頗有剝蝕語目爲烹茶圖證以昌黎玉川子詩恐相印合而牟卷則由收藏家妄標以茅舍閒吟之名遂致沿誤今既爲辨訂因復題此什以識並於劉卷題句仍當合弆之以記同異
閒吟乃識匪徒白白居易詩每逢月下一閒吟豪酌方知特寫盧仝赤脚長鬚
無悶矣敗鑪破屋足娛乎因思事屬可傳者
必有偶焉定不孤
再題牟益擣衣圖用高士奇舊題韻
昔曾用謝惠連韻題此圖卷端每讀卷
尾高士奇所題三絕句及識語感其意
而悲之重爲檢閱則宛然予意中事矣
夫人雖貴賤不同其爲倫常之情則一
也觸景傷神次韻再題時戊辰蠶月
溶溶涼露濕庭阿雙杵悲聲散綺羅暖殿忽
思同展玩頓教霑漬淚痕多
獨且凄其賦錦衾橫圖觸景痛難禁江邨題
句眞淸絕急節曾悲樹下砧
沼宮靄靄女桑低盆手曾三玉腕提盛典即
今成往蹟空憐蠶月冷椒闈
題米芾雲山圖

元章墨戲已罕見設色更少如晨星三尺小軸具千里淪雲猶白山猶青過雨水若下巫峽乘風帆疑去洞庭石渠久弃擱吟筆展玩興到搜杳冥翰臣題識宛在幀恰似品古談西清（幀中張照跋語論芾神格及畫家派別甚詳）不須今昔感芥蔕試看圖中流者自流停者停

題米芾設色雲山

希見螺青畫誰云鶻突圖野橋孤嶼接傑閣疊林扶露氣濛濛潤山容了了殊貌爲水墨者安識此翁乎

米芾雲山煙樹卷

煙樹雲山杳莫分氊薌說項有前聞如從鶻突論眞假吾亦斯之未信云

按此圖雖筆墨渾厚而蹊徑分明似小米而非大米徒以項聖謨題云峯巒變滅時便是米家法遂相傳以爲元章畫耳

米黻雲山圖

出岫夏雲多奇峯峯雲岫兮將無同蔚然谷神盟豐隆嶒峒霳霹濕翠濃疑有仙人宅此中天宇不許凡塵通松下忽逢採藥童告我其師曰葛洪

題米友仁山水

重重邱壑鎖雲煙家法分明是老顚審視渾淪中有跡書如羲獻合應然

題任仁發出圉圖

上駟出星閑圉人袖手看性惟貴神逸色豈繫騅驔詎可執鞭督（用韓昌黎意）常從寓意觀天閑多肉脹今古致同歎

題任仁發張果仙蹤圖

中條山色鬱參差中有幽人道術奇未許世間知里系忽從朝宁謁威儀坐如鶴瘦神猶逸放出驢馳意不羈可惜雖曾仙藥進霓裳驚破那能醫

題任仁發調良圖

巨鼻于思立大宛名駒牽山牧平原細莎齧齕隨其性豈在金羈玉轡繁

題任仁發花村春慶圖

熙春桃柳繪花村稱慶高堂列子孫別有賓朋盍簪里相於揖讓進于門一時佳會神傳獨六行芳規目擊存迪世化民塵深念所希比戶此風敦

題任仁發橫琴高士圖即用其韻

峽是焦桐水是絃寫之橫膝兩鏗然高人非學稚圭者移勒休馳驛路煙

題朱德潤山水卷

嶺複溪環處高人各卜居有時訪雲水無事問蟲魚木彴度踏爾芸窗侍企如相期話舊圖非擬萬言書

朱德潤雪溪清興

水閣俯溪隈漁船近閣來買魚供客醼沽酒恰僮迴莫作王家棹還嗤党氏杯漫天吟玉與雕琢豈須材

題朱德潤秀野軒卷

徵士躭小隱幽居水竹便開軒眄秀、野據榻吟高天佳話留今日良朋自昔年吳中故多士渤海獨成絲

朱德潤溪山秋霽圖

薄溽苔陰減清風樹杪添霽光猶未定雲影戀峯尖

朱叔重秋山疊翠

雲白林青鎖疊巒景寥趣永耐尋看大家李杜斯郊島少見欣他瘦且寒

朱叔重春塘柳色

儒素偏兼繪事工春塘柳色喜韶融猶存北宋丹青法不襲大家簡淡風煙縷欲低旋復起泉流似斷曲能通天然佳句誰管領付與橋頭策杖翁

朱倫瀚指頭畫松陰橫琴圖

抱琴松下來獨坐聽流水聲不在絲桐却在心與指

轇轕蒼龍枝清泉流其下無爲調適人橫琴一爲寫

題朱汝琳草蟲卷

蠅蠅翊翊各迺靈蠕動肖翹畢肖形誰辨方言及爾雅無逃入竹與青盂飲惟清露瀼金井怕是秋風蝣洞庭卵濕化生一合相恰都來聽法王經

題冷謙竹溪琴友圖

叢篁深處兩仙翁佺羨精神黃綺風橫膝焦桐不須撫琅玕清響正相同

題五代阮郜女仙圖

控鶴乘龍落碧空海山佳處勝遊同追隨總是行雲侶那計三壺與八鴻

霧袖風裾稱體娟休言玉杵結塵緣上清亦有遺淪謫寄語人間漫學仙

周家昉與王家朏津逮猶餘五代人不是宣和珍什襲相隨安得至崇眞卷後商挺題云阮郜五代人習周昉王朏輩法此圖嘗入宣和內府傳至於今誠爲珍寶觀於崇眞萬壽宮疑徽欽北還携來流落民間者

題余省秋芳圖

女夷應是惜韶華點綴繁英分外嘉數種寒芳凝玉露幾枝濃豔注丹霞興添敲句抽思麗清伴焚香裊篆斜見說家丞重秋實祇今秋實讓秋花

海天羣鶴歌題余省畫

余省畫鶴鶴其性前身應是款鶴師在陰鳴和過幽寂海天羣戲放筆爲奔機角睞豈所論上下左右無不宜海上三山隔塵世向聞其名今見之蒼松越萬載一色輪囷撐突虬龍枝是處豈可居別物舍胎仙也其奚誰合羣休息信得地分形飲啄各出奇惠然而來翩然往怡情欲赴中復疑莎垞彳亍印古篆雲路振迅披銖衣擢距延頸若有抗鞋頻骶耳咸知時引吭彈舌振空谷婆羅吽梵非笙絲昂然黃鶴獨超絕不與衆侶相追隨松巔偃蹇若少憩疑被文偉方騎歸衞軒不慕腐鼠嚇阿閣還輕圖籙垂景昭名蹟存寶笈石渠寶笈有邊景昭胎仙圖長卷師承有自青出而胸中萬態

猶未盡與鶴終始難窮期

題余省魚藻卷

菁藻琳池縟連行戲衆魚至清溪用彼知樂亦欣余

題余省菊花

如是空非色誰教鉛粉施能知花外趣堪作畫中詩露朶盈盈際風枝灑灑時落英如可啜何必學安期

余省仿宣和三思圖

粉本出宣和秋江渺淡浤離披蘆幾莖搖落蓮一朶毿毿三公子潔羽脩而鞸騰聲五百年錦綺經收裹余省寫生手倣摹亦稱頗稍命展擴之宛見薪傳火藻繢貴取意會心理則那於魯有賢臣三思事求妥斷義苟未精多慮反成瑣賄齊計固乖出僕志終果未如文子人三思亦云可

先皇后大故頓成彌月光陰迅速永別之日長同歡之情斷矣感而成詩以誌

花雉行題余省所畫

東風吹綻紫藤花花下雙雉毛羽華雌侶顧步適其適意改忽上松槎枒松藤故自分蒼嫩雌雉逐逐雄雉儔無何花落松依然雙雉彳亍沙痕印法常（宋僧）寫生擅流輩草草但取無人態徐黃膠粉復太工院本習氣刻楮同余省權衡得其中理趣神解衆無窮

余省雜花草蟲卷

鳴者動其股飛者翾其翼馥者揚其芬嫚者錯其色寫生有如此傳神亦云得展卷悅茂對與物愶生息

題余省倣林椿四季梅

梅椿杜鵑

松竹參差處韶華醞釀中子規猶未識啼怨口流紅

梅花反舌

如知春信至日日喚春來遥指能消渴殘英已貼苔

青梅畫眉

閒却平陽筆幽林借一枝髣髴金衣鳥含桃欲嚥時

黃梅翠雀

五月熟梅雨三巴浣翠溪無言類桃李消得也成蹊

杜瓊夏日山居卽用其韻

宇宙以來山靜處幽人居乃覺相宜四家法粹元時畫七字格同宋代詩

杜瓊天香圖

書屋天香寓樂飢擬登雲路又何爲二語反並中杜瓊詩意樞機言行可不慎屈指似茲難數其

題杜瓊天平嶺圖

我適天平一遊目森森萬笏覽無窮天平山卽萬笏朝天范氏高義園在其下巡蹕所至見人烟稠密兼有亭榭點綴茲幀中林木叢茂惟樵徑可通亦見今昔情形不同也誰知冠嶺起樓處當日纔容樵徑通

杜瓊獅林圖

雲林橫卷手曾摹倪瓚獅子林圖卷久入石渠寶笈上等壬午南巡曾摹寫成卷題詩留寄圖中以識名區勝蹟放作長條見此圖曲徑脩篁皆若識蕭齋古樹了非殊佛龕有我何留相僧達無生尚坐趺屐對合忘一切念念民飛興復之蘇

呂紀蘆花野禽用沈周題句韻

蘆葉蘆花金籟候一時物物具秋心枝頭根底呼羣者隨意徘徊聚野禽

按畫中蘆花紅果皆秋景而沈周乃有春風各有時哉樂之句可謂不知時並不知畫周不宜有此或係僞爲者並識於後

題呂紀春喜圖

花如吐馥鳥如生鳥顧花芳互有情最是春光含喜意不須著相去聲鵲呼晴

凡涉送喜祝喜之類多有畫喜鵲者失之拘泥矣此獨畫麻雀錦雞具見寓意出俗而設色亦精工故是佳品

呂紀巖壑翎毛

傍壑一雙白鶴翁崇巖綬帶集林同高卑位置殊失當（去聲）畫者知其定熟中畫署呂紀審觀不似其筆意且置雙鶴於下而棲綬帶鳥於林端蓋以贈達官者故詩以嘲之

題宋旭山水

竹籬茅舍帶江村萬壑千巖勢吐吞山淨無雲遮玉宇雨餘有水到柴門仙家雞犬那聞吠世上簪裾且漫論不著桃花林夾路恐防認是武陵源

宋旭歲朝圖

圍爐賀歲坐茅齋柏盞椒盤雜錯皆序齒仍存酬酢禮逢年且喜廩倉排新春至矣舊春似老者安之少者懷別有步橋叩門客相安耕鑿總吾儕

題宋旭西湖圖

日日西湖圖裏遊何須展卷證風流石門恍似相傳語異地還當藉此不

題何浩萬壑松濤卷

長松能作風風作濤聲瀉萬簌禁不鳴曲高和者寡靜籟已入聽濕翠復堪把壁間挂古琴成連不能寫

題汪承霈歲寒三益圖

松爲羅漢開生面恰有相依天竺僧設以美人喻林下楞嚴經裏度摩登

汪承霈古柏水仙

古柏於斯千萬年一開生面頓教鮮似嫏山景隣寒儉文石邊傍厠水仙

汪承霈古栢水仙

古柏自是靈山有水仙却惜寒巖無（五臺氣寒水仙不耐寒祇有盆中蓄卉耳）不妨合繪示平等蒼顏麗質相蒲蘇侍臣昔歲恰扈蹕秀筆留壁供清娛唐花缶裏或改面虬榦雲間自故吾文殊之智即佛智（文殊是佛平等性智出梵典）故宜斯地張斯圖

題汪承霈畫二幅

湖石邊旁古柏身峙成壽字傍（去聲）長春（花名）嘉

其用意新非巧小雅如歌天保人

右古柏

橫爲嶺也豎爲峯點畫其間借老松不似似
中五福首窗明几淨伴清供

右山水

再題汪承霈畫二幅

別裁巧不涉纖新題句七旬忽八旬（戊申題承霈此畫時年七旬有八茲來重題則已躋八旬在承霈益寓祝嘏之意而子康強如昔洵非易得）漫向箇中較六法可知柏本壽爲身

右古柏

書中畫復畫中書邱壑翻爲壽字如（是幅山水布置章法與古柏一幅並成壽字意其自出新意即書即畫巧不涉纖亦藝林中創見也）試問千秋藝林者獨開生面孰同諸

右山水

沈度山意銜寒欲放梅圖

老幹橫斜倚碧峯雪餘春意已春容斷橋西畔孤山後大得其神惜未逢

題沈周山水卽用其韻

一翁垂釣碧波潺落澗流泉帶遠灣是米（襄陽）是吳（仲圭）還是董（北苑）憑人議向畫中山（用沈周自識意）

題沈周山水長卷

老眼六旬翁西山歸棹中（二語隱括沈周自識語）契神別有獨佈景乃無窮曰畫卑斯畫不工却絕工粗皴成卷尾卒逸本家風（沈周畫以眞率擅場是圖結搆頗精細而卷尾粗皴數筆作山勢曼衍以終之仍不失本家風度）

題沈周山水六幀卽用其韻

高樓盤覆老松斜却俯青青竹未花（竹生花則其葉黃）遙見過橋客將至呼僮石鼎好烹茶
霜楓幾點紅猶綴秋樹數株綠已疎水榭支窗不嫌冷碧天騁望與懷舒
江翻石壁夕陽殷耐可言歸挐艇還舉首遙看峯頂寺山僧閉戶更高閒
遠山雲表一稜遙寒散秋空嵐吐朝水閣幽人閒對瀑目窮落落意寥寥
艤舟岸上有人立問答情深一幅兼却被伊誰割半壁石田遺韻祇虛拈（沈周此畫凡六幀五幀皆有題）

句惟此幀無詩而畫幅較他幅稍窄似係後人割去因以己意補題

蹇驢詩興可中收得句何曾愛俗流陸游句俗人猶愛未爲詩最是江南風氣好雪天猶自有拏舟

沈周山水八幀即用其韻

古樹佳陰坐來爽石泉遠韻望中深幽人此景相商榷不可聞言可識心

三株喬木不成林一箇空亭弗設座待他千古客來遊此是石田別裁作

山容淡沱欲生雨樹影模糊已接雲一帶横溪隔南北却教賓主自然分

有山祗作平坡野無樹不標老葉林暗與倪迂爭伯仲已看點染氣森森

碕岸豈同踞虎夜秋湖未作鯉魚風一箇扁舟泛瀁流外空恰似此中空

從來取適絲竿者自詡人間第一流試問孜孜羡魚際可能非愧此扁舟

泉聲落落都含冷樹色蕭蕭已報秋不著樵青坐船尾防人認是志和舟

刻畫樓臺妖艷枝嫌伊畫院事澆漓奇柯詭石蕭疎寫老沈許他此道知

題沈周春草秋花卷

蘭

春陽入屈畹王香散陶戸底須愛霜英即此堪終古

芙蓉

木末騷人興丹青寓意深由來衡泌侶秋水寄遐心

沈周秋風話歸圖即用其韻

抑爲小雅抑豳風老筆傳神意鑿空握手河梁似聞語羡君策蹇竟歸東

沈周秋山圖

紅葉纔添綠尚稠山容端的是新秋老蒼審確石田法奚必圖間姓氏留圖中無沈周款而有啟南小印印即可僞爲而審視老蒼氣韻非沈周他人固弗能也

題沈周秋山圖即用其韻

過雨登樓納曉凉遥看有客度橋梁應緣問

字來相話早是芸編發古香

沈周秋樹茆堂卽用其韻

秋風吹葉疎枝露層巘雖遙不掩深誰向茆堂徵逸句落來蒼翠滿庭陰

沈周秋林策蹇圖

阿誰驢背騎童子擔琴隨似逐京華者渾嫌道路遲煙迷眼中緇風裊鬢邊絲所異利名客便宜賴有詩

沈周秋巖眺聽圖

有樹丹青有瀑泠色宜眺復響宜聽南人本不來北地那寫山莊無逭形

沈周楓落吳江圖

崔家逸句眞無匹沈氏粗皴亦絕勝小住吳江詩畫裏身披寒籟晒空澂

題沈周冬春圖

冬春幸得不憂貧力作那能辭苦辛玉食常年厭精鑿念他粗糲乏饔人

題沈周雪景卽用其韻

我到西湖每過梅雨高峯送雨絲來披圖如踏六橋雪樹樹重看五山開

沈周疎籬看雪圖

疎籬捲起那言涼愛對梅芬松復蒼外相不徒稱一合早將冰雪作心腸

題沈周寒江垂釣圖

北方過霜降魚已不受餌南方候雖殊雪亦必冬季每見圖釣雪非吾所曉事過候魚弗餐其餌成虛置或云炎可趨化因及物類或云披蓑翁非釣魚釣意循名諒亦可責實終何濟

題沈周桐陰玩鶴圖

過乳喬梧弗待洗嘉陰高士立蒼苔步橋羽客自成篆不是鄰翁問字來

再題沈周桐陰玩鶴圖

綠櫛桐雲爽籟披匯麗筇杖立移時恰如處士孤山北放去還應自款之

題沈周慈竹圖

盤山慈柏倣沈法（昨於盤山寫東竺巷慈柏倣沈周慈竹圖筆意）玆
展沈圖知倣王（沈周慈竹圖自識倣黃鶴山樵）愈遠愈非且
休論幻稱竹柏底眞常

沈周抱琴圖即用其韻

溪壑幽人氷雪顔橫琴膝上坐蕭閒底須撫
作水仙操調在淸泉白石間

題沈周山水幽居

幽居靜可論山腹水之源有婦司中饋無僮
守外門亦時來野客而弗過高軒應笑向逢
輩猶然致傳存

沈周雲山圖即用其韻

板橋橫接溪亭子策杖幽人意甚閒欲擬破
雲登峻閣更從雲表望高山

沈周盆菊圖即用其韻

圖中生面開秋意鎮相催籬下香盈把霜前
酒當杯畫詩皆可入蜂蝶豈容猜展卷淸吟
處重陽得得來（時中秋前二日）

沈周南軒圖

軒樹灑然淸琴書許暢情山蒼仁體現樹古
靜風生活火烹商鼎枯棋對晉枰恍如佺羨
侶聯袂暴南榮

有鶴足稱淸無梅也覺情水流還似昔客到
不嫌生（用沈周自識語）梧影團垂幕苔紋亂點枰古
今商權處直欲傲桓榮

題沈周張公洞卷

崙岈一穴若無憑危棧可登不可登沈老破
天慳有作張公因洞府留稱雲關千疊解隔
世石乳萬年已變冰內有人家並怡樂別開
生面武陵仍

沈周廬山高

倒看詭石立看濤卜宅惟應賦楚騷若與廬
山相較量石田豪與比陳高（沈周此圖爲陳醒菴作并題長句其上）

沈周郭索圖

應月期無紊稱星度不差黃泉雖後蚓渤海
却降蛇

沈周聽蟬圖卽用其韻

蜩聲最喜玉琴然閉戶疏籬月樣圓欹枕北牕眞傲世客來何足訝貂蟬

沈周虎邱圖

勝約欲期客發船泉聲松影感無邊見沈周詩久哉山氣消金寶紛矣壓閭盛管絃

題沈周虎邱圖

徘徊松下獨題詩客去人來落後期大似桐廬已發棹彥升方至富陽時沈周自題云約陪石居吳水部爲虎邱之遊獨予弗果明日携壺追往而石居已發舟與任昉詩所紀郭桐廬出溪口見侯事略相類故云

題沈周冷泉亭圖卽用其韻

靈鷲飛來不飛去秀標南北兩峯間亭臨石罅千層瀑溪隔寺前一帶山筠碧花紅繪春日探奇攬勝值幾閒自知不是淸閒者空羨諸人此往還謂畫中石田明古輩

沈周石湖圖

行春橋及上方山歷歷曾經想像間老沈眞齊黃與范坐遊那費往和還今非今亦昔非昔忙自忙兮閒自閒寄語桂坡沈周自識爲桂坡先生作應好在對圖贏得幾酡顏

沈周水村圖

吳天欲雨雲低腳鷗鷺淒淒隱翠峯記得垂虹亭那畔時時此景舸前逢

沈周乳鵞圖卽用其韻

襹褷弱羽學飛時爲白爲蒼未可期聽講每教隨慧遠換書安得遇羲之

沈周花下睡鵞卽用圖間原韻

石有丰稜花有姿睡鵞宜畫又宜詩南華經倩石田註才不才閒酌取之

曲項偷眠夢草青那期帝女噀霜翎分明道德經相換太白詩中誤遝庭按唐史云黃庭經是六朝人書晉史載寫道德經事因李白詩世人遂以黃庭經爲換鵝經云云

沈周竹堂寺覲梅圖

古寺荒頹古木森居然城市有山林寺在蘇城內梅花千樹類誇語沈周詩有竹堂梅花一千樹之句暇日三

詠繪畫

人託雅吟畫格詩情多靜趣儒巾僧帽結同心（見周自識語）原來境傍行宮近四度南巡却未夆

沈周松巖聽泉圖卽用其韻

獨坐匯巖上知他何處家蔭松謖秋籟聽瀑落泉花暨勢分雄硐平紋漾淺沙與闌歸草舍應步曲橋斜

題沈周碧山吟社圖

招提卜築背崚嶒靈竅中虛玉乳澂十老高風餘古木百年故蹟付溪藤琳池聽講看魚慣雲逕延賓記鶴能阿那松庵依左側所欣我亦品泉曾

題沈周漁翁簟頭

摸索青竹籃得魚供脹鱅是中多隱人而何欲逐逐口銜綠葦枝將以穿魚腮船泊前溪曲曹騰歸去來

沈周溪舟夕照圖用吳寬題句韻

無礙溪煙黯欲迷挐舟幾曲只沿溪渚旁小泊迴頭望却見匯巖茅屋低

題沈周畫菜卽用其韻

老圃家風眞畫占著生此色那全無題詞重舉東坡語看作監門鄭俠圖

祈穀禮成述事

玉輦從從度炬田祈年寶殿敬祈年樵蒸焜引非煙起鐘磬和依太簇宣思昨潦行惟惕惡撫今春始益寅虔祭朝元旦歲均未滋味穰金虀賚全

橅沈周杏花並題以句

老沈粗毫寫嫩葩（周自跋在夏雲巷看杏花爲主僧天泉作其枝用渴筆寫意著三數花翛然生氣逗出）興來偶仿一枝斜繾懷春館吳雲隔（圓明園杏花春館爲四十景之一杏花最勝）孤負東風幾樹花

沈周墨牡丹

姚魏應嫌太豔春別裁老筆寫花眞洛陽日暖風和候比似劉家未足倫

沈周玉蘭芝朶

芝朶丹黃蘭葉青石邊木筆燦亭亭畫家大有伊人念規寫無非謝氏庭

沈周紫茄

石田卒筆迥傳神此獨雪溪一脈眞不肯盤餐較滋味紫苞如滴露華新

題沈周桂花書屋圖

幽人結屋桂花陰葉葉綠瓊穗穗金彼自悠然無世念小山動我白駒心

沈周石壁流泉卽用其韻

流泉鳴卽是心鳴誰瀉銀缾向下傾如曰不聽可免聒未知有耳那無聲（周自題云水聲到耳聒不了耳到不聽那有聲是猶有耳在故反其意）

沈周蕉石閒吟卽用其韻

皐比石畔把篇居研義盂同不下漁自覺其中趣可樂非關欲上太平書

沈周溪午納涼圖卽用其韻

松聲似與泉音荅爽籟相於靜意偕散步溪邊日陰午崇情直欲傲無懷

沈周溪橋樹影卽用其韻

塡塡扶笻過小橋不巾一任髮飄蕭淸溪八影曾無愧太古論風定豈遙

沈周溪橋訪友

疊樹蘢蔥山岌峨幽人家在白雲窠不因世外煙霞契誰復溪橋策杖過

沈周支硎遇友圖卽用其韻

艤舟應在慶橋邊（橋在蘇城西爲往支硎正路）戴笠飄飄致欲仙（隱括沈詩中意）畫卷若爲（平聲）今日設詩詞知向那峯巉不覊遊興足雙屐有契崇情手一編我豈似他閒逸者覲民惟覺意中懸

戲題沈周支硎遇友卷

沈周寫寒山刼弄盤山處盤中之溪亭更肖龍井趣（是處溪亭有西湖龍井式爲之偶來汲泉煮茗展閱此卷儼然南巡景趣）佳卷於斯披將以淸諸慮問慮淸也無紛然

者何據

題沈周支硎遇友圖

山圍溪繞野堂開簪盍良朋坐待問欲問圖中高尙者盤山夫豈異寒山（乙酉南巡於寒山山題此圖及田盤之泉香亭搆成遂擧致置此兹來披卷恍然如遇支硎因復題句）

再題沈周支硎遇友卷

肖浙溪亭裏寫吳山卷存（沈周是卷即貯泉香亭中）偶然一展看復爾有題言引慮多徵哂寄心靜匪煩六巡別南國（自甲辰六次南巡迴蹕已閱十年而親愛民情時殷往來於懷）却每憶黎元

題沈周倣王蒙山水即用其韻

心耽北隴峯惟翠身避東華塵是紅妙契山樵采薇意底論格法異同中

翠荔丹楓沓嶂頭誅茅書屋窅而幽遂初賦就筆纔輟時復欲橋策杖遊

題沈周臨王蒙松陰高士圖即用其韻

松下科頭淸且閒蕭然舉眼見蒼山石田煩習靑蓮法可向楞嚴辨八還

沈周仿倪雲林筆意卷

仄徑曲緣流秋雲溼蒼樹蕭然山水間獨許幽人步

石泉墜潨潨盡向平湖瀉踞石弄絲竿不爲游魚把

倦立青松下松根亦堪枕對此忘蹄筌誰辨倪與沈

我是廟堂人每愛山水趣板橋俯碧溪待我支筇度

題沈周文徵明書畫合璧卷

山水由來本擅場那更人物學中唐（此卷雖無沈周款而樹石蒼老確是石田本色惟人物稍涉刻畫與周平日畫法不類然亦脫去塵俗自非歷史所能仿彿或亦當時人物好手與啟南合作此圖未可知也）却看衫履多拘束無礙神情自發揚韓氏佳篇文氏錄（卷後文徵明書韓愈畫記合裝成卷足與畫意相印證）沈家奇蹟項家藏（卷末書沈石田畫韓文公畫記圖文衡山書墨林項元汴眞賞及收藏年月款識且前後印記纍纍信爲檇李項氏珍物）秋卿有意秋貳獻憶舊翻因引念長（錢陳羣得此卷未及呈進今其子汝誠識其緣起以獻惟是陳羣之

歿忽忽六載撫卷不禁追愴

題沈周畫册八幀

石湖秋意

石湖幾度見南巡震澤相連漾碧淪但識其春秋未識夆思此意契覲民

古木幽篁

細竹欉槮古木蒼荊關意更濟倪黃(見沈周自識語)虀鹽不用重和齊(去聲)卽是羅浮骨董湯

江樓帆影

樓倚江邊俯暢情縱眸遙見片帆橫大都遠涉風波者兩字不離爲利名

澄湖草閣

四柱虛亭俯碧漪倚欄匡坐獨凝思詩人定是杜工部紫閣峯陰對渼陂

山館看雲

山館臨高空谷杳凭欄幽客託遙思日沉閣際溪雲起恰似許渾得句時

雲巒過雨

雲歸嶺腹勢將散雨過峯頭潤尚濃蓑笠依然漾舟去恐妨林下露重重

石梁採藥

趺坐空巖修內丹白雲蒼樹自幽閒却疑未悟黃庭旨尚待青童採藥還

雪溪訪友

高峯鏤出玉嵯峩銀海寒光影盪摩獨坐溪亭思白戰石暎恰有客相過

題沈周寫景幀

溪環崦抱鎖重林眞是入山恐不深使者復來求那得詎爲曲也直爲心

右疊崦重溪

橋頭杖立若沈思莫怪畸人得句遲似有祖鞭先著者松風吹出不言詩

右野橋詩境

遡洄相逢野水湄古今商搉偶談之並舟者問伊誰氏甫里陸和逸少皮

右漁船對話

竹齋自合幽人住荷殿何來隱士家（幀間題云竹密山齋冷荷間水殿香而所繪乃隱逸是水殿非隱士所能有因戲及之）雖以寄懷工部句徐陵聯却寫成差

右竹齋荷殿

石亦白兮泉亦淸匯屬兀坐足怡情設如慕遇王武子不學飾非孫子荆

右淸泉白石

秋風微動碧江漪不繫輕舟泛渚湄散髮何須登太白濯淸猶覺此爲宜

右散髮輕舟

幾點丹楓霜染時近看的皪遠迷離颯然一段江南意艤棹溪邊試領之

右楓林秋色

落葉風吹萬樹疎故山不變是吾廬便教倒篋傾囊檢且喜曾無封禪書

右黃葉林廬

棲者安然來者飛並投一宿總知幾阿嚇不識息心處看此枯枝亦可依

右枯木寒鴉

竹莊避暑小盤桓（見沈周自識語）寫出雪村萬木攢底識畫家工換景爲教沽酒解嚴寒

右雪村沽酒

題沈周溪山草閣六幀卽用其韻

其一

身依陡岸曲欄畔意在天光雲影中不識凝神搆語者可能把筆賦幽通

其二

花容不礙向和背樹影自分陰及陽付與草亭端坐客逍遥玩景閱時光

其三

臨池亭子木爲欄無事何妨把鈎竿莫謂柳塘纔一畝其中魚不識江寬

其四

徑曲幽延步得得溪淸樂致意油油誰知天上三庚暑自有人間六月秋

其五

將軍却非傳名姓（是册石田題內屢有將軍之語而後無爲誰所作款又未明書其爲何人蓋武臣之有園亭好文墨而索其書者）疑是當年何氏家對坐人如自擬杜莫須詩賦月支花

其六

石田老筆以韻勝久矣弆藏石渠裹拈吟六幀重詳觀全圖恐復不止此

石田此册凡六幀幀系以詩並自書名而不紀歲月詩中曰大將曰將軍曰上將蓋爲武職之好文翰接名流者所作疑當時全册本不止此或散佚不完或經市賈析而爲二以求多售故無末幀署款未可知也至其所謂將軍者未知爲誰因考石田耕石齋詩其稱將軍凡四一爲謝將軍題標弟畫一爲王將軍樓船歌一爲鶻打雉贈陶將軍一爲贈海上劉將軍惟於謝則自詡水墨緣王則稱其左圖右史其言將軍蓋不出乎王謝之間顧其名字無可考既和其韻題册並識以晰疑

題沈周寫生二十四種

牡丹

垂露出羣卉恒春不謝花寫生經沈氏較品究劉家雨後芳如沐風前態欲斜還應笑姚魏未盡洗鉛華

梔子

佛卉曾傳白仙方更著紅揚猗惟近雪吐馥不關風池影通身淨露光滿意融南薰欣晝永茂對五絃中

芙蓉

木蓮原蜀種名擅錦官城浥露眞無語迎風最有情宜因紅艷妬早覺道裝成調粉龍香劑斯花自寫生

山茶

梅白杏花紅開齊色與同（山茶有紅白二種）標奇凌朔雪耐久見東風體物輕描外傳神靜對中

曼陀羅佛樹空色色空空

石榴

團圞瑪瑙盤盛以水晶丸百顆珠無定三危
露早溥匡頤眞欲解韓手未曾彈底事求爐
火纔成九轉丹

枇杷

盧橘非秦樹黃金本蜀珍文園早消渴郭氏
未爲貧皺齒生凉乍堆盤帶露新仲長曾有
論緬想見斯人

柚

南北奚曾異味香洵得宜却教生動筆寫出
欲垂枝不剖宜非譎能藏太覺奇田盤寺樓
上小憶向年時

蓮藕

蓮房青顆顆藕節玉脩脩悅目權教置養生
在所求裊絲雪色脆墮粉露光流問道林椿
後（宋畫院待詔林椿有著色蓮藕雞果）居然見沈周

瓜（三種）

在渠有敦物纍纍翠蔓舒冰盤間沈李中饋
佐生蔬何必期霜後渾如摘雨餘東陵此小

隱種類漫分疏

茄

昆山傳妙法渤海殖嘉生蔡撙栽荒郡王褒
約小伻登盤問魁芋烹鼎厭侯鯖淸供戴家
物微嫌未隱名

蘿蔔

植援閒錦町雜種已分羅紫玉含津脆壓華
生意和性存薑芥半品比菌蕈過學圃雖堪
鄙如須今豈多

葱

嶺久傳西域盤仍佐五辛己知根似玉誰辨
下生銀標倩含朝露紐芽報早春可憐洛陽
獄陸績獨思親

筍

刺土纔盈寸凌雲勢不紆崢嶸氣早直森蒨
翠相扶怒長應期夏叢生獨盛吳韶光山徑
畔記取帶煙鋤

胡蘿蔔

愛此珊瑚筋堪登白玉盤可蔬亦可果宜脆
復宜乾色相（去聲）出元代釆烹奉可汗成名獨
惟爾羞殺漢衣冠

菱

開花落復含結實淡而甘煙客浮遊慣幽人
咀嚼諳春光仍鉅野豪興在江南與芡相評
較應懷匠氏慙（芡花開向日菱花開背日有如巫匠之術云）

茭白

野沼秋風起葑茭可取嘗不輸藜藿味愛託
水雲鄉沙沚根疎密蘆汀葉短長與蓴一風
調何彼獨思張

王瓜

名稱同葷挈四月亦云生花是黃金綴形如
綠玉橫垂垂瓠不落纍纍棗何爭寫意惟蕭
淡相看最有情

薹菜

蔬譜菘薹芥大同名小殊本根來朔塞今日
盛東吳自是田家味未堪陳國廚雨花煙葉

意江左憶清娛

鸜鵒

寒皐不踰濟飛集限淮南屋脊每常見巢頭
風日諳能言白鷴勝入夢綠陰酣莫報新荷
裏司空善理談

白頭翁

頡頏常命侶棲穩砌前枝飲啄自如意平生
那解離芳叢亦可入妙繪若爲期白髮嗟何
限稱翁爾正宜

蠟嘴

黃嘴烏毛羽翩翔階杏紅禽經傳畫本桑扈
佐蠶功活脫出形色飄颻謝雨風不因能戲
舞安得入樊籠

雞

獨立羽毰毸昂昂絕忌猜底須資芥粉聊爾
藉松煤入埭花迷錦登場玉作臺誰能繼佳
什八斗早稱才

鴨

鴨梟家野異應與雉雞同春水萍茵暖元都葉露融別離歎都尉荒誕化仙童沸卉歸羣夥浮深若履空

兔

東郭傳名姓梁園恣宴娛伏跧春草嫩顧目夏槐敷趙國淸辭詠石田妙筆摹未能工百首（李嶠詠物詩百二十首）粗就寫生圖

題沈周寫生各種

玉蘭

簇簇玉光蔚菲菲蘭氣勻似中無刻畫淡處有精神磊落偏饒韻芳華不藉春分明稱木筆寫照倩他人

蝴蝶花

天公賦物本無名誰其名者應非本於非本裏爭是非多見其爲失之遠翩翾者蝶翩翾花即一即二胥名加謂花非蝶寍非也曰蝶是花誰是耶娟娟者藹舒舒草露態風姿聊自好漆園吏與宋大夫兩不知兮堪絶倒

萱花

葉綠與花黃無情自在芳持將贈屈子定是不能忘

白蓮

卉中君子號雖同淡白應知勝豔紅水鏡當前難辨色祇饒香氣噴翁濛

蒲萄

蜿蜒雲中龍綴珠如活汞自是九天漿謬曰大宛種圓圖內外融不可覓其空何須詡絶域徙致聽覩悚宜作念珠觀五蘊淨心孔此是日觀法（石渠寶笈貯有宋僧温日觀畫蒲萄卷）石田肖生動

老少年

點綴山根與水涯鴈來時節發芳華非英灼灼寍非卉是葉飄飄都是花十樣錦鋪勝西地一竿竹倚出東家傍人莫訶輕窺宋還笑悲秋愴自嗟

雞冠

蕚不（平聲）全異花品命却同譜層疊芳穗綳昂

藏絳冠吐喈喈雖未鳴六義懷風雨

菊

不礙芳華瀟灑無雙節概清高千秋知己誰是歷數惟屈與陶

蟹

賦形造物信多奇介類屬乾又象離敵虎從來誇郭索夾蛇終得濟波斯無腸應識於中直有骨惟看向表披逮謝金膏玉脂[illegible]可懷江淨月明時畫圖以外能說偈樽俎之間別繫思不戒十門分進饌徒稱置筯亦何爲邵氏見聞後錄載宋仁宗內宴十門分進饌有蟹二十八枚閒一枚價值一千置不食曰一下箸爲錢二十八千吾不忍也夫不戒於十門之進饌而不忍於一枚之千錢此正孟子所謂放飯流歠而問無齒決亦何可取之有

鰕

鰕遊海躍沙稱玉德號季遐腸腦直屬腳鉗八叉紅殼如琥珀青甲變藍葭獻庭見說援耳爲盃或出南巴試看啟南數筆寫何異慈明一棒拏

牡蠣

蠣房堅似石附積或如山閉口深藏汁自固計圖安以其有可欲錐刀終致鑽佐飯解朵頤醒酒迴赭顏詩實堯臣好寓意別有道

蝤蛑

蟹種十二蝤蛑居首或曰撥棹水中善走既入畫譜亦列食單嘉賓讌集一具專盤鶻爲突眼蜩爲俯腹蛙似其腦鼊如其足萬類憑生不齊之齊加恩處士是曰滑稽

鴿

鴿之馴者常近人或其煮之輩譏誚鴿之馴者亦近人孰不煮之供勸醻一例羽族清俗異況入淹寒佐餬芼何不飛去保爾生小那忍焉爲去聲粱稻

雞

五德韓詩載三號史記稱銜珠占瑞兆逢玉叶休徵立若矜雄峙間當念夙興花冠原自好芥羽詎相應士雅中宵舞安東三雀登昂

然圖畫裏似伴徑山僧

鴨

浮波不殊野鶩登陸復伴家雞水暖春江知也城隍吳地淒兮巨山已詩淹博甫里誠善滑稽獨立那須畏隼九思漫擬集鵝

貓

左傳稱六畜訖未其名厠君子有事迎却貫見禮記禮記義何宗食鼠佐農功張湯雖老吏薰穴終難空雖空冀北羣飛兔與騏驎不如跛之技寸長尺短分短分蘇氏罵捕雞則堪訝二徐記細故亦何關治化

驢

吁嗟乎驢不見六經之中間出漢晉之書題面學鳴頹蕩已甚豈知名教之樂非虛旅食京華灞橋風雪斯則詩人所以愛諸異哉石田淡墨閒掃而長耳四蹄之形神畢肖無餘是忘筌也是契筌也豈類乎刻楮者之分疏

題沈周寫生册

雉

獨立阜如峯斑然毛羽茸在粱憶丹匹登木應黃鐘誰辨八淮蜃曾同作繪龍石田號忘世寓意究何從

墨蘭

底須葉緣與芽黃草草圖中馥馥香恰似幽人不衫履豈爭顏色向羣芳

牡丹

色紫何曾紫意豪負是豪偶然爲墨潑足以託風騷洛下種猶盛唐來愛底高略嫌八十老（見後自識語）尙豔宰公袍（幀間周自題有風流魏家紫光動宰公袍之句）

筍

山肴野蔌雅供餐却似雙魚臥玉盤（石田此幅畫雙筍觀之乃若魚疑是誤筆從而點渲者）一例東坡能戲客漫嫌上番（去聲）未成竿

梔子

瓣裁荆國玉蕊簇華山金色滌塵凡目香宜

清淨心精神夏瀟灑庭院夜深沉底事號禪友來從薝蔔林

枇杷

以葉得名以果異珠顰琥珀燭纍纍定知枝上無棲鳥認作金丸不敢窺

藕

不染汚泥處（上聲）濯清緑水披節生能應月蕊發惡（去聲）先時根具靈通竅花開清淨姿處妃疑折贈猶帶雪華絲

菱

折腰珍味最稱吳却是崢嶸頭角俱短句偶吟范成大無端民瘼纏披圖

石榴

囊擘絳瑪瑙子堆紅水晶迎眸形錯落可口氣和平齒訝寒敲玉心疑液嚥瓊葉羌供歲貢鑾空種眞輕

黄瓜

菜盤佳品最燕京二月嘗新豈定評（學圃餘疏言燕京種黄瓜火室中逼生花葉二月初即結小實中官取以上供今內府藝圃者四月初始以小黄瓜進鮮前說殊不足信）壓架綴籬偏有致田家風景繪眞情

茄

科疑米老樹實類邵侯田紫白明明別秋風落落懸山僧飽廚下郡守種齋前更說不飲井侈談豈信然（南史載蔡撙爲吳興太守不飲郡井齋前自種白莧紫茄以爲常餌詔旌其清夫必自植而後食何異許行之曲說且以長吏下專園夫之利亦殞屑不得體然鄙吝者時或有之若富官而飲官中之水不足傷廉誠如史言一郡之地廣矣撙豈能自他處致水以供日飲而所種莧茄又安能不資汲灑甚矣盡信書之難也）

、菜瓜

種不青門纍綴叢食稱七月見豳風十香糖醋滋紛矣踵事增華老圃同

蘿蔔

蘆菔出金城蔬中品淡清充腸堪以熟沁齒亦宜生客舍誇淨練僧庵種脆瓊富貧原不擇利物得公平

松

爲生體物善形容倔强稜稜殿老松不擬徐
黃工細緻最能寓意是吳儂

題沈周倣倪瓚山水册

溪橋早秋

野亭四柱倚江濆落葉纔看勢未紛隔岸遠
山幻明晦依稀欲出護霜雲

山塢看雲

山腰膚寸吐雺霏茅屋人家半掩扉底事往
來絶行跡恐防濕潤早霑衣

水閣松風

茅齋幾架碧溪邊拂發天風意欲仙松韻滿
聲相問答高人屬耳似聽禪

竹坡閒憩

古樹疎枝齊竹枝畸人憩下立屧屐隔溪雲
岫意無盡誰識其中與共之

蕉石臨流

石如蕉與蕉倚石眞境幻名兩不差却纔遙
情武林外湖西山憶號丁家（西湖金沙港南曰丁家山有奇石林立狀類芭蕉山根有泉流出作琴筑聲嘗名其巖爲蕉石鳴琴南巡臨幸曾有詩）

仙岩幽訪

環抱溪山幽且崇境非泰岱即崆峒策笻同
旅聊相訪那學軒轅拜下風

梧館清陰

梧下茅菴秀而野清風疎影漾參差主人合
是倪高士祗欠呼僮一洗之

春亭延翠

亭中危坐是誰伊畫意詩情兩默思不似似
誠善學柳雲林後乃一人斯（末二句檃括册前董其昌題語）

題趙宧光等跋沈士充數十四名家畫
卷

營邱眞蹟石渠藏（石渠寶笈載有李成寒林圖幅眞蹟）縮本臨
來翰墨香菭痕有聲還泛籟槎枒無色爲經
霜詩情樹杪神含淡秋意吳中目滿涼幾度
南巡率春日寒山林究屬宧光

右倣李成寒林趙宧光跋

春山幾度吳中省秋山每於塞外領春於南

而秋於北化工位置機權秉南豈無秋北詎弗春宜時卽景各得其神是幅慘淡學公望崇山峻嶺都入狀不能同處乃能同在簡以該氣以王疎林之下茅屋可探問予契意曰北匪南

右倣黃公望秋山鄰近光跋

忠恕曾傳沒骨山稜稜却自矗孱顏陸瑀謂撫僧繇法考訂應知得實艱

右倣郭忠恕沒骨山陸瑀跋

一亭枕江臯對岸嶤峯翠峯傍却空闊極目馳天際懶瓚勝人處是幅得其意

右倣倪瓚樹石陸應陽跋

春山如佳人秀澀而含冶妙處難形容北苑其工者欲吐猶未吐淑氣峯頭蒸旋鳴旋弗鳴泉聲澗脚瀉溪亭喬樹下對坐客閒雅疑是裴與王從遊深趣寫董蹟子居摹契要無少假獨缺名流題斯復因何也卷內每畫各有名人題跋惟此段獨缺殊不可曉然究爲全璧之類因題數語補之

右倣董源春山缺跋者因題空處

人多云北苑工畫江南山獨米元章謂其峯巒皆得天眞枝幹咸有生意推許極至近得其龍宿郊民圖高格信莫與京子居摹此亦曾問津於彼否耶

杜家詩意李家法沈氏兼爲陸氏拈雲開錦色壁特立松奏簧聲水沉潛此情此景不可說炷香宜向叅華嚴

右倣李公麟松石陸萬言跋

霜落萬峯蒼泉飛一谷涼煙容聚還散林色緣兼黃旅客愁雲棧幽人傲草堂眼前勞逸境所託自商量

右倣王蒙煙巒霜樹李日華跋

宿雨初收曉煙欲泮小米遊戲石渠淸玩士充倣爲盡其神變董家眞本米友仁有雲山遊戲卷蒇其呂跋謂其元氣淋漓布境特妙今續入石渠寶笈上等豈伊經見墨氣淋漓山容汗漫撫之手濕遲之景換奪目移情孰能爲贊

右倣米友仁雲山章公鼎跋
架空棧道縈紆問路行人迤邐試思孰非此哉太白言之盡矣
右倣郭熙關山行旅文震孟跋
展卷古香撲鼻了知手筆不凡精神全是天水秋色衹在雲巖紅葉綠葉錯出遠靄近靄相銜弗著遊入策杖恐妨濕却衣衫
右倣趙孟頫青山紅樹李應徵跋
夏山本如滴欲雨滴猶含漸吐高低靄難分朝暮嵐日韜宇迴暗風奏谷空峪遊客尋歸路高僧閉靜菴畫惟巨然契詩是許淮諳合撰得神處詎宜氣韻堪
右倣巨然夏山欲雨宋懋晉跋
東風融融萬彙受先得者誰桃與柳試云誰又屬先知請看水村溪畔有彼白屋下宜無人俯仰天地韶光新或命巾車或棹舟向榮與物同欣欣分明一段江南意却憶其閒度巡轡偶然因沈以見趙何云不離京洛地士充

臨趙此幀宛然江南風物何當時識大年不出京洛閒叚耶
右倣趙令穰水村趙左跋
四柯古木撐寒枝半存半落葉參差一川寒水帶岸側遠山那畔如脩眉不教飛鴉亂繞樹爲嫌聒噪非所宜春風秋月亦無意秦顛漢蹶付不知設向古人尋姓氏東舟夏綺夫何疑
右倣許道宜小寒林陳繼儒跋
佳作萃一卷遊臥資公堂由來喬明府蓋其邑跋謂士充爲喬啟侯明府作考松江府志喬拱璧字啟侯上海人明萬歷間進士授浙江海鹽令縣土田匱不可稽爲履畝勾考得實所隸賦儲常積二倉往時雜支本折侵耗百出謂按季分支銀米予左券驗給詭冒並絕則喬拱璧在官尚有實政不專以臥理爲事者頗亦效龔黄
右倣范寬雪景董其昌跋
沈瑞子猷訪戴圖
返棹由來屬偶然雪溪數典太頻焉子猷若識斯饒舌定不開其訪戴船
題吳道子天龍八部中四部圖二首

唐代珠林蹟不多唐人畫神佛像流傳至今者極少秘殿珠林所藏唐名人卷軸無多而眞蹟尤爲難遘半鄰眞耳半猶訛楞伽高足嘗先弃盧楞伽爲道子高弟珠林向藏其無款畫軸及題眞畫冊並係眞蹟而所收道子梓橦神像及文殊像資稱賓伽羅像雖有曾經作贊者似皆出於贋作此卷筆力古勁信爲吳生神品今始得之名蹟遇合非偶固不在鑒賞之遲速耳道子超神此後羅論格名言聞趙郡卷中蘇軾跋云道子畫神妙自然使人喜愕世稱道子爲畫聖不如此不稱其名並音雖易在工拙而工拙之中又有格爲畫雖工而格卑不害爲庸品云云可爲篤論識眞爲記有清河明張丑著清河書畫舫載道子此卷定爲眞蹟並爲畫記其源委杜惟詩聖吳畫聖曾未留題理則那杜甫吳生遠擅場乃謁玄元廟彼及之詞未曾題此卷故云八部天龍祇四在卷後王澍跋云八部已魚爛其三諦審之不然惟前二坐像後二立像當爲正神餘皆其眷屬耳張芸叟題記可據詳見識語中安家割裂賴張傳書畫舫載朱子跋謂卷出長安安氏張芸叟題記云其兄弟析產分而爲二此特其半云云張丑亦從其說是此卷僅存其四在北宋已然矣足驚旋復令生喜盡態因之故極妍坐立正神都赫奕趨蹌眷屬總誠虔吉光漫惜惟片羽會見豐城或合全

題吳鎭山水

遠山近樹萃蕭辰山作麻皴樹不皴生面別開弗襲舊迎眸送爽鎭如新野橋靜致謝過客溪閣清談對雅賓一一設如弃姓氏殷謨周鼒定其人

題吳鎭山水卷

本述巨然法濟之氣韻臻何曾鄰卒略惟是足精神石戸開巖下煙舟艤水濱望中多箇潔眞覺似其人

吳鎭夏山欲雨圖

夏山欲雨雲先凝晻靄乍失峯崚嶒幽人杖策獨歸去已濕綠荷衣上層我時望雨經春半披圖聊慰賦雲漢見說蛟龍筆底飛張僧繇嘗畫龍嘗於安樂寺畫龍二點睛龍即破壁飛去繪水有聲茲豈但叶起視空宇明星爛掩卷無言祇三嘆

再題吳鎭夏山欲雨卷疊舊作韻

筆墨未作神韻凝故致雲氣生崿嶒因之雨勢亦欲至不辨崇巒凡幾層此是全提詎提

半王倪對壘仰霄漢畫固簡潔人則如人實高超畫非但界畫者流金碧爛見此宜弗慙而歎

吴鎮秋江濯足圖

坐樹臨流雙足跣滄浪清濁何須辨渾是臨淄句裏情故識斯人與不淺

吴鎮秋江漁隱

樂飢洋泌碧波潯方寸應無一物侵欲問持竿垂釣者羨魚豈不是貪心

題吴鎮漁艇霜楓

丹楓恍似洞庭秋蘆岸蕭蕭泊釣舟一有機心物皆避圖魚耳却亦驚鷗

吴鎮墨竹

創出垂鉤法飄來寫月枝最是相宜處風前雨後時

題吴鎮松竹梅蘭四友圖

歲寒三益一增前生面將云開別傳誰識道人為墨戲我心先已獲同然向與三友增入幽蘭並寫圖成

什兹得吴鎮卷乃知已有此作因並誌之

題吴鎮清溪垂釣圖

一江春水如油綠滿目春山看不足春水春山共我三南華二篇不須讀渟淵清泚猶堪掬聊把絲竿寄幽躅扁舟不繫任去來誰與為羣鷗鷺鷥頗知水清本無魚亦令人識求緣木

題吴鎮清溪垂釣圖疊舊作韻

九峯樹色連雲綠三泖波光經雨足二語係括卷中王振題句意亦有溪齋亦有舟舟者垂綸齋者讀終朝采綠不盈掬漁隱何妨託浮躅江空天濶望無窮想像落霞齊孤鶩道人畫法書法同墨痕三分疑八木

題吴鎮晴江列岫卷

得勝解非積學成蕭山名魏頤跋語致精評長江欲共秋空遠列岫如烘皜日晴鼎峙四家眞不愧筌忘六法有誹京淛源應近金川地邇日軍機正縉情

題吳鎮赤壁圖

月白風清夜聊爲赤壁遊了知非後賦二客尚同舟

題吳鎮後赤壁賦圖

磔烈奚妨纑地陳可傳事舊亦如新僊乎祇合髯居士識者定爲梅道人返放中流聽所止飛鳴過我是何因（二語隱括後賦中語）無須姓氏辨一再（幀中無吳鎮款有郁逢慶記云圖絹素斷爛都南濠定爲梅道人筆乃頗近馬夏耶跋云云都穆精於賞鑒者所評或當不爽）求劍守株總未眞

題吳鎮嵐光送爽圖即用其韻

遠岫雲歸賦雨晴一川新爽拂簷楹喬松謖謖鳴幽籟試問因何不得平

吳鎮夏山欲雨圖

夏山欲雨雲先凝晻靄乍失峯崚嶒幽人杖策獨歸去已濕綠荷衣上層我時望雨經春半披圖聊慰賦雲漢見說蛟龍筆底飛（張僧繇畫龍嘗於安樂寺畫龍二點睛龍即破壁飛去）繪水有聲茲豈但（叶）起視空宇明星爛掩卷無言祇三嘆

題吳鎮山水卷

江天帆影

臨江敞榭俯滄瀛對坐幽人似有評遥見風帆往來者知他牟利抑牟名

茅亭夕靄

茅亭四柱向空濶水面風吹夕靄凉笠者應非沮溺輩荷鋤野彴趁歸忙

松谷携筇

高人應是右軍徒杖自蜀中寄否乎二老相看微若愧亭亭他不藉筇扶

石磯坐憩

叢樾陰森淨絶塵兀然袖手坐崖脣葛天氏世去已遠仍有無爲無事人

叢篁晴碧

搖曳晴光巧入虛近濃遠淡互扶疎分明潑墨聊爲戲个个風敲綠玉如

草閣觀泉

因其勞不計其拙（見卷後自識語）爲語王君恕道人

我謂勞工神似者未如此拙趣超神

古木煙篁

古木槎枒葉已枯煙篁幾个緑相扶是一是二非一二於此起心分別無

村橋野艇

前山過雨漲纔消艇子隨流出野橋一例濛濛爲墨戲非關較量米家瀟

柳陰垂釣

竿纔乘涼傍柳陰游魚想亦喜清潯銛鉤香餌渾無藉爲（去聲）彼機心勝逸心

寒林步屧

捲谷吹來廣漠風千林葉落見長空高人散步得神契契在蕭踈慘淡中

扁舟煙雨

幾葉煙帆泛碧漪溪風習習雨絲絲挐舟者不知衣濕正是全身裏許時

山徑探幽

白足者僧杖者儒山蹊却顧步踟躕林中村舍近不遠覆釜相招儻是乎

題吳雲谿午納涼圖

卓午炎歊不可當屋麗高士坐相將知他別解在喬樹陰蔽曦光籟送涼

吳彬文杏雙禽

一樹穠華照碧江落梅五月不同腔彩鴛齊上橫枝立爲愛花皆並蒂雙

題吳彬山水長幅

山陰道圖向曾題（內府舊有吳彬山陰道上圖長卷所繪千巖萬壑刻露清峭洞心駭目較之山陰眞面殆有過之曾題長歌）其卷計長蓋數丈卷可爲長幅不可豎難橫易理不爽而此幅將逑丈長出奇豪邁匪夷想筍峯峻挺各矗矗琳宇懸居見往往山環水抱路欲窮橋接舟通忽敞是何境也非人間杜老青鞵布韈儻措思弗易乃入神運以妥貼非勉强擬之英雄善欺人例乎丹青斯見枉

吳彬十八應眞圖歌

貫休十八應眞圖（秘殿珠林舊藏唐貫休畫應眞像向曾題贊）文

中斯別開生面形狀奇怪夙所稱見圖繪寶鑑耳熟聞之目新見蒼鱗若龍若非龍拏爪來聞法以現第一據樹坐施鉢多羅此云應器即鉢也鵶鵲來餐香積飯第二飄然白鶴駕以降屈眴此云大細布七條披已慣第三數珠在手第四把明珠第五自搖箑其貌顴頂叶第六端立左鈴而右杵第七扶童者迴顧彼岸第八是皆渡海履水物水物猙獰名不辨伯持貝葉第九仲舍羅此云器也第十白澤曳輪坐以晏別有袖手乘鶱槎第十一相參法喜作佳伴據石入定若無人第十二牛哀跪伏一如猫豢傍見共諮二大士其一默坐第十三一持扇第十四似步而迴更迴顧第十五臃腫拔緇目光炫第十六跏趺相對談二禪云空第十七云色第十八色空幻是爲不二法之宗繡佛居士彬之號說法偏向會韻統考同文位號次第訂梵漢震旦所稱十六十八羅漢傳聞異辭向曾詢之章嘉呼圖克圖因證以法住記及納嗒蔥傳定爲十六應眞而以同文韻統合音字正其名號及位次前後詞因贊貫休十八羅漢多二像則世所謂降龍伏虎者詢之章嘉一爲嘎達巴尊者一爲納達密答尊者乃知西域十六應眞外原有此二尊者以具大神通法力亦得阿羅漢名云詳見題貫休十八羅漢贊識語今彬此圖前後位次并應眞手印與西番像多不相合亦未標識名號蓋畫家懸想結撰自開生面原不能兼證梵漢考據精詳也即東坡十八羅漢贊所題名字亦多因影響要於羅漢顯示圓通隨指應現不著色相之義固可並存無礙耳莆田畫者不羈士傳神何礙後前舛叶長歌笑我尚拘墟山陰訝似鏡中按吳彬有山陰道中圖亦絕技也曾長歌題之

題吳彬山陰道上圖

逸少昔行山陰道曰如遊向鏡中矣奇談乃引而未發能者從之文中是善工人物狀奇怪而其所長實山水自立門戶不多見見斯信可嘆觀止皴弗用墨用本色一節卽非人能已千巒萬壑互磅礴疊樹飛泉幻隱起垂峯欲落空與扶行雲疑變石爲體屋宇點綴各得當盡態極妍難議擬而皆超情以入神駭目洞心契元理山陰我向亦一遊幾曾光怪有如此長歌用誌始遇欣萬鍾可悟未該旨

按吳彬字文中莆田人工人物善山水圖繪寶鑒稱其形狀奇怪自立門戶茲山陰道上圖卷爲米萬鍾作所繪千巖萬壑刻露清峭皴法皆以本色不用墨染實宋元明諸畫家所無論其畫品可謂超情入神洞心駭目較之山陰眞面有過之無不及也因爲長歌並識諸右

題吳歷天池石壁圖

我登烏道華山巔一泓天池乃俯視設從山下望石壁虛無應在雲端擬乃知居高見自廣遊於物內迷惡美漁山寫照即境披評圖莫若評其理

吳應枚摹王維江村雪意圖

瑞霙作勢正瀌瀌凍浦漁舟不可招曾識王家眞面目（畫禪室藏王維雪溪乃董其昌鑒定眞跡）試尋蹊逕未云遙

題李昭道曲江圖

畫法初開南北宗（見董其昌畫旨）卓然賢子繼家蹤勢雖小變妙還過（見歷代名畫記）趣則有餘縈不濃體大由來物應博神超所喜力能從曲江三日圖眞事未識可曾丞相逢

題李昭道仙島遊觀圖

瓊樓瑤島似仙山俠客又如遊市寰但使筆超塵世外當呼境在閬蓬間敲碁酌酒都豪興策騎浮船各適閒不是松洲經鑒定（畫幅無款）（舊有鮒松洲題簽爲小李將軍眞蹟此幀絹素設色雖舊以爲必昭道作亦難信也）將軍妙蹟向誰攀

李昭道洛陽樓圖

丹青盈尺較縱橫妙寫高樓擅洛京跋馬垂鞭偵休暇漾舟近岸有逢迎將軍自是超凡繪宗伯猶疑著定評風物盛唐傳彷彿幾迴感慨託怡情

是幀界畫整嚴中氣韻復極流動且尺幅而具千里之勢絹素甚舊即以屬之小李將軍固無不可惟詩堂董其昌題字筆力茶弱不類香光他書所云曩見是圖有賈

秋壑米元章趙文敏吳文定諸公題跋及珍藏圖章今歸項墨林家而諸公印識悉失云云既有諸人題跋則當是手卷而非長幅其改裱又係何時藉如所云曾歸元汴家何以幅中不見有項氏收藏諸圖記且董云諸公印識悉失何以幀右下方秋壑二字印宛在其昌非昧於精覈者既欲品題不應粗率若此蓋畫幅本是舊物膺手贋作董跋以冀鑒賞有據并幅中署款亦係妄添不知畫果眞即無款何妨而碔砆之混則不可不辨既以成詩並識於後

題李白春夜宴桃李園圖

飛觴醉月共遊盤銀燭燒闌興未闌漫惜光陰如過客于今已作畫圖看

題李贊華射鹿圖

東丹避嗣主越海昔奔唐偶作射鹿圖緩胡猶舊裝改姓事他國迴心憶故鄉雖無逐鹿志熟處亦未忘遠愧吳泰伯近輸漢高皇

題李贊華射鹿圖

無心逐鹿人却作射鹿景逸麇飲箭羽奔駒迅鞭影眼前馳逐忙事後渾幻境說偈伊有餘司囿吾當省

李昇山水長卷

唐末宋前筆天倪月窟思敢人之不敢爲古所希爲可窺摩詰麗還過思訓奇（皆見宣和畫譜）邪皴山自峻若濕水常披佈景皆合撰八神乃莫遺王書孫氏賦付度未相宜

按李昇此卷用筆設色古雅八神因軼去題跋好事者遂以明王守所書孫綽天台山賦并裝一卷題爲天台山圖其實乃山水長卷不必定名因爲更正并識

題李昇袁安臥雪圖

臥雪原非遁世情孝廉徵召令陰平立朝侃侃多忠告皆自儆寒素養成

李成寒林圖

樹爲（去聲）經霜淡泉因漱石寒望而饒冷意足

以契澄觀那藉丹青絢猶看柯榦攢大家眞
別調（去聲）秋氣滿林端

李成小寒林圖

颯沓疎林平遠山寒暉照映蹙眉間寥天醲
雪風雲作客路侵冬車馬閒宋畫猶存唐代
法小題從識大家顏憶曾古北塗中値阿那
松邊得句還

題李成寒林鴉集小卷

千林葉落樹枝乾鴉集啼飢復叫寒嗟我民
盜無似此圖鑪不忍展圖看

李成寒林平野圖

枯柯錯出老松枝漠漠寒皐欲雪時憶向龍
泉經一再臺懷此景每逢之

李成茂林遠岫圖

淡沱蒼山蔚古枝惟應造物與爲師何人著
論名無李是處營邱放筆時

再題李成茂林遠岫圖疊舊作韻

元氣淋漓萬木枝荆關而外自成師奩屏合
付闈中秀硯匣琉璃冥寫時（見後南宋向上跋語）

題李成大禹泣辜圖

露收臨康衢下車泣罪人匪事疑惟輕豈博
矜曰仁弼教苟無術抱慙良有因痛茲桎梏
者猶然堯舜民自以心爲心允由治未臻數
世異醇漓三千年可知

李延之蓮塘秋色圖

落盡荷花破荷葉紅消蓼穗尚垂垂秋塘郭
索相遊戲却忘西郊熟稻時

題李公麟畫三馬蘇軾贊眞蹟卷

軾贊序言頗難解今並爲叙明且反其
意

公麟神筆畫三馬贊書蘇軾意頗雅效以鬼
章青宜結是二羌人昔擒者其一奚官無姓
名同牽駿入天闉廈畫之得神不待言贊之
深意誠非假閉關汗血却之奇（軾贊序內有云蔣之奇爲熙河帥西蕃有貢駿馬汗血者有司以爲非入貢歲月留其使與馬於途之奇爲請乞不以時入事下禮部軾時爲宗伯判其狀云朝廷方却走馬以糞正復汗血亦何所用事遂）

寢於時兵革不用海內小康馬則不習矣而人少安云云軾之意以爲閉關却貢恭默思道可以息事寧人乃其時洛蜀之黨已立門戶相軋內不修而外不靖却馬正復何益其所謂知其小不知其大者矣意在安民兵革捨然而元祐朝廷問邪正相參門戶把卒之正終不勝邪內之不修外自惹軾也曾亦慮玆乎洛蜀何爲自分社今之服遠殊貳師良驥天閑物汗赭奇形既命世寧傳神韻更教廷標寫癸未歲愛烏翠貢四駿命郎世寧爲之圖形極相似但世寧擅長西洋畫法與李伯時筆意不類且圖中有馬而無人因更命金廷標用公麟五馬圖法用郎之奇肖李之韻爲四駿寫生並各有執靮人即用回部衣飾更爲萃美佳蹟欲問蘇家玉局翁斯舉爾謂何如也

李公麟五馬圖歌

杜陵題畫馬不一要貴取義非修辭當時此技誰絕勝陳閎曹霸臻神奇幹雖畫肉不畫骨天閑萬驥皆能師後來繼者何寥寂三百年始得伯時橫圖迴立見五馬權奇沛艾天英之鳳頭驄來于闐國董氈錦膊翩相隨天駟最數好頭赤照夜白倣唐名爲其後一馬失題識昂藏殊相星曈輝藝成放筆一馬班見卷後曾紆題語太僕惆悵何爭差我聞元祐多正士拔茅雲路驂騶驪伯時軒冕有弗屑喜畫畫焉能累斯出黃魯直跋語淸流往往禍自取姓名未泐安民碑丹青結搆有深意同人藻鑑遙應知芻秣豆飼信堪羨那免按隊牽金羈

再題李公麟五馬圖

龍眠手寫五馬圖一一驥院之英駿來自于闐或董氈事擬天馬登歌韻即今哈薩及布魯歲市爲常無論萬哈薩克每歲驅馬至伊犁以內地綢緞布易之價賑而多得良馬數盈千萬每匹不過三四金伊犁易馬既多該將軍請撥解新疆各城及甘省各營補額且省採買帑費因飭軍機大臣議覆施行布魯特馬亦至葉爾羌喀什噶爾烏什等城交易每三十匹抽稅一匹愛烏罕更遠於彼馬高七尺有八寸五馬之高不足稱愛烏罕在拔達山西所進四馬曰超洱騁曰徠遠騮曰月騧騋曰凌崐白均高逾七尺公麟所畫元祐五馬圖皆當時騏驥院所收高者不過五尺六寸較愛烏罕四駿不可同年語矣于思牽來敬以進育之天閑聊備數未如上駟調習順上駟院御馬皆蒙古地所產閑習調良向年行圍所乘必用此至哈薩克布魯特馬祇可

供行路之用不可御以行國也然今老矣逾古稀那似昔年
磬控迅展圖自愧且自憐石火光陰速誠信

擊壤歌題李公麟畫

石渠所藏擊壤圖云是成自公麟甫雖無名
字識歲月要非他人所能者叶白描弗藉施
丹青一一神情吐阿堵或坐或立或旅行噓
然其歌傲然舞傥陋不復事威儀雖有衣冠
亦椎魯寫盡不識不知情作息重看唐代古
卷後跋者十一家卷後題跋有范鎡趙昌端居龍石山人楊瑛張以仰處仝菊坡劉烈方欽董慮凡十一家率皆諛詞也鄙哉都作頌聲語
大禹泣辜時已然此景後世安能覩

題李公麟渭橋受盟圖

公麟有慨南關事遐想澶淵寫渭橋欽若反
云設孤注如簧僉計萬年昭
石渠舊藏是卷後有吳郡陸柱跋云伯時
此圖寫太宗與突利會盟便橋之事復有
元張頡跋及郭畀等鑒賞印記流傳有緒
洵爲名蹟按公麟在仁宗時親見遼人求
關南十縣之事且去澶淵盟好三十餘年
其必有感於國威之不振因遐想夫貞觀
之盛不戰而屈人兵此深心之所託於毫
素也若澶淵之幸寇準力排衆議終却强
敵而王欽若反以孤注之喩肆如簧之巧
成敗是非有足爲後人殷鑒者因披覽是
圖慨然成詠並識如右

題李公麟畫郭子儀單騎見虜圖

涇陽不肯守孤城單騎權爲見虜行扣馬力
遑郭晞諫步莎手任葛羅拏吐蕃回紇心咸
服元振朝恩妒那傾寫像公麟肖神表一言
以蔽曰誠明

十八學士登瀛洲歌題李公麟所畫

府開天策敦儒林章縫魚雅欣盍簪優游永
日夫何事未必徒耽經史資歌吟當時學士
數十八世間爭羨登瀛洲而八琳闕試問閻
家右相傳神筆是中誰果眞仙骨我聞潛龍
勿用子之綱通易豈必惟京房雍容羣彥倘

陳及庶其禍弭閫于墻春秋要欲責賢備我偶爲歌申其義伯時摹古搆長圖有合閭乎姑且置

題李公麟臨洛神賦

魏帝黄初代陳王濟洛川雄詞託鯨踊遺蹟撫龍眠妙處意無盡婉如神已傳風人有深旨所寓在思賢

題李公麟吳中三賢圖

范蠡

事濟飄然避世喧五湖烟水意行存種山不聽幾先語第八徒悲犯玉門

張翰

琴語同開八洛船思吳返棹那俄延祇今朗咏黄花句也占風流五百年

陸龜蒙

三日饒州即去之葛巾瀟灑信天隨釣車茶具聊携處相訪惟應李與皮

再題李公麟吳中三賢圖

避禍先幾泛五湖高於文種信誠乎雖然既識身世累治產逐時又底須

右范蠡

任達江東號步兵平生出處皎然清而今欲問思蓴者果否能逃身後名

右張翰

放浪江湖任所之筆床釣具自相隨雖多倡和稱襲美吾謂斯人遠勝皮

右陸龜蒙

按卞永譽書畫彙考亦載是卷其三賢詩與鄆王識語款押朱印均與此相符惟永譽載鄆王押下有細書王即徽廟四字又有按徽廟始封端王鄆王名楷非徽廟也本注有誤十九字注皆此卷所無永譽所辨鄆王非徽宗是已然鄆王楷即徽宗第三子永譽亦未詳考至所載王即徽廟四字當是卷中本注之誤其按語小注乃永譽所增今卷中俱不載又按鄆王之印下

即接隔水前後鈐縫三印皆不合其爲重裝時截去識語并將鈐印割裂已無疑義因重題是卷檢閱及之並識如右

再題李公麟醉僧圖

身似枯籐心似灰醉中把筆笑顏咍公麟津逮僧繇法貌出公孫看舞迴

再題李公麟醉僧圖

白衣送酒似淵明不著送爲公與卿已足高傳醉僧趣書詩那繫老泉名

按是圖卞永譽書畫彙考送酒詩下綴有老泉書懷素詩并倣其草法十一字又詩後有跋署款云東村閑居方外堂字叜書亦不識其爲何人今按圖畫見聞志載張僧繇作醉僧圖懷素有詩即此絕句載全唐詩戲鴻堂刻是帖則云或東坡書此詩爲人誤入集中而卞永譽書畫彙考載此圖之董跋又以爲老泉書則其昌說已歧出矣而是卷中董跋已失去又蘇軾集載是詩題作題懷素草帖是一詩也或云懷素或云東坡一書也或云老泉或云東坡鑒賞者但當論書畫之佳否不必泥紀載之糾紛與其輕信無若闕疑因再題是圖并識

再題李公麟蜀川圖二絕句

勝槩蜀川（用贉首題者四字）閱始終香光鑒定匪南宮（卷後隔水董其昌跋謂卷中細書或云米元章筆然宣和譜稱伯時書逼魏晉不得以伯時題畫概歸海岳云云）奚嫌一再摛吟筆意與圖中景不窮

贉題幾百歲之書（贉首蜀川勝概）殘粉墨雲合畫如（四字乃粉牋書日久研紋處墨色脫去宛如雲氣縈繞甚奇古墨蹟中從未見此）八一道人定誰氏（玉池題字款署八一道人遍攷古人無號是者圖章乃克誠二字查明詩綜有高麗人名江克誠者究亦未知其是否也惟此卷爲李伯時名跡而予今年恰八旬有一幾餘展玩尤覺與會相值也）奇珍同我玩三餘

題李公麟山莊圖

龍眠居士寫龍眠三李風流宛目前（李公麟居舒之龍眠山有李公寅李沖元亦龍眠人三人志同誼合相親如兄弟同年登進士第未老賦

明道遜於山南山北人稱爲龍眠三李見卷後桀隆禮跋小畜吉占文德懿同人頤事畫圖傳定評況喜出宗伯蓋其昌跋云宣和畫譜稱龍眠山莊圖可以配輞川世所傳皆摹本今年遊白門一見此卷始知眞龍與畫龍迥別且云伯時自畫俱用澄心堂紙足爲此卷定評矣絶搆眞堪匹輞川我獨白駒思雅什卽今誰是樂林泉

題李公麟倣韋偃牧放圖

將軍弟子韋與韓往往畫馬遺人間一疋價值千金驥攻駒富牧何曾傳伯時奉勑摹粉本神蹟重似見韋偃幹惟畫肉杜老嗤獨於偃也無貶損薄言駉者錦繡張飲秣適性力乃強筋埋肉脹固無數此中不少騄駬藏但養其駿棄其駑駑多駿鮮非良圖兼容并包擇賢用既有伯樂駿豈無

題李唐山水

水聲落虛白山色聳空翠山水最佳處盤中多高士叶艤扁舟者一坐明亭者二其情胥望泉殊途非異致傳神固在斯詎在工位置懶瓚眞知音謂之得三昧見圖中倪瓚識語

題李唐江山小景卷

卷得在衆前卷題落衆後詎因遜別圖理趣聽兹剖如對六經士那易開談口欲罷歎兆能恰値神來候叶文豈待加點與到吟筆走原是畫中靈流露借吾手江非岷卽浙山爲辰抑酉思翁題小景我謂無不有鴻濛孕泱漭絪縕鬱縈糾瑤林已茈虒霞嶠復蚴蟉或爲壯士怒相持爭勝負或爲比丘禪空色都不受或靑若出藍或赤若中酒或豔若淑姬或蒼若黠叟或如劍出匣徐聽泉聲吼或如鏡開奩萬象當前取雲閣偓佺棲丹竈庚申守滄波掛布帆或是徐福否津逮大將軍畫苑誰出右蕭馬望後塵奚數黃子久宜乎畫禪翁磬折驚瓊玖武林金屋塵楚弓楚還扣荊溪鄰豪斂轉眼嗟豐蔀數語見卷中思翁及程正揆跋語滄桑閱幾番呵護誠非偶一例畫禪室雪溪相侶友王維雪溪小幀先入石渠寶笈以曾經思翁收藏題識因貯畫禪室中與此卷可稱雙璧香光亦知乎墨華苑不朽信哉東坡

言安得如汝壽

再題李唐江山小景疊舊作韻

思訓光乎前晞古振乎後小景紀緣起香光細評剖節取茲重敘未能戒綺口抑以便覽觀用備遺忘候宜和舊博士南渡隨奔走八十仍故官畫史無雙手眞蹟中合作把玩消夘酉去情已得神課無復責有壑峯既崢嶸漩流更洄斜風生虎咆嘑雲從龍蚴蟉六龍背上山非他氣以負渲刷鎮如新神呵霧不受歸韓誠得所子胡溺色酒（董其昌跋館師韓宗伯得之朱太尉及韓長公朝延遊武林有所惑溺質之好事家云云按韓世能仕禮部侍郎教習已丑科庶吉士其昌以是科館選因稱爲師長公蓋世能長子而朝延則其名也）質金不能贖乃告香光叟摒擋畫禪室劍合延津吼太尉党家風宜乎不復取（明史朱希孝掌錦衣衛宋太尉職也）行褒荅韓情江山歸董守（亦見其昌跋語）武林務材家誰復論存否掲齋薰蕕殊何致祖其右言不可不慎思翁未思久（其昌跋栖齋還榮勇退因以江山小景贈別云云栖齋周延儒別號而其昌與之友且稱其勇退非擇交之道然亦足以知其昌矣）史館問鼎時博古珍瑤玖詎知市江盜重價程空扣（見後程正揆跋亦記董周相贈及已曾見之故）爭名眞必喪趨利心斯蔀披圖鑒戒存盜曰遺與偶論世論其人實無足尚友贉尾或脫落何以傳不朽（董程諸跋皆在贉尾後）㘅括書圖中藉以永厥壽

李唐長夏江寺圖

上方宜結夏溪壑幽且深瑟爾籟盈耳蕭然風滿林清江澄定體古月照禪心欲詠丹青妙雲烟杳莫尋

長夏江寺歌題李唐畫

書畫博古清河張長夏江寺收李唐珍弆姓氏誌以詳前有高宗御題煌後有與懃（趙）之印章嗟哉尤物閱滄桑題印失去如亡羊遺款識弗存河陽雖然眞僞蓋有常刻舟求劍盜良方試看雄渾誰能當洪鐘大鏞奏明堂繁絃急管胥聲藏後人籤贉誤褫裝江村義遜江寺長（是圖舊題皲曰長夏江村）細觀其境吾見嘗分明開化枕錢塘背峙月輪峯可望面襟江水

之洋洋往來江上織舟航搬柴運米趁市忙孰非生計謀自覆鎮潮塔原九級翔七層而止始紹興（叶）圖中紀實七層昂其右五雲山遠揚雲棲（寺名）雲間辨渺茫其左妙因（山名）與育王（山名）如揖如拱如堂皇田猶八卦龍山岡以今證古蹟益彰展圖恍重巡吳杭

再題李唐長夏江寺卷

將謂無雙品誰知乃有三（李唐長夏江寺卷最爲烜赫名跡今石渠寶笈舊藏一卷有宋高宗前後題跋並謂妙蹟無雙後續獲一卷簽曰長夏江村據其並未定爲長夏江寺又南宋院畫錄載宋犖跋所見另有三卷蓋自古書畫家於得意處不嫌屢作如王獻之好寫洛神賦并趙昌按鷹圖有四之類是也）彝尊跋久佚成德字空探（南宋院畫錄又載有朱彝尊跋所言高宗題字均與是卷脗合其跋中稱納蘭侍衛容若購得容若乃大學士明珠之子侍衛成德姓納蘭氏也茲卷或經收藏而以彝尊跋中稱其字故割去之耳因命內廷翰林等詳加考證附識卷末）後獲璧堪合（即新定之卷俟續入石渠寶笈者）五言城詎憖詞臣教考證求是夙心諳

再題續入石渠寶笈李唐長夏江寺卷

李唐長夏江寺卷石渠寶笈今有二一爲舊存一續入豐城之劍原雙比舊存近經重訂詳思陵前後題猶寄獨佚卷尾與勷印裝裱割裂亦恒事（張丑清河書畫舫稱李唐長夏江寺卷古雅雄偉前有高宗御題後有閒封趙與勷印今舊存石渠寶笈之卷但有高宗題而無與勷印蓋裝潢時俗工割裂亦其常也）續入此卷實李作雄渾秀潤無不備向訛江村義未妥即景予定爲江寺卻亦想當然耳云初無可證之題識然據題識定眞贋斯爲刻舟求劍器宋犖跋稱已見三（是卷續入石渠寶笈者雄渾秀潤爲李唐眞蹟無疑向題長夏江村而所畫塔勢湧出實是寺非村因爲改題考厲鶚南宋院畫錄載李唐長夏江寺圖宋犖跋云所見凡三卷一爲劉晉所藏上有宋高宗題云李唐可比唐李思訓一爲梁清標所藏無高宗題一爲犖所自藏以泥金點苔與此卷比較皆不合者另是一卷也）此非犖見則已四古人佳作每屢爲王（獻之）智（永）趙（昌）杜（霄）卒已試（古人書畫家於得意處不惜屢作如王獻之好寫洛神人間合有數本智永書千文至八百本趙昌五陵按鷹圖有四杜霄撲蝶圖有八之類）江寺何獨不然乎長歌用以申其義

李唐秋江待渡圖

白荻丹楓秋意深寒江不辨漢還潯布帆無

恙橫波過誰識印須一片心

題李唐煙嵐蕭寺圖

已開南法秀尙具北宗雄斟酌誠兼善精神是獨工泉聲疑瀌瀌烟氣鎮濛濛付與苾芻侶招提坐悟空

李唐雪景

大壑崇山落落皴却疑世界遍鋪銀寒侵石棧驢馱客晝靜柴扉犬吠賓僧寺猶棲雲嶠外漁舟早繫凍溪濱底須金碌誇前李颯景從看妙契神

題李唐寒谷先春圖仍疊前韻

我聞巨靈雄擘蹋能爪華又聞王子仙吹笙控鶴駕是皆遊物外郙復縈代謝藝林胡不然亦在好以暇寒谷先春圖石渠中英伯而何卅餘年缺題束高架徒令頻仿爲規模祇成亞唐（岱）孫（祜）眞貌似糖成不復蔗老董（邦達）頗得神天衣無縫醇彼且兩致詠於本彝支娅消閒觀李蹟元氣淋漓瀉數典寍可忘祜毫輒屢罷譬對上農夫難與言耕稼更如携倕般而論搆累榭險韻竟疊賡有識笑應嗄繼鑒鐫瑤章破例却休訝（石渠寶笈所貯書畫曾經題詠者已載書中紙有圖詠疑難補錄因刻石渠繼鑒印識之）作者創此格心蓋通造化設於邱壑求猶謂減聲價仲舒曾有云陽常居大夏試看隆雪中春信從天下

題李唐淸溪漁隱卷

沙汀石坻涵漪流細草叢樾淸且幽箇中風月付誰是有人亦祇如虛舟直鉤豈必垂香餌鹿頭（艇名）獨坐無名氏今來古往漁隱人評量已不勝屈指逃利未抵逃名難釣名釣利季孟間借問在水一方者誰眞不愧綸和竿

李唐風雨歸舟

雨絲風片拂煙舲曲盡人情筆有靈蕩槳撐篙各殊致同歸恰好註羲經

題李唐滕王閣圖

遠秀分從衡與廬江邊樓閣迥臨虛峥嶸直寫絳州記歌舞遥思帝子居南浦西山相映

帶今來古往此蹴踏家將軍法能津逮蔚紙雄渾青出於

再題李唐滕王閣圖

巀嶭凌空聳碧峋滕王之閣大江濱高朋滿座盍千里勝友如雲宴十旬（二語檃括滕王閣序）得句不須曹吏報引觴盍藉酒官巡繫船橋上策驄者擬是促來作序人

李迪翎毛花卉（董其昌評定）

花香鳥語註韶熙總是東皇一氣施不藉畫禪眞法眼河陽妙蹟亦誰知

李迪牧羝圖

磧雪風沙大窖涼毳衣非暖酪非香李卿知己休多語試看垂垂漢節長

題李嵩歲朝圖

歲朝宜吉語喜看歲朝圖六百年餘畫三朝景正符門庭萃賓客几案列尊壺和樂盈宣象萬家俱似無

李嵩荷亭消夏圖

溪亭長夏聚同人出水荷花著雨新綠幕交庭輕障日紅欄近沼不生塵盍惟卉裏稱君子雅可筵前作好賓尙有抱琴來訪者石橋過處早知津

題李嵩貨郎圖

肩挑重擔那辭疲奪攘兒童勞護持莫笑貨郎癡已甚世人誰不似其癡

李嵩西湖圖

境則圖中圖更披湖山印證契神姿六年寤寐還不謂一勺清泠宛若斯每憖崇情將妙理盍關急管與繁絲秘珍近遠如何苔塔是雷峯好在時

題李早寒林獵騎圖

獵騎寒林景細摹題名李早半模糊（是卷題款模糊惟卷首有華殿鋪陳翊李早並八字依稀可辨）猶存孛朮七言詠（孛朮魯翀元人也時圖不佳意乃失其本色）實類胡瓌卓歇圖（胡瓌五代時人內府蒐藏有卓歇圖此卷筆意似之）每恨章宗乖舊俗（李早金章宗時人章宗爲世宗嫡孫封原王判大興府事入以國語對世宗喜甚嘉之及即位後以

（典章文物爲急而於詰戎輯武棄之如遺迹遂變祖宗尚風國勢日弱）却欣學士不過詠（卷後趙子昂跋謂行筆少俊利）秋蒐武帳倘展閱歷歷其人若可呼

李山風雪杉松卷

千峯如睡玉爲皴落落拏空本色眞茅屋把書寒不輟斯人應是友松人

題李升山水

匯麗攜杖送君行騎二茅龍上玉京只有澱山倒影在泖湖賒月伴濤聲

題李紹箕谿山訪隱圖

詰曲山椒有路通溪堂猶在白雲中終南若復來高憚作者伊人定姓种

李士達歲朝圖

豐年景自烟村見衣食覊完具盞藏梅朶芳菲報春信柳條搖曳漏韶光招呼東舍西鄰近戲耍駃童稚子忙獨有圍爐題句者屠蘇最後飲猶強

李士達歲朝圖即用其韻

仲冬乃作歲朝詩（首句云今朝元日試題詩而自識又丙辰仲冬寫殊屬不倫故嘲之）預畢辛盤柏酒巵所謂今朝定何日達人似未達其時

李士達歲朝村慶

東郭還西墅山家接水村春朝慶老幼豐歲足雞豚三代遺風在一時深意存治民無別術饑飽伴寒温

李士達坐聽松風圖

謖籟枝頭淸耐聽科頭箕踞欲忘形長松定已千年閱自課青童斸茯苓

李肇亨鵲送春聲即用其韻

喬樹營巢見飛鵲占來風雨較人明雌雄相呼（去聲）知何意却是人稱報喜聲

題李因墨卉

四季芳華筆底收那經意想足風流求諸藝譜還艱得應是汴人尹白儔（見蘇東坡墨花詩）

題李伯時瀟湘臥遊圖用蘇東坡題宋復古畫瀟湘晚景圖韻

設不觀圖畫空傳瀟與湘雨虹奔峽合一練
飲天長董記原堪驗（圖前董其昌題云李伯時是圖與蜀江九歌二圖及顧愷之女史箴圖同爲海上顧中舍所藏稱名卷之四）蘇詩那可忘
軒皇張樂處堪以聘蒼茫
彷彿松巖畔虬枝尙怒蟠寫眞伊應獨和韻
我良難川溟漁村靜嵐收亥市攢禪和總饒
舌（圖後數人題跋頗饒禪機而無一見道語）何似不言看
巴陵煙樹色夕照與天齊遠派來三蜀歸帆
下五谿臥遊方汗漫神解謝筌蹄聚散千秋
事（董題時此圖已聚而復散矣而此時復聚聚散散聚豈有定形哉）浮雲湘
水西

題李伯時醉僧圖

書抗顛張顛禪契元奘元兩童抱罌來三百
青銅錢醉筆一揮灑楚紙生雲烟便云狂亦
得堪謂佛而仙

李伯時蜀江圖歌

岷山導江幾千里神禹底績猶堪指龍眼給
事秘府多食蔗至是觀止矣休論待詔重臨
摹定知此李勝彼李（李成亦有蜀江圖見王稺登跋語中）古澹
天然意匠營長歌約畧記起止石紐秋風落
日斜剔鬚往聖生於此蠶叢魚鳧開國事讁
仙已莫詳原委江走白沙山紫微樓延萬象
供凭視靈嵓授記憶當年臥牛伏龍連玉壘
萬春大面列遙屏青城故宅傳花蕊三十六
峯峯各殊巀嶭嶔崟復岌嶪萬里橋頭杜老
居浣花溪畔薛家址錦官城外柏森森丞相
祠堂何處是雙流迤邐接新津彭女如螺雲
表峙嘉眉古眉唐析之名園晚賦想高士李
陸劉白號四賢巴王有廟荒烟裏空聞古洞
說岑翁不辨三生跡李氏蕭灘魏沱十六巡
臺名八陣歸傾圮瞿塘峽口灩澦堆赤甲白
鹽連夔子行雲行雨識高唐雄風披處蘭臺
毀五音六律中琴聲掉石灘平舟可艤縱橫
全蜀覽無餘太冲有賦難擅美畫禪室中精
鑒人且拜下風稱勝米同時四美萃中舍瀟
湘九歌及女史聚散散聚凡幾經宗伯一一

詳誌已此去宗伯逾百年其間幸未遭兵燹
江村詹事亦好古幾於四中得半耳猶自詡
爲席上珍作詩豔論澄心紙士奇詩中有佳紙細辨澄心堂之句乃今四美具一室賞心樂事無倫比寓意
於物不留意咄咄是吾乃所以[illegible]

題李遵道江鄉秋晚卷

丹青見布處疑鷹戲寫江鄉水墨雲却勝霸
陵逢醉尉至今猶說小將軍
鯉魚風起浪連天蘆葦叢中避釣船爾許名
人慨離合豈知一例幻江煙
揚子曾經三度遊但知春景不知秋鵲華師
子仍同壽足傲重光詡潤州卷末笪重光跋稱是圖與松雪鵲華雲林師子諸名跡並重初爲京口石氏物歷數百年復歸吾潤信有神合云云此卷流落多年今入內府恰與石渠舊藏趙孟頫鵲華秋色倪瓚師子林圖同歸珍祕不脛無翼而得其偶既爲之喜亦爲之愧

題李世倬山水卷

蘚砌新秋有落桐紗幮却暑尙耽風石欄干
外明漪皺猶見殘荷著意紅

題李世倬秋崖獨步

秋山一憕清秋空萬里明杖藜獨步人心與
孤鴻征

題李世倬踈林亭子

胸中常有萬里意一溪一壑亦無窮契乎妙
者倪雲林近來董邦達李世倬頗能工遠山綠滴
雨洗後喬柯籟爽夏長中笠亭四柱不爲窄
暮靄朝嵐面面通憶得曾經似此最佳處乃
在盤山之幽甘澗東

李世倬松澗飛流

落斜流水匯清溪溪面危亭雲與齊上下水
雲澄動處無邊理趣露端倪

題李世倬皐塗精舍圖

圖寫皐塗著壁懸偶來即景賞雲煙誰知常
住舍中者已閱人間二十年是圖丁卯所作迄今二十年矣

題李世倬畫

曾是皐塗命寫真林仍羅落嶺嶙峋獨憐盤
礡爲圖者却已多年作古人

題李勉玉泉琴

王孫位將相侃侃持正議榮顯非所耽自號幽淸士（叶平）生善鼓琴雅尙還自製范銅成茲器歲月猶親誌（池中刻唐肅宗丙申年月有八日咸陽樂幽淸士李勉捐俸爲造廿有二字）置絃一攖醳玉泉聲尙沸因憶響泉聲豐劍今何寄重人匪重物望古輿遐思

題卓廸修禊圖

茂林脩竹此間多展卷居然晉永和千載由人摹禊帖孰傳骨髓孰傳訛

題祁序江山放牧圖

春水綠生陂春牛出牧時寢訛都順適蓑笠各齎持趁雨犂與鋤偷閒或奕棋傳神見祁岳宵雅引遐思

題居節松風石韻圖

層樓出樹朗聰開石韻松風靜自陪分付奚僮啟門待溪橋遙見客過（平聲）來

題居節畫楊繼盛小像

有生孰不惜華年生死還應義以權遐想臯夔千載上豈辭龍比一身捐鬚眉正色貞無忝史策芳名歷久傳西市從容吟四句丹心浩氣至今懸

題居節品茶圖用文徵明茶具十詠韻

茶塢

雲歸天池峯春暖虎邱塢茶事盛東南良時逮穀雨林扉密凝關巖徑細如縷白花似薔薇引人入幽迂

茶人

雖云六經捨却見爾雅中取棄固有時造化寍無功季疵開其端三吳傳斯風珍重圖裏人盧（仝）陸（羽）可能同

茶筍

崖洞非行鞭簇簇抽葭長吐甤玉爲朶佈氣藺想香憶在龍井上親見傾筠筐汲泉便煮之底藉貢頭綱

茶籯

巖阿蟲蒼篔，裁作貯蕣器。煙粒含宿潤，曉翁帶生翠。傾則未覺盈，携之猶憐膩。高詠夷中詩，伊人豈無淚。

茶舍

覆屋幾株松，迎門數竿竹。試問是何境，九龍徑路熟。豫遊春朝憶，光陰流水逐。偶展居節畫，與飛惠山谷。

茶竈

置處傳無突，抱來喜有峯。傍根堆碎石，炊陘燃枯松。辛苦那覺疲，功夫不惜重。安得逢髻神竈神也美女裝艷濃。

茶焙

二尺鑿碧巖，一方編綠竹。漫煨瓊液乾，不礙靈髓馥。去濕兆欲燥，戒烈惟取燠。花脯與杉林花脯杉林皆焙名可試雲漿渥。

茶鼎

聽松松名在惠山傳樸製，竹鼎坧灰白。肖之不一足，置傍幽齋壁。高僧緬逃韻，雅人試仙液。頗復有傖父，謂之澧水厄。

茶甌

色擬雲一片，形似月滿魄。問斯造者誰，越人與邢客。落底葉瓣綠，浮上花乳白。何用謝堰垸，直可罷履屣。

煮茶

皮陸首倡和，淸詞寄眞靜。文翁繼其韻，契神非認影。居節祇爲圖居節自識云衡山命和韻竊愧不文臨摹一過已不自量又何敢爲貂尾之續然仍錄其原唱與固不淺也識高興亦永。拈毫賡十章，如置身其境。

題居節詩意八景卽用圖中題者韻

春江罷釣

紅桃綠柳靄溪煙，野舫輕竿意洒然。何必重儓安姓字，那勝屈指數上聲賢前。

春山晚霽

翠深江上遠山眉，南國春欣晚霽時。高士屐屐相話處，不嫌風裊鬢邊絲。

谿山草閣

穀紈波瀁草堂淨（此開文徵祉題首句押環字以其出韻故不用）溶荔風翻夏五寒隔浦山高猶不遠晴光紅映寺樓欄

松壑雲泉

謖謖松風下碧空秋雲欲斂尙滃濛爭銜衹有飛來瀑占得色聲莫並中

秋江曉雨

吳江雨落漲平流洗不褪紅楓葉秋禁得寒帷蓑笠好罟罾猶自弄扁舟

絕壁飛泉

開錦層崖螺黛紋網泉擘峽向中分坐來三友相評量寄興因之在水雲

寒林落照

溪閣誅茅樸且深日斜波影泛松陰後堂中婦供雞黍飯罷惟應相對吟

山村積雪

近水流平遠巘高寒村玉色鎖林皐不嫌冷踏瓊瑤碎辦得芒鞵與布袍

題金昆等所繪慶豐圖

午夜月輪圓皇都萬景攢玉樓延漏永火樹奪春寒香米蛆兒泛銀箏趙女彈可誇豐豫象只合畫中看

金昆虎邱待月圖

吳宮金寶氣化作虎邱山（見米芾詩帖）良夜休孤負幽人共往還劍池澄瀲瀲眉月印彎彎何異蘇門嘯蕭然天幕間

題金令昭水亭高士

倚几高人弗凝涼溪風吹送野梅香箕裘雖有家聲繼（令昭乃廷標之父此畫即其子向所進者）一例石渠古畫藏

金廷標歲朝圖

童嬉庭院偕（廷標善畫人物今偶見之遂題句）竺梅春色佳藝諫意誠合關予少者懷

題金廷標歲朝圖

稚子爲氷戲開詔樂載陽作犖相蹩躄欲起復跟蹌驚喜都成趣神情若可詳覩之思藝

諫周誥惕心長

題金廷標歲朝圖

供奉曾爲事例圖歲朝應節寫祥符萬年清報長春信寓意原和畫院殊

題金廷標歲朝圖

庭院孳孩集歲朝共作嬉呵寒堆梵像帶雪綴瓊枝擊鼓不成調謳歌那識詞少懷寫紛事觸目切深思

題金廷標畫

跣足科頭書在手罷釣扁舟艤綠柳清音山水似涎溪伊人可是陵陽否

題金廷標畫

碧巘吹簫坐眞仙共作陪含風柏籟和隔谷嶺雲開心與音如水身將境絶埃慮無凝眺處疑有紫鸞來

題金廷標畫

山峙鬱蔥然江流亘大川夷峻精舍搆疊樹綠雲連却似灤陽墅而臨秋仲天寄教粘素壁待我印當前

題金廷標畫

一川流水兩江村問村何名朱與陳紅船鼓吹方迎婚醉儐側弁無禮文太古猶見民風湻橫溪小舫俯碧淪左圖右史伴閒身疑是煙波釣叟倫近橋且艤氷之濱有客牵驢過橋垠驢怯不度駐足躊後毆前挽情入眞此岸綠樹蓋四鄰老幼男婦都欣欣擔籃而至市蟹民作惡遇是騃孩孳放籃走迸蟹紛紛旁行郭索如逃軍衆童爭攫跋跡奔獲者喜走失者窘叶螯傷足者呱涕痕蟹翁瞪目徒怒嗔七情畢寫皆得神顧陸以後今幾人

題金廷標畫

水月中含梅影疎逋翁兩句寫無餘誰知一向深山閟慘澹精神重去聲晤予

題金廷標畫疊前韻

畫境兩疑然精神會一川開窗山宛似題句韻還連樹疊蒼茫嶺雲澄碧落天丹青本無

翼到此訝居前舊作有寄教粘素壁待我印當前之句懋勸攜來預張壁間矣

題金廷標畫

農賈緇黃共一舟隨波何礙與爲浮岸傍別有招呼者似問儂當得渡不

薄暮行人急問舟天邊霞脚落波浮畫圖省識邯風趣筏喻因緣亦解不

題金廷標畫

落千丈之飛瀑迸萬變之駭波倚怪松之碏砈臨絕澗之嵯峨是巢許乎是夷齊乎乃能樂此巖阿耳目所食色聲胥空相商一晌孰巽孰同携杖童子聊自得較量付之之二翁

題金廷標畫

水閣曝書芸帙開奚奴延望小徘徊船頭更有招呼者爲報主人載鶴來

山將欲雨水先波景可行看事可哦便是畫家工別裁去聲等閒不較法如何

題金廷標畫

不教篋舫換柴扉團聚常看婦子圍榿岸繫船羣曬網盤飧喜有鱖魚肥

右漁

山頭薪負過溪濱擔賣無過左近鄰何必道中嘔且讀報妻終不學吳人

右樵

揮汗耘田日正長偷閒小睡午陰涼夢還不涉邯鄲境也祇殷勤較雨暘

右耕

三家村裏古風存白首田翁自課孫耕織相安王道具寍須時務細陳論

右讀

題金廷標畫

誰家亭榭眞延涼足山足水足徜徉迎風祇覺竹籟爽過雨如聞荷氣香主翁細搦毫盤礴童子適適各尋樂樓裏何人意不盡綠柳紅欄下珠箔鶴鳴魚戲貞性存有臺有沼有植援不擬白傅履道坊定是溫公獨樂園溫

公獨樂樂豈獨白傅履道道亦履老安少懷
我所廬觸目賞心喜題此

題金廷標畫人物

瞽目先生小說流稗官敲鉢唱街頭村翁里
婦扶攜聽儻爲去聲歡欣儻爲去聲愁

題金廷標人物

蹇驢怯渡蹲跙跒奴子長繩盡力牽騎者鞭
敺復懷懼旅情一段畢神傳

題金廷標人物

對梅鋪紙與傳神香影眞情領畧親彷彿山
中高士道冰肌同是箇中人

題金廷標人物

舍薪納履且遲行樵伴迴看若有情一例鷗
蹲自結繫文侯胡乃獨傳名

題金廷標十八學士圖

當年學士號登瀛天策居然是玉京試問圖
中擬仙者果眞誰忘世間情

題金廷標戲嬰圖

曲檻碧池濱遊童作隊親雖嬉鮮人欲相近
足天眞豈弟胥同志崢嶸畢肖神如今詠棊
局知孰句超倫

輕輿由萬泉莊逕至聖化寺雜興四首

疏治昆湖大局成池西延及池東營萬泉有
事剔淤塞相覗無非爲利耕

題金廷標羣嬰鬭草圖

垂楊奇石草芊萋紅綠傾籃鬭買低赤子之
心愛生意名言那識有濂溪

金廷標羣嬰撲棗圖

八月珠丸可剝辰羣嬰撲取曲池濱却看晚
芰猶舒艷那許交梨獨擅珍挈袂收來神特
雋擎盤承處態如眞何須肥瘦較兄弟總是
其間能讓人

金廷標鍾馗探梅圖

朔風吹雪冷難當背負巖梅滿意香傲得瓊
林簪花者可能識此狀元郎

題金廷標醉八仙圖

或有唐臣或漢臣忘年友聚翠嶙峋仙同子美歌七字名換知章輩八人世外煙花付荏苒壺中懷抱寄清醇蓬瀛天地曹騰閱絕勝沉湘獨醒倫

題金廷標人物事蹟十二幀

琴歌南風

節撫恢𠑹候雲觀糺縵辰横琴欣對景屬念祇於民歌以成四句侍猶列五臣天工同弼亮郅治逮和醇解愠紓煩鬱阜財鮮窘貧宜惟傳擾醳賓願溯源津

橋梓喻教

南山之陽有木橋南山之陰有木梓橋竦而仰具父道梓勃而俯肖子理伯禽康叔初受封必有陽陽或自喜三見三笞不解故二子於是見商子一覩橋梓乃知非入門而趨登堂跪周公拂首爰勞之商子其人君子矣指物而喻見善遷滔于鄒邑亦如此

漢陰抱甕

抱甕灌園非不勞機心羞用樂陶陶十年五國更（平聲）成敗豈似伊人無事高（子貢使勢但破其用機械）（甚矣戰國策士之流蓋出於此然其事雖見于越絕書及史記余謂孔子即欲存父母邦不應令其徒爲此變詐之事疑信半之可耳）

遇仙翀舉

子高（白）善治酒有仙從求飲既飲以藥酬服之身輕甚白日遂飛去玉霄登仙品祇宜畫圖傳信否猶須審

子猷種竹

曾聞愛竹有徽之暫任仍教繞宅移童子擔來已瀟灑此君種得卽熙怡乍成塵遠遥深處不負風清月白時便可窮年應忘（去聲）去主人何用閉門爲

青溪邀笛

昔時王子猷勝日泛蘭舟雅識桓伊技邀來擫笛求無妨三弄去曾不一言留我亦青溪上如聞遺韻悠

折梅寄友

江南長安千里一枝豈復恒榮大似鏡清用
棒曰祇要此話行

廬山觀瀑

飛流三千尺已是遙看矣生面寫石橋却俯
觀足底高下定何嘗幻境覗乎此

蕉葉臨書

種得芭蕉當種紙終日醺醺緣天裏借問箇
中有佛無把筆答云聊復爾縱横曾不拘規
模腕底落落噴明珠笑煞龍眠李居士無端
寫作醉僧圖

彈鬱輪袍

夤緣謀舉首彈出鬱輪袍伊人喜禪寂斯事
豈稱高

金蓮歸院

東坡學士嘗値禁闈召對或久金蓮送歸爾
時都下傳以爲榮劄子屣上曾未見行雖云
分光不聞轉園於東坡心夫豈其安寫八畫
圖想見丰模問誰與同前有令狐

映雪讀書

孫康昔嗜學傷哉家窶貧鑿壁欲偷光而又
嘆無鄰無鄰茅屋獨宻當廢夜讀同雲偶韜
月幸哉天假燭假燭借雪輝六花積復飛豈
不慮皸瘃耐冷氷玉肌玉肌雪色映窮理而
盡性曾非雜交遊自足娛清興

題金廷標人物畫

松柏之間誰則宜捨梅卉裏更宜誰山凹選
得含英品自課奚僮爲(去聲)接枝

右選梅接枝

竹籬茆屋幽居致山霧溪煙過雨晨移得桃
花栽繞舍箇人疑是鈥鑼人

右移桃課植

題金廷標新秋景

雜卉朝來露氣溥却憐荷沛艷將殘高人似
鶴立猶獨童子鬭蛩園欲園却喜蕉心展階
側忽驚梧葉落林端與懷正是新秋景觸目

訝成古蹟看

金廷標秋英圖

草本艷秋不謝春[秋海棠]玉搔頭最宜佳人[玉簪]蔚羅楚楚爲腰裙[蔚羅]飛來翠雀翩玢豳[翠雀]欲採藍菊惜無芬[藍菊]杯擎萬壽觴一巡[萬壽菊]顏如渥丹少年倫[老少年]葵心向陽仰爲君[秋葵]我獨宵衣勤司晨[雞冠]

金廷標仙館澄秋圖

爽氣澄仙館命爲即景圖多年漫粘壁此日惜收幗[命裝掛幅續入石渠寶笈]立玉石如筍飄金葉落梧忽前珍過後斯愧每塵吾

金廷標雨景

我曾山陰鏡中行雨絲風片時作止膩雲低傍馬頭生常覺濛濛濕衣履衝烟邪許竹簰來爲趁前溪漲新水窮黎赴時有若斯何異胼胝力田耜歸來於今八閱春民瘼艱難日心裏廷標無端寫成圖今昔熾然非彼此誰云今昔非彼此昔雨多今雨艱矣愁多較可愁艱劇況復昔過今正爾吁嗟昔過今正爾圖斯宜匪博我喜豈知展轉惹予煩廹爲東郊待舉趾

題金廷標雪梅高士圖

抱膝鋪牋石室深紅梅白雪稱幽吟誰知高士暢懷際擁帚蠻僮冷不禁

題金廷標花卉

畫苑昔年供奉人尋常粘壁那知珍即今逢每裝而弃當面失之自惹嚬

題金廷標墨牡丹

廷標雖作古蹟夥禁中留粘壁頻收拾弃珍殊輩儔花真春色奪葉欲露華流劉訓殺風景却稱水牯牛

題金廷標醉菊圖

菊節忽已過傳來醉菊圖重僮緣素景別契是神樞埏埴商顏數[圖中四醉老]淋漓彭澤模科頭倚客背箕踞厭僧趺缾罄憑而寐花香嗅以欬看山半酩者應慙[去聲]獨醒夫

題金廷標採藥圖

是誰採藥地行仙一足攀藤一踏肩攀立者呼謂珍重恐防失跌落重淵

手捫肩聳向危巒似此求仙亦大難畫者解留畫外意秦皇漢武未曾看

金廷標懸崖採芝圖

俯澗地仙臞似鶴援藤童子捷於猿金枝朶朶那堪採迴首遙須問一言

金廷標瑤圃採芝圖

雪壓萬林巒松根棘劚看欲尋三秀草去煉九還丹資內抑資外（所謂成仙屬在內之心神豈在外之丹藥乎）有成必有完不須遠取譬身已不勝寒

題金廷標種竹圖

倚窗逸士意揚揚指點奚僮種碧篁移近溪邊水淸淺漏來簷際月昏黃料量時節剛逢伏等度高低爲納涼卽景本教粘素壁裝池今合作珍藏

按近世有裝池之語而不知所自來唐張彥遠名畫記元陶宗儀輟耕錄明曹昭格古要論皆有裝褫之說楊慎丹鉛總錄則稱爲裝潢又有卷首謂之玉池謂之贉之語或爲褫池音近池潢義通因合二意作裝池予以爲不然夫褫本去聲易終朝三褫之疏云三見褫脫潢亦作去聲讀釋名染紙也是褫與潢音義皆不可牽强葢裝古畫或有去其背紙者故格古要論又有不許裁翦過多褫之語潢之爲染紙亦裝畫者所必需至於卷首貼綾爲玉池爲贉則裝畫必應裝玉池裝贉明矣以是爲裝池之証不直截易明勝於廣引曲解乎因並書詩後識之

題金廷標倢伃當熊圖用蟬聯韻體

熊佚直前當以身用加敬重倍羣嬪漢家天子猶隆準頓使英風讓婦人

格熊原有羽林人未免矜長耀衆嬪豈識封侯幾（讀如冀）史立翻因此以害其身

金廷標松陰牧馬

豐草淸泉宜牧皐驌驦卓立意雄豪不加鞍
勒適其性故識伊人用意高

題金廷標放鶴圖

一鶴立苕蒼一鶴翔松古翁僕齊拍手呼之
鶴喜舞迴顧不肯飛似與其儕語稻粱隨處
安奚必青田圃是謂善寫照傳神在阿堵故
實斯已多那辨張(天驥)林(逋)許(渾)

題金廷標四皓圖

深山大澤擬商賢四老婆娑杖履閒何必礌
溪心迹愧(反司空圖詩意)從朝也未忘人間

詠金廷標四皓圖反杜牧詩意

牧之不是安劉是滅劉之句可謂卓識
然呂后橫行死而後平勃反正漢之不
亡已似千鈞一髮矣且四皓隱者何預
人世出而入朝一言以定太子此亦理
之所必無向曾於題馬遠畫中辨之詳
玆因詠廷標畫故復及之名曰反牧之
其實闡牧之未盡之意耳

西山旣學採其薇那管人間閒是非待到南
軍袒左袖爾時劉滅已幾希

再題金廷標吹簫召鶴圖

孤鶴盤空欲去遲按簫綬激召而吹柏枝八
水翻青靄正是筆隨興到時(廷標此幀意甚奇故再詠之)

題金廷標莊惠論魚樂圖

何必班荆坐論舊相評魚樂立移時我非子
故不知子子固非魚魚豈知

莊子曰子非我安知我不知魚之樂惠子
無言設曰以我非子而不知子故知子非
魚而不知魚則莊子想亦難措辭矣因題
此圖戲及之

金廷標品泉圖

倚樹持杯性不羈澆書一晌坐閒時(東坡長飲酒謂澆書則於茗亦可耳)底須佳客資商榷品格由來貴自
知

金廷標聽泉圖

奇松既埢埸詭石復破碰振驚落巖間繁會八音夥高人耳屬右迴顧語其左是曰以目聽於斯何不可

金廷標秋山行旅圖

陡峽迴谿鼓怒波兩峯中闢路嵯峨上罔已費千般力下坂還愁一往過旅客問程聊憩息蹇驢飲去聲水得延俄分明青石梁間景不是親行解繪麽

此畫乃向命廷標至熱河供奉於路間繪目擊之景以進者今彼已爲古人而畫亦粘壁十餘年矣偶見之命裝池爲軸並題以句

題金廷標罱泥圖

泥用之糞田利斯厚河去其淤田受肥一舉兩得事非偶佳哉民自爲生計勤劬勞苦所甘受遂命裝潢弆石渠工執藝諫誠堪取

題金廷標聞喜圖

吉語徒稱曰聞喜心懸猶在大河潰昨據阿桂等奏青龍岡改築新壩工程將次完竣諭令慎重爲之垂成之際倍切懸念耳山人無慮聞何喜白眼看他乾鵲羣

金廷標鬻茶圖

繡壁琳溪綠陰繖擇勝建城權歇擔龍腦不入恐奪眞鳳髓小異何妨淡瀹煩喜就碧梧風供役且殊陽武僮然疑究問祀陸羽依稀椀際遇盧仝周昉寓意古無比小幅傳神頗清美已飢已溺禹稷懷渴亦人情吾庶此

金廷標簫聲泉韻

吹簫人坐流泉畔聲韻雖嬴未易猜意謂輪絲不如者聽曲絲不如竹竹謂簫笛也其中喚得鶴飛來畫中一鶴聞簫飛下高士注目視之可謂妙寫簫情矣

題金廷標掣筆圖

總角習書饒腕力掣從背後得難求倚窗法護獨閒坐應是馳情託遠遊用王珣伯遠帖中語

題金廷標琵琶行圖

船隱蘆洲不見人四絃風送到江濱主賓僮僕齊傾耳寫出弇聲暗問神

內府弆唐寅畫琵琶行於江邊扁舟直寫一女抱琵琶廷標此圖不畫琵琶女而畫居易等屬耳之情便覺高出其上此與宋人畫踏花歸去馬蹄香以數蝶隨騎意同向未題句茲偶見之因拈其妙然畫院中能作如此解者實少也

金廷標溪彴扶笻

縛竹爲橋架岸長扶笻緩過意徬徨草堂若展莊經讀應在小旻第六章

題金廷標桐陰把蘭圖

繪事不難難得神精描粗寫每超倫足稱世畫無雙畫可惜斯人做古人（時廷標病歿）滿把蘭芬投氣味靜依桐蔭遠囂塵從茲遇蹟須題句哂我徒殷過後珍

題金廷標宮市圖

百物千奇一擔陳兒童爭買鬧紛紛忽燃爆竹擔頭擲急煞呌呼衒鬻人

題金廷標畫仙山樓閣

覲鑾琳琅洲鳳麟蕊珠叢下會羣眞底須更檢神仙傳一例丹臺注籍人

蕩影虛無曳綵虹憑欄意與海天空欺人漫自稱清淺一笑千春俯八鴻

界道琉璃禹步移瑶華琪樹鬱參差遣將瑞鶴凌空去玉檢銀題定寄誰

解得江山煮半鐺長生妙訣合無生笑他癡念延年者隔岸惟應渴望瀛

金廷標長至添線圖

香閣權拋繡幀忙徘徊曲院不妨涼別開生面覷曦影也覺量增一線長

題金廷標梅村小卷

屈曲梅村有路通行人鼻觀滿香風欲知作者神來候展看惜他卷易窮

題金廷標畫清溪漁艇

澄潭張網集漁人子美詩情獨得神古屋數間樘林下定知家在蜀江濱

題金廷標溪橋策蹇

小橋流水建瓴聲驢弗前行僕拽行不似王尊當叱馭如斯冒險又何營

題金廷標雪中三友

梅根與石互模糊八雪松梢有若無紅是珊而珠隱現碧爲瓏也珮縈紆神來規矩準繩外意寓多聞直諒乎可惜斯人成古畫徒珍過後自嗤吾

題金廷標負擔圖

負擔歸來獨叩門家人秉燭啟黃昏較諸貧見棄翁子相敬高風有足論

題金廷標留帶圖

東坡玉帶既貯之以檀匣復爲錦囊什襲用示珍重白綾裹命金廷標爲圖因成是作題之

愛帶都緣爲愛人言之不足命傳神恍如坡印視子笑笑是居然未離（去聲）塵

題金廷標紈扇畫景

倚柳溪邊俯玩蓮清香淨色弗誇妍設如碧水擬洛浦孰是宓妃評並肩

右玩荷

閒院忽飄一葉桐不知何處至秋風阿香顧謂須拾取紈扇詩情默忖中

右覯桐

題金廷標嗜酸圖

鏗嚐青梅下嚥難流涎脣哆復眉攢區區那管旁人笑白苧儒生本嗜酸

續事傳神阿堵難評量滋味絲陰攢三翁不著伊誰氏都帶梅家一點酸（蘇東坡詩往往亦帶梅翁酸注讀梅聖俞）

底較蘗梅不易難所耽轉覺百憂攢畫師善寫曹公術刺齒生津解渴酸

題金廷標山水冊

溪亭疎影

草亭一笠石溪臨幽閒恰似孤山陰依然橫斜照清淺春來花發香愔愔不爲連林爲獨樹慘淡雅識逋翁趣逋翁去今七百年髣髴

亭中猶或遇

石壁淙流

絶壁上干雲奔流下噴雪盤山晾甲石一例供清悅

雲海浮嵐

高山出雲若浮空濃淸淡白相容容我雖黃山未覩海沈詩在憶無殊同負擔應是採茶者雀舌麥顆盛筠籠衣霑路滑有弗避嗟哉事事關民窮

層巖疊瀑

搖削既高崇減汨復垂注如是凡幾疊紛不知來去睇色色莫定聆聲聲弗住無人過石橋此是升仙路

山城春曉

山城雖斗大春到亦堪欣荷耒出耕夥推車赴市勤一溪圜郭曲萬柳向橋分不識闤闠裏絃歌可得聞

松磴花宮

峯巒幾伏幾起磵壑一曲一迴青林覺路松護紅牆法界蓮開除是盤谷恰當（去聲）曾於淨室徘徊峻挺忽看獨出知爲李靖劍臺

繡嶂晴濤

奇松扶峭嶂森鬱如錯繡迸水無來源怒擘石壁透此唱而彼和雅中宮商奏

垂虹烟雨

膩雲靉靆雨霏霏一色湖天四面圍新水漲橋侵鴈齒低烟籠岸失鷗磯村人幾戶關扉坐漁子一肩擔網歸宛是垂虹在西際鄘風寓意緬依稀

江船上峽

望峽篙撐復縴牽同心共濟力齊然姚家學士應慙色試看灘頭上水船

荻洲楓岸

楓葉槲葉丹黃蘆花荻花采蒼設使蘼蘿月上不知所映何方

沙汀艤渡

沙汀喚渡秋晩舟泊岸傍水淺旅客已登舟
行李奚僮遲轉驢蹇驢蹇牽拽不前戀棧

玉峯寒翠

憶我辛巳之歲遊五臺三月雪花大於掌片
時萬峯都鏤玉祇有紅牆皴白突出青松上
叶 氷滑泥溢馬不前問景策鞭賈勇往千佛
洞側拈險韻迴示從臣賡雄賞幀中斯景大
似彼坐而觀之斯逸矣

題金廷標畫册

長林豐草帶清江牛背閒嬉牧豎雙鼓掌拍
來如按板哆脣吹去不成腔那知飢牸拖犂
慢似會忘蹄並兎降苗稼犯人則何有且看
露地任摐摐

右牧笛

倚石居然二老者溪邊驀地偶相逢飛來白
水若振鷺橫入蒼松狀舞龍指似已拈形以
上望中欲覓色無從得神去韻應如是法契
南宗最上宗

右觀瀑

楓丹雲白問程天邪椗途中孰後先一幅畫
斯爲旅矣三人行必有師焉（圖中三人策蹇）雞鳴茅
店應幾別驢背石橋夫豈然却笑蹇猶費牽
策忽忘身彼利名牽

右旅蹇

茅屋風淸臘欲殘梅花開未倚窗看瓷缾冰
凍不禁插鐵榦雪消且任攢若有若無香世
界非仙非俗古衣冠奚童遊去圍爐火祇箇
先生獨耐寒

右玩梅

題金廷標畫八幀

漁舟

泊舟危壁下伸臂探滮澌獲珠畀丈人定將
取石鍛

樵徑

擔柴緣曲徑石磴聳迤邐買臣熱中人是固
非所擬

水車

春隴待灌漑水車踏聯絡本是無機心那慮漢陰薄

夜讀

梧月櫛銀雲展書汲古芬樂此淸宵景非學陸佃勤

撫琴

獨坐崇巖巔膝上橫琴撫飛鴈落平沙妙合曲中譜

款鶴

胎仙伴朝夕豈曰無佳賓憶在雲龍際神會張山人

書課

衡石較芸編工夫課多少雖曰效祖龍淸濁殊了了

橫簽

橫簽復把筆童子持梅進欲畫柳欲書總可爲春信

題金廷標雜花四種

石榴

細葉繁枝護大紅開常非謝畫屏中何須重擧元徽（崔）語阿措眞看不畏風

蜀葵

蜀葵亦有向陽名紫萼娉婷且自榮不置階前照曦影誰知二物假和誠（蜀葵不向陽而韓琦許衡號謂之心日故戲及之）

百合

素質應羞時世裝陸游家蓺兩叢芳不曾睡鴨夕薰換撲鼻居然百合香

金絲桃

塞外宛看塞外花階前形影映橫斜去年命寫尋常事今日誰知珍重加（時廷標已物故每遇其畫輒珍惜之句）

金廷標秋英十二種

文殊蘭

色相何曾似九畹人云蘭亦曰蘭然拈來漫

擬稱名惧應是文殊示別傳

老少年

秋籬無葉不花開紅矣何曾雁到來又名雁來紅

恰似會昌觴酌罷酡顏箇箇醉芳醅

雞冠

昂藏如報日曈曨鬡鬡形標赩赩紅我有宵

衣籌治責對之輒復憶齊風

玉簪

葉態花姿受露多墻陰砌角自婆娑如雲鬢

髮偏宜綰不藉玉人費琢磨

秋海棠

一種寒英性獨柔露華拂檻最風流長生殿

裏凝情重既占春還不讓秋

萬壽菊

色借秋金爓爓明每當七八月華榮幽風句

入羣芳譜恰許公堂稱兕觥

秋葵

稜稜翠葉簇花黃曉砌扶疎灩露光卉裏解

存歲寒意春陽不向向秋陽

藍菊

深藍淺紫各芳甤引蝶迷蜂又一時名氏縱

教聯菊譜淵明曾未著東籬

金錢

買斷三秋也足豪不從四字不從刀成詩已

自聞盧肇著論寍妨謟魯褒

藍雀

有翼何曾解跳蕭有黃目不擘如椒無端野

雀翩然下欲與同羣颺碧霄

山丹

五出黃花赤點班秋來芳意滿西山拈毫擬

議云何似栩栩春駒卉畹間

僧鞵

足不知爲屣紫茸空行那肯謾留蹤假如驀

向宋雲問可識當年蔥嶺逢

題金廷標寫意秋英十八種

唲香玉

夏英看已是秋英湑露嫚嫚放晚榮兩字題名已鄰菊可能籬下件淵明

山丹

離離娜娜照庭除弄影清光過雨餘最是風人工體物錦衣君子比顏如（山丹即花疏所云渥丹也）

鳳仙

淡暈精銀深纈紅折枝漫自憶芳叢畫師巧著芭蕉葉何異喈喈下碧桐

雞冠

峨峨露夕與風晨褒貶從他染翰賓却憶荒村一聲唱無端起舞范陽人

藍雀花

有身有尾有雙睛翔向芳叢得少停恰似昂然語絳幘一般託蹟在禽經

石竹

娵娟小卉足清幽張耒還思王子猷世上宓無僞君子底須責備草花流

老少年

是葉皆花古錦披老年貌勝少年姿又如疏傅歸東海娛樂田廬中酒時

玉簪

墻陰砌角露華新琳質檀心淡有神設使漢宮臨曉鏡祇宜持贈李夫人

秋葵

不共春華一例榮有心惟解向陽傾疾風勁草吟前句始識秋葵善副名

紫薇

寓意得宜是畫家向陽爲伴亞瓶斜千秋對者誰稱合獨許香山不負花

錦葵

女夷遊戲賦芳菲四季流行一氣機銜足設教相較量此花曰具體而微

翠菊

蓓蕾初舒翡翠英綠蕉葉襯似鋪瓊佛螺擬議非唐突物物毘盧頂上行

萬壽菊

黃金爲瓣玉爲叢熻熻風蕭露泥中合向
萱階祝
萬壽由來正色一般同

蘭

墨蘭自是王孫法何必當秋不散芬獨植一
盆應有意可容凡卉與爲羣

金盞

折來疑帶露瀼瀼盞是秋金色是黃鍾令昔
稱善醒酒一中之審又何妨

秋海棠

錯置寒英各有姿嬌紅偏覺態離披小名漫
道稱呼姅雅似花鈿委地時

丹桂

氂常只合中秋看每向皐塗覓早花香山皇盧精舍育桂花七月即有早開者却喜藝林眞解事鎔餅金粟換
丹砂

翦紅紗

浣得溪紗重染朱剪來曾不費工夫日名曰

象憑人謂試問羣芳自識無

題金廷標倣女史陳書畫冊疊題陳書
韻

倣教金畫存陳畫尙書錢陳羣進其母陳書畫冊命金廷標倣成此本仍書題陳畫詩於各幀中又已今人作古人時廷標亦物故枯木
踈筠相映處不言傳得趙家神陳書做子昂仲姬合作意

右古木脩篁

鄉味那論不素飡綠菸紅藠帶霜根摹圖亦
可娛朝夕眞蹟還教付子孫陳書畫以其家傳眞蹟爲題句還之

右蘿蔔霜菘

果熟垂垂欲重枝依依閒鳥稱去聲棲遲貪鴿
利喙且弗下朱顆看如有愛斯

右仙果珍禽

世味何須論苦甘果成花落義堪參誰能熨
齒供淸嚼憶裏常留佳種三

右雜果楊梅 枇杷 桃

圖成一日幾摩娑睡趣偏饒醒趣多自是畫
家具深意漫從李迪較如何（畫譜稱李迪亦工畫犬今石渠寶笈所藏有韓盧圖卷是迪眞蹟）

右眠犬

蟲譜禽經湊合奇翅黃相映尾紅絲蝶眞花
幻曾何別識取其名未命時

右蝴蝶鳳仙牡丹

詭石之旁栢欝森相交以淡兩無心愛聽天
籟從空落虛竅喬枝解和（去聲）吟

右怪石古栢

有蟹有魚復有鰕琳塘游泳浪生花春溪淡
淡都無意付與詩人賦物華

右春溪水族

有梅相伴不爲孤況復横溪印夜珠便是林
家足高致知當未肯嫁其逋

右梅溪

編竹爲籃花朶裝紅紅白白鬬寒芳喜他做
得十分韻似覺噴來一段香

右花籃

題金廷標仿蘇漢臣貨郎擔圖

兒童鬨買笑還嗔維谷徒誇百貨新不向圖
生分別見悟殊此者更何人

題金鉉白鷗話舊圖

迴峯合沓隔塵界古木槎枒蔭夏寒著個危
亭筠堰畔祇宜靜者結金蘭

金鉉滄浪濯足圖即用其韻

雖衫不履並科頭萬里滄浪澈底秋側峙高
岡亦千仞太冲詩意具扁舟

題周昉麻姑仙壇書畫幀

書效平原法畫傳右相神故當稱合璧豈祇
曰希珍爬背盍容得蛻形詎是眞丹青留妙
蹟千古見斯人

周昉美人調鸚鵡圖

不用玉籠謝金鎖稻粱馴那憶西秦衷情默
默未輕語防恐無端愬主人

題周文矩明皇會棋圖

明皇遺事爲南唐雜列朝譽緇與黄棋局當
前未著子如何布置且思量

放猧亂局傳雜俎妃側親王太不倫酉陽雜俎載明
皇夏日嘗與親王碁貴妃立局前觀之上數子將輸貴妃放康國猧子上局局子亂上大
悅云
云善諱白詩猶厚道良家女選入宮嬪白居
易長恨歌有楊家有女初長成養在深閨人未識及一朝選在君王側之句竟似太眞由良家女選入宮闈者而陳鴻所作長恨歌傳則云開元中深居遊宴以聲色自娛宮中雖良家子千數無可悅目者乃詔高力士潛搜外宮得壽邸元琰女於壽邸既笄矣進見甚悅册爲貴妃如載記甚恐史鑑中亦均相合蓋居易意托諷厚諱言其事不知欲蓋彌彰豈能逃千秋之嘗譏哉

題周東卿魚樂圖

隨意潛波隨意浮底須知否較莊周鏡中樂
意忝生動與在嘉禾煙雨樓嘉興煙雨樓俯臨鴛湖規湖爲池蓄魚其中上有董其昌書魚樂圖石碣

題周砥沈周山水合卷

西澗龍嵓不遠塗偶過瞻眺遂成圖見周砥自識語
尋常祇道工詩客誰識多能若此夫

右周砥荆溪圖

老筆得神已去情望山亭子俯溪清銅官設
與荆溪較一例難爲弟及兄見沈周自識語

右沈周銅官圖

名流評識墨華香珍弆當年道姓黄此日不
知更幾氏笑他賞鑒落空忙

右合題卷首

周臣豐樂圖

東郭接西鄰姓惟朱與陳相逢皆至戚不擬
喚嘉賓穀賤雞猶喜糯收酒亦醇每圖幽雅
意周臣向有村莊農慶圖曾入石渠寶笈向嘗題詠以其喜繪田家風景故落句戲及之
眞弗愧周臣

題周臣村莊農慶圖

山莊無別事惟是祝年豐納稼村村急高囷
戶戶同社常接雞犬鄰不遠西東相聚農桑
話于于太古風

題周臣春畦挈榼圖

已是賢主佳賓又逢美景良辰綠意春畦菜
嫩紅情古屋花新艷舞漫誇絲管淡交可託

松筠（禎中方豪鄭善夫諸選皆有南濠之句知爲金閶春景諸人會集）致我遐心別纆山塘接駕萬民

周臣春泉小隱圖

蘚壁柴扉任掩開虛堂隱几有書陪越童擁帚松花落不爲無端待客來

周臣漁村圖

或周或唐未可知西廬定爲周所爲（見卷後王時敏跋語）毫髮雖不逾繩墨有生動意斯誠奇取魚之具罔不備取魚之法罔不施我欲僂指舉其目大約弗出皮陸詩浮家泛宅固莫定而有定焉婦子隨幾囘撫卷興慨歎是中豈無王者師

周臣羊裘垂釣圖

解札澤中居垂釣意匪魚五羊自羃者淸濁定何如

題周臣松陰淸話箑頭

箑頭摺疊朱明始名手常留便面蹤恰此班荆兩高士愛他嘉蔭一喬松健談不入世間耳寓意堪知塵外胸漫議東邨無印識（丹靑志稱周臣字舜卿別號東邨吳郡人並山水人物有蒼蒼之色一時稱爲作者是雖並松陰淸話徒署名而未有印識要其筆意淸蒼正不必刻舟求劍也）刻舟求者劍難逢

周臣蒹葭漁艇

夕陽欲落遠山蒼小艇浮浮水一方竿綫不期塵世曉秦人何意詠三章

周用甫田農慶圖卽用其韻

農慶雖云圖甫田伊余意祇切祈年老翁町畦耘新穀爲憶夷中五字篇

周用鋤經圖

耕讀家風貌宛然置鋤微憩手持編嗟哉貧士陶潛詠能不心憐事研田

題周天球古寺淸江便面

高足文門衆所知平江眞境面前披上方鐘磬如聞響震澤波瀾本接漪搖動風淸送輕舫參差峯翠隱層遠引予逸興石湖上二月春遊得句時

周之冕松陰雙鶴

求魚緣木在松陰報德無端説負金風雨中如蓑笠立却疑皮與陸相爭

周之冕梅花用圖中陸士仁題句韻

玉戲天公灑玉塵山中雪滿見高人可知幾點幾圈裏函得三千世界春

題周之冕寫生卷

牡丹

迎夏餞春豈無意不同桃李鬭繁華一般瀟灑出塵意慙愧人稱富貴花

玉蘭

蘭作香風玉作姿笑他品命可容羈春曦嫩暖春雲淨正是衡山點筆時文徵明有玉蘭圖貯石渠寶笈

蘭

四時恒有開花日何事楚辭獨許春應是王明尚思汲晚然三尸憶同塵

繡毬

團圞百結是誰攢通體玲瓏亞玉欄恰似拋毬呈設利指月錄義存爲元沙説法將三箇木毬一時拋出又翻譯名義舍利一名設利當前空色作麽觀

辛夷

玉蘭根與辛夷合藉是花師巧接移辛夷花紫花師移接之則開白花爲玉蘭花譜祇爲二種非也香雪試看搏屋角可知介甫早成詩辛夷屋角搏香雪王安石詩也辛夷花紫安得謂之香雪可知玉蘭自辛夷接出而或玉蘭亦名辛夷耳然其未接者仍爲辛夷紫花是卷周之冕畫玉蘭則鉤出白色畫辛夷則全用墨色可謂黑白分明王穉登於辛夷側題句云玉色吹高館亦認辛夷爲玉蘭或曾見王安石詩乎

梨花

深斯白色淺斯紅不啻由來亦不豐設使鄉嬛品材貌太眞飛燕酌其中

蝴蝶花

蝶戀花兮花號蝶孰無情者孰有情汝南未識漆園夢却與滕王鬭寫生

芍藥

微乎具體特輕盈木本讓他半月程牡丹亦名木芍藥便即呼之曰花婢主人應是鄭康成

金盞

四時舒艷同蘭桂（見學圃雜疏）金盞傳形亦逼眞惡旨設如思大禹單名祇合號長春

桃花

南地開遲北地早夭夭穠穠頗風流植生誰謂無靈性背却梅花此出頭

春海棠

絲葉紅葩㲀貼宜卉中韓爾特丰姿一枝意已具全樹引我津瀛得句時（天津柳墅行宮內有海棠盈樹古花繁向曾留詠）

枇杷

琥珀爲珠蜜作漿綴柯顆顆色棠棠南巡幾度聞佳品錯遲嫌他未一嘗

荷

淡墨疎疎勾寫匡天然鼻觀白蓮香方之君子素其位善生中庸十四章

玫瑰

移根那識越王臺多刺應同衛足材杏爾盈盈馥馥者爲誰特地此徘徊（羣芳譜玫瑰一名徘徊花）

百合

花根花朶胥攢簇莫恨無端浪與名借問世間一切法孰非百合幻而成

石榴

謾詡無香同海棠有花有實彼奚方每當重五繁葩放似與仙家供絳囊

梔子

色瓊玖噴味沈檀披拂薰風倚石欄八種夏香曾寫照（向嘗以蘭及夜來香晚香玉茉莉珠蘭荷梔子玉簪爲夏卉八香寫圖題句）就中巨擘屬林蘭

秋海棠

未肯韶光強出頭牆陰砌角也風流不於草木觀其本那辨高低春與秋

蒲公英

島瘦郊寒各一家英英被野放黃花蒲衣自是高人致慚愧爲（去聲）誰五等加

野菊

黃華一例綻歲鞠野也人間亦菊之不入淵明閒採摘較於林下更無羈

馬蘭

婀娜大花因號馬（本草馬蘭葉似蘭花似菊俗謂物之大者爲馬也）飄蕭長葉也名蘭莫嫌嗅處無香味既奪朱那更似檀

紫薇

蠟跗（平聲）緘蕚色偏麗燕舞鴻驚態更嬌却笑唐家省與令抑相譽也抑相調

秋葵

木花草卉多無萬一種秋葵獨向陽借問蹌蹌濟濟者立身應以孰爲方

雞冠

絳幘綠袍如立曙金風玉露雅宜秋宵衣散步閒庭際訝似雞人報曉籌

木芙蓉

殘紅（謂荷）相對碧波清弗水因之得木名君子設如詢姓氏不周黨亦定逢萌

桂

金粟原殊世上花曰香曰色孰能加浪傳玉斧修吳質未識通身是道芽

菊

落落疎疎一兩枝逌人情性頗相宜而今多有西洋種（洋菊近年始出鋪具五色種類甚多有大徑周尺者戊寅年曾題洋菊四十四種並皆令都一桂圖而譜之云）奪紫誰能復顧斯

水仙

清泉白石托幽芳等度孤高若可方了了祇消揮幾筆勝他大令十三行

梅

謾言傾覆與栽培開盡羣芳綻早梅不藉田何傳易理貞元消息此中該

竹枝

竹葉竹枝多夾寫變更文（與可）法特玲瓏春華秋卉多塗抹想藉風前一掃空

題周道行歲朝圖

圍爐獻歲聚春齋椒盞辛盤一室皆更有佳

朋過畧約任教雅子闢庭階柳黃梅白侵尋
冶畫意詩情次第排所喜能傳夫子志老安
友信少斯懷

按道行詩有今朝元日試題詩之句後又識癸巳清和之初坐張氏齋頭寫語殊不倫唐德宗詔謂二月爲中和節葢以二月爲春之中時之和尙可乃沈德潛訛中爲清遂以二月爲清和傳會割裂於詞義俱無所取向嘗有詩闢其謬且卽以二月爲清和亦與元日題詩義舛惟意取熙恬頗得老安少懷氣象爲可喜耳

題周鯤山水

雲峯霜葉黝蒼紅讀易蕭齋烟靄中爲問輕
舟行近遠秋波遙送一帆風

題周鯤山水畫

留得溪山四季青烟巒疊疊水泠泠臥遊省
識心無倦坐對方知筆有靈遠塢人家開鹿
柴野塘路逕接橋亭依稀昨歲邊關景面面

芙蓉展畫屏

周鯤山水十幀

溪村春曉

初生春水鏡開匳裊裊東風拂鬢髯柳綠桃
紅淡無際右丞詩畫合同拈

湖陰泛鴨

膩雲送雨溪村暗笠屐尋詩亦絕勝但得心
機忘物我野鷗家鴨總堪朋

松壑鳴泉

眼中色是耳中聲見說畫者能移情去歲山
盤最深處淙淙寒玉至今鳴

招提烟暝

遠山城郭望依稀落照秋江淡晚暉古木煙
深羣鳥下疎鐘雲杳一僧歸

江帆秋影

落霞孤鶩淡秋空掛席輕舠一望中不是天
涯名利客何須爲倩石尤風

黃葉邨莊

江鄉秋老亦堪誇錦樹籠邨鬬綺霞過客若逢相借問扁舟繫處是吾家

柳橋春漲

細雨微風蕩柳條拍船春漲未全消空濛一種宜人處彷彿江南廿四橋

松篁峭蒨

老松弱竹合比隣豈必忘年覓友人梵夾靜繙參色相如來端的有三身

漁莊晚霽

生涯浩蕩付烟波沽酒烹魚樂若何西照一痕紅慿好樹梢還可曬漁蓑

林巒烟雨

米家烟雨曾聞古石谷林巒復見今周鯤此圖乃倣王翬筆意也坐對千山雲外暗忽聽萬瀑樹頭斟

題周鯤山水册頁

近村綠樹濃遠岫白雲封野彴纔浮水幽人獨策笻湖山饒靜賞桃柳貌春容最愛西隄上時時此景逢

我愛大癡筆烟雲無匠痕畫師求罔象之子得其門買夏身堪託名山價可論只疑叢薄處啼老數聲猿

閒籠放鶴去心與鶴俱遠朝遊風韻松暮止雲歸巘素霓裁衣裳丹砂作餐飯是為山中人高歌謝紛衮

欲識山為米須看樹是茄遙峯殊蘊藉深谷亦崯岈微雨暗前浦東郊利早耡牧童牛背穩橫笛髻兒丫

瀑布半空垂香爐春靄時幽人趺膝坐童子抱琴隨玉筍天邊矗菱花鏡面披分明山水趣山水是鍾期

坐著愛蓮說遊撐訪戴船春光消六月人世有三天灌木吟空籟晴郊散遠烟何須大小隱對此俗塵捐

試問秋所宜宜秋惟有月浴光漾澄潭弄影搖疎樾東林和露冷西嶺隨煙沒高閣倚吟人撚髭逸興發

柳下繫漁舟柳陰醉漁父有酒團圞飲無節婆娑舞瀹瀹前溪雲微微後溪雨只愁乏銀刀繒網閒來補

誰知盈寸楮中有萬重山秋嶂容常秀霜楓色欲殷溪亭幽逕接古寺夕陽閒把卷長吟客黃庭獨掩關

丹青妙手者繪水能有聲雪景伊人作寒光滿座生鬖髿琪樹糝匼匝玉屏橫策蹇非彝句誰歟利與名

題周鯤畫幀

湖山佳致是春初應有幽人欲卜居幾曲芳堤韶景駐一泓新水鑑光虛

雨後晴巒暖霧蒸銀河飛處界崚嶒商山面目今猶在只許黃公杖策登

金碧樓臺倚白雲當年大小李將軍垂簾蕚綠渾無事自翦天霓作舞裙

前浦渟泓後潊連遠山如帶鎖晴烟竿絲獨弄澄波闊爲取來朝貰酒錢

竹姓昆蘇齋是蕭朝嵐夕靄儘堪招苔階把臂談元處我亦因之過板橋

溪亭十笏俯清流六月春光六月秋說與同宗愛蓮叟從今花姓合歸周

茅齋晝靜綠陰濃當戶疏峯翠幾重最愛笠亭臨絕澗跳波時聽玉琤琮

滿目秋光杜牧詩停車獨對晚涼時龍沙怳憶曾題句月落峯邊第五枝

蘭若鐘聲出碧嶙白雲濃處辨難眞坐奈倚詠清無洋合有衣冠拜石人

山村門對夕陽開識路牛羊自下來場圃築完禾稼納老農今日放愁纔

近岫遙岡接碧空披麻皴法數王蒙何當結宇蒼松下鎮日吟哦佳蔭中

赴澗銀龍凍亦流巖容麓態玉雕鏤板橋驢背衝寒客試問奚囊得句不

題周鯤畫因書賜之

我愛周鯤筆天然淡間濃江鄉治病返畫苑

獻詩重（餛頌能詩）疾苦閭閻狀㝵常幾許逢監門
遺故事咨爾溯其踪

題周鯤仿唐寅終南十景圖

金碧潭

一泓貯天半百道飛峽側林霏紫翠光風漱
金碧色高人坐槃陀勝飲八功德

草堂

屈平未沉湘杜甫猶客蜀千古只一室幽棲
景芳躅躡還人跡稀吾書吾還讀

倒景臺

迴躡雲霞表下視日月行輞水淙絶崖砉然
天樂聲茅龍立可騎無須九轉成

樾館

喬柯富嘉蔭結宇堪晤息清風與明月靜覿
皆自得一編在手中世人應不識

桃烟廷

勃谿無畝平結此桃烟廷與俱惟顥氣永鎮
兮太盆杖策層巔者不舟而武陵

雲錦淙

有石白可漱有泉清可枕微風時拂之瀲灩
疊雲錦至樂合杳冥浮榮何苒荏

洞元室

穴崖以爲室偃仰其中處有客抱琴來或是
成連侶神契妙桼同軒軒與霞舉

滌煩磯

萬木鬱蓊雲衆泉泌鳴玉拂髟試一寫不作
招隱曲境寂夫何妨高人樂事足

羃翠庭

疊樹不論層蔚作羃翠庭霏烟幾縷白漏天
數片青重見蘇東坡擕來擇勝亭

朔仙磴

科頭倚澗松澗草幽蒙茸解鞿適素襟水碧
希仙踪佺羨望未至白雲重復重

題周璕畫馬

有轡無鞍竟何故畫家寓意試探求應緣熟
讀東方傳權作金門隱者流

柯九思夏山欲雨圖

蒼岫出奇雲喬柯吟微風未雨雨意來濕潤含穹窿對此迷茫景益覺憂思忡擬鞭癡龍起沛然灑長空

柯九思白雲精舍圖

精舍惟聞稱白雲主人姓氏未教聞箇中若用鼠鬚筆書法何如王右軍九思自識云用張可與硯郭忠恕墨故戲及之王右軍得此筆法於白雲先生亦有出也

柯九思墨竹

竹身似屈竹節直自識原稱法極難九思自識此法極難非積學不能垂葉却如錦鱗上天然無餌釣魚竿

題柯九思鳳尾竹

結實將成餐待鳳肖形先作尾蕤丹青妙意在言外定是晴枝非雨枝

柯九思竹石

抹月披烟迴出塵欃槮倚石矗新筠爲思愛竹洋川老一寫精神便逼眞

柯九思晚香高節

綠筠挺出蘇卿節黃菊噴來陶令香何必其間論世代忘年交合石渠藏

侯懋功溪山高逸圖

山朋溪友各招要上策歸休避世囂不向人間留姓氏還嗤巢許詡逃堯

題范寬雲嵐垂瀑圖

爲人性溫厚筆力却雄壯乃知善蘊藉一發神必王山巔林出雲峽口瀑垂嶂眞骨矗稜稜近遠都宜望姓名雖割去孝思張眞賞向幀中已失范寬欵識左方上題嬾逸張孝思平生眞賞九字咄哉忽自笑求劍類刻舫

范寬仙山樓閣

雲樹自重重蒼巖壯且濃由來傳北派未覺讓南宗禪不參黃檗仙應居赤松可能容意入擬上最南峯

題范寬行旅圖

山容雄勝秀水勢急非寬大是北方眾誰歌

行路難風疑生萬葉雲欲山遙巒簡淡四家法於斯鼻祖看

題范寬秋山圖

秋山眞骨露得骨范寬稱大壑自爲曡崇峯不計層溪崖觀水客雲寺習禪僧遠望不離坐誠看縮地能

范寬秋山蕭寺圖

禪有南宗及北宗畫家筆法與之同限於地氣因殊風北之巨擘華原翁秋山叢樾凡幾重林凹蕭寺隱其中流泉渾灘如飛虹是何結撰傑且雄故應心醉米南宮幀尾有米芾評跋近世尠及之語約畧境界記所逢文殊五臺吽斗峯

桃花寺行宮題范寬江山蕭寺圖

春深草色常凝座雨後山姿正對門藝苑名流故多品獨於范緩見雄渾行勝暇日偶開緘未覺眉毛落翠巖翠巖永明禪師說法云一夏與兄弟東語西話看翠巖眉毛在麼一例江山相對處便非蕭寺也超凡

最蕭閒處結僧寮杖策何人過板橋好與盤山相印證淡皴濃黛不相饒

谿壑無多望不窮峯疑吐霧樹生風花飛禪院無塵色波渺滄池有象空

范時成秋山訪友

崇岡及野彴都有客來尋六法開生面三秋覓會心霜林雖颯沓古木尙蕭森詩格於何是郊寒島瘦吟

題俞舜臣多黍久安圖

黍熟三秋粒下垂鵪來九旅啄爭之展觀詎在玩生動義喻久安塵愼思

題姚綬江南春雨卷

携來畫笈及書函清供秘抽與靜探看到竹溪春雨意無端飛與大江南

題姚綬江南春雨圖

江南春雨今春好未致溟濛屢日連也自濯枝還潤葉大勝辛歲與下年前歲南巡陰雨日多今歲晴雨應時不誤農功復宜遊覽多人豪飲非殊地見姚綬自識語逸

史清圖亦在船笑我歸來方一展翻飛與復到江邊

題姚綬江南春雨圖

文會飲元同（軒名）倡酬皆雋秀琴樽與瀟灑芝蘭氣芳馥（叶）猗玕韻颯響濃黛拖遙岫頫壁度清風卣箸點餘溜所期水乳投豈貴肴饌富傳真誰所爲逸史雲東綬行勝久相隨展閱吟情溱今歲江南春雨景我重覩

題姚綬寒林鸜鵒圖用高士奇韻

鴝鵒何曾畏北風（俗云鴝鵒不過淮）雕籠常鎖海棠叢竹櫳既有江湖思底事頻懷玉禁中（用士奇句嘲之）

姚公綬煑茶圖

茅庵茶話兩高士泉韻松聲問荅間大似九龍事茗處斯人家本住其間

題姚公綬秋英馴猫圖

秋卉秋花瀼露滋一案文石臥馴貍不因無鼠養不捕玉局深言致可思

姚公綬雪溪棲鷺

帶雪楊枝垂白絲棲來三鷺色同宜（鷺鷥之鷥音與思同並三鷺爲三思九鷺爲九思取音以寓義耳）魯論却似未熟讀可矣一時忘再思

姚公綬秋江獨釣圖

篷舫左圖還右書持竿却復學爲漁伊人應是陸皮輩意在烟波不在魚

姚廷美有餘閒圖

山複松陰白晝涼蔭茅小築讀書堂恰如蔣氏開三徑不擬荊人囂五羊坐弄偏欣流水活起行遠謝世塵忙展觀聊寄片時與思日孜孜暇未遑

姚體倫蜻蜓紅蓼圖

幾穗紅珠照碧水一雙蜻蜓飛復止成形賦色誰所爲無過偶然相值耳明經爾時與會此了了寫意邪求似徒覩菽菽點點中江上不覺秋風起

題姚文瀚梧陰清暇圖

地僻門深逭暑宜綠梧園影弄差差紛陳王謝家中物細檢晉唐以上詩童子擘瓜如切玉胎仙豕木似敲棋翛然古處會心別豈在姬尊與姒彝

題姚文瀚倣宋人宮市圖

百子門前玉筍森相呼買客貿佳禽樹頭雙鵲飛鳴適無限籠中健羨心

金距朱冠雄索鬬呼羣相與戲青春繡襦錦帶皆楚楚不識誰為姓賈人

題姚文翰竹林七賢倣顏延之五君詠而反其意仍各成一章

少年頗放浪晚歲實勤宣啟事多甄拔雅契白駒篇其六各有疵吾謂祗一賢

右山濤

濬沖雖錚錚喜與時浮沈膏肓匪泉石持籌計黃金俗物敗人意誠宜擯竹林

右王戎

陳留託酣飲任情飾巧辨求婚及致罪率以醉獲免據案書勸進亦豈為盡善

右阮籍

旣云契烟霞未免混塵世論著七不堪敢責湯武備顧影歎廣陵却乖明哲義

右嵇康

鹿車攜一壺形骸遺弗惑逖志細宇宙甄心託濬默入林率同調獨能頌酒德

右劉伶

耽酒事浮虛山公薦未審散髮入深林相聚為因飲直接共羣豕放浪則太甚

右阮咸

河內具清悟點筆注莊周書成示叔夜云殊復勝不殷勤懷故交愴賦山陽遊

右向秀

題姚文瀚倣清明上河圖用舊題沈德潛所進張擇端清明易簡圖韻

不為易簡為雖繁清明圖創張擇端舜舉標名曰易簡竅經獨闢精微關藝林作者不勝

數（上聲）誰能直造閻吳班寸馬豆人各曲肖其間仍有城市攢斯更閻吳所未逮奇蹟迨今六百年爾時强鄰接疆域燕趙一帶甘虛擲曾無宵旰謀奠安還求捂克肆噬螯君臣恣樂賞韶春可憐華袞被鬼蜮誰知鐵騎渡河過艮嶽崔巍沒荆棘或現或隱互流傳丁甲呵護終難匿詩人奏進石渠內展觀結搆眞純粹因教畫苑叅做摹如從花譜掄姚魏攜來行笥便披閱二月東巡近瞻泰比張縮小益見能（此卷較擇端原本尺幅縱橫倍減而臨摹畢肖人物益小尤見精能）卽景佳節逢淸明却惜歸愚此莫悉（歸愚德潛號也）獨謳吟繫敲與逸

卓歇歌題胡瓌畫卷

書畫譜載歷朝畫卓歇圖者不一而足卓歇二字不見於經傳因檢遼史知有卓帳卓槍之語乃悟卓者立也卓帳卽氈廬蓋氈廬乃立成者也而卓槍卽立槍亦周廬宵防誰何者彼時譯漢語取歇息於卓帳之景爲圖而變其文爲卓歇耳卽云立而歇息於義亦通然均爲遼時漢人所譯語非遼之本國語也余嘗謂陶淵明不求甚解之語爲未當若斯類者不求其解可乎

卓歇之語六經無五季始述蕭遼書爾時氊幕稱卓帳（見遼史禮樂志卓立也帳氊廬也）亦名卓槍如周廬（見晉衛志）歇之言取息廬義耶律制傳漢語呼是以唐末後五季多有人爲卓歇圖就中胡瓌爲巨擘曾有番馬犇石渠茲之卓歇實其類宣和曾庋七卷俱士奇好古稱精鑒（是圖經高士奇收藏跋稱宣和御府所藏番部卓歇圖凡七此卷得自吳門絹素碎裂幾不可辨命名手裝之洗滌綴補兩月餘乃就精采燦然朱粉畢見云）於七得一珍瓊瑜繿地礫裂重裝潢精神復見名卷初（見卷後高士奇跋）卷首五字題張照顏筋柳骨識不誣徒觀風景眞愜吾樂利豈分中外殊舊藏番馬試印證郭雍亟力韓文摹（石渠寶笈藏胡瓌番馬圖一卷有宋郭雍記亟稱韓愈畫記體分晰體列人物而文氣苶弱不及韓文遠甚茲故不復效其）

(體)一之爲甚其可再重儓不値捧腹夫

五代胡瓌番騎圖

番馬曾經弃石渠續玆番騎積薪欺神情超脫眞居上結搆繁稠乃異初觳觫人寒猶乘馬負裝駝弊强(上聲)勝驢却看贉首題五字假藉瘦金贋鼎如(卷首胡瓌番騎圖五字效宋徽宗瘦金體而筆力薾弱明係市賈假借爲重者)

胡廷暉歸去來圖

彭澤折慚五斗腰飄然歸去不終朝載瞻衡宇家人候將近泊磯舟子招無意閒雲出岫淡知還飛鳥向松喬分明橫卷公麟倣(石渠寶笈舊藏李公麟歸去來辭圖卷以其筆力薾弱不似公麟眞蹟列爲次等)小幀翻爲別體標

題胡桂倣吳彬山陰道上圖卽用題吳彬畫卷韻

古云天下無難事事在人爲而已矣斯言萬理胥不該豈獨繪事弗如是吳彬山陰道上圖變幻峯巒極雲水處女脫兎莫形容敵人開戸敵莫止晉唐宋元法彙合氾彙合跡益奇已奇已却復出平易按之可辨止與起由來不以技爲用是謂能以神爲體見者盡當退三舍却命桂也試倣擬初猶難之戒自畫誨以勉强學問理數月閒斯卷亦成步兵中郎或類此凡物無不可造就題辭因悟棫樸旨

展子虔遊春圖

柳暗花明霽景䨡如茵陌上草萋萋王孫底識春遊倦牘得宣和六字題軟勒平堤試驌驦晴絲胃柳柳絲長湖光山色天然句不用奚童負錦囊

再題展子虔遊春圖用卷後題者韻

水隨筆底生波瀾意著花叢芳未闌伊人妙解寓法外豔裔韶光正好看韶光祇以物情媚更値景明與風細遊人各盡憑賞豪小步亦驕錦韉袚錦韉繡逕盤差參開唐畫祖誠無慙(出湯垕畫鑒)聖湖厓略頗相似起予與在巡

方駿

此韻爲馮子振奉長公主命題畫者又有識洪武十年觀於奉天門和子振韻而不書其爲誰者二詩並不足稱畫故用其韻題之

龍馬歌題郎世寧所畫

雲行者龍陸行馬馬猶龍性理固然又聞大宛界海裔時有神龍出其淵合於牧牝牝乃字渥洼龍種昂騰騫孳息展轉盛北地一一如龍見在田徒觀鬐鬣已軒翥更奈變態猶聯翩我知其理不能寫爰命世寧神筆傳坰野坦夷綮百草周以繡嶺帶鏡川齕飲既適馬性悅作息乃得全其天目迷萬錦姑弗論粗陳厥狀眞奇焉翹足而陸泅而水飽而卓立倦而眠怒者奮踶嬉者嚙癢者摩頸躍者旋突者驚者競相赴或攺其意中俄延或背而馳似相忌或依而就如相憐夫惟銜軛之不藉故無竊轡與詭銜魯頌一言蔽詩義豪莊數語包全篇驊騮騏驥世常有誰言今也無曹韓

郎世寧橅元人秋林羣鹿圖

秋半雪毛茸伊尼聚曉舂寢訛成自適羣友各相從霜葉踈還密朝煙散轉封與賢宵雅意載咏寄遐悰

郎世寧玉鷹圖

玉鷹下秋宇倰必老松枝竦視無空闊斂身愁鵲鴟風塵誰許識絛鏇詎能羈擬問蘭臺令奚稱白雉詩

題郎世寧畫馬

伯樂今難遇誰空冀北羣橫風嘶逸韻意氣欲凌雲

戲題小像 郎世寧畫像張宗蒼畫山水

松石流泉間陰森夏亦寒搆思坐盤陀飄然衫帶寬能者盡其技勞者趁此閒謂宜入圖畫匪慕竹皮冠

倪瓚山水

老筆疏疏了了幽襟落落蕭蕭假相不妨貌
似眞宗誰解神超

題倪瓚山水

落落疎林遠遠山無波有水帶前灣草亭漫
訝虛茵席留與千秋憩者閒

題倪瓚設色山水 有董其昌題識

蒼巒翠樾淡還濃生而彝常迴不同怪底香
光契眞賞畫禪重得楚人弓

倪瓚秋山小景用文徵明題韻

衡泉結宇對秋空千里江山四柱中筆仗粗
疎傳嬾瓚一般猶見古人風

題倪瓚秋林亭子卷即用其韻

高朋簪盍若爲期 倪瓚跋云益公以道不見七年適自若溪過松陵之桐里雙井院解后一見爲寫竹樹小山賦詩見意 過眼雲烟又一時
桐里人閒年是日苕溪秋老畫成詩佛言開
道如觀電世事從來似奕棋獅子林中小叅
罷 倪瓚有獅子林圖 底緣重惜幻分離

倪瓚萬壑秋亭小幅用圖中題者韻 是圖

、題詩二首一云鼎客菊亭爲圖無名款下有項元汴二印一云徵和下有
印日公綬按明姚綬字公綬嘉興人天順中賜進士善書畫
雖是雲林漏名氏 圖中無倪瓚款識而菊亭詩云雲林自寫雲林畫公綬詩云倪迂用墨淸如許觀其畫筆天眞雅淡信非瓚不能爲也 問誰能貌
箇中秋一亭置在千峯底却似千峯項上樓

倪瓚枯木竹石

古樹欲生雲疎竹如搖風對之多意趣學者
爲愚蒙

倪瓚枯木竹石小軸

老樹生機息疏筠靜影澄槃陀文石側幾箇
定中僧

題倪瓚山樹

樹無曲直皆眞性山有淡濃總逸情何必刻
舟求六法此生不以畫稱名

倪瓚竹樹野石

竹樹交枝野石蒼有情無意各相忘張家學
士拈佛法翻喜因王而得羊
竹石木中各一倪 瓚括張照題語 半提乎抑是全提

天瓶者箇依然在論有論無饒舌兮

倪瓚梧竹秀石

梧如過雨竹搖風石丈相依氣味同四百年來傳墨戲展觀濕潤鎮濛濛

倪瓚溪亭山色

粗疏老筆是其長此獨溪亭布景詳想欲不名一家耳故當夢見傲嗤王倪瓚自題畫云與趙君善長商確作獅子林圖眞得荆關遺意非王蒙所夢見云云茲幀溪亭山色佈景周密於雲林另是一格正亦自出新裁之意

倪瓚溪亭山色

喬木孤亭遠世喧崖前流水接山根何曾頓置師馮覲眞是精神逼董源

近樹遙峯翠互吞草亭誰許涉其樊千秋山色留於此何用吳僧更掩門末二句反倪瓚書吳僧詩意

倪瓚溪亭山色

山是九龍溪號梁一亭千古占煙光喬柯阿那嘉陰處體我遙情卒未忘幀中題者一爲晉陵呂敏一爲星沙夏瑄並有憶梁溪錫山風景之句

倪瓚林亭遠岫

吳地吳人畫煙雲互渺茫排空疑送雨訝在錫山傍

題倪瓚畫竹

風裏試披清癸籟月中乍展宛飛龍一梢已占琅玕性千畝如看煙雨重

倪瓚水竹居卽用其韻

水繞坡陀竹抱居蕭閒景趣寫無餘綠含細籟經風後潤帶朝煙過雨初問字惟應知稼穡著書何必注蟲魚笑他阿那幽深處往歲無端目擊予

倪瓚水竹居圖

十笏蝸居却可居灑然水竹適三餘闇浮提裏無塵界靜致山中太古初倦倚匡床閒夢蝶獨臨曲沼樂同魚還思放筆徜徉際白石清泉盡起予

題倪瓚設色水竹居圖

疎林淡墨倪迂法寶笈常收紀有詩設色者

然宜水竹雄渾筆合薄黃癡

倪瓚溪山圖

句時脫俗畫誠神迂是天然懶亦眞不悟先生有仙骨得皮饒得作狂人

倪瓚溪山亭子卽用其韻

幾樹枯枝臨野岸一天霽景落晴江高人命筆非無意爲厭淋漓雨打窗

倪瓚溪山亭子卽用其韻

後先題寫歎流年雲林此幅畫於乙未而題於辛亥頗有滄桑之慨云世事由來幻若煙祇有溪聲與山色展圖便覺趣依然

倪瓚聽雲軒圖卽用其韻

瑤機錦綪豈岱石底事開看薈蔚滿乃知妙筆奪化工淸閟倪迂突范緩嘉彼雲軒宛可居便藉天池試供盥眠雲更憶缶鳴句卷內有高季迪題五言絕三首又徐賁眠雲圖亦有高題五言古歌彼固非脩此非短由來氣味有相合如響應聲條依榦

倪瓚巖居圖

幾个一拳多贗鼎世傳雲林蹟率作一拳石幾个竹丁丁簡淡而已然偶仿倪孟正復不少巖居此獨見渾深並無人跡來空谷疑有雲容出遠林已似山陽曾著論不須梁父更成吟竹編茶竈依然好見圖中王孟端題句引我遐心到惠岑

倪瓚虞山林壑

把酒看雲事眞逸志遊寫照興猶賒見雲林自識語金閶白甫斯郊島秀削何妨自一家

題倪瓚竹溪淸隱卷

子芳振奇士無謝任章安仲完何爲者鵙嚇翰林官陳仲完致尾稱萬子芳以是卷索詩蕭然出塵之標可想而其自署翰詹結銜甚俗豈一係永之讀耶

倪瓚葉湖別墅圖

野水開亭寫葉湖烟波杳靄樹模糊不因攬景來南國詎信村居有是夫

題倪瓚隔江山色圖卽用其韻

主無文貌賓無速書在行勝酒在瓢想像希言亦佳士故教懶瓚爲停橈

第四橋頭縱遠目一條眉綠界江天蕭疎老筆猶常見最愛清新七字篇斜照翻江石壁明草堂高致與秋橫吳橋一响維舟者大有當年李杜情

題倪瓚江雲館圖

泖中風雨過清明（倪瓚自記云清明後一日風雨阻泖中檢米友仁江村題書詩補圖云云）命筆聊抒旅客情書屋江村補虎子閉簾開卦合君平沙汀近喜橫橋接春水浮知野艇輕別裁（去聲）雅傳詩十二刻舟惟是笑唐生（卷中居順之題云倪元鎭補米友仁江村十二景余得於京師但恨失去米書不意中復得之合爲一卷寶藏之今卷中無米書然既得倪畫即不得米書亦無足恨故云）

倪瓚江岸望山圖即用其韻

江鄉易雨艱致晴晴景難圖潤與明能事老迂一亭占寄情秦望兩巒橫（即用倪迂句意）高風漫議拖於畫別裁（去聲）應知不爲名設曰錢塘堪望處（用詩中意）甲辰春蹕憶迴程

題倪瓚松亭山色因用瓚韻

不須景布與色賦山翠遥來罨牖戶點筆聊爲松下亭延其罨者於斯任會以神而寫以意意也神也隨煙霧此是懶瓚千古偈豈向世間論朝暮

題倪瓚龍門獨步圖即用所書張雨詩韻

松石間無塵世意上人獨步曳方袍聲名何必龍門託三士由來費二桃

題倪瓚天香圖

南軒風雨乍晴時（見倪瓚識語）馥馥天香滿桂枝老筆蕭疎爲寫照笑他著色詡徐熙

題倪瓚西園圖

溪山迴薄無盡楓柏蕭森有姿只擬茅亭那畔畸人彷彿逢之

題倪瓚獅子林圖疊舊作韻

誰知獅子林宛在金閶有（舊題云借問獅子林應在無何有蓋彼時不知即在蘇城也）一溪與一峯位置倪翁手（圖中點綴云皆雲林自栟）我昨涉其藩安能契授受已覺淨諳

品外物不足垢郵卷重題辭尙問竹籟吼

倪瓚獅子林圖

借問獅子林應在無何有西天與震旦不異反覆手倪子具善根宿習摩竭受蒼蒼圖樹石了了離塵垢聲徹大千界如是獅子吼

題倪瓚王蒙合作山水

難辨孰倪孰是王同工合撰鬱蒼蒼倪之勝韻王勝氣具眼箇中意自詳

倪元鎭松亭山色卽用其韻

蒼松白石皆堪賦點筆秋光罨軒戶我偶得之不忍捨彼草亭中曾少住何須更咏石田句（是圖有沈周題跋所紀收藏數家頗寓得失之歎云）世間得失空雲霧蕭齋一榻篆烟淸窗外羲娥任晨暮

倪雲林秋林山色圖

元稱四大家逸品推倪迂師承自北苑筆與造化俱小景夙所見秋林位置殊一掃了了習不失太古初嶢峯旣隱軫雌霓時卷舒疑有風吹林已見波縐湖不盅供遊歷此中乃可居畫禪大法眼豈伊邪許徒（圖有董其昌跋甚詳）因憶喬林喬未識漁莊漁（見董跋）得隴而望蜀知足其誰乎呵凍誌長言聊以適三餘

題倪雲林南峯圖卽用其韻

藝苑倪黃孰抑揚南峯禪喜叙緇林已同慧遠開蓮社未許山濤作議郎雲去遠天留筍白風來矮屋度楓香王維裴迪工酬唱豈負[illegible]源華子岡（卷後同時和韻數人詩盡劣）

題夏圭山水

焦墨曾聞待詔精山川詔秀繞江城殊非畫院殊蒙瓚亦有幽居亦利名野水漲生落漁網春田雨過出村耕展觀詎止雲煙賞職植民依總廑情

題夏圭山水

落落喬松遠遠山人家多住綠筠間展圖恰在維揚道眞境眞情共往還

山意雄渾水態潛淋漓元氣却安排稼軒已自歸烏有弆者誰知耕石齋（見卷前錢陳羣識語）

題夏圭山水卷

筆勢眞看積健雄盜詩刻楮小精工水軒一帶虛揩木祇在輕煙縹渺中

觀舟來往坐巉巖風順張帆逆落帆至理不奇人盡識一經寫出迥非凡

夏珪秋江風雨圖

雨絲風片遠連天一棹漁舟萬頃烟無事買魚沽酒客却饒書畫米家船

再題夏珪秋江風雨卷

岷峽出濫觴混混赴海走禹玉寫其神足與境相副（叶）益之以風雨金龖苑在手山勢斷復連江聲無忽有非行萬里路那辨此樞紐不知萬卷書亦可曾讀否

夏珪灞橋風雪圖

驢背風花冷打人遠山忽聳玉嶙峋誰知了了疎疎筆鄭相詩情盡得神

夏圭溪山清遠

焦墨疎皴有古風夏家家法撫吟中神情自是清而遠骨格兼饒秀且雄僧寺幾區心與淨客帆千里目難窮漫嫌割截失名字慘淡經營孰解同

題夏珪西湖柳艇圖

南屏山北湧金西柳色波光望欲迷最是向年得句處綠陰十里白沙堤

或坐肩輿或泛船西湖春色耐遊沿牽懷不爲（去聲）溪山好親愛民情在眼前

題夏珪長江萬里圖

出峽巴船險（是卷柯九思題爲長江萬里圖卷後流傳至高士奇家自識云卷末三段爲人剪去因讀吳萊題袁子仁所藏巴船出峽圖似與此合遂名之曰巴船出峽且書吳原詩於後）行開萬里航細流因不擇首瀆遂成長（四瀆以江爲首）商賈風波地士人名利場闠中看冷筆心洗定何妨

題夏圭長江萬里圖

白狗黃牛險巴船來往過（是圖又名巴船出峽見卷後高士奇識語）下灘魂始定上水窘如何赴海他時遠寫神此卷多長江一萬里誰與作盈科

題夏珪江山無盡卷

焦墨誰臻禹玉班別裁無盡見江山禪和卽色卽空界高士不衫不履閒千里孰彝原與委一揮頓就往和還漫嫌幅裏失題識神在眞超形迹闕

題夏珪月令鹿角解圖

鹿麈夏冬殊角解本非麋已得明徵月令云仲夏鹿角解仲冬麋角解今考之則山莊吉林之麋及木蘭之鹿皆解角於仲夏並無解於冬者惟南苑之麈俗謂之長尾鹿則於冬至解角始知從來記載之誤曾爲說以訂正之落單須識無雙理墮𠜾那堪沒項能𠜾項骨也鹿𠜾在其項皮內上生雙歧歧上乃出角其角解也或前或後卽同解其兩角亦分落成雙今珪所畫乃兩角並在𠜾不知射殺之鹿取其項骨乃獲雙角在𠜾其自解者斷無並𠜾骨雙落之理此屢經親試而知夏珪圖未嘗見鹿又安知其生死也蹷氣知其眞有應去聲射生笑彼又何曾魯魚似此紛久矣訂僞依然恐不勝

夏景竹泉春雨圖

淙淙復淅淅竹泉遡寥寂春雲暗遠天飛珠石厓滴颯沓動微籟琅玕韻相擊不惟眼界清亦令心源滌

夏景松泉竹石圖

虬枝謖天籟鳳影寫秋泉始靜宜清聽既深悅定禪

題袁尚統歲朝圖

圍鑪聚老友栢酒歲朝延人慶九旬壽自識九十二翁袁尙統畫當百廿年畫成順治辛丑迨今辛丑正百二十年矣室家眞晏矣尙統明末人迨順治辛丑則天下之平久矣松竹更蒼然看取兒童樂門前吉爆宣

題袁瑛山水六幅

厜㕒不用掃莓苔座底長江觸石迴指點片帆相與話帶將千里夕陽來

右迴磯帆影

樹杪紅樓出簇攢嵐煙不濕有微寒米家家法相殊處晦裏分明可指看

右山寺朝嵐

碧瓊天地小年長一陣荷風四座涼爲問白家池上趣可能舉首見山光

右池館延涼

貰酒烹魚樂事多施罛又趁雨初過便教霎灑原無礙披有飄飄笠與蓑

右漁莊雨霽

竹籬屈曲護茆堂籬外喬柯盡染霜落葉不教頻掃去藉看襄錦自成章

右紅葉村扉

模糊不辨遠峯尖驢背寒英撲笠檐誰識其間覓詩意已（居里切）先詩意被人拈

右溪橋詩思

題袁瑛關山行旅圖

劍閣蠶叢倚碧天盤崖棧道迴如縣幾多辭店初登路亦或招舟欲渡川兩字利名生衆苦一張圖畫示枯禪到關將謂前途易尚有崎嶇阿那邊

題袁瑛携尊問事

偃息草堂古帙開携尊隹客過橋來相商不外幽居事涉世塵應罰綠醅

題唐棣山水即用其韻

高樓對坐正談深亦弗勤劬說惜陰却愛開窗聊縱目一庭翠影落遙岑

唐棣椒盤慶歲圖即用其韻

盤中有脚到先春山意衝寒水韻粼東塢西村相過問新衣都是賀正人

唐棣岡巒松影即用圖間題者韻

雲氣滃濛山勢蒼流泉坐俯樹陰傍茅茨童子烹茶候拾得松枝發火香

唐棣萬壑秋雲

白雲出谷蔚茫茫疊樹護巒尙鬱蒼矮屋倚楹厲耳者秋聲應背讀歐陽

元唐棣踈林策蹇圖

石泉咽危灘輕烟散林表新豐酒難沽寂寂空山曉風吹墊角巾斜月猶皎皛颯然風月懷豈慕長安道試問灞橋人新詩得多少

唐棣秋林對奕圖

水閣嘉賓集秋枰靜者臨雲峯含濕潤雪瀑

送清音饒有逍遙樂全無勝負心閒將王謝
戲漫擬伯鍾琴

題唐棣翠巘丹楓

名山翠色四時濃雁堵琳宮雲半封祇有丹
楓寫秋意是爲臨濟不言宗

唐棣松陰釣艇

長松謖謖翠濤寒緩棹清溪把釣竿節概自
教千載慕展圖便擬富春灘

題唐棣烟波漁樂圖

施罛濊濊笑聲諠換酒烹魚樂莫加無慮催
科敲夜戶東滾西塞好浮家

題唐棣霜浦歸漁

罾罩笭箵負一肩呼朋沙岸捕魚旋太湖設
遇天隨子問在詩中第幾篇

唐棣朔風飄雪長幅

水如銀度燭還流誰放山陰訪戴舟佳趣不
教漁父占都官漫道好詩留

覩唐岳秋英圖高士奇題句因而有詠

秋英圖閱動秋思（高士奇題唐岳此畫跋語中有暑氣甚熾揮汗未已觀是幀秋景殊動秋思語）妙畫通靈信有之笑憶江村題
句際家居應是熱中時

題唐寅山水

孤峯迴出犖萬嶂俯臨紛卜舍依深樾登臺
望遠雲泉聲緣澗冷林意以霜分策騎來訪
者或因問所聞

唐寅山水

或課栽花或望泉高人各適適應然不知伯
虎成圖日可憶白駒空谷篇

題唐寅山水

訪幽野艇泛清渟水閣遙知待發硎識得六
如眞面目石渠幸早弄蘭亭（卷內無名而有六如居士圖記圖記雖可假鼎而畫法與石渠寶笈所藏唐寅圖李小卷氣韻無少差別故知爲的係唐寅眞蹟云）

唐寅山水卽用其韻

主翁何處去艤棹待翁歸僮子閒相語何如
鷗鳥依

題唐寅山水卷

落落喬松滿院陰匡牀章甫坐堂深風帆遠浦何爲者浮海饒他先獲心

題唐寅品茶圖

著壁唐家試茗圖每來題句不教孤伊人設起當前問掉首應云有是乎

題唐寅品茶圖

伯虎品茶事欲仙碣來遡韻倣依前中人茗椀安排就雙手高擎俗已然

題唐寅品茶圖

伯虎品茶掛壁間飄蕭鬚鬢道人顏汲泉煮茗忽失笑笑我安能似爾閒

題唐寅品茶圖

越甌吳鼎淨無塵煮茗觀圖樂趣真不必無端相較量較來少愧箇中人

題唐寅品茶圖

草堂事茗是何人瀟灑衣巾古淡神祇有解元知此意謂宜泉上結良賓

題唐寅品茶圖

就泉烹鼎試茶槽戶外松風響謖濤默識田疇應首肯不教吳郡獨稱高

題唐寅品茶圖

就泉煮茗一快事此事誠宜寫作圖欲問箇中唐伯虎亦曾絕勝到斯乎

題唐寅品茶圖

蘇臺文筆擅風流雅合高張石屋幽竹鼎茗甌依舊例圖中人可許從不

題唐寅品茶圖

遊山返蹕入山門小憩溪堂俯水源是處倚巖架屋澗臨泉水聲潺潺跳珠噴玉雅與品泉相稱故向有千尺雪齋設竹鑪之句名蹟餘箋聊補空是幀向懸此間每來題句書幀中幾滿所餘僅可續書此作將來到此無庸再題矣再來擱筆合忘言

題唐寅品茶圖

趙宧光事重提舊唐伯虎圖又看新卽景何妨吟七字却慙不是箇中人

唐寅品茶圖

千尺雪旁安竹罏壁張伯虎品茶圖却似圖中人語我不須如此費工夫

題唐寅品茶圖

千尺雪齋設竹罏壁懸伯虎品茶圖羡其高致應輸彼笑此清閒何有吾

題唐寅品茶圖

品茶自是幽人事我豈幽人亦品茶偶一爲之寓興耳竈邊陸羽笑予差

唐寅品茶圖

可笑瑯琊不識茶酪奴將謂勝龍芽六如解事留眞蹟一再拈吟興致嘉

再疊前韻題唐寅品茶圖

非關陸羽癖分茶偶試原欣沃道芽瓷椀筠罏値玆暇田盤春色正和嘉

題唐寅品茶圖用辛亥韻

滿幅題詞都作舊一罏烹茗又成新擎杯在手微生笑笑我却爲著相人（去聲）

題唐寅品茶圖仍疊其韻

壁張壘戲寫烹茶汲雪因教試舜芽正是盤中春好處撫松坐石意爲嘉

題唐寅春遊圖即用其韻

嫩楊已放風前葉新水初生石下泉素友携非問花事春溪愛俯碧連天

唐寅納涼圖

坐石臨流學古狂平頭奴子侍邊傍不須搖扇方追暑自有松風送颯涼

題唐寅採蓮圖

採蓮曲始壽承藏繼得爲圖伯虎唐技癢不禁項元汴（見項元汴圖中識語）卒成三絶各爭强

江鄉景稱採蓮圖此事由來塞苑無一著饒他八月杪緣雲紅玉滿平湖（塞湖荷花至八月杪猶然開放以苑中有溫泉也）

唐寅湖光晴色即用其韻二首

輕帆風送遠湖平嬲望猶難目與成識得倚欄人意矣洗心聊且俯澄瀛

荒村寒樹野橋平別有疎軒烏嶺成自是遠

離塵俗地畫家何乃羨登瀛寅自題云此際闌干能獨倚分明身足試登瀛茲則反其意也

唐寅層巖策杖即用其韻

峻嶺深中足佳致惜惟隔斷以烟霄支筇欲上層樓望無礙淩溪蹀野橋

唐寅霜林秋水即用其韻

霜落金閶楓染紅扁舟騁望賦幽通南巡牽値春三月此景惟存想像中

唐寅秋華奇石

一卷焦墨石數朶傲霜花恰似青蓮李短章亦大家

題唐寅秋山讀書圖

開窗新籟拂衣袂棐几横陳手一編不用焚膏將繼晷秋林月上影猶娟

題唐寅雪閣圍爐即用其韻

對坐圍爐怯火稀饒他獨樂享茆扉蔦間廣厦庇寒士非杜吾將誰與歸

唐寅雪巖錦樹

千巖飛雪正圍攢錦樹仍餘翠與丹裘笠騎人自夸勝奚奴可識不勝寒

唐寅釣魚圖即用其韻

蒼山白水盡如如飄泊輕舟也儘渠獨把絲竿澄宇闊何須評論是非魚

唐寅清溪垂釣圖即用其韻

山叅常靜雲叅動水任其流舟任停底用蕉邊夸鹿夢聊因魚樂狎鷗汀

題唐寅松溪獨釣即用其韻

松下科頭把釣居任呼漁父任呼魚因之識得魚兒樂不在蒙莊一卷書

題唐寅溪山漁隱圖

或憩溪亭或漾舟竿絲原不爲槎頭底須姓氏詢張翰孟浩然總是人間第一流

題唐寅松溪小幅用文徵明題句韻

松翠蘿丹施之上上聲足知貞幹異凡流幽人翹望意有託那過溪橋共坐遊

題唐寅溪閣閒憑卷

水繞山圍依絕區石牆茅屋足清娛高人溪閣閒憑坐羨彼心中一事無

題唐寅觀瀑圖

吳中偶覽吳人畫觀處有形聽有聲千尺寒山雪已好底須三峽寄遙情寅自題有要知盤日支吾處五老峯前三峽插之句故反其意

唐寅空山觀瀑圖

飛流落十尋立聽老松陰笑彼逃虛者跫然喜足音

唐寅雙松飛瀑

袖手坐盤陀冥機俯湍瀨靜聽與澄觀妙達心神泰流音一何長源在白雲外

唐寅蘆汀繫艇

即用其韻

淺水蘆汀泊舴艋睡漁鬔鬆鬖禿項遠天月上自不知付與清波照孤影

唐寅溪橋漁艇

野艇浮溪處處通芰荷香遞網絲風箇中眞趣誰曾得仿彿其人休與蒙

題唐寅溪山八景册

蕉窗道話

蕉軸窗前綠展雲夜齋不雨靜無紛高人對坐分明話那許人間以耳聞

武陵桃浪

剌蒲綠貼落桃紅波面輕翻錦繡風好是源中繪春色何曾洞口引漁翁

江山漁隱

亦有成名亦隱淪千秋一例把竿綸輕鯈無語應含笑人不釣魚魚釣人

懸崖噴瀑

飛落銀龍擘峽開雷爲聲吼雪爲皚科頭望者應懷想想彼源從何處來

楓林坐愛

幾點楓林綴復飛飄然衫袖坐忘歸邊傍縱未巾車置何礙神傳杜紫薇

水邊吟興

丹楓綠竹間枯枝一段湘江秋晚時謂是伊

人偶爲畫誰知有客藉成詩

萬木號風

喬木低筠護矮垣悠然天籟靜中喧空山寂歷茅簷下齊物從教悟漆園

柳州詩意

桃花港裏開揮筆殿以孤舟釣雪溪內翰拈吟各抒興薄家獨藉董家題（册中題者自陳元龍以下八人昔康熙年間內廷翰林對景拈毫各乘興會獨薄海所題宿雨初收曉煙未泮云云乃直寫其昌語以當題識彼文雖故不如上諸人所謂欲畫彌彰故戲及之）

題唐寅盤眼松風圖即用白題原韻

就水惟應事品茶携來恰有雨前芽解元想像如相謂石瀨松濤此處嘉

題唐寅幽泉修竹圖即用其韻

亭下逍遙靜者流侍書童子任蓬頭竹泉大意曾相倣似處吾於不似求（近曾倣此爲小幅故云）

題唐寅江南農事圖

山村水郭聽吳歌最是江南佳勝多不必樓臺烟雨裏却看桑柘晚春過秧針插遍青千頃繭簇堆來白幾簞吟罷七言雙槳盪同予樂處在人和

題唐寅空江樓閣即用其韻

臨江倚壁爲高閣八詠眞堪暢好吟合是休文作碑記其聲擲地定疑金

題唐寅西山草堂圖

處士瀕湖此結廬蕭然書史樂三餘姓名不愧稱潛德（卷爲晉陵人丁澹岱作）圖畫端應倩六如依舊有山今馬蹟那尋白屋昔雲居千秋一瞬留佳話印證當前益起予

唐寅桃花庵圖

吳中愛看吳人畫況是吳人畫最高世上祇期爲散木庵前疑復綻新桃松風寒處安茶銚石凍春深試酒槽七字志懷頗見道（愛其書亦懶爲何況惡富非所望不憂貧二語不墮詩畫家習氣）盍云溪壑興堪陶

題唐寅雲白山青小卷

出岫蓊濛態無定帶煙峭蒨勢偏奇昨來陪

尾初過雨雲白山青故若斯

翠竹叢中有竹樓雲山四繞暢吟眸還因欲問登樓者禹偁高情得似不

題唐寅山居卷子

幽人結茅處愛在山水間片雲出岫白亂葉當秋殷或望太白瀑或泛顛翁船源中俎豆古池上雞犬閒三復仲長論懷哉白駒篇

唐寅夢筠圖卽用其韻

伏裏移來綠滿庭閒閒常見數峯青稗官仿彿傳生日玉局風流貌壽星笙筑頻敲聰外韻龍蛇交走月中形先生隱几非無意無色聲天寄視聽

唐寅西郊話舊圖

茅簷相對兩幽人茗椀棋枰總絕塵終日忘言言亦得却無時策獻楓宸

唐寅柴扉夜話

雲低松暗影蒼蒼對語幽人夜闌涼抱膝奚僮權假寐黑甜鄉裏趣偏長

唐寅山竹草亭卽用其韻

肥遯林泉樂豈爲漁釣干簷前疎種竹延八月光寒

唐寅深巒雲屋

孤峯刻削插青旻立若無根根是雲過澗伊人來不去爲欣見見副聞聞

唐寅雪山行旅圖

肩擔驅車來往頻雪風冷逼客途身閭黎閉戶無多事坐看勞勞名利人

唐寅高士圖卽用其韻

有水澄泓有竹修村名水竹占偏幽世間難遇阮青眼海上曾聞孔掉頭揮座涼生高梧籟八簾波漾白蘋秋藥爐茗椀皆清絕鹿服先生物外遊

唐寅梧竹高隱圖

疎竹喬梧交影橫茅齋趺坐灑然清似嗤周黨薛方輩還與人間留姓名

唐寅竹窗高隱圖

友竹寄高情竹清人更清逕開如蔣詡籬下似君平雨裏蕭踈趣風前颯沓聲懶翻高士傳爲彼尚存名[illegible]

唐寅清泉高蔭圖

坐就佳陰俯碧泉有琴置側若無紘由來此意足千古奚論日長如小年

唐寅折梅仕女即用其韻

溫嶠寍容下鏡臺折梅花向臉邊開玉人近遠家何處羽帔應從姑射來

題唐寅牧羊圖

李陵衞律應羞死雪窖冰天不變貞設使北庭無妻子更爲漢室一全人

武不降匈奴其節固可稱若云齧雪餐旃則何以養妻育子班史不無過譽蹇言偶因題此卷輒爲責賢之備

唐寅彈琴客至圖

動操四山響客來初不知非關相傲慢一曲未終時

唐寅會琴圖即用其韻

露坐橫陳膝上琴愛披秀木有佳陰不知袖手對聽者可識高山流水心

題唐寅畫鍾馗

進士已成仙伯狀元祇類魁頭未免獨遺餘恨怒衝鬚髮飀颼

唐寅葑田騎犢輒用其韻

牽牛從未敢蹊田南畝躬耕望有年手捉漫疑包氏犢心空那憶祖生鞭

唐寅滄浪濯足圖

不繫舟浮萬頃淪何妨濯足坐船唇天空水闊渾無伴應是三閭問罷人

唐寅金萱圖

石渠富有六如畫此畫偏宜獻聖慈一朵迎風疑相（入聲）舞正當春永壽萱時（暢春園中皇太后所居殿名）

題唐寅話菊圖即用其韻

坐石高談利斷金菊擎露盞潤調琴重儓莫

認陶彭澤詩畫同斯別裁（去聲）心

唐寅樹根詩思圖

把筆欲吟句句從何處來樹頭風自響豈復
有爲哉

題唐寅曉林慈烏

反哺烏之性自然人生百行孝爲先指烏與
孝爲圖者未讀蓼人告子篇

唐寅乘鸞圖

駐鸞恰自西池返攜得蟠桃且未嘗却是飛
瓊相贈與慢疑人是女東方

唐寅欵鶴圖

臨皋道士堪爲友羽帔蹁躚揖客言愛爾扁
舟聊共泛相看漫擬衛公軒

題唐寅欵鶴圖

載鶴歸來見野航溪邊佇候意徜徉是誰能
與胎仙友彷彿先生道姓王（見卷後祝允明題詞共人則不
可考）
歷歷徐杭遺古風山人（張）處士（林）可能同擅

薌野鶴家雞忘（去聲）一再吟看祝氏翁（允明爲詞一一
爲賛書卷後）

唐寅鸜鵒圖

一枝棲亦安三山來應寡誰云不逾濟看取
咧咧者

唐寅寫王維詩意

既學摩詰畫還圖摩詰詩（寅自寫王維鳥鳴磵詩於圖中）徒
懷慕藺彼不失得羊斯

唐寅後赤壁圖

幾曾高處不勝寒切顯危峯俯碧澗逡巡二
客相評度擬向層霄以上看

題唐寅倣王蒙松陰高士圖

滿幅山樵荷葉皴卜居松桂雅宜隣晉昌巨
擘唐伯虎谷口息肩鄭子眞攬勝可知渾濟
勝入神妙是獨傳神王家粉本定何似我亦
因之憶古人

題唐寅山水人物畫册十幀

探梅

香雪叢中小立遲，背携殘卷意何爲。前身應是楊无咎，默識精神一譜之。

騎牛

長松之下野溪濱，牛背居然見若人。吳趨解元多識（去聲）古，不知爲甯抑爲陳。

漁蓑

漁師緣底愛烟波，笱裏魚租沽酒多。萬事浮雲與流水，一身雨笠更風蓑。

林臥

寄傲何人此晝眠，長林豐草性相便。倏然無事軒然適，莊蝶不教到夢邊。

觀瀑

飛流無底上無天，護以雲容縹緲間。伯虎偶然臨墨沼，青蓮重得對廬山。

藍艇

水淺無妨且泊之，西風明月荻參差。最欣逸士詩中畫，貌得郎中畫裏詩。

秋砧

永巷楸梧漏月明，長秋宮裏發秋聲。不知班女拋紈扇，彼此金風多少情。

聽濤

落落疎松臨斷岸，濤聲直與泉聲亂。却如叔夜宿華亭，貪緣傳得廣陵散。

寒眺

何須繞樹歎無枝，正是飛還鳥倦時。獨倚寒林聊縱目，遠山重疊夕陽遲。

歸旅

覓宿烏棲楓柏穩，趁歸人恨路途長。晉昌筆底饒禪偈，爲悟匆匆名利場。

題唐寅瀟湘八景即用其韻

漁村落照

舴艋飄飄繫綠楊，網絲風裏露斜陽。誰知一片翻光處，瞥眼旋成暮色蒼。

煙寺晚鐘

鐘聲古寺帶霜殘，趣在春容斷續間。雲水僧人行脚罷，精藍指點近前山。

瀟湘夜雨

滃渟油雲暗遠空溟濛霢雨落宵中殷勤寫得李家句氣韻含來馬氏風（馬遠瀟湘八景圖爲石渠寶笈上等）

山市晴嵐

因山成市趣偏賒茅店高低徑曲斜嵐氣晴光相映帶千林紅綠絢如花

遠浦帆歸

疑是朝辭白帝船晚風吹到葦洲前猿聲雨岸帶不得帶得帆頭一片煙

洞庭秋月

銀盤萬古挂天青湘挾瀟流入洞庭閱盡臨波拈詠客寒光上下鎮亭亭

平沙雁落

蕭秋露結塞垣天霜信南歸字陣連嘹唳驚寒聲未斷滕王高閣楚江前

江天暮雪

暮天紛落六花飛凍凝（入聲）江山合掩扉底識

解元傳實景荆門甫作倦遊歸（見卷末王寵識語）

題唐寅嵩山十景

草堂

卜居擬楚畹遯跡寄嵩陽兀坐凝思者幽吟概十章

倒景臺

招邀馭風客伯仲絶塵子設非戰勝人駭目神越矣

樾館

卽林搆柘架艾坂足茅茨黄庭常在手彷彿傳羲之

枕烟庭

窅若枕烟庭浩然此棲遲旣云忘世者屢校又奚爲

雲錦淙

石激瀉珠湍色聲供靜悅我亦臨田盤創名千尺雪

期仙磴

緱山即比隣曾是吹笙處伊人會可期烟巒從此去

滃煩磯

深山大壑滃神心斯靜極借問滃煩人煩復從何得

羃翠庭

灌木積嘉陰盤中窈復深橫琴坐對客請聽絃外音

洞元室

藉草爲重茵因巖作虛室內景是眞丹無須煉水碧

金碧潭

結搆本盧鴻藻繢復伯虎太少總無言堂堂自今古

題唐寅摹古畫册

家在梅村最深處却出石牆開獨步春風昨夜送暗香遂至溪邊一探趣花開固佳那開可詎必標紅及霏素介然策杖無與言世人未足知其故

右梅溪獨探

倚巘築崇臺縱望窮茫忽乍見玉蟾蜍孤飛出溟渤金波十萬丈高擎廣寒闕太白問已狂吳融吁未歇杳爾卓立人於誰託心窈

右崇臺叫月

崖巔亭子俯長江沙渚桅竿叢繫艘尙有往來掛帆者憐他名利未全降

右江亭帆影

古木喬而秀遠山淡以深疎皴難到處活脫是雲林

右林臯秋霽

豎峯橫嶺周復遮蘆根託地惟淸嘉瘦篁有節益瀟灑喬木無葉仍槎枒王蒙鐵網珊瑚法是耶非耶非是耶

右秀木疎筠

隨流不繫舟行可止亦可一翁倚篷聰覓句凝神坐與在水雲間浣花明詔我

目其泉色目斯外心其泉趣心斯裏若裏若外雨非居聊復倚欄聽以耳伯虎別撰出奇觀耍亦不出三耳難崢嶸振鷺勢雄健須臾歸壑爲平灘歸壑勢雄復何有試思萬事如是否

右篷窗覓句

松聲濤則同磵韻筑實似濤松或賴風筑磵響無止磵兮與松兮相遇隨天委筑乎復濤乎浸假出入擬古鶴立枯枝無端想亦疑

右水軒聽瀑

宿雨初收山帶潤曉雲欲泮樹含涼橋無客過泥糊路蛩有魚來水漲塘詩意全摹許用晦畫情未異米襄陽漫嫌頓置春遊興萬頃溪田好插秧

右松濤磵筑

雪嶺巒嵯峨竹橋策蹇過定誰風雅客那是利名科寫出一時與摹來十幀多史家弆眞

右雲嵐煙樹

者（見唐寅自識語）未識更如何

右竹橋策蹇

題唐岱山水幅

天際新螺翠欲浮坐來九夏似深秋巖腰古寺開青障渡口歙橋鎖碧流清籟吟空金氣肅寒鴉歸樹暮煙收丹青妙處誇生動每對溪山一爲留

題唐岱山水便面

嘗聞名山有旦評可覽不如可遊妙可遊復不如可居繪林想亦同茲道唐岱筆法老尤健雲烟濇染秋山照縛茅蝸舍據佳勝寒江堪弄嚴公釣峯容樹態總天眞碧蘿蒼石歸詩料猶疑谷口籟作時翏翏于喁號萬竅是中應有肥遯人召以蒲輪頭屢掉豈似北山隱仕流移文徒惹稚圭誚

題唐岱山莊春曉圖

水淨碧溪天淨空遠峯濕翠尚濛濛柴扉不啟窗帷捲桃柳一川烟雨中

題唐岱秋林讀易圖

窗含平楚千章翠戸對踈峯萬笏青風散日暄秋色好由來大地是羲經

題唐岱寒山萬木圖

畫院當年供奉人識其筆意此誠眞喜其已·落人間久又入石渠弆賞頻

題唐岱沈源合作應眞圖

萬木森踈千嶂圠中有那伽剛百八人驚偉貌各狰獰智者默知謂狡黠彌勒何曾破六賊曇摩手不釋貝札與來呼龍使作雨乘荷亂海嫌荷滑剖胸見佛似老僧老僧若似將來殺魔王震慴天龍跽於菟扣額環貍貐指頭幻作乾闥城堪容世界如塵剎無始刧來補衲衣不知皮骨翻剝刮嶽神受戒何所授香象馴擾如童牽波旬闞多肩笥與方寸未服其視聽楚猿一旦離林木爲伊摩頂頻咄咄琉璃缾插青蓮瓨錢大靈龜抱根活天花亂落不著身石頭諦聽塵緣脫支提十彝祖臂擘能仁忽現鍵鎡鉢衆生有生佛無生無生無圖圖豈達前有龍眠後雲鵬不萠枝上添藤葛披圖題句聊復爾肯向僧雛稱棒喝

唐岱倣郭熙山水

丹巒翠崿萬重深古寺踈鐘度遠林最愛河陽瀟灑處濛濛雲氣濕衣襟

題唐岱仿王蒙山水圖

形似休論刻楮工誰能牛目辨顛翁臨平秋色知何許（王蒙粉本畫圖臨平秋色也）只在楓丹荔白中

題唐岱孫祜合作倣李唐寒谷先春圖

涉海覓方蓬登陸淩岱華鞭石豈達擧雲軿亦難駕平生山水心不減東山謝坐遊千里路兼消萬幾暇李唐古之人藝圃堪稱伯繼踪羌孰能丹青空滿架我欲傳其神求諸其匹亞是圖合作成如集柰與蔗輿域邃且幽稜峯露天罅判勢異旗鼓親形響姻婭流泉寒不凝珠顆崖間瀉精藍隱樹顛午梵鐘聲罷兩山環抱處盤土可以稼小軒三四楹詎

必淩雲榭蕭然太古民笑傲和不嘎梅妻微破顏胎仙倚而訝貌此寒谷春信是探元化若無李唐蹟誰辨雜林價圖繪誠餘事今古何冬夏無怪讀書人額風吁日下

題唐岱倣各家山水畫册

萬柳含烟

宿雨朝烟二月時輕黃嫩綠一絲絲却教少婦愁添乍無那王孫歸意遲窣地欲迷芳草路因風時弄小腰支扁舟刺處春何許蘸影如油上下宜

萬頃恩波

浩渺含太虛一色琉璃影畫師創新格恩波圖萬頃故知寓意深筆諫吾須領惟予牧萬民馭朽恒自警或理有壅蔽或政過寬猛或民怨飢寒或時有災眚盧澤不下逮中心常耿耿披圖鑑已切愈以發深省

萬笏朝天

遠山插笏曾無數黛色參天正近秋最愛茅菴坐清晝琤琮常聽瀑泉流

萬松叠翠

王蒙眞蹟無半紙妙處何人得神髓尺圖重寫萬松眞生面蒼蒼喻非指勁榦蟠拏偃蓋高虬龍深夜因風號緬想山中高臥客柴扉靜掩聽寒濤

萬點青荷

清和風景別桂棹漫開舩傍岸試新屐沿波叠小錢因風時泛泛映日故田田極目蒼茫外琉璃破曉烟

萬林秋色

黃葉紅葉綺錯山色樹色霜匀不必詩誇小杜恍疑人在三春

萬壑祥雲

萬壑祥雲滿千林瑞色籠可堪廊廟見只合畫圖中

萬水朝宗

君不見廬山瀑布三千尺萬古銀河倚天碧

又不見龍門初闢神禹功九曲滔滔終向東是知觀乎海者難爲水披圖更悟其中理琤琮萬派皆朝宗淵鋆淵渟清且泚我獨悠然吟與豪會心在此原非此

萬竿烟雨

有猗者竹在彼渭川乃含宿雨乃帶朝烟其色維何非媸非妍其音維何非管非絃有客坐對羲民之先其屋何有四壁蕭然其手何持道德一編逸民也歟吾何得而致焉

萬峯瑞雪

漫空飛玉屑插漢列瓊瑤寒澁溪流斷氷凌楓葉凋石磯閒釣艇古寺閉僧寮有鳥巢枯樹無人過小橋皚皚迷萬壑密密布三霄勝六分明在雲深不可招

高克恭山水

山色將雲態若無若有中神傳吳白下津逮米南宮低樹村迷暗迴溪路轉通卜居定誰氏仿彿是韓終

題高克恭山水

雲容疑吐巘雨意欲垂空喬樹潤如滴孤峯勢獨雄許渾句已契米芾法眞同詎是珍希見（房山眞蹟石渠寶笈中不多見）偏欣氣韻充

高克恭青山白雲圖

北宋雄渾有四家率逸無山容青鎮潤雲態白如鋪茅屋隱林下板橋接路隔南宮眞脈在割裂豈妨乎（畫無克恭名欵而幀端有王士熈姚燧張翥周伯琦四人題識援證極爲精審）

高克恭青山半晴雨長卷歌

我曾輕舟直剪錢江水因之越山秀色看逸邐會稽茂林脩竹果無雙懷哉若耶溪畔雲門寺（叶）杜翁青鞵布襪眞淸豪史公歷窮五嶽爲雄遨要當讀書破萬卷此風千載之下何寥寥尙書落筆不可當吏隱喜得居錢塘酒壺詩册日左右大塊變態呈方方朝雲黯澹入窻戸暮雨淅瀝過河梁雨晴雲散遠山出忽看鴉背翻斜陽隔岸師法柰無盡雲林

識語存其詳糢糊二米此頗變亦如富春濃冶畧殊煙雨之瀟湘諸公手眼各出長前後倡和多佳章江山本是舊遊歷對之頓忘孰幻常

題高克恭山村圖

尙書醉筆寫雲山雲氣模糊山疊鬟安得癡龍乘此勢崇朝作雨遍人間

題高克恭夜山圖即用其韻

虬松深處山千尺鑑水澄時月一方借問作麽糸色相螺峯幾點是眞常

題高克恭夜山圖用卷中高啟詩韻

房山夜山圖有兩皆奇狀其一已仿爲石渠所著高克恭夜山圖有二近書歷年夜遊山月各作畢紙有餘幅因仿其一云落筆懸豪放略以向背分聊寫晦明象房山前卷學米芾所仿畧分向背明晦爲別㒋生而至此卷雄渾蘊藉有高致五言題句尤爲房山超詣此則更超神元氣鬱衍瀁可一不可再觀海難爲派雄渾中具秀蘊藉外餘壯渤海題五字詩與畫爭王萬松我亦到萬松嶺畔中秋夜克恭自題句春宵聖湖上

再題高克恭夜山圖

昧茫那辨峯千疊空曠惟懸月一輪正是尙書傳別法不分明處有精神

高克恭雲巒飛瀑用圖間題者韻

山雲互環抱若沈復若浮樓上憑觀者人間第一流

高克恭雲横秀嶺圖

迴薄氣蒸澤淋漓潤遍入溪頭覓津渡雲外見嶙峋自是大家法能傳詩者神小亭檐柱迴借問待誰巡

題高克恭林巒烟雨圖

溟濛那辨菰蒲嶼林鳥低飛亂煙雨前溪漁父棹舟歸不覺蓑衣重幾許

題高克明廬山草堂圖

匡廬秀甲天下草堂圖自克明境致有松有竹山色疑雨疑晴何礙緇黃厠侶惟期山水怡情欲問同人會處不知誰是君平

高克恭林巒高風

樹態峯姿濕潤凝危亭趺坐悟南能軒軒漫道偏孤寂太古林嵐耐久朋

題高克恭雨景

畫竟雨如澍（用克恭自識語）房山自所云展仍對佳霔霏似落濃雲意以運靈幻神非關苦勤村田阿那畔誰者出耕耘

高克恭仿米雲山

以意求非以形貌雲山煙樹指分明是眞悟得拈花旨不向如來行處行

馬和之秋林曳杖圖

曳杖秋林益背人徐歌商頌並非貧畫師不著伊誰氏知是袁家伯仲倫

馬和之荷亭納爽圖

雨餘荷氣淨平湖偃仰匡床或子都三百篇曾經寫遍重臨粉本愛扶蘇

馬和之松下撫琴圖一韻二首

名流題句不言誰（幀中題者七人皆各署號而不書姓名亦無畫者姓名）裝褙多年姓氏遺曳杖秋林同筆法（石渠寶笈有馬和之秋林曳杖圖上等）故應認是馬和之

膝上橫琴者阿誰名當高士傳中遺松濤石瀨相問答遂與安弦一寫之

題馬和之麻姑

戍削腰支裾曳霧人間復與方平遇類鳥爪縱善爬搔未若自家知癢處

題馬和之袁安臥雪圖

雪臥不知寒袁安貧果安筆排千兔秃皮相五羊單處塞完名易逢亨跋行難和之繪高節詎止供吟看

題馬和之周頌圖

學詩堂記早成吾十二和之眞蹟臚（乾隆庚寅歲集內府所藏宋高宗及孝宗書詩經馬和之畫圖十二卷弆之學詩堂都爲一間各系以跋詳見御製學詩堂記）已是空前無別望誰知繼後有同符適迴江國南巡蹕恰得馬家周頌圖（甲辰南巡迴蹕復於維揚得馬和之畫閔予小子之什一卷宋高宗書詩與前十二卷筆意宛肖分而復合實爲藝林增一段嘉話也）即境哀時甘雨足敬之匪

倘敢忘乎

題馬遠歲朝圖

良田廣宅富人居樂歲三元慶有餘雀榻已欣紛置笏賈門早卜喜充閭庭前柏子翠宜盞瓶裏梅花香滿裾比戶盈寍關治理希哉致此正座予

馬遠秋江漁隱

月落江天罷釣魚倚椰坐睡夢華胥蘆叢何必扁舟繫波漾風吹任所如

馬遠溪山秋爽圖

渾厚尙傳北宋法蕭疎已啟四家宗愛看堛堺嶠青者猶是萬松嶺上松

題馬遠秋浦歸漁

歸舟那繫荻蘆叢攫取笭箵滿不空底識箇翁閒逸趣發絲飄散鯉魚風

題馬遠雪景

纜地傳南宋芸香滿幅吹六花飄未止萬嶂迴如夷旅客橋頭踏漁翁蓑上披河中獨妙處不必置然疑是幅多經裝裱名已裁去然玩其精神筆墨非馬遠不辦的係真蹟

馬遠歲寒三友圖

纈朶鋪枝雪未消一般寒意各飄蕭竹梅解道同爲友可任孤松獨後凋

馬遠探梅圖

倚梅冒雪立多時棟擇南枝與北枝體粟奚僮寒不耐意中若謂此何爲

馬遠尋梅圖

不有貞元氣安知天地心斯能消息報溪畔一相尋

題馬遠四皓圖

遯跡商顏一例清不夷齊實弟和兄如何對奕長松下勝負居然有鬭爭

題馬遠四皓圖

肥遯商顏物外遊出山畫筴自留侯司動卓識空千古不擬安劉擬滅劉卷中題者數十人率元明間名蹟其論四皓類以避秦安漢爲言識力無能出杜牧右因題是詩爲之拈出昔謂詠古者

宜具卓識若杜牧者似之然盈之不廢自是高帝意所素定無藉四老翁調護力也不然當楚漢相持時於太公尙請分一杯羹果合牽于寵愛其廢盈而立如意何所顧惜豈留侯諫叔孫太傅以死爭舉不能得而獨驚此四老人謂羽翼已成有是理耶蓋高后同起草昧盈其長子且無失德高帝之不廢盈於義自正右祖之韻非所逆料楚歌楚舞宮闈秘事安從而傳之遷史多喜奇術其紀留侯事尤多怪然則此四人者得非圯上老人赤松黃石者流耶詩題于石渠寶笈成書後俟入續函晉題稱二楊今惟老錢一篇楊載五言未知何時割去惜無從覓眞蹟補完耳

馬遠撫琴圖

箕踞蘭椒頭竟科瑤琴橫膝待援麾高山流水依然是未解伊人志在何

馬遠江山萬里圖

岷峽西來海去東橫陳南北戒寰中計之萬里惟斯耳牛女遙源固莫窮

重題馬遠江山深秀卷

浩蕩山川運以神長松皆作老龍鱗訝誰頓置書其遠是卷川原曠灝峯巒雄秀爲遠眞蹟無疑惟卷首署款二字墨色尙新筆力茶弱當是後人好中者所爲幸未羶薌著曰麟遠子麟畫遠不逮父而遠多以己畫題作麟款者欲傑兒也見陳善杭州志此卷幸無假借猶得見遠眞面

畫外雅饒古淡意卷中多遇野閒人賜權早復歸天府卷首鈐順治三年賜大學士宋權印記不知何年復歸內府已入石渠寶笈書別以石渠繼鑒識之世事應知底是眞

馬遠松泉居士

泉邊松下獨徘徊松籟泉音滿聽哉奴子平頭持古器識咸應自行沖來

馬遠竹鶴二首

首章用畫中題句韻次章詠事

布景期神弗期格分明馬遠署臣名胎仙近遠相鳴和繪也義經與註成

若無若有望中迷獨立黃冠仙客携識賞分明印坤卦何云爲壽賜都提是圖畫竹鶴下方署臣馬遠款上方鈐坤卦印一楊氏書印一題云賜王都提舉爲郎按楊氏係寧宗皇后之妹書史會要稱馬遠畫多其所題但以宮闈題識賜逮外廷臣下殊非禮也

題馬麟溪山行旅圖

關山遠秋仲旅客問程時焦嚻含蕭颯層峯益與奇遵途據蹇跛望瀑坐厤巖世學無些欠豈誠遠所爲陳善杭州志稱馬麟遠子能世家學然不逮父遠多以己

並上題作麟並著欲麟得恐此幀未詳眞麟筆耶抑遠所爲耶

馬麟靜聽松風圖

傳神非阿堵耳屬在喬松生面別開處清機忽滿胸濤聲翻未已蓋影佈猶濃公物千秋付休言弘景重

題馬麟花卉小幀

蛺蝶尋芳 木香錦葵

別開生面馬蹄香玉蘂瓊葩各鬬芳點染椒塗供睿賞 幀中題坤寧睿筆書彼時后宮中物也 那更五國憶凄涼

上苑韶光 紫丁香

半臂江山猶可撐韶光上苑正怡情了知衣紫勝衣白不見山人覷而迎

御園嘉卉 玉芙蓉

非春艷 牡丹一名玉芙蓉 復非秋朶 拒霜一名木芙蓉 掌上仙人金殿旁別有鍾陵寄遐思 平泉草木記鍾陵有同心芙蓉 可須畫史恨王嬙

清和池沼 蓮

新蓮出水鳥相呼御沼清和儼入圖泛索如將縱遙目定須小駕出西湖

瑞露凝香 象牙紅鹿葱

瀛海珊瑚堪作筯崑崙瓊琇乍爲盃九天沆瀣擎來滿漢武金盤底藉哉

瓊葩玉映 雞毛玉纍花

鼓翼翩翾儼欲飛九苞未覩德爲輝鳳兮奚祓鶩毛號難解丹青寓意微

秋塘曉艷 芙蓉

祗候 麟 能傳待詔 遠 風徒觀疏渲極精工碧江未見舒霞脚幻出霜前一帶紅

桂林霜氣 桂

爽入金蘂月有光碧瓊枝上粟霏黃皋塗自是臨安美使我遐心憶鷲香 鷲香庭爲西湖行宮八景之一

庭中古桂森蔚南巡詩有何富秋字下滿意領天香之句

題馬琬秋山行旅圖

背負肩挑策蹇者紛紛名利各傳眞徒觀贉首留名字幸有當年說項人 卷中有其昌審定馬文璧秋山

（行旅圖十二字）

馬琬溪山深秀小幅

鏡水屏山小閣虛，平陳棐几意如如。有人借問還應愧，未讀廿年以內書。

題馬琬幽居圖

溪幾迴中峯幾環，幽居眞合稱（去聲）高閒。依稀似是曾經處，逸興遄飛到攝山（棲霞本名攝山，幽居其一境也）。

訝是王家荷葉皴，閱知文璧畫傳神。祇宜居此謝塵務，却我原非箇裏人。

馬琬倣董源秋山

古寺荒村遮碧岑，瀑聲寒注澗溪潯。不須留白為雲氣，蓊蔚平林自作陰。

馬文璧山水用韓奕題畫元韻

吟餘繩榻拋詩卷，獨展煙雲對穹巘。波上危亭俯碧瀲，吳淞半江不須剪。輞水渾疑華子岡，畫耶眞耶兩欲忘。胡為千里江山景，收入咫尺青緗囊。蕭齋倚𤗈興不少，灑然心共秋雲表。憶在中盤精舍中，小窗開處㠑峯曉。

馬文璧秋林釣艇圖

霜落澄湖魚不餌，釣車偶弄滄浪意。丹楓綠嶼靜高秋，獨坐閒閒無一事。

無數溪山幽復深，科頭把釣喬柯陰。底事白鷗不飛去，之子原無羨魚心。

孫克弘松泉疊韻

松謖泉淸響疊宣，鳴陰雙鶴素翮翾。韻中那得無三友，生而別聞豈不然。

題孫克弘盆蘭用張照題句韻

侍臣昔扈、避暑宮（幀中有張照題句并跋云：康熙壬寅照扈蹕避暑熱河，寢門外列秋蘭數十莖，時得坐其下。雍正癸卯京師過夏，僅研北數枝而已，因作此詩。甲辰藝蘭無花，獨對此盆，聊復書此云云），露蘭同一滋恩蒙。寢門外或坐其下，癸卯迴思塞山夜。甲辰藝蘭未放英，獨展是圖為伴者（四句檃括照詩中句）。花有花無三年中，幻夢醒時意灑灑。即今畫早辭天瓶（照齋名），却入西清供吟把。笑予多

事復何爲題句更摹粉本寫

題孫克弘花卉册

桃花

一般設色紅兼綠遠異徐黃刻畫工却得瑞仙本面目軒軒霞舉笑東風

宣石菖蒲

甆盆貯水矗宣石圍植菖蒲九節青誰詰醫師引年法居然乃欲進豨苓

梔子

色既絕塵香復柔石欄瓦缶自風流但梔花未梔其貌那愧文噓柳柳州

西府海棠

體格幽閒態自佳撩人春色照庭階飄然仍是齊梁韻合著參軍謝朓懷

朱竹

青牛爲石朱爲竹便與尋常意匠殊似傲山樵詩筆法果眞鐵網得珊瑚（王鞶畫竹石有題鐵網珊瑚者今入內府）

辛夷

玉蘭花白辛夷紫紫者無香白者香底事斯偏稱木筆（辛夷本名木筆而詩人有以詠玉蘭者向題玉蘭曾有却以詩人稱木筆使辛夷席笑辛夷之句然玉蘭寄枝用辛夷未嘗不可通稱也）幸因作塢輞川王

木芙蓉

原來草本却稱木爲（去聲）是欲殊水裏花弄影拒霜秋岸上清標亦未大相差

梅

暗香細細影疎疎不逞昌如祇淡如看到去情得神處伊人眞是雪爲居（克弘號雪居）

孫枝聽泉圖

高人無一事箕踞坐匿巖瀑水雲外落流泉石下披情眞契道箜聲可叶清絲童子抱琴至恐防欲譜之

孫杕盛瑛合作竹菊文石

石秀菊筠鮮流傳百廿年（此幀款作丙戌秋月距今歲適百二十年）幀中結益友世外有眞仙異趣原同撰琜

輝更璧聯宗陽梅石本印證兩超然杭州宗陽宮印南宋德壽宮地有梅石碑省志稱藍瑛乙酉春南遊再莅諸觀之則梅乃孫杕所畫瑛惟補石因爲模刻題詩以正其訛此亦杕瑛合作畫可證二人之同時爲畫相契云

題孫祜周鯤丁觀鵬仝畫十八學士圖

當年盛事紀登瀛傳說芬疑齒頰生自是玉堂無俗客不須金馬羨仙卿木天珂劍從携侶禁地琴書許暢情同有雄才誇博雅十思誰繼魏元成

孫琰仙山樓閣圖

樹有清風溪有瀾樓臺高迴石林端笏峯叢倚白雲表輞水亂飛碧落寒法是山樵傳派正地惟王子得居安箇中妙處稱生動楮葉精工有底難

題徐熙海棠

鍾陵名族工花卉設色偏饒生意多試看海棠晴日裏嫣然風韻欲盈科

一樹石榴百餘實見畫譜熙安榴樹一本帶百餘實入宋內府太宗嗟異曰花果之妙吾獨知有熙矣同工異曲見精心誰云脆不禁風雨花發南唐豔到今

徐崇嗣花下烏員圖

漫稱蒙貴尤無比見格物論那數上聲雪姑獨有神謂白色者問爾烏員不捕鼠格物論作烏圓酉陽雜俎作烏員韻府謂員與圓通于謂烏圓狀其形烏員則烏衣之員也因用東坡意戲及之花間默立是何因

徐賁山水

科頭倚岸眄江潯樹祇幾株山一岑了了筆含無盡意知他津逮自雲林

徐賁山水

山環抱處水縈迴松下虛軒向遠開策蹇蘭蹊歸去者其來應爲去聲所聞來

徐賁閬州山水卷

江邊握手別情多圖出巴岷遠岌峨一棹溯洄問何處萬重山昔謫仙過

徐賁青林春色即用圖間題韻

一湖春水目爲潔幾曲雲山意與深高士草亭倚欄與應緣即景發清吟

飛泉樹杪落溪斜演漾青蒲與白沙看似惠山僧寺畔憶曾竹鼎一烹茶

徐賁林亭秋色用薛瑄題句韻

山之陰卽水之陽不繫扁舟泛野塘何必蜀吳分境界（徐賁以詩畫擅名吳中此幀署名蜀郡徐賁蓋不忘其先也）箇中一例姓名香

徐賁關山行旅圖

崎嶇客路歷羊腸宴坐先生荷製裳東海文人工寫照世間端自有閒忙

題徐賁吳興清遠卷

略倣王蒙荷葉皴村居雖密澹爲神吳興清遠眞清遠恐悞農桑弗事巡（南宋首重民務而湖郡農桑之事尤殷是以每至杭後卽由嘉興旋郡歷來未嘗一往吳興也）

題徐賁聽泉圖卽用其韻

幼文詩畫稱雙絕眞蹟居然見聽泉石瀨月娟杜工部香爐日照李青蓮滔滔流水自終古落落長松是大年想見山川得神助九龍深處抱雲眠（賁又有眠雲軒圖并藏內府）

徐賁廬山讀書圖

峯翠罨林蒼依巖搆草堂試問研精者先生可姓匡

題徐賁眠雲軒圖卽用其韻

吳下詩人畫雲留共畫舒何勞歆枕夢飛輿到姑胥

題徐賁眠雲軒圖用高季迪韻

明季能詩家孰與渤海儔偶然披此圖喜復晤青邱紗幗對快晴爽風蕩輕裯胡乃翁勃雲不離几案頭妙哉施可堂眠雲意何悠幼文圖成之老筆殊難侔昔讀大全集曠若乘虛舟末由涉其藩如望滄瀛洲是詩久成誦叫絕杯屢浮乃今見手蹟動我逸興幽由來出倫材美備原可求詩情鳥雲飛字法龍空游適然成三絕展卷不忍收曾聞白雲亭高躅傳郭休亦越浮雲詩閒澹憶蘇州古人渺其遠誰能勝一籌正如彼行雲蹤跡難延留雲留固已佳與之偕由由雲去亦云得絕無

得失愁盧堂清晝閒無夢尋莊周拈來一賡
韵詎論工與不惟以紀時日乾隆丙寅秋

題徐賁獅子林十二景册

將謂獅林創老迂詎知維則始姑蘇（石渠寶笈著錄倪瓚畫獅子林圖自識如海因公宜寶之蓋爲如海作圖也按如海爲元僧維則第三弟子獅林實創自維則後人率以獅林屬之倪迂蓋誤矣甲辰南巡復得徐賁畫獅林十二景後有姚廣孝跋稱徐賁爲如海作畫可爲證册中陸深跋元僧維則好聚奇石類狻猊故取佛語名菴或云維則得法於本中峯本時住天目之獅子巖蓋以識授受之原也）
册分十二幼文畫卷作長方懶瓚圖各與
海公供祕玩（徐賁畫册列景分繪爲十二幀倪瓚則係通景長卷皆爲僧如海作清供者）同爲佛偈演浮屠人家自己殊其事
道衍於斯愧也無（又陸深跋稱道衍還吳夜深微服訪其師於獅子林師捫其頂未蓄髮曰和尚留得此在又云和尚撒下自己事却去管別人家事可謂本教中棒喝手）

再題徐賁獅子林圖十二幀

長卷多年藏石渠（倪瓚所畫獅子林通景長卷久入石渠寶笈屢經題詠）盍簪十二見茲初方知數典因維則卓犖
雄峯奮迅如

右獅子峯

名存十一一失註跋識陸深云雪堂（徐賁所畫十二幀每景各分署題惟第七幅未署自是當時遺失陸深跋稱當是雪堂云）儒墨由
來不同道重儓何必效游楊（獅林第七景曰雪堂按游酢楊時立雪程門乃儒家語僧寺以此名堂援儒入墨不免重儓之效耳）

右雪堂

白雲如榻承青巘維則因公兩放參不獨緇
衣黑甜趣可知螺項臥猶酣

右臥雲室

三間野閣倚巖隈恰喜南枝戴雪開點點圈
圈色空處不妨一例問之梅

右問梅閣

誰家柏樹不庭前孰是能因孰所緣寄語擎
拳豎拂者指頭莫認趙州禪

右指柏軒

玉鑑當前色即空澄波妥貼漾松風池邊儒
釋相商處形影應云同不同

右玉鑑池

無心可汲待明王（用司馬遷屈原傳意）烹茗澆花日用常別業久訛作倪氏誰知今復屬乎黃（吳中獅子林舊傳雲林別業沿訛已久茲得徐賁畫冊始知舊爲僧寺今又轉屬之黃氏矣）

右冰壺井

一峯稜稜出塵表瀸含旭影宜清曉廣孝本是箇中人却捨高閑就煩惱（幀中詩不著名陸深以爲廣孝所題）

右含暉峯

傑峙偏宜古樹傍銀蟾掩映吐東方一看動影一看靜動靜其間趣可詳

右吐月峯

高跨石梁俯碧澄武夷名目借來稱姑蘇幾度南巡處踱步其間我亦曾

右小飛虹

茅菴趺坐獨安然五字吟成道衍傳可憶夜深微服往當頭棒喝是何禪（陸深載廣孝還吳夜深微服訪其師於獅子林師捫其項未蓄髮日和尚留得此在又云和尚撇下自己事却去管別家事可謂本教中棒喝手廣孝應爲猛省）

右禪窩

幾个買當致谷深冊成徐賁卷雲林明初元末五百載介節依然矗鬱森

右竹谷

題徐渭寫生卷

鯉

不羨千里身都同卅六鱗濁遊還食濁神到乃傳神意得何愁蟻僞求應笑人循名詮字義也覺與相親

荷

了了揮數筆超超見一花出塵惟淨直照水亦橫斜那避初更月（荷花見月則斂朵出梵經）休誇十里霞不衫還不履君子定無差

螺蚌

實虛隨望晦沈伏隱泥沙閉戸公輸做爲卮漢武誇味非鼎俎貴文豈飾雕奢設不明珠韞誰將刀剖加

蒲

春水溶溶綠新蒲刺水青映波瀟復灑度籟搖（去聲）還停李密轉勤讀劉寬鞭示刑盃同等閒草壁寫贊明廷

榴

榴花猶滿枝榴實已纍垂可口還娛目秋甘映夏甦玫瑰都得擬鳥雀那容窺謾議成欲速紛哉奚啻斯

薔薇

臙魄為圓鈌連春吐葉葩風前眞野客月落是誰家粉膩燕來遠香輕蝶掠斜譋言佛見笑迦葉轉為差

芭蕉

蕉葉善鳴雨窗前每種之旱中欣聽處霖際厭聞時愁喜原殊托蕭騷自不知粗疎寫數筆說偈付伊誰

梅

猶過楊家野還輕羅氏榮（羅隱秋風桂時長望一枝榮）籟香那論暗魄影每同明寫綻那寫謝得神勝得情應嫌名近濁潑墨寄幽清

題徐渭潑墨十二種

梅溪魚戲

淡沲春波時上有橫斜枝落英貼波面游魚趨喁之鱗類具卓識愛此氷玉姿勝點壽陽額徒然污粉脂

山陰換鵞

寫經畢便持鵞返書聖千秋孰與同可笑獻之太狂放擬稱跨竈勝斯翁

石盆幽蘭

一筆成一石數筆成數蘭皆以不經意並作如是觀

爛柯仙奕

入山王質一人耳或曰觀棊或聽琴記載失眞有若此更何須向斧柯尋（述異記載晉時王質至石室山伐木見童子數人棊而歌質因聽之俄頃童子促其去起視斧柯盡爛水經注則謂質入山見童子彈琴而歌同紀一人事而二說互異蓋爛柯事本無稽即此見紀載之不足信琴棊更無容深辨耳）

風荷逸致

荷葉荷花照秋水搖風無力還相倚淡墨寫意弗寫形却似野人不衫履便饒十里錦霞香圓鏡歸根皆若此那見遊魚鬬幹遊應是波心咯蓮子

謫仙遺韻

沈酣酒人之肆頹蕩天子之前目無一世而何有於高力士之威權一罇在側以置鷓鴣之杓將舉觴白眼而望青天非遇賀知章千載之下又誰知此名傳適以自誤脅上樓船（二句即用白詩意）是可悲也嗚呼謫仙（沼自款目其友爲玉林醉仙並意似有所爲但玉林之爲人既無可考即或醉鄉疎放亦何足稱仙故不若太白爲可據因詠白事以當之）

卷石晩香

落落一卷古踈踈幾朵新盡得風流趣菊石傳其神刻畫丹青者應非知菊人

江干觀瀑

高人携手立江干瀑水當前縱目觀瀉出誰知本天上落來惟見自雲端便教俗耳聽猶靜那覓塵心浣以寒一晌可親儀表在千秋欲識姓名難

水鄉稻蟹

水鄉稻熟時始得有肥蟹夜深出沙岸囓稻彭亨乃漁者善謀取緯蕭斷以採持向街頭鬻煎寒佐盤醢何如伏泥中郭索常無悔

松陰高士

松下箕坐優游颯沓松風上流已得通明高致三層那藉爲樓

蕉竹含風

兩三綠蕉葉幾个翠竹梢清風與之宜嗇映成蕭騷隨緣作舒卷相依爲磕敲焦墨一淡掃寓意何超超蕉心其中無竹幹惟外勺可作枯禪衆那論先後凋

蘆汀秋泛

秋風入叢蘆秋意頓清殊獨坐一輕舫驚飛幾野鳧應慙有機識那學憶蓴鱸作者豈無

意將因八五湖

題徐揚春遊圖

青山影在碧波鋪携客扁舟與致殊過雨紅桃渾似醉迎風絲柳那勝扶雅宜應節分花盎耐可澆春載酒壚沿泛試詢何處所不名欒瀨定歙湖

題徐揚白鷴花卉

詭石清泉上嫣紅姹紫間三春正佳日一鳥立幽鷴不與繁華競愛看行止閑青蓮如驀遇白璧定無慳

徐揚梨花雙燕

白於海棠紅於李一雙玉燕掠銀雲氣求之理物猶識易簡都詮大塊文

題徐揚芙蓉水禽圖

照水芙蓉落瓣鮮雙魚喁噞意怡然窺潭鸂鶒垂涎立挾彈寍防有少年

徐揚澗筑松濤

落落長松水閣虛橫琴高士靜澂餘不知弄者伊何操鄒忌名言獨起予

題徐揚歸庄圖

搖搖春水舟輕颺歸來三徑未全荒隔岸羨望者誰氏刺史江州應姓王

題徐揚畫二首

淺黃深紫鬬精神一樹花分一樹春寄語東風莫相妒幾多早起凭（去聲）欄人

右春花

丁星秋色爛摐摐風在梢頭月在窗看到黃花香晚節便教庶子也心降

右秋卉

徐揚摹黃公望筆意卷

粗皴及澹染千古傳黃癡得神詎在似刻楮亦易爲愛此溟濛意富春春靄時

題徐揚倣趙伯駒春山圖用舊題伯駒畫韻

罔抱還溪繞南莊更北村法從趙家得源向晉文論神入境疑立春來鳥解言巃峯雲裏

矗也似華山孫

商琦嵩陽訪眞圖

松風颲助步虛詞少室峯前曳杖遲童子抱琴那解醳胎仙骯耳却知時白雲滃浡丹臺靜青嶂穹窿鐵鎖垂玉箇倘逢論位業不教海上覓安期

題商喜歲朝圖

榤潤瓊姿梅吐香剡藤春物報昌昌水仙不藉解玉佩來祝初祺肇吉祥

莫是龍東岡草堂圖卽用其韻

楓丹松翠護書堂亦有禁(平聲)風(松)亦耐霜(楓)撫卷高人蓋自喻那知戶外過斜陽

題莫景行西湖草堂圖

騖望湖山有所思遙情千里座中移玲瓏更見雷峯塔喜未曾經劫火時隱君(景行)外史(張雨)契知音供養煙雲寄靜心我覺明湖絲竹閙同然先得畫留今

題莫是龍倣趙大年江鄉小景

略變晩唐法猶傳北宋規江鄉春正曉農務漸興時橋過牛蹄怯船浮鴨嘴遲南巡恒所見偶爾繾遐思

崔白寒雀圖

寒雀爭寒枝如椒目相妒設有鷂來毆捨讐共救護

題崔彥輔溪山煙靄圖六疊前韻

瀑流石峽似行空松拂煙霄應荅同却笑錢塘崔彥輔寫聲未必若斯工

題崔彥輔溪山煙靄再疊前韻

一溪春水俯澄空積素千峯照影同淡靄輕煙相映帶是虛是實爾能工

題崔彥輔溪山煙靄

山靄溪煙暗遠空田盤今日景眞同設非挂壁交相證安識筆端有化工

題崔彥輔溪山煙靄圖

九疊辛年十韻至今來別裁(去聲)句應鮮山原萬古溪千派仍此圖中靄與煙

題崔彦輔溪山烟靄圖

十韻全當不襲舊（向所作疊韻詩如中秋帖子沭鹿行文園獅子林都夜吟等篇皆九疊前韻以十全爲度其後俱罷惟此圖詩至辛亥歲已經九疊數已十全例不復用復韻矣）七言成復此吟新溪烟山靄呈當而却笑多哉把筆人

題崔彦輔溪山煙靄疊去歲韻

萬峯紫靄烘（去聲）晴空彦輔圖張相映同眞得畫家三昧法祇論氣韻不論工

題崔彦輔溪山煙靄圖七疊前韻

白紙因嫌素壁空崔圖拈韻七番同戸中窗外景等度人力終輸造化工

題崔彦輔溪山烟靄圖九疊前韻

溪山色也靄烟空空色胥歸幻則同九疊十全當閣筆再來別韻豈知窮

題崔彦輔溪山煙靄圖四疊前韻

春雲靄靄羃高空畫看崔家氣韻同設使居然作甘雨始知妙筆有神工

題崔彦輔溪山烟靄圖八疊前韻

太古田盤非鑿空溪聲山色與之同祇餘一疊十全逮（向作疊韻詩如沭鹿行中秋帖子諸什至九疊已成十全不復再疊）（此圖今已八疊前韻再餘一疊即當如往例不必以多爲能事也）知止休誇摛藻工

題崔彦輔溪山烟靄圖五疊前韻

一方素紙本來空幾筆溪山眞者同頻疊偶如蘇玉局要當吟以不工工

題崔子忠掃象圖

內空外空內外空寓言掃象示宗風東坡留帶分明寫（石渠寶笈著錄崔子忠東坡留帶圖與此幅筆墨相似的係眞蹟）筆墨大同意不同

崔子忠桐陰博古圖

碧梧桐下草鋪茵博古相於會翰賓夏鼎商彝共左右墨華筆露永鮮新書童雅稱雙丫髻居士偏傳墊角巾仿彿蘇王留妙躅當年取咎致何頻（宋史舒亶傳亶劾蘇軾作爲歌詩譏訕時事王詵輩公然朋比）（軾責授黃州團練副使詵亦坐是謫貶）

題盛洪水仙

品已出塵體淨芳白沙碧草伴清揚繼儒未足爲知畫却向圖間恨不香（末二句反諷繼儒題語）

題盛懋山水

蒼山白雲外茅屋竹籬西屧下閒談古船頭獨泛谿衲傳殊朗朗意潤轉凄凄拈得其中妙依稀是仲圭

題盛懋山水即用其韻

飛泉千萬道一一落溪潭溪橋有客過秋風吹鬖毿草堂訪藺交相與暢雄談澄心對碧漪凝睇眺翠嵐何以永今朝竟欲艤去驂信可倣倪佺暴於南榮南

盛懋山莊對奕圖

崇山蔭茂林結宇靜而深枰有嘉賓對徑仍幽客夅知誰先一著欲下又重斟試問棲遲者何來勝負心

盛懋溪山窈窕圖

雲棧盤紆石澗潺旅人驢背問津關竹樓却有幽居者窈窕溪山鎮日閒

題盛懋秋林蕭散圖

佳蔭之下鋪芳蘅是何處兮曰蓬瀛青鸞白鶴兩不藉飄飄句五御風行

題盛懋長江秋艇

秋水淨琉璃蒹葭颭古隄忘筌樂魴鯉得意友鳧鷖明月清風耳蘭槳桂棹兮兩翁相對處應是話夷齊

題盛懋雪景

破繖孤篷雪積皚寒溪與盡棹而迴家人秉燭相迎處怪問何遲暮夜來

盛懋瑤林積雪圖

寒林白屋依微出蕭寺紅樓縹渺橫借問板橋驢背客眼中景可入詩情

題盛懋秋江待渡圖

携笠雙琴何往哉河干小坐且徘徊署知阿堵其中意遠浦扁舟望不來

盛茂燁歲朝歡讌圖即用其韻

茅檐歡讌畫中詩最後屠蘇酌滿巵僮子闘

扉燃爆竹春聲送喜到門時

題盛顥馬⿰山者煙雨圖

古寺邊傍精舍幽殫雲常覺覆簷頭弗賓弗主塊然坐爲壘爲儒靜者流低葉喬枝一律潤煙容雨意兩無你馬⿰山者峯自高喦齬當面失之得見不

梁楷觀瀑圖

減筆意無盡拈鬚神有餘飛泉落潄濺古樹矗扶疎目寓耳根淨背盎氣海舒雲巒阿那畔源處定何如

題梁楷右軍書扇圖

豈是會稽是蕺山姥持竹扇爲書還初看五字生愠色不答重來笑破顏

陶成歲朝圖

支逢申酉酒漿多（圖中識嘉靖壬申雪湖仙人漫筆）鑪火餅花聽演儺歲美人和恒所願轉思艱致嘆如何

陶成蓼花鴛鴦

雙依沙渚不相離紅蓼垂風秋仲時小鳥棲招飛就者別開生面妙如斯

郭忠恕雪霽江行圖

大幅何年破割裂竿繩到岸沒人牽（此並市置舟中人物器具備極工細惟纜繩勢似引長而撿幅已盡因無牽挽之人自係歲久殘損爲裝潢者割裂）江行底識當雪霽剩有瘦金十字全（並中無名款惟上方有宣和書雪霽江行圖郭忠恕眞跡十字）

郭熙早春圖

樹纔發葉溪開凍樓閣仙居最上層不藉柳桃開點綴春山早見氣如蒸

郭熙秋山行旅

河陽行旅會題句彼似非眞此似眞既曰似應猶未定眞乎欲問彼行人

向有題郭熙雪山行旅詩圖中既無款識筆墨亦覺纖弱因未入石渠寶笈之弆此圖古淡雄簡似是河陽眞蹟然細觀題名又似後人補著者仍致疑焉故詩句及之

題郭熙秋山行旅圖

四字河陽題郭熙翻將眞蹟致然疑（是圖用筆整密布局幽邃爲眞蹟無疑但卷尾署河陽郭熙四字款筆力薄弱雖有收藏家印記反無郭熙名印殊不可解）蕭森樹色渾秋景來往人情動旅思或爲（去聲）名乎抑爲利非稱愚也定稱癡精藍倚巇無僧侶棒喝都教畫代之

題郭熙關山行旅圖

欲作畫應先搆思河陽此卷足當之乃成晚歲蒼古筆一改少時巧贍爲（用卷末李衎跋語意）礀道崎嶇冰雪歷旅人來往馬羸疲青蓮夜宴序中語不待披圖合共知

郭熙秋風行旅圖

天外孤城擬劍門棧旁遙指酒家村秋風雅解傷人意那更征途易斷魂

郭熙雪景

千山高下玉鋪晶赴澗飛泉尚有聲著箇漁蓑猶釣艇笑他詩句落艱成

題郭河陽雪山行旅圖

天娥快剪剪薄紈瓊華一夜綳萬巒臨風玉樹枝簇攢大地變作銀界覿凍峽千尺白龍蟠澱壁大小皆珠丸巇峈巉嶸那可攀剩有羊腸路屈盤誰歟馬背淩兢寒羸僕皸瘃尤堪憐溪橋滑剌手足攣冷風吹揭墊角冠名利子也何足歎谷迴路轉茅屋連茅屋有客疑袁安披卷笑傲忘朝餐嚴威栗烈不可干河陽此法摹范寬當前勞逸憑君看

郭畀雪竹圖

北風吹寒石欲裂滕六剪玉紛飛屑渭川淇澳合層冰獨看琅玕挺高節歲窮無改倉琅色紛粘綠錯兩奇絶枯梢突兀密葉扶雪壓冰凝不摧折省郎妙筆擅畫禪始信蘇卿是人傑

題郭畀墨竹

瀟落獺猭枝重露幾多今昔感題人（郭畀自識爲會堂首座畫卷後段天祐諸人皆稱淨慈寺中分合今昔之感）淨慈寺裏重（平聲）開卷惟見疎篁照影新

郭畀雨梧烟柳

烟雨冥濛裏柳梧分不眞郭髯及倪嬾合是
自傳神（圖中有倪瓚題詩）

題郭畀雨梧烟柳用倪瓚韻

疎梧及嫩楊沉著如中酒不宜作畫看草書
傳顛柳

郭畀雲海圖

京口茅堂住幾年煙雲供養領江天淋漓戲
寫絪緼狀不許黃山景占全

郭詡琴客款扉即用其韻

流水高山自有媒琴囊端爲客來開苑檐原
是無門戶誰惜蘚蹤踏破苔

題曹霸羸馬圖用舊作韓幹人馬圖歌
韻

初唐畫馬江都王霸實私淑未謀面百餘年
後稱最工傳其法者藍田幹幹之眞跡既屢
獲霸之筆惜未曾見（舊作韓幹人馬圖歌有石渠寶笈富唐蹟惜哉霸作曾無見之句）何來砗矾兩羸馬宛陘而走覯一
旦不藉鑒賞辨其眞（宣和畫譜但載有羸馬圖之名而未詳其尺幅是幀雖無識印按其筆法絹色知爲霸之眞蹟無疑）古香郁郁生陳絹
皇驊（二馬色）並臥如堵牆力云憊矣神愈桀驁
驁不受適其適六印幸免奚官案原憲雖貧
病則非馬援固老意猶彥霸蓋自貌坎壈纏
神妙誠臻業獨擅咄哉不能起老杜歌以配
之雙絕覯

曹知白東園載酒

款岸開維載酒船劇談虛榭眄江天主人好
在客將去防誤亭中草太元

曹知白秋涉圖

褰裳高士涉寒津貞素分明寄澤民（見自題語）寓
意應同子太叔交敦久敬莫他人

曹知白雙松競秀

誠爲殷季雙高士不是嬴家五大夫憶我木
蘭放園吸僧機圖側賦還圖（僧機圖猶之下有喬松一根而二大幹向名之曰爽齋而繫以歌并爲之圖）

曹知白十八公圖

擢榦森霄漢盤根育茯苓淮南初得號塞北

早傳形誰結三冬友孤標萬古青天風吹謖謖擬搆韻松亭

曹知白翠峯雪霽圖

千峯餘積素萬壑鬪新晴聰色明螺髻溪聲雜玉鳴林疎噤鳥語逕冷絶人行消得陶居士茶鐺著意烹

曹知白山水用畫中錢惟善題句韻

老筆蕭疎不藉多空空茅屋隱烟蘿衛源憶昔曾經過康節重逢安樂窩

曹知白溪山平遠

白水蒼山峙且流人惟蘊藉筆清遒畫宗誰辨師馮覲詩意偏欣寫陸游

曹知白曙雪圖

雪止餘寒曉尚凝玉壺天地一條氷誰人不作騎驢客幾箇於中得句曾

題曹夔音溪雲山雨圖

濃綠樹迷複嶺淺紅霞抹遙天頓覺風涼雨濕許渾詩意悠然

題曹夔音江山秋意圖

翠壁丹楓處雲閑天澹時片帆隨日落秋意與心期曲棧千峯俯危樓萬里披捫參攀蜀道迴首重遲遲

題曹夔音溪山秋意

繡壁風過落葉紛支笻秋意與平分擁書別有探奇者坐玩益都崔氏文

曹夔音山靜日長圖

老栝籠扉竹掠檐草堂趺坐悟華嚴日長山靜幽懷愜石谷雲西妙處兼（是圖臨王翬仿曹雲西筆意）幾卷綠蕉心展軸一灣碧水鏡開奩不教五柳門前植恐認柴桑處士潛

題曹夔音仿董邦達匡廬圖

山不巃嵸偏峻極水惟停蓄故奔湍引子逃興奔溪路撫彼長松愛夏寒鹿柴魚梁皆得趣澹粧濃抹總宜看漫因形似評荊董（董邦達是圖畫仿荊浩筆意）刻楮工夫有底難

題曹夔音山水十二幀

春山新霽

春仲田盤六轡紆千峯雨後翠模糊倚牕竟日拈吟處不意今朝入此圖

層巒疊翠

隱軫溟濛逼太行山容霍霍樹蒼蒼恍疑曉事黄公望（是幅法黄公望）爲我讀書開草堂

蒼山飛瀑

畫家誰不寫飛流箇裏神筌未易酬約略指南叅活句聽如有響望如浮

秋江漁隱

蘆荻蕭蕭霜葉新闌闠靜對水漣淪依然石室磻溪側復見當年踞餌人

山靜日長

佳話從來說崔林巖居清事足幽尋日長山靜人爭道誰識景綸太古心

秋林亭子

寒篠枯槎間幾株夕陰朝靄萬千殊無多邱壑有多趣妙處天然是老迂（是幅法倪瓚）

携琴訪友

廉折和平理可觀高山流水感多端相逢底用班荆論便向松風深處彈

夏山聳秀

山川繆結樹扶疎大似王家一筆書最愛濃青剛過雨白雲旋復罨林閭

古木竹石

老榦槎枒恠石猛幾梢煙籜問而生抗懷擬謝柴桑老不與凡柯共向榮

秋江晚渡

坐待舟人不可招打頭楓葉落蕭蕭滄波阿那邊何處便是江南廿四橋

烟雲蕭寺

瀟湘烟雨舊稱奇（米友仁瀟湘圖畫禪室中上品也）尺幅偏能髣髴之秀發峯姿含潤溽招提結夏放叅時

羣峯積雪

卿家知白眞知白（是幅倣曹知白）慣與乾坤作粉粧

郁待置身圖畫裏望中已覺十分涼

題陸廣山水

曲折江村儘可居山蒼如亦水澄如幽人罷釣挐舟返彈鋏盍須嘆乏魚

陸師道雲壑松濤

亭子臨蒼巖嵐靄朝暮接下帶石泉寒上落松風颯作者頗有意不以人踪雜請君忘耳覯聽彼相問答

陸師道吉祥菴圖即用其韻

追圖舊蹟偶乘閒（用師道識語意）坐對禪僧談八還何必思師更憶友（師道並和文衡山對協中二人皆此韻）試看不變者青山

陸師道倣王蒙山水

峻嶺矗雲外平橋接水濱瀠洄成遠勢結搆實超神試問獨憑者何如相摧賓山川各供趣隨領任其人

題陸治山水即用其韻

長林絫漢瀑垂空傲世高人氣若虹何必田何詮易理爻占肥遯不言中

題陸治山水即用治韻

遠浦流泉聽似琴高人坐對語之深晚荷早柏紅相暎不覺夕陽天外沈

陸治清秋放棹圖即用其韻

製得荷衣不礙涼傍林閒泛綠楓香舉頭不爲看山色愛看山腰素練光

陸治寒江釣艇

水寒魚不餌垂釣意如何冰鯉雖艱致釣成名者多

陸治雪窗見易圖

兩峯高並玉崔嵬窗下韋編破冷開借問天心何處見一枝春報塢旁梅

陸治歲朝圖

寓意吉言圖歲朝（百合柿子如意蓋寓百事如意也）搽梅點綴報春韶三元雅稱爲清供勝綵金珠遜覺遙

陸治花谿漁隱小幅

居山畏不深宿水畏不曲山深方隔塵水曲
斯遠俗鳴椰嘉蔭下紅貼春波綠長笑桃源
客千載炫耳目

陸治松鼠葡萄

送客看花上苑時藍衣換紫祝臨岐却成松
鼠葡萄景不識譽之抑刺之
治詩曰看花上苑殷文成奪袍紫弄筆寫
其眞聊爾得形似末云似壽承祉長蓋送
其赴選之作夫鼠穴蟲之善爲盜者也古
人無以爲美喻者徒以取萄葡爲紫袍之
祝遂竝寫鼠實失晏子諷諫之意因詠其
圖聊竝識之

陸治鳧鷺圖

秋水蘆花弄影鮮在漈在渚意悠然可與爲
繹葩經旨恰是生民第四篇

題陸治層巖飛瀑

幽人坐水閣背聽飛瀑聲隔岸聊縱覩桃花
幾樹榮開性實而近見性虛而明盧却慮指

蔽實不礙垣橫五官各有長殊用在致精量
材善器使耳目功乃成

陸治飛閣憑江圖卽用其韻

虛閣樓巖入雲聳危橋跨澗得蹊斜高人憑
檻契眞悟一切浮名付浪花

陸治種菊圖卽用其韻

邨滋蘭畝種菊埭畫格詩裁別出奇笑我支
硎駐春蹕治詩有我亦支硎新卜築之語空孤花節未巡籬

竹喜圖歌題陸治所畫

竹報平安鵲報喜是誰所圖乃陸氏引而未
發無一詞似待我歌抉其理緣筠不識復不
知平安如是而已耳鵲數有十噪相爭畫家
義蓋別有指跳蕭勵翼目如椒攫啄互施爪
與觜若云喜實怒之對呼吸一伏必一起爭
而知已猶可言爭而不已難言矣世間欲求
喜者多盡從包山悟斯旨

題陸治松壑閒居圖

山樓據勝見山多樓下秋江疊翠波得得扶

䂬定誰氏元都道士訂相過

題陸治高士聽泉圖

飛泉界崇山遠籟蕩平楚其鳴雖不同一一中琴譜幽人默而識會在忘言所借問達者誰應是黃綺侶

陸治梅花水仙卽用其韻

一般態總含氷雪兩下意都報曉春雅契高標宜合譜知之惟是箇中人

陸治採芝圖卽用其韻

石梁飛度入煙霞採得金芝燦九華試問仙人駐年藥何如佛手破顔花

陸治水木芙蓉

水芙蓉及木芙蓉朱注韓詩會意重韓愈木芙蓉詩採江官渡晚搴木古祠空朱子注云荷花與木芙蓉生不同處而色皆美名又同故以採江搴木二事相對言其生處花放拒霜荷衹葉故知君子善能容幀中荷祇蕋葉而無花故云

陸治卷石芙蓉

數朶芙蓉石一卷金風玉露意泠然試看落落明秋色粉本應摹舜舉錢陸治多寫意花卉此軸工細盡做錢選筆意

戲題陸治瓶花

紅海棠依白水仙陳思王晤李青蓮如何洛浦頻背面似與楊家未慨然

題陸治喬松青嶂卽用其韻

瀑水垂垂思赴澗是幀陸治原題用上平聲文韻而首句千種桃花谿更深句乃下平聲不可通故用仄韻以別之夏山靄靄欲生雲高人松下劇談處應喜詩材得幾分

陸治林亭晩眺用圖中題者韻

一朶蓮峯靄夕暉蒼然暮色隱希微西山始得柳子厚無所見猶不欲歸

幾株喬樹意爲深掩映飛泉掛別岑此景由來塵世外衹宜高士與幽尋

陸治叢蘭圖

潤浥露華新猗猗水石濱微知作者意楚頌緬騷人

陸治琴意圖

試問琴之意在人還在琴置將絃與指其意向誰參

陸治林壑觀泉卽用其韻

飛流天半落來長濺石翻花瀉野塘林下一時澄慮睇不秋亦自沃心涼

陸治上元豐樂圖卽用其韻二首

雅會元宵太史家（見治識語）論文酌酒慶年華紙燈也足豔時令火樹寧須綴萬花

東華不逐軟紅埃古屋同人節讌開飲到夜深還散去却教明月送賓回

陸治花卉卷用彭年題句韻

嫋嫋仙粧宜照水棱棱玉骨迥凌塵底緣似聽長吟調筆底從知別有神

右水仙

雖紅那藉胭脂色不白仍饒清淨芬千載孤山山後麓墓門雪夜護逋君

右紅梅

縱鮮幽香頗饒韻雅供淸詠復宜圖名茶謾誚無茶用紅玉輝輝釘夏瑚

右山茶

彭年題水仙首句用輕字後二韻則用十一眞輕在庚韻與青蒸或尚可通用而於眞文元寒刪先之通韻各不相涉然亦惟古體用之近體則不宜假借也吳人讀眞文庚青每不能辨字音之輕重往往有誤用者今和其韻則不當復沿其訛因改首句不用韻以正之其題紅梅詩芳與君同用則芳乃芬之筆誤並釐訂而辨識如右

題陸治四時蔬果卷（各種頗多但取文徵明王寵王穀祥彭年諸人所曾詠者題句亦旁及未經詠者）

筍

子瞻玉版名雖好佛法賺人又底爲記得韜光雲徑側山僧帶雨劚來時

佛手柑

曰香曰嗅作麽會非色非空那可拈便與朱櫻紫菱伍（二物卷中所有）如行異類正何嫌

荸薺

刺菡鏗然沁冷香紫瓊丸貯碧琳筐江鄉風味眞淸絕何事偏方豬與羊見本草衍義

杏

色似黃金初過火味如白蜜略加醯木奴謾詡千頭富藥料還看萬樹齊

桃子

收核劉郎意太貪千年一實待誰堪不如長嘯歌梁甫又恨曾譏壯士三

楊梅

飛雨濛濛渾節令金丸綴綴滿江干楊家雖與梅家合猶帶心中一點酸

茄子

衣紫僧入味偏好畫禪五詠有同心終須粉本輪南宋錢氏三蔬憶背臨

枇杷

底事名同火不思風前聲勝四條絲從來蹤跡絕江北應恨明君出塞時

荔枝

夏末秋前閩貢到瘦園薦罷亦分頒依然時節依然果幾度迴思幾度潸

蒲萄

有苞無核亦奇哉綠玉瓊漿到口開堪證漢書非大誤移根新自葉羌來蒲萄始張騫移自西域漢以下無異詞獨嚴泉雜言引本草已具神農九種及魏文詔稱中國名果云云爲不自西來之證然玫腹地蒲萄則種雖多而色綠無核者絕無其產今回部胥定葉爾羌諸城歲以充貢並命移條植之則漢書所傳自爲有據

藕

天然白質吐花紅太華峯頭想像中却訝緣何絲不斷多因七竅特玲瓏

石榴

一顆中含子百房問誰解與醞天漿六根八識胥何物不及于思可口嘗

沿籬豆

引蔓牽條詎善緣垂垂花實颯姍然秋風籬

落金剛句絡緯聲中又一年

香櫞

具珠之體具檀味總是祇園席上珍設使不妨以色見圀圖金粟即前身

柿子

霜落秋林熟爪鴻下過中祉酒村翁似玆那藉封侯號却見稗官擬剪桐見張定在田錄紀明太祖事

蘿蔔

淡白深紅帶露新熟餐生啖勝行麟包山設色諸賢詠同是箇中識味人

陸遠歲朝喜慶圖

比戶欣時泰登場幸歲豐圍爐聚老輩燃爆鬧孩童盤裏奴爲木樽中友是紅古梅與瘦鶴同喜迓東風

題陸曜畫六逸圖

逸人六者庭曜寫祖裼威儀總勿論太尉家藏原有據是從爲李德裕家藏之物禎末有德裕自識會昌四年十一月太尉平章事云云按唐書李德裕傳開成元年九月爲門下侍郎同中書門下平章事會昌四年十月爲太尉北所識年月官階俱合係眞本無疑天鄉寺畫杳無存睡醒由己戲閱世漢晉忘年交結魂幾度欲題還閣筆爲思樂廣著名言

題陳居中舜歌薰風圖

五絃初作操南風應與臯夔稷契同何事牀琴二女侍居中別具義其中

是圖結搆頗古舊題舜歌薰風然無臯夔之儔侍則非勑命歌薰之景矣且二女別牀諸姬環侍益非舜之意也或者居中欲圖象往入宮之意乎然此事吾不以爲有而以爲無夫舜大孝之人也豈有豫知瞍與象之欲害己而先爲穿以待之之理萬章舉齊東之語孟子闢之可也不得其辭强爲同憂喜之說何哉因題是圖並附識之

題陳居中畫馬用文徵明韻二首

名筆方傳名馬奇玉題錦贉稱裝池圉人雖執長韁控卓立還思千里馳

吉騮一例此權奇[土爾扈特親王策伯克多爾濟以所得色爾克斯馬來進調習經歲昨秋御以行圍性果馴良因錫名寶吉騮並紀以詩色爾克斯爲洪豁爾所屬界鄰俄羅斯更在哈薩克西北茲以土爾扈特全部歸順始携貢中國前此未嘗聞也]洪豁[即洪豁爾急呼之成兩字]遠於鹽澤池畫內中猶兼畫骨肯教韓幹獨名馳

題陳容九龍圖

奇筆驚看陳所翁畫龍性訝與龍通劈開硤石倒流水噴出湫雲浮御空變化老聃猶可肖形容居寀詎能工乾元用九羲爻象豈在三三拘數中

題陳容六龍圖用舊題容九龍圖韻

豈曾擲杖戲仙翁走筆爲龍龍性通物既有奇必有偶禪如非色亦非空之而夭矯神間遇鬐鬣葩髟意外工設以時乘喻乾德體斯未信企懘中

陳琳竹林圖

罈薌竹林久名姓慢重稽滿五還增二雖酬却不迷山泉天水法人物霅溪齊機杼仍獨逕[堅括圖中字文公諒識語]雅宜著句題

陳琳踈枝雙雀

霜輕葉未殘對語雀聲歡聊托一枝穩何須歎紈干

題陳琳溪鳧圖

寫生本自陳仲美潤色還煩趙子昂[見圖中仇遠題語]秋水芙蓉開獨立野鳧那羨善翱翔

陳仲仁山水

萬葉紛秋色千巖落瀑聲丹青誰不解難是箇中情

題陳仲仁倣古花果册卽用其韻

松房

松房貯子蜂房似百尺根原萌寸荄[說文草根也然楊子方言荄根也夫草既可言根則木亦可言荄因用陳韻故並及之]詎止棟隆資大廈調羹也入食單材

杜鵑

望帝春啼未易乾民心因可識猶丹不宜移向花園內漫共羣芳豔井欄

山礬

黄龍春色豔山陽花處風傳七里香（是花又名七里香）何事分宐黄魯直先時批判弟兄忙（山礬開春春而魯直水仙詩云山礬是弟梅是兄特先時矣）

牛心柿

園林霜染家丞實葉不爲楓果是楓比似牛心啗逃少應教周顗墮疑中

金絲梅

梅宐知白與知黄三品何須誨善藏設使移根大庾嶺氷姿應亦爲（去聲）韜芳

映山紅

記得風篁（嶺名在龍井）跋馬遲滿山紅映爛開時評量未若新茶好（新茶以龍井爲最）好在清供不在姿

無花果

磊磊黄金結果熟枝頭曾不見花開因緣欲示原無本根是菴羅園徙來

薔薇

薔薇花上薔薇露滴露寫花花更研却是韓詩寄柳子開函灌手事居前

女貞子

夏五開花冬子熟（仲仁首句誤押昧故易用仄韻）滿枝火齊綴成時鄭家婚禮因爲贊朱氏詩箋誤怨遲（鄭康成婚禮謁文贊引女貞之樹以喩寒凉守節而朱子據有梅詩傳謂女子以貞信自守懼其嫁過時而晚夫既以貞自守何晚之足懼固不若小序謂婚姻以時之得正解也）

迎春

裳裳孃孃亞枝鮮匌葉壓金稱（去聲）寶鈿迎得春光偏屬爾桃紅李白任爭妍

清風藤

玉花瑣瑣繞枝開未惹游蜂浪蝶猜一陣清風過樹下副哉名實雅宜栽

海棠

綴枝葉綠襯花紅艷矣而饒林下風頗厭世間稱道俗翻身飛去向方蓬

題陳汝言山水卷

溪閣低臨碧水寺樓半隱青峯師承本得北

苑（謂董源見董其昌跋語）津逮何妨九龍（謂王紱紱筆法大似之）
靄靄瑤林雲起垂垂鐘乳泉淙大似若冰洞
畔惠山雨裏曾逢

題陳濬虎邱圖

一峯海湧多奇石往往清泉出石隙龍宮雁
塔據霞標下瞰溪田萬頃碧我昨登臨暢遠
襟拈吟曾倚蒼巖柏道復此卷眞傳神墨瀋
猶分翠微色贉尾聯吟傳石川無限深情寄
今昔詎料摩挲尺幅時早非唱和當年客

陳濬盧亭對話卽用其韻

幾重峻嶺秋雲外一个虛亭古樹陰對坐幽
人特瀟灑不聞其語識其心

題陳濬花卉冊

杏

半是含苞半是開風流豈得別神裁不因嫩
葉枝頭出乍欲圖中認墨梅

桃

幾朶紅芳柳問（去聲）之絳綃織就縟金絲倩誰
巧手試裁翦紫燕飛來欲過遲

海棠

玉扃金闕叩蓬萊尙憶人間小字來便是無
香信何礙癡哉問說恨淵材

石榴

風來迎面是南薰訝看枝頭燭火雲作者不
朱全用墨移情解令見疑麐

百合

攢根瓣瓣芋同魁挺幹擎花一色開設使有
香異凡品祇宜分付陸游栽

百日紅

久榮遲謝莫須奇惆悵紅過百日時塗汚紫
薇應不少名同物異更誰知

葵

傾葉向陽比忠赤又云不令照其根（見說文）審
然則屬有隱蔽豈是無欺應所存

芙蓉

木蓮花似水蓮色一例出塵徵露材應爲（去聲）

秋江嫌寂寞却教倒映幾枝開

菊

一枝風露態離披尤覺傳神淡寫宜比擬不須遠索古淵明醉矣欲眠時

山㮈

斟酌穠纖墨染中便如葉綠與花紅山人自是擅神韻那在區區肖似工（末句檃栝陳湻自識語）

題陳湻寫生花卉即用其韻

杏

放蘂即看吐嫩葉着枝亦是不凡花雪香漫自思庾嶺霞韻惟應認董家

海棠

韓約影疑特羞月輕盈態似不勝風漫嫌子美無詩句性好（去聲）當知有異同

秋葵

自解向陽自不知幾曾咄咄煩言語山人本是厭紅塵（嵒自稱白陽山人）何事丹心亦偶許（湻詩春花莫相笑丹心能自許）

桂

夜月葉堪雕夜玉秋風花正放秋金樨香展卷芬撲鼻祇在碧叢左右奔

山㮈

渚邊石畔常相伴雪虐風饕豈爲摧煉就丹砂奚比似仙家啼汞鼎初開

水仙

離騷經本羣芳譜底事名偏漏汨羅應是靈均有先見後來吟詠正當多

題陳栝墨戲十種

牡丹

豈必染黃更渲紫一般神韻足風華無言似恨濂溪叟頓置偏稱富貴花

杏

誰言風過獨無香蜂蝶花間也自忙說與寒梅相較量輸些清韻勝些狂

海棠

碧雞坊裏古今春極盡妍華極絕塵乞得長

生看未足放翁眞可謂癡人

荷花

夏華春卉一齊開承露宛看紅玉杯悟得無
根大圓鏡不妨荷與海棠陪

紫薇

驚鴻舞燕羞爭冶爲令爲郎有底榮却笑翰
林李昌武爲去聲追典故植前楹

木芙蓉

金風玉露媚徘徊隔有宛看此別裁水面芙
蓉零落盡一枝猶是映波開

菊

幾朵蕭蕭迴絕埃不霜寄傲不根栽世間黃
紫工設色却與菊花先本來

梅

莫訝南枝先節開祇今常見菊鄰梅村花若
擬楊无咎可有遊蜂抱蕊來

水仙

頓置陳王賦洛濱多奇反覺鮮傳眞氷姿祇
合蹤蹤寫乃得眞傳意表神

山[木禁]

雪裏丹砂標一枝墨華朱色幻離離王家慢
詡兄贈弟王十朋有族兄文通贈山[木禁]詩陳氏眞看父有兒
陳栝陳淳之仲子也見卷後周天球記語

陳裸松齋講學圖

芸編東閣草堂深木几茶甌相酌斟借問蕭
然對談者可當忘却濟時心

陳裸石橋觀瀑圖

松傍對坐兩閒翁翹望飛泉落半空別有源
頭俯臨者看從足底瀉清淙

題陳裸洗硯圖

陶泓三沐更三薰袖手臨流看墨雲此幀乃裸爲其
友陸子垂所作陸故有硯癖屢爲寫圖然後買山而隱語具裸跋尾中便欲買
山此長往由來巢許未曾聞

陳洪綬消夏圖

或撥阮咸或撫琴或看蓮朵默成吟座中三
友雖殊致消夏原同一片心

戲題陳洪綬荷花

位置銅缾白石邊濃糚靚服不傷姸（洪綬作畫多以寫意此幅摹宋法而不傷於豔）應緣自覺鬖鬖雪傲以丹青笑老蓮（老蓮陳洪綬號）

陳嘉言歲朝圖

水仙天竺與梅楳氣味松芝本一家寫作歲朝圖供養古寒無礙傍柔嘉

陳嘉言秋英四種

花開秋獨不開春一節便超衆木倫金粟如來香世界那更（平聲）煩問廣寒輪

右桂

五色翻爲十様錦不論富室與貧家女夷權外開生面是葉教人認作花

右老少年

是花都上美人頭試問還須簪也不牛耳應操衆香國一天風露報新秋

右玉簪

春花謝矣又開秋一例無香饒有柔設使唐宮徵小字那堪還傍玉搔頭

右秋海棠

題陳卓江天帆影箑頭

大江渺渺接長空一葉輕舟點破中那更箑頭搖動處好看五兩助帆風

題陳書幽居清夏圖箑頭（其子陳羣嘗書夜遊山月歌所進）

夜遊山月翫清娛頗類幽居清夏圖書扇因之供暇覽懷賢（陳書賢母也）憶舊並殷吾

題陳書山居圖畫箑

靜宜偷暇偶山居畫箑欣看陳氏書蓋以昔年和詩予得因此日撫圖予（陳書乃錢陳羣之母畫法精妙入神能臨倣各家昔年陳羣呈和詩便兼進此扇適其時駐香山遂彙於此）松蒼栢翠清無謊溪繞峯圍靜有餘取法明云自文璧（見陳書自識語）入神處恐彼難如

題陳書長松圖

壁畫長松三百年（見畫中自識語）眞松窗外綠參天兩翁不識誰兄弟照影疑如立鏡前

題陳書長松圖

江南塞北原無涉室裏山中若有期女史或
知此意否七章佛偈早言之

題陳書長松圖

三百年松拏古枝見陳書自識語寫形女史壁間披
若論窗外眞松古甲中圖是圖詩有眞松窗外綠參天兩翁不識誰兄相對還應弟視之弟之末句反甲句中詩意

題陳書山靜日長圖

子西佳句叔明法恰合南樓做老人見圖中自識語
筆裏有詩聊寓畫幀中無處不傳神幽居深
藉松林護翠巘層鋪荷葉皴爲想當年勤課
荻集成香樹果淸新錢陳羣集名香樹集其詩格律清新亦山母教云

陳書山窗讀易圖

欲倣叔明讀易圖不期筆法石田俱見圖中自識語
幀中下半忽齊截易理無窮寓此乎
按是幀下半樹屋坡石截然而止紙幅之
窮尚餘十分寸之三似有意止之以齊者
或老人因易理無窮作畫時故留有餘以
寓書不盡言言不盡意之旨乎

松霞室題陳書畫軸

巖松壁畫各軒軒霞舉答相籟謖翻女史古
圖經屢詠笑予於此未忘言

題陳書荷花

濯漣色不妖微露香都淨能底神韻傳伊人
本蓮性

題女史陳書畫箑

桃柳春江

桃襯輕霞柳窣烟書堂豁郖眄晴川欲知水
暖春江趣已有乘流放鴨船

溪山淸遠

淸遠溪山肖浙東箑頭皴法是王蒙不須搖
拂涼生席饒有吹來林下風

題陳書倣唐寅夏日山居圖

山明水秀碩人薖幾架溪亭俯碧波不禁漁
翁把釣往時來幽士問書過麥針已揆香風

滿柳綫猶含弱意多若曰山居倣子畏知爲
首夏尚清和

題陳書仿王蒙夏日山居

山軒古畫復觀陳疊疊雲巖葉葉皴香樹賡
吟隨進者撫餘嘆鮮論時人

題陳書倣王蒙夏日山居

王氏名蹤陳倣之重陰如蓋四隣披山莊避
暑兆居此每歲夏至後即啟蹕幸避暑山莊長夏山居之圖於此處似不相稱然斯圖斯境斯時三即一耳詩本看時同在茲

題陳書倣王蒙夏日山居

邇年避暑必山莊長幅當前滿意涼香樹獻
詩兼獻畫陳書乃尚書錢陳羣之母陳羣家居時呈進和詩之便并獻是圖香樹陳羣號也迴思談學淅雲茫

題陳書倣王蒙夏日山居圖

詩册書來圖并陳陳書乃錢陳羣之母陳羣呈進詩册并進是圖王
家荷葉宛同皴盤中此畫得其所却我無端
憶古人

題陳書倣王蒙夏日山居

春朝重看夏山圖綠樹濃陰足靜娛但得精
神契倪笎底須景概較同殊

題陳書仿王蒙箑頭

津水早春羣和去歲詞箑頭其母畫猶遺尚書錢陳羣進其母陳書所仿黃鶴山樵畫扇其一面陳羣手書御製津水早春詞並伊和句靈
空妙筆誠堪詠繾綣深情更可思西墅東村
通不遠千峯萬壑狀尤奇老人豈是師王者
自有心中天地師

題陳書橅古册

昔年尚書錢陳羣進其母陳書所畫此
册有其父綸光題句時以其家傳手澤
題句賜還不忍留也昨因題烟雲集繪
册見錢選苕茵臥犬憶陳册似有是圖
命取來證之則實倣選但首尾易其向
乃知霅溪家法淵源有自册內有陳羣
與其子汝誠賡和詩亦成陳迹良用憮
然復題此還之俾什襲世守云

橅古宣來册訂疑南樓精到藉因知倡隨六

婦空前品廢和子孫有後詞羣也老年那久任誠兮少長竟何之憮然寄弆還鄉水錢氏雲仍慎守斯

題女史陳書寫生十幀

崇蘭倚石

寫花倚石亦恒爲獨以幽蘭乃覺宜屈子之香孫氏介相親氣味具深思

仙杏含葩

淺紅嫩綠郁相扶畫則趙昌（江少虞事實類苑稱趙昌善畫花自號寫生趙昌宣和畫譜有昌杏花圖一）詩則吳融含蕾多於放英者意之不盡在斯乎

虎耳叢芳

團葉居然似雙耳芳叢何礙寫於菀設如絜矩履其尾三四之間凶吉殊（履之六三九四俱不中不正履乾之剛然三以柔而志剛故有咥人之戒四則以剛居柔故能愬愬終吉是戒懼之爲益大矣）

香林翠羽

薇紅卮白各爲覬生意斑斕正未闌誰謂六

根泯禽類一枝託處愛林蘭

雲根秋錦

石竹金萱各冶榮一峯側畔託秋淸西風斜日相過處颯沓猶聞金石聲

淥池初照

不爲工緻爲瀟灑面目本來卻飾修設以濂溪定名論應於隱逸傳中求

蒲塘介士

蒲塘霜後正酣肥勃窣平沙樂跑嗶介士名稱高位置可知亦有横（去聲）行譏

蓼汀蛺蜨

秋意寥蕭到蓼汀玉腰小任喜丁星看他栩栩如方醒（上聲）便合南華試著經

丹楓穩宿

一枝楓樹已經霜好鳥來非翁與翔試問杜家得何者於斯究竟孰閒忙

仙珮凌波

洛神賦裏得神餘倏倏如兼淡淡如結構總

無巾幗氣知伊人特醉詩書

題女史陳書畫頁十種

古木脩篁

子昂題句仲姬畫（元時管道昇畫多有趙孟頫題此冊乃尚書錢陳羣母陳書所畫每幅俱有其父錢綸光題句相莊風雅故不減趙管云）頗有今人似昔人幾个脩篁依古木龐公高躅別傳神

蘿蔔霜菘

畦蔬小摘供盤飧熨齒蔔頭與菜根咬得此中無限味寫將清白示兒孫

偎果珍禽

飛來珍鳥自棲枝欲啄垂瓊意且遲淡墨淺深分向背清風林下有如斯

雜果（楊梅 枇杷 桃）

楊梅酸與露桃甘可做尋常世味參一例琵琶彈別調前三三卻後三三

眠犬

一團烏玉臥婆娑似解黑甜樂趣多如此宴眠不吠盜主人畜爾意云何

蝴蝶鳳仙牡丹

媆媆蠉蠉態各奇軟紅芳綴一絲絲釆香欲識春駒意好是花叢未八時

怪石古栢

怪石硱礌古栢森煙霞之表結同心錦官城外如相見（用陳羣父綸光題語）定是曾經老杜吟

春溪水族

青青弱藻泳魚蝦幾片輕紅貼落花試看（去聲）春溪圖越若豈殊秋水對南華

梅溪

清溪月影一輪孤屣麗人眞號弄珠若問詩中傳作者不於高敞在林逋

花籃

幾般寒卉著籃裝不是春園桃李芳珍重齊眉成合璧自應綿慶繼書香

此冊爲錢陳羣父母手澤貽留今陳羣欲登之石渠以永其年朕思石渠所藏陳羣母各種畫頗多不忍更留此因各題一絕

仍以賜陳鞏俾其家什襲爲傳世之寶並
命金廷標倣寫成册錄原題收入石渠藝
林當增此一段佳話也

題陳書畫册

謾議託根草（讀水仙）木（讀梅）差凌波疎影共橫斜
月明林下青邱句早識丰標是一家

右水仙梅花

外直中通性本空遠香輕度鯉魚風女夷賦
色初無意此白終須勝彼紅

右白蓮

一片秋江澄不波蘆花沙渚颯婆娑扁舟浮
去止亦可莫認漁名張志和

右蘆洲漁艇

竹梧清籟石流泉唱和無心出自然傾耳宮
商以外聽小哉屬詠顯師紘

右坐弄流泉

木芙蓉繼水芙蓉一片秋蟾印晚風蘆荻飄
蕭下水鳥來彖異異與同同

右芙蓉水禽

吉祥草綠臘梅黃蔬（百合）果（瓜柿）憑占百事昌香
樹軒中家慶藹歲朝圖出好韶光

右歲朝圖

題陳枚孫祜丁觀鵬丹臺春曉圖

鍊得嬰兒太一鑪騎鸞指日上清都仙家盡
是飛昇去怪底人間一箇無

陳寰章山水用陸士仁題句韻

蒼松丹櫞布陰稠一意無塵萬事幽原是卜
居喬樹下笑他興托遠峯頭（盤中茆屋隱於樹下陸士仁題句既賞其如此足清幽乃又云若爲飛騰千峯外卜築踈茆最上頭非惟與盤鼎不合亦自相矛盾矣因戲及之）

張僧繇雪山紅樹圖

青女遺素英少男皴粉白依然五大夫鬚髮
轉寒碧丹楓未落盡臨風鳴瑟瑟墜粘文石
凹似點壽陽額斷橋驢背人彷彿孤山客

題張僧繇夜月觀泉圖

唐蹟而今片羽稀識眞幸藉瘦金揮（幀首有宋宣和）

題識 有雲有月幻晴晦一主一賓泯是非輞水淪漣光上下瓊崖覿望廼精微展頻不肯輕題句擬議艱知變化機

張符出牧圖

猶龍眘跨背與馬不同風符亦傳神者肯教讓戴嵩韓虎道古龍妙手稱擅世齊客有精論馬難鬼神易濶步出煙莎㓝訛天機秉我亦司牧人披圖發深省

題張南本華封三祝圖 錢陳羣所進自作贊

封人三祝帝堯辭轂食鶉居請進之終始欽哉吾所企陳羣每頌不忘規

張訓禮圍鑪博古圖

訓禮易敦禮二人非一人相如似有慕 書畫譜載張訓禮舊名敦禮避光宗諱改今名又別載張敦禮傳初疑即係一人及細考時代敦禮乃哲宗之壻前後相距百餘年當是名偶相同或慕其賢因故襲其名如司馬之慕藺亦未可知 欲訝孰爲眞古器玩三代開庭聚四賓

朱欄干曲畔梅信正含春

張經歲朝圖

缾簪卉復盤貯果 佛手香櫞各一圓 信手拈香總遍眞那更水仙辭洛渚也因初祉祝 天竺 長春 月季一名長春

張渥雪夜訪戴圖

雪夜覺來乘興行剡溪沿泝一舟輕傳神恰是斯時好較勝門前著語情

題張羽松軒春靄圖

樓臺金碧望雲頭軒外春松翠欲流人世定知無此境前生遊處寫防邱

張子俊秋山書屋即用圖間題者韻

峯容樹色兩蒼蒼元氣因之合混茫展卷高人神解別豈徒數 上聲 罨與尋行

風翻峭壁連空碧籍落澄潭徹底淸策杖石橋且小立愛聽陡峽瀑泉聲

張元舉山水

架木溪亭碧水濱俯澄何異坐船脣對談惟

擁煙霞賞肯作羨魚結網人

張璞層巒初雪

天公試雪纔冬稚紅葉猶殷綠葉踈鋪地漸
存入水化論形得實契神虛施朱著粉傳唐
法格古氣渾遮宋初不出戶庭堪靜坐高人
相對樂三餘

張守中寒塘浴雁

蘆穗飄蕭荷葉破一雙迴雁（謂往南也）浴寒塘相
依已近湘南意帶到其遙塞北霜

題張師夔樹石

古樹稜稜詭石邊芳華想像閱韶年玉蓑（盂中）
（題句邊武字玉蓑）櫟里（即師夔號）今何在寫照依然識兩
仙

題張祚溪亭對話

遠山落飛瀑赴澗匯成湖湖上有草亭高人
對坐俱相顧若相談知為何語乎松泉應答
間試問能同無

張元士華山鳥道圖

憶我一再（辛未丁丑）南巡時跋馬曾緣鳥道上嶒
嶸千丈造其巔全吳形勢攬指掌後來雖復
叩禪關（壬午乙酉）山下騁望徒言旋怯勞可見弗
如昔奚稱不息能體乾適百里半九十里於
遊尚得云可耳畫圖省識足傳神然即因斯
知愧矣

題張宏歲朝圖

缾笙館裏度除夕（見張宏識語）博古因之圖歲朝
詎止人言欲徵吉試看物意總含韶

題張宏棲霞圖

勝遊冬孟挈良朋山寺棲霞冒雨登（見張宏自識語）
託興應於前代隱劇談何礙法門僧却欣粉
本峯姿對信是傳神繪事能松籟堵波率依
舊微嫌池館較他增

題張宏棲霞圖疊舊韻

每遇佳山願結朋棲霞重此事遊登古來多
託煙霞客今代殊艱雲水僧妙蹟頻教相印
證會心端不在工能偶然題句書空白亦似

鐫崖以日增

張宏秋山觀瀑

紅栮蒼松秋未寒溪橋卓杖眄層巒斯人深識畫圖趣飛瀑無聲祇合觀

張宏松崖水閣圖

戶庭不出意如何消受烟雲供養多叟叟松風來澗口蘇門嘯苔葛天歌

張宏靈巖積雪圖

木瀆溪頭直北看凌空塔影古松攢分明歷歷曾遊處所異鋪峯雪色寒

戲題張宏雪夜訪戴圖

造門便返率天眞雪掩柴扉徑絕塵却惜剡溪戴安道難堪屢訪古今人

題張宏姑蘇名勝四景卽用其韻

迤西乍喜見高峯步輦閶門有路通原是屢經吟賞處展圖妙印靜觀中

右支硎春色

春煙淡沱一鈎新（時暮春上澣）景異當年對詠人（宏詩云桂香冉冉露華新蓋在八月也）此地此圖契神際宏從歲月論緣因

右虎邱夜月

快寫石湖雨與煙我來登舫梵宮邊（是日於海潮菴登舟放棹入石湖）雖然晴景不相讓也盼爲霖潤麥田（張宏石湖煙雨有山雨忽來雲樹暗神龍欲潤插秧田之句茲舟行晴霽麥苗正當長發若得春膏滋潤益見芃茂也）

右石湖煙雨

繪事通靈罨眼寒鏤冰剪玉萬林攢行春我每喜時雨此景祇宜畫裏看

右靈巖積雪

詠張照枯枝梅

寫梅原非以梅名鐵骨香身（用其語）自貌貞不落楊王窠臼裏法從遊戲米家行

題張子政秋荷雙鳥圖

霞殘荷衣沉露冷蓮房老鳥啄子背飛爲恐其他曉

題張若靄北風驚浪圖

仇池排岳噴元玉，波底潛鱗唼林木。從來繪事貴移情，直教六月肌生粟。

張若靄蓮塘浴鴨圖

擎杯微露蓋承喧，作對文凫漾藻痕。最是相關多樂意，休誇花底睡雙鴛。

題張若靄松竹鳴琴圖

好鳥擇枝鳴，良材特地生。大夫方磊落，君子絕逢迎。比德成雙美，因心祇一淸。詎同庸史筆，花雀詡怡情。

五君子歌題張若靄畫

昔日東坡論茶墨，貌雖不同取同性。苟其氣味本相合，黑白異質庸何病。妙哉五君子之圖，雅得詩人善比興。交柯鏤蕊縱殊致，如嬰在齊僑在鄭。停雲寓意詔後人（此圖創自文徵明），藝林繼者多優孟。儒臣文筆爲寫生，乃得一脉曹溪正。每讀魯論增慕思，何當佐子以爲政。

張若澄桐陰淸露

露下寥天碧蘚滋，高梧影已露差差。月窗擁膝凝思者，應賦秋聲未就時。

題張若澄蓮池書院圖因疊前韻

昔讀濂溪書，每愛愛蓮趣。是地名蓮池，孰不生景慕。憶我丙寅秋，曾一至其處。今歲西巡歸，保陽駐行幨。乘閒復來遊，散灑怡神慮。遙帷搴縱覽，棐几漫搜句。置之若澄圖，曲折高下布。浮屠亦傳斯（浮屠極樂世界有白蓮華池，又有蓮池大師者，殊爲附會云），極樂可證悟。儒墨豈同道，吾茲故不賦。

張若澄水亭高士

水亭相對靜無塵，荷製衣裳墊角巾。檢校一篇隱士傳，還教白眼看他人。

題張若澄蜀山圖

層巒絕巘若無路，面水依林忽有家。疑是草堂開錦里，頓教秋興滿三巴。

張若澄關城疊嶂小景

巖關白界列峯青，乘障當年據勝形。便是昨來經過處，雲山迴望意爲停。

張若澄秋林疊嶂圖

底事林巒愛寄情每看文筆灑然清生秋庭裏詩爲畫煉雪齋中弟繼兄隔歲縈懷吟且置一番翻目與偏生碧雲天在高山外題作排空雁字橫

張若澄秋嶺橫雲小幅

參得王蒙皴法寫將杜甫詩情秋色一窗靜對足忘人世浮名

題張若澄翠嶂觀泉圖

翠色屏垂玉色紳平湖匯處石磷磷盤山記得天成寺曾作圖中對瀑人

張若澄灞橋覓句圖

打頭笠子冷堆銀携得梅花過凍津誰道古今不相及又逢覓句灞橋人

命張若澄圖雪浪石至詩以誌事

若靄昔圖石謂已傳其神今復雪浪出難喚泉下人其故見長記茲那更贅言然不可無圖若澄其繼昆況匪嘉陵遙來往數朝昏宛然片石峯水活蜀兩孫元方與季方孰假又孰真坡翁笑軒渠總非意所存

題張若澄漁村樂事

泛宅浮家婦子俱一年生計取諸湖傲他農父胼胝苦薄有收還償賦租

張若澄塞山欲雨小幅

西嶺吐雲東嶂合薈兮纔間復滃然從知墨戲傳王洽意在空濛作雨前

題張若澄山水十二幅

翠微深塢

好是足山兼足水自然宜畫也宜詩翠微深處凡塵隔不必探幽更別移

桃源漲暖

春水滕舟碧且澂綠雲鬱闇絳霞蒸淵明作記嗤多事惹得人人課武陵

春山訪友

綠雲紅雨向清和寂寂深山幽事多曲徑苔封人跡絕抱琴高士許相過

荷淨日長

琉璃四面水堂虛菱荇風來香氣徐釣綫閒收書庋置亦非儒士亦非漁

綠天茆广

受風散種溪邊竹聽雨新移窗外蕉一卷常持高士傳小年樂事足逍遙

遠岫歸雲

本來出岫無心者何事云歸戀故山却與層巒添氣色黛深螺潤草堂間

松陰仙館

溪館淙淙水樂音更宜盤護老松陰石橋幽客來相訪一晌高談搉古今

碧嶂生秋

疊嶂何緣生翠寒爲從筆底運金官宋元蹊逕何須論古格移情楊契丹

清流繞屋

飛流直瀉匯爲湖湖上軒齋蔭竹梧那更塵埃延俗客頗饒書史作清娛

懸厓飛瀑

琉璃簾幕水晶屏雅可澄觀復可聽笻杖幽人成小立恍從廬阜叩雲扃

極浦歸帆

落照江樓望遠空歸舟無恙布帆風憑虛瞬息來天際斜帶飛霞一抹紅

寒林積素

課童擁帚開三徑對婦烹茶點二毛自是雅人足深致何須雪水愧羊羔

張若澄摹宣和谿山秋色圖

荔白楓丹繢疊峻出豔妙處恰相應爾柰泉石雙淸擅我戒宣和百事能載酒扁舟雲外客掩關古寺定中僧浮圖百尺堪吟眺擬凭朱欄最上層

命張若澄仿文徵明溪山深雪用題徵明是圖原韻

居然煉雪舊齋邊（若靄有煉雪齋印記若澄其弟也）畫格書禪肖腕縣爲仿停雲瀟灑筆玉峯高欲倚瑤天

張若澄仿王蒙松澗鳴泉小幅

飛流出峽鳴偏壯偃蓋過雲翠更濃憶我昨秋策輕騎中盤精舍郁邊逢

題張鵬翀秋林讀書圖即用其韻

前席曾聞室號宣肯教揚子嘆袍穿偶將繪事酬清問也道經書在說研

再題秋湖夜泛圖

詩畫合同禪鵬翀兩能悟逸筆寫夜泛皆我詩中句扁舟笑傲人天邊友古兎

林壑秋清圖題張鵬翀畫扇

展箑本因易舊字（舊存書畫有位置未愜者輒爲更易興到並成新咏）覯圖率與發新哦疎疎却喜筆無俗潑潑疑披水有波何異南華（鵬翀號南華）對秋爽不殊北戶引風多失之當面珍已往自我如斯那怪他

題張鵬翀翠巘高秋圖用其韻作七古示之

問我繪事應師誰橫嶺近在帝城西從來師心非所貴師古道遠勞攀躋鵬翀汝詩脫筌蹄欲伴元白志不低我於詩畫涉藩籬安能示汝匪手攜得其環中遊方外噫謂半偈非全提佳節展汝山水奇與酣走筆一漫題黃花笑我拈吟鬚蕭蕭爲影臨清溪

題張鵬翀山水册

衆瀑爭鳴

過雨飛泉萬派垂翕純皦繹各兼之恰如張樂洞庭上正是八音繁會時

磵戶流雲

豎峯橫嶺蔚重重磵戶常關雲爲（去聲）封便有凝心學仙者可能容易許相逢

峭壁淙泉

石壁破礒泉潑趾由來水到自成渠却思緑几論文日速就伊人趣頗如

雙峯鏁翠

城關據勝驛程連排闥雙峯鎖翠煙大似常年行獨蹕南天門嶺曉秋天

雲巖古刹

背峙嶢峯萬仞崇雲封礀戸鮮人通空林結宇習禪寂駐錫應知是義公

村圃煙霽

晴嵐山市晃秋暉八景瀟湘是也非阿那雲深樵徑細村人疑有趁墟歸

水石潺湲

泉奔澗恐去無留亂石抵之左右流一笠孤亭煙嶼上幾多文思箇中求

崦墅迴谿

山勢一環復一抱村居時密又時疏雞鳴狗吠相聞處湻樸風猶太古初

石梁探勝

絕頂神仙不可招流霞谿護赤城標考功恍入天台路策杖居然過石橋

層巒秋絢

疊樹傑池霜染紅高低間（去聲）出梵王宮捲巖一夜西風落付與闍黎悟色空

嶢亭納遠

山亭四柱倚欹崎蘿薜蒙茸磴道披峻嶺似遮人望遠登臨那畔攬無遺

浮嵐罨秀

山外白雲雲外山寺樓容望不容攀詩情畫意同時證祗在虛無縹渺間

題張雨森山水畫

嵯峨翠巘幾千尺却疑靈境何人闢鋪空白雲一谷寒杂天老松千歲碧豈同蜀道五丁開足有稜稜大斧跡銀龍飛走山腰白瀉入平湖流澤澤板橋幾曲架懸崖獨許幽人蠟雙屐更有草亭溪畔隔几上黃庭列數冊箇中不共天地老何論區區駒過隙懸之高堂六月涼助我清興生吟席

題張雨森摹沈石田山水幅

吳中沈周清狂客雨森筆似人亦肖幾暇恒欣覯繪事生綃命寫秋山照盤薄全無意匠營兔毫直掃凌雲嶠黃葉紅葉鏤丹峯松梢錯出空王廟策杖幽人步板橋扁舟獨弄任

公釣六角溪亭俯碧流誰歟坐愛清江眺讀書萬卷下筆神不獨詩然畫同調雨森勉叅詩畫禪會當示汝無形妙（雨森頗能詩故云）

題張庭彥登瀛洲圖

大烹豐養出官庖藩邸高材彙拔茅可惜諸人熟經史未知乾卦九初爻

題張宗蒼山水

佛鉢中青萬葉蕖排空翠影落牕虛白雲谷口仙家竈黃樹村頭靜者居石穴溶溶出鍾乳峯坳艥艥蠹篠笭伊人肥遯眞無悶不是窮愁自著書

題張宗蒼山水

了了疎疎筆法渾渾淡淡神情遠山望若無色近水落疑有聲古屋主人何往空庭野鶴獨行拈毫揭爾題句撫蹟又寄閒評

題張宗蒼山水

試泉悅性此徘徊畫展宗蒼心爲開水閣幽人相對處卒忘今昔往和來

題張宗蒼山水

山房宛在宗蒼畫筆意峯姿氣韻投欲問臨泉兩高士起心分別此能不

題張宗蒼山水

白雲爲腳碧山崇叢樾之間曲徑通仍有宗蒼未題畫譬如佳境卒難窮

題張宗蒼山水

粘壁昔曾未詠詩今知珍乃重（去聲）題之恰如問水尋山者將謂奇窮轉得奇

題張宗蒼山水

愛詠宗蒼畫其言頗有該候惟氣韻至（昔年問宗蒼畫成否嘗答云氣韻尚未至深契畫理）實愜把吟陪二老幽棲處千山朗照開牢牢世間事豈足入懷哉

題張宗蒼山水

不見宗蒼突十春忽看名繪聳嶙峋稀來古屋闕題句恰似清風重晤人堆卷案頭皆勝友携笻林下定天民本緣素壁圖補空（去聲）誰

識今朝什襲珍

題張宗蒼山水

雲欲蒸爲雨林疑動拂飀名山神入處高士目成時蓬戸跡無足蘿蹊細若眉依稀精舍畔梵放度來遲

題張宗蒼山水

山水處張山水畫憑觀忽訝未題詩精神入後無差別正是靜宜秋曉時

題張宗蒼山水

緣叢雲結小茅堂人靜深山夏日長距躍閉門謝時事客來惟許話農桑

題張宗蒼山水

湖山表裏湛華滋惜景高人蹀步遲譜入聲詩眞恰當鬅頭童子抱琴隨

題張宗蒼山水

玉泉百道劃巖飛春氣濛濛欲濕衣高士行吟何所得石橋獨自杖藜歸

題張宗蒼山水

畫法迺爲學挈要有二道取師貴其眞閱歷貴其老叟東有遺派今見宗蒼好名山遊已多鬚髯皤然皓長卷出經營意超泉石表繪事屬鋪張偏能脫華藻

題張宗蒼山水

泌之洋洋大壑潨石橋有而無路通厤巖之上箕踞翁是巢許乎抑隱洪岫崐掃跡薜荔叢蒲輪鶴書求何從白雲舒卷空谷風超然元著意正同

張宗蒼山水畫 避暑山莊題句

闢使傳來山水圖山莊著壁作清娛蒼蒼寫出遊神趣往往逢於跋馬途石罅泉聲動亦靜雲涯峯色有還無不難結撰成溪壑誰解如斯味道腴

題張宗蒼山水

畫成漫置未經意人去搜吟每繫思遠之有望近不厭匪今伊昔忽同時

題張宗蒼山水畫

突起孤峯拔地奇旁臨平遠恰相宜詩裁有
法還無法畫到神來解若斯

題張宗蒼山水

行勝藏弆幾多時展閲茲人宛在茲倚澗閣
如黏繡壁隔松泉似落虹枝逕穿籦篠高低
接船傍菰蒲左右移身去江湖更成古餘風
留得釣竿垂

題張宗蒼山水畫

搜題宗蒼畫邇來畧遍矣盤中見是圖空白
惜餘紙覿面何處山科頭誰氏子想彼有卓
識曰應隱於此對之率爾言思之至當理

題張宗蒼山水畫

氣韻經營外雄渾秀竦中神如非獨契人亦
率能工歸岫秋雲白隔溪楓葉紅高樓延霽
爽落瀑韻巖風照燭將誰李拍肩應彼洪前
峯萬林杪縱目俯長空

題張宗蒼山水畫

一幅河陽行旅意精神盡入格眞齊客情石
棧驢還怯人跡霜橋鷄早啼名利問誰能盡
除（去聲）端倪饒爾善全提呼之欲出猶然在乘
空何妨爲補題

題張宗蒼山水畫

雲山足藴藉草木自長養繚曲谷幾重盤欎
松千丈那容俗子來除是高人訪北牕展芸
編聊結羲皇想策杖過溪橋爲愛書聲朗

題張宗蒼山水畫歌

從來詩畫要法古不貴形似貴得神藝苑於
今誰巨擘中吳宗蒼眞其人潑墨作此山水
幅倪耶黄耶且謾論生風曇樹欝葱蒨吐雲
絶壁堆嶙峋是人畫中有警句尋常點筆頗
能賦試看縈青繚白間雅是冥搜奇賞處命
意布景皆合宜箇中棲遲者阿誰非容成公
即安期而我惟日勤孜孜空羨若輩亦奚爲

題張宗蒼畫

飛泉百道下巉巖上搆飛廊谷口銜設鴉山
雲呼作海應疑瀑布掛爲帆

題張宗蒼畫

宗蒼謝病南歸去蓄壁雲煙昔偶忘搜索應教吟句遍笑予當面失馮唐

題張宗蒼畫

宗蒼雖物故畫自有精神逢著便題句笑今始解珍書齋眞是古繡幛恰方春略約節聲度應來問字人

題張宗蒼畫

畫蹟怱怱未題句含毫南望騁遙懷恰如搜剔尋巖穴境越幽深趣越佳

題張宗蒼畫

活脫王蒙荷葉皴懸空迸水石磷磷布帆無恙秋風掛可是名山愛剡人

題張宗蒼畫

人倚高樓最上層却從雲表眄崚嶒設非理趣傳神韻留白施青孰不能

題張宗蒼畫

碧雲寺側試泉房茗椀筠鑪雅相（入聲）當本欲默然置之去未能神韻捨宗蒼

題張宗蒼畫

蒼山紅樹裏流水側崖顛獨倚危亭坐如安空界禪遙源白雲外別業綠筠邊世上無名姓誰希續列仙

題張宗蒼畫

驛便攜來山水圖滿林濕潤尚模糊本來合是巖齋挂簾外嵐光了不殊

題張宗蒼畫

如滴春山美欣欣總向榮崖枝改舊觀（去聲）澗水發新聲雲塢數家靜風帆幾舸輕層樓俯空闊興發謝宣城

題張宗蒼畫

隔谷相看瀑水寒漁舟唱晚泊前灘設如作者爲皮陸定道斯宜卜澗槃

題張宗蒼畫

杜老傳名語曰惟能事遲（杜甫戲題王宰畫山水圖歌云能事不受相促迫王宰始肯留眞跡）宗蒼得其祕神繪對斯奇山

聳天如接雲低樹帶滋憶前看畫就曰氣韻來時（昔年觀宗蒼畫問成否曰氣韻未至少旋曰氣韻來則畫就矣此殆得畫法三昧庸史不知此也）

題張宗蒼畫再疊壬寅詩韻

董氏畫圖田氏堂（田盤婉學草堂懸董其昌所畫婉學草堂圖因以名堂壁間有張宗蒼畫屢經題詠）既茲素壁繪宗蒼謂多事我一再甚看非改他婉孌光泉落壁間響是寂雲生峯罅幻而常來斯本擬偷閒巡即景搜吟却益忙

題張宗蒼畫四疊壬寅詩韻

兩家佳畫擅佳堂一例春風昌與蒼友是忘年那論代山疑設鏡正爭光合宜於此泯名實豈必如他較幻常硯匣頻宣成句遠懋勤笑彼不勝忙

、題張宗蒼畫疊壬寅詩韻

對泉婉孌搆書堂泉韻悠然山色蒼家法喜他傳淨垢（宗蒼畫法受之黃鼎鼎號淨垢居士）壁張未彼負香光（堂中有董其昌婉學草堂圖因得名）有來春色原無住無定雲容却有常三載閱仍賡舊韻抽思樂此那嫌忙

題張宗蒼畫疊去歲韻

又對宗蒼畫相看意與遲配藜惟以韻慘澹不稱奇設曰生雲活應教作雨滋如何目勞瞪復似去年時（去歲此時對畫題什亦正値望雨心殷）

題張照書聯並張宗蒼畫

自有相知無不可（無不可過去之事有自然相知之人向日樂善堂所得句每命張照書之適與張宗蒼畫並懸壁間此聯括三句意也）高山流水雅情親得天書與宗蒼畫動是張家思古人

題張宗蒼畫

揭仿山樵荷葉皴秋巖活脫見精神展看六月不知暑山水從來足靜因

觸目紛披立就詩尚嫌鉢響較來遲（謂前一首）益予領要沉酣處在爾凝神結搆時

虛實相兼氣韻長箇人筆法老而蒼煙波深處拏舟侶祇合飄然芰製裳

題張宗蒼畫

泉上山房幽且恬，宗蒼神韻樸毫尖。笑予據榻曾何謂，此畫方宜此室黏。

題張宗蒼畫

雲巘縱橫幻復眞，樹頭樓捎遠山皴。浮來濕翠迎眉宇，始識傳神梅道人。

題張宗蒼畫

飽挹煙霞趣，來爲山水圖。學王無刻畫，似米不糊塗。緜樹高扶嶂，白沙遠帶湖。携張（宗蒼係今年南巡始知其畫因携以歸）留別沈，詩畫信歸吳。

題張宗蒼畫

悅性山房粘壁畫，此圖此地乃知音。笑予未至忘言耳，一度來增一度吟。

題張宗蒼畫

每此試泉眞悅性，宗蒼畫與晤精神。吟成輒便肎與去，佳境名圖自作隣。

題張宗蒼畫

悅性山房粘壁畫，此圖此地乃知音。笑予未至忘言耳，一度來增一度吟。

題張宗蒼畫

婉孌依然坐草堂，恰看屏畫展宗蒼。董家相對眞無忝（董其昌婉孌草堂圖恰張室中室亦以此得名），田氏於斯益有光。山峙水流誠不改，今來昔往竟何常。知玆那未忘結習，摛藻搜奇自惹忙。

題張宗蒼畫

油然氣韻蔚屏端，那作尋常圖畫看。盃渠（去聲）泉聲共山色，眞稱理足與神完。

題張宗蒼畫

雲氣幻峯青，飛泉落碧泠。不安高士榻，留與世人聽。

題張宗蒼畫

縈迴山隱碩人薖，谷口何當有客過。不是彈冠結綬輩，往來樵斧雜漁蓑。

題張宗蒼畫

四家法不較誰能，老筆天然格韻勝。便合人間稱畫伯，只疑林下有歸僧。構亭納得煙霞氣，掃逕延來松竹朋。可識此中通學理，諸凡

要欲共年增

題張宗蒼畫

長松如翠雲飛瀑如白雪箕踞共談元人境兩清絶語雖不可聞應是還丹訣

題張宗蒼畫二首

春景

誰治春山面伊人乃獨工竹依盤谷綠桃帶遠村紅折簡招裴迪蹋花歌白翁東皋喜時雨有滸正濛濛

秋景

天淡雲閒候秋光觸眼新季鷹貴適志王粲早傷神疊巘樹開錦垂厓水迸銀浣花如屬詠與寄曲江濱

題張宗蒼畫

耳中泉韻目中流都在高人望舉頭孰謂宗蒼爲古客山房與畫永千秋

題張宗蒼畫二首

春鳴耕漁

耕者驅牛漁弄船四民生計自勤虔宗蒼畫具治安策何事未題經許年

秋巖雲瀑

重疊秋山脚䕶雲瀑聲猶在耳中聞每逢空白卽酬句氣韻欣其迥出羣

題張宗蒼畫

一叟悠悠放舸船釣竿閒置荻蘆烟了知不爲鱸魚膾明月清風意灑然

題張宗蒼畫

山莊驀見宗蒼畫向未題詩輙補題曲折雲林皆可入高低磵道訝幾躋誰分幻境將眞境道是全提早半提昔失當前今鄭重羲辭聊擬玩先迷

題張宗蒼畫雲樓寺卷

偶逢粘壁宗蒼畫更見由敦書有詩原是雲樓所舊作可當禪偈以觀之神來腕運者何在泉韻峯容故若斯裝卷石渠虔佳蹟珍其人往自爲嗤

題張宗蒼夏山圖

好山濃若滴灌木翠如流雲起知將雨風來乍似秋展書惟靜客鎭日坐高樓何必稱王粲曾無羈世憂

張宗蒼靈巖山圖

春山入畫氣巊溟憶我前遊蹕暫停睫眼兩年成闊別印心萬嶂忽移形雲容便是出楹白松色寍殊入座青阿郙錦帆涇畔屋詩人暢好占山林（謂沈德潛別業在山下）

題張宗蒼惠山圖

每値南巡春仲月輕舟先必泝梁溪（六次南巡路經無錫必探惠山寄暢園諸勝）無端一展石渠卷陡憶犖嶒蹕路谿過去江鄉已渺渺看來春靄尚淒淒宗蒼那往惠山在一例如同古畫題

惠山歌題張宗蒼畫

惠山之泉人所聞惠山之山我亦欣來往惠山纔兩度淸興足共千秋存往往林巒入靜觀（去聲）筆不能寫徒云云宗蒼畫伯亦吳人經營慘淡其傳眞朝來九龍在吾目烟舟艤待梁溪曲白足僧人若可呼我獨何爲在書屋春雲如滴山如洗品泉往事徵繭紙寄暢園法雲寺由來不隔彼與此

題張宗蒼雲棲圖

心愛雲棲未恝忘爲（去聲）圖佳概命宗蒼江邊宛識山村路竹下曾吟水月房泉箾巖扉相掩映笠簷筠地足徜徉香光妙蹟留題在（寺有董其昌書金剛經墨蹟去年再訪雲棲圖四絕句即書經冊後且加裝潢仍藏寺中）長共煙霞護法王

張宗蒼蘭亭圖

永和脩禊會山陰畫本詩情足古今峯嶺當春多暖翠林泉入勝有清音墨池誰繼跳龍法文席如聞倚樹吟結搆分明舊相識昨來飛蓋記曾臨

題張宗蒼補惠泉圖再疊舊韻

夙契清機在惠泉寺僧作疏熟聞先竹鑪且喜還山入畫卷重看補闕前緣竹紅梅猶假

色行雲流水是眞詮呼之欲出宗蒼儼對此怡然漫惘然

題張宗蒼補惠泉圖疊舊作韻

補圖曾寫惠山泉輝映王吳合後先孰謂斯人亦長逝空嗟絶藝此當前花香鳥語春如繪流水行雲靜裡詮洗滌塵根泯能所偷閒題句亦欣然

題張宗蒼補惠泉圖三疊舊韻

依舊淙淙山下泉諸餘都置展圖先誰知補者宜居後忽訝觀斯乃緬前眞是要惟以韻勝（昔與宗蒼論畫法每稱當以氣韻爲要）由來不可著言詮謾訾屢舉蘇髯體此日拈吟屬偶然

張宗蒼松陰高士圖

盤陀松下坐聽濤箕踞科頭逸興豪携得焦桐何必鼓高山流水自成操

張宗蒼雪谿飛瀑

珠貝林桐簷蔔園琉璃殿閣玉爲垣飛流不共寒江凍爲識雲中別有源

張宗蒼絶壁精藍圖

棧路盤紆倚詭峯紅樓四面翠重重山僧謝絶人來往爲好安禪制毒龍

題張宗蒼林壑幽居圖

淡眞最愛宗蒼畫搜索應教概遍吟只恐衒門彼作者林居卻悔未曾深

張宗蒼松溪煙艇

萬松繡嶂青排戶一水瑱溪碧映門誰道江南泛舟去呼之欲出此人存

題張宗蒼水軒吟眺圖

雲深小結廬溪閣窅而疏靜憩羲皇晝澄觀上下虛靄然夢有蝶鄙矣歎無魚門自不如市宜稱心水如

題張宗蒼雲峯登眺

足臨百仞背逡巡下有飛泉拖白紳仿佛伯昏將論射却無佃伏挾弓人

再題張宗蒼松風溪閣用甲戌原韻

溪閣松風水墨圖不須丹抹與青糊重題辰

戊三逾甲一瞥白駒影弗殊

張宗蒼萬峯層雪

陶鎔謝氏賦中句損益曹家畫裏皴（石渠寶笈藏曹知白雪景）猶憶臺懷白雲寺排窗一例玉嶙峋

張宗蒼雲林烟艇

釣輪閒著春衫闊弄棹溶溶新水添不肯世間留姓氏任人擬議富春嚴

張宗蒼松壑擕琴

高閣閒窗俯碧岑幽人默坐與偏濃澗邊童子抱琴至動操應成風入松

題張宗蒼溪亭漱玉

雲間振鷺半空垂落就稍平匯作池記得范園聽雪閣憑欄一晌會心時

題張宗蒼江潮圖

重疊東隘相呑吐方諸應月信必赴奔江射潮潮性怒銀濤有進無迴顧洞汩窅寞移神慮何來峯頂閒亭據世人未許知其故郎是成連迎師處

張宗蒼蒼松紅樹

蒼松不共霜柏紅寒泉割壁垂雲空高人箕踞對淸畫靜會悠然爾我同

張宗蒼白雲紅樹

北來重見南宗筆畫裏仝收戶外山過眼驀懷去秋景補吟聊趁此時閒

題張宗蒼青峯紅樹圖

滿壁峯青嵌樹紅韻饒蘊藉氣饒雄尙餘佳蹟闕題句雅似名山弆不窮

題張宗蒼萬木奇峯

槎枒樹出石嶙峋深秀盤中絕四鄰碧澗淸潭成麗矚蒼葭白露想伊人樓頭何異陶弘景谷口宛同鄭子眞肥遯長年圖畫裏安知世上有蒲輪

題張宗蒼盤山別墅

菁蔥翠巘層林幾年頓置題吟宛復伊人對而居然佳境諜心忽憶盤山別墅曾教健筆背臨了識一切爲法六如何昔何今

張宗蒼竹亭觀瀑

跡篠喬柯匝檻前飛流百丈落平川昨來湧翠巖前況（山莊觀瀑處石壁鐫湧翠巖三字）點筆怡然得我先

江山秋霽歌題張宗蒼畫

他人之畫畫其法宗蒼之畫畫其理求之於今幾莫儔求之於古竟堪比黃大癡倪高士之二子中得神髓是時火流西風起應節搆此盈丈紙正旗堂陣大差排探脅雕肝細模擬天欲高而蔚藍樹欲鳴而染紫有如洗之碧山更帶之以流水石厂倚巖板彴接涘柴扉間出水閣斜迤氣霽神來百務爰始細徑歸樵無反裘斯可矣策杖訪客則有抱琴之童子坐竹牕者伊誰非龐德公乎是則山陽高平而已眄蒹葭之蒼蒼想風人之深旨蝸盧若浮彼緯蕭者寍善賈之可市遠帆天末掛孰謂非太白當年無恙秋風是上下數千年縱橫一萬里我曾一覽江山眞面目故知新秋霽景應如此

題張宗蒼竹塢林亭

般礴曾看運意親無多煙樹足精神虛亭留待千秋客活畫重逢百代人

張宗蒼秋塘漁艇

菰蒲際渚起蒼煙泛瀲鷗波載釣船遼待一鉤新月上湧金門外早秋天

張宗蒼飛閣流泉

卓立孤峯欲刺天架空曲榭對前川飛泉疑有巨靈力劃破雲巖萬丈懸

張宗蒼松陰水閣圖

身披松下風心印波中月纖塵何處著緣在水精閣

張宗蒼松陰對語圖

雲中千疊峯松下兩高士劇談知爲何未可俗情揣宗蒼久謝病手蹟猶留此過眼昔草草補詠今爾爾咄哉別後思昌黎歎所以

戲題張宗蒼松陰淸話圖

宗蒼供奉內廷日選壁令圖不解珍今率裝池更題何從來當面失其人

題張宗蒼湖山霽色卷

山雲歸岫石泉泫得得青驄問景行路不生塵峯滴翠吳天正是雨初晴

雩祭禮成述事

曙光初睹露光濃肅穆雩壇護古松幸是三春賚膏澤敬惟首夏萃農功九韶次第鳴儀鳳大禮欽崇舉見龍奏假無言還有籲繼霑申佑願重重

題張宗蒼吳山春曉

新紅嫩綠積韶妍融以烟霞靜且便竹裏軒樓心太古源中阡陌意神仙錦蹊徐蹀探花騎綠渚輕浮放鴨船都是南巡曾歷覽流陰瞥眼忽三年

題張宗蒼春山圖

山村水郭靜韶暉萬物生機入畫機幾疊青柔如濯沐一蹊紅嫩已芳菲漁郎忘釣隨舟去高士行春策杖歸著壁未題聊補詠斯人繪事自今稀（時宗蒼謝病南歸）

題張宗蒼秋景

黃葉村中釀熟時旅人紅頰影鞭絲高樓亦有遥飛者宋玉縈欽更若爲

題張宗蒼秋景畫

秋林策蹇過溪橋屏嶂猶濃翠可邀落葉打頭不須拂簪花也擬傲青韶

題張宗蒼秋景山水畫

盤中尚有吳中畫氣韻同還境界同勝是奇松及怪石景殊白草與丹楓畸人幾個謝青史高躅千秋寄碧空漫向其間詢姓氏許多深意寓斯翁

張宗蒼秋林燕坐

著論擬樂志搆園號離垢秋聲賦不得神託無何有

張宗蒼秋山行旅

行路何須歎苦辛滿山紅葉絶勝春靜觀一笑兩間者若箇而非逆旅人

張宗蒼秋山霽色

濃翠間深紅秋光艷淨空澄思纔半刻迴句得其中

張宗蒼雪漁圖

津逮富春嶺規模七里灘羊裘亦何藉浩氣不知寒

題張宗蒼山水幅

奇峯拔地疊翠稜嵌空露寺宜居僧側臨平遠望無際淪然白雲冠上層不拘繩墨妙獨出斯人始能他豈能

張宗蒼雪景

一片寒光羃素椒祇疑霏勢尚瀌瀌冰連曲棧路偏遠雲斷橫林木益喬白屋遥歆憑客几紅樓迴見出僧寮荷衣蓑笠犇詩思那惜驢蹄踏碎瑤

題張宗蒼溪橋雪霽小幅

驢背客人衣絮單凍凝流水不成湍誰知盈尺溪山景寫出連天玉障寒

題張宗蒼雪景

疊嶂玲瓏萬樹皚溪邊應是訪梅迴越童慣解收瓊屑曾供陶家使令來

上伏何來滿意涼千巖雪色對宗蒼玆人眞蹟從玆少所遇隨題自不妨

題張宗蒼雪景

紅樓疊樹玉交枝石而皴銀瘦益奇習靜已看僧戶閉銜寒偏有客舟移飛流破凍垂深澗積素因風墮側陂想像行人迷竹塢幽居何處認茅茨

題張宗蒼雪景

疊壁萬林蒼浮來素壁涼郭熙猶刻畫滕六欲軒昂罅處琳宮聳盤中鳥道長銜寒驢背客未審爲閒忙

題張宗蒼雪景

板橋驢背閱山姿收雪奚童破冷隨小閣烹

雲試顧渚端教傲得黨家姬

題張宗蒼雪景

奇峯詭石玉雕鎪飛閣還憑素練流點綴天然成迴句不須燭照費冥搜

題張宗芥雪景

峉礿縈紆俯凍灘遙峯天際玉嵿屼誰知自寫江南意雅合高張塞北看

題張宗蒼雪嶺

精舍香山據最高宗蒼雪嶺壁黏韜頻來會未頻題句卽景今朝興特豪

牕外屋中兩渺茫雖寒濕不透衣裳僧繇致雨宗蒼雪張姓連天果異常

題張宗蒼雨景畫

千澗落飛瀑萬樹霏寒珠雨來風滿樓漲增橋接湖我因愁無聊漫命爲此圖筆意信通靈甘澍旋霑濡畫壁龍飛去古有今豈無

題張宗蒼雨景

猶有宗蒼畫未題補吟正值雨雲低斯人已往曾何往此句全提非半提

題張宗蒼小景

一朶芙蓉似假山飛流隱隱落其間都將千里收盈尺出以神奇運以閒

題張宗蒼李白詩意圖

宣城縣卽宣城郡永安橋接鳳凰橋謝朓李白兩人物前呼後應相逍遙會心何必定會面秋朝端復勝春朝寄問高樓今在否意存我獨陵雲標

題張宗蒼摹郭熙筆意

山勢排空樹染霜傳神活脫是河陽高人坐愛松頭月客子詩成驢背涼朔氣惟應愁宋玉南雲今復見宗蒼如探勝到幽窮處將謂無多意轉長（內府所藏宗蒼手蹟擬題殆遍故末句及之）

張宗蒼畫杜甫詩意歌（返照入江翻石壁歸雲擁樹失山村之句）

我曾一舸渡揚子浩浩大江雄莫比誰解源從天上來但流地中九萬里瞿唐三峽雖未

到於杜甫詩今見此當其中律鬼神驚抉造化奇細摹擬山村忽失樹歸雲石壁欲翻入霞綺此景有自開闢初拈出方知絕妙理江邊留滯茆堂貧樂在千秋無悶矣近日宗蒼亦畫史能得詩意斯人耳雲乎江乎磅礴間今兮古兮精神裏

題張宗蒼四季山水圖

黃塢春泉

春山潑沱花丰茸春水勝舟綠縠溶瀟灑潯陽好風日祇教孫緬得相逢

柳塘夏雨

遠岑極目翠模糊近水侵塘漲滿湖活脫房山神韻處只疑柳線尚垂珠

荻浦秋帆

蒼蒼蘆荻渺秋湖赤壁之游了不殊猶是東山月未上短簫孤棹入冰壺

瑤林冬岫

紅樓綠樹相（入聲）參差點綴天花萬嶂甦却憶五臺白雲寺三年前景故如斯

題張宗蒼山水畫幀八首

巖扉俯瀑

岬嶂樸屋倚嶙峋知有其中小隱人日日俯看流峽瀑何曾輕易擬垂紳

雲塢春遲

桃含紅蕚柳垂絲更有雲煙映帶之遠隔世塵無箇事故應留得好春遲

村橋挈榼

溪橋那畔綠陰含黃栗留聲喚己酣問景攜僮挈何物定應斗酒與雙柑

煙溪釣艇

飄然蓑笠坐船唇不挈漁僮獨理綸傲志羞登隱逸傳釣魚多有釣名人

短彴尋詩

支笻野彴自徜徉詩趣居然箇裏藏却笑灞橋驢背客長安名利未全忘

秋林雲海

雲流空宇水溪流萬木蕭蕭壘嶂秋設使此中處顏閭魯公使者那能求

松岡睨眺

茅屋深藏崿嶂中相携斷岸眺長空倩他谷口白雲鎖防有人來訪葛洪

梅灣吟泛

野艇浮浮傍渚隈掞殘香氣撲巖梅謾須言返聊容與為是孤山鶴未來

題張宗蒼畫五疊壬寅詩韻

季春復至憩山堂山喜新青那惜蒼張畫誠堪匹董畫（是處婉孌草堂因懸董其昌婉孌草堂圖得名壁間宗蒼畫氣韻渾成洵堪媲美）泉光恒此浴林光不嫌七字句成崒待以十全例有常（向日疊韻詩至九疊則成十全以後有作遂別拈韻如此間靜夜吟等作即其例也）吟罷遂教行步輦尚乘隱笑底為忙

題張宗蒼畫三疊壬寅詩韻

山泉佳處築書堂泉瀉淙淙山蔚蒼張董兩圖壁間趣古今相映鏡中光知他作友方稱合來此賡吟例以常得句輕輿旋命去笑予靜總不勝忙

張宗蒼仿董源萬木奇峯

峯若凌空墜木如倚巘扶驚看思郁措了識道為朕不著寒村客何殊北苑圖江鄉般礴際（此圖乃宗蒼未入內廷時所畫）獨步實空吳

題張宗蒼仿黃公望山水口號

成畫之時人未識（此幀作於乾隆丁卯年其時宗蒼猶未入畫苑今觀其畫如觀其人而宗蒼久已作古矣）兹看畫似識人時人仍去矣畫仍在一切有為幻若斯

江山勝覽歌題張宗蒼倣黃公望長卷

見豹一斑霧變可以識全皮嘗肉一臠鑊中之味知無遺金山昨春俯汗漫爾乃西溯蒙汜東竟扶桑枝指點長江源委應於兹我非山人無事者羨彼豪遊萬里攬勝輙復命筆寫十年之久始成圖五日一石非虛也相投意氣誰知音吳門高士倪雲林作詩酬倡識歲月早必妙蹟貽來今今時宗蒼亦老手展

圖示之杳爾能臨否其工可能神不能此語還應出諸此人口經營慘淡閱月餘我謂神來宗蒼猶請遲斯須粗皴疏點不數筆現前眞蹟水乳如乃知三鬣信有諸忽睹浮玉朱欄扶何須縷辨夔峽及燕湖

吳山十六景 吳人張宗蒼畫

萬笏朝天

八山思水秀涉水憶山青吳門兩兼更雙絕致我淸蹕爲延停朝來天平翠色在窗牖復得經營慘淡傳神手二八冠景舊標名兩三具法新結搆望中峯姿巒態無不有豈必一一窮林藪巉巉萬笏朝天閭彷彿萬方玉帛咸來王

寒山曉鐘

姑蘇城北夜泊船寒山鐘聲淸曉傳杳容斷續亦同此傳不以鐘以人耳千秋過客不一況或聽歡欣或悽愴在懸待叩總無心此義畫師何以狀

支硎翠岫

支公石室山爲屏上九肥遁君子亨枕流漱石可娛志墨名儒行何拘形我來竭爾尋勝賞春山蔚鬱堆新靑吹竹細籟戛笙筑出竅流雲合杳冥緬懷愛馬重神駿軒軒霞舉新發硎

千尺飛泉

千尺泉飛有聲雪下激廻噴石根裂石根裂處得溪平淵澈澄泓清且潔匡廬何大此何小（俗名小匡廬）空諸所有無諸擾南華第二已分明坐而證之益了了

法螺曲徑

支公開山名報恩二楞伽嚴堂尚存偶尋曲徑至初地隨步回轉相循環往往詭石嵌絕壁風吹欲落驚無根歷危即安契靜悟了不可得難名言吹大法螺建法幢覺大千世惟世尊名山得名此探源豈謂曲肖螺紋旋

華山鳥道

山之秀者稱芙蓉不宜在陸宜在水高矗青霄俯太湖恰當是山名所以天花天樂動逢迎石徑松泉參迤邐人入塵念到此捐大士端居無憂喜如在八功德池中合十都坐青蓮蕊

天池石壁

華山中空孕靈泉天池湛綠光含天云產千葉之石蓮服之白日成飛仙成仙有道亦賴緣太康以後迄無傳鐵鎖欲絕吁可憐不如枕流漱石樂性全

石湖霽景

吳中多雨難逢霽霽則江山益佳麗佳麗江山到處同惟有石湖乃稱最楞伽山半泮烟輕行春橋下春波媚南宋詩人數范家孝宗御筆留巖翠

靈巖積翠

我登靈巖駐兩日雨晴雲月景非一目不暇給吟難工山靈獻技景畢出畫師圖得積翠狀澗葉峯枝扶犖嵂太湖烟景蕩遙空遮斷長林似相失

海湧一峯

一峯不知何所來萬古罨秀臨蘇臺詎數層巒及叠嶂饒看野竹兼疎梅石泉鶴澗瀉冰雪梵宮琳宇樓崔巍晴空照影入滄海宛似湧山西蓬萊是宜仙人所託憩而我登臨實快哉

鄧尉香雪

幾點青螺雪海裏未逢此境謂虛擬梅花宜瘦亦宜肥今日於梅歎觀止香氣濛濛香色融融吟香忘雪辭難爲工須在寒山千尺雪謂香在梅色在水其聲疑在虛無中乃今悟其言非是色香聲備天爲功老幹一枝臨窗寫只恐毫端乏爐冶遊鄧尉日即花下寫梅枝小幅并題兩絕句紀之

光福山橋

鄧尉光福相連延白銀界裏青峯攢虎山溪

亦得名虎石橋彷彿三嘯傳水光山色淡容
與雲帆月舫常留連欲寄清吟摅逸興飛據
高峯塔影邊

穹窿仙觀

陽山高抵穹窿半拔地千仞叅霄漢琳宮梵
宇倚層椒時有雲氣爲光幻云昔赤松餐石
脂絶粒昇仙侍香案我乃殷憂茅簷蔀屋民
惟恐一夫向隅不得加餐飯

包山奇石

震澤三萬六千頃神區奥壤無不包是山得
名獨標衆下臨無地上干霄怪異不堪僂指
數奇石多出山之凹波衝浪激成孔穴柔能
克剛理則昭米顛一拳誇享帚作記豔説皇
山樵誠令覩此難爲石八十一穴眞鵠窮洞
天福地列第九丈人竊書傳童謡傳稱夫子
不語怪此語何自眞虛囂

莫釐縹緲

洞庭相望分東西西則縹緲東莫釐兩峯崩
峗連雲水是一是二誰然疑漁舟賈舶浮浦
溆月天琳宇棲欹崎眼前勞逸不可齊誰欲
齊者問畫師

蘇臺春景

胥臺高見三百里只今培塿惟存耳吳人言
吳不忍廢就山爲亭亭亦圯春來景物紛融
和頻聞漁唱及樵歌越來溪畔溶溶月閲盡
荆凡影不磨

題惠崇溪山春曉圖

葰葰藺芬鱸地陝溪山動植共熙春摩挲七
百餘年物潤手桃花帶露新

禪宗南北畫還同六度中禪厨惠崇奇蹟千
秋貴得所眞詮拈出是思翁（見董其昌跋語）

箇僧工畫又工詩妙搆溪山春曉時若識本
來無一物淡皴濃抹更奚爲

喬仲常煮茶圖

儒服黄冠緇者流蕉陰石側共清遊何須蹊
徑分同異瀘滌惟消茗一甌

惲壽平山水軸用畫中吳晨題韻

茅屋還教山木支日長山靜鳥聲遲主人訪
客將何往童子攜壺餉茗時

惲壽平梅花書屋

千枝香雪番（去聲）風春傍水依山總靜眞記得
韜光寺西畔也曾一作畫中人

惲壽平萬橫香雪

鼻識爲香目識色根塵各以兩標之便稱曰
雪寧非雪待欲言奇轉復奇偶借南田爲合
相不妨淸暇詠新詩昨曾鄧尉山房坐飽領
其間靜賞怡

題惲壽平萬橫香雪圖

居然眼界是平江雪也無端香撲窗野塢不
嫌寒儉相絶勝暖閣護苫椿
萬樹斜臨淸淺意六根消盡淨香時草亭一
个爲何境鄧尉山陰有所思

惲壽平水村春曉圖卽用其韻

植援門對溪山秀長謝淮南招隱心恰恰黃
鸝方哢曉依依綠樹已成陰

題惲壽平山水畫册

高染橫巒低護溼香盈春宇雪盈庭恰如鄧
尉山頭望遙剩洞庭兩點靑

右萬橫香雪卽用其韻

我實年年秋駐避暑莊山莊有山亦有水固
知四時無不佳而其最佳惟秋耳千林絢綵
高復低倒影湖中黃間紫極望祇見銀浪翻
遙岸繡幀刺誰指心知其妙未能圖遠岫秋
林今見此先得我心之同然彼何人哉南田
子

右秋林遠岫

別傳益友弗朝陽湖石庭軒月色涼看去精
神眞似董借來臨仿乃因王（壽平自識云董文敏有圖爲婁東王氏所藏余曾借臨此幀卽得其意）凝僮未解烹茶鼎瘦鶴
孤鳴立石牀試問主人乍何往獨教芸館照
淸光

右三梧月色

初看疑是米（芾）細玩悟摹高（彥敬）變幻煙雲狀神奇筆墨操溟濛村屋辨突兀夏山韜津逮大姚法（見壽平自識語）不藉意自豪

右夏山煙雨

下榻白雲樓伊何石谷子（二語用壽平識語）賢主會佳賓良夜清無比萬里水涵空一輪月如水同是箇中人未宜孤負此寫景聊因王賦色原由己（壽平識云石谷作此景余戲爲賦色以誌一時興趣）合璧成雙絶超塵鮮並美獨弄舟者誰仍欲其心洗

右萬里清光

側岸柳眠高下淺灘石露兩三莫謂斷橋難渡攀枝踏步猶堪

右斷橋臥柳

豈因近得益州書倚杖人渾遜少如（用王羲之邛竹杖事）秋水長天不計里望中飛與過猶餘

右溪山曳杖即用其韻

渭川淇澳然疑幽人小立依遲子猷無過愛耳淵明乃可似之勁節幾曾腰折清風常得身披最憶雲棲寺路劚筍其下春時

右清風勁節

科頭箕踞背崚嶒天際潮來一攬憑怒鼓神奇無目駭淨湔匡略有波興能識妙者此石谷（是幀有王翬題語）非藉言哉彼枚乘

右觀潮圖

法撫王家畫景傳柳氏詩寒江魚不餌此事每生疑（南方水雖不凍網魚或可垂釣必待魚食餌北方過霜降節魚即不食餌如何可釣豈南方魚異北方魚乎）

右溪山漁雪

題惲壽平山水小册

柳汀閒泛

柳塘一艇泛澄空畫法眞無遜惠崇（幀中自咨擬惠崇法）烏目却稱不掩勁（見壽平自識語）猶存讓善古人風

古木昏鴉

霜落荒郊古木寒昏鴉繞樹亂飛攢幽人背看長空迥（並於寒林鴉陣旁作一人踞地背觀之）那肯閒情類

阿[illegible]

丹臺積秀

迴絶塵寰擅地靈萬峰峯秀矗亭亭雲房那藉安丹鼎凡骨於斯亦換青

疎林虛館

古屋奇峯淥水湲扶疎喬木間（去聲）修筠箇間合讀秋聲賦自會歐陽言外神

浮嵐暖翠

日照高峯生紫翠滃濛雲氣出林關石渠妙蹟親相證（黃公望浮嵐暖翠圖藏石渠寶笈上等曾摹此幅仿子久者）神在離鉤三寸間

筠巖瀉瀑

瀑瀉筠巖態各奇琤琤戛玉雨能之依稀龍井西峯路往往相逢有若斯

洞庭秋色

三分綠葉一分紅賦意參軍想像中烏帽緋衣（畫中人服色如是）誰傲仕持竿閒泛鯉魚風

溪山深遠

雅人墨戲託泉林濃淡中分淺與深借問崇邱肥遯者可無惻隱濟時心

村岸艤舟

背山野墅面溪堂古木清音苔翠篁岸繫小舟人不見欲令塵世姓名忘

高峯雲起

出岫濃雲掩翠微片時山雨羃林飛惟應樵子偏知候戴笠先從磵徑歸

題惲壽平山水小景

水村清曠

茅店沙汀向遠空幾株疎樹颯秋風水村展證子昂卷（石渠寶笈有趙孟頫水村圖卷）結構雖殊氣韻同

清溪釣艇

平湖一艇小如梭織出輕綃萬頃波意不在魚都解道既然把釣又云何

蘆汀秋晚

綠水平沙弄影差老枝花重不勝垂衡陽浦上雁聲斷正是驚寒欲宿時

沙洲平遠

氣已中和水抱洲境兼蘊藉樹吟秋分拈不解爲合作小景疑還笑陸游

雙峯聳翠

傑峙淩空映碧潭大峯卓立小峯参相當非是張旗鼓漫擬西湖北與南

夜山雲宿

山藏雲腳雲如宿雲護山腰山若飄正我屏營極望澤爲霖霧霈蕓崇朝

疊嶺垂泉

幾層峻嶺幾層泉泉似琴調嶺畫懸驀憶萬松寺（在盤山）入路淸人耳目懶鳴鞭

嵐扉煙曲

武夷九曲是耶非靄靄巖嵐護似扉偏祗浮煙關不住任他飛去任飛歸

題惲壽平山水花卉合册

新水鷺羣

新水平沙嫩草青鷺群分隊伴蘭亭山陰道士甫相贈應是書完道德經

古木寒鴉

古樹淡煙籠簇攢晚鴉飛集意相安居然八畫巨然景（此幅自題摹巨然古木寒鴉圖意）何必無枝歎阿瞞

國香春霽

幽谷無人鳥不喧蘭叢蝴蝶一雙翻畫家解作龍門傳（去聲）仿彿莊周晤屈原

喬柯急澗

喬柯嶙崟臨急澗澗水鐘籠漱趾哀設使不經裁作笛卽今誰識馬融才

紅白牡丹

白如素練體勝（平聲）弱紅似頳顏酒中（去聲）微設使鄉嬛覓相匹趙飛燕瘦太眞肥

夜雨初霽

綿雨溪村夜正賒輕煙水閣曉猶遮瀟湘欲霽依稀是不辨方家與米家（見平自題語）

山水芙蓉

初發芙蓉山水鮮纖塵不染淨而娟設方明遠評詩語應致延年愧自然

秋英耐寒

露玉風金景已淒秋英耐可燦高低微嫌五色錯如錦陶令能無目欲迷

紅霞秋霽

丹楓絲樹豔秋光背郭何人築草堂寥廓偏宜縱遙目落霞天際遠滄茫

溪山行旅

參天石壁下臨澗棧道盤旋策蹇驢可識溪山纔半幅淒涼旅況貌無餘壽平自識茲北苑半幅圖

題惲壽平臨各家畫册

慈竹慈鴉 范寬

慈竹叢生伯仲扶更看傍晚集慈烏怡情花鳥將山水寓意何如此善乎

柳堤春牧 恩柴

蘸影輕黃上柳絲綠蕪新水牧塲宜村童臥背眠方熟牛瘦春忙正不知

晴巒暖翠 黄公望

平遠山根浸水湄暖烘日色翠含滋林巒豈必規規做却是精神入大癡

雲生泉湧 趙孟頫

山出浮雲幻晦晴泉垂絕澗闊然鳴高人對坐相評較山色泉音一體清

碧山雨意 高克恭

矗矗春山濯翠鬟漲增春水瀉潺湲泉聲却雜雨聲落難與分疏是此間

江山勝覽 趙伯駒

倚巖高閣俯長流江面風帆來往舟記得金陵永濟寺寺樓縱目作清遊

小赤壁圖 董其昌

松江何不可黃州大小應齊莊氏周恰是香光賦詩處漫疑玉局作詞遊

花溪月影 李唐

微雲輕鎖晚昏黃澹沱平湖進野航月影溪聲留不住雅宜如是閱花光

叢篁翠澗 曾逬昇

野竹流泉落瀑音叢篁夾徑翠森森小亭石畔人蹤絕作者應知寓意深

溪山積素 李成

雪霽東山素尚凝清溪一棹泛空澄伊人耐冷非無謂鍊得精神朗似冰

項元汴種竹圖

天籟閣邊竹本無東禪乞取種墻隅檃括圖中僧如本識語老僧慨許成佳話居士欣然作小圖不受炎風侵榻滿仍延清月入牕孤南方首夏北方季北方惟六月大雨時行時方可移種竹南北不同有若此氣候炎涼若此殊

項元汴畫王維避暑詩意

絕壁巑岏嶒飛泉落上層對來知暑避望去訝雲興畫法倪高士詩傳王右丞巖前及林下意入我原曾

項元汴竹石

疎篠依文石天然稱主賓壽星傳古貌玉局是前身元汴自記寫蘇長公壽星竹云云豈向秋而瘦端爲靜者倫郎看張屋壁个个掃烟新

項聖謨東籬佳色

白露爲霜以後松陰梧影之間聖謨自記寫於松陰梧影之間又見幽人古貌飄然綠鬢蒼顏

項聖謨松濤散仙圖即用自題原韻八首

天倪忝有契巡與引無端壺裏年爲日松間夏亦寒依峯閒路窄導水入湖寬如柱千雲筆孤登自覺安聖謨自跋有宿夢峯立如柱上有層級予登而據其巔端故掌談笑之語

飛瀑銀披峽迴峯翠倚天無人鎮敲戶有客祇談元妙趣方招隱佳名號散仙跋又云丙寅六月其招隱圖此其第二圖也自詠詩有假息松蔭一散仙之句因以命圖云最憐石壁上宛識戊辰年圖成年月題卷中石壁上

曹子詩如畫淮王事已塵登仙徒有籙妙筆見斯人道澗何須藥心閒自合眞蓬瀛方寸內不必問滄津

佳蹟神常足，清詩意亦閒。坐堪消夏日，聊以解愁顏。筍蕨爲供養，漁樵自往還。枕流碧溪畔，常聽戛雲環。

分茗童司銚，敲棋僧到門。但教適偃仰，那復計饔飧。山盡雲成障，溪迴樹作村。忘憂應箇裏，樹背不須萱。

溪山列三品，是地果堪居。爽籟生前澗，濤聲到別廬。鶴眈清夢迴，梧鎖碧雲疎。謝賦無雙美，形容覺有餘。

百二十年物（自崇禎戊辰至今戊辰百二十年矣），光陰轉轂中。騁懷聊爾爾，入眼尚濛濛。可愛橫卿句，一眈故紙風。武陵原有路，靜者得相通。

山色因心遠，泉聲入目涼。蕭齋背嘉樹，素館倚崇岡。結搆無遺憾，筌蹄想并忘。延平合招隱，共入石渠藏（招隱圖昔識石渠寶笈，今復得此卷，可稱劍合延津矣）。

項聖謨松陰焙茶圖即用其韻

記得西湖靈隱寺，春山過雨烘（去聲）晴煙。新芽細火剛焙好，便汲清泉竹鼎煎。

項聖謨雲林清賞圖

積雪在喬林，茅堂映雪深。眼中無別客，膝上有橫琴。一片冰壺是，千秋古調存。鹿裘原不藉，瘦骨耐寒禁。

題項聖謨松下琴興

嘉興項氏多能畫，獨數（上聲）聖謨巨擘稱。松下待琴未鼓者（一童子抱琴後至而未鼓），興於濤韻得相應。

題項聖謨天香書屋圖

小庾詩情老王法（黃鶴山樵亦有此圖），蕭蕭短幅寫無遺。獨饒神契不言處，秋仲皐塗精舍時（香山玉華岫有性故多勞構書屋二間，因名曰皐塗精舍）。

項聖謨孤山放鶴圖即用其韻

自從處士此肥遯，千載孤山竟不孤。欲笑古胥特多事，斯人寍藉寫成圖。

南宋樓臺切火灰，梅花自放鶴還來。撫圖似晤林和靖，騁望湖天笑眼開。

題項聖謨棼尾春圖

花本惟爭草木差，不勝（平聲）朵重一枝斜。便呼

婢亦何妨爾應識身名出鄭家

項聖謨林亭釣艇圖卽用其韻

螺溪草閣今何在川其自識語此畫原從醉李出公
羊收卽境因思作圖者呼之欲出在層樓

題項聖謨摹韓滉五牛圖再疊前韻

采采相忘水石閒黃鐘韻滿瓬鳴間青桐居
士今知勝虎賁中郎杜慕艱故大學士蔣廷錫有摹項聖謨五牛卷以未得見韓滉眞蹟自題跋語中深致企慕今三卷先後俱入石渠寶笈矣
兼得王羊不壓閒韓滉卷已先入大內千年一瞬靜披
閒居然十五牛來牧恒亦因知穡事艱

程嘉燧芭蕉書屋圖

結屋苫黃草倚楹眄綠天有時堪聽雨乏爨
亦籠煙畫軸無妨卷書針雅稱懸旁求緊我
責懷此樂飢賢

題黃筌梨花山雀

肖物渲芳總化機藝而道也匹應稀雪禽翻
樹殘英墜却訝梳翎落去飛

題黃筌杏竹文禽

綠竹高擎紅杏花文禽翩集一枝斜能言何
似無言好默舞東風鬬麗華

黃居寀山鷓棘雀圖

棘雀愛卑棲山鷓喜清廓雀在高棘枝鷓步
低泉壑圖之素絹中短言識其畧常聞古人
云君子愼所託

黃居寀蛤子蝴蝶圖

荷葉枯擎金線蛙栩然蝶可是南華漫言飛
躍非同族海眼由來本一家

黃居寀芙蓉珍禽

院體雖傳刻畫工却饒神韻拂秋風珍禽俯
啄草蟲意良喻依稀揪彈同

黃公望山水

一幅淡雲煙重陰灌木連草堂必據勝溪水
鎭澄鮮意古境自古人傳畫以傳誰斯賦葂
軸我迺欲招賢

題黃公望山水

野閣虛支流水上飛泉遙落白雲中老翁八

十獨軒輿（見大癡自識語）筆力應然積健雄

黃公望山水

山峙水流化機觸目成吟妙旨設非畫中有詩何以率然能爾

黃公望山居聽松圖

謖謖寒濤入耳清考槃終日足怡情自知差勝陶弘景未冒山中宰相名

黃公望茅檐靜倚圖即用其韻

太常何事乃居山獨坐應同齋舍間癡道人圖具深意似憐孤負彼雙鬟（蓋用周昉事）

黃公望浮嵐暖翠

春入千林暖蓊然翠靄披天平恰當而氣韻訝如斯

黃公望秋峯聳秀小幅

峯峻水潺湲精藍樹欲殷津塗銀峽口磴道白雲間四序原無住山僧只自閒香光正法眼粉本認虞山

黃公望九峯雪霽圖

雪山纔作雪眞霏（見大癡自識語）妙處能通造物機我擬三餘張靜室漫空應作六花飛

黃公望晴巒疊翠

谷曲復山崇松蒼楓亦紅考槃人得所大嶺法猶同書屋看疑隱寺樓住若空支笻獨往者應去訪韓終

題黃公望溪山雨意卷

七十老翁飛逸興健筆得要無爭多溪煙山靄紛勃鬱雨意立待將滂沱町邊農父早罷犁舟上漁子開披蓑當時快意撫左紙搆景古研磨大陀（見黃公望自識語）遂教曲盡欲雨妙潺觸手難爲摩國子博士題贉首小篆四字成璧棄懶瓚乃別出手眼卷後橫議推鷗波（倪瓚題卷後有子久不能夢見房山鷗波之語）英雄欺世故應爾要已心聲詎有他富春大嶺石渠寶天然作配非旁羅氣求聲應有定理吾因遐想碩人薖

題黃公望九珠峯翠圖

神筆不擇絹與綾（作畫多用絹素此獨綾幅足見大家無可無不可）

鬱葱岡巒千百層運以元氣合以古弗八世態其明徵九珠之峯在何所老鐵分明謂我語弄藏已久始拈題（是圖向入石渠寶笈今始題句）當面失之每歎古

題黃公望煙樹溪亭小軸

疊樹不藏山色小亭可納溪煙别撰富春大嶺意無盡處悠然

題黃公望烟樹溪亭小幅

日日身在畫中行何用行縢犕畫卷以畫證境妙趣多此中會心良不淺小幅周方不逾尺縱目頓有千里遠慘澹經營素所工豈是造物傳粉本溪亭四柱俯清流背樹稍露橫雲巘晴烟浩蕩望無涯橋邊村墅依微辨山環水抱别一天勝處卜居眞復善悅心亭前波暎心（端村行宮前三箭有亭日悅心山側）招提寺側峯來眼（有招提寺）到底還輸畫裏兼大癡首肯吾精辯

黃公望雲松溪屋用張翥題句韻

松似高人恣偃仰雲如流水自沄溶搆齋正對平溪淨影落岩巉峙背峯

黃公望層巖曲澗

是誰肥遯處澗曲復巖層持以遺君贈（公望自識）云檢贈元璘逸君端惟癡士應清機致塵遠潤意欲雲興未可畫圖目眞稱氣韻勝

題黃公望江山勝覽曡舊作題張宗蒼倣畫卷韻

昔命宗蒼倣公望固知得髓非得皮如何畫就率成什竟致數典翻斯遺笑予忘本壽其枝閱十載乃重題茲徒觀一氣滔滔者想見經營般礴爲聚精毫芒以内乎放意楮墨之外也耳疑三峽砰訇音目延兩岸森雲林宇宙以來便有此安容塵世論昔今此老南宗故高手八室右丞誰曰否吳門契友惟懶瓚撫卷吗絶開吟口當時卒業十歲餘蓋湊神來非坐須大江我亦浮三度以畫質之無不如湔氏遙源因憶諸造化靈秀潛翊扶小哉南昌帶五湖

黄子久山居圖

大癡道人黄子久詩中元白書顔柳富春大嶺稱絶作膾炙都人士之口金題玉躞標山居然疑即是富春否展卷一室饒古香華亭妙筆存圖右品評精確書法高以書例畫珍瓊玖江山萬里無足奇萬里以外箇中有平沙遠渚隔重林水郭烟村帶層阜耕者讀者雜漁樵天高地下適飛走渾噩全無意匠營都來量物隨所受宜令香光拜下風倪迂范綬誰妍醜不必什襲誇鑒藏丁甲呵持自能壽

余既辨明黄子久山居圖即富春山居圖乃疊舊韻更爲長歌以書其後

富春疑案叅來久今喜辨明楊即柳高（士奇）王（鴻緒）目迷何足云壓倒德潛談天口我非博古侈精鑒是是還應别否否沈文王氏乃捉刀華亭晉陵仍左右始識流傳祗一圖碔砆安可同瑶玖笑予亦水索元珠不識元珠吾固有如浮海者必由河如登山者必歷阜縱云露柱即燈籠坐令優孟望而走每讀班賦發深思貴耳末學多膚受吳下詩人即趨闕試與觀之應覺醜還續長年當自訟庶使此圖更因壽（去歲春命德潛題此圖曾有句云我欲壽之以佳作德潛手筆猶能爲）

再用舊韻題黄子久富春山居圖

間氣所鍾必也悠久如彼松柏夫豈蒲柳名詎有定繫乎人口定者存焉謀邑則否翳我好古圖左史右富春山居石渠瑛玖問自何來畫禪所有爲堂爲霍爲嶠爲阜或宛而隆或放而走有樹風生有澤虚受三疊識言愛忘其醜爾因我傳我以爾壽

黄子久溪山雨意

溪山未雨雨意來蒼茫含潤無點埃鷩禽覓葉枝頭急漁父披蓑谷口迴

題黄鼎歲朝圖

松惟傍脩竹梅不並凡枝（檃括黄鼎自識語）生面出塵筆（凡畫歲朝圖者無不取吉語此惟寫三友可謂脱塵）初韶祝嘏詞

允宜稱淨垢（鼎別號淨垢老人）雅合卜延禧三友三
元日屠蘇醉豈辭

黃鼎倣董源萬木奇峯

高峯迴接空低巘巒巃嵸萬木更其下諸家
誰敢同精神出倪筦結搆入幽通倣董雖親
識其源不易窮

題黃增嬰兒鬬草圖

擷秀探芳各背携那憐生意正萋萋春園巧
盡羣兒態休說鄜州有戲泥（鄜州泥孩兒極妙見陸游集中）

題賈全詠梅圖

卉中圖貌取其一（是圖祇寫梅而無松竹）塵外盍簪益
者三（三人聚坐）不識青邱雪滿句擘牋吟處是誰
堪

鄒復雷春消息圖即用其韻

一氣爲春去必回誰將消息付寒梅蕊珠仙
姤女夷巧偷先（去聲）東風特地來

題鄒一桂山水

飛來笠館翠微間磴道凌空訝許攀樹葉吹
風看颯颯瀑流落澗聽潺潺忘年古鶴閒梳
翮長日高僧鎮閉關百尺虬枝扶碧嶂依稀
如過九松山

題鄒一桂山水

堞樓近倚大江邊一片虛明萬里天石劍倒
青如劃水林扉拖白不藏烟時時細雨出耕
犢往往斜陽聚估船此景親從南國見披圖
漫訝想當然

題鄒一桂山水

致仕返家鄉寫圖貢闔閭相招至朋友惟與
話蠶桑筆共江山老身非蒲柳强欣玆六法
繪卻勝九如章（一桂家居以六慶禮進此圖）

鄒一桂山水畫歌

一桂繪事素所知家法相傳善花鳥近爲山
水頗入神左右逢源眞復好橫圖大嶺作遠
屏一谷寒烟散林表分來別幹殊秀拔層列
岡巒致窈窱山窮水抱凡幾曲野橋不計大
與小笠亭蝸舍相間出紅蓮宮矗青松杪倪

黃宗派何須論要當取師於大造春華秋實以怡情智水仁山從體道爲術貴慎有名言其然否乎堪絕倒

題鄒一桂倣王蒙山水

法不拘其荷葉皴山樵早巳得精神柴籬童子開扉望採葯還乎待主人

題鄒一桂畫秋色即用其韻

莫怪八公髮盡斑須臾解會變朱顏牆頭秋色有如此信報天邊雁欲還（是卉又名雁來紅）動如鳳翥靜如翔騎似雙成瀛海粧五色何妨傚霜侯東籬欲笑獨稱黃

鄒一桂秋塘釣艇

煙篷泛灔弄竿綸蓑笠飄然意可親比似仲舒三策裏我猶未免羨魚人

鄒一桂秋艷圖

西蜀未吟傳杜甫東籬兀對想陶潛淒清自領閒風露不作爭時與附炎

題鄒一桂楓林停車圖

停車楓阪坐移時霜葉飛來引綺思詩寫牧之不重詠（圖中寫牧之全詩而無題句）爲他七字括無遺蕭蕭落葉打頭巾坐喜秋光清絕倫小杜纖穠老杜老畫家意究屬何人

鄒一桂秋英卷

派接徐黃江左鄒寒英設色足風流紛開木本及草本底論深秋與淺秋蝶欲黃而猶待染葉將紅者未曾收玉欄金井休開展猶恐霏烟露欲留

鄒一桂菊華秋實

都云秋實勝春華畦徑今看別一家也祗金英方合稱兜羅綿手恰拈花（畫有佛手）

題鄒一桂雪景

齋宮逢夜雪先節果稱佳適值來林下因教寫景諧自緣耽筆墨詎是強差排祝爾身康健重登白玉階

鄒一桂歲朝圖

一松卓守石四蟠共圍餅別裁（去聲）歲朝寫（蓋喻）

（四海昇平之瑟）梅枝護始馨

鄒一桂歲朝圖

白石紅梅傍水仙，瓷盆供養淨而娟。分明一段江鄉景，圖作歲朝吉語傳。

題鄒一桂歲朝圖

林下祝鼇來北京，潞河舟遲（去聲）值新正。閒居即景成圖獻，老筆傳神合句賡。父子園鑪話節序，孫曾擊鼓鬧軒楹。玉梅天竺庭前粲，與物皆春愜我情。

題鄒一桂豐鄉慶節圖

底識鄉居樂事眞，鄉居樂以屢綏頻。三餘晨誦還宵課，六行南村復北鄰。學士畫圖偶展處，石湖樂府重（去聲）提新。（范成大石湖集中有歲暮村田樂府）斯民三代風猶在，煩令何須教反湻。

題鄒一桂畫

晼沭芙蓉慘淡紅，毿毿䥫立綠楊風。何須點筆爲長賦，看取秋光滿眼中。

題鄒一桂畫

碧桃倉庚

公子飛來衣著金，細桃灼間粉筠森。不須隔葉全身現，恰恰端知有好音。

紫薇蠟嘴

竊脂翩集金華樹，紫綬翠翎豔好春。慢訝色形都活脫，傳神原是省中人。

題鄒一桂畫

桃柳

搖金影裏剪輕霞，蕩漾東風淸且嘉。恰似西湖隄那畔，望中知是姓蘇家。

荷花

新蓮照態碧波淸，出葉芡菰縱復橫。不盡張潮詩外意，寫將畫裏有餘情。

菊

底須泉上不籬東，瀟灑延年晚照中。位置雅宜文石側，介如風味本相同。

蠟梅水仙

春前臘後傳消息雅蒜天葱結友于訝是維摩霏雨室色香雖異淨無殊

題鄒一桂寫生

春華秋實萃成圖好尚惟人自會夫詎爲攜來識山水如斯納善可教無

鄒一桂清溪垂釣

蒲芷掩映間煙水澹沱處釣者本無機羣鷗爲誰去

題鄒一桂雲居寺圖

近水閒居筆研攜（水圍減從舟行從臣多留居趙北口者一桂亦在其內）興來慘淡寫招提想因爲我忘山景西峪雲居一再題

離合春烟隱現巒石泉飛處峽琴寒概雲軒裏看如畫今日翻從畫裏看

題鄒一桂盤山圖

扈蹕偷閒似退朝（春巡曾命鄒一桂扈駕至田盤因命文臣於癸事之暇隨意乘騎遊山一桂此圖即自寫所歷也）崇椒策騎一逍遙便教健筆傳佳勝未許名山閟寂寥詩句可曾招翰侶精神爾許得僧寮高峯雲罩非忘却款段應緣憚路迢

題鄒一桂盤山圖

春雲欲出山濛濛山乎雲乎將無同變態萬狀難爲工若人意會神以通煙巒莫遁冥搜窮妙解要在得其宗奚問邱壑石與松五日淸遊一覽中扈蹕不孤冒春風王洽潑墨應齊蹤

鄒一桂梅竹

碧琳竹與粉珠梅著壁多時謝別裁彝詠睪然緬江左平安春信早傳來

鄒一桂松梅

花終色也梅偏潔樹縱林然松獨蒼乍看傳神已瀟灑徐思寓意不彝常

題鄒一桂梅花

石角溪頭月照諧冰香珠影澹如如遙知瘦似枯梅者梅樣精神未改初

題鄒一桂萬松圖

邱壑鬱蒼蒼喬松拂夏凉疎枝風入爽圜蓋日如藏落澗濤相答倚天峯共昂著書白屋者應是註羲皇

題鄒一桂橅宋苑畫榴下雄雞圖

絳冠獨立色爭榴自覺昂藏莫與儔法擬昌黎學作俗示人頗亦欲懲不

文人命筆多輕畫苑工緻習故戲及之

黃鶴樓歌題鄒一桂畫

黃鶴樓高古名蹟一桂慘淡圖成之漢陽樹影連空翠鸚鵡芳草仍離披自言奉使偶經過追摹烟景曾無遺我雖未登快睹望楚江坐對奚然疑卽今一桂亦如我向所俯仰徒存思

五君子歌疊舊作韻題鄒一桂畫

曰草曰木雖無情一葉一枝各具性寓意不留皆合宜玩物忘返斯爲病玉磬主人創此格想見當時拈筆興竹風流自蘇門阮松瀟灑卽谷口鄭凌波水仙鯉騎高踏雪寒梅詩儼孟古柏拏空獨矯矯又如玉局持身正勑儆恒因寓渴賢（向曾命張若靄亦倣此圖）藝箴亦可通爲政

菊泉歌題鄒一桂所畫

清泉白石相錯間延年嘉草叢生夥異哉此境塵世無靈源疑在荆州左源旁輿側厥土芳流溢甘津澄澹沱金英玉節紛葳蕤莖短葩繁偏婀娜對之清遠香可裛掇之輕盈露欲墮上壽百二只徒傳嘉時九月今猶頗我欲求仙仙不可我欲爲佛佛無我伯始飲之但增羞不如泉明花下坐

題鄒一桂杏花

寒勒杏林未放花嫩芳忽見一枝斜審覲設色小山作筆有通靈信不差

寫生原是貌眞姿東竺庵中盆裏枝却憶去年春暮月潤紅相映雨絲絲

題鄒一桂杏花用乙巳韻

花在窗前畫室中爲同爲異理堪窮小山識

得便宜處一例芳葩不落風

題鄒一桂杏花

侍臣遺筆尚軒中筆有窮而意莫窮恰似和嬌窗外者每來必一詠春風

再題鄒一桂杏花

曾是春華東竺庵侍臣設色得神堪卽今山館相逢處引思還飛江以南

山中杏朵未舒芳著壁翻看淺淡粧何必於斯較眞幻請看眞暫幻原常

題鄒一桂杏花（是日花朝）

漫惜花朝花未發受宜居裏見斯枝審看原是春卿畫却有香風拂拂吹

精神昨纔（去邸）御園別（鄒一桂於上年冬來京叩祝慈寧月初陛辭南歸於御園召見喜其精神尚能如昔）丰采今還盤谷逢孰假孰眞孰離合畫禪孰解悟南宗

題鄒一桂杏花

春遲前歲未花放節早今年却見花眞者在前語誠有小山此實不爭差

雅淡精神不染塵窗前壁上並輝春誰知一別江南去竟共徐（熙）黃（筌）作古人

題鄒一桂杏花

春卿昔貌竺巷枝挂壁來當花放時不識江南春雨裏可曾憶著屬車隨

題鄒一桂杏花

山陽氣暖杏如蒸壁上庭間對恰應似向李桃意微做有花有實問誰能（山桃有花無果李亦有不結果若惟杏花皆結果）

題鄒一桂杏花

春卿昔貌竺巷枝挂壁來當花放時不識江南春雨裏可曾憶著屬車隨

題鄒一桂杏花

雨過春山杏萬枝花花朵朵露珠垂却疑此樹何獨異徐悟伊人能爾爲

東竺巷中粉本成（甲戌歲於東竺巷曾見盆杏爲之寫生旣命鄒一桂設色爲是圖並題以句兩窗重詠倏指又六春矣）無端設色命春卿卽今江國揮毫暇可憶田盤扈蹕行

題鄒一桂杏花

峻嶺崇山颭惠風無梅香潔有梅紅伊人南去仍成古畫與庭花依舊同

題鄒一桂杏花

一雨催開萬樹花寫生忽見幾枝斜齋中欄外如相較色色香香兩不差

題鄒一桂杏花

山杏暖開徧谷枝寫生畫對侍臣斯杏如故也畫成古可著思哉漫著思

題鄒一桂東竺庵杏花圖疊前韻

暈紫霏紅千萬枝何來入屋一枝垂陡思乙亥春遊況曾命儒臣設色爲花中金牓設開成甲第應教屬此卿底識傳神擅奇品窺窗每見午蜂行

鄒一桂杏花雙燕

織出絳綃薄裁來玉剪明仙人製衣著稱體五銖輕

題鄒一桂芙蓉雙鷺

秋草秋花照碧漪雪鋤顧影髮毿絲別開生面原恒語可矣曾聞曰再斯（非鷺者率取二思之義故云）

題鄒一桂雙清圖

黃是眞黃白眞白花中難老有神仙淮南招致誠何謂那識自然驗不然

鄒一桂牡丹蘭花折枝

國香自合獨稱蘭國色還須讓牡丹偶爾寫生涵至理世間兩美合應難

鄒一桂松菊圖

蒼官壽容結好友白石青莎依秀原廣羣芳中誰冠冕兩先生實賁邱園臨風聽擬濤湔俗裛露餐餘英雪煩疑是歸來三徑日陶家高致喜猶存

題鄒一桂菊花

女夷賦萬花獨賦菊於秋素節冷淡姿情性雅相投其初惟一黃紅紫色漸稠質之柴桑翁弗知首肯不

命鄒一桂圖洋菊成題句

洋菊近年始出各種不一其大有徑周尺者不見於古故令一桂圖而譜之

本是東籬種誰教冒海西藝林闕形肖卉譜漏名題聊亦與其潔宜當漫莫稽傲霜金椀麗裛露玉盤低詎謂出藍也由來一鳳兮小山神晤處招隱調原齊

題鄒一桂三益圖

羅漢松依臘月梅闢天竹雅稱清陪居然三友雲霞契生而從看此別開

題鄒一桂三益圖

貞姿宜雪後芳信報春前澧阜將洛浦可以結忘年

右梅

雅蒜名非雅冰夷體是冰依然銅洗藝作賦定誰能

右水仙

爲佩將生谷猗猗不改芳設因擬高懌相契許和張

右蘭

題鄒一桂花卉

臘後（蠟梅）春前（山礬）交婀娜玉英（水仙）珊穗（天竺）映玲瓏女夷位置色香巧每以不同示大同

題鄒一桂花卉二種

垂絲海棠

揚猗別致總低垂借助濛濛細雨披設向楊家題小字應爲剪髮感君時

芍藥

春風夏雨儘敷榮全體花王祇畧輕便擬人前許呼婢亦應家是鄭康成

鄒一桂花卉翎毛

雞冠花側立鵾雞情與無情一羼提奚必主賓特形異恰看老少得年齊（雁過紅一名老少年）秋前彩幘爭擎露月下歌裳自舞霓祇有太眞耽晏起（秋海棠）厭他咿喔五更啼

題鄒一桂花卉

衛足（葵）忘憂（萱）趣各殊剪絨（石竹）綴火（石榴）態皆

都中逢（百合）一種聯芳意合喚天中五友圖

題鄒一桂秋花九種

梔子

休言西域赭如金見說漢園玉作林識得本
來薝蔔面不關形色不關心

秋葵

砌角庭心簇簇柯漫言衛足智如何牽因心
赤向陽切便合花黃承露多

秋海棠

多向牆陰冷處生向隅獨不鬬芳榮即看含
媚還含戚尚似懷人一片情

牽牛

何處青牛未服箱金風七月始含涼漫言引
蔓能飛遠一水盈盈不解航

夾竹桃

桃作花頭竹作枝扶欄婀娜自離披問誰識
得連昌色祗有詩人元拾遺

玉簪

色非姚冶香非艷匐葉天然稱鬘絲蓬島露
華晞海旭綵鸞待欲曉粧時

萬壽菊

滿擎流瀣曉曦鮮勝彼兕觥萬壽筵謾道姓
名花譜漏（羣芳譜中無此種）增華不獨此為然

藍菊

開秋獨不喜開春品格原應擬隱淪莫笑從
來紛變色唐家已有面藍人

剪秋羅

花開四季足風流特剪秋羅殿九秋老去詩
人留畫筆（此一桂向年所畫存山莊茲始題句）空閒搜索詠從
頭

題鄒一桂寫生小册

蜜蜂薔薇

裛露精神振風態半猶含萼半酣開不因香
氣枝頭噴那得蜜蜂作陣來

文魚水藻

色中（平聲）看肉弗中烹綠藻清波任意行材不

材間得所託濠梁別趣傲莊生

蛺蝶藍雀花

蝶是眞飛雀是假眞原翾動假原花一齊寫像畫圖裏眞假由來未大差

茨菰蜻蜓

飛來紅翅依白朵照影偏宜入碧淪張處士還杜工部雙題合撰總傳神

遊魚落花

落英唅喁悅遊鱗那識無端滅却春設以桃花源相（入聲）擬此魚便是武陵人

蝴蝶金絲荷

同荷名却非居水是蝶身猶不姓韓大海眼惟泚滕作花君子特異周覿

飛蛾如意草（亦名紫花蒂丁）

是草依然有紫花丁星牆角受風斜飛蛾錯認燈來撲無礙傷生爲（去聲）籠（上聲）紗

錦荔支蚱蜢

化工造物何不有破瓠微蟲意具生小幅收來各神肖底須叔向辨材呈

題鄒一桂寫生卷

金絲桃

翩翩黃蝶力難勝迴異人重過武陵最愛緣盤高捧出五花齊燦五金燈

繡毬

繡出金針韶景妍玲瓏一線若爲穿試參舍利抛呈後香色榮枯總寂禪

長春花

瑤池桃實三千歲樹各春秋不相（入聲）妨月月花開十二度女夷批判豈辭忙

百日紅（又名後庭花）

揚猗聞道盛閩中絢爛恒春百日紅結綺樓前多學士費才江令獨稱工

杏

肘後曾聞說董林甘芳偏覺勝來禽充梅漫惹髯翁誚入酪何妨楚客吟

枇杷

誰因結實憶開花綴樹金丸未揀沙爲想詩人高季迪東邱蘭若見枇杷

棣棠

色占中央爛熳枝後時約略並荼蘼不因撿校羣芳譜誤注誰分周雅詩

秋葵

秋風開砌發幽花處士圖珍駙馬家直筆不慙瓶史處傾陽曾未逞春華

百合花

接葉開花玉瓣長雲根百疊可爲糧卻教藝苑傳佳話歲軸圖成兆吉祥

題鄒一桂五香圖

桂

已豔劉安口那論吳剛手似語同罄者於秋獨能守

菊

聯桂自居弟顧梅堪號兄合是徵士友色香總絕清

梅

斜掠一條冰品題難揣稱圈圈點點裏直是佛心燈

蘭

入衞風人詠宜楚大夫滋卽此足終古盍惟芳四時

水仙

伊人生面開別有五君子如語松栢竹共梅復於此

題鄒一桂十香圖

漫說䕡薌自石湖解嘲亦更有髯蘇（石延年紅梅詩云認桃無綠葉辨杏有青枝當時以爲著題東坡詩云詩老不知梅格在更看綠葉與青枝蓋譏其不韻爲紅梅解嘲也）若從香處分伯仲白者當前究孰麤

右紅梅

直是盈盈洛水濱難稱香色與精神謂他雅蒜天葱者花譜中貞最俗人

右水仙

體格由來殊衆芳肯同紅白較低昂深山自
恨每誰出遂致繁稱四季香秋蘭春蘭見於離騷九歌古今咏蘭者亦多言春秋未有言四時者按羣芳譜載閩部疏云蘭以玉猷爲最四季開者爲珍又本草寇宗奭曰蘭葉潤且韌長及一二尺四時常青是又不獨閩地氣暖爲然矣北方蒔花者冬月亦能使之開放向題圖明圖御圖芬詩有較雖三徑異可以四時開之句亦非無據耳

右蘭

長條雖木怯風禁白朶微香迷月臨底事曾
無擬梅者謂他中有奪朱心

右木香

薝蔔根源溯佛家維摩經云如入薝蔔林中不聞他香惟聞薝蔔香西域雜俎云巵子即西域薝蔔花或曰薝蔔金色花小而香西方甚多非巵也然考廣羣芳譜載三柳軒雜識以巵子爲禪客又長物志云薝蔔清芬佛家所重古稱禪友殆非虛言詠巵子詩者蘇軾云六花薝蔔林間佛朱子云何處飛來薝蔔林是巵子即薝蔔無疑惟既入花譜則三品七命任好事者意爲評論耳色香惟淨兩無差應
憖誤入羣芳譜品命參差任漫加

右巵子

喻珠何事紫芳披無定名從來若斯嬝娜惹
人觀嗅者其間多刺亦應知

右玫瑰

六月無梅休自詡紫陽何事淨塵詩朱子茉莉花詩曠然塵慮盡爲對夕花明對他畏冷趨炎態那免人間謂
濁花羣芳譜載茉莉花出自暖地性畏寒喜腥肥之物壅灌故有清聞花濁茉莉之目

右茉莉

摩羅疑自異方來羣芳譜載百合一名摩羅似外國對音字又云鄙波國無穄種以百合爲糧即如閩之番薯吳郡之芋頭皆可食耳亦有微香撲
朶開百片問他何以合爾雅翼百合數十片相累故名百合言百片合成也殷如人事凡百皆求投合必致如婁師德之訓弟令其唾面自乾矣因戲及之
想如唾面訓昆材爾雅釋言昆後也書昆命于元龜垂裕後昆之類是子弟皆可謂之後也詩王風謂他人昆朱傳訓昆爲兄似泥

右百合

根本幽巖不耐彝或憖一出遍園林若因四
季開花較晏亨性終應勝庾信心李燾長編戲蔡檜使人諭晏亨爲謀主亨答曰爲我謝蔡公薑桂之性到老愈辣庾信詠春近餘雪詩絲絲變柳色香氣動隔心

右巖桂

春花不共共冬卉（昔發菊者十月十一月間尚能開放惟春日從未之見）木讓臯塗草獨芳可惜色香清淨體至今諸類混西洋（近年來頗多洋菊種類甚繁殊混東籬正色）

右菊

題鄒一桂花月八幀

李花難辨漫輕猜香暗影疎有是哉恰合青邱契神句果然林下美人來

右梅月

濤聲收靜晩風閒古鏡圓擎霄漢間箇是軒轅初鑄出祇宜朗照赤松顏

右松月

月牙柳葉兩爭蛾斜拂高標翠滴窠試以一言相等度少爲貴固勝其多

右柳月

何須細雨不關風葉葉虛明節節通此是纖阿非洛浦身傍自佩玉玲瓏

右竹月

小院低牆出枝處半輪幾朶入花時鬢肩劃葉晩粧稱（去聲）不藉溫臺有鏡披

右梨月

不著荷花著荷葉伊人應讀梵經傳（荷花見日而放見月而斂出梵經昔人謂初日芙蓉意適相合）雖然轉語還須識無礙其中全體蓮

右荷月

奚必居然月浸池舍人早是自成詩（是幀寫洪咨夔句意咨夔昔爲中書舍人）畫家多寫舜俞句（咨夔字舜俞）句外傳神似此誰

右紫薇月

豈是吳剛倚未到宛看放出外生枝依然不離（去聲）廣寒境却契光光相映時

右桂月

題鄒一桂花卉十六種

桃

無分南北報春來二月東風霞暈頤斜倚曲池冒輕雪知他吳望傲江梅

梨

通體玲瓏白玉爲邱家左掖有佳詞似嫌桃
朵特紅艷故出氷姿以問之

玉蘭

琳𤦲岩嶤那計層前身應是水雲僧年來含
韻堂中坐沃盡芳心獨爾能

杏

淡紅五出豈輸梅所少幽香撲鼻來莫漫臨
風太酣放一年春祇一迴開

薔薇

上品從來稱淡黃開花易盛久難當休言有
刺不堪把衞足應同識飽莊

紫藤

葉蔓蔓護花嫋嫋無力春風例倩扶近日却
看成獨樹庸中佼佼謂斯乎

牡丹

夏前春後每云仍衣白山人衣紫僧富貴問
宜作麽看相將圖裏悟南能

蘭

但著疏花纈折枝不教長葉間芳蕤畫家別
栽去聲應須識爲寫騷人紉佩時

蜀葵

春芳謝矣夏芳妍振藻偏宜午砌前鮫客訝
如木槿似吳人喜並海榴燃

石榴

誰識紅華絳采敷能囊白色水晶珠蜀葵幾
朵芳姿映合奐天中蚺瑞圖

芙蓉

絕勝丰姿照素暉誰擕種自錦城歸翩來翡
翠窺花朵比並穠纖不忍飛

桂

云是花原不是花綠瓊葉裏綴丹砂輕綃怪
底衲傳獨寫照伊人本一家

菊

周書惟載有黃華後世侵尋五色誇自是椎
輪生大輅濫觴盃獨傲霜花

翦秋羅

女夷應欲試新衣，打疊輕羅翦薄緋。此日班姬賦扇罷，坐看秋色漢宮歸。

梅

冬朶如爲衆芳殿，春英又占百花先。貞元一氣含元化，那論今年與去年。

山茶

何曾林下忘京華，春帖呈來色色嘉（是圖皆一桂迎年來獻者）。應似姑蘇范成大，仍從掌故問山茶（即用成大句）。

題鄒一桂百花卷

東風駘蕩珠斗旋，女夷早識當司權。探春爲使冒曉寒，垂垂雪節報韶年。東郊迎春春可憐，赭黃袍芴映日暄。是時紅梅方燦然，暗香疏影笑逋仙。曉粧學杏鬬芳鮮，九嶷萼綠環珮珊，不許舞蝶知因緣。湘妃波上猶蹁躚，雲儀霧從衣袂聯。九龍爲御不須鞭，一品九命瑞香團。味輸龍沉與麝蘭，萬粒齊綻雪點殘。

詩人漫誇紫毬般，寶珠山茶出祗園。楊妃焦萼空喧傳，滋蘭九畹憶屈原。淩駕荼蘼突蕙荃，東皇綬帶垂翩翩。管領嫣紅姹紫天，南陽諸葛臥龍蟠。只今遺種猶田田，玉李含桃相樛連。繁英碎瓣春星攢，色香不辨孰媸妍。百花領袖文杏專，上林仙子名姓宣。亦有行人斷魂牽，清明時節村舍邊。雙雙金雀何飛翾，宛同社燕珠簾穿。紫棉垂絲笑靨嫣，欲綰青陽片刻延。荊花解令昆仲歡，不須更咏棣華篇。光風轉處蕙叢芊，態比吳蘭差娟嬛。野薇含笑美且鬈，苧蘿村裏浣紗人（叶）。蝴蝶慣抱花心眠，紫羅花鳳低枝駢。海棠貼梗種尤難，元都觀裏春將闌。桃花人面啼闌干，雪梨映月小院偏。木筆點咏芳園開，昭容紫袖俄雙搴。流蘇萬結壓井欄，薔薇金朶垂籬垣。如來迦葉曾示禪，何來於菟繞戒壇。比邱伏後都忘筌，誰將荷包名牡丹。滿貯春和露未乾，輕鯈出水波濺濺。弱榦掩映梳煙鬟，銀絲萬縷

疑珠貫叶瑤葩眞是抵金錢浴蠶初罷豆花
繁不與桃李爭春官遶蹊棠棣常偏反叶滿
甕金粟勝霜秈雙成上元紛騎鸞石家步障
金谷筵紫絲十里圍芳阡沃丹九轉駐朱顏
虞姬杜鵑愁滿川藥珠宮裏綵毬懸蘭膏微
暈胭脂殷名傳西府堪吟攀長春四季開斕
媥直將春秋紀八千叢叢石竹疑湘斑洛陽
魏紫尤稱尊瓊田瑤圃樊杜班沉香樂遊應
幷刪身傍小玉欺素鑾木香郁李枝連蜷玉
堂佳客揮吟箋繽紛翠羽來空山亞盆梔子
麗且嫺但聞薔薇餘香捐忘憂最愛北堂萱
豆籬花滿涼蛩喧金銀引蔓飄溫磨蜀姬濯
錦錦浪翻石榴爭似葵心丹南中金絲五山
圓盈盈黃苞襯綠盤千葉翠桃欹晚煙連昌
宮墻那能關還疑洞口尋劉阮叶玫瑰宜上
美人鈿纏枝千結芳菲魂佛國嘉種稱旃檀
離垢頓悟倒刹竿渭川遙接武陵源觀音幻
柳何曾觀石菊淩霄剪碎紈或綻砌旁施松

顚海桐濛濛清露溥漭波初日舒芳蓮亭亭
翠蓋淩風軒虙妃羅襪步銀灣郎名紫薇侍
金鑾晚香未入嵇含編岸蓮紫鶴淨粉鉛玉
階岸積雞人冠露晨報曙瑣窗前清江紅醉
雁初還牽牛七夕鵲橋塡秋葵鳳仙簇蘚碑
美人綠鬟映貂蟬聞雷悟處同風旛馬蘭珠
蘭爭笑嫣茉莉吐馥髻雲鬟海棠秋染紅霞
痕幽馨逸態難具論淡竹不離僧伽肩芒鞋
掛處鐵線纏漢宮秋色赤燄燀玉簪插髻清
芬噴藍菊翠梅各婉孌桂花丹粟月窟根木
犀弄影臨清湍夜來香綻花鬚鬖桃蹊李徑
委榛菅九秋佳色東籬存當年陶令與盤桓
金英落砌猶堪餐嘉名萬壽薦壽樽月月紅
粧燦朝暾芙蓉寒倚夕陽灘江鄕一幅圖范
寬纍纍天竹綴琅玕山茶豔質名玉環香傳
眞蠟薇露湔月明林下殊清便玉梅宜殿花
王銓更番風信非虛言明年芳事從頭看

題鄒一桂花卉册

梅

氷作精神玉作花踈英點古榦槎枒枝頭㾓
雀雙棲處香夢初醒月欲斜

桃柳

灼灼桃花霞蔚與三年誰解飯山僧柳條並
寫非無意挽住韶光借爾能

梨

月下風前態嫋怡不香莫慢致相嗤飛來白
燕如呼侶欲認無端又自疑

紫藤

芳蕚當春綴紫瓊臨風偏覺態盈盈由來柔
物工依附我亦因之識世情

蘭

清香淨色若堪捫伯仲之間蕙與蓀底事幀
中纔數朶恐防九畹嘆王孫

茉莉

枝間摘取玉丁星蓄眼芳姿歛鼻馨氽得色
香眞淨處那更小扇撲流螢

夜來香

鍼神屏（上聲）燭妙工勤饒有奇香拂檻芬都道
魏宮夜來好誰知本喚薛靈芸

翠雀

居然眼翅如生動曉露承來吐細芬便有遊
蜂欲採蕋何妨物類本同羣

萱

黃華綠草足風流翠雀翩然可作儔正值暑
天暘雨若便非樹背也忘憂

桂

荷讓夏兮梅讓春秋風獨占許誰隣團圞璧
月懸爲鏡相映伊人自寫眞

蠟梅

珊瑚心簇琥珀瓣欺雪淩風郁烈香誰識黃
家合氣韻自茲名色始擅薌

題鄒一桂花卉卷

碧桃

此是西池千葉春風前灼灼復蓁蓁如何不

結枝頭實仙種應慳付與人

梨花

檢校韶光到幾分膩情蜂蝶鎮紛紛黑甜若到眞香所小院梨花是夢雲

薔薇

閭易衣裳紫間黃卉中仙號杜蘭香莫嫌偏有稜稜刺未許人輕近砌旁

虞美人

血洒郊原化草芳楚歌一曲至今傷重瞳叱咤歸何有未及盈盈弱質强

紫藤

婉孌偏依松柏枝却緣剛介得揚猗紫絲步障如平展藉與凌空作幕垂

罌粟

擎來百琲玉盤羅愛是佳名瑞應禾二䋣設誠供宿飽只虞其少不虞多

白榴花

海南卉木有奇珍冰樣丰姿玉樣神不把丹砂枝上煉學仙恐誤後來人

梔子

色馨自是通身淨風露由來滿意涼黃蝶不知花厭鬧尋香時復過橫牆

牽牛

睆彼幽姿籬落旁露蟲相弔倍凄涼碧天夜瀉銀河水引出相思蔓許長

翦秋羅

七襄誰道不成章一霎秋風滿院芳爾許何多費裁剪天孫爲製嫁衣裳

秋海棠

牆陰血淚化柔枝略似春芳縷縷垂一種幽情依露草花鈿委地憶當時

芙蓉

淺紅合間荻蘆若秋老洲前解拒霜最是蕭風涼雨下十分畫意入瀟湘

菊

姓名合在高士傳品格從標晚節花五柳何

嘗信貧約金臺玉盞醉流霞

藍菊

結隣亦得近東籬瑣碎離披秋晚時設使羣芳譜名氏無過充隱埒希之

梅

逃禪去後應無畫處士吟來合罷詩詩意畫情眞趣在問誰粉本得成茲今春偶爲古餘墨梅并命一桂摹爲設色圖故戲及之

題鄒一桂花卉卷

蘭

再芳早是傳荊楚九畹如何只舉春應爲凛秋權讓菊一般氣味伴幽人

梅

鐵榦冰花蓓蕾紅墨勾不襲補之翁爲文悟得同歸理喜語難工苦易工

杏

婀娜烘春千葉纖粧成世界是華嚴吳融詩句徐熙畫靜裏拈來數筆兼

貼梗海棠

迴異垂絲影動搖斂花著榦見丰標不香亦自饒風韻金屋何妨貯阿嬌

長春花

淺深紅暈足精神婉娩韶光逐月新豈是女夷偏注意故教四季總含春

山桃

剛欣芳蕊輝霞綢已看殘英貼水來點筆意遲聊靜會一枝似爲我重開

梨花

綠雲鬟髻玉粧成雨後風前最有情却笑低頭簪帽者愛花翻牙此花淸

紫蝴蝶

瓣似金萱色奪朱亭亭葉榦欝相扶春駒飛入如彝侶名相風流了不殊

金盞花

小於玉斝大於錢好侑流霞玳瑁筵李白若逢應却置解酲那及甕頭眠

石竹

此花亦彼此君名嫋嫋裳裳且自榮世上寍無假君子底須卉裏太分明

題鄒一桂花卉小册

柳

元稹詩中消息猜同心放眼衹應梅綠絲絲竿看垂垂者釣得春光幾許來

桃

灼灼夭夭一兩枝韶春羣卉占先期淑而貞也非妖艷故合風人首詠之

垂絲海棠

柔絲嬝嬝綴紅珠名著唐宮信有乎正是温泉新浴出嬌無力待侍兒扶

金雀

不飛而雀色爲金宜上盤鴉襯寶簪老杜一生憂苦慣發脣鬭葉也拈吟

石竹

牆頭砌角幾叢斜也傍孤山處士家淇澳風華原不遠故應別號洛陽花

剪春羅

春夏秋羅都得剪輕羅獨不剪於冬識時先占韶光美合製宮袍拂露濃

茉莉

女夷應是喜清白花色香惟白者多何必尋文稱抹麗(見羣芳譜)香寍於麗較如何

夜來香

晚風庭院遞清芬睡鴨還當罷夕薰欲識夜來副名處可知本是喚靈芸

卮子

瓣分六出蕊攢黃豈必耆闍始故鄉最是曉暉凝揭露玉卮擎處泛濃香

石榴

水華草卉夏爭芳桃李杏梨花早藏木本漫嫌都寂寞石榴留得好春光

翠雀

小飛枝上態翩翾鳥譜移來芳譜便雀以南

而花以北女夷酌劑有神權

秋海棠

當春且止到秋榮此意居然所尙清瓶史分明善品第侍兒家是鄭康成

野菊

權與祇記有黃華紫瓣紅毬流漸差野菊却能留本色東籬翻勝屬陶家

藍菊

貌雖厠菊色非犨嗅處還疑鮮淨芬寄語盈襜爲采者是花是草尙須分

紅梅

卉中頭踏領春風品格孤高畫豈工和靖先生却小訝訝他蕚瓣帶微紅

蠟梅

卮蠟其言蠟豈常柳文鞭賈漫評詳却因題册犇名氏展閱重聞撲鼻香

題鄒一桂花卉小册

迎春

春向芳園若處犇迎來眞是愜人心花經品命因何定應爲伊稱腰帶金

探春

色香率與丁香似四出較他一出多（丁香四出探春五出）頭地增來緣底事爲探春意早延眺

虎耳草（又名金絲荷葉）

貼地錢如貼水錢挺梢細蘤亦鮮妍別名祇以稱虎耳小犬金鈴見悚然

蔦蘿松

未松施者蔦蘿松婀娜絲絲纏紫茸頰弁章中看合撰咄哉兄弟却難逢

翠雀

象形立字任人爲謂草偏教雀謂之看到翩翩舒翠翼亦疑昂首欲飛時

金雀

相顧瞋然兩相（入聲）當形雖同矣色殊黃設云金翠爲甸葉垂鬟應誰飾曉粧

杜鵑

繁花三月綻東風幻術文祥謾詡工記得風篁（嶺名）訪龍井垂鞭袖映滿山紅

丁香（紫白二色）

是僧何處認前身白業由來本色眞賜紫沙門多自耀不知還有厭他人（鄭谷詩愛僧不愛紫衣僧）

桂（丹黃二色）

兩枝月桂互叢攢一作黄英一作丹設以官箴論心地自然高下有殊觀

金錢菊

葉和花態都如菊具體而微也自妍五柳先生應不愛爲他名字號金錢

紅梅

白華恐涉太冰霜畧著臙脂時世粧紅杏漫思堪厠侶可能一例噴清香

蠟梅

文臣遺蹟尙多存追詠何殊前席論繪事由來情性寓蠟其梅未蠟其言

題鄒一桂花卉小册

木香

灌生高架復前墀亦有清香亦白甤皮相（去聲）頗堪與梅並靜看品格總嫌卑

十姊妹

一例薔薇名不同無金買亦笑春風祇應韓偓香奩體脂粉裙裾鑿句工

纏枝蓮

名藉芙蕖態牡丹爛然吐萼映雕欄纏枝不放池中去似與水華怯並觀

金銀藤

銀花變作金花速自是人心總愜然寄語世間利名客惟斯二字最牽纏

金雀

天然頭翅黃金色小雀高飛力不勝欲謝西都孟堅賦幾曾有意上觚稜

山躑躅（紫色）

杜鵑鳴際杜鵑開問爾得名誰始哉原是一般山躑躅奪朱惡紫有人猜

翦春羅

叢染絲瓊瓣染黃色斯可矣惜無香春羅細翦知何意欲擬淸和試夏裳

夾竹桃

葉似竹而花似桃猗猗灼灼適相遭周南衞國看合撰不數揚雄作廣騷

茉莉

設非開夏並梅肩香旣淸高色弗姸南越不隨水土變（南越行紀載南越之境五穀無味百花不香惟茉莉那悉茗二花特芳香不隨水土而變與夫橘北爲枳者異矣）勝乎橘枳過淮遷

翠雀

藍雀茱萸原一類金睟翠翼態聯翩右丞九日思鄉處恨不飛來插鬢邊

蓬蒿花

沒徑蓬蒿也作花秋來風捲任飄斜何須太白致大笑仲蔚平陵亦自嘉

金盞

誰把黃金鑄盞成無非立字與安名便教旨酒眞堪注大禹惡之何用擎

垂絲海棠

細絲嬝嬝冒風流滿志芳華通體柔便是無香何礙麗昌州香却到杭州（見花木考稱二州海棠有香）

紫蘭

春風九畹後時開（紫蘭開於春末夏初）佩解三閭漫致猜王子登新加別號紫蘭玉女註蕭臺

夜來香

綴叢百朶似縫紉傍晚吹風香氣勻莫訝人工無此巧花神本自是鍼神

縲枝菊（縲枝菊與鐵線蓮相類羣芳譜鐵線蓮似西番花）

西番色相異東籬菊也緣何稱縲枝應是折腰五斗後歸來却掃閉門時

望江南

造物惟因付物成開花野草亦生生望江南豈無深意何必卑之曰俗名（見花鏡錄）

虎耳草（又名金絲荷葉）

詎是不成效季良圖垂雙耳正何妨金絲設

復名荷葉亦豈云宜在水鄉

翠梅

草本花常六月開祇因五出冒名梅恰如李泌逢盧杞應訝客從何處來

蝴蝶花（亦名射干）

爲花爲蝶兩翩翩夢比蒙莊更契禪莫鄙開常逢夏月識陽生尙在梅前

魚兒牡丹

赤鯉雙雙誰繫諸又如比目戲芙蕖予充雖贈花嬪號津逮由來在貫魚

水木樨

花與淸香都似桂離離開夏那開秋其間奧旨須深識木本剛而草本柔

石竹

花茸茸復葉芊芊竹也那堪匹渭川祇稱（去聲）矮籬斜砌下晚來風護麝香眠

僧鞋菊

葦渡橫江此所遺爲鞋雲水付來茲還曾貫地踏著否行脚僧人爾自知

蒲公英

蒲公英色黃如菊一柄惟擎一朵花三杈（去聲）九英太著相（藝菊者以此爲高品）野葩持此傲陶家

蠶豆花

白瓣如蛾翠葉斜蠶時豆熟莢排了早登解救農家急應號人間第一花

荷花郎

葉豈田田花不芳誰教名冒芰荷香再思諂語雖無賴此實蓮花似六郎

美人蕉

維摩示疾問文殊剝盡蕉心內外無便以美人贈別號亦爲天女散花徒

藍菊（俗名江西藍）

謬差千里始毫釐菊也如何藍面之又曰江西來此種滑州以後合分宜

秋海棠

秋庭相映露華新何礙春花一效顰硯北偶

然詠遺蹟揭思前席論文人

題鄒一桂花卉册

杏

同梅五出異梅香結實甘勝一著嘗小雀不知開揀擇樓枝聊復愛紅粧

蘭

不在盆中不畹邊折來帶露幾枝鮮無端那慮風吹謝人是長生杜氏仙

長春

綠葉紅葩點染勻竹欄石砌鎮鮮新分明註出羲經旨一氣乾元四季春

荼蘼

色如重釀味加芬屢舞風前若帶醺可惜蜜蜂忙兩翅不能嘗得祗饒聞

紫藤

風中婀娜月邊斜逸態閒姿總不差縱使季倫錦爲障紫絲終是屬王家

梨花

月明何獨李難分爲（去聲）是梢頭噴靜芬設使於斯忝色相等閒亦得證聲聞

虞美人

垓下楚歌聞四面失時可奈美人虞芳魂千古帳中舞韓信陳平儼丈夫

秋海棠

花鈿委地尙餘姿小字何妨人盡知不恨三郎恨元禮乘危安得託忠辭（通鑑紀楊妃馬嵬自縊事以陳元禮計弭兵變不失爲效忠之舉杜甫且揄揚之殊不知元禮於楊氏方張時何不犯顏請誅乃當蹕君播遷時身統衞士不聞引義鎮撫徒欲甘心國忠乘釁激軍脅主律以春論雖曰不要之誅其無辭矣）

藍菊

名冒黃花色卻藍東籬開先（去聲）月餘探虢州設讀柴桑傳體物能無默自慙

牽牛

瓣瓣花房嬝嬝絲牽牛那解助耘耔河邊涼露新秋夕似候黃姑過渡時

芙蓉

照影江邊上下紅丰姿雅合颭輕風飛來翠
雀棲橫葦欲啄芳葩向水中

菊

各種東籬晚節香幅中何故獨遺黃是圖菊花四種而無正黃色故戲及之小山深意人知否同氣防他盡
斂芳

水仙

休論涿河與洛濱玉爲肌骨雪精神世間更
有誰堪比合是水晶宮裏人

天竺

珠串珊瑚不藉絲奩須百八數爲期名稱天
竺實相稱去聲曾是婆羅門咒持

蠟梅

臘月江鄉與不孤偶將蠟瓣寫成圖花前試
問高閒客也憶金門獻歲無

題鄒一桂花卉册

李花

小山南去桂頹枝從此當爲題古詞開幀憮
然惟見李恰如方悟退之詩

昨題鄒一桂畫中詩詩中畫册曾寄令和
韻未幾聞其溘逝贈官賜卹軫惜久之兹
撿內府所有一桂遺蹟甚夥將遇暇即題
之而彼則已成古人矣昔楊萬里嘗不解
韓退之花不見桃惟見李之句後隔江晚
望桃皆暗而李獨明始悟其妙今開幀惟
見李花而不復見一桂憮然之懷非僅如
萬里所云炫晝縞夜而已

金絲桃

亦自夭夭亦灼灼玉相應上美人簪分來本
是西池種瓣蕚原當色作金

貼梗海棠

朶朶開花皆貼梗那輕嫋娜學垂絲海棠設
訂嫏嬛譜骨鯁體柔自有差

郁李

白棣一名曰郁李由來從果不從花亦花却
作淡紅色小雅分明莫認差

水木樨

小山一種分根水不粟而花香却微名色何曾有定論無過芳譜誌依稀

紫花地丁

野地荒坡花葉柔雖非繁艷足風流歌娘舞妓不經眼農婦村姬却上頭

蠶豆花

蠶欲成時豆亦熟農桑二事本相關白華謾訾無顏色曾共乘槎萬里還

魚兒牡丹

柔絲一縷貫魚兒綠葉相扶紅蘤垂草木無知原有性誰當觀象玩其辭

僧鞋菊

名鞋誰所又誰能雲水日隨行脚僧百尺竿頭如進步秋風落盡是眞乘

藜花

離離葩葩映沙灘風處飄蕭欲定難子似胡麻堪佐食非徒顏色炫人看

錦葵

蕊攢黄錦瓣標紅別撰傾陽賴化工謾說天方傳山種（又名回回蜀葵）姓名早已入陳風（詩視爾如荍傳荍芘芣疏引陸璣疏云一名荊葵又注云一名錦葵）

翠梅

五出雖同色迥異枝頭風過那馨聞因何不入孤山譜黑白其間自有分

石竹

既號竹還兼以石應看高節與堅貞如何仍未離小草可惜實多不副名

藍菊

梅稱翠豈菊無藍姑射東籬疑似叅充隱斥仙世間有何妨花譜作奇談

題鄒一桂花卉册

綠萼梅

玉魄倒枝入影斜不池清淺淹無涯列仙傳裏如尋號了識名爲萼綠華

人面桃

瞑日含情疑有謂，臨風猗萎若無憑。小山一（柱號）詈解逃禪者，何必崔家故事徵。

白梨

素質英姿稱（去聲）倒株，由來月裏不模糊。笑他初做嫣紅者（梨有初開為紅色者），本色失之惜否乎。

紫藤

裊裊垂垂紫玉光，或看罥架或依牆。設如步障相比擬，石氏風流定讓王。

黃薔薇

薔薇一種色滋紛（花譜各色皆有而非紫薇），自是中黃迴出羣。易盛譜稱却難久（見羣芳譜），言該道廣合尊問。

玫瑰

石類何時入花譜，色如火齊（去聲）弗相殊。雖然堅（石）脆（花）終難混，太史青雲鮮定符。

茉莉

原出波斯植南海，而今無處不有之。閒庭小立乘涼際，最合風清月上時。

百合

花為重邁根為蒜（見羣芳譜），羸得玉簪香放輕。絜矩莫予違之說，一言百合訝堪驚。

石竹

翠葉學他个个森，蕤英石畔與墻陰。草花中縱稱佳品，難入渭川君子林。

秋海棠

草木何須其本求，砌頭牆角足風流。淵材默對無香際，直自三春恨到秋。

木芙蓉

專榮深淺傍秋池，物有乘除理可思。應是妒他水君子，近仁之一木居之。

菊

競開五色競葳蕤，未必淵明此識之。近日西洋名特盛，直教數典滅東籬。

水仙

故事恒多洛浦徵，鄉嬛宧稱（去聲）玉壺冰。邊傍巧置天竺子，雅似琴高赤鯉乘。

天竺子

弗秋實亦弗春華可號子還可號花內翰却

爲馬遷法劉邢合傳別裁詩

題鄒一桂聯芳譜即用其韻

九英梅　三妙杏

紅白雖殊風度近英還稱九妙惟三最宜歎

節初過了一例知春枝是南

丁香　綬帶

紆紫拖金又一時昌昌得意向陽枝那知鄒

浩春遊倦清夢何曾到玉墀（鄒浩有詩云拖金曳紱倦瞑班）

（何似布褐暖且寬）

貼梗　垂絲

誰傳小字出花叢貼己青絲試信風綰得三

郎情越膩江梅祇合上陽東

碧桃　赤蘭

世間何事不浮雲桃白蘭紅且任紛欲識蘭

桃眞面目華嚴香海徹聞熏

含笑　忘憂

拈來應示飲光儔微笑匪欣亦匪愁空色色

空都置却憂憂笑笑且隨流

金錢　木筆

阿堵牀頭堆任盈惟欣點筆擁書城笑他乘

燭渾成俗起早何妨破五更

金絲荷葉　鐵線蓮花

花亦濂溪葉亦田繡成絲線定鍼仙看來却

擬詢毛鄭知在國風第幾篇

洋茶　番菊

黃是書雲紅是霞殊方偏自有奇葩可知陸

羽茶神宅合近陶潛處士家

觀音柳　羅漢松

安名立字絲兮紅大士如如付至公聞思（去聲）

脩圓權濟物應眞還覺未忘空

春羅　秋紗

簇黃緗絳不須裁織自女夷神杼來封十八

姨善相妬紗羅消得錦成堆

白荼蘪　紫躑躅

格態休嫌特不同春驄小步轡璁瓏掛來鑿
落銀爲色恰似聖賢時一中

蝴蝶　杜鵑

飛來花裏竟如花啼向霞邊豈異霞夢醒莊
生猶几上愁吟杜老鎮天涯

玉簪　金盞

鬧掃裝成韓鬢窩一枝斜掠不須多邊旁早
有微醺者那藉生紅酒面波

雞冠花　鳳尾草

草草花花各色形菀枯無過閱推蓂雛陽牛
後如相較絳幘羞他立曉庭

火石榴　水木樨

亦肖阜塗亦號榴勝饒眞者占前頭漫訾薄
植原來小杯水何妨芥子舟

僧鞵菊　佛座蓮

神韻蓬蓬如遠春是云合相是分身一生行
脚事已畢坐證蓮華座上人

秋海棠　木芙蓉

北墻灑淚意偏悽寂寞寒江咽亂蛩點綴若
無之二者凛秋衹合喚窮冬

芊芊活　滴滴金

芊芊活潑正懷新滴滴金堆那慮貧買得十
分春箇裏却稱此外更無春

鹿蔥　龍爪

白芽底用包野麕雲中見爪非凡鱗借一忽
復瞻兩角遊仙不是蓬蒿人

懷素蠟梅　楊妃山茶

雪裏春前都耐寒深黃淺絳鬬江干淸涼繁
艷分仙俗繪出憑人著眼看

題鄒一桂花卉草蟲小册

杏花蛺蝶

翩翩葉葉競相忙爲有過牆粉瓣香設認董
林作宋梓尚應餘恨在康王

翠梅螳螂

梅子結時開翠梅底須名實溷評猜峨冠其
際閒遊者不去當車炫美才

荷包牡丹蝴蝶

非從園吏夢中得定是滕王稿裏成等度鼠姑名若似怪無兩翅豔香縈

藍菊蜻蜓

池心墻角任飛浮藍菊叢間汗漫遊便是東方能射覆尚應疑似在勾蔞

野薔薇蜜蜂

野客由來稱最香開花荒陌僻郵傍蜜蜂作陣閒相採不敢無端近省郎

水木樨黄蜂

腰細宓妃原可擬身輕趙后足相齊木樨花下如餘恨毒尾輪他尹後妻

牽牛花牽牛蛝

嫋嫋蚑蚑風露下畫圖相值喜名同黄姑秋日無聊甚那問開花及野蟲

蠶豆花蠶蛾

幸免湯鍋煮煉絲飛蛾栩栩自爲嘻三生石上如相約還是花開蠶豆時

金絲草蚱蜢

田祖有神秉畀將跳踉草上尚無妨惡他頭黑身還赤雜組曾經紀酉陽

扁豆花絡緯

豆籬簇蔌作花新索索莎雞振羽頻詎獨孤村驚嬾婦幾多香閣憶征人

蓼花椿姑

化生椿樹號椿姑何必春秋較蟪蛄幾穗蓼花聊可託思量未與大椿殊

柳蟬

含風吸露有餘清菀彼柳斯寄體輕便是綠絲長踠地那能縮得出林聲

題鄒一桂花朵册

或幾半放或全開瓣瓣英英點翠苔漫訝扶疎失枝葉藉乎枝葉豈眞梅

右梅

紅英幾片貼波光綠藻相依色兩當畫裏分明有詩意果然水面具文章

右桃

丁丁幾朶結星星紫白寍須別色形壓鬖翠
爲鬮葉稱（去聲）故枝那戀放新馨

右紫丁香

素華漫憶昔叢分筆底鉛間遞細芬會得色
香眞淨處不關鼻觀不聞聞

右木香

縛木無勞作架棚施松亦復笑牽縈紫英落
落無拘束送得春光九十盈

右藤花

畮畹何須屢致猜試看紉佩孰宜哉不爲長
葉爲散朶畫擬詩人有別裁

右蘭

似雀形容是也非翩翩那憶舊根依却疑決
起靛花圃藍染通身礙翅飛

右藍雀

軟紅淡白鬭芳姿花譜無端新出奇眞是插
來成鳳鈿那須寄去較蛛絲（李郢詩好與檀郎寄花朶莫教清曉羨蛛絲）

右鳳仙花

淮南豈必小山叢自寫小山妙鮮同（一桂號小山）
疑是三天竺寺裏中含桂子落秋風

右桂

題鄒一桂花鳥册

麻雀梅花

春信番風次第吹樓來瓦雀欲飛遲雖云不
過一枝託却是其間得所宜

碧桃春燕

紅葩於綠葉中開蜀錦天然出院纔盧氏珖
梁飛下者翻身欲翦意還猜

楓葉白頭翁

江楓幾點染霜搖一段秋光入畫描鳥愛紅
糕翔不去得毋疑亦類張昭

枇杷翡翠

或分雄鳥及雌鳥又別前身與後身（見本草附錄）
也識枇杷爲異味啄甘那肯讓場人

紅蓼鶺鴒

小鳥亦知弟與兄行搖且𦬁未飛鳴在原頗有臨淵意急難仍饒集蓼情

鷦鷯

剖葦區區肇允蟲飛來似妬石榴紅底知聲有吹噓力會入張華賦句中

翠竹黃口

黃口嗷嗷待哺初竹間老雀意肫如吁嗟物類有若此宜廢荀家性惡書

芙蓉魚虎

岸側池中色相映木芙蓉及水芙蕖渚禽莫羨鮮毛羽利嘴從來慣害魚

題鄒一桂書城十二圖卽用其韻

梅花書屋

玩象卦臨復先王此閉關憑誰遞消息梅蕚點寒山

紅杏書樓

牆頭誰點筆憶是姓吳郎何似憑樓望荃魚兩並忘

碧梧書館

圭豈羨唐土箋應勝海苔如聞嘉蔭下朗誦度聲來

青蓮書社

追暑且延爽綠衣滿碧池知音對商搉想爲註毛詩

密筠書舍

低臨瀑泉白不遮屏山綠颯然敲滿林雅中宮商曲

綠天書塢

其心剝不盡好似抽秘思得句卽書之綠瓊亦宜字

天香書院

秋闈舉子忙紛紛趨帝闕何如閉戶人獨對天香月

萬松書巖

古色照凌漢書聲答泛濤設擬名山藏惟應

司馬高

秋林書圖

茅屋寒林下芸編伴客淸不須重著賦宋玉占先聲

遲雲書閣

薈蔚南山隮潤逼瑤琴濕今古與居稽精神合噓吸

聽泉書榭

展卷對瀑水逝者如斯流欲詢佔畢者人已若爲謀

印月書堂

守之謝樓櫓據之資歌吟李家城萬古明月映書林

題鄒一桂畫册

野薔薇蜜蜂

畜有家生必有野（如牛馬雞鴨之類皆然）豈其於卉獨無也薔薇故是春園物山棘（薔薇一名山棘）開花非借假艷質買笑雖不同多刺勒人無殊者蜜蜂採蜜簇深叢自出自入紛攢惹薔薇之刺蜂之螫兩無所施誰上下譬之小人忌君子小人相處技胥捨畫者意亦寓是乎何其意外工描寫

魚藻

魚藻魚藻潛躍由他正好徜徉喁浿依蒲成羣身處玉壺壺玉壺玉小雅一篇曾讀

曲水新篁

新篁臨曲水春末夏初時風入斜横影波含低重枝同盟度貞潔相答韻參差君子眞有斐風人早詠詩

奇峯古磴

一峯成削復玲瓏石磴梯雲有路通不肯夆常垂鐵索誰能容易遇佺洪

紫藤翠雀

便擬紫絲步障等閒春意難遮翠雀飛來枝上似將顏色相詩

拳石疎枝

石是雲林好竹還與可佳合作限時代訝此忘年偕

松巖帆影

我昔曾遊燕子磯一遥雲嵐入蕭寺雖云佛地無色界江影韶光淨明媚明媚韶光江影中內空外空內外空爾時有語著那得但見東流衮衮吹長風長風衮衮吹不已拏舟者復誰家子世上何人免苦辛咄哉未可輕笑彼

秋蟬螳螂荷葉柳枝

秋蟬掛柳枝螳螂跂荷葉一高與一下相去遠難接秋蟬無所慮飲露心自愜螳螂覷緣條昂首涎徒呷箇筆殊了了深意寓恰恰豈必蔡中郎聞琴返步屧

白菜春筍

春雨好菜長筍抽尖摘青小嚼冰霜脆劚玉初嘗口齒甘佳味最江南

綠筠紅果

蕭颯綠筠幾个丁星紅果數枝色形已看恰匹氣味還覺相宜未擬棟梁負重寍同橘柚爭奇漫認不經意作或亦別有所思

瓶菊佛手

秘色淨瓶供養菊朶佛手擎之是何因果調御無語迦葉破顏如喫崖蜜甜徹中邊畫師繪形亦以指實色香俱淨入寥天一

湖石蘿蔔

玲瓏湖石側冷襯土酥好一脆與一堅同韻風霜飽恰似墨玉山傍置紅瑪瑙

石梁雲瀑

江城臨陡岸其下洪流駛太白早傳神佳景如畫裏石橋亘兩崖虹影波中委車馬去悠悠知伊何所求

柿子百合如意

柿子艷珊瑚百合攢球玉傍置銅如意青縟其首曲因名譬字取義巧百事同希如意好栽者培之傾覆之人願天從仍自討

介峯修簳

石非石筠即筠曰如幻又若眞幻如非幻宜非主眞若即眞反即賓

雪磴晴窗

一夜飄霙落萬巒銀爲世界頓殊觀雅欣滿谷當晨霽無礙凴窗凌曉寒松籟有聲籠曲磴溪流不凍下平灘書披靜几堪紬繹底藉中宵映以看

題董展三顧草廬圖

遺世高風卧草堂殷勤三顧篤棲桑固應感激終身識二十一年那便忘

題董源山水

嶅頭濃淡皴茅屋淨無塵世事付流水佳賓來近鄰坐消九夏暑謦折一家人（圖上玉池有董其昌鑒賞語）筆墨過思訓香光鑒賞眞

董源蒼嵐拄杖

隔林茅屋到嫌遲屧步溪邊欲訪誰借問手中筇竹杖當年可是右軍遺

題董源龍宿郊民圖

龍宿郊民語甚奇董源嘉蹟世所知香光鑒定幀首題求說不得强（上聲）爲詞謂或簞壺迎王師爾時藝祖駕未移曹彬命往三軍司龍宿民迎語何來（叶）細觀畫如首夏期頗有黄葉標樹枝郊原未見出耕犂正民望雨龍見時兩船列泊川之涯諸童揶揄揚綵旗又如跋河競水嬉其事亦近請雨爲畫名命義似合宜誠合否乎吾猶疑鄭俠繪圖此法貽此非詔也實箴規（其昌跋有名雖詔而畫甚奇古之語）爲君者宜敬念兹北苑妙筆神淋漓吾又何能贊一辭

董源此圖元以前無辨及者明董其昌題幀端謂是藝祖下江南時所進御考宋史開寶七年九月命曹彬潘美將兵伐江南九年正月御明德門見李煜於樓下則是宋祖並未親征江南安得有郊迎事若以爲指彬美又不得擬之爲龍況曹彬傳叙自濟江後連破江南軍亦無迎師語蓋其

昌於圖名不得其解從而爲之詞耳而張丑清河書畫舫則以爲寫太祖登極事時董源正仕南唐何由畫宋汴京卽位儀節且所圖亦與受禪不類其舛更不待辨按傳稱龍見而雩注之者曰建巳之月蒼龍宿昏見東方萬物始盛待雨而大今閱圖中景頗似初夏而兩舟銜貫艬水次衆皆聯臂舞躍彷彿古者跋河之戲疑其郊民見龍宿禱雨所陳源當日命名意或取諸此夫準經作繪旣勝與傳史失誣而圖列民事不忘執藝以諫不猶愈於進諂之不經乎旣題長歌以辯之並附識如右

董祥歲朝圖卽用題者韻

松蕤梅逊石榛妍作繪同徵茀祿年發歲生機發意蕊啟祥韻事啟言泉

再題董祥歲朝圖

昌辰吉事喜重重一甕堯年寶露濃却問相應定誰是爪鴻饒得醉春容

圖撫董祥眞兆祥金題玉躞錦爲裝缶擎三秀露凝彩缾亞羣芳風遞香六百年看墨華宛歲朝日合綺筵張雖云百事願如意（用圖中寓意景）我願惟時若雨暘

董祥蘭竹

珊瑚鞭是硃勾竹瓔玖佩爲翠縝蘭漫道偶開生面耳不離不卽總澄觀

題董祥瓶蘭

瀟瀟落落若聞馨摘取還供粗瓦瓶恰是楚騷眞面目求工遠矣遲兮庭

題董其昌山水

溪藤尺幅淡雲烟高致還思赵大年（見香光自識語）設使王孫翦相遇定稱可畏出藍前

題董其昌山水卷

已傳北苑超羣法更得南宮三昧奇（其昌自跋云北苑好作烟景余於米芾瀟湘白雲圖晤墨家三昧云云）底事迎眸堆濕潤楚江烟雨動經時

董其昌林泉秋色卽用其韻

層山體露斂閒雲木葉蕭蕭下夕曛寫出洞庭秋色好何人於此弔湘君

董其昌秋林書屋用畫間題者韻

板橋橫野渡書屋占清秋行以擘窠法應從渤海求

董其昌江山秋霽卷

慘淡秋光濯眼新大癡昨夜入精神思翁亦豈自矜輩吁絕奚妨憶古人（見其昌自跋語）日晶雲斂曉秋新江若有聲山有神一例鏡奩愛點筆同然先得是伊人

董其昌關山雪霽圖

勝六分明友少男巖關霽色鬱朝嵐千林潤逼雪爲雨一卷寒生青出藍（文跋是卷蓋脫胎關仝也）礀道誰人奪活句茅齋有客恣幽探玉壺冰是香光體結習從知此處諳

董其昌奇峯白雲即用其韻

重之曰書翁輕之曰畫客香光兩不知雲峯伴寥寂

董其昌青山倚艇

何人倚艇望青山烟樹雲峯縹緲間婉孌雖然得佳伴疑廑猶欲辨茅菅

按山莊寿古畫不多惟香光婉孌草堂爲巨擘此幅雖署元宰而筆力較弱並漫識之

董其昌踈林遠山圖

平林到秋踈林踈山更遠起伏與高下（用董語）妙偈兼半滿何須問迂倪家法傳北苑蕭齋俯滄浪伊誰此肥遯

董其昌良常仙館

崇山叢樾蔚雲烟曲注清流帶碧川置館其間作蕭軸不須脩煉即神仙

董其昌山居圖兼和其韻

濃淡天然實間虛林巒深處辨烟墟詩成屢縮操觚手爲對香光劍舞書

董其昌巫山雨意

米家墨戲惟神肖十二峯前意渺茫朝去定

歸上清界暮來仍遇楚襄王

題董其昌天降時雨小卷

小卷常隨行笥中希逢時雨得相同今朝潤景當前證始覺傳神有獨工

董其昌喬木重陰即用其韻

雨過樹垂珠古屋滴簷溜甍峯欲出頭膩雲與之鬭

題董其昌婉孌草堂圖

草堂圖掛草堂壁宗伯風流想像間一至田盤吟一度與因神會趣因閒

題董其昌婉孌草堂圖

草堂婉孌始香光便以名堂堂內張窗外壁間如印證崑山盤谷雅相當（懸田盤婉孌草堂中即因此圖而得名也）

題董其昌婉孌草堂圖

草堂婉孌原如畫又得香光印以圖怪石奪泉自今古那從形響辨同殊

題董其昌婉孌草堂圖

婉孌堂懸婉孌圖印來親切了無殊好山總被思翁占合與田疇結友于

題董其昌婉孌草堂圖

香光為我圖婉孌今日居然坐草堂更覺迥超名象者石渠寶笈不曾藏（是圖為其昌得意之作以常懸山莊故未編入石渠寶笈）

題董其昌婉孌草堂圖

董家圖挂田家壁（是處即以婉孌草堂名之）間（去聲）歲一來晤古人何必草堂嫌寂寞煙雲泉石日相親

題董其昌婉孌草堂圖

墨氣山光分不分迎窗罨壁相（入聲）氤氳了應三絕一齊置眞者當前翁所云（香光自識云觀李郭並不復設色米元章云對唐文皇跡令人氣奪良然）

題董其昌婉孌草堂圖

壁間石接庭前石戶外泉連畫裏泉不是天工能奪巧一般安得蔚雲煙

題董其昌婉孌草堂圖

江南圖作燕中秘婉孌看來總一般不識崑

山讀書處（見香光識語）可能精絶似田盤

題董其昌婉孌草堂圖

貯畫構堂堂似畫知今即古古如今擬將呼出香光問可異爾時泉石音

題董其昌婉孌草堂圖

草堂本自寫崑山眞蹟誰教落此間名相由來無定著婉孌恰喜一般閑仲醇元宰交情厚李氏郭家設色艱我獨曹風憶彼美楚騷一例詠蘗菅

題董其昌倣黃公望山水

粗觀非大癡細按全子久得體與得皮教外別傳有山疑雲氣吐水似溪聲吼濛濛靄靄間撫恐潤霑手乘與綴五言思翁却知否

題董其昌臨黃公望浮嵐暖翠圖

暖翠浮嵐子久臨晴烘疊樹氣蕭森楚弓還是楚人得何必其間有惜心（其昌自記子久原圖爲南徐新氏所藏後歸項元度從項借觀旋即返之因臨此幀比之漁父出桃源而陳繼儒跋又擬以明妃辭漢爲如楚弓之喻尤得其倫耶）

題董其昌葑涇倣古小軸

檇李歸來信宿停一帆春雨阻葑涇尚饒濕潤虞霑手能爾爲耶筆有靈

題董其昌倣巨然夏山欲雨卷

觸手潤嵐煙自稱倣巨然都無畫家習直揭佛門禪雲出山如破天高雨與連全書居易作其故又何焉

其昌此卷筆墨蒼潤款字亦佳固是畫禪眞跡惟卷後書連山斷處大江流一律與畫意全不合且其詩爲白居易行次夏口先寄李大夫作其昌即欲書此篇亦當表爲白詩何至止自書名竟若攘爲己有之理字亦與董他書不類或香光未竟之卷爲妄庸子續貂遂至眞贋相混識者當能辨之

題董其昌書畫合璧册

重嵐樹色

嵐重樹以重蓊蔚渺何極奚必施丹青此是

太古色

林館煙霞

書聖畫造賢（以予視之董字信可稱聖若夫畫祇可造賢人之境耳）乃不名一家山樵荷葉皴中自生煙霞

巖棲靜致

幽人結廬處勝必占林泉清晝著何書鶴林玉露篇

溪塢秋晴

古屋喬樹下樹上秋陽晶何必悲長年此景亦復好

嶺雲過雨

米家墨戲法原弆畫禪室（石渠寶笈貯米友仁瀟湘圖煙雲掩映極墨戲之妙舊爲董其昌畫禪室中物）爾來六百年誰人敢落筆

層巖蕭寺

層峯既峻嶂古寺亦蕭閒設更問其處應爲覆釜山

峯屏積翠

春夏及秋冬峯容各殊致儻來月月看便是展十二

溪山一曲

山深溪復曲書畫出一手古句當題詞愛與古人友（每畫幅對頁其昌各書唐人五言絶句以代題辭亦不盡與畫意合也）

題董其昌書畫合璧册

石淙嵐翠

勁挺錦林風泛颯淪漣輞水月流光王裴設使觴相遇此即當年華子岡

緣杉精舍

數峯峭蒨長江外幾樹菁葱曲水濱阿那間（去聲）間精舍裏依稀似有草元人

林角斜坡

著水著山皆恰當一枝一葉各精神空空白屋斜坡上應待卜居來者人

夏山澍雨

靄霽滃濛意正酣吐雲山復被雲含隔江祇一小亭子便是虎兒海嶽菴（見其昌自識語）

春鳴晴窗

精舍蕭然緣樹間蕙風輕籟小窗閑楚弓還是楚人得何必猶思青弁山（其昌識云王叔明青弁圖與平昔細娀迴別友人以江南春卷易去至今未歸時作老米研山潤香光於此豈未悟楚人得弓音耶）

虛亭對瀑

對宜尤覺聽爲宜無色聲天那著詞却憶山莊觀瀑處（避暑山莊有對瀑亭每至輒題句粘壁）壁間題遍數年詩

秋岸漁磯

樹底秋風溪漾淪漁磯閒置曲溪濱水寒應是魚懶餌不見持竿跪餌人

平溪幽樹

平溪架木搆幽居波面文章几上書一卷應披工部集水天相與永斯如

題董邦達山水

山既幽深水曲折林間野屋洒然清箇中高士獨不見史筆恐防落姓名

董邦達山水

山勢鬱穹窿泉飛大壑瀧境當稱世外水合號源中日朗遙峯出雲歸太宇空怡然耕作者也自慶農功

董邦達山水

峭壁倚天拔水崢嶸氣概大奇胸中設無萬卷生面安能爾爲

題董邦達山水

槎枒古樹石嶙峋茅屋空空壓岸唇泌之洋洋飢可樂不知將以付何人

題董邦達山水

萬籟任喧寂白雲自往還幽人趺坐處疑是敬亭山

石梁亘鑑湖澄澈深無底空鉤意釣人不爲蓴鱸美

翠竇迸靈泉落匡爲瀑布靜室發鐘聲望在雲深處

題董邦達山水

山自不言水漠如無端何事起吟予爲他山
水幽佳處往往犇題趣有餘
峯似北高嶔且崟便知古寺號雲林冷泉那
畔松陰下一例寒濤空（去聲）我心
書屋蕭蕭倚綠筠風聲月影靜無塵溪橋不
許支筇過看竹妨他問主人

題董邦達山水

尚書筆意做房山恰正房山聳對間何必雲
巒歷重翠片時絕頂去來還

右雲巒重翠

舟進溪源便捨舟層巖策杖下臨流袖珍可
當太沖集兩句崇情意總投

右層巖飛瀑

題董邦達山水畫

素壁黏來弗計年乍看宛悟畫中禪不凋眞
樹常蔥鬱如活流泉自澓漩佳蹟每噓珍過
後奇緣那重（去聲）失當前分明空白待題句小
憶西清一惘然

題董邦達山水畫

高嶺隆崇下有溪林煙杳靄望中迷天然杜
巒郊端杜爲問何人此隱棲

右煙磴寒林

山莊展畫乃漁莊野水平橋帶草堂不是無
端作生面應緣熟處未能忘

右漁莊野彴

題董邦達山水畫

山盤蘊藉谷含虛宜有幽人賦遂初林戸霏
烟眞入畫水亭消夏合觀書底須叢桂方稱
隱取適扁舟詎爲漁我是先憂不同道每因
心賞契潛居

題董邦達山水幅

不經意想饒神契畫得風流遠俗緣濕潤重
重山蔚秀濃靑靄靄樹生烟構將野閣堪憑
檻匯得平湖合放船興到題詩乍迴憶小成
離別動經年

題董邦達山水小幅

雨後春山

春山過雨濃濕翠蔚重重非關出想像目擊寫眞容

石壁飛泉

阜平水簾洞路遙未遊目石壁善爭長雨後郗縣瀑

岸柳迴風

岸柳窣柔絲咋黃今綠披鼓盪伊誰力封家十八姨

雲嵐蕭寺

給園棲翠微僧去白雲歸借問誰殊勝一龕花雨霏

村舍朝煙

炊煙出野店仿彿粥香聞二酺幸無鈌覲民意爲欣

秀嶺羣松

[illegible][illegible]復偨池春來翠色滋昨過普佑寺屏山見若斯

石屏疊翠

春煙歛秀峯濯濯玉芙蓉阿那茅堂下畸人可或逢

關山霽雪

一谷喜新晴林端積素明渲刷傳神韻不孤匽蹕行

董邦達山水小幀

林岫空亭

笠檐四柱絕纖塵嵐靄峰巒變態新底事亭中無坐客讓他千古看山人

孤石蒼筠

青牛經雨莓苔潤綠鳳因風韶蘀鏗冰雪雅懷深契處介然靜復灑然淸

松雲蔚秀

丹青奇絕由心匠寸楮收羅萬疊山我亦因之步松徑翠微深處每忘還

平林翠黛

藉甚倪迂與大癡筌蹄忘卽兩兼之平林翠

黛無多景雅稱詩人意與遲

溪村罨畫

携得行縢便靜覩溪村即景對秋瀾板橋夜
雨添新漲茅屋晨光轉薄寒

梧竹延清

小立無須信步行蕭然梧竹喜雙清嘯黃未
肯尋歸路爲待宜人古月明

蘆磯獨釣

石磯踞餌荻蘆蒼詎爲槎頭縮項魴無盡烟
波傲風月任教清濁付滄浪

霜林步屧

漸染濃青作淺紅蓼收繪事比春工詩家體
物誰深造小杜風流老杜雄

烟巒疊翠

几上誰教萬嶂横許多溪壑許多情恰如詠
物初無句意到淋漓信筆成

江濤帆影

名山八刻一帆收怨婦何須祝石尤只有江
濤千古在春花秋月自東流

寒雲梅塢

不放雪來虞遜色却遮風去爲留香凍雲未
是無情者借玉應教獨擅場

松崖苔磴

揀擇雲崖結草亭威紆翠巘遠爲屏長松落
落發天籟便步丹梯試一聽

董邦達山水八幀

雲生磵戸封江瀉天門斷壺中日月長世外
塵囂判懸崖策杖人寄興在霄漢
霜葉丹以黃高低鏤層岫熠煜霞光映颯沓
風聲逗妙哉浣花句過雲開錦繡
枯棘與疎篁蕭然文石旁比聖合夷惠論體
追倪黃我欲步其側潞處餐煙光
江城春事佳湖山幽且淨行披罨畫幅坐弄
澄泓鏡腰刎引舟人疑是益昌令
峭壁環举崿來往多奔雲幽籟拂澗過一川
丹翠紛左招玉局翁泛此黃州瀆

秋迴落霞天霜澈維舟浦菊華點黃金楓葉
紛紅雨彳亍步苔磴念結幽棲所
夾鏡雙湖碧列障四山青一笠搆其間無乃
快哉亭既遠恰宜覗始靜誠堪聽
豢鶴偶放去復喚意如何毋寍適烟霞詎肯
遭網羅明月清風我功名富貴他

題董邦達山水十二幅

泉音松吹

淙淙謖謖動中閒松吹泉音應答間一與耳
謀飛遯與依稀昨歲坐寒山

烟巒曉色

背山面水草堂便侵曉高人尚穩眠宿雨初
收曉烟泮瀟湘妙境米家傳

峭壁迴瀾

江橫壁立似區分絡以林端暎帶雲恰是斯
人能寫意相遭風水自成文

林塘晚泊

斜陽返景下漁梁野艇歸來罷響榔晒網收
綸無箇事一天雲水好風涼

夏山欲雨

靉靆連山山靄昏洽風一谷樹頭喧此時點
筆翻嫌拙佳句何當讓許渾

芙蓉滴翠

刻削英英陸地亭萼不萬態總會青餘杭香
錦無煩數佛鉢中間悅性靈

石磴凌空

邐迤平林帶葉枝危峯拔地忽嶔崎巉巖疑
有髯仙步想見山鳴谷應時

松谿幽軸

樹落茅薖足蔽形好山層疊翠爲屏碩人樂
此非逋客岫戸雲關漫自扃

江浦歸帆

三峽無風浪起堆浮家已慣不驚猜收帆指
點斜陽道穿過瞿唐灧澦來

亭皋秋霽

雲收氣霽恰秋初徙倚孤亭眄碧虛最是胸

中消荼蘼長空無盡意還如

雲泉澗閣

溪頭架閣倚層椒水態山光入綺寮只可相
攜漆園吏此間促膝注逍遙

千林欲雪

寒天黯淡凍林愁結撰眞非畫者流何必粉
皴方是雪別開生面突營邱

題董邦達山水十六幅

幽谿獨眺

散步迴谿上谿烟豁遠眸妙機窮不盡底用
上高樓

松竹雙清

高社結雙清山旁水之涘問誰乃宜茲大夫
與君子

池亭清暑

心淨能清暑曾聞白樂天疏軒開筆硯池上
早成篇

樹杪飛泉

疎樹不成林無風自靜深飛流閒作響譜入
伯牙琴

澄江汎艇

葉下洞庭波挐舟風月多不知兀坐者所寄
得於何

虛亭秀色

一亭及一峯足占無邊秀何須論尺絹盤礴
勞結搆

秋嵐霜葉

錦林扶翠嶂詩意與秋高紫微已絶詣何必
更拈毫

寒林策蹇

詩人慣得句畫客漫成圖彷彿襄陽孟争梅
與不孤

高崖傑閣

飛閣構層巒其下臨無地今朝趁少閒結攬
江天意

雲際濤聲

溪聲在松下濤聲在松上高人如太冲軒軒逸興放

夏山初雨

是處畫雲山皆云大小米試問海岳前有景誰傳是

扁舟載菊

懸匡如赤壁短棹泛秋湖著箇瓶篸菊防人道擬蘇

林徑攜笻

林徑喜秋晴携笻步屧行江淹如擬古興在謝宣城

秋樹含暉

丹楓四五枝白石三兩片秋日朗朝暉晶熒含峭蒨

谿閣閒凭

虛閣誰家子凭欄俯碧流喜者見謂喜愁者見謂愁

疎樹遙村

霜柯不礙目寒村見茅屋欲去訪幽人坡陀凡幾曲

題董邦達山水畫册

春山濃翠

江南山色四時翠翠色當春喜更濃何事白雲偏靳固林腰嶺腹鎖重重

松石問意

詭石蒼松本古契相於天宇絶凡埃不教平聲杖履來幽士付與千秋公品裁

山樓欲雨

千嶂溟濛雨欲拔溪雲猶自吐凄其層樓莫謂無吟客早是丹陽得句時

雲外層峯

雲外層峯峯外雲雲容峯態卒難分何當便作一犂雨遍與東郊利早耘

溪橋晚泊

扁舟一箇泊溪脣春水初生漾細淪似是欲行李太白於斯少住待汪倫

亭皐葉落

蔌蔌蕭蕭忽打頭，且欣望裏豁吟眸。明年會有新枝葉，何必無端宋玉愁。

月上潮平

秋江月上晚潮平，無恙風帆挂影明。寄語襄陽孟處士，無舟莫漫寓閒情。

古木寒山

一室空山圖古木，冷侵肌骨意猶熙。偶然命筆具深指，不忘(去聲)當年負擔時。

題董邦達山水册

柳溪釣艇

挐舟溪上柳陰圍，出水輕鯈鮮且肥。便有飛鴻相呼(去聲)去，海鷗寧讓獨知幾。

雲壁淙流

雲封絶壁飛爲水，水落平崖態似雲。雲水本來非二物，自然圖裏鎮氤氳。

荻洲漁侶

兩舟泛泛荻蘆叢，漁具相隨氣味同。若問伊人定誰是，日休皮與陸龜蒙。

浮巒停靄

山容林態蔚蒼蒼，頁帶煙霞構草堂。怪底筆情挾秀潤，自家家法學香光。

石彴穿雲

漠漠英英暗野寮，蘭蹊屧步且非遥。相逢同是煙霞客，便與穿雲過石橋。

春城曉望

新陰綠樹出城頭，城上偏宜縱遠眸。疑是謫仙懷謝傅，春山一帶却非秋。

一帆風正

三匹布帆三板舫，南風吹去北風還。浮家何必定浮海，祗在西苕東霅間。

迴磯蕭寺

陡崖根吼怒濤撞，不禮金仙心已降。燕子磯頭蕭寺側，春風小憶俯長江。

題董邦達山水册

天際輕帆

林立桅竿泊水隈其間鄉思（去聲）、是誰哉天邊遥見輕帆影知彼復從何處來

荻洲放艇

滄洲渌水荻蘆秋蘭枻金風獨放舟不把絲竿置身側恐妨人認志和流

林塢幽居

翠圍紫邏蔚繽紛小築幽居亦可欣岫戸雲關早自掩北山那慮有移文

水亭清曠

隔水林岑巒遠巒分明畫展范家寬虛亭四柱無人坐留與千秋過客看

溪迴村靜

溪水清泠號浣花榿林碕岸抱村斜草堂莫問伊誰宅應是詩人姓杜家

柳橋晚艤

石橋木彴近遥路東泝西滑宛轉津柳岸艤舟夕陽晚知他所待是何人

懸流淙玉

飛龍擘峽落銀塘蘭嶼沙洲去渺茫淙處恰應擬似玉不須戞擊有宮商

松巖挑穎

侍臣翠蹕扈山莊（董邦達以癸未夏扈從山莊此册即彼時所畫也）各種圖成小幀方挑穎松巖昔年況（萬壑松風爲山莊三十六景之一予昔蒙皇祖養育宮中賜居於此）追思即景感懷長

題董邦達山水册

文臣舊蹟貯西清隨遇題詞神韻迎獨是松泉清爾許却難洗纖昔今情

右松壑流泉

陡磴深林音絶躍幾間茅屋俯澄江不教高士閒憑几恐致人猜薛（方）與逢（萌）

右蒼崖石磴

綠柳青蒲新水柔輕傜出浪跽晉求漫猜不放鹿頭舫波面漁䒀也是舟

右柳塘漁樂

家在疎林深處藏板橋畔更有溪堂過橋閒

坐溪堂者意與水天共渺茫

右疎林溪閣

沓嶂連林迥莫羣，流煙盪靄相（入聲）氤氳。遙睎試向儔蒽望，不辨青雲與白雲。

右雲屏煙樹

嶺環溪抱絶塵紛，種植聊當四體勤。不遣蒲輪谷口入，北山那慮有移文。

右層巖深秀

欲墮危峯樹與扶，雲開錦繡翠兼朱。喬松落落森千尺，漸覺卑看衆木殊。

右翠巘高秋

雪景四家曾鮮爲，伊家宗伯乃爲斯（董其昌嘗自敍其跋云元季四大家不甚爲雪圖今日偶做之亦不得工）。而今喜有繼聲者（董邦達子董誥亦習爲繪事嘗命其摹寫雪景頗有父風），小李丹青欲過之。

右竹塢晴雪

題董邦達山水册

落落長松下卜居，颯然庚夏亦秋如。高人覘北無他事，應註鶴林玉露書。

右長松靜對

碧澗潺湲白石磷，小亭著箇水之濱。譩疑終日無人到，自有林扉隔世塵。

右林扉蕭爽

山樓風滿雨來時，颯沓還兼潤滑披。自是多能詩善寫，米家筆意許家詩。

右山樓風雨

獨把芸編稽古人，虛齋佳樹與爲鄰。開窗延得枝頭籟，掃却胸中萬斛塵。

右虛窗清籟

古屋疎籬喬樹陰，泠泠迸水落清潯。底須欸乃漁郎奏，此實雲山韶頀音。

右隔籬泉韻

背山臨水結村寨，幽僻曾無俗客招。便是其中相過問，亦惟相對話漁樵。

右溪曲村居

花宮層出翠微間，白足僧人鎮掩關。何處客

舟艤溪岸靜聽仙梵唱魚山

右雲巖香梵

凍雲一色晼天沈枯樹槎枒氣颯森却是寒鴉有靈性亦知欲雪早歸林

右凍樹歸鴉

題董邦達山水小册

柳渚懸罾

鱗戢輕儵春水新不爲網罟不竿綸懸罾特置柳渚傍（去聲）也匪臨淵徒羨人

烟嵐蕭寺

雁嶅歷樓時隱現鐘聲却落半空間問誰題牓寺門者應是南朝蕭子雲

荻浦維舟

伊人不見見維舟雖繫蘆叢亦自浮詎必招招詢姓氏了知應是志和流

水木明瑟

不郭而成水木園親人魚鳥化機存颯然明瑟意無盡信是知言惟道元

巖阿溪閣

巖阿有閣俯清溪山色波光互莞倪所樂未須殊動靜此間看得智仁齊

秋林野屋

蘧軸何人此樂飢秋林蕭瑟欲稀時客來驀向茅檐呼（去聲）應出蓬頭王霸兒

雲錦淙泉

萬葉紛飛落石泉錦江是否意疑然征袍設問歸何處原在唐王晾甲邊

疎樹茆亭

扈來小册寫方方（董邦達昔年扈蹕山莊寫此册以進久陳案頭茲駐蹕田盤幾餘臨觀偶檢及之因各題句仍合裝留貯於此）研左於斯久弆藏乘暇拈毫重題句西清揭憶舊香光

題董邦達山水册

春林澹靄

春林葉未齊春烟澹欲迷望遠渺漠漠入深靄淒淒村屋無人出只待歛朝隮

松谿釣艇

野艇任飄漾，一絲聽浮沉。自是釣魚樂，而無羨魚心。松風和去聲漫叟，寫出韶頀音。

蘆汀煙雨

遠山落驟雨，片刻澗谿漲。歸舟竹葉輕，茫茫失所向。且艤蘆汀泊，一壺千金價。

山郭雲嵐

萬嶂蔚氤氳，千林杳莫分。疑是宅仙子，不然棲隱君。雲關恒自掩，弗藉稚圭文。

竹裏茶煙

幾曲石泉上，萬个竹林中。拾葉然古鼎，烹茶命奚僮。鬟絲風輕拂，合是玉局翁。蘇試詩對絲强理茶煙中

疎樹幽亭

草亭臨澗澨，古樹與爲鄰。天籟滿清聽，野彴接雲津。不是塵凡境，故無來往人。

萬疊芙蓉

弗從藕擢枝，非因日放蕊。萬疊如萬瓣，有青亦有紫。漫擬湧陸地，溪臨功德水。

秋山携杖

樹喬石之側，波澄岸之曲。手携笻竹杖，蕭然展步獨。定是王逸少，客贈自西蜀。

風簾對瀑

耳得斯爲聲，目遇斯成色。色聲洗以淨，惟斯乃殊特。欲笑眉山翁，却從風月食。

曲榭臨流

架屋澄溪上，鄖照欣所遇。水木足清華，雲山呈靜趣。往來有舟通，奚必愁無路。

寒林曉市

千林意向寒，護霜雲影重。山市幾家連，炊煙出突孔。雞黍竇旅人，誰罔求登壟。

竹泉山館

泉聲帶澗溪，竹影籠庭院。其中有高人，可望不可見。頗似茲題冊，當前失對面。

題董邦達春華集慶小册

春渚探梅

野塢溪橋霏雪香，良朋相與泛滄浪。挐舟春

渚知何處鄧尉山陰光福陽

春園戲嬰

梅已酣紅柳初綠羣嬰作隊戲名園推梨讓棗彼知否老安少懷吾意存

春社祈豐

古寺風旛出樹杪崎嶇寺路阻而脩農民奔走祈春社一歲勤勞此起頭

春洲挑菜

暖入春洲野菜生採來煙甲滿筐盛貧民餬口頗資此玉食能無不動情

春雪漁艭

積來春雪映春江破冷漁人泛野艭果否得魚猶摸索恰如不見玉花摐

春郊牧笛

草色鋪茵柳嚲絲東郊舉趾正其時牧童那管青牛瘦短笛無腔且自嬉

春雨新耕

濛濛春雨優而渥冒雨耕人勞亦歡正是恒年躡望際畫看容易即眞難

春溪放鴨

春溪藻綠悅鳧翁放去收來一水通不必爲鬮亦無鬬底須詭辯陸龜蒙

春流脩禊

羽觴際渚曲流通峻嶺茂林暢惠風不識羣賢脩禊者右軍當日可能同

春雲出岫

輕雲出岫始氤氳坐眺高人迴不羣異我春朝望雨意由來勞逸有攸分

春山遊騎

春林吐葉淨而娟春谷淙淙始放泉雅似行春橋上望吳山韶秀入吟鞭

春泉竹塢

觱沸新泉初作聲未秋綠竹影縱橫憶予閒訪雲棲寺聽玉玉林中步行

春城曉色

温暾曉旭上朱樓嫩柳輕煙淡蕩浮宛洛遨

遊應日盛果然春色滿皇州

春澗鳴湍

飛泉落峽怒湍鳴已覺其聲壯昔聲自是源頭春雨足村村欣看出新耕

春林覓句

春林杖策賞煙光莫認奚童負錦囊雅正清眞詩亦有雕蟲小技早輕揚

春帆細雨

濕煙片片雨絲絲柳外風帆欲過遲覽社菱絲湖上下所逢往往景如斯

董邦達春嵐瀑泉

如沐春山疊翠螺凍開遠渚漾輕波飛泉落澗增新漲噞喁輕鯈樂幾多

董邦達春水泛舟圖

泛瀲春波淨拍浮一篙含碧恰勝舟溯洄梅塢開招鶴容與蘆汀可狎鷗錦里詩情天上坐山陰畫意鏡中遊柳邊不繫淸陰嫩與在風行及水流

題董邦達松陰消夏圖

灌木重陰翠鬱盤盧堂夏五自生寒黃庭一卷小年靜緑綺横陳不用彈

有無山色雲中辨遠近泉聲席上聞到此塵襟澹冰雪怡情花鳥任紛紛

爇殘香篆更分茶石榻支頤夕照斜底事板橋絶響屐不教俗客到山家

虬影童童蓋四鄰護間幽籟拂衣巾漫言高士能消暑我亦薰風解慍人

題董邦達新秋景

遙天雲斂露山光景物新秋報白藏高士似嫌餘暑在風臨水閣受微涼

董邦達秋山紅樹

雲表蒼峯迴不羣風翻紅葉落疑紛畫禪慣解開生面古淡中餘錦繡文

董邦達秋林曳杖圖

蒼剩烟蘿丹染楓滄波又起鯉魚風高人蜀杖携邛竹小立端知意不窮

董邦達谿山秋霽

樹欲飄揚風欲吹徂雲不賸一絲絲卷舒慣作秋前景颯爽正當雨後時山硤石泉如奏筑落林橡子似敲碁坐來心與高空愓此景天然稱我詩

題董邦達秋山煙靄小卷

爲便行囊作袖珍秋山浮靄霽光新展當氊室千峯入著語難分畫與眞

董邦達秋山晚霽圖

細雲初歛樹猶濃正是新秋晚霽容石屋松林阿那畔招呼應有道人逢

題董邦達秋山平遠圖

疎林噪歸鴉遠峯銜落照平溪渺煙靄千里歸一眺板橋接茅店歷歷皆詩料是地豈富春誰弄嚴公釣

董邦達關山秋霽

葉落洞庭波地表秋容霽征客歷關山豈慮途迢遞寺樓枕橫椒閒僧竹房閉指點晴林間猶帶英英氣

董邦達秋山蕭寺歌

憶我前歲遊田盤巖關颯沓秋容淡嶢峯而面佛頭青疎林葉葉漢子紺高入天風侵袂寒坐不可久立猶暫孰謂山空無管絃沸聞萬籟鳴噫欠天成閣中小趺跏徐無千里歸憑瞰摩挲勒壁活郎師諦聽隔岫支那梵燭照秋山蕭寺圖滿目金官看不厭招邀田疇友谷神從知蒼老乃眞豔邇來六法何寥寥貌工形似神彌黯吾於達也無閒然豐不覺繁儉不欠前稱北苑後香光藝林都被卿家占

董邦達秋巖瀑泉

秋山已自無塵更看雲際垂紳不獨一新耳目眞教滌雪精神

董邦達萬木森秋

凸者巑巑凹者窪經霜錦繡絢崚岈最高更置孤亭迴縱目因之意與遐

董邦達秋林烟岫小景

靜參畫意初無句得句原非畫外求漫步林扉尋別墅請看泉箔落平流一天玉露八章景幾樹金風萬古秋薄暮蒼然翠巘息只疑遠浦有歸舟

董邦達雪景

天公玉戲谷神寒盡得風流在筆端散漫不分巖洞樹紛糅偏惹客人冠細披尋去全成句粗點綴餘皆入觀寺閣迴凌銀色界好教破冷一扶欄

題董邦達寒江獨釣圖

臨流弄竿幾會心古有方將取必姑與予釣而不綱柳州詩裏畫營邱畫中詩是一還是二妙處試傳之

題董邦達谿山霽雪圖

太行之麓森巍峨陽崖牝壑糾紛羅經千年樹蔭軟莎迈寒不凋綠在科青女借得雲錦梭一夜幻山瓊瑤葩曉來開霽寒劇加旗亭有酒不可賒誰能驢背尋詩哦迴巒復谷何逶迤中有逸民三兩家太古歲月忘羲娥迷離積素隱峯螺如有風來飄玉沙盈三尺幅千里多無畫家習同擘窠題詩筆凍頻頻呵

董邦達霜林蕭寺

一夜霜吹楓樹枝於蕭淡裏越丰姿翠岩若問相應處正是眉毛拖地時

董邦達峨眉積雪

峗崒三峯拔地奇陰崖積雪渺無涯是中應有高人出玉局當年早占之

董邦達澹月寒林圖

脩開澹月滿寒林林弄清風月弄陰應爲邇來苦炎熱撰成謀目愛秋心

董邦達輞川雪意

華子岡頭積素多蹊迷難訪故山過畫禪親許叅神韻（畫禪室所藏香光一名畫大觀冊首即王摩詰雪景）刻楮無煩較若何

題董邦達雪山圖

鎮海圖雪景塡篪伯仲唱（鎮海寺雪景命張若靄張若澄兄弟先後爲圖）臺懷圖雪景橋梓前後望（辛巳幸五臺曾命董邦達爲雪山圖至辛丑歲其子董誥扈從適復遇雪亦命寫圖）侍臣多佳話誠不孤瓊嶂子與喬木喻得賢以爲當昴爾扈蹕人尙其勖寅亮

題董邦達雪山兼命董誥別圖雪山得詩二首用一韻

辛巳西巡携侍臣雪山即景寫嶙峋今來積玉仍千嶂圖上之人作古人

扈蹕侍臣即世臣最欣快霽雪存峋命圖眞景相輝映亦識斯人有後人

題董邦達畫

幾曲湖山寫楚紙是中覓句欲題諸設非有道迴超俗焉得無端便起予樹解鳴風都颯爾山方過雨尙娟如溪邊舴艋閒拋却想薄烟波釣叟漁

題董邦達畫

疎竹櫹槮古木樛倚巖曲樹碧波周端居頗弁一高士興寄風行及水流

題董邦達畫

今人忽作古人兮憶昔西淸侍几綈選壁雖教新幪寫藏軒聊復舊圖題雨峯合沓蓮宮迴萬葉帡幪茅屋低問絹家風原未遠欣看二李已堪齊（邦達子董誥亦習繪事皆命臨仿每並頗有父風其較李思訓昭道之父子體名應無多讓也）

題董邦達畫二首

桃溪春靄

灼灼桃花淡淡溪春煙盈谷遠淒迷此中告我有佳句遂與書之當作題

松磴晴霞

松嵐楓坂鎖峪谺映帶齋屏本一家高士歷覽何所望綵雲邊際染紅霞

秋林絢釆

巃峯雄厚落飛泉萬葉含霜綵翠鮮命意由

來非鄧像得從扈蹕寫眞詮

宿雨含烟

曉烟欲泮意猶酣野彴蒼葭鎖碧潭應是中庭動秋思遄飛逸興到江南

題董邦達畫卷

猗猗萬玉淡煙低逕轉春泉不作泥記是去年巡蹕路驀前卽便到雲棲

右倣唐寅竹泉煙靄

雲若流泉松若藻天開奇想妙難摹漫言世上無斯境覿面山莊似此夫

右倣陸廣松壑雲濤

題董邦達畫軸二幅

淡靄全收山半腳涼風欲動樹梢頭展圖怪底晴嵐別昨夜精神恰八秋

右倣董源仙館晴嵐

沒骨溪山煙靄蒼幾株紅樹護書堂卿家思白明重見筆意翻稱是倣楊

右倣楊昇翠巖紅樹

疊嶺重泉歌題董邦達所畫

是人胸中小廬霍董家亦有元和腳不經意處人難工疊嶺重泉偶所作重泉貌得香爐間疊嶺亦似南嶽盤置二名區未爲隘合一全圖不覺難山東咄浙派曾傳楊契丹文筆今定誰巨擘雌黃無使輕譏彈浮圖高入雲俯瞰危無底與客安心處指說雲門寺雲門寺外石磴斜烟蘿古木紛轇轕飛流直下不計尺匯作明湖漾淺沙沙痕石齒天然好野橋那畔茆齋小趺坐幽人獨靜參應是忘機學莊老莊老豈可學寓意聊足樂漁人舉罾善求魚羽士調笙將款鶴壯哉大觀眞卓犖我與其間一揚搉

題董邦達山靜日長圖

心閒覺日長塵遠知山靜佳處底須買幽人自管領三逕陶氏開五畝白公整逃禪佛鉢花澆書石鐺茗謖謖松風吹栩栩蝶夢醒羲車解人意不肯度西嶺

董邦達北窗高臥圖

北窗高臥獨何心東皋蒲輪未許尋此畫可看不可學吾師士行惜分陰

題董邦達石屋松風

雙松之下二老坐老即蒼松松即老喬乎佺乎不可知擬以夷齊猶覺小爲語爲默那可猜蓋以無言言至道石逕詰屈八峯戸中有巖屋藏窈窱了識其間多秘書安得窮年獨研討

董邦達灌木迴溪圖

碕岸彎環接渚汀石攢鑿鑿水泠泠流雲解與爲疎密越致叢林無定形

董邦達灌木迴溪

灌木垂陰夏亦寒闤闠獨坐俯澄瀾烟波無盡志和趣豈在樵青與釣竿

題董邦達層嵐翠靄

不須留白始爲雲望裏層嵐翠靄氳斯有神焉非筆力書中王氏右將軍

題董邦達月淨松谿

月淨雲天松映水東坡別有會心時笑予更是無悶者豈足高言遯迹斯

題董邦達晴湖香雪圖

湖鏡拖一片山屏展四圍淺淸蘸疎影匼匝散幽馡谷口石橋接林心茅屋稀橫陳香雪處聽較范家非寒山范氏園有聽雪閣蓋謂瀑也昔曾留詠

題董邦達林巒積素圖

草堂婉孌黏白壁圖即張此堂中一脈香光證不遙更映林巒眞積素乍看氣韻若相招日烘已自露珠綴風拂還疑冰片飄來往頻年缺題句直留空去聲處待今朝

董邦達層巒疊翠圖

巒巒復堂堂層巒望未央連林方縟綠疊巘間標蒼迴出重霄上如臨員嶠旁問誰成好句憶是絳州王

題董邦達千巖飛瀑

詭巘繽紛疊樹蒼濺珠噴玉意含涼武夷勝

處稱九曲白也詩情寄兩章有葉貼波皆浣錦無風出峽亦吹簧設云著箇人聽好未識無人趣轉長

董邦達松風水月圖

風自京經松越嶺月原明印水逾清高人無事船頭坐非慕烟波釣叟名

題董邦達西湖圖

向見西湖圖約略覩山水今見西湖圖曲折可詳指由來貴親歷了然勝遙揣不獨繪事然吾因悟治理

董邦達西湖圖

昔傳西湖比西子但問其名知其美爽光千古以上人豈有眞容遺後世（叶）未見顔色貴耳食浪以湖山相比擬湖山有知應不受髯翁何以荅吾語（叶）吁嗟吾因感世道臧否雌黃率如此豈如即景寫西湖圖繪眞形匪近似歲維二月巡燕晉留京結撰親承旨歸來長卷已構成儼置餘杭在棐几十景東西闕奇列兩峯南北爭雄峙晴光雨色無不宜推敲好句難窮是淀池水富惜無山田盤山好詘於水喜其便近每命遊具美明湖輒遐企北門學士家臨安少長六一烟霞裏既得其秀忘其荃呼吸湖山傳神髓此圖豈獨五合妙絶妙眞教拔萃矣明年春月駐翠華親印證之究所以

題董邦達西湖畫册十四幅

邦達曾爲西湖各景圖以獻茲臨明聖遊覽暢覩信足娛志以境證畫允擅傳神舊有十景及靈隱雲棲諸勝久膾藉人間者無不究妙吟奇所作即書邦達册端以誌雅興而一溪一壑或以路便偶經未有專詩或以地處幽遐不及領要則在全圖中尚餘十四景船窗展玩南望情馳各體不拘聊云補空

昭慶寺

招提湖北角閱武便曾過碧篆消新火青松

挐老柯客心惜頽廢僧意冀檀那欲擬從其願民財慮費多

來鳳亭

錢塘門外寶石山勢如翔鳳輝翩翾當年梵宇燦金碧梯巖結搆紅雲間危亭四柱號來鳳頓令阿閣懷軒轅瞑帶田疇及城郭變幻暮靄還朝嵐遙思勝賞如宿昔荒基唯照斜陽閒

初陽臺

我聞華頂十月朔日月同度傳奇觀此語近怪疑信半不曾祀樹徵星官葛嶺冬孟之上日獨稱曉日光流丹陽月初陽騰瑞曜此理平易何疑焉天雞鳴後海波沸玫瑰韎韐朱火殷葛翁呑光得仙道東將入海扶桑攀至今臺下遺丹竈欲往尋之阻路艱

西泠橋

玉蝀橫分裏外湖綠絲風裊柳千株漾舟揭想前朝蹟賢守風流白與蘇

紫雲洞

窈窕紫雲洞閒在葛嶺西琤琮乳竇水流出是桃溪

金鼓洞

棲霞嶺迤西嵌壁多崖洞是間名金鼓壯哉特異衆武穆孤墳近惜未中興宋所恨和議行敵人反間縱山林思作氣高孝獨無慟過祠留句曾撫畫與懷重

玉帶橋

垂之則有臥波中銜綬惟魚幻豈虹歌詠湖山此生慣威儀青紫若人工光通瀲灩原規月勢委飄蕭不礙風本是印公留下物而今還復屬蘇公

九里松

不信雲林僻惟看虬榦青謖濤無定響偃蓋有奇形如導溪頭路宛遮匡口亭久問王子晉過此劚香苓

慈雲嶺

橫界南屏翠鬱蔥淨慈低在白雲中穿雲度
嶺招提隱暖入春衣曉日紅

石屋洞

嵌巖外狹中虛何代地仙此居苔封紫石床
上應有人不識書

積慶寺

竹泉幽絶處往往有禪林疊石橋迴遶蔓蘿
門對岑未瞻月輪相遙聽午鐘音分付曹溪
路他年待重尋

烟霞洞

高峯隆崇俯錢塘往往舊蹟稱錢王布衣奮
起保一方識時知命歸眞皇林衣錦繡誇故
鄉三世五王名姓揚兩浙士女安農桑嬉遊
鼓吹答詔光當時遺愛云不忘豪爭計奪事
已往叶懺悔佛力資慈航紛建梵宇金碧煌
至今石屋烟霞蒼苔封碑字半存亡應眞補
塑猛龍降夢僧告語殊荒唐慈氏便眞能降
祥福善禍淫理有常諛求宻媚可慨慷無心

隨喜乃不妨或與林壑增佳賞叶披圖作歌
懷古長不殊勝處親徜徉

萬松嶺

翠臨城郭迴盤雲老幹千年赦斧斤湖色江
聲欣兩得吳山鳳嶠與平分豈爭豔冶春光
富時有颸颸天籟聞我願樹人常似此講堂
近接號敷文

紫陽洞

吳山景已佳仙眞洞尤與紫霞每封戸初陽
亦委照奇境固無窮奚必皆親到清遊悉大
略薄旋從所好重展北門圖又領西湖要

題董邦達萬卷書樓

秀木嘉陰緑竹稠芸編萬卷置層樓高人默
坐翻經笥宻數當年有鄴侯

題董邦達居庸疊翠圖

近作燕山八景詩擬成長卷各圖之侍臣承
旨開生面又見巖關疊翠奇
具來粉本寫神能萬樹丹青績繡稜近衞皇

州肇北戸底須承傳擬嘉陵

繚白縈青矗萬螺夤緣鳥道憶曾過彈琴峽口雙松側勒壁詩應蔚碧蘿

題董邦達灞橋覓句圖

驢背風流未足思來今去古只如斯可知學士忘筌畫便是相公得意詩

董邦達谿山清曉圖

天潑雲開今古情新圖卽景益分明爽澄藹沼波吹細風度松林籟泛輕白帝精神昨夜入虛堂颯沓此時生四家六法何須論領略當前妙趣呈

董邦達松溪高士小幅

落落松吹謖謖風長溪流活遠岡崇神心會處眞無悶濯足伊誰定太冲

董邦達楓林朝霽

綴林尙遲（去聲）吳江冷晃日從迴塞嶺春高士溪邊成小立一天錦色入題新

董邦達楓溪觀瀑圖

從心不踰矩得意可忘筌堪識此圖妙休將六法詮高人宛濠上飛瀑自雲巔楓葉落英似武陵然否然

董邦達浮嵐暖翠

句曲春煙泮浮嵐卒未收華陽肥遯處只欠三層樓

董邦達蒼崖古樹卷

岪嵂攢巖訝倒懸蟠拏古榦互連拳是誰結屋嘉陰下雅合於中草太玄

董邦達松澗雲嵐

動者雲容靜者松妙兼動靜者層峯設如屧步奇深處應有佺喬驀地逢

題董邦達溪閣哦松圖

下俯流泉上覆松松聲泉韻答重重幽人溪閣憑欄坐良友惟三此處逢

董邦達孤山縱鶴圖

漏洩春光香雪枝高朋坐待莫嫌遲奚童翹首胎仙下應是逋翁返棹時

梅鶴天然稱隱淪，危亭湖畔與誰鄰。肩輿莫羨陶彭澤，此子翩翩亦可人。

題董邦達蘆汀泛月圖

石上藤蘿月，却在蘆汀底。扁舟無事人，坐弄清秋水。

天空月一方，水澗鷗兩個。並無纖芥塵，安有心神涴。

清秋杜子美，日日坐吟詩。愛看殘夜月，舟泛浣花溪。

題董邦達山居小幅

柳隄烟景

鵝黃萬縷曉烟含，攬結韶光穉未酣。前日意行曾得句，披圖大似涿州南。

夏木垂陰

峯側危亭四柱孤，綠陰中見路迴紆。遠山別爲開生面，漫認米家鶻突圖。

疎樹斜陽

微脫酣霜葉戀枝，秋江如鏡漾漣漪。漁家傍岸閒收艇，斜日輕風在網絲。

寒林曳杖

香雪海中白玉臺，波聲凍咽野溪隈。溪頭略彴扶笻度，應是孤山放鶴迴。

董邦達草堂深樾

澹靄蒼山樾蔭低，草堂門逕草萋萋。箇中人謝塵寰跡，奚待移文孔稚圭。

董邦達煙村野彴

處處煙村流水通，木楮野彴接西東。高人底事攜笻過，商搉古今訪志同。

董邦達雲山圖

畫家氣韻造絕詣，邦達氣韻乃餘事。細皴粗抹無不佳，不期其法神其意。承命爲此雲山圖，雲如欲雨山如醉。奇峯詭巘凡幾重，密葉枯枝以萬計。謂宜凹處置人家，果見精藍倚蔥翠。溟濛滃鬱有餘潤，空白浮青各殊致。張壁只虛天龍窺，奪造化工彼所忌。

命董邦達圖嵩山華蓋峯再疊前韻

周禪瀛海逞辯談强分疆界朔與南運諸掌
上默以參何須遍歷揚旍縿其間民物戚及
恔用懷康乂時籌探省方詎惟賞川嵒曰有
深義於中函鼓舌底慮浮議添秩祀嶽廟瞻
遙嵐華蓋左右飛與眈竟不能登我實慙山
靈雲物意趣恬投我無報其奚堪仄徑追攀
未覺巉造極下視殊仙凡空谷有聲應速咸
剛柔合德均寬嚴大矣時義稱少男盪胸决
眦供吟拈無所假藉羣峯尖天中衆美已畢
含百五十里敞神襟虛牝湏洞氣長谽廣生
博大穹窿嵚飛泉漱石玲瓏嵌幾曾點綴資
精藍道之猶覺齒頰醃應枚小試霜毫兼亦
云其可力已單譬之言佛必瞿曇是理易喻
非奇險孰抉突奥開幽潛如恒河中投升鹽
爾達素工為雲巖定當技癢落筆酣松窗月
影寒毵毵靜觀絕藝誰方驂使我與在驅驪
驔曰某層峯曰某嵁一一聚米同親瞻陳迹
俯仰頻懷覘快哉長韻賡其三

董邦達仿郭熙山水

殢雲低黯罨滄池一陣涼風萬縷絲弄棹伊
人渾似我昨來雨渡御湖時

題董邦達倣古山水

春巖茅屋

樹未成陰花未芬層巖靄靄欲生雲底知茅
屋春來候新水橫橋漲幾分

柳塘放鴨

水暖春江放鴨遊素纓左右不離舟箇中亦
自饒清趣何必高談狎海鷗

林巒煙雨

兩岸風聲樹蕭颯一溪煙意水縈迴沙汀底
是扁舟繫冷送前山飛雨來

春嵐瀑泉

春山蒸潤靄晴和幽處茅菴隱薜蘿欲識傳
神工別撰千巖萬壑瀑增多

夏山深樾

夏林解令夏山深更有層雲鎖碧岑設使此

中卜小隱蒲輪束帛定難𢀭

蓮塘晚棹

蓮葉東西望不見並舟小語任吳娥若教𧄸
遇天隨子定可譜爲子夜歌

林壑幽居

犖嶨崇山谷蘊虛鉏茅誰氏此幽居棲霞春
雨林如沐郎景無端一起予棲霞山有幽居卷

草堂清逸

草堂不肯號山莢爲恐德璋文有移風入喬
林襟袖爽高人正是讀書時

疊嶂飛流

傾崖崿嶂勢如掀萬派飛流赴澗奔一瀉平
湖原合相不同源處正同源

江帆秋影

一水中流練影拔名山兩岸綠𥾆差扁舟疑
載青蓮去正是布帆無恙時

萬木寒溪

溪寒木葉落將空釀雪雲容欲作同祇有蒼
松依舊在不妨落落韻嚴風

蒼筠激澗

漠泊煙篁澗水濱水中嘬浪有文鱗裁竿設
擬垂絲者應付便嬛善釣人

董邦達倣王詵漁村小雪卷

蛤粉輕勻貌雪姿不教留白襲前爲別傳寶
繪堂中法王詵有寶繪堂宛見富春灘上時雁陣驚
寒猶箇箇漁蓑耐凍故披披蒼松强項撐雲
表是客星耶繫我思

題董邦達摹王蒙幽林淸逸圖

卜居遠塵世據勝郎仙家古栝多幽籟新蕉
抽嫩芽應時供筍蕨探節話桑麻門對澄潭
泌遙源雲外賒

命董邦達倣李唐寒谷先春圖疊舊題

唐岱孫祜畫韻

不登山則已登山當振衣太華不求仙則已
求仙當叱龍飾駕從來藝圃有淵源王杜風
流溯鮑謝詞臣家法夙擅長背臨爰命花甎

暇試比岱祐所合作孔氏之徒羞五伯縱教
李唐重渲染生動未遽能淩架妙哉結搆本
天成無須借助資俟亞我昔題詩亦偶然漸
入佳境如食蔗閒花落水文自成春蠶作繭
尋無縛自合烟雲為供養何虞溪壑非親婭
素壁高張滿意寒谷神精氣全輪瀉石磴盤
盤小閣幽文筵雅會分茶罷相於責有課虛
無覗田淨土堪耕稼鶴閒矯矯立雪坡梅香
馥馥來風榭設求牝牡驪黃間紛爭繪苑聲
態嗔緊余好古非好物六法靜對生清訝安
得是人與共遊因之可識羲皇化雖然刻鵠
亦如鶩（謂唐岱孫祜所倣）要識陸來張減價吁嗟乎
今古何曾異冬夏古風原在讀書人日月西
行河東下（末三句反前詩意）

董邦達倣李宗成輞川雪意

宗成蹟縱見猶未（內府無此圖）摩詰法誠傳不非
（石渠寶笈有董其昌藏王維雪溪圖）一晌憮然題七字斯人畫
亦自今希

題董邦達倣李成茂林遠岫卷

古人絕材不可量吟咏之餘精繪事在唐王
（維）杜（牧之）宋米（芾）蘇（軾）爾家思自曾標幟當其
神來奪化工豈可形肖求纖備其次閻（立本）吳
（道子）及李（成）荊（浩）元氏大家厥有四各工其事
遂造精要以氣韻為之帥此圖粉本出營邱
真蹟曾編能品類慘澹經營或過之乃知畫
法首貴意崇山峻嶺何穹窿崖枝澗葉相薈
蔚水閣開牕到底清浮圖倚寺淩空際別有
飛流走白龍下經石瀨珠璣碎荒村略彴更
絕勝源中尚有秦人避溟溟濛濛堆濕潤裝
潢觸手虞霑漬我從山水窟中來愛此猶然
看不置求之古者原有契還慮後者難為繼
繡綫金鐍得所宜秋月春風永相寄

題董邦達倣荊浩匡廬圖

陶鎔靈運山居賦檃括仲長樂志論我欲拈
題渾不得晴牕靜對合忘言
因迴為高築搆宜溶溶夾鏡白蓮池魚梁漲

退沙紋活虎落風來葉影隨
飛流得地作溪平溪上偏宜略彴橫嘉爾說
詩渾似鼎笑他能畫不輪荆
雨餘峯色翠模糊溪壑天成意匠殊樂土桑
麻眞得所照園梵貝只虛無
著壁常疑生紫烟幾層軿水漾淪漣篩簾日
暖糸生動與在鑪峯阿那邊

董邦達畫杜甫詩意歌

詩中杜老集大成天然古淡足佳句風烟萬
里瞿塘秋奪造化工歸詠賦最愛歸雲返照
奇（是圖畫寫反照入江翻石壁歸雲擁樹失山村之意）每欲形容意難
赴詞臣家法傳北苑爰教老筆寫烟樹翁翁
鬖鬖滿谷白㯶籬茅舍依微露天外一稜獨
迥絕映帶紅霞正秋暮江聲澎湃疑聒耳樹
色蒼涼信消慮杜句佳矣圖之難雙美合并
豈神助何必崎嶇歷劍關卽坐江樓覯灩澦

題董邦達摹宋馬遠瀟湘八景圖

洞庭秋月

秋風裊裊㵿金猗木葉偏當微脫時此景問
誰能領畧銀蟾千里座中移

瀟湘夜雨

至迷江上數峯青漁舍蝸寮戶半扃峽口莫
教人問渡惱他錦瑟鼓湘靈

山市晴嵐

林端巖際翠模糊釐釀新篘已可酤西去巴
陵上三峽流風何處覓當壚

漁村夕照

欲落未落夕陽色三舟兩舟古渡濱挐音底
似水仙操鼓枻傳來澤畔人

平沙落鴈

水淺蘆深且泊之衡陽不過意如斯稻粱𥻗
繳何憂喜澹淹江天命侶時

遠浦歸帆

辭將白帝詣君山千里巴陵且暮間猿叫聽
猿勞不盡風帆無恙只閒閒

烟寺晚鐘

積翠浮丹暮景蕭閒聲始覺有僧寮禪和公案參來熟拔處誰能悟七條

江天暮雪

柳綿鶴氅正紛紛七澤三湘杳莫分何處參差飄釣艇因風吹裂凍江雲

題董邦達摹古人物册

臥雪

大雪干人實不宜槃廬偃臥自怡夷立朝侃侃逞權勢浩氣養從耐冷時

看竹

竟造溪邊看綠筠此君端合結嘉賓與來且任與盡返却喜不逢家主人

觀瀑

偪幡雪瀑兩巖間携客欣觀一日閒試問圖中人姓氏遊應康樂石門山

聽松

盤陁偃坐聽颼飀落落長松六月秋佳話似嫌人說慣別開生面不須樓

觴月

七字高懷今古人舉觴邀月問諄諄如何獨倚喬松坐未向邊傍置賈湑

品泉

甲乙惟憑輕重權鑪鐺置側便烹煎笑伊揚子稱第一未識玉泉第一泉（昔陸羽品泉以廬山谷簾爲第一惠山爲第二而劉伯芻則以揚子江水爲第一吾製銀斗較之京師玉泉斗重一兩揚子金山泉較重三釐惠山泉較重四釐則吾儕亦大槩可知此蓋南人享帚之論未嘗品及玉泉因定玉泉爲天下第一泉詳見記中）

拜石

正笏垂紳儼若朝身雖拘束意逍遥介如非此醉道士未易顛翁輕折腰

洗桐

愛潔本因性耽懶缾澆桐乳命僮胥涉園見此猗猗者（倪瓚獅子林今爲黃氏涉園南巡曾三至其地）靜影猶懷三沐餘

題董邦達葛洪山八景

紫雲峯

際天峯疊樹槎枒日照晶晶蔚紫霞底事千秋色不變多因津逮潤丹砂

淸虛宮

夷巇仙館號淸虛壁有人間不識書李氏名昇五代人有葛洪移居圖若成手卷畫想當移向此中居

留雲院

舊宅蕭蕭萬木稠誰云雞犬盡仙遊却看黃鶴千年返識得白雲一片留

幽栖寺

有泉落落有山嶙結箇茅菴足養眞莫怪無端居竺氏一般都是出塵人

嘉植園

種田治產那關心樹亦成仙鬱到今不向丹臺稽姓氏定須認作董家林

垂露巖

嵌巖鍾乳滴泠泠一飲能教骨換青有此天然會眞處令求勾漏底須寍

惠利祠

一水縈紆幾泐洄此水流爲唐河西巡時凡數經之地方官動帑架橋以濟溝渠疏治稻田開乾隆十年命直督高斌引唐河之水疏渠開田民資其利濟人遺世同源處始識葛洪山下來

璇源谷

飲水遙知方折源佳哉山色罨巡轅侍臣信有傳眞筆却合吾心向所存

題董邦達西江勝蹟

滕王閣

帝子長洲烟水渺仙人舊館畫圖新千秋風月是公物一晌披探即勝因擬看西山將作雨誰憐舞席久生塵片帆風利江樓近似送龍門作記人

百花洲

澹蕩百花洲林泉與靜謀已看文石立便擬藻船浮小憶鴛鴦濼曾登烟雨樓一般天水闊千載畫圖留奇境曾何盡遊蹤可遍不問誰斯結構問說宋商邱

北蘭寺

平陵雉堞法王宮微微仙梵疑飄空僧房花木深蔚秀愛彼幽篁曲徑通因迴爲高就卑下自然妙理標禪宗襟三江北蘭寺經始斯者南豐子誰謂伊人不解詩江聲月色真詩髓

鏁江樓

鏁江百尺聳岑樓下俯潯陽日夜流雪浪至今洶不盡高眠逈致想蘇州韋應物詩有始謫永陽守復臥潯陽樓之句

歸宗寺

山陰已自佳清賞興未已覽勝愛廬阜卜宅因於此旋捨居梵僧清池心共止誓墓有高節歸宗示淨旨餘事付龍跳墨雲黯湫水

秀峯寺

秀甲廬山秀元標淨土元寶華飛傑閣珠瀑掛前川俗劫三千里僧安六度禪至今傳迴句祇有李青蓮

萬杉寺

大超手植萬杉默然不辯聖凡何必元珪說法山神示蹟東巖

三峽澗

水石相遭逞奇變不可窮擬展蜀江看石渠寶笈藏李公麟蜀江卷盡三峽瞿塘之勝瞿塘是異同

棲賢寺

李渤讀書處今爲釋氏居棲賢存故號無聖演新書珍重昌黎輩排斥定何如

白鹿洞

輿區五老峯之陽仲季偕隱潛德光厥有白鹿性馴良糧薪名勝爰始唐後來朱子守南康葺治書院開講堂五教四事規制詳溪名貫道水洋洋上溯洙泗其源長興賢淑世子心藏

東林寺

白蓮當日名社青山萬古留婆翻經欲修淨業落諦已涉有爲靈運肅然伏意淵明忽爾攢眉惟有巖花溪樹識得三笑如斯

吳章嶺

吳地此雄關廬山維北轉嵲嶫羅層峯盤迴架陡棧陡棧若無路行人爲跼步嗟哉名利子冒險紛來去來去古復今吳章自碧岑陸文不可作董法猶堪弆堪弆巖壑表一一供幽討借問轜車迴桃李收多少癸酉秋命董邦達典江西鄉試經歷路勝因成是圖

題董邦達畫楚南名勝册

衡嶽

秩山至荊國馳驛擬嘉陵董邦達於壬午春祭告南嶽歸程就所經山水繪册以進茲偶展閱因題句七十二峯爲環八百里徵堂皇開廩柱石廩天柱爲衡嶽五峯之二向背列崚嶒過後知珍重憩斯免未曾

嶽麓

南嶽蜿蜒來駐足於此所用是嶽麓名氈鄉垂隆古安得最高峯穹碑讀神禹峯頂有禹碑輿地紀勝謂碑在岣嶁峯蓋不可考今所傳惟此刻耳

鹿原

康樂鄉中白鹿原猶聞炎帝有陵存山川萬古民三代欲返皇初豈易言

合江

南迴鴈峯北石鼓郡城衡州峯回雁陰臨江渚石鼓對峙書院存是爲蒸湘合流所近遠形勝攬莫遺唐相風流猶可覩我獨菁莪廑育材麟楦虛車亦無取

愚溪

冉溪號愚溪蓋自宗元始謫降守永州愛其林泉美因作八愚詩意或謂屈己趨炎附叔文明哲豈宜此此非愚而何巧文詎能洗

浯溪

浯溪峿臺𢈢亭占盡江山清可雖然猶有問去聲然次山未能忘我浯峿𢈢三字皆從吾故戲及之

濂溪

思孟以來學鮮聞起衰韓愈祇能文宋生茂叔津源探去聲道繼宣尼眞僞分谿水書堂千載永吟風弄月二程欣雖然應識躬行要詎

在空傳語錄紛

九疑

天地亦有疑宇宙以來此李白雖狂言確乎有其理

岳陽樓

唐時張相宋代滕守一創一脩膾炙人口巴陵雄據洞庭俯臨氣蒸波撼緬想孟吟韜車還朝江山紀麗豈無心哉仲淹之記

黃鶴樓

迥臨雉堞瞰江流崔顥題詩樓上頭太白顧而不復作卓哉此意足千秋

題董誥歲朝圖

臘前春後頻逢雪稠疊農祥似此無遂以邇時直廬暇成兹卽景歲朝圖白梅紅竺態如舞老顧少趨情可呼物阜人安寍易致不忘規頌若斯夫

題董誥萬有同春册

仙木駢羅萬戶新屠蘇飲到老年人兒童爆竹獵喧闐直作雷聲火迫春

右萬戶春聲

牡峯牝壑互氤氲一氣混成春宇雲樂趾固知時尙早雪乎雨矣總堪欣

右萬壑春雲

元正纔過又元宵萬井煙花達曙燒一歲之勤一朝樂還滈可概設科條

右萬井春熙

一氣回春萬物妍淙淙也覺發靈泉垂流趵突雖殊致同助東皇潤八埏

右萬派春泉

初染鵞黃旋變青生機物物自形形漁郎愛看含煙意却傍橫塘棹爲停

右萬綠春塘

遙見銀光一線堆奔騰快馬遂喧豗發源豈止十千里疑是青祇任處來

右萬里春潮

不較低條與迥枝一般綠意吐叅差鸎睟最

有相宜處猶是千林未鎖時

右萬木春榮

高下猗猗翠欲流誰云春是竹之秋陡思山逕韜光畔劚筍叢中作勝遊

右萬叢春玉

米家畫法王家句會以丹青運以神南每愁多北愁少得中艱可遇之春

右萬家春雨

昨夜甘霖潤一犁曉看叱犢遍塍畦侍臣生面繪春帖頌以爲規家學提

右萬畝春耕

題董誥夏山十幀

出岫無心仍作岫其奇原一氣之蒸草亭慣坐看山者忽訝誰爲增幾層

右雲岫蒸奇

或坐溪亭或巖洞同爲銷夏致無同松風一例拂煩暑操出氷紈不藉桐

右松巖銷夏

誰歟閒泛採蓮舟託意應知有所由序讀昌黎温處士於君子內拔其尤

右蓮塘摘豔

乘涼水閣試憑欄幙影輕搖波面瀾凝思伊人如摘格不爲島瘦定郊寒

右水閣微吟

閒浮蘭舫傍溪塘樹下陰鋪風度涼却看船頭安茗銚對談人必陸和張

右湖船茗話

林扉深護曲崖隈幾架虛軒向水開似聽蟬聲深樹裏也知早晚報秋來

右林扉挹爽

靄靄濛濛望欲迷柳絲濕共雨絲低漁人此日艱垂釣兩兩收船泊淺溪

右柳溪過雨

風吹水面晚來涼櫓搖去聲奚僮泛野航不肯言旋饒逸興遲去聲升明月漾寒光

右晚涼閒泛

碧梧之下敞溪堂，對坐幽人好納涼。中婦已曾具雞黍，相知應是劇談長。

右風軒留客

溪亭曠望接長空，背峙嘉陰灌木叢。底事淸芬拂幘面，香光本是有家風。

右灌木迴汀

題董誥雪景

三白先春浩澤培，便教寫景摛淸裁。頓看巒巘縈而繆，猶灑松篁素且皚。招客吟瓊過石彴，呼童掃玉瀹茶杯。畫誠似矣家聲繼，德業猷爲尚勗哉。

題董誥雪山

曉霽申霏六出奇，特教題畫有眞姿。昨廿二日得雪竟夕郦溼迷矇暄霽山容圖景互相輝映益多眞趣仍斯山也仍斯雪，底論羲之與獻之。辛巳西巡時董邦達扈從命即景爲雪山閱廿年辛丑其子誥扈蹕來茲曾命仿父作至今又十二年矣再題茲什聊識流陰

題董誥雪山圖

枚氏臯隨蹕雪山，因命圖齋情宛可挹家法未全殊。有樹皆橋梓，無峯不瑾瑜。廿年彈指迅，視昔若斯乎。

題董誥雪山圖

前度齋粘壁，今仍雪見山。已看成昔景，供我適幾閒。筆意得神處，峯容對面揖。松鍼鳳毛似，杜句若相關。董邦達於辛巳年扈從來此曾命爲雪山圖此圖乃辛丑年命誥所繪者

題董誥烟雨樓圖

素壁詞臣命寫圖，遂看卽景貌鴛湖。是烟是雨眞無定，爲北爲南了不殊。何必避嫌云著相，果然入妙協淸娛。春巡昨況分明在，依戀民情略繪吾。

題董誥畫懿戒圖

既題養性殿詩親筆書軸懸之東壁其西壁思圖所以稱之者無過武公之懿戒也乃命董誥述義設色業成因題此什

養性預成枀殿崇，經營不藉庶民攻。我朝凡有營建

皆發祥和歷從不徵役民力紹興宴樂鄙宋帝懿戒威儀慕武公此日憂勤仍亟勗他時敬慎尙朋同抑齋迴憶當年額予之抑齋爲皇子時所題額也向作齋記亦三致意焉斯志依然勵始終

題董誥梅杏寫生

品量兄弟梅和杏寫意侍臣繪昔題恰喜岧齋粘壁看二難眞箇比肩齊

題董誥梅杏寫生

杏花開日梅花落此是南方例則然北地一籌較勝者梅英杏朶鬥齊妍

雨花室據深谷向陽庭值梅株竟與杏花同時開放向駐田盤曾命董誥圖之茲復對花題句

題董誥五君子圖五疊舊作韻

卉中乃有五君子豈非各具爲儒性凡經五詠逯茲六喜吟未袪結習病詞臣者三張若翊鄒一桂錢維城竝有其圖題識與獨遺董老誠何謂向命董邦達所畫最多而獨無此圖亦一缺欠故命其子爲之爾誥應思

緇衣鄭後凋交翠松柏竹梅與水仙桊春盂點染位置咸恰當要皆能肖品之正繼聲翰苑斯已佳吾將進之以治政

題董誥四季蘭

葉下猗猗標素花楚騷等度本無差會稽逌少山亭畔芳挹惠風趣自賒

右春蘭

閩省恒因貢夏天薰風曉露挹淸鮮南朝人訝何平叔汗拭朱衣更皎然

右夏蘭

錯無芳笑江淹錯江淹詩季月寒氣亟滋蘭錯無芳冐冷傲霜自有眞卉譜問誰宜結契祇應秋菊作嘉賓

右秋蘭

能偷天巧是花師冬季盆蘭亦有之却似善人方入室底須送暖致微詞

右冬蘭

題董誥花卉八種

水仙

冬卉居然八首春羣芳引領弗沾塵拈毫不
肯輕著句已有陳王賦洛濱

梨花

淡脂開到全身白滿意輕盈滿體柔六出設
徒擬如雪似爲頓置卉風流

黄薔薇

多刺休言善勸人葵能衛足此防身香山本
是通禪者著句緣何染色塵（謂白香山戲題新栽薔薇詩花開將爾當夫人之句）

石榴

熠熠枝頭綴絳囊可憐有色却無香淵材欲
笑失該博祇向羣芳恨海棠（石榴亦無香故云）

牽牛花

田家謝藥得名由（本草注云此藥始出田野人牽牛謝藥故以名之）
媞媞枝頭迎早秋如水月涼誰憶遠比他銀
漢望牽牛

秋海棠

海棠名一異春秋寫出唐宮鬬麗柔春是浴
湯念奴侍秋爲委地沒人收

芙蓉

色映秋江枝簇攢濂溪觀罷覓斯觀陸華霜
裏如相謂君子猶饒耐得寒

菊花

一種東籬傍隱棲別開生面出洋西（近年新出一種洋菊色類甚多曾命鄒一桂圖而譜之此册即仿鄒一桂所圖者）泉明此日
如相對五色應教嘆目迷

題董誥花卉册

白梅

冰雪肌膚綽約顔然疑處子掠雲鬟月明林
下驀逢際知是來從姑射山

紅梅

氣味本來自相（入聲）親粧成不語亦傳神試看
淚汙紅綃處合喚唐宮江采蘋

西府海棠

態度宜教號太眞嬌盈發角與眉脣小名已

上嫏嬛簿本地當知永樂人

貼梗海棠

身傍應有侍兒從約弗傷貧麗弗濃一曲霓裳剛舞罷新詩合著贈雲容

黃紫杜鵑

女夷賦色原無定黃紫何妨躑躅開寫入小圖成別體大都啼血厭重儓

紫白錦葵

錦葵畧異蜀葵黃不必傾心說向陽衣白山人原自好底須厠箇紫衣郎

紅白剪秋羅

天淡雲開秋信來秋衣羅製合先裁黃裳却異邶風刺素絢應知衛國該

紅白鳳仙

頭尾翹然欲翥兮霞紅雲白任昂低雖然巧對稱金鳳畢竟高標遜木犀

菊

各色之中獨寫黃信知愛趣契柴桑白羅紫粉稱譜者博矣失眞欠酌詳

藍菊

相伴黃華三兩枝金風玉露自葳蕤澧州別駕非合傳去聲五柳先生豈一時

金盞

堯臣底事誇玉白金盞以色黃得名梅堯臣詩云白玉棋無瑕然白者從未見也鍾令曾聞藉酒醒便是撫圖供興遣也應惡旨切心銘

長春

花開四季號長春卉也而知天地仁一氣流行無不貫羣芳爲殿識超倫

題董誥花卉册

芍藥

鼠姑已是餞芳春翻影當階重寫眞頓置漫嫌稱作婢占先却見詠風人

酴醾

名傳雅客最風流超格精神通體柔莫怪還傍多酒氣淺紅暈頰早垂頭

梔子

瓣爲玉白蕋金黄垗牽成林䕶道場笑煞禪
和稱佛卉未知無色與無香

紫躑躅

花開二月映山榮何限奪朱盃獨卿最是玉
驄過小步也教躑躅不前行

淡竹葉

葉雖个个不亭亭更有花開兩瓣青品格由
來多瑣碎渭川那肯厠名聽

杜鵑

子規啼候放山葩一例虛名妬漫加底事襄
陽吟未到應緣憐鳥不憐花

木香

沉檀爲馥雪爲皚所惜惟應四月開設使當
冬春際放色香直可傲寒梅

蝴蝶

翩翩態度特風流踏馬蹄應爲少留最是南
華足佳趣開花也愛效莊周

夜合

色學萱花名學蓮（一朶見月而合見日而放）金英映日燦
纖妍漫訾風過無香氣至理應知忌備全

翠雀

看若翁飛不離（去聲）柯叢間葉裏自婆娑設詢
種始何時至應是當年獻趙陀

石竹

竹也如何作細花安名立字定誰差緣筠高
覆似相顧奚礙收來做一家

石榴

初作芳華後實垂一般朱色一般枝南薰風
裏成因果庶子家丞兩不知

金絲桃

五出黃花光燗郎西池移種向南榮千年結
實須遼待莫怨盤中無果擎

菖蒲

祁寒盛暑都無礙御病延年信有奇却笑滑
稽與爲傳譋稱曾仕魯公僖

蜀葵

戎蜀率因所自名（又名戎葵）雨過花重錦官城三軍一月望三捷對此無端繫遠情

夜落金錢

花開正午謝正子色白者銀紅者金郭氏便教滿撒地易名阿堵那縈心

夾竹桃

建昌宮裏兩般羅花葉何時聚一科王譜由來號奇品却因盈斗落英多

晚香玉

羸斯種自海西航（是花乃西洋種洋名土歛羸斯康熙年間御賜今名）玉朶迎階噴晚香深院曲牆月初上一時不辨若爲光

荷花

水花多矣冠惟荷淨植亭亭映碧波底事幀中纔一朶世間君子得難多

蓼花

依汀體弱若臨空影入清溪水亦紅試看猗猗枝上下分明有意引秋風

玉簪

盛鬋渾厭墜金璣摘取搔頭露未晞本自漢宮傳故事猶疑月下是耶非

山丹

不能與世共浮湛大壑長林託體深却似商顏朝漢闕山人也具有丹心

金盞

色爲金復形爲盞四季開花曲砌間笑彼譜中註名者魯共公論未曾閑

白蓮

已工六法爲山水設色兹看作折枝殿以白蓮塵不染家雞野鶩也當思（董誥學其父董邦達爲山水已能相肖兹復效鄒一桂没骨花卉亦頗過其雖由其心靈手巧得無貽不愛家雞之誚乎因戲及之）

題董誥山水花卉册

春景山水

日照千巖緑欲出風吹一谷白難藏最欣畫

意含詩意不辨香光與雪光

右晴巖香雪

邃谷奇松隱小樓泠泠階下有泉流箇中斟酌者誰氏彷彿詩人白與劉

右山樓茗話

江村柳緑復花紅萬物無言識化工却看歸雲如有意恐防日色太晅烘

右花港雲歸

碩軸弗藏而自藏層層巒岫鎖烟光問誰於此樂飢者不是逢萌定薛方

右層嵐烟靄

野橋紅杏一枝新小艇浮浮渡彼津此趣定非名利客知他必是問春人

右野航曉渡

臨溪水閣雅如航坐愛山中日漸長不學陶家聽松籟却欣古色照人蒼

右松窗日長

春水初生緑且柔止行弗約任輕舟自耽源裏幽閑趣那較世間清濁流

右清溪倚棹

山頂層樓宜縱目長江如帶面前披忽看泱背入帆影來往衝波者復誰

右江天帆影

過雨春山新水生飛泉落峽自淙鳴聽來頗契東坡句正是大絃和且平

右蘿磴聽泉

濛濛烟際進舟輕兩岸人家望弗明恰憶向年安福裏（安福艓舟名御以東巡者）倚篷凝盼不勝情（丙申巡幸山東迴鑾舟行正當盼雨）

右細雨輕舟

霎霎英英礀戸封昌黎文裏悟雲從上人自在精藍任便是安禪制毒龍

右雲塢精藍

東風吹雨霽光新水足銀塘塍壘鱗最是農家知節候驅牛已見出耕人

右柳塘新霽

春景花卉

有香非艷更無壓信遞江南早報春越使一枝人不識盈廷固合笑梁臣

右白梅

弗以香稱以色誇近疑火齊遠疑霞菜榴焦蕁奚堪比知是滇南鶴頂茶

右山𣗳

誰將花雀以金稱兩翅翻飛若弗勝籬下牆邊春自好知他無意上觚稜

右金雀

春月開花秋結實淡紅深綠繡芳枝定知餅史開堪傲庶子家丞兼者誰

右桃花

紫衣換却白衣裳色固佳哉恐遜香紫丁香香味不如白丁香弗啻此大凡花之白者多香更笑僧家多羨此有人偏惡識超常

右紫丁香

紅白曾誇兩種奇卽今雜色變紛披雪毬本以白得名今五色皆有枝頭日變其色謂之繡毬却與相稱拋來設利合人悟悟否而花總不知

右繡毬

艷朶輕盈綴細絲當場欲舞力難持折腰大小休相擬雅似霓裳入破時

右垂絲海棠

重重花瓣逞鮮妍衛足還同葵亦然莫惜枝頭香氣少大凡物頗忌兼全

右刺蘼

底須魏紫與姚黃牡丹以此二種爲貴然紫者已鮮而黃色者總未見也紅擬太眞艷晚粧凡薛鳳翔牡丹譜此花似之祇向册中標一朶知他已足冠羣芳

右牡丹

射干各色論難同李時珍云射干卽扁竹今所種多是紫花者呼爲紫蝴蝶蘇恭陳藏器謂紫碧花者是鳶尾紅花者是射干韓保昇謂黃花者是射干蘇頌謂花紅黃者是射干白花亦其類朱震亨謂紫花者是紅花者非本草綱目雖採各說而引土宿眞君本草云射干一種紫花一黃花一碧花且以爲鳶尾射干本是一類但花色不同如牡丹芍藥菊花之各異似亦不得謂之定論也一例生因廣莫風

翻却簡文舊佳句（蝶黃花紫簡文句也）試看紫蝶八花
叢

右紫蝴蝶

鮮看躑躅色深黃遠異宣城叫斷腸但以別
名稱老虎早知氣味足驚羊

右黃杜鵑

飄蕭綠葉襯葩紅設色能探造化工試看此
花殿羣卉要知春在四時中

右長春

題董誥四季山水册

華溪漁樂

桃花沿岸映波繁出水輕鯈落網翻底事漁
船雙撥棹嫌教熟擬武陵源

曉山晴靄

樹翻翠影風來颯谷戀寒光雲斂遲此景憶
曾南國遇寒山側畔曉晴時

細雨孤帆

片席孤竿五兩宜吹來蓑笠濕棼絲讓他漁
父饒禪伯正是全身裏許時

菜圃風喧

老翁學圃最知春順令非譏召信臣摘向擔
頭翠猶滴勝他紅紫賣花人

雲巒奇觀

樹杪泉聲渾似立山腰雲色却如流石橋縱
目凝神者可於其間得句不

柳湖生翠

幾曲野塘一川水萬條新柳半湖煙畫家妙
合天工處樹色波光翠與連

喬木新陰

繁紅謝朵綠生枝藹藹新陰漸欲披打疊雙
柑與斗酒載家應是聽鶯時

水暖垂綸

宿雨初收春水生綠川坐喜漾舟輕誰言五
字翻如錦不及一竿曲盡情（用沈佺期釣竿篇事）

村墅餳簫

風香餳擔過村寮節近清明景物撩比戶小

兒不期出都因聞得一聲簫

江城山色

畫裏江城鏡裏浮花能巧笑柳能柔一般山曉晴空望端識春光較勝秋

右春景十首

連村綠暗

西村東郭無遮蔽林綠因之巧與藏底絕人行多閉戶家家應是爲（去聲）蠶忙

風軒看奕

勝負無心究有爲何如袖手坐觀之消來長日不知暑活脫精神李遠詩

精藍結制

閉戶趺床槁木容相將結夏究眞宗既云眞矣又誰究未免天魔覿面逢

四山欲雨

油雲布濩四山同柳毅應教識雨工若問詩人得句處咸陽樓在郡城東（用山雨欲來句意）

松風茗話

謖謖松間有好風掃苔坐石劇談雄浮香瀹雪取其趣火候何須文武工

林扉虛敞

長夏虛庭合閉關層林解事鎖孱顏雖然更有宜人者風月還教度閒（去聲）閒

水閣荷香

木揞敞榭俯銀塘倚檻高人獨納涼色似水華頗亦有問誰能似此清香

竹庵留客

茅覆簷黃樹覆青柴門延客兩忘形遠山雲暗知將雨屋勝班荆且合停

篷窗逸興

不繫孤舟泊柳隈柳風拂暑綠波開漁童烹茗船頭供應是欣於鴻漸來

野塘菱唱

菱熟銀塘六月天吳人采采漾輕船數聲歌颺不知處聽是煙波調（去聲）水仙

右夏景十首

竹泉漱玉

坡陀高下瑣蒼篔帶以石泉漱玉淙設使喻如藥所戛聽來聲已中(去聲)清商

桐陰琴趣

爲嫌餘暑坐桐陰何以消閒理素琴風拂林間有葉落平添爾許韻秋心

澄湖泛月

問月所宜宜是秋於秋又是漾澄流二賓一主蘭舟泛玉局依稀壬戌遊

林亭清籟

廲廔四柱晒煙空秋稚猶欣納爽風却是密林聯縱目間(去聲)間(平聲)已見幾枝紅

荻汀雁字

藍荻蒼蒼欲作花長天秋水望無涯書空筆陣杂流動霜信傳來玉塞賒

楓江夜泊

楓江舟泊衆桅森何處寒鐘送遠音此景發人應不少底稱祠部有清吟

菊徑松扉

青松自合友黃華骨格猶存氣味賒雖是一般三徑由漫將蔣宅混陶家

暮山塔影

嶺巘蕭寺隱叢林窣堵微餘影露聳此際闍黎杂白業可曾識得本來心

翠巖錦樹

峭壁當秋態益奇千張開錦過雲披澄觀齋後尋詩處(避暑山莊有翠雲巖在澄觀齋後)活畫神情較勝斯

練溪雲帶

水鏡對來眞不競雲紳拖處與俱遲試看一幅香光畫恰合五言予美詩

右秋景十首

黃葉山莊

林樓出樹堪睎遠樹色已看黃替青掃葉何人鄭(谷)與陸(游)偶因即景憶金陵(江寧有掃葉樓不知爲何人所築志乘無可考南巡時未至其地曾三次寄題以句)

野航晚渡

招招舟子晚江風霞影天邊一抹紅不識勞心待渡者幾人日暮嘆途窮

玉壘雲開

下槩高風何代無雲開玉壘照成都披裘曳索人奚往祇剩林亭四柱孤（用唐隱士朱桃椎事桃椎成都人也）

羣峯聳秀

林稀端喜見山容如睡羣峯秀弗濃此是歸根眞淨所雲深處或洞仙逢

煙寺疎鐘

雙峯排闥似天成樹杪寺樓隱見甍誰與發鯨雲外落六時鐘裏放杀聲

翠嶂瑤林

林下虛亭翠嶂隈高人對語坐徘徊漫嫌突兀無餘葉面目枝枝見本來

古木盤鴉

傍晚盤林東復西罷飛巢木夜還啼物情千古率如此那識悲懷莫可樓

寒江密雪

織竹爲篷上覆茅寒江不泛泊塘坳別傳贊善圖中意何異披蓑鄭句敲（用鄭谷漁人披得一蓑歸事）

萬井迎年

煙村迎歲鼓聲傳荅臘冬冬勝管絃一日樂非容易得益因切意爲祈年

山樓覓句

把筆阿誰樓幌披詩中畫也畫中詩詞臣點染傳家學向日西淸有所思

右冬景十首

題董誥倣古山水幀

春浦飛帆

好是春江新水生吏兼五兩片帆輕不知趁此忽忽者抑爲利乎抑爲名

柳塘過雨

窣地新條染綠絲無端縷縷貫珠垂艤舟岸側憑觀客悟得方經過雨時

溪林明瑟

瑟瑟清音帶曲潯明明潤意遍層林道元欲著出塵語箇裏曾經有會心

曲澗鳴湍

水石相遭自有音曲之以澗致情深泠泠疏越鳴仙籟漫擬人間筑與琴

草堂高逸

叢樾之間結草廬開窗靜對坐如如逸情會在羲皇上不是窮愁自著書

雲隝香林

灌木重陰鎖磵陂分陀利氣襲人披精藍猶在雲深處知是高僧結夏時

霜柯叢篠

幾簇寒林幾个篔蒼蒼色寫意涼涼祇應怪石兀然峙不計無端曉過霜

寒巖野屋

崇山作嶂向虛明茅屋其間樸且清底事主人弗露面恐防隱士傳去聲傳平聲名

題董誥畫棲霞十景冊

十載前遊想像同攝山好在付東風幽棲詎戀煙霞表愛戴民情寤寐中

右棲霞山

寺傍樸築有行宮箇裏高山他鮮同一再捨輿而步陟愛其峯勢最玲瓏

右玲峯池

一峯紫色矗芙蕖高閣中曾坐對諸嬰石不知誰肖佛至今佛石總如如

右紫峯閣

山房知在萬松間入則蘢蔥自掩關我每其中展書讀愛他古色照人顏

右萬松山房

妙想天開借地靈橫巖匼匝豎峯亭石橋自可通來往那更神功借五丁

右天開巖

蒼松詭石護幽居憶我其間曾憩諸門外忽聞肅清蹕却愁休烈笑難如

右幽居菴

奇峯層疊浪花浮有水之容無水流悟是江乘具神解示形於此濟剛柔

右疊浪崖

迴廊宛轉俯清池不異憑欄數藻時設以玉盤相擬議肇來大小白家詩

右珍珠泉

虹非虹亦鏡非鏡假借名之遂謂之此是寺門初入路（棲霞寺門內即此處）全提第一示人時

右彩虹明鏡

竺菴應見德山雲昔日今時遮莫分三老似聞相謦欬（尹繼善錢陳羣沈德潛有棲霞倡和詩曾疊其韻）披圖何必更疑麽

右德雲菴

題董誥江寧名勝圖十幀

金陵東道館於斯憶昔南巡每駐之却恨建文無決斷燕兵一夕過高資（明建文優柔寡斷燕王既叛猶懼負殺叔之名致其墜脫於難及燕兵犬高資港尚從迂儒之策割地求和迨童俊迎降金川失守遂至不救爾時君若臣孱懦無能實爲可歎高資地近龍潭因及之）

右龍潭

繡峯圍處畫屏如昔日隆昌今慧居（寺舊名聖化隆昌皇祖南巡改名慧居并賜額）每至金田叅月相一嚕奎額一欽予

右寶華山

江中插入巀危磯燕子翩翩是也非萬古千秋不飛去似嗤王紀詡烏衣

右燕子磯

披圖復見蔣陵湖曾是澄波泛舳艫十載熾然異今昔六朝風月總無殊

右後湖

長干古寺至今存永樂擴之曰報恩（寺本晉長干之舊明永樂間重建改今名）瓜蔓連誅滋罪業借茲修福實無門

右報恩寺

據阜高臺俯井閭講經因以得名諸維摩已是爲糟粕梁武眞成拾唾餘

右雨花臺

聳翠層巒接碧空清涼襟袖拂天風石頭城一西臨望千古興亡慨歎中

右清涼山

明初十廟獎功臣南渡誰當繼後塵嗤彼弘光寵馬阮聞雞起舞更何人

右雞鳴山

鼓琴乾闥梵經宣平石何妨響四絃寺左側有琵琶街人鼓掌其聞則街石作彈絲聲應之庭古千年聽法樹遷因鍾阜豈其然相傳寺本在鍾山因卜孝陵移之今所然庭松似近千年定非當時所徙植者則移寺之說或出傳訛

右靈谷寺

天闕雙撐翠萬層陸倕銘早豔佳稱侍臣典試圖眞面逖與重因到秣陵此册乃董誥典試江南同程所圖以獻者

右牛首山

題楊昇蓬萊仙奕圖

祗稱寫照擅僊眞布景誰知乃八神見鮮于樞識語并圖繪寶鑑樹隱三壺惟辨點山融六法不須皴乘雲欲降鶴飛信渡海而來杯置津借問棋枰相對者孰檢九斛玉為塵

楊宦載花鳥

棻朶稜稜誇傲雪水仙落落自依巖野禽獨選梅枝立寓意知其迥不凡

題楊維楨鐵笛圖

鐵崖生自圖鐵笛冷勁性情兩不倫一曲秋風橫郁將虎頭阿堵並傳神

楊維禎鐵笛圖

獨橫鐵篴太湖中吹裂凌波蘆荻風崖上拱聽定誰是依稀緱氏子長弓見楊維楨冶師行序

再題楊維楨鐵笛圖

船頭鐵笛梅花弄足寄稜稜傲世情不識大明鼓吹曲可曾用此以和聲

按楊維楨仕元以狷直忤物十年不調入明不仕似為全人而其大明鐃歌鼓吹曲非刺故國頌美新朝幾於劇秦美新其進

退無據實足鄙斥不可謂之明哲保身出於不得已也嘗著論錄其集前因題鐵笛圖幷識如右

楊基淞南小隱卽用其韻

溪園山邏境成隱松翠楓丹籟泛寒茅屋高人惟獨坐誰能唐突世情干

題楊補之雪梅卷

雪以梅增秀梅因雪越芬清華誰可類色臭總難分卉裏傲青女植中友此君澄懷參鼻觀如是視而聞

題楊補之梅花用圖中題者韻

小院梨花空夢雪仙源桃瓣漫霏霞何如不惹纖塵種占斷西湖處士家

村梅一樹尺圖中展怕遊蜂逐細風笑我寫生雖學步華光妙理幾曾通

藉甚荊籬併石橋每逢開處豫愁凋惟應箇老補丹點常酸春風白玉條

宋元合卷成三友曾讀親書小令來三友軒所藏宋元梅花合卷有補之題柳梢青十闋而無畫姑射今朝眞覿面連林鄧尉不妨開

題楊補之梅花三疊圖卽用其韻

一疊憶我三友軒盆梅淸供冬前早修枝借得吳質能剪綵宓遜隋宮巧古香纖纖生面證新月溶溶夜珠照情知指日到江南遞來春信先覺好无咎此枝寫其神拂拂香風樸淸曉太璞上人何許人相投自是詩禪老隱名今乃盛傳名畢鉢巖前刹竿倒卷中題詠皆云爲太璞上人而上人自無題識故云

二疊憶我平山堂淮人解事處開早鄧尉春暖愁已零種樹供賞淸而巧豈知青帝有權衡江北江南不遺照春寒纔放數枝花花稀郤有稀中好是時蜀岡微雪霽嫩日輕風山路曉疎疎點點時或逢如在商顏第四老頗多惜未盛開人但取繁華堪笑倒

三疊憶我鄧尉山梅花不遲還不早友松微嫌太古朴笑杏直厭疄亞巧三冬何足易此

心一枝業已寫其照（題在鄧尉作梅一枝命粘壁間）不必侈談香雪海倚石依巖無不好聞之三弄吹蘆管惜哉聲律吾不曉此圖恰合譜絲竹至今猶見逃禪老漸入佳境疊疊奇三友平山眞壓倒

楊晉慶歲圖

圖爐閒看子孫嬉茅屋松梅足自怡玉磬置旁寂弗擊吉祥取兆那勞思（圖中景如是畫磬與慶同音耳）

題楊鋐摹董源夏景山口待渡圖

石渠北苑弆數種山口待渡惜未見近收龍宿郊民圖大家傑作觀止歎此圖初疑董所爲閱題乃識楊氏鋐（叶）夏山濃翠宛如滴野墅溪村時隱現伊誰佇立賦印須風人之致開生面雄勁秀拔無不合蒼古渾淪猶致羨（二句櫽括圖後劉晉一跋語）因王得羊亦足珍摛詞遂與消清宴

楊无咎水仙

標格檀心氷骨弄影白石碧瀾不名一家則爾依然伯仲之間

題楊无咎蝴蝶花

无咎野梅夙擅名別裁蝴蝶寫如生乍看嬝娜蹁躚態作賦無輸宋廣平

題楊大章牡丹

姚黃魏紫譜中貴却未經看露朶榮（所見牡丹不過祇存紅淺嬌紅之類姚黃魏紫從未見也豈古有而今無耶半出於揄揚溢譽耳）因悟從來青史裏幾人不是浪傳名

題楊大章畫紫白丁香

或號山人或號僧孰相應孰不相應雪同漫擬李泌誚朱奪何妨鄭谷憎

題楊大章花鳥

鳥意輕盈花態鮮眞教院體奪黃筌渡杯何處來羅漢（羅漢松）解珮惟應要水仙（水仙）雅稱檀心擎揭露（山桃）似聞磬口吐霏煙（蠟梅）珊瑚百八誰穿得（天竺）付與錦雞音演禪（錦雞）

題楊大章綠竹紅桃

綠竹紅桃碧水湄含颸照灩態都奇遊魚仰

嘬飛落片樓鳥坐忘欲去枝承露潤看盈灼灼戛玕韻聽出猗猗精神雅契風人趣疑是匡來善說詩

楊大章文杏雙禽

滿樹和嬌態雙禽棲忘（去聲）飛笑他頭已白（並白頭翁）還自惜芳菲

題楊大章喜鵲花卉戲言

先春數（去聲）種花喜鵲凡十二飛栖各得神畫者具深意數（上聲）時成一日數（上聲）月成一歲皆欲有喜報故自爲佳事但恐願太奢如願或難遂

題楊大章秋景花卉

幾叢秋卉不論名跂脈蟲遊風露清却是寒蟬碧梧上似愁卽漸欲收聲

題楊大章碧桃翠雀

種樹早聞和露潤開花偏是帶冰紋翠禽擇木棲方穩相喚飛朋意甚勤

題楊大章倣趙幹江行初雪圖

長卷收爲直幅呈不拘其蹟得其情是爲善學柳家法豈許獨推趙氏精漁者冰鮮盪舟取客人肌粟渡橋生分明拈出曉人偈愛苦多因爲利名

題楊大章四時花卉

畫家著色愛姚黃誰則姚黃曾見嘗一笑不惟斯事矣世間貴耳率其常

右牡丹

金絲石髮續澄湖出水紅蓮四五株祇有白花開一朶斯稱君子不爲孤

右荷

幾朶籬東幾海西（中有洋菊數朶）金風玉露共蕭淒設如移置柴桑里却恐陶翁也目迷

右菊

才邵評詩輕白傅梨梅妃子錯相方出塵試看清新態祇合姓江不合楊（宋劉才邵梅花詩云香山漫說工纖豔錯把梨花比太眞其意蓋指樂天梨花一枝春帶雨句爲未當而欲以梅比楊妃耳不知玉環姿態肥豔卽明皇亦嘗以海棠爲喻其於寒梅高格本自不倫況彼時以江

采蘋好梅因有梅妃之號又安可移置太眞耶

右梅

題楊大章四季花卉

碧桃

夭夭桃朶依依柳都占東風第一枝欲問詩人陌頭態可如天上艷陽姿

長春

逐月枝間鬬寵紅天然頭踏報春風草蟲蝡動幾蘇蟄便趁陽和上露叢

木香

嫚嫚昌條曙曙黄和煙籠月不勝香相扶那藉縛花架看取孤枝自在芳

虞美人

淡抹濃粧總覺嬌弱枝猶學楚宮腰聞歌起舞曾何謂劉項滄桑事已消

右春花四種

萱花

青青葉襯夏花黄儘足風流祇少香我是先憂天下者便教樹背那能忘

夾竹桃

亦復猗猗亦灼灼淡紅疎翠特丰姿連昌宮向墻頭望正是元家得句時

山丹

幾叢蔌蔌繞墻陰艷疊紅羅惹蝶尋比似淮南應致笑山人何得有丹心

萬壽菊

非菊何妨得菊名黄中色映日華明玉階金戺瀼朝露恰似稱觴對座擎

右夏花四種

鳳仙

尾翅翹然象九苞尋常秋色短墻坳楚狂早是歌衰德漫擬雝雝阿閣巢

秋海棠

幾朶猩紅軟玉甤秋風初試怯猶遲依稀七夕長生殿可憶無人私語時

牽牛

河畔黃姑不耐單服箱空望露華漙迤延蔓引楓枝上抱樹秋蟬爲去聲唱寒

雞冠

疊卷層舒穗簇攢不同花樣鬪花姍玉墀雅合成雙種絳幘雞人一例看

右秋花四種

蠟梅

梢頭磬口艷含香撚蠟誰家製女郎何必區區較形狀擅薌早是有蘇黃

水仙

心鏤黃金瓣裁玉玉金豈足累淸高傳神若問誰稱最八斗惟應子建曹

山礬

淺紅娜娜弄芳菲淩雪依然麗曉暉設擬唐宮鬪絕色梅妃側畔有楊妃

梅

古淡丰姿淸淨香貞元消息孕中藏女夷若道無神解那令斯花殿衆芳

右冬花四種

題楊大章花鳥册

海棠燕子

一枝似絹穩遊波綠葉紅葩態更多疑是唐宮傳小字欲從飛燕較如何

纏枝牡丹黃脰雀

弱蔓牽纏綠竹枝鼠姑名借學丰姿翩然小雀棲來穩却是相忘善鬪時

蠶豆花草荔枝蜻蜓

覆盆縱艷不中食蠶豆無華可佐飧欵欵飛來葉間立不須認作釣絲看

豆花絡緯

沿籬綴架饒野趣豆角成時絡緯鳴故事漫稱驚懶婦伯稠詩句灑然淸明王伯稠詩碧葉陰中絡緯啼

蓼花翡翠鳥

離披秋意稱江鄉輕穗臨風舞欲狂翡翠飛來相較色紅紅綠綠雅相當

稻穗螳螂

八月西風稻熟時偏蟠長穗夥纍垂螳螂本不爲（去聲）舉吻也自欣緣倒下枝

秋海棠蝴蝶

草本何來號海棠春花一例亦無香飄飄雙蝶那論此繞向叢中欲採芳

翦秋紗細腰蜂

秋風涼矣那須羅更費工夫翦則那祗有細腰蜂不去釀成冬蜜欲封窠

野薔薇子規

淡白柔紅麗且溫號爲野客稱（去聲）名言子規小住春風裏謾認思歸杜宇魂

翠梅黃雀烏桕

側映隨陽豈讓葵鮮妍翠色冶姚姿一雙黃雀棲鵶桕誰賓誰名靜可思

藍雀花蜜蜂

裁瓣撚條盡得神有頭有翼有腰身蜜蜂祗認是眞雀欲鬬翻疑默不瞋

山櫨馬蘭相思鳥

雙飛雙宿號相思斜出山櫨託一枝紫菊何來偶成伴大圓鏡裏證無爲

題楊大章花卉二十四種

蘭

空谷無人也自開幽香竟體淨纖埃底知管領春芳合題品曾經楚客來

玉蘭

鏤玉爲花香是蘭庭階雅合幾株攢問誰識得箇中趣幼度曾聞荅謝安

梨

作態娟垂復嬛斜不勝風力那成霞司空四字眞饒韻一樹瀛洲玉雨花

桃

紅葩綠葉襯偎勻一度夭夭一度春不著落英貼水面那妨引得武陵人

綬帶

慣解園中早報春裳裳山脚復溪濱憐他逞

蕊風流意誰是蕭朱結綬人

鸞枝

葉態花姿儘婀娜翦成紅玉簇成團文簫未至西山下何事居然降綵鸞

紫藤

嬛嬛蘿葉引梢柔舞格如垂紫袖脩別裁去聲畫師應有意知非攀架附枝流

紫荆

碎英纍纍簇迴身色與閒庭判斷春却合葩經注常棣爲去聲曾京兆悟田眞

金銀花

鷺鷥藤吐嫩花新黃似兼金白似銀名色故應俗人慕通靈誰識上仙珍

木香花

素雲壓架弄芳甤滿院淸香四月時悟得不如野梅者惜無傲雪老腰支

紫蘭

花朶如蘭紫色鮮有人或謂比蘭妍設從九畹相衡校祇恐三閭未肯然

珍珠繡毬

珍珠一斛簇成體擬作繡毬眞不差設使女夷閒戲鞠定知供奉合斯花

金絲桃

熠熠盈盈敷蕊瓣似桃丰度後桃開如從花朶詢枝葉幾許黃金買得來

石榴

縹葉萋萋扶絳華南薰照眼受風斜月明庭院開生面碧水光天夜有霞

梔子

六出瓊葩蕊是金淸芬眞勝麝檀沈相宜底識稱禪客分種原從薝蔔林

翠梅

五出藍花五月開安名誰與竊芳梅從知太白詩非誤眞有江城落瓣來

夾竹桃

葉爲萊竹蘤爲桃問說溫台品最高幾度花

開復花謝秋風卽漸捲麟毫
山丹
㭊紅艷色綴枝端瑪瑙杯擎玉露漙欲向芳
叢還致問山人心性爲(去聲)誰丹
珍珠蘭
垂垂黃穗擬珠珍薰茗烹湯香滿唇花譜却
稱色正紫從知記載信誰眞
石竹
細草纖花亦自芳名依淇澳泣非湘此君定
是不相拒語有之云善善長
鳳仙
揚毳最合臨秋曉弄影偏宜對月明一種閒
庭風露下騎來定是董雙成
牽牛
花葉盈盈不自持引條著處託芳韆月明籬
落還多趣滿畬偏能識喘時
翠雀
野雀其形翼尾翹爲翔爲翥任風飄本來自

是無情物底事相爭目擘椒
桂
以粟爲花色正黃自應品格壓羣芳非關位
置偏居末殿後緣留滿幀香
題管道昇修竹幽蘭圖
嫋嫋猗猗綠水濱幽香孤節自相親世間儘
有丹青手寫照端須似此人
白石修篁間紫蘭傳神何似佩珊珊鷗波最
是逃禪者冷淚還教對畫彈
題管道昇蘭竹
飄蕭幽谷香相將日暮倚設非箇中人問誰
解圖此
管道昇叢玉圖
石泉清且幽篠簩修而古淇澳作佳鄰渭川
卽前溆空際琅玕敲月影龍蛇舞靜對忘俗
緣與在蕭踈所恍疑小窗中瑟瑟吟風雨〻
管道昇水墨杏花
不著胭脂意自紅誰能致訝與梅同雖無香

氣饒神韻津逮依然林下風

管道昇枯木竹石

霜葉烟梢氣味同頹然文石簇玲瓏愛他寫意閨中秀宛爾傳神林下風

管道昇竹溪攬勝圖

溪上扁舟竹裏村春深流水到柴門洒然信可澄人意題句誰能作綺言

題管道昇紫竹庵圖

緣結非色空語衆無義味却嗤咏絮材未脫鄉嬛氣

江行初雪歌題趙幹所畫

吳頭楚尾滄江清元冥試令飛初霙驢背客寒風打笠江心漁樂舟衝凌蘆腰已折鬢添白山頭乍失髻矗青或見沙嘴翁舉網尙有船唇兒弄罾夫豈皸瘃之不懼衣食切已勞經營氷魚凍蟹八盤活誰家羊膏佐軟烹造物不齊有如此對之令人感慨增瑤機錦綷識異物傳來北宋騰清聲奎章學士丹邱生（並尾有元臣進入署名）一時法眼精品評燭照意移生粟烈畫時不知呵凍幾度方能成

題趙宗漢雁山圖

希珍猶見濮王孫北宋丹青法度存四大家非望肩背兩將軍可溯淵源不無刻畫饒神韻自有精微契道原友誼相敦雁山墅恍看叙別話松軒（末二句檃括宗漢自識語）

再題趙宗漢雁山叙別圖

浙中雁山凡有兩不識爲溫抑爲台（浙中以雁名山者凡二其一爲南雁蕩山在溫州府平陽縣西南百里其一爲雁蕩山在台州府寧海縣北四十里宗漢所云未知孰是）圖署使粵時所作知胥路便徑由皆子卿（汪）獻甫（宗漢字）舊館契（見宗漢自識語）登第謝歸自遊材山紙索畫篤友摯細思入妙窮安排山重水複互吞吐元氣磅礴無津涯蓮池松逕置妥帖飛梁奔瀑騰喧豗南宮見賞豈俗調爾時入幅宣和綫片羽胡爲無翼致一欣始遇一愧哉

題趙令穰江南春圖卽書以賜篠園珍

弄

江南春閟遍寫照遇王孫將欲發行舫訝欣對憩軒（是日籞園遊適見此卷）花明偏暗柳神契可忘言題什弄原處溪山永靜存

題趙昌歲朝圖

滿幅輕綃薈衆芳歲朝首祚報韶光硃紅石綠出畫院寫態傳情惟趙昌祇以麗稱弗論格猝於多處若聞香宣和好畫非眞好跡涉竽吹熱鬧場

題趙昌杏花

歲陳粉質襯紅裝設色猶然說趙昌不著遊蜂花側畔似憐枝上本無香

題趙昌茄實小幅

綠葉青莖綴紫茄傳來嘉種（上聲）自暹羅蔡樽郡井誠不飲安得齋前種（去聲）許多（按南史蔡樽傳爲吳興太守不飲郡井齋前自種白莧紫茄以爲餌夫不飲郡井誰爲水遞豈不渴死而種茄亦必須汲井灌溉也紀載乖謬大都如此）

題趙昌花鳥（海棠白頭翁）

如白復疑紅絲絲颺惠風一枝棲正穩滿意八芳叢

嫩葉芳葩襯春光幀裏留不知枝上鳥頭白爲誰愁

題趙昌茶梅百雀圖

花鳥曾傳廣漢昌如聞鳥語玩花芳宣和當日評高格可讓馬蹄歸去香

趙昌丹桂仙禽

姓名割去底須詳（畫中無名氏而舊題爲趙昌跡無可考然筆墨精到非名手不能也）八妙傳神合趙昌作對仙禽羽毛潔棲枝亦欲染天香

趙昌寫生蛺蝶

青蟲出菜甲旋復化爲蝶蝶已不復蟲生滅迅交睫翾栩飄秋煙迷離貼露葉煉得長生術金丹了無涉

趙士雷湘鄉小景

水禽不一族水草亦多般相共瀟湘闊同遊天地寬嘉他宗室筆（卷首宋徽宗題云宗室士雷湘鄉小景）題

此畫圖端頗具胞與量遊盟胡乃寒

題趙伯駒蓮舟新月卷

泛月四時宜九夏爲尤善荷塘窈而幽淥水清且淺不必擷芳華虛明供靜遣灑然玉壺冰色香俱難辨

題趙伯駒桃源圖

漁父重來舊路迷桃花片片水澌澌詎知洞口維舟楫已與人間別町畦桑柘陰蒙雞犬墅雲山春靄鈔羅谿南陽劉子胡爲者却向丹臺問玉梯

題趙伯駒仙山樓閣

層臺出白雲王母候東君俯目壺鴻見咳聲霄漢聞到寵許方士寫或法將軍（見沈周識語）漢武斯希緬吾惟政是勤

題趙伯駒弘文雅集圖

弘文開館例文學（太宗立文學館以房杜等爲學士當是時爲秦王時向曾有詩譏之唐書選舉志稱太宗置弘文館增學舍至千二百區則已即帝位之後故此詩有美無刺）尚有登瀛當日仙魚雅依然稱十八風流眞足傲三千請看兩相調鈞軸詎止諸人耽石泉退食委蛇傳美度王孫繪事寓思賢

題趙伯駒秋山行旅

雲棧縈紆客路長青峯紅樹渺蒼茫不知車馬驅馳者可亦迴頭憶故鄉

趙伯駒漢宮圖

劉郎七夕集靈臺阿母青鸞送信來金馬是誰得陪乘獨稱方朔善諧詼

題趙伯駒後赤壁賦圖

月白風淸千古心巉巖一嘯響留今相從二客伊誰氏應是小任與大任

魚酒若無遊可止江山非昔興堪陶臨臯道士亡何有應笑先生口腹饕

趙伯駒六馬圖歌

平川苜蓿豐且滋淸泉映帶沙岡披戎人習馬知馬性此處調馬實所宜牽者樴者二皆騧白駒黑鬣楪柳枝吊藏翹足驪其色一戎

跨背鞍不施紫騮迴首嘶厥匹有駆齕草意自怡驥不稱力稱其德況復一一皆英奇作者寓意應有在夏官遺法誰深知即今大宛致汗血骨格皆合圖中姿亦不渥洼詡作瑞亦不交河資興師迴立閶闔詄蕩蕩欲起王孫走筆爲

題趙伯駒蓮舟新月卷

泛月四時宜九夏爲尤善荷塘窈而幽淥水清且淺不必擷芳華虛明供靜遣灑然玉壺冰色香俱難辨

趙伯駒桐陰仕女

小幅王孫仕女圖桐陰廣廈共清娛不知羅綺相商處也識二南雅化乎

趙孟堅水仙即用其韻

評量卉譜合稱仙脫俗離塵意洒然不與荷花爭夏日爲他微有淨中妍

題趙孟堅水仙二絕

清泉照影澹無痕白石爲鄰態共騫紀異無須道河伯傳神端許擅王孫

屈子行吟湘水濱楚人擬說水仙人離騷讀盡無名字應是難爲自寫眞

趙孟堅白描水仙卷

泉石窈以幽瀟遠滌氛坋湘妃與洛神是地偕而隱式俯鑑元水式登壓隱弅彝齋謫仙人結習烟霞近走筆寫丰標翛然謝鉛粉

題趙孟堅水仙二首

琢玉相金態出塵絕代仙王孫如解珮合是洛川邊

雪裏目盈潤風前鼻過腓漫嗤工刻削無縫本天衣

題趙孟堅落水蘭亭

五字本存珍孟堅臨淵護弗惜軀捐趙孟堅自跋云此本始自姜白石得之盧宗邁復流傳至霅氏俞氏後孟堅以半萬券易得自呂城言歸山風逗帆覆舟幾殞造物見護存一線生意而此寶亦沾濡起之溪流中即投小寺烘焙幸不損壞云云世遂名是帖爲落水蘭亭緯蕭河上深知喻買重驪珠此合然

曾因八柱刻貞珉己亥年以內府所藏虞世南褚遂良馮承素所摹蘭亭敘及柳公權書蘭亭詩董其昌臨柳本并戲鴻堂原刻柳本余所臨柳本並命于敏中補成全字本彙爲八卷刻石題曰蘭亭八柱帖今是卷孫承澤題云是唐石唐搨宋元以來稱爲墨寶益可見山陰真面目唐石雖不可得欲用松花玉、鈎摹成冊以永其年唐搨欣茲唐石真針眼丁形姑慢論步兵率欲騐傳神訝看肥本古蘭亭可置曉曉聚訟庭此是皐陶使無訟依然爪削而皮青

佛法一篇說長卿張照字是卷有米芾沈趙孟堅趙孟頫及王鐸孫承澤高士奇王鴻緒張照諸人題識流傳有緒末張照跋稱始從高士奇孫借觀後在王鴻緒書齋與何焯陳公策同閱二十餘年入蔣溥家迴憶昔時看帖人惟余在矣有情人類無情者以永之情與無情同一體豈第千里一室千年一會直是卷中之人共成一佛云云照深通禪理故其會超悟如此雲烟過眼孰凡荊笑他猶有者箇在却與殘碑浪播名

題趙葵杜甫詩意圖

抑爲淇澳柳瀟湘颯颯濛濛引徑長却得幽居臨淥水傳神寫出杜襄陽王孫槊戟本尊嚴畫筆饒他李董兼悟得動名胥夢境竹深荷淨處消炎張翥猶能見信菴是圖有元張翥題詩跋云並自趙府來末書信菴當是趙葵南仲筆蓋其時向有信菴款識後爲俗工裝潢截去實可惜也失因裝潢惜何堪元明多少名人詠致歎滄桑總幻談

按宋趙葵字南仲號信菴趙方之子與兄范俱宣力行陣屢立戰功授少師武安軍節度使進封冀國公贈太傅諡忠靖陳基稱葵有墨梅石刻在虎邱寺是卷畫筆在李董間寫竹深荷淨頗得杜甫詩意後有元翰林承旨張翥詩跋翥猶及見信菴題款惜爲俗工重裝割去卷中有梁清標印題爲竹溪消夏其餘鄭元祐諸人題詠率稱其父子勳業致歎滄桑惟明盧陵張昱詩有荷淨碧溪煩暑外竹深團扇小亭開之句與葵畫意脗合因改正題爲杜甫詩意圖并識

題趙黻江山萬里圖

此茲幾餘復加展閱見其筆墨精妙因爲題句并辨其訛附識如右以石渠繼鑑寶證之石渠寶笈書已錄入四庫全書則姑仍其舊云

萬里長圖一氣扶濫觴西蜀委東吳晦明天地難形狀出沒江山乍有無錢〔維善〕跋張〔宣〕書率疑案趙〔黻〕名陸〔樹聲〕詠混眞符眼前紙絹猶不辨紀載由來半是誣

按是圖款署京口趙黻作紙本長三丈餘所畫烟雲風雨倏忽變態眞得萬里江天之景洵名蹟也卷後有錢維善張宣陸樹聲諸人題跋其中疑竇頗多如錢維善張宣跋皆明言宋京口趙黻畫而張跋後又云不遇達人致毀去其姓氏其所毀者將指錢維善跋內之展武某家耶抑指趙黻題款耶如云鑒藏之展武某家其有無何足輕重古來名蹟割去題跋者甚多奚獨此一人耶若指趙黻則其款固存未毀豈後人補爲者耶又陸樹聲詩云誰將東絹寫成圖此卷直係紙本萬目共睹又明言是趙黻畫而云誰或知款爲後人僞作耶此卷舊入石渠寶笈編輯時未經檢點及之

題趙元山水卽用姚公綬題句韻

遠山近樹映蘢葱高士相於茅屋中何事罷談共傾耳鐘聲遙出寺樓紅

趙元合溪草堂圖

堂築碧溪中幽棲樂莫窮無塵到心境有水合天空仗策來佳友烹茶付野僮非舟不能到〔見顧阿瑛自識語〕原是許舟通〔末二句反其詩意〕

趙元剡溪雲樹用卷中題者韻

巖林蓊蔚石盤陀幾曲淸流繞谷阿試問何方有此境好山惟是會稽多〔右陸友韻〕

雲連山樹樹連天不認樹雲祇認烟一晌神來托諸畫伊家詩意寫鬭鷗〔趙孟頫詩云已愁春盡更鬭鷗〕〔右倍至癸韻〕

架溪野彴路縈紆欲覓孤村樹半糊應是詩

人遇高啟相於佳處聽啼鴂（用高啟詩意右張雨韻）

作陣飛鷗去若浮爲鷺漁笛起蘆洲傳神猶在烟霞外肯讓董源第一流（見圖繪寶鑑右陳方韻）

川貯清流那貯泥鏡中行處那教迷夏初春末非冬雪不作垂僂訪戴溪（右郭畀韻）

趙文俶花石寫生（蝴蝶花）

翩翾通體冶而輕露下風前最有情不藉滕王大小眼三生石畔認前生

題趙善長聽松圖

對坐高人意各超喬松風入響蕭蕭聽來祇作雲濤想不擬徵招與角招

趙霖畫唐太宗六馬圖歌

宋家王孫金待詔獨出藝苑稱精妙忽爲昭陵六馬圖六馬一一皆神肖天閑萬驥非所師粉本乃藉琢石爲仲容（殷）撰文兩漢媲率更（歐陽）書法千秋垂馬皆有號有次第核之金石頗倒置（卷中以特勒驃青騅什伐赤三馬列於東颯路紫拳毛騧白蹄烏三馬列於西與金石錄及古文品外錄贊語次序參錯不同且所書西三馬序贊文皆倒置）當是昭陵石刻原文在東者右行在西者左行圖蓋以彼爲藍本耳何須求劍定刻舟不取其工取其義當時開創眞天人八險斫陣皆躬親馬或中箭不一足更有獨立拔鏃臣一馳建德要領斷再馳世充旗纛亂據鞍取洛靖鯨鯢迴轡平蜀濟危難雙雙鵠立陵闕間箭痕馬汗模糊殷文皇詎自旌神勇要使後世知艱難君不見開元乃誇照夜白宮中擊毬好顏色丹青所貴鑑興亡爲想李圖三太息（李公麟明皇擊鞠圖石渠寶笈上等）

題趙孟頫山水

飛瀑掛峯標春山景漸韶教僮守書屋迎客過溪橋紅杏色猶野蒼松意自喬伯駒家法在勝以韻淸超

題趙孟頫春山仙館圖

王孫山水師摩詰青綠斯兼法伯駒亦自超超饒氣韻盦惟餘餘肖規模樓頭松樹經千歲洞口桃花發萬株居此定當佺羨輩庚申那藉守丹鑪

趙孟頫夏木垂陰

樹如張蓋山如滴楮架茅齋俯碧泠永晝同人一商榷應緣定武獲蘭亭

趙孟頫夏木垂陰圖

或坐談元或理綸盤中總是倦遊人重陰綠樹堪消夏活脫王維句裏神

題趙孟頫鵲華秋色圖

昔覽天水是圖時不信名山能並美今登濟城望兩山初謂何人解圖此因命郵致封章便眞蹟攜來聊比似始信筆靈合地靈當前印證得神髓兩朵天花繡野巔一雙靈鵲銀河涘是時春烟遠郭收柳隄窣綠花村紫天光澹靄水挼藍西鵲東華鏡空裏留待今題信有神（石渠寶笈內題詠名蹟甚多獨是卷未曾及留待今日即景拈吟亦一奇也）不數嘉陵吳道子

再題趙孟頫鵲華秋色卷

文敏一生得意筆不減伯時蓮社圖（二語用董其昌識語）向每展玩輒叫絕皴染含韻供清娛爲鵲爲華固未識但見豎峯橫嶺天然殊去歲青齊駐巡蹕乃命驛致一證諸眞形在前神煥發樹姿石態皆相符東華傑池麗色萃天外西鵲威紆秀影圍城隅徒問道子乘驛傳嘉陵不識能同無爾時得句題卷上嘉話自詡遊不孤歸來登舟值變故是卷庋置過年餘歲暮鏡古適幾暇胡然入眼紛愁予兩朵天花仍好在鵲橋似阻銀河塗向來悲喜倏已過流陰瞥眼誠堪吁成詩聊當賦獨旦古紙側理偏宜書常侍却能進讜論久成寶笈藏石渠盧致魯魚難補記解頤笑謂有是夫千秋後人執卷以題詠其誰守禁爲汝停吟觚

題趙孟頫二羊圖

子昂常畫馬仲信却求羊（用孟頫自識語）三百羣辭富一雙性具良通靈無不妙拔萃有誰方跪乳畜中獨伊人寓意長

趙孟頫畫馬

一白一驪礧肉騣弗鞍雙立屹秋風弢弓珥

箭人閒語（圖中景若此）無所之施斫陣雄

題趙孟頫畫馬

前世應爲支遁師，與來每愛寫權奇。何妨窗內窺如馬，正是全身裏許時。

趙孟頫浴馬圖

碧波澄澈卽見底，十四飛龍浴其裏。權奇沛艾韻金風，俊骨昂藏鬉上指。奚官無事山上鬮，驪黃牝牡憑區覲。飲流齧草適其性，誰傳神者趙集賢。集賢畫馬身卽馬，𨵦中窺之無眞假。何必晚年罷此技，應是自身不自寫。我鬬轉物乃如來，孰非馬者獨馬哉。伯時畫馬繡老勸，彼野狐禪何足論。

趙孟頫秋郊飲馬圖

細草清泉坰牧宜，偶看騋牝動遐思。大凌河畔丹楓樹，報我去年秋杪時。

趙孟頫雙駿圖

雙駿昂藏臥草陂，骨雖硉兀氣難羈。驪黃伯樂猶艱辨，知復王孫寓意誰。

趙孟頫人騎圖

神駿固難識，識矣貴善御。松雪閒作圖，正謍予懷處。

趙孟頫疎林秀石

林饒古貌石奇姿，了了偏含無盡思。何必王孫惜芳草，請看苔上晚秋時。

趙孟頫高逸圖

詭石長松境不凡，華陽巾好謝朝衫。伯倫似與仲容晤，促向林中撥阮咸。

題趙孟頫桐陰高士圖

文石猗桐側橫琴，且不彈鬚眉盎背。坐那許世人看。

趙孟頫吹簫士女用宋濂韻

琯玉欲吹意有指，六么俗調一以洗。石牀夜靜更無人，古月挂天碧如水。緱山那憶桃花紅，隋家翠羽空葱朧。荒唐漫擬乘鶴鳳，參差底說瞰魚龍。醰醰泠泠幽復咽，越羅秋衫薄於葉。蘭膏墜髮鬒臉波，黛色連山蹙眉月。紅

玉雙痕幾點血片片停雲爲誰裂

題趙孟頫畫菜

翠翻瓊片葉參差玉食何妨此味知記得蘇堤香撲馬濛濛春雨作花時

趙孟頫幽篁戴勝圖

降桑傳月令如簧詠風詩何事辭雙侶翩然借一枝劇覩得神際遙想揆毫時礫裂陳縕地恒新堊妙垂

趙孟頫墨蘭

幽蘭野荆伍那礙王香展道人豈泯爲寓義固不淺

題趙孟頫甕牖圖

連騎權教谷口避下車欲進步還停（圖中景若此）觀書甕牖睟盎者非病惟貧意自形

題趙孟頫水村圖手卷

屈子卜居後潭邊漁父逢滄浪鼓枻去煙水自重重

題趙孟頫雙松平遠圖

盤拏古幹秋雲表寒空極目霜天曉磊砢白石護其根棘枝間山麻姑爪童童塙堨相扶持下臨仄澗碧環繞會心因憶孟氏言二老天下之大老

題趙孟頫萬柳堂圖

久聞城外有廉園今日宛看圖畫存求媚羞爲右丞相傳眞却賴昔王孫舉杯有妓方當席（希憲於堂中張筵有妓劉名解語花舉杯歌曲故孟頫詩有游女仍歌白雪詞之句見樂全堂叢容說中）策馬何人復到門名勝江南爭欲遍笑予失遂似平原

趙孟頫溪山仙館圖

面有橫溪背有山高樓敞榭築其間丹臺不藉庚申守白屋堪消九夏閑大嶺出雲猶崒嵂飛泉落澗亦潺湲但無塵意斯仙境那在佺喬共往還

題趙孟頫蘭亭脩稧圖

本是水晶宮裏人渡江却往山陰道可知山水與不淺適興惟益取其好鏡中行以至蘭

亭把筆遂寫脩稧蘂氣清天朗時復佳峻嶺激湍境値巧爾時遊者卌二人亦有少年亦有老十一人詩成兩篇十五人成一篇早其十六人乃非成罰以三觥蔽辜了羣從齊契共嬉春用王羲之詩語玉樹芝蘭庭際繞事固可傳圖可傳玉枕更貌佳文小格古要論載王佐云臨江有玉枕圖李近在南京李莊家見之云是趙子昂書字皆蠅頭小楷

題趙孟頫時苗留犢圖

繪事由來貴可傳時苗留犢足稱賢較量似勝會稽籠猶取民間一大錢

按時苗留犢事世傳為佳話工畫者多圖以諷世此卷後款為子昂玩其筆法殊不似眞即宋克一跋字跡亦無佳處當係歲久款識殘闕市賈僞託名筆以牟利耳然畫筆神致生動頗得當時依戀情狀旣鄰其事因題以句並識鑒賞之意云

趙孟頫汀草文鴛

漚窗興來偶寫生篆括子昂自書識語全從隸法表神情文鴛樂意相關處隱寓其居是水晶

題趙孟頫松下聽琴即用其韻

松下班荊翟與趙圖中首句押茵字以出韻故用仄韻何來周子結同心靜濤幽操相問答一例聽爲塵外音

題趙孟頫臨黃筌蓮塘圖董其昌題簽眞蹟

滿天秋意老蓮塘枯葉低垂獨鳥翔法眼設非題自董繪神誰識本從黃心疑野侶雲猶外與寓風人水一方盈尺幀間淡且遠無邊軒際颯生涼

元趙淇周伯琦相鶴圖合璧

趙氏爲圖周氏書浮邱妙趣寫無餘性情雖賴一篇著翔翥猶資幾筆攄雲去籠存自殊矣淇懷琦思可明諸御園放非翩翩翦鶴性高閒音之籠中轉非所宜向選籠進者每令放之而鶴並未嘗還去曾屢有詩此圖一鶴高翔雲表一鶴開籠欲放自非翦去翎翮者與予放鶴情景頗合昔日題詞此意如

題趙孟頫梧桐蠟嘴

幾葉梧桐綠染黃窩藍妥貼擇枝翔趣民收斂意應寓盜謂虛傳得子祥（反圖中揭勉題句意）

題趙孟頫喬木高齋

匡牀獨坐樂三餘茅屋蕭然稱（去聲）索居便是茂林取遺稿終無封禪著成書

石壇人靜樹籠園文讀北山謝世煩欲笑隴西李長吉豔稱門外過高軒

題趙孟頫芙蓉睡鴨圖

秋浦芙蓉照水晴細莎孤鴨睡初成傳神無意飛鳴處精到眞堪繼阿兄

題趙雍山水

漪漪瀠新水蓬蓬汎遠春綠蒲將白芷舉目淸無塵挐音發前浦餘韻來江濱傲晩天地寬何期理釣綸

題趙雍山鵲棠梨

逐逐山禽態逼眞一枝借得正芳辰黃蜂欲捕涎先墮忽忘花陰挾彈人

趙雍採菱圖

窈窕吳孃倭墮裝採菱唱出水風涼峯容波態似相識憶在石湖菲確旁

題趙雍三陽開泰圖

三百何須詡牧羣三羊足註九三文竭思會著開泰說或匪離經創臆云

題趙雍十八拍圖

能讀閨人釋誨書曲傳十八拍穹廬明妃尙自漢宮出衡量生還殆弗如

趙雍三馬圖

古樹平蕪宜坰牧嘶風顧影態都閒錦韉玉勒渾無藉始識傳神阿堵閒

趙雍臨李公麟人馬圖

性是龍媒形鳳姿于思左立控韁羈貢呈哈薩彝常事乃信王孫非炫奇

題趙麟相馬圖

坐樹對良驥權奇意態雄底須受玉勒耐可韻秋風一記畫圖內諸吟想像中素描定誰是應自擬支公

幅中柳林記事云丙戌仲秋客遊秣陵同詹文祥吳夢白謝少廉李叔承胡仲魚程見泰汪惟道吳伯仁登燕磯牛首而汎莫愁憩於棲霞偶見趙彥徵眞蹟於素菴上人家墨妙入神足傳家學上人屬諸公拈韻詠之不才謹誌勝賞亦藉重於諸公云爾今惟存此記及趙麟自題餘詩皆無故並識之

題趙原山水

飛湍千丈落迴溪松下誅茅水閣低兩個幽人對商榷不疏佗定擬因提

題趙原山水

卜築碩人軸棲遲高士情泉飛深澗白雲去遠山明松竹眞瀟灑夷齊可弟兄不稱堪傲世傲世豈非名

題趙原晴川送客圖

秋日一川晴秋波萬頃明目隨帆共遠心與客同征

題趙左結茅圖

綠樹蒼巖護軸巢上人獨坐萬緣拋念空旣識空無有（畫中自識爲念空上人寫）何必居然更結茅

題樊圻雨景

漠漠溟溟雨腳浮林嵐濕潤颯如秋展覩欲擬僧繇霈却爲無靈轉益愁

魯治百花卷卽用卷中題句韻

蠟梅

清冷香無煙火氣蕭踈態却粉脂妍重簾暖閣燒銀蠟相對金英餞小年

蘭

成圖可識神來筆紉佩定知香滿衣青瑣玉堂恐未稱雅宜九畹傍柴扉

牡丹

欲滴瀼瀼露未乾金鈴那藉護朱欄屈閩陶宅無須此祇合東山伴謝安

白桃花

月明與李難分色春到於桃別有花忽訝境

逢大庾嶺欲從姑射覓仙家

長春花

梢頭月月看花放，四季難分花譜門。臨水一枝宜照影，有人疑是苧蘿村。此題首句用新字，以其非近體格，故易仄韻。

繡毬花

幾度江南見花朶，江北無此花，盆植者亦不見。祇疑枝上雪攢毬。玲瓏簇就烟霞體，點綴眞宜山水州。

紅桃

色如中（去聲）酒微含暈，笑卽無言亦可憐。一樹驀然遇籬外，鬬輸却訝呪劉仙。

蝴蝶花

化生植長（上聲）亦何奇，立字安名偶一時。栩栩試看蟲與卉，誰賓誰主定誰知。

梔子

聞說西方金色香，誰教換取玉爲粧。設如天女空中散，不著維摩自有牀。

荷

鯉魚風動柄相搖，破葉疎花勢若飄。却是色香眞淨處，水天了了照清寥。

刺蘗

多刺休嫌艱曉粧，護遮偏合種園墻。謾言寥寂無人採，小蝶飛舞翅繭黃。

百合

花白雅宜間（去聲）藥欄，根甘還可佐廚盤。設逢紅紫爭顏色，應笑空成適越冠。

紫薇

常開夏裏輕盈色，亦散風前淡蕩香。却笑無心花木種，那知世有令和郎。

秋葵

自有葉陰能衛足，却無花馥解薰衣。圖成似顧眞葵笑，免逐秋風片片飛。卷中此題首句用麥字，亦以非韻易之。

菊

東籬正處酒空觴，送喜王弘新醖香。便可相陪牡丹紫，底須重憶鬱金黃。

桂

看無木本向庭栽訝有天香撲鼻來諦視方
知爾爲者間（去聲）他紫菊幾枝開

木芙蓉

木末芙蓉見一枝楚辭深致雅堪思清江碕
岸斜臨處照影無知若有知

茶花

槍旗春月已舒葉氷雪秋時乃吐花羞煞東
風莫相問人間祇解品芽茶

秋海棠

小字唐宮眞恰當誰傳當日內家言大如委
地花鈿際迴望延秋空有門

水仙

高似孫言具神解（宋人爲水仙花賦者）湘夫人耳亦湘
君（譬括似孫語）試看照影清波裏尙覺夷猶護楚
雲

山礬

火色盃妨臘月寒猩紅高下壓迴欄滇中品
有七十二一一誰能取次看

梅

嫣紅姹紫誠何限不到寒梅未是花足見山
人意所託氷姿寫殿一枝斜

題鄭重達摩渡江圖

一葦横江亂流渡都稱初祖具神通歙人齋
沐傳奇蹟津逮何嘗識衞風

題蔣乾倣王蒙山水卽用其韻

小築幽齋倚岌峨長松落落鎖巖阿任他流
水侵階過愛此青山罨戶多自在常閒野鳥
喚等閒那許俗人過皴摹荷葉非無意欲繼
離騷賦楚歌

蔣廷錫秋茄

垂垂紫玉露光滑蜂蝶紛來香染諸粉本問
從何處得雪川曾見有三蔬

題蔣廷錫敖漢蓮用圖中張照題句韻

塞湖聊別闢文鱗留有香色無跡痕侍臣奉
詔肖神韻霞映錘峯峯畔雲溫樹何妨不可

語紛本重圖篋中貯千葉蓮本敖漢種皇祖命移植山莊時蔣廷錫扈從侍直奉　詔繪圖乃壬寅七月事也此蓋其粉本更臨設色者留時內廷諸翰臣因共題詠一時鴛侶各有詠束緗年陳如宋楮紛出手眼期爭美得天詩句獨我喜箇間識者胥古人圖中題詩者張廷玉勵廷儀張照陳邦彥王圖炳汪應銓薄海等七人計康熙壬寅年題是圖至今已六十三年矣不老祇剩斯君子白駒眞似過隙閒壬寅週復逾三年擕至山莊展六月依然相對敖漢蓮山莊所植敖漢千葉蓮每六月盛開今歲臨幸時擕此圖相對不辨是一是二也

此圖張廷玉等七人俱有題詠惟薄海詩詞氣不相聯屬知其夙失學必有藍本竊取因命內廷翰林檢閱舊作果得明顧璘題許彥明白蓮詩卷云珍圖白蓮何皎然盈縑風露臨秋鮮又盛開欲落比雲散乍疎復密如星聯宋范成大詠郡沼雙蓮圖云壓倒小湖三級草增光後沼兩重蓮薄海乃剽竊舊句節去二字連綴成篇向曾見其題唐寅溪山八景畫册內廷翰林自陳元龍以下八人皆對景拈毫而薄海所題宿雨初收曉煙未泮竟直爲蓮其昌跋語因有薄家獨藉董家題之句今是圖又復乞靈陳迹前題所謂欲蓋彌彰者觀此益信因并識之

題蔣廷錫摹李迪荔枝圖

青桐邪屑畫名家涉筆却能鄰物華徒以應差混砆玉故希題句揀金沙蔣廷錫自康熙年侍直內廷妙於賦色其應奉畫幀率多假手向鮮著句是卷信其眞蹟故題此圖摹李迪神全八賦寫張齡意自賒是卷摹李迪荔神采逼肖卷首有廷錫自書張九齡荔枝賦曾侍西清餐醴顆那更知遇動咨嗟是卷後有王鴻緒題句云年年　恩賜酌天漿又錢名世題句云貢鮮露賜隔天扉蓋二人與廷錫留時同直南書房曾荷　賜鮮故云

題故大學士蔣廷錫倣項聖謨摹韓滉五牛圖仍用題韓滉畫韻

摹本重臨退食閒晉公眞蹟企思問廷錫未見滉蹟故臨項本石渠今日同收取蔣溥見石渠寶笈中有韓滉五牛圖眞蹟因進此卷奏請並藏考牧從知稼穡艱

雲海濤翻闢後開（見故宮書張照跋語中）聖謨蹟落有無間張衡端是振奇士水牯參餘立語艱（張照）

（後題詩四首多寫禪機）

題蔣廷錫寫生花卉冊

芝蘭綠竹

芝乃朵擎一蘭則花開二其旁幾个竹三壽作朋譬（廷錫自題）如與善人居又惟君子厠雖頌不忘規斯豈僅繪事

桃柳

一枝春色桃花妍幾縷風情柳絲度紅兮綠兮葳蕤翻豈必千林與萬樹壺中日月筆上仙誰道韶光綰不住

菜

非復雲溪法（內府所藏錢選三蔬圖以工秀勝而沈周畫菜則澀墨為之此幅寫生蓋法啟南而非仿舜舉也）是仿石田眞蔚然秀而野堪爲菘傳神知味自殊他會咬其根人

牡丹

花中誰可號先施玉局詩曾彷彿知鏤葉琢英他不藉亂頭粗服此爲宜

蓮

羞與百花羣根從碧沼分質清都不染香淨若堪聞弄影常臨鏡披衣便入雲仙壺無畫史寫照此猶欣

葵

傾陽葵本性而葵自不知取以相譬者寍非屬有爲

秋海棠

春海棠雨中似浴華清池秋海棠夜半長生殿裏時故知秋意勝春意易爲工喜難工悲嫋嫋金風玉露下箇中三昧當屬誰

桂

老榦欲合抱嫩英纔幾穗濃淡有權衡色香無邊際一枝壓羣芳（廷錫自題）寫應具別意

菊

秋英種亦繁殿後者惟菊所以隱逸人愛之寄高躅賦色雜紫朱綴景閒（去聲）青綠豈不增

頓置寫意得神獨

山茶

與茶同號無茶用却有紅花照日暹謾議中看不中飲從來稱美兩難兼

水仙

幾葉雅宜逸態數朶足映清波便是當年子固趙孟堅善畫水仙以繁密勝此幅寫生設筆尤得疏逸之致細描未免傷多

梅

寫生雜卉成已丑殿以雪梅意應有組錦錯繡孰非花傲雪凌冬問能否六十餘年筆墨新信哉安得如汝壽誰知爾日貌梅人原是後來調梅手

題蔣廷錫寫生花卉册

花卉寫生殊刻畫如元山水四稱家直廬蒙賜翦綵者見廷錫自識語遂與傳神貌玉華

右茶花

墨惟勾勒無渲染卉物爲之恐失眞紅白夭桃茲變黑笑其作倆自陳渲如黑牡丹之類皆似此

右桃花

木本原從草本出後翻居上視輿儓說詩可謍王與許東海應輸匡鼎來

右芍藥

一般總是無香氣色則原分白與紅筆倣石田寓取舍清乎謂白豔者謂紅別其中

右白石榴

品擬林蘭花雪皚色香眞淨兩無埃祇因微有逐炎意讓却衝寒溪畔梅

右梔子

四季花頭恒作春卉中斯可號仙人雖然尚有開和謝好向圖中認本眞

右長春花

春輕木芍富貴者夏讓溪荷君子倫冬玉秋金如相入聲擬雪猶假借月應眞

右桂花

昔日侍臣扈避暑寫將丹棘一枝黃向年駐

此讀洪範却迷於憂不敢忘萱花一名忘憂向年在山莊著讀洪範謂以六極自省幸無其五而不能去其一者曰憂蓋人君先天下之憂而憂非惟不能忘實亦不敢忘也

右萱花

題蔣溥畫

秋暖無端遲桂芳綴枝初折幾苞黃玉皴靜守冰輪朗畫出人間滿意涼

題蔣溥雪中梅竹

樓雪簷晞暖未融爭春香色品量中看來橙裏依舊綠訝似盆間破萼紅即景適堪供靜賞傳神應識有家風三希重展添佳快王氏風流若與同

題蔣溥畫金蓮花即用其韻

一種清涼卉是花以出五臺者為美茲塞上亦有之數叢金碧織畫成塵外質缾貯靜中蘊相映金風拂帷輪玉露霑不須分彼此佛手早經拈

題蔣溥寫生即用其韻

露玉風金塞景清秋花待客發幽榮拈來迦葉不禁笑問去嵇含無定名細朶含颸銀靡豔斜枝暎水錦粧明師承家法開圖出溥父廷錫向曾扈　蹕塞外圖山花以進是圖仍有稿也右相丹青有後生

題劉松年山水

青松丹柏繪蕭秋泌沼衡門結宇幽不向高人覷阿堵安能識得暗門劉

題劉松年烹茶圖用題牟益茅舍閒吟圖韻

昔詠牟家茅舍圖謂當搆出已新殊誰知全做暗門子證有曾收梟副盧見卷後唐寅跋語自是一時無匹者底須七椀始狂乎已教兩識玉川面近得松年此卷觀其邱壑仿彿曾見因檢取牟益茅舍閒吟圖卷相較則人物屋宇樹石位置並同考其時世劉在前而牟在後自係牟益得松年舊本仿為之然兩卷並成時俱未自標圖名劉卷賴有唐寅跋為玉川子烹茶圖得存其真牟益則收藏家未加考訂率題為茅舍閒吟圖題跋者亦遂相沿而誤余前此著句祇就原標之名今始較得兩卷同異原委因各題一詩識之且以兩圖同弆一匣使彼此得相印證為藝苑增此佳話信矣語云德不孤

劉松年東山絲竹圖

邱壑陶情豈浪遊何妨浮議任悠悠新亭流汗沾衣後始信平生有劣優

觴詠東山絲竹隨四郊多壘諷羲之若非肥水以奇勝鎭物風流亦底爲

千秋賭墅作名談安石盃徒聲色耽北埭已聞方召伯西州還復慟羊曇

題劉松年醉僧圖

長松之下坐頹仙草聖揮看落紙煙生面別開神髓合石渠聯璧有龍眠李公麟醉僧圖向入石渠寶笈

題劉松年蓬壺仙侶

閬擬蓬壺處人應佺羨行或來欲談者蓄問趣方長丹鼎無須設仙詮有各藏笑他塵世裏漢武及秦皇

題劉松年補衲圖

應眞閒理線和鍼慈氏以來補到今我偶觀圖別有會仲山衮職念常欽

題劉松年琴書樂志圖

不知四老姓名誰清晝琴書且自怡漫擬商顏寄高躅滅劉恐中去聲牧之詩

題劉松年中興四將圖

會稽棲後小康稱嘗膽無心事中興萬里長城誰自壞一江天塹竟奚憑操戈致恨同而異折鼎終緣負且乘千載雲溪傳面貌雲臺合並凜威稜

劉貫道積雪圖

天公玉戲變山青有妙精神無遁形艤舫高人步莎徑捲帷幽士守梅瓶別於訪戴開生面似以映孫憐苦瞑作者豈徒誇結搆悟因一貫筆增靈

劉珏織讀圖卽用其韻

柴扉深閉夜窗虛暖藉重茅壓敝廬喜有一燈照織讀不須鑿壁惱鄰居

題劉珏淸白軒圖

而水背山地延淸致爽居愛僧非佞佛酌酒且論書樹態生風後峯容濯雨餘維摩逢覆釜得意兩如如

劉原起雪景

窣堵雲標白玉簪良朋踏雪喜相尋揖歸竹院路猶遠相候奚僮冷不禁

劉原起歲朝圖

茅屋雖貧儉也知度歲時饒他一日樂切我萬民思爆響寒聲送粆熠暖意披橋頭扶杖客來督守除詩

劉元起松亭鶴步

喬松密竹草堂陰獨立空庭夜未深莫謂箇翁饒寂寞伴消明月有仙禽

劉度倣李成大寒林

森矗喬枝意與寒千林綠盡祇餘丹引予詩興於何所駐馬秋風對木蘭

劉度仿范寬雪景

玉巘朱樓聳古林靈源不凍落雲深善傳北宋雄渾法益引三冬渴望心

燕肅春山圖

可望春山萬景賅高人策杖共徘徊恰如摩詰尺魚寄招得關中裴迪來

題燕文貴夏山圖

古秀芸芬歲月多錦題珍重印宣和即看與物開生面渾是臨池寫壁窠如滴夏山常罨翠欲鳴晴峽漸增波高樓百尺軒而敞試一憑欄快若何

題燕文貴秋山蕭寺圖

萬嶂秋山螺黛紋泉聲松韻護堪聞花宮擇勝依峯側茅店棲皐近水濆閉戶僧人自高逖趍途旅客且殷勤畫家說偈示塵世鮑氏偏徵蕭子雲（山水家點綴招提標名概爲蕭寺不必果有所指也卷後鮑恂詩敘引梁武帝造佛寺命蕭子雲飛白書蕭寺事以實之則鑿矣）

題燕文貴秋山蕭寺圖

水秀山清處精藍據迴峻雲鋪一川白楓續幾林紅即此擬擬色那非了了空上人不出戶歸鶴識支公

題燕文貴溪山樓觀圖

崇臺百丈計延袤更占溪山景最幽名匪方

壺定員嶠居宜黃石與丹邱樹無秋夏雲常綠瀑任冬春玉鎮流誰入維摩居士室畫禪一脈此中留

燕文貴匡廬清曉圖

雲峯天外矗秋景曉來宜鴈閣棲霄漢虹橋飲水湄錦林扶巘辥珠瀑落嶔崎恍憶銀河畔青蓮得句時

題衛賢高士圖

孟光菽水舉齊眉梯几梁鴻穆且怡京兆似明古椀字不與津逮又因誰

宋宣和瘦金標題衛賢高士圖所畫乃孟光舉案事按曾鞏耳目志孟光舉案齊眉俗直謂几案耳呂少衛云桉乃古椀字故舉與眉齊楊慎丹鉛總錄又云若是案卓何能高舉二人所言固屬雷同且衛賢五代人乃出其前所圖已是以盤承椀而進則知案之爲椀非自曾楊剏論因題其畫並識如右

閻立本竹林五君圖

在七去二詠延年將謂創圖惟屬錢（顏延年於竹林七賢內黜山濤王戎爲五君詠錢選因之各寫其像并書顏作成卷入石渠上等向曾效延年體題句意其圖創自錢選今觀閻立本此幀則圖意蓋始自唐時矣）右相丹青忽逢此吳與結搆那饒前執籍王氏誠年利啟事山公乃進賢棄取其間非當（去聲）也精神箇裏總軒然衣冠猶見典午代風日應爲春暮天却看五君無酒氣（細看圖中五人皆無酒氣故戲及之）想緣深意戒賓筵

題閻立本蕭翼賺蘭亭圖

御史陽陽僧嗒然蘭亭不復弆藏全唐宗何事窮蒐寶房相奚稱善進賢

題閻立本職貢圖

右相曾爲職貢圖貞存豈係姓名乎何人作贋書唐字欲蓋彌彰笑是夫

按卷中書唐閻立本畫書法既劣亦無是體明係僞作而畫則神氣英爽結搆精嚴即非立本眞蹟亦必五代以上之作爲可

珍也

題錢選綠圃春蔬

春蔬玆見五（圖中凡五種）妙筆昔收三（石渠寶笈舊有錢選三蔬圖）聲應氣求合風和露瑞含咬根誰識苦爰土作同甘漫鄙樊遲學如遲豈易叅

錢選秋江待渡圖

白露泫菰蒲秋煙暝碧湖勞情定誰氏矯首賦邛須倒影山銜翠欺霜楓染朱底誇航葦渡彼岸却成殊

錢選秋江待渡圖

白葦丹楓兩岸鷗波烟艇中流不肯飄然徑渡憑消望裏清秋

秋崖小立斯須一葉扁舟可呼揭詠雪溪詩意邈思天水畫圖

題錢選諸葛亮南征圖

槎渡羅瀘態逼眞先南深入豈辭辛如何集衆多鳧藻不見綸巾草表人（是圖並衆軍渡瀘江山谿魚貫前進之意而無武侯像故及之）

錢選四季平安圖

古銅鐏裏衆花攢綻酷炎依閒沍寒餅史漫訾趂月令喜他四季呪平安

荷不經冬桂夏無雪溪別撰特新殊雖然設展羣芳譜萬卉原看一晌俱

題錢選覲梅覓句圖即用其韻

梅有仙風鶴道姿一家眷屬得相隨孤山我亦曾過訪流水行雲憶昔時

錢選石榴

火齊囊盛冷玉珠枝頭綠葉蔚相扶熟來佳實天然剖詭辯夷維更藉無

宋旭禹王村夜話圖

禪關訪靜侶不覺夜深時既日談空諦留圖復底爲

錢選錦葵百合

葵花黃映百合白漫議風吹彿遞香意寓丹心雖向日先容有藉亦其常

錢選牡丹碧桃用楊維楨吳寬題句韻

生面偏工正面花（畫花者以正面爲難）天然富貴炫京華太眞設與相衡校醉後丰姿可似耶

右牡丹

相宜錦襲亦宜村盡得風流泯迹痕却顧鼠姑如致語殿春早讓擅花園

右碧桃

題錢選紅白牡丹

白如飛燕瘦紅是太眞肥相並春風裏忘年國色頎

已是絶倫類還因恨自家祓人稱富貴緣未洗鉛華

題錢選桃枝松鼠卷

綏山果熟踔枝當五技何妨用所長自是託身遠穹窒不須老吏畏張湯

題錢選畫時苗留犢圖

爲令治一縣去官惜衆村（畫中有村民留戀意）犢留表已潔犉舐置他宛（老犉有回顧情）射醉斯過甚留錢可並論（用劉寵事）霅溪神解得繪事激揚存

錢選觀梅圖用舊作此題韻

一稿何妨寫兩姿（是畫與舊有之卷蓋出一稿而此更覺筆力遒勁）依然梅鶴子妻隨漫嗤薪積後居上筆趣亦論神會時

近得此卷憶石渠中有相似者命檢之則已入晝貯御書房布景寫情無不脗合而後得者覺筆力紙色皆勝於前且選詩前卷云月香水影亦不如後卷所云暗香疎影之穩貼而舉林句因疑前卷未必非贋鼎然既已成書姑識於此以見予之不固執而賞鑒之爲難也

題錢選觀鵞圖即用其韻

誓墓高風有足多獨推書聖却云何行雲流水參神韻筆陣傳來祇白鵝

題錢選林檎雙雀

半熟林檎雅入圖文禽欲啄待斯須即看筆意傳神處頗與王家帖不殊

題錢選雪梅集禽圖

何須名辨百禽經高下梅梢夢半醒各各氷心蘊芳意可知繪者善形形

題錢選捕魚圖

或捉箄籃或舉罾霅溪彷彿寫零陵槎頭擬向伊人問可識河南漫叟曾

題錢選雞冠圖

絳幘層羅緑葉稠盈盈似泛露華流夜深暮向燈前展還訝雞人報曉籌

題錢選畫馬

敲骨作銅聲相皮失千里何處解傳神不出阿堵裏雙耳如批竹渾身不作花逍霖畫曾見大似拳毛騧大宛自有種牽來祇若常豔稱徠天馬笑殺茂陵郎

錢選桐陰撫琴圖

動操四山皆響然傳神眞擅霅川錢一時把卷銷春燭認取和平是大絃

題錢選盧仝烹茶圖

紗帽籠頭却白衣緣天消夏汗𦈢揮劉松年圖牟益做事權置石渠笈有牟益茅舍明吟圖卷後復得劉松年烹茶圖卷取以比較邱壑位置與牟卷相同蓋劉先有此圖而牟做爲之然兩卷均未自標圖名（劉卷則唐寅跋爲玉川子烹茶圖得存其眞而牟卷則收藏家未考率題爲茅舍明吟圖向各題詩識其原委并同弆一匣使彼此互相印證云孟而贈盧仝烹韻庶幾盧仝有謝孟諫議寄新茶詩又有常州孟諫議座上聞韓愈貶國子博士詩而未著何名按唐書孟簡字幾道工詩元和中官諫議大夫出爲常州刺史以時代官爵考之當是孟簡也卷易幀斯奚不可劉松年牟益兩圖俱橫卷而此錢選盧仝烹茶圖乃作立幀文人揮翰縱橫如意固無不可也詩傳畫亦豈爲非隱而狂者應無禍何宿王涯自惹譏

題錢選歸去來圖

泉明歸去賦清辭寄傲壺觴謝世知千載隱名偏藉甚畫圖每寫泛舟時

題錢選孤山圖卽用其韻

霅溪古筆得天隨能畫能傳畫裏詩誰道逋翁句難續依然疎影暗香詞

錢選清江漁艇

澄潭網集傾嫌喧一對煙篷出水村椎髻蓬頭自團聚逍遙那羡武陵源

題錢選三蔬圖

黃花翠葉滿畦芳件食無過此味長寄語青綾破底客謾須虛飽大官羊

右菘

試叅善知識應同偲憶韶光山下重此路中能奔解脫底須更問葛陂龍

右筍

風霜經慣祇如如沙壞金城根葉舒繪事詎工味須識早會小幀仿三蔬舜舉別有三蔬小幀向曾臨摹一過

右蘿蔔

錢選三蔬圖用舊臣高士奇題韻

留下奔那見草堂三蔬展尙欲生香爔然一切有爲法了識何曾者箇忘士奇別業在西湖之陽地名留下今已鞠爲蔬圃矣

離披畦畔復離根淡味端知勝碩豚偶憶湖西親所見綠含烟甲濕黃昏

玉堂侍從暫家居博古餘閒學圃蔬此意足驚俗耳目不堪兼致絕交書士奇詩題於家居樓毋時啟中有日食一菜自甘不足爲外人道語又趙孟頫絕交書眞蹟亦其南歸時所攜有舟次題跋今俱入大內

錢選蜀葵貍奴圖

紫蕚紅葩相間開薰風流麗襯莓苔雪奴昂首垂涎望可有滕王蛺蝶來

題錢選歲朝圖

繪圖吉語叶開年雅以風流喻別傳婀娜柰紅報春麗郁芬梅白颭風鮮瓮缾插處閒去聲天竺石盎植來惟水仙匹鼠探壺試五技却傾瓜種兆緜緜

題錢穀歲朝圖

伯仲圍鑪文質彬兒童爆竹慶新春豐年樂事茅簷下可識斯民三代民

錢穀春山圖

園中松竹自扶踈園外春光已罨如不出戸

庭非嬾置一心含蘊覺無餘

錢穀春林煙雨

淅瀝輕絲黯淡煙春林潤意靄昊天何當移置幾千里三寸均教霑大田

錢穀秋林讀書圖

氣爽雲開今古情匡牀擁膝有書橫揣稱更待賦成日宋玉應教畏後生

題錢穀雪景

千巖萬壑色同皚耐冷樓隐延景開遥見野橋相訪客不愁中路泛舟迴

題錢穀南城看雪圖

銀林紅寺遠參差驢背風侵客路遲却憶寒更吟白戰范陽古道去冬時

錢穀高樹飛泉即用其韻

蒼松翠柏佈陰濃下有流泉陡磵淙拱手幽人相問答恰如彼此仰高峯

題錢穀扇暍圖

武王扇暍紀淮南繪事嘉他藝諫含却憶予與論子產徒杠爲政更名談

蔭暍之事不見經史雖亦惠政但子產鄭臣孟子猶或譏之豈王者所能遍及天下之暍人而扇之哉然在子書與畫史傳之以諷爲政者固其可耳因並識於後

錢穀郭外茅堂即用其韻

水在堂前月在天楞伽一卷閲青蓮漫言城市原相近心謝繁華境即仙

題錢穀林亭清賞

雖有柴門常不開幽居凭几伴寒梅豈期客似子雲識遂至人猶問字來

錢穀松陰趺坐

倚松高士松其顏同異寍生分別間坐忘本不事採藥傍人漫擬是槐山

錢穀杜甫詩意圖

五月江深草閣時楂林颯颯引寒颸傳神設擬杜工部坐對嘉賓定是誰

錢穀惠山煮泉圖

臘月景和暢（穀自識十二月九日因用王維語）同人試煮泉

有僧亦有道（畫中景如此）汲方遜汲圓（惠泉有方圓二池四）

（若甘方者不及而穀所畫正係圓池四爲惠山煮泉區印證亦切）此地誠遠

俗無塵便是仙當前一印證似與共周旋

題錢穀山水寫生

春江帆影

春山欲綠春波長（上聲）幾幅輕帆試水行不識

勞勞客舟者柳緣爲（去聲）利柳緣名

蕉陰文石

綠天石徑稱幽賞却訝其間鮮客尋作者應

知具別意恐防代紙失淸陰

疎林烟雨

水漲平湖偏隔橋冷風颯颯雨蕭蕭可憐支

繖衝行客咫尺家門望若遙

夕陽歸牧

不名師學出手眼騰踔吳徐老沈問（見畫家傳馮元

成集）已慣石田見粉本（石渠寶笈有沈周寫生散牛卷此幅筆意頗覺

相似足見馮語不謬）眞成伯仲辨來艱

澄湖放棹

湖舟何以異溪堂却愛出齋泛野航識得伊

人工別譔於流動處悉徜徉

秋花蛺蝶

翩飛栩栩領花香那論色形紫與黃不失本

來瀟灑意幾曾工緻效滕王

楓磴携筇

一樹丹楓石磴仄連林奚必笑茲微携筇緩

步契神處別裁（去聲）原同杜紫薇

葡萄鼯鼠

珊珠秋熟磊垂枝五技奚妨偶一施誰曰能

緣不窮木試看果腹自嬉時

新篁幽翠

幾梢烟籜一卷石古趣幽懷不盡尋伯仲九

峯石田者何妨偶效老雲林

古樹寒鴉

繞樹聊棲三匝時紇那誰與動遐思訝他叔

寶（錢穀字）開生面禹錫竹枝換樹枝

灞橋詩思

風月千秋三界公豈伊獨在灞橋中便教詩思其間得恐亦平平歇後同

蓼汀風雪

風動鯉魚紅蓼花秋光滿目夕陽斜莫嫌幀裏闕名氏精鑒晴嵐自不差是册僅有錢穀圖章而未署名氏然張若靄工畫精於鑒賞定爲錢穀手筆自當不差若靄號晴嵐

錢貢溪山雅集圖

四園綠竹草堂開堂背老松獨蒼然客來不速知主賢尊酒簋二足賓筵古今商搉無俗言觀畫可以論世焉爾時祇合娛林泉有誰爲賦白駒篇

題錢貢太平春色圖

村舍康年象熙熙樂太平嘉言符我意名畫具眞情爐火圍溫暖幼齡侍父兄底知春色好牆角早梅榮

錢舜舉山居圖長卷

未聞巢由買山隱巢由隱處定名山五畝之園千古計數椽草堂終日閒高賢羣結忘年友舊句應同半偈刪鉥槻豈必傳靈運吾亦遊神於此間

題錢舜舉花卉卷即用其韻

碧桃

穠纖洗盡餘清嘉源中洞口均空華只有鶯羽翩翻集占却一樹春風花

牡丹

豔酣每值好春殘行雨流風莫妬歡破頰鼠姑常笑日始知藝苑有還丹

玉梅

鄧尉村前春已迴玉梅孃孃融粉汗一種天然林下風詎作妖嬈桃李面千載逋仙是知己雪壓冰摧夫豈怨雪溪一幅貌炎涼寓意有在不言見

題錢載梅花

何事梅花獻侍郎略看畫法效元章疎原有密標高度豔非傷清吐暗香點點圈圈具生

意斜斜直直引吟腸南枝亦寫三五朶似此
繁叢覺太忙

題錢維城山水畫

曾因扈蹕寫山容不計倪黃古法蹤却是精
神契宛宛即看峯嶺列重重泉淙澗底調幽
瑟寺矗松標聞梵鐘掛壁斯人訝斯在西淸
何異重（去聲）相逢

題錢維城山水

峯爲師子蹲瀑是鴻龍舞設匪栴檀林定擬
瓊瑤圃結宇卜幽棲伊人眞得所

題錢維城山水

林佇風盧常激楚溪穿石出欲浮空詩人體
物難工處往往逢之六法中

題錢維城山水

竹逕參差外春山澹沱時試觀皆迥句幾許
措微思新漲成波細輕烟泮曉遲衹疑幽絶
處尙有許多奇

題錢維城山水

豎峯極成削長空復寥廓粉本出文賦萬物
筆端託胸中具操縱詎惟有邱壑高人樓上
望飛雁起樓腳目之至天邊遠帆入冥漠

題錢維城山水

茅舍喬林下碩薖者阿誰山環水抱處春末
夏初時徑曲隔塵世樓高受爽颸主人底非
見帷下注軒羲

錢維城山水畫

是處合消閒林扉早閉關峯依雲蘊藉波激
響潺湲俗客何能到塵情詎可刪扁舟載野
鶴奚往定孤山

題錢維城畫

萬木綠陰濃山重溪復重且抛水閣卷試策
石崖笻戴笠一野鶴飛泉雙白龍往尋洞府
畔韓衆或相逢

題錢維城畫

面水背山茆屋低高人農隱遂幽棲連朝好
雨溪田足愛看新秧綠剡齊

題錢維城畫

有泉山自覺生動不雨樹猶常潤霑的是畫家能爾處却因詩句顯爲拈野田負郭看鱗次列嶂凌雲見玉尖擬傍疎林茅屋下焚香趺坐讀華嚴

題錢維城五君子圖

松柏水仙梅與筠天然結契意相親比方君子斯多矣獨想虞廷臣五人

題錢維城五君子圖

寓五以圖格依舊（五君子圖仿自玉壺主人向命張若靄仿爲之圖後鄒一桂錢維城並皆有仿作予亦曾爲是圖屢經疊韻題詠）由京而塞見如新（是圖張於山莊水月春之精舍中）松和巖柏自從古梅與水仙未覩春（塞外萬木之藪而梅與水仙實無）氣合言蘭成雅契神傳貌玉本佳賓底須君子徵名姓卻蹈刻舟求劍倫

五君子歌再疊舊韻題錢維城畫

一桂花卉本專家進於山水參眞性維城山水已擅場俾兼花卉詎奚病要之涉筆總末事貴乎得神聊適興五君子圖扱衡翁風入寓意傳毛鄭張初（初仿此圖若靄實首被命見吾集）鄒繼（一桂）亦有此疊韻題之今則錢藝苑聯芳叔仲孟譬若竹林詠五君山王彼斥識果正貞（松）虛（竹）者（栢）信（梅）及幽芳（水仙）人如此寍不明政

錢維城江山攬勝圖

匡蹕曾昔日留圖値此朝春江鋪淡沱雲岫聳峇嶤八攬勝無盡成吟與亦超而其人故矣倪沈視同遙

題錢維城秋景

無山不落網水有樹皆韻金風蕉葉庭前猶綠楓枝崖際全紅過橋高人訪契閉關開士悟空仿彿臨平秋色幀中重見王蒙（石渠寶笈藏有王蒙臨平秋旱圖）

題錢維城秋山圖

紅葉蒼枝間翠松四山舉目是秋容跨溪水碓偏宜置香稻收來正好春

錢維城溪亭秋色

笠亭四柱曉秋新樹有風情山有神懷抱正
如天共遠獨思宋玉彼何人

題錢維城生秋畫卷

颯颯梧桐爽籟吹雲開天淡早秋時歐陽有
觸會成賦宋玉無端獨解悲荻穗白初含退
潦蓼花紅尚戀明漪生秋庭畔披新卷今昔
關情有所思

題錢維城江村秋霽

雲欲斂猶戀深谷天惟淡故淨長空江村底
識新秋景喬樹纔看幾點紅

題錢維城秋巖蕭寺圖

白紙本來泥色相憑空忽落千重巖畫理詩
趣原同致課無責有大不凡歷歷棧道上巘
嶭蕭蕭古寺園松杉其中定是神僧住貝多
羅葉翻華嚴

錢維城峭壁寒林

枯枝無葉有丹青架水天然合草亭過壁烟
雲饒變態倚欄高士獨延停，

題錢維城雪景

生面塞山雪景披侍臣匱蹕寫神姿朱樓白
屋渾無藉玉嶺銀峯別有奇布帳邀途鬻酒
暖（哨內許市民隨行每有於路旁設小市幌揭其前幅溫酒以鬻僕從過者或沽飲禦寒）氈廬到宿帶氷支四宜居（氈廬三楹中室顏曰四宜居爲視事延見臣工之所）獨饒清致收瀹三清（茶名）又一時

題錢維城雨景畫

厲車匱從有詞林佳處欣逢雨（去聲）麥霖行旅
農夫同忭喜一人寫出萬人心
津葉濯花晻藹間果然做得米家山（昨詠雨林有米家墨戲分明是大有錦牋款做人之句維城果成此幀）明朝潤浥無塵
路飽看耕人叱犢還

錢維城寒齋對話圖

萬玉聲敲颯沓風茅堂對坐地爐紅高談不
涉人間世疎佐無懷商榷中

題錢維城雲巖聽瀑

萬仞崇山百道泉豎縱橫灑衆音潺山爲靜
也泉爲動動自靜生理固然

錢維城疊嶂飛流

飛流擘山落每與山爭雄蓄極發故盛澎湃噴長空英英吐白雲還似從銀龍

錢維城遠澗泉聲圖

田盤搆石室素壁著成圖暎發山容秀縈迴水態紆縱眸遙箔外側耳靜琴俱畫境相參處難分殊不殊

錢維城松下看泉

憶昔盤阿盤澗濱翰臣工畫命傳眞松聲泉韻都依舊豈意伊人作古人

錢維城松下看泉

田盤勝以松泉石卽景曾經內翰圖張壁居然成古畫松泉石少異初乎

錢維城松下看泉用乙巳韻

當年扈蹕人何往仍此看泉松下圖逖少蘭亭佳語在後今視昔豈殊乎

錢維城松下看泉仍用乙巳韻

松泉本自富於此不借爲圖胥自圖扈翰偶命（平聲）寫其妙豈知古續並觀乎

錢維城松下看泉仍用乙巳韻

泉聲松韻誠難寫松韻泉聲實自圖掛壁列庭相映者誰賓孰主若斯乎

錢維城松下看泉四疊乙巳韻

從來九疊十全罷（向作疊韻詩至九次十全不復疊韻遂相沿爲例）斯甫四番待詠圖却憶侍臣圖此者南雲千里亦知乎

題錢維城蒼崖烟磴

疊磴平懸若可登迤林霞蔚復雲興箇中似礙窮遙目擬據千峯最上層

題錢維城南山瑞靄圖

高士科頭坐皓然冰雪顏面前峯峭崿足底澗潺湲世事曾無繫晝長好是閒東籬不同採亦復見南山

題錢維城借山齋圖

林泉印証眞親切秀麗從來說虎邱四海爲家玆外苑憑臨不擬借山遊

題錢維城獅子林圖

一角獅林壁未完（見維城自識語）補成全景運毫端為泉為石分明憶若竹若松高下攢倪氏豈知黃氏占今圖又作古圖看笑予幾度亦吟倣何似金剛四句觀

題錢維城城竹院清吟

山巒秀而水漾清高人獨坐搆吟情後庭脩竹輕含籟相和敲金戛玉聲

題錢維城畫蘇軾艤舟亭圖

玉局信風流溪亭佳話留至今石岸側往往駐行舟

文筆傳高躅家鄉事道眞停橈親印證圖外得其神

一例野亭子因蘇千載新豈知元祐際大有畏稱人

岸柳金搖曳春波玉拍浮吳門知不遠更有仰蘇樓

再題錢維城蘇軾艤舟亭圖

侍臣昔日圖鄉景適在運河岸側邊道古亭稱以蘇氏蹟誠眞否屬疑然

畧為點綴有亭池小憩懋勤硯匣隨却以坡僊流賞處於斯豈可易言詩

爾時玉局停橈處我亦無端一艤舟眞者在前怵光餤（用米芾元日帖意）鄒枚愼勿頌風流

擕得横圖景逼眞春光相印越清新獨憐寫者古人事寫者亦今為古人

錢維城歲寒三友

細莎文石俯清潭所遇欣於益者三和汝南將向河内金蘭水部雅相堪

題錢維城歲寒三友山水畫

佳處是修篁書屋作者定梅花道人閉戶已來歲月幾庭前看取老松鱗

竹虛松古谷谽谺閣外寒梅又作花點筆詩人如著句定稱三友一應加

題錢維城玉蘭紅杏

玉蘭花白杏花紅一例昌昌冶惠風設使女

夷注詩義自然甲乙品難同

題錢維城藤蘿牡丹

高覆傍攀致各都寫花寫韻若斯夫姚黃具體而微矣淡黃色魏紫不言乃善乎紫色二種牡丹何必施松方上達試看垂蔓亦低鋪藤蘿金鈴愛惜誠無藉步障紫絲遮護殊

題錢維城雜花

軸蕉斜倚美人粧美人蕉簪玉偏宜散晚香晚香玉小雀翠雀爲去聲憐菊英紫紫菊惱他茉莉作花黃野茉莉

題錢維城藤溪魚樂

湖上藤花花落湖輕儵嘬弄恣遊娛一時別撰南華趣更不因他較樂無

題錢維城新詔如意圖

繪事由來仿董祥石渠寶笈弆董祥歲朝圖維城此幀仿其意也成舊蹟石渠藏松枝後臘那攺翠梅朶先春已報芳設曰新詔卜如意祇期屢歲錫惟穰開年言吉雖應爾可識持盈慮更長

題錢維城棲霞山圖疊舊作遊棲霞山韻

走筆無端寫攝山攝山忽到眼根前不殊疊浪高拖嶺宛識玲峯下有泉高士隱蹤昔肥遯大家畫法此齊賢未來過去胥權置將以明年復舉南巡之典且爾相於玩偶然

錢維城林塘泛艇

葉舟泛空闊去住隨所如不擬瀟湘意嫌襲弔三閭

山城夏霽歌題錢維城畫

赤夏賴雨亦賴晴潤之晅之禾怒生老農較量誠不易幾多辛苦方西成是時山莊駐翠旌甘霖早澍溝渠盈解作旣息暑亦滌鵲呼正報開初晴片雲歸岫弱無力涼風吹樹壯有聲黍高粱下盡滋渥油油葉潑炎曦明延樓埤垷日綺望登臨縱目堪怡情餘事蔦概都恰當一喜所遇皆欣迎層峯沓障濯新翠烟阬石谷淙繁鳴深林露墜茅屋濕野水漲

到扁舟輕何來塞景肖江國謝公佳句眞豪
淸侍臣屈蹕圖所見宛然夏霽呈山城高張
白壁排爽氣巖間輝映新陽晶

錢維城仿黃公望秋山

秋入興安萬簌吹山蒼雲白樹參差匿遊自
寫胸中趣却說無端仿大癡

題錢維城臨董其昌九如圖

天保答君小雅哦六章遂以九如歌侍臣豈
啻祝釐頌寓物由來規亦多
九如之頌膾炙人口然爲君者宜思安定
以獲福壽要在羣黎之徧德是頌則即規
也偶展石渠舊貯向未題句玆因書幀至
於梵典金剛四句偈惟鳩摩羅什作六如
外此若元魏之三藏留支陳之眞諦隋之
笈多唐之元奘義淨諸譯皆作星翳燈幻
露泡夢電雲是九如矣後之講經僧謂星
燈有體雲復含生不可方六如是何異幻
中爭是非耶夫一亦不立六九何分然今
西域貝多實傳九喻而震旦持誦率宗六
如夫天保六章之九如是世間法固不必
論而注梵典者乃出世間法也何必於幻
中而爭其九六之多少是非哉聊記於此
以廣聞見

題錢維城山水

冰池迴鴈

南湘水暖北燕冰迴鴈依然宿碧凌却不禁
寒便飛去新花枝底見何曾

秧疇分綠

溶溶春水滿池塘浸種分疇始苗秧此際農
人閒片刻時臨舉趾日將忙

層巒疊嶂

繽紛環抱聳嶙峋塞外山惟天與鄰得自侍
臣親眼見寫來水乳倍精神

柳岸歸漁

柳陰水閣俯滄浪高軸筠簾好納涼遠浦漁
舟籃載返細鱗巨口供去聲新嘗

山樓對瀑

雖有山樓非背開前川振鷺若飛來寒山疑
似聽雪閣颯沓聲中射眼皚

雲溪晚渡

是爲問水是尋山一棹扁舟夕照間本意由
來取閒適趁歸轉覺未能閒

水村清夏

一帶碧溪抱塢斜竹籬茅舍野人家是誰長
夏消清供仿佛村名號浣花

林亭清曠

綠叢林下多嘉蔭亭子其間涼可招最是山
莊一例景鹿蹤印處不曾描

梧庭涼月

東壁寒光淰淰如碧梧落矣影微踈高人何
處閒遊衍留得空庭月入虛

藍塘澄爽

延爽溪軒清且嘉涼風水面拂蒹葭欲知氣
候相殊處七月蒼蒼已作花

秋塍黃茂

村居綠竹護丹楓塍近香翻穲稏風此處異
他惟秫黍山田一律驗農功

卷幔看雲

濛濛底事濕衣衫卷幔綠來雲出巖原是山
莊恒有者一經拈得便非凡

題錢維城山水册

作徑旣詰屈卜居喜幽雅脩業祇靜緣時事
了無惹東方笑吏隱徘徊託金馬

右疏窗靜業

山泉瀉爲溪溪抱村成趣山靄與溪烟昕夕
常相遇漫問是誰家冥茫不知處

右溪村烟靄

巖雲暗茅屋展卷四啟窗古道有會心俗慮
一以降滴露任筠林清聽互摐摐

右竹窗聽雨

流泉落平湖晴光瀁漾渺豈必非江海于焉
親魚鳥不擬張志和船上漁童少

右晴湖倚棹

飛鴉往或來日暮歸林木草實與粟粒隨逐
飽自足比之牛羊下臢覺無拘束

右春樹歸鴉

蜀峽多怪石其險當劍門出險乃張帆榜人
眉乃軒迴睇蠶叢溪猶覺畏心存

右蜀峽張帆

磵以幽而聞柯因喬益奇樵人所弗到竟追
斧之斯流泉定名菊延齡無不宜

右幽磵喬柯

伐木聞鳥鳴求友繹詩旨相攜素心人共入
深山裏以是錦衣歸鄙哉彼翁子

右層巖樵侶

振鷺擘巖落就平流激濤太古聲色摐那復
計尋尺山亭待誰覲却了無人跡

右雲嶂飛泉

昭邱結梵宇崇林相映帶如聞鐘魚聲泠泠
答清籟是誰墨名人蟬蛻塵囂外

右松壑香臺

秋水澄清潭秋林疎曠宇泛泛坐闤闠而非
事網罟漁隱斯已多何須僂指數

右秋潭清泛

玉戲夫如何改觀神自超無圃不爲懸有林
皆作瑤畫圖猶絕勝弗慮見晛消

右懸圃瑤林

題錢維城山水小册

疎軒環秀

硯左每教配畫册詞臣供奉翰筵珍香山秀
色環軒者倘展重如遇昔人

峭巖松翠

盤山松石稱雙絕此地松蒼石遜之疑是峭
巖還有語捨予誰合友於斯

柳溪閒泛

山中泉現出山隱輪頃滄波實則無知我常
嫌此乏水特教輕舫泛平湖

筑泉盧閣

泉流石上自成韻泉筑石如擊筑夫設以畫中詩相（入聲）擬東陽水樂可同無

雲峯香界

峯雲藹藹封香界衹許鐘聲空外聞作雨恰逢今日好始知畫筆擅靈氛

荻沭秋聲

秋聲荻沭泛澄湖颯沓淸泠有是乎不識罔罔傾聽者可能於此悟交蘆

竹塢霜林

卜居喜得翠峯屏陋室由來早著銘竹徑宛然接楓嶺意中原自有丹靑

烟浮遠岫

烟容峯態兩糢糊高下林光幻有無活脫今朝濕潤景寫斯景者亦知乎

題錢維城山水小册

晝長無事厭遊觀雨足燕齊心略寬恰見袖珍存舊翰閒吟遣暇試題看

右松巒精廬

謏言玉塞富於山試看迴溪灌木潺動以韻溪靜含木理叅合撰趣惟閒

右迴溪灌木

扈遊曾見苑中奇綴景蓮宮峯護之紅葉不妨長夏有霜姿風度每先時

右丹楓蕭寺

激濺飛琴中（去聲）五弦虛亭四柱俯巖邊寥寥莫議無人聽太古已來若箇然

右虛亭激磵

雲爲海界是防邱收拾丹爐何處遊衹以瀑流洗塵見一塵不淨漫仙求

右丹臺飛瀑

獨飄野艇把竿絲意釣而非釣者伊旣爾何須更爲爾如斯試問孰忘斯

右澄湖釣艇

題錢維城山水十二幀

蘆汀迴雁

春水初生雁已迴新蘆戟戟刺波纔沙汀柳

岸夫何處趁北橋頭憶見來

溪樹春晴

小樹臨溪清且嘉春烟淡蕩隔川斜遠村桃朶初將放掩映烘成一片霞

曲徑開雲

詰曲山蹊絕客來巖齋斧木據崔嵬白雲縱是閒歸岫蕭蔚林關卒未開

山亭清曠

孤亭迥據一峯巔雲去惟餘清曠天佳句問誰於此得祇應斗酒李青蓮

煙嵐欲霽

近林欲霽辨村容遠岫歸雲勢尚濃那論房山與海岳高峯南北憶曾逢

喬柯秀竹

突兀喬柯瘦倚天飄蕭秀竹細娟娟白家少傅皤然老樊素何妨正少年

柳磯幽致

背峙層峯聳隱嶙虛亭谷口俯滄津主人設問爲誰氏合是當年鄭子眞

峭壁疎林

疎林不綴寒村景峭壁疑干碧落霄雅似道人胸次裏曾無一物祇清寥

雲湫垂練

曲岪層巒拔地奇側峯垂瀑練光披恰如高士出塵想有帶弗圍旁置之

松棧穿流

對面龔峯有萬夆長谿洶濤落斜掛茅菴誰結松雲棧泉石之間聽八音

秋原旅興

驢背伊誰客路遵打頭楓葉落來頻何時旅況易消遣祇有秋光越動人

寒林平遠

古樹孤亭秋氣深蕭疎老筆效雲林分明別具有神解好向意無盡處夆

題錢維城山水十二幀

溪塢春遲

溪頭春水漲滄湄山腳春雲護遠陂未肯韶光容易露嫩青淺翠故教遲

瀑泉洗耳

瀑泉幾疊落迴谿洗盡塵音清聽齊不向世間留姓氏漫猜齧缺與王倪

澹然無事坐船唇耐可鬚眉照碧淪不把絲竿置身側恐防比擬憶鱸人

野岸虛舟

遠山近樹映澄流岸側曠然繫野舟繫者不知何處去却教妙義寄莊周

竹溪清話

竹院深沈夏日長溪亭更就水風涼雖看對坐未聞語料是相談耕與桑

幽館停雲

水氣嵐煙望若迷入林深處潤淒淒山房疑是號玉磬幽館停雲正隔溪二語用文徵明事

江程風利

長江千里帶嶙峋風利如飛送去艑不是弘農王士治舉帆直指又何人

虛亭納翠

虛亭若翼據厜㕒曾不窗櫺四面施作者應知有別解圖他峯翠納無遺

松篔隔水

已覺開雲錦繡同更聽隔水謖松風尋常六法原經見工部詩情此幅中

秋帆穿峽

傑豎峽門如鎖江是誰穿出掛篙雙片時逾險資風正問爾驚心降未降

蒼巖一曲

四圍巑嶪峙蒼巖一曲壺中大不凡小艇滄波閒泛者如詢姓氏定為嚴

丹屏錦樹

石崖平處搆幽居萬葉經秋織錦如付與居人朝暮看那須過客此停車

題錢維城山水二十種

瀨喧磵閣

富春大嶺大癡作黃公望富春大嶺圖列石渠寶笈上等小册

居然倣不詭磵水若稱七里瀨定知早晚子陵過用劉長卿詩句意

澄潭飛鷺

鯉魚風激碧波紋誰漾輕舟起鷺羣一片落霞遠飛處不言傳得絳州文

柳浦漁歸

浮家泛宅足謀生歸櫂得魚那忍烹船泊柳塘先曬網絲絲斜掛夕陽明

翠峯晴疊

複磴通幽不可知層層密樹擁嵚崎紫煙生處翠峯豎恰是香鑪日照時

踈林雲帶

開錦何須紫翠紛也看映帶有氤氳似嫌秋老林踈矣倩以白雲代絲雲

江帆風滿

布帆無恙破江天擬以强弓箭離去聲弦千里江陵還一日傳神秖有李青蓮

渡口支筇

莬峯倒景入清漪渡口遙看舟影移高士支筇疑有待趣如苦葉四章詩

竹樓待友

刳竹爲樓下植篁依然勝槩學黃岡橋頭來客爲誰氏樓上伊人似姓王

橋屋翼溪

橋屋駕溪若翼然終朝瀺灂俯流泉米家書畫船如較一著贏他聽管絃

秋塢霜紅

負山臨水結幽居霜葉晴張萬錦如寄語司勳杜員外不須林下更停車

雲關俯眺

石磴盤旋萬仞崇樓闕雲外俯長空恰思飛閣天成寺據榻高秋暢眺同

亭納翠微

一笠孤亭四柱空虛明向遠納無窮翠微妙處於何是祇在朝嵐夕靄中

清溪石彴

一帶清溪水鏡搖高峯有影落嵒嶤依稀似入天台路却訝無人過石橋

溪洞涵波

石門有水出潺湲匯作平溪縠影翻不著拴船繫洞口恐防認是武陵源

飛帆晴遠

扁舟開處大江橫風順還欣值快晴不識遠帆飛去者爲因利也抑因名

筑泉遞響

流泉有律中（去聲）宮商明笛寫之曲正長一唱恰欣酬一和底須水樂聽東陽

前汀煙霽

拏舟春水正沄溶隱現溪村無定容知是前汀煙欲泮遠山初露兩三峯

竹蹊延爽

棧道盤盤細逕長森森扶嶂矗叢篁人間六月暑如熾便可其間納翠涼

遠峯塔影

精藍高下倚峯鬟付與山僧享靜閒却似行春橋上望楞伽簪影石湖間

巖樓松翠

層樓疑是華陽作謖謖常聽松際風廿幅小圖詩廿首儼然殿後見王蒙

題錢維城夏景山水十二種

東村西墅本疎澗綠樹夏來解與連守望設如擬相助還思孟子論公田

右連村綠暗

溪影明漪林影瑟翳然寫出境幽閒遊人毋徑知何處祇在華林左右間

右溪林明瑟

漠漠煙塘綠柳圍板橋那畔野人稀鷺鷥白矣仍貪浴濯立清波不忍飛

右柳塘浴鷺

澄湖誰氏此爲漁空往空歸莫怨諸自是入官篇未讀水清須識致無魚

右澄湖漁艇

虛亭小築水之涯浄植香風拂面披杜老詩中有佳趣當爲長夏納涼時

右荷浄迎涼

瀟然水閣老松傍水自清冷風自涼倚檻高人應有恨恨他弘景爲（去聲）遊揚

右松風水閣

賦雲猶戀遠峯斜野水平橋落漲沙底識山村雨初過傍林煙畔見人家

右山村雨過

隔溪樹暗巧爲深蟬便藏形難隱音策杖橋頭閒聽者不知所託作何心

右林深蟬靜

似是香爐峯肖匡廬開陡峽落洋洋形容高卽言天半豈識天高不可量

右天半飛泉

翠微野塢鎖穹林曉旭扶桑影入深大似香山朝陽洞壁牋曾每暢清吟

右林塢朝暉

小亭如笠水之湄碓借水舂迅且奇都道老農性椎魯却能寫出白家詩

右笠亭雲碓

千山暮色靄蒼蒼爽氣浮來一谷長著箇茅亭向壚里高人耐可坐乘涼

右煙墟夕爽

題錢維城山水四十八幀

松崖小墅

侍臣扈蹕昔遊盤有暇近臨粉本看小墅松崖阿那處最便宜是聽流湍

風軒宴坐

重陰綠樹覆閒堂宴坐其間圖縹緗一卷不須手展帙風翻觸目足參詳

古木巉巖

迴巒沓嶂層層迴翠柏蒼松面面迎細徑盤旋入雲表招提彷彿號天成

雲溪春曉

春溪淡淹綠波涵倒映遙山護曉嵐却是田盤無此景應緣把筆憶江南

飛帆出峽

兩岸楓林霜染紅扁舟吹送鯉魚風高人坐俯層崖上太白詩情默忖中

漁磯煙樹

古寺寒村倚石磯蒼茫煙樹遠山微落霞孤鶩齊飛處幾箇漁舟傍晚歸

迴灘九曲

九曲江灘石拄撐邛郲九折不相爭設非叱馭王尊輩何必其間冒險行

蘆汀獨釣

石上藤蘿風裊斜蘆汀月影望猶賒孥舟不爲閒垂釣活句應緣系浣花

蕉窗清課

屠蘇小築碧溪南一卷奇書與古談何必作銘勞刺史逍遙自適綠天菴

暮山欲霽

遠山雨後斂藏雲幾縷紅霞放夕曛茆屋老農課兒輩趁晴正好晚田耘

梧齋虛敞

幾葉高梧漏影虛竹欄冰簟靜如如主人不識閒何往却倩清風守屋廬

雲塢幽居

咫尺南村與北鄰山圍水抱總無塵輪他箇裏幽居者看畫曾非畫裏人

翠坂馴游

喬松豐草石泉沄綴景伊尼意亦欣一例山莊輸避暑馴坡遊戲動成羣（靜寄山莊雖亦蓄有鹿不及避暑山莊之十百成羣馴鹿坡乃熱河後三十六景之一也）

千林紅雨

山雲落雨却晴暄是杏非桃絳片翻（田盤少桃而多杏）水而文章任流去漫疑此是武陵源

磵閣松風

怪石古松此獨擅揣稱佯色益爲奇天風落處非凡韻十八公應自唱詩

高亭俯碧

一碧無邊萬頃多孤亭迥俯巘嵯峨扁舟欵乃尋常聽小海誰能夏統歌

水村平遠

樂山之處足徜徉樂水情原不可忘却亦南巡經見者樓圍煙雨幾村莊

萬派琮源

聲騰滂湃勢還瀠旁有水軒三兩楹的是當年晾甲石祇今千尺雪爲名

山城晝靜

抱山城郭倚江街夾鏡橋邊船泊涯生面別開太白句恐防人或謝公懷

漱石鳴湍

縈林絡石漱還斟萬派遙源杳莫尋不解橫琴爲之寫孤他中有古初音

繡谷高秋

繞屋喬林畫不如高秋颯沓染霜餘阿誰放曠歌洋泌疑是洛中貞固居

遠浦歸帆

遠浦扁舟幾一葉輕風送到便堪呼漁人網起澄潭晚縮項槎頭正好沽

楓徑尋詩

巖畔孤亭錦葉披高人策杖會心時何須著箇車停側已自神傳小杜詩

雪溪開泛

好是江南風氣暖雪時水亦自無氷剡溪設或移燕地訪戴心殷恐未能

疊嶂迴溪

一層疊嶂一迴溪地勢不齊中有齊嶂愈深斯溪愈遠在茲小隱合王倪

竹翠茆堂

瀟落茆堂與竹籬東西祇隔一溪披漁樵相話往來便定是當年陸與皮

平沙野彴

葦渚沙灘野水清稜稜小彴跨川橫野人從不入城市蹩步偏橋却解行

練波輕舫

水面輕風皺練波布帆徐送石崖過舟人穩坐心應謂千里一朝底用他

湖莊綠蔭

數間茅屋綠陰稠一帶清溪抱岸流不負浣花老人者自應佳趣有詩酬

四山雨暗

雲出山還山裏雲傑池樹共與氤氳法知小米非老米鶻突中仍匪略分

松陰觀瀑

箕踞相將坐迴陂隔川飛瀑對移時默然不語意殊可問答松泉與代之

江天曉發

白帝彩雲破曉辭青蓮詩景畫中披檣竿五兩非搖動恰共心旌得意時

曳杖探幽

紫邏青縈疊巘嶢探幽散步不知遥野川那畔當殊勝曳杖因之過石橋

山閣泉漱

迴廊架渚疑舟泊古樹淩雲似蓋垂掛水注爲坦水瀑豎情橫態攬無遺

遠煙歸鳥

遠山暮色夕陽西山靄蒼蒼暗滿溪漫道此時人意嬾便他歸鳥也應迷

孤亭清曠

翼然四柱俯崖脣隔岸森森石笏嶙畫錦堂文不容欠寫教飛瀑與垂紳

霜皋清唳

不須翦羽受拘攣清唳一聲意灑然此最松蒼石詭處合教結伴立胎仙

叢柯聳秀

枯柯突兀韻金風秀色侵人三兩叢莫謂空林無綠葉許多生意在其中

翠嶂香林

住久招提不出山何當送客虎溪間祇應陶陸來相訪分付香林一闢關

層巖野屋

山深合是碩人薖林澤優游樂事多彷彿當年谷口鄭高軒門外不曾過

蘿磴盤雲

豎爲峯復横爲嶺怪石奇松與簇攢漫訝精藍名未曉得粉本自古中盤

江樓月午

一片金波萬頃披古輪那數影娥池層樓中客知何氏疑是謝公迴棹時

石淙流韻

湍流激石韻泠泠無定定中聲與形仁者謂仁知謂知故予祇作徵招聽

秋林琴趣

踈林瀟灑野湖寛湖外一稜見遠巒上下空明琴趣足抱而獨坐不須彈

仙廬深蔚

樹繆山縈互吐吞翠微一徑入雲根結廬最喜無人到祇付林間鹿守門

巖關夕照

紫翠屏張傍晚時夕陽山氣映相宜泉明佳句尋常詠親切誰當印證斯

寒原朔吹

寒原秋老朔風驕禿柳臨崖若不勝況爾殘荷與敗葦自應一例付溪冰

瑤峯積素

屬車昔日此來攜小幀呈看殿雪溪預爲壬辰占後兆每幸盤山未見雪景惟壬辰二月始於山莊迴雪屢形吟咏是年春錢維城並未屆行且旋即歸里竟於其冬物故維城出此册於前若爲之兆云却教乙未補前題

題錢維城花卉十二幀

梅

幾枝斜入碧寥天洗盡鉛華淨且娟那更無端閒佈景月香水影自如然

𣘻

丹葩翠葉娜交加品賽臨安龍井茶漫議不堪供茗椀朵攀仙露是流霞

紫藤

紫雲嫚嫚復森森無藉流風態若沉獨幹未
曾施松柏別裁寫出渴賢心

桃花

種自西來植沃土周南已詠灼其華景龍學
士曾何謂淸婉辭惟樂府詩

薔薇

芳園風物正馨薰笑買薔薇獨出羣裊露掇
英如灌手不知誰稱（去聲）讀其文

杜鵑

間（去聲）綠流丹剪蒨羅天然麗質耐吟哦詩人
强半稱思蜀不識巖花可識麽

魚兒牡丹

曾聞佳種得三湘綴幹纍纍低且昂疑是離
騷補花譜水晶宮裏號花王

櫻桃花

嫩靑淺白襯娟娟千葉花開獨可憐莫怪枝
頭結子少從來名實那兼全

紫蝴蝶

徒觀蠕動如生翅縱是翩飛不離（去聲）叢似與
南華增注語栩蘧一任付東風

芍藥

雅淡風情綽約姿侍花王必爾爲宜揚州問
說種稱上惜未曾逢爛漫時（南巡迴鑾每以三月過維揚猶未及花開時也）

荼蘼

瓣纈鵞黃色占中鋸鈎貼幹傲東風園人欲
採渾艱致詎獨秋葵衛足工

罌粟

無香有色謾評讕長短奚如平等觀却笑滿
罌堆蓄粟祇供把玩不供餐

題錢維城花卉二十種

紅梅

熟聞姑射素爲粧冰寫丰姿霞寫棠望去枝
頭渾似杏所贏風處度淸香

水仙

金以爲心玉爲瓣微嫌金玉擬非宜設如藹遇王夷甫相薄能無阿堵之

杏花

頓置猶聞號富貴丰姿眞是足風流設詣花有稱王者芍藥應爲陳涉儔

紫藤

夏首春闌花蔓菲庭柯夆丈許相依不嫌未縛成枯樹笑似山僧着紫衣

長春花

女夷袖柄此花司一月一開芳四時秋菊春蘭欲相問長春名目屬應誰

虞美人

吳花蜀草誰賓主舊曲新歌紛異同却是瓊葩本無意開時一例舞輕風

石榴

枝頭簇綴絳紗囊應是圖盛（平聲）湛露瀼設使淵材先得遇海棠郫獨恨無香

茉莉

倚欄傍晚放冰芬睡鴨無勞換夕薰一例羣芳號香卉與蘭便自濁清分

翦秋羅

憐惟有態全羸李羞是無香畧遜梅所幸一籌勝枝上展圖常得見花開

梨花

喜白爲姿懶着紅傳根疑是水晶宮十分靚豔曾何礙饒有一般林下風

海棠

長蒂繁花綴弱枝春風無力孃芳菲唐宮名字如相擬應是華清出浴時

十姊妹

壽陽粧白曉霞紅姊妹相將試惠風若把姓名夆各色鄉嬛記亦笑難窮

紫躑躅

綠葉紫花閭（去聲）淺深千秋詩客孰知音山空月午無人處腸斷微之七字吟

杜鵑

草木無知語豈誠開時常映杜鵑鳴樊南集裏爭佳句望帝春深最有情

牡丹

淡白深紅各冶粧臨風莫漫恨無香漢宮秋淺猶餘暑竆得輕羅作薄裳

秋葵

不爲去聲秋風花不黃棱棱何礙葉多芒向陽原是無心好鄒孟因思第五章

秋海棠

牆陰砌角自輕盈何必春風與鬪榮唐突便教擬侍婢主人應是鄭康成

木芙蓉

聞說秋花宜水邊芳情搖曳淡溪煙可知一種難堪處弄影相看上下憐

菊

月令惟稱花有黃何來五色厠柴桑便教處士應迷目笑似花中充隱郎

桂花

閱遍叢芳四出稀月花得氣稟金錑故應高擢羣英表相映天香雲外飛

題錢維城花卉二十種

紅梅

暗香一例色微殊神解應知別具乎著粉憐伊略寒儉穠纖斟酌淺施朱

水仙

幽淡香霏瑩韻花風清月白自横斜銀臺金盞休相擬唐突嫌他特近奢

杏花

似梅姿格傍桃柔撲鼻無香詎必羞何事孤山老和靖一般也復愛風流林逋杏花詩有買得風流更一般之句

玉蘭

迎春樹樹綻芳甤蘭想清香玉想姿却以詩人稱木筆侵爭奪席笑辛夷辛夷本名木筆而詩人有以詠玉蘭者然玉蘭寄枝用辛夷體花鋒尖銳與辛夷同擬以木筆亦未嘗不可也

櫻桃花

素英如雪著枝繁轉眼珊瑚珠可捫却笑風
流裴僕射雨晴履跡繞南園（張穎有和裴僕射看櫻桃花詩，隱括其句）

貼梗海棠

洲林何必恨無香一體春風也自芳似惜垂
絲特柔態別教貼梗示微剛

李花

春園放蕚許同桃淡白濃紅態各操月下試
教閒夜盼方知品格此花高

牡丹

牡丹何獨殿東風儘讓羣芳鬬紫紅祗有無
言恨芍藥後來居上積薪同

蕙蘭

蘭先蕙後各開春比似凡葩總不倫九畹分
明畀百畮龍門合傳始何人

諸葛菜花

脆莖大葉細花攢味與霜菘詎兩般疑是南
陽樂飢日草廬常以佐厨盤

碧桃

丰姿濯若態嫣然謾笑春華祗極妍（碧桃有華而無實）
便是西池能結實千年一熟待何年

黃刺蘪

休嗤有色獨輸香火齊稱紅琥珀黃底事週
身多棘刺應嫌折取自爲防

繡毬

鞠場誰得近璚樓通體圓融著意柔寄語高
談香色者可曾㮈破雪峯裘

長春

一花欲謝一花芳贏得長春當得忙設使交
蘆契深盲祗應迴向大醫王

紫蝴蝶

扁舒翠葉挺抽莖翅尾翩翾舉若輕栩栩春
駒飛不去似從石畔認三生

山躑躅

簇枝丹燄照東風二月吳山想像中（西湖風篁嶺一帶此花最多）
翦拂便爲翔鳳狀那能啼忘（去誤）杜鵑

紅

金雀

有翅如飛輕且柔相於翠雀賭風流曾無光氣鑑盤樣夜識應教杜甫愁

石竹

石側嬋娟致冶幽有枝有葉却非脩不於霜後看稜節五色應迷王子猷

罌粟

牆角籬邊最有情風前月底特輕盈設如可食擬眞粟却歎貧家艱滿罌

金盞

作盞伊誰巧鑄金黃封便有可能斟侍臣欲擬南山獻吾意惟欽大禹箴

題錢維城花卉册

碧桃

扶踈花葉燦芳春有態而仍兼有神粉白緋紅原慣見不知名碧始何人碧青綠色也桃花從未見有此色者不知何以得名

絨毬

團團簇得白雲窠攣處還看綠葉娑恰似雪峯毬趯出問曾悟得色空麽

杜鵑

後先奚必辨殊同見湯幢小品花葉都看滿著叢却憶風篁嶺那畔三春映得萬山紅

蕙蘭

春晚蘭先蕙纔開見爾雅翼一般清馥淨無埃弟兄難處伊誰是祇有夷齊可擬陪

蝴蝶花

動若飛而靜若翔分明粉本出滕王莊生曉夢相迷處那計尋常色與香

十姊妹

瀟灑丰姿潔淨神千秋評論底爲眞誰將野客稱呼者見三餘贅筆喚作鄉嬛隊裏人

牡丹

雅是春園冠衆花奩須富貴與名加不知設色傳神處何似北齊楊子華

刺蘼

荼蘼畧似雜紅黃有豔而殊無異香漫以宜覩便言采其問多刺却應防

荼蘼

誰與邊旁增麴君名誠稱去聲實未虛云試看雅容會頡友酬酢之間總半醺

西府海棠

已是秾含疏裏著可知蕭淑卷中傳一般勝得垂絲者體態同羸枝幹堅

綬帶

紫梗黃花纍若稠雖饒顏色欠風流身名等度宜誰贈應贈懷金蔡澤儔

虞美人

浪傳本是帳中草鼓掌便如舞袖低大抵輕盈易爲動其歌未必卽虞兮

諸葛菜

子落生苗最易滋圖花葉匪取多姿當年併日食之物此味謂云宜並知

蠶豆花

蠶時豆熟可爲糧種自張騫撈異方豈爲去聲白花供入眼憐他救急接青黃

蒲公英

花似菊而葉非似非開秋却反開春子昂偏識箇中趣率筆欣他最有神內府藏孟頫寫生册並此花淡墨數筆致有生趣每愛倣之

蜀葵

葵號而開五色花試之向日定相差戎王子或同時到疑在將軍何氏家

巵子

薝蔔是否卽祇園誰果千秋有定論欲笑佳文柳子厚枝頭却未作巵言

石竹

雖非个个亦猗猗散點藁風雜砌墀設使吳中士家有子猷藹到也應疑

萱花

苞生葉綠挺花黃風詠伯兮第四章我毎憂

霖或愁旱雖持此草不能忘

百合

惟應弘景識强瞿白玉爲花瓏葉扶碧玉謂之瓏

莫謂蒜根難入畫幾多寫作歲朝圖百合根似蒜而大多與柿成冬春間食之頗爲珍品畫家以其名佳每積入歲朝圖中

金錢花

不須鑪冶成輪孔欲奪牡丹富貴花未識鋪

賤設色罷可曾潤筆獲奇葩

美人蕉

綠葉紅葩亦可人色雖如火那燒身曰譽實

刺含微語何事無端詠李紳

秋葵

中央賦色本稱尊夏杪秋初燦滿園雖曰丹

心能向日亦因不令照其根

藍菊

華不瑣碎葉離披人曰菊斯亦菊之便是子

良工假借安能面目冒東籬

紫薇

品命由來豈定評翻將高客詈官程開元欲

笑中書省便乃因花浪改名

牽牛

引蔓盆同金絡觀含傍扶架當牛欄年年七

月花開處最是黃姑不忍看

金銀藤

攀籬援樹曾無定施蔓發花自有形花譜設

非愛黃白綠何小草號通靈

玉簪

朝開暮卷似簪抽柄琢綠瓊細且修雅是連

昌桃竹側畹粧欲上玉搔頭

夾竹桃

花似桃而瓣少長葉如竹却節非篁漫言品

遜佛桑美耐久端應踰佛桑見學圃餘疏

僧帽菊

破顏迦葉可曾看鳥啄苗花朵朵攢既託空

門曰僧帽折將胡乃有雙鸞見廣羣芳譜

桂花

花中稱馥不稱妍玉露金風體欲仙徐惠賢因諫征伐豈緣能賦小山篇

茉莉

睡鴨何須換夕薰晚風細細散幽芬雖然馨欲奪蘭席清濁其間品亦分

紫茉莉

奪朱猶惡況奪白故合聞無撲鼻香伯仲孿華（白茉莉一名孿華）一厠其側顏赬亦覺意徬徨

蠟梅

蠟梅臘月正開花從月從虫兩不差更有相應色香處獨蘇原自姓黃家（見王直方詩話）

山茶

羣芳不屑爭佳麗冬月玫瑰壓滿枝耐冷莫訾有火色融融紅潤雪肥時

長春

四季開花月月紅枝頭長自表春工畫家蓋是深於易一氣貞元運莫窮

題錢維城花卉册

迎春

裳裳黃瓣曉春開品命徒勞花譜猜三柳軒稱爲僭客想因名非讓乎梅

杏花

開花含朶各參差細葉還看出杪枝畫者深情人識否花開似遜朶含時

繡毬

百朶攢來做一毬是誰縫紉是誰鎪刼如今利忽拋山問爾女夷可悟不

杜鵑

子規鳥與杜宇帝一例稱名想像中却愛風篁嶺側咿譯鞭映得滿山紅

梨花

杏花開過梨花放點綴春園都有情一著勝他前此者可能合相月華明

紫蝴蝶

爲蟲爲卉有何奇應識安名立字誰寫出南朝工體物蝶黃花紫兩兼之

石榴

塗林得種自鶱槎，歲歲常開五月花。巧識端陽供藥物，絳囊箇箇貯丹砂。

金絲桃

秋前夏杪綻英時，任落任開付不知。却笑元都道士種，免葵燕麥惹人悲。

淩霄

赤艷因而喚紫葳，舞風飲露恣芳菲。雖然具有淩霄志，那免依枝附木譏。

茉莉

泉南插槿擬吳中（見陳懋仁泉南雜志），高可齊檐官廨東。北地祇看盆裏卉，一般郁烈遞薰風。

剪秋羅

初秋可試薄衣時，剪得輕羅片片披。任爾人工鬬新樣，不如造物付無爲。

秋海棠

蕨蕨牆陰幾簇花，肯從春樹鬬芳華。怪他底事多風韻，作婢曾聞於鄭家。

藍菊

出青色厠東籬下，姓氏雖徵菊譜原。栗里設逢虢州者，標之應使出諸門。

芙蓉

木蓮花繼水中蓮，依岸臨江秋晚天。稱物循名瀟灑意，譜花人亦太憐賢。

桂花

折枝應爲斫吳剛，猶帶風前月裏香。試看垂垂金粟滿，姮娥想積九秋糧。

山茶

葉似木樨且有稜，云宜作飲得茶稱。不惟陸羽應含笑，爲問誰經烹試曾。

長春

逐月一開言未信，四時花發見曾眞。堯夫詩句傳其實，三十六宮都是春。

題錢維城花卉四種

施朱太赤著粉白，諷賦形容有獨工。杏靨梨腮對蔚玉，別開生面笑東風。

右梨花杏朶

鄭人擬贈楚人佩香色都稱絕代材設使花
王思顧傍蒲輪空谷自先推

右牡丹幽蘭

裙綃紅映鈿金黃風處如霏雲外香聞道廣
寒宮殿裏桂枝原是四時芳

右桂花月季

五銖一斛眞同調設色當於寓意求二物如
誠比戶足吾將高枕又何憂

右罌粟金錢

題錢維城花卉册

杏

是誰簇瓣翦紅綾祇合女夷爲爾能結實朱
明甘可口庶幾不致愧家丞

郁李

暖日和風發衆芳維何彼爾見維常設如宵
雅與兄弟率欲而今廢此章

貼梗海棠

葉標濃綠朶深朱磬口非香韻自殊寫入圖
中常住相宿粧殘粉得曾無（羣芳譜謂海棠有四種貼梗海棠磬口深紅無香花初極紅如胭脂及開則漸成纈帋至落則若宿粧殘粉云）

辛夷

表披紫色裏含白如詠淨香如寫姿一晌玉
蘭疑木筆（世人皆知白者爲玉蘭紫者爲辛夷而外紫內白者殊未見維城爲此必有所本花譜謂玉蘭寄枝用木筆體向即以木筆爲玉蘭後知其誤乃改之）看
來終合屬辛夷

金絲桃

綠盤擎出五花開誰巧安排若是哉色具中
央數應合自然造物與栽培

牽牛

曰牛曾不寢兮詭色縱少妍態亦多祗恨花
開孟秋月引絲還復限銀河

水仙

不是天仙與地仙證仙班以水爲緣鬱羅金
闕非希慕寫影綠波愛灑然

長春

開花四季占春長那更行間奪取香（長春花無香）
命筆者眞具卓見寫教册裏殿羣芳

題錢維城花卉小册

海棠品類稱原夥西府由來獨出奇總是無
香名已著毋寍嬝娜擅丰姿

右西府海棠

雪色林蘭吐異芬恰宜鼻觀靜中聞古梅耐
冷斯耐熱高下其間已自分

右梔子

麝炷鮫紗體物奇省郎花較且卑之花經七
品還三命故實疑他述自誰

右玫瑰

葉似田田花淡紅細莖石上異池中由來假
藉名非實那廁濂溪君子同

右金絲荷葉（一名石荷葉）

蜀地吳都里數千舊歌新曲夥訛傳碧雞漫
志差稱當（去聲 碧雞漫志稱益州草木記六家說成爽人各有異同方物圖贊尤爲穿鑿又謂此草應歌拍而舞不知吳草與蜀草有無異同吳曲與新曲所應孰是辨論差爲近理云）弱卉無知總漠然

右虞美人

翠瓣黃心六月開是誰小草冒名梅設如移
植孤山北定使逋仙返步回

右翠梅

牡丹雅合花王號周（必大）氏升斯擬列妃（見周必大詩）
未免被他芍藥恨雌黃眞混是和非

右魚兒牡丹

四季開花匹蘭桂黃葩綠葉挺莖根既能醒
酒盞還小酌劑其間深意存

右金盞

題錢維城花卉册

譽矣高家稱士矣卑之林氏乃妻之九英二
者都不受管領羣芳曰合誰

右梅

曼陀羅傲不周風百種無妨品命同雪壓一
枝獨立處胎仙露出項頭紅

右鶴項茶

深沉庭院暮春時粲粲柔葩嬝嬝枝買笑莫
迷一味笑其間有刺亦應思

右薔薇

是衆因誰喚作花爲金揀不藉披沙人間安
得傳其種應識廣寒自有家

右桂花

芳譜何須名姓徵春姿那許到秋能長生殿
角逢七夕密意深情覺不勝

右秋海棠

四時都有翦羅名（見群芳譜）謂是宜秋非謬情試
看火流暑退候披來稱體受風輕

右翦秋羅

枝頭四季放其春權奪女夷舊繼新冷語謂
宜瘦客聽那能不太弊精神

右長春

亞波搖動鯉魚風荷浦香消落莫紅似以碎
珊綴長帚掃他芳意付秋空

右蓼花

五出花攢幾縷絲弗霞之乃見金之要知顔
色及形像都是無端幻所爲

右金絲桃

朶似優婆尼帽圓折開接翼露雙鸞摩登伽
悟阿難者別體拈花示衆看

右雙鸞菊

一莖十二實攢之逢閏還看增一爲（見陳淏子花鏡）
莫訝神奇具水草春榮秋謝物咸知

右芡菰

根同百合異花姿誰與名萱冒虎皮履尾者
如樹之背其憂想未易忘之

右虎皮萱

碧霞稱體輕裁翦不作殷紅與淡緋應妒月
明難辨李一般也學素糚衣

右千葉碧桃

青色爲鸞紅色鳳芳魁惟是到秋開漢宮七
夕翩然者應是信傳王母來

右青鸞花

名則相同色乃殊尋常也得玉簪呼晩來風下如含恧輪却幽香與白乎

右紫玉簪

楸花原不入花譜白瓣紅鬚也自奇最是夏初春未放多逢望雨皺眉時

右楸樹花

如梅雖曰欠其香結子應驕味倍償（梅子酸自不如杏之甘腴也）一種自知堪勝者枝頭葉嫩襯花棠（梅謝時方吐葉杏則葉遲花放似覺有致）

右杏花

丰姿未肯倩他憐照影獨臨清水邊試讀陳思洛神賦其餘比擬槪應捐

右水仙

花譜曾聞品語詳初臙脂久似殘粧苑枯自是循環理萬卉誰能追此場

右貼梗海棠

榮在羣芳逮謝時謂云好禮亦相宜濂溪道學開關洛對豈能無富貴之

右牡丹

安石榴開不怨遲朱明相暎正南枝問他底事如含笑應是淮肥報捷時

右石榴

秋花取象號雞冠果見昂昂絳幘攢一例齊風殊美刺爲君可識信其難（齊風雞既鳴矣爲戒旦之作而東方未明則以爲興居無節美刺各殊亦爲君難之一端耳）

右雞冠

傍嶼臨溪照影痕似憐君子謝無存芙蓉寧以木之末豈必楚騷盡寓言

右木芙蓉

侔色雖殊名却同棱棱臘雪潤香風司花巧有權衡在以此始還以此終

右蠟梅

題錢維城四季花卉册

梅花

春花試問孰宜先冒雪寒梅春信傳高士美人擬猶失祇應呼是地行仙

絳桃

杏前梅後綻芳葩訝看連林羃絳霞老杜無端議輕薄似忘詩詠灼其華

朱藤

或依喬樹或援架一例盈盈寶穗垂莫漫評量無骨力世間艷物率如斯

貼梗海棠

朵朵繁開貼梗紅細香可惜欠吹風分明幾尺珊瑚樹如意難揮笑石崇

刺蘼

狀似玫瑰色正黃灌生牆角與階傍底訾鈎鋸艱拳秀衛足盍輪葵擅長

繡毬

團團簇簇是誰爲百琲攢成一顆奇設使拋毬叅舍利千紅萬紫莫如斯

含笑

喜則破顔愁則顰莫愁盍喜對芳春若詢含笑笑何事似爲（去聲）當花著句人

金雀

孃孃枝頭若不勝輕風披拂儼飛騰六根雖具無用處此是如來最上乘

紫躑躅

仙客翩然玉京下高低紅映石巖排曾聞望帝春深託不讓蜀禽識怨懷

芍藥

祇以冶容稱婥約不妨沒骨倚闌干身名早入風人詠何事花王讓牡丹

玫瑰

火齊爲花罽作香枝頭紅日射焜煌嵩山碧朵天台白賦色何曾定有常

罌粟

開到米囊春欲殘不供實用祇供觀笑他罌裹雖盛粟那與貧人作一餐

右春花十二種

渥丹

無須千葉炫淮揚六瓣連珠也自芳設使澤

顏擬君子終南還切戒秦襄

翠梅

枝頭五山翠花開莫訝無端名竊梅此際纍纍青子熟脆鏗牙齒頰同哉

金絲桃

疑是枯來示迦舍花鬚花瓣染黃金江南塞北開無間(去聲)悟得如來平等心

百合花

香如百和根百合郁郁重重結未闌七佛偈中明說盡悟因容易解因難

石榴

似燈花不垂蠟淚曰火木非成炭灰已覺桃源失著相(去聲)東山何事又重僊(方輿勝覽載唐永泰中樵者藍超因逐白鹿入閩縣東山榴花洞主翁自稱避秦人與榴花一枝而出再往不知所在云云其敘次直襲桃花源但為榴花增一故事耳)

石竹

眞竹堅貞無石號花稱竹併石為名莫嫌芳譜失顛倒萬事如斯鮮定評

柳穿魚

粉紅花穗似頳魚葉若垂楊上貫諸緣木誰云求不得便綴善釣祇虛譽

萱花

四季雖花夏獨饒金英焜燭葉飄蕭人心轉物豈物轉詩喜堯臣(梅)見特超

金銀花

黃白枝頭相間(去聲)垂伏硫制汞有靈奇設如王衍花間立阿堵應同概屏(上聲)之

茉莉

明珠朶似蚌呈胎香與色都不讓梅底事犂然判高下為他茀向雪中開

滴滴金

點注誰教金滴滴可能實用濟單貧黃花便是開如菊知定難欺粟里人

凌霄

翠蔓朱華嫋嫋柔陸離搖曳足風流饒伊縱有凌霄志不附喬柯嘆末由

右夏花十二種

秋葵

秋葵朝夕解傾陽宗奭明言别種詳（按寇宗奭云秋葵與蜀葵别種非蜀葵中黄色者）若説蜀中黄者是其人擬合予嚐當

紫薇

穠姿輕態綴枝斜舞學驚鴻披暈霞何事中書竟改號唐家人物忒耽花

建蘭

訝似左徒句改常（楚辭春蘭兮秋菊李時珍曰生近處者春花生福建者秋花）却看閩嶠有奇芳秋中每共荔支到（每歲秋中福建貢荔支因便進建蘭數盆）熨齒甘輪撲鼻香

秋紗（即剪紅紗也）

砌角牆邊趣最殊盈盈常湛露華濡香閨省識秋風到預剪紅紗製五銖

秋海棠

木根草本不同流誰把楊妃判與秋似是樂天露消息依然委地玉搔頭

藍雀

無情無苦有情癡草卉無心雀有知開謝適然原自得比方翼者又何爲

錦葵

淡紫深紅麗蕊繁開時頗足張（去聲）秋園如荍應憶詩人戒況我所司風化原

萬壽菊

花大如盃金作色瀼瀼瑞露湛瓊巵設云擬獻南山壽未識華封堯所辭

紫茉莉

茉莉名同香乃遜點脣（花）傅面（子）助粧嬌白猶半得梅之色至紫堪嗤去益遥

桂花

色香比似此花無一穗一枝儘不孤何事白家擬少傅還思月府種雙株

菊

黄花開矣秋臨九數（上聲）典東籬作美談祇恐淵明應暗笑被人屢舉轉難堪

芙蓉

一株照影碧江濱不是東家漫學顰試看盈盈脈脈際分明當日浣紗人

右秋花十二種

長春

開花四季號長春疊出鮮葩月月新默對芳叢思致語可當不太費精神

紫薇

南開冬季北開夏月令公評定孰徵幽客設如爲釋子知他應是紫衣僧

枇杷花

白花如雪雪中放竟與梅香讓不多（高啟見枇杷詩）（落葉空林忽有香疎花吹雪過東牆）嘉甫（張）一時徵故事却教詭辨發東坡（見冷齋夜話）

山茶

玉茗名因葉類茶凌風傲雪韡枝斜瓊漿滿貯瑪瑙椀分付裴航認莫差

水仙

白石邊傍綠水隈玉人縞綃月明來淡粧合是江妃稱（去聲）得號緣何却屬梅

瑞香

辟作輕囊雲作窩柔枝不勝體婆娑比丘設謂聞香得（見清異錄）應是無端墮睡魔

金盞

四時恒見有花開酒盞偏饒醒酒材合贈孤山林處士月明斟滿酹寒梅

山礬

雪爲花色吮春妍伯仲寒梅及水仙未達黃家比物意直稱冬卉豈其然（本草云山礬三月開花繁白如雪春風堂隨筆稱南歸見堂下有海桐花即山礬也因憶山谷賦水仙云山礬是弟梅是兄但白花耳却有歲寒之意觀此則山礬實開於深冬而非冬花黄庭堅亦第以色白相比喻非與梅同時也）

蠟梅

色欠晶明香郁烈寒英銜臘滿枝芳䭯薌問自伊誰始仿彿其人亦姓黄（王直方詩話云蠟梅山谷初見之戲作二絕緣此盛於京師）

探春

品格丁香頗相似羸他朔節放花仍東皇消息誰探得捷報羣芳闢爾能

迎春

探得春來春復迎花於春亦特多情謂他不必爭時刻會見欄前紅雨幷

雪蕉天竺

天竺冬蕉相間(去聲)斜珊珠瓊葉雪交加漫嫌看到無花處白白紅紅正是花

右冬花十二種

題錢維城四季花卉小冊

杏

開盛常逢三月春不無妖冶却無塵笑他命醽賞花者那及候農望樹人

紫藤

紫萼垂垂亦自佳掣風懸露覆庭階不教依附喬枝上作者應緣別寄懷

西府海棠

謝朓單車赴處開世間原自鮮全材花中絕色辭香可似勝無端望蜀哉

梨花

佳人院落溶溶月思客情懷冉冉春一種淡然相伴處不怡神亦定傷神

千葉桃

千樹桃花千葉開微之詩裏見曾來塵凡自是無仙骨劉阮何能得重(去聲)迴

杜鵑

杜鵑鳴際杜鵑花望帝春深託欲差自是天然丰韻好盤盂翔鳳底爲耶

黃薔薇

洞在上虞山以東秉來正色是黃中底緣有刺防人采衞足山來色正同

魚兒牡丹

花全不似葉微似何事居然號牡丹姚魏肯容輕露面先教魚信示人看

右春花八種

淡竹葉

綠葉青葩傍砌幽揚猗敍敍也風流漏名花譜厠竹譜自喜應爲君子儔

茉莉

風前月下最難猜無色有香細細來桀弗於冬獨於夏可知品第合輪梅

石榴

紅蕤花襯綠瓊葉日彩露華相映鮮海滋山陬開處處至今誰復憶張騫

金絲桃

綏山別種色如金拈示應從佛國尋試看一花開五葉偈傳初祖到於今

石竹

牆根石角嫟娟者曰竹而饒豔朶㹅藹遇子猷應不識此君胡乃頓如斯

錦葵又名回回蜀葵

繁開淡紫與深紅文采斑然致不同漫道天方來此種斯人應未讀陳風

虞美人

風前似折舞腰斜應曲之言無乃誇見益州草木記榮辱世間有何定帳中人作陌頭花

夾竹桃

夏中開可至秋闌葉竹花桃頗耐看莫誚嶺南來冀北猶非送暖與偷寒

右夏花八種

木芙蓉

水蓮開盡木蓮開體異名同莫漫猜最是秋江夕陽落晚粧一例照紅顋

鳳仙花

翹然頭翅若飛騰誰與丹山號浪增詞客喻言無足怪頻吟却笑宋家僧羣芳譜載宋僧北澗雨見詠此花句夫僧家所戒綺語豈伊有悟拈花之旨耶

藍菊

菊譜分來種畧賒色藍質薄頓殊差忠如盧奕生子杞何必區區責草花

桂

東方比擬早稱顔馥郁惟應罄一山疑是月中無隙地故教分子植人間

剪秋羅

金剪紅羅玉尺持漢宮秋到內人知相將打疊禦寒計賦扇班姬獨搆思

木香菊

淺黃開久變淡白郁烈因之號木香花譜名難僂指數(上聲)合教迷目歎柴桑

秋海棠

淡紅幾點小牆陰八月春光耐可尋灑淚若云傳怨女應須驀感擴充心

萬壽菊

葉花與菊總無同色則同黃更帶紅謾道姓名漏芳譜稱觥曾是入豳風

右秋花八種

重葉梅

梅中奇品稱重葉紅瓣其鬚復簇黃寄語莫疑渾是杏試聞杏可有斯香

水仙

不藉清泉與白石折枝數朶自嬋娟恰如阮郜傳眞蹟天海沖融聚衆仙(五代阮郜有女仙圖向入石渠上等曾題以句)

楊妃茶

豐體由來耐冷堪紅醺雪裏而微酣得名應自闈中日節度原曾任劍南

玉蝶梅

絕無他色惟白色縱有青香孰采香因惜春駒尚遲候故教幽夢學蒙莊

金盞

盞金似矣闕臺盤承酒終於味少酸(羣芳譜此花味酸寒無毒)小草漫嗤根柢劣四時開伍桂和蘭

綠萼梅

蒂碧梗青跗白花眞看通體足清嘉素牋豈是羊權宅却降仙人萼綠華

寶珠茶

燦爛常開密雪中葉深綠擘(去聲)朶深紅女夷

司艷多神巧下策宜辭火齊烘

蠟梅

縱云梔蠟實芳鞵猶勝東郊鞭賈爲四季寫
花殿以此人雖去矣寓深思

右冬花八種

題錢維城畫點花八種

刺梨花

枝葉大類黄刺蘼花淡紫單瓣初春
開

放葉分叢類刺蘼花開紫瓣却堪奇棘生不
許輕拗折衞足偏能不讓葵

蝴蝶花

繡毬之別種一莖數十花四瓣大小
相差而扁與名逼肖

名同花譜色非同四出翩躚繞綠叢黄紫笑
他那宜夢素姿恰合栩莊蒙

眞珠繡毬

亦名細米花叢生崖畔花多不香

江南名目海中珍碎朵枝頭一例春別號更
云稱細米可能四融足黔民

紫石蒲

叢生砌間葉如蘭而軟抽莖作花紫
色細如翦絨五六月間開

抽莖灼灼紫茸鞵佈葉如蘭高下披設使昌
陽功可並引年莫謾議醫師

犬牙花

樹高二三尺葉尖長花如梔子而小
長蒂佩之已小兒驚

綠瓊葉白玉爲花何事卑之號犬牙疑是漢
文賜書後至今定地介長沙

夜合花

樹高二三尺葉如栗花六瓣絶類百
合別有三綠瓣包之花藏葉中香清
而遠聞

花如百合夜常合風拂淸香白遠聞若復嵇
康藹然遇定教繞樹致疑賡

冬海棠

花蘤純似垂絲惟花深赤望之如珊瑚與梅同開

垂絲娜娜傍冬開花爲殊方有別裁恰似開元將欲末唐宮梅在海棠來

紅青花

樹類海棠花似桃而小冬月開其實搗之爲果單

輶車有暇寫紅青（維城以會辦奉使黔中路輶記所見各種合繪是冊）樹態花姿畢肖能借問（非特爲羣芳補注亦取備陳風之一節也）何如吳道子徒傳給驛繪嘉陵

題錢維城山水花卉二十四種

曲磵松寮

曲磵盤行過溪橋石坊（去聲）幽松杉籠古寺鐘磬出高棲泉是因跑虎海非可狎鷗大慈疑似裏禪室憶曾留

竹泉精舍

絲竹高低處青山煙雨籠石溪沒橋接茅屋

有蹊迎淡影全非俗清聲可悟空珊瑚鐵網法知是山王蒙

晴溪香雪

野墅倚幽岀梅花蓊樹咸居然成淨土藉可悟華嚴樸鼻眞無二啟心大不凡山臨鄧尉上三兩見江帆

春湖霽泛

春湖易爲雨艱致是逢晴碧練含風細金蛇閃日明岸迴見村近漲到覺舟輕明聖如不泛安知就裏情

疎林晚鏡

素魄剛就滿圓升疎樹尖幾枝仰作架一曲俯開奩何處晚粧罷誰家夜炷添如將擬明鏡祇喜照無鹽

荷檻招涼

溪閣喬林下而前淥水披對荷揖淨際倚檻納涼時坐久御煩暑吹香來細颸無須重摘句杜老早成詩

綠天清閟

名同迂老閟境似醉僧居綠水隔塵遠清風度籟疎八吟皆是畫摘葉便堪書揷架芸編滿鄴侯那數渠

雲岫飛流

飛瀑落青峽崇岡承白雲氣求如繾綣聲應互氤氳恰似赴溟渤何須疑布𢈔黃山相類否賡韻有前閟（沈德潛有黃山雲海詩錄以呈進嘗仿其意爲寒山雲海歌並命和韻）

小山別墅

桂樹叢生處何人結草庵澄觀眞淨色入嗅脫塵薌樂志類奚慕徇名隱亦貪終焉累伍祓安用說淮南

幽巖聽瀑

屭[illegible]藉草坡箕踞復頭科迸水偏皤落幽巖岰[illegible]羅聽全含角徵意那在筆歌更不關時務一籌師曠過

高閣虛濤

寺閣萬松梢八風老龤敲聲如聽碧海幻可悟浮泡設使同天籟何須作解嘲雲中來古鶴深處認僧巢

羣峯積玉

原是石蘊玉翻爲玉蘊山方圓圭與壁追琢珮和環林巒都添冷瀑流不礙潺僧厨正煨芋且蓄寺門關

右山水十二種

百合

聚少能成夥舒陽更斂陰（又名夜合）白英分作瓣紫粒簇爲心雙匣誰能發玉環何處尋無香漫須詣陸子乞曾吟（陸游詩有乞兩叢香百合）

石竹

匪石不可轉是筠偏有豨亭亭剛半尺色色具千姿月入丁星際風翻綽約時憑將誰寄語莫使渭川知

石榴

安石遙移種每逢夏令開素如迎寶璐赤若

照玫瑰堪引吟人立宜妨舞蝶來白華偏傀
朶寓義倩誰猜

金絲桃

一例西池種絲分金毋前仙根等寒暖靈萼
總鮮妍既已南中夥還教塞外然如將贈王
衍那肯便輕涓

山丹

宜家亦宜野百合赭紅攢金壓才人句硃相
仙子冠影含風態娜潤帶露光溥設擬山中
相寸心猶自丹

梔子

底事稱禪客分根薝蔔林已教瓣鏤玉無礙
蓝攢金噴山栴檀味悟來圓覺心摩登如幻
化定插鬢爲鬟

蜀葵

杜老蜀中久曾無詠蜀葵爲他名縱類較彼
向誠虧浥露原同衆傾陽何有其畫中詩設
品曰諷試看斯

萱花

花較山丹大葉如百合長宜男誰識吉妓女
太鄰狂（羣芳譜名妓女）一不妬凡卉豔獨標正色黃
先憂緊我分樹背亦艱忘

茉莉

品登芳草八名著小南强簪柰由來久（見丹鉛錄）
如梨饒更香風淸偏愛度月郞共爭光底是
最宜處曉星水閣凉

剪秋羅

借得天孫剪紅羅稱（去聲）體裁金飈試涼颯玉
魄映光皚不共春華老常同秋卉開漢宮多
美色（一名漢宮秋）團扇漫誇材

淡竹葉

雖倩竹爲葉却羸竹有花翅飛分兩瓣角結
挺雙了作伍青青草開齊菽菽蓏如將擬栩
蝶可以悟南華

金盞花

貯酒能醒酒非金却是金風前不礙側（羣芳譜又）

有側金盞之名露下借爲斟如舉誰爲對弗傾亦稱
去疑吟石渠多舊蹟維城以家事還南郡即物故然所遊存大內者頗多
隨遇皆可題句題句得披尋

右花卉十二種

題錢維城春山十二種

疎影橫斜幾樹春覆茅書屋凍溪濱程門設
復相衡校便是庭前立雪人

右梅花書屋

幾縷煙絲踠地垂碧溪一帶野橋揹無人似
是有深意厭說其津知不知

右柳溪畧彴

迴薄嶢峯澗水橫凌波獨木絕人行春山那
識其中妙幾疊疎林翠始生

右疎林生翠

晴峯照日欲生煙青映招提萬丈蓮底事山
僧弗行脚毒龍制處自安禪

右山寺晴煙

息交有似陶彭澤踽踽林蹊頗自如疑是農
人告春及扶笻不待命舟車

右春林曳杖

直上干雲峙萬尋曦光霧色幻晴陰結廬對
似周處士欲託亭亭物表心

右曉山暖靄

前溪煙雨後溪連茗邈迷茫合水天記得江
南春二月布帆斜拂石湖邊

右雨汀春泛

已看新葉發新枝便有輕陰淡淡披恰似鵠
山戴仲若雙柑往聽粟留時

右喬木新陰

隔溪一嶝遠山青石磴攀登俯碧汀四柱漫
言缺題額故知得號問春亭

右煙磴茅亭

石溪雲巘路脩長夾路篠簝總碧琅設使其
間劚新筍了應佳處是韜光

右籜叢野逕

兩層堯樹倚高峯翠邏青縈林幾重最喜清

風發天籟宜聽（平聲）何必定於松

右巖樓清籟

春氣濛濛欲濕衣山樓樹色嫩青圍巖冰嶺雪消融候倂作新泉落下飛

右雲泉初瀑

題錢維城秋景山水十二種

殘暑而今除未除竹枝蕉葉畧蕭疏晚涼適可芸編展恰喜當庭月入盧

右小山清院

是誰琢得玉珠成落落如穿顆顆明高士於何識秋意隔巖聽覺帶寒聲

右秋巖濺玉

新紅剩綠倚嶔崎不信丹青能爾爲自是夔州吟杜老插空絕壁過雲時

右層椒錦樹

櫂艤秋塘水一灣漁竿無事祇高閒倒聽楓葉蕭蕭下合是扁舟出石間

右楓江艤櫂

秋山已覺氣蕭清蘿逕依然信步行笠杖者知何姓氏不爲高鳳定逄萌

右蘿屏笠杖

古木無枝獨挺生春秋凡幾百年更試看霜後林林者一例槎枒那辨名

右霜崖古木

三逕雖荒松菊存田園逸趣頗堪論棹舟自是成孤往有待歸來未閉門

右菊逕松扉

雙梧階際透疏陰月戶團圝月正臨獨展芸編凭几者怡然晤得古人心

右桐陰月宇

簇簇花宫枕崛崎一簪塔影碧波披上方山頂楞伽院憶我拈鬚得句時

右澄潭塔影

斷岸枯荷已罷花長天秋水望偏賒楓林幾點星星者倒影從新認浦霞

右綺林雲岸

蘆葉蓼花紛野川鴈行飛起帶溪煙謂伊莫漫書人字多有天邊望眼懸

右蓼汀鴈字

潦水寒潭露渚汀隔溪猶剩遠山青虹橋可望不可過訝似武夷張幔亭

右垂虹遠岫

題錢維城冬景山水十二頁

時節餞秋初破冬殷紅剩綠尚重重溪風斂閣渾無礙坐愛寒林釀雪容

右寒林溪閣

鯉魚風過浦菱蒼渺渺烟波渡野航不是宣和劉寀畫戲深浮廣亦相忘（宣和畫譜劉寀善畫魚深得戲深浮廣相忘江湖之意御府藏有羣魚戲荇圖）

右菱塘野渡

松泉石上落層層便入平湖未作氷獨立壓巖人似鶴心於雲外託飛騰

右松塢臨流

幾間茅屋鎖槎枒三徑應開蔣詡家鼓吹早知謝蛙部啞啞聲喜噪歸鴉

右古木盤鴉

臨崖亭子翼如飛磴道岧嶢盤翠微試問誰宜登策杖是惟許振太冲衣

右幽亭懸磴

凄迷煙景黯嵚崎正是寒雲作（去聲）雪時忽憶向年吟五字（昔作有望雲思雪意詩）小圖畧得我心期

右蒼崖雪意

喬柯無葉有風聲人字南飛戛戛鳴應是衡陽歸去晚不辭曉夜趲前程

右喬柯飛雁

硉矹雲巖不計層迴巔嶤樹可吟凴飛流赴澗聲輣軋半是寒泉半是冰

右峭壁鳴湍

誅茅林下可從容林葉全凋見遠峯疑是齊人年十二學書時節恰三冬

右巖泉結屋

葉落千林峯露姿野坪惟賸綠松枝寺門不

見僧來往煆芋寒爐結制時

右松坪蕭寺

孤舟簑笠者伊誰志不在魚上釣絲（魚過霜降則不餌不餌安可釣然詩人詠雪中把釣者不一而足豈南北氣候相殊物類亦因之迴異耶）滿目寒江無雪意精神却寫柳州詩

右扁舟獨釣

草亭四柱涑江濱雪後巖蹊迴絕人蹤是林光晃晴色遠山猶積玉爲皴

右林亭晴雪

題錢維城山水花卉合册

野橋溪閣

山定脈絡水水當骨格山氣求無一捨聲應有相關溪口支橋接岡腰架屋開盃須多綴景得句亦其間

紅梅金盞

漫誇紅萼百花魁看取黃英四季開恰似盤雕絳瑪瑙中擎定合置金杯

寒柯叢石

槎枒枝少葉突兀石餘苔菀意枯中具秀情雄裹該風聲應獨韻雪色許同皚幾个琅玕竹飄然共作陪

紅黃薔薇

猗風啼露若無力流韻飄香似有心設使麗娟持買笑紅綃端不勝黃金

遠浦歸帆

天末依稀見江邊倏忽來布帆風利矣船客意軒哉峯影連空靜浦光通遠開傅巖可偶試那易濟川材（高宗圖像傅巖或當居民間時物色久闕特恐人望未厭託之夢賚所爲神道設教其事究非顓使之正汝而行之實難向許通鑑輯覽及頒諭非于詩並及之）

幽蘭紫藤

兩朶幽蘭王者香紫藤嫋嫋冒其旁蔦蘿尚自施松柏斯有心哉寓意長

層巒雲隝

蕙路遙隔世林關深護雲兩峯從外抱一水自中分地闢神仙境天歸鸞鶴羣任茲應不

出那處有遺文

紅黃杜鵑

春時爛漫艷東風不爇宛看火著叢設以得名溯原始了知黃者讓於紅

疊礀重巖

礀疊巖重處山菴水閣俱遊非縈爵者居必樂飢徒詎曰甘憔悴由來異路途淮南小山賦側席況殷吾

罌粟金雀

木本草苗各一枝天公賦物果無私滿罌恰好堆嘉粟金雀飛來欲啄時

秋林煙岫

木葉未全落山光欲淡時秋煙猶山谷漲水漸辭湄林屋稀中見岫嵐峭處披緐欽歐陽子得句定知誰

石榴梔子

綠葉枝頭綴絳囊林蘭一朵著其旁不嫌顏色輪鮮艷勝是分來此靜香

晴湖塔影

此地疑何地太湖分石湖楞伽隔雲外窣堵入波孤欲雨拂石燕銜煙起野鳧行春橋上路筇杖是誰扶

秋海棠玉簪

花紅香少白多香斟酌其間各取長却似唐宮詩麗質玉簪初試晚來粧

鐘聲松韻

招提依碧峯一徑入雲松謖韻常遮寺清聲還度鐘春容成妙偈應答示眞宗設自七條悟雲門或可逢雲門偃禪師語錄因聞鐘鳴乃云世界與麼廣闊爲什麼鐘聲披七條

淩霄鳳仙

金鞋絳尊態飄蕭不著花叢意獨超豈是世間凡鳥輩自應一舉必淩霄

扁舟携榼

山著林淡處村塢見偏稠却是遠塵市恰宜值素秋無人問曲徑有客泛扁舟携榼將何

往想爲物外遊

桂花巔秋紗

一枝金粟馥秋風，秋色還看出漢宮（花譜一名漢宮秋色）。設使天香得佳句，也應消受絳紗籠。

山村訪友

東峴圍叢綠，西崖得畝平。硼溪分地界，畧彴接人行。巢許朋兮友，夷齊弟與兄。得逢携手話，不繫世間情。

福紫金背菊

稜稜一例傲霜花，簇瓣緊英相映斜。却訝柴桑伴隱者，如何金紫向人誇。

水軒嘉蔭

喬木布嘉蔭，水軒納好涼。清聽入風籟，澄照印波光。落谷山嵐淡，隔溪野彴長。未曾許人過，容易見仙鄉。

水仙貼梗海棠

水仙貼梗兩相依，一以妍姿一靜菲。設古人中尋姓氏，虙妃本瘦玉環肥。

柳坡漁舍

岸柳颭溪風，溪波渺接空。誅茅結屋矮夾砦，覆舟同時泛滄江。去或歸漁舍中，尋常人豈是，疑是陸龜蒙。

臘梅山樣

各種芳菲都合撰，諸家山水亦兼奇。伊人定熟龍門傳，臘鳳茶甌搆思時。

題錢維城山水花卉合璧小册

迴溪響雪

大溪山下亘西東，石上流泉赴壑潨。比擬奚中千尺者，高低雖異色聲同。

翠雲赤幘（雞冠菊）

輕盈態拂仙風動，偃仰形擎瑞露滋。恰似雞人將報曉，金烏欲上翠雲時。

桂巖書屋

葉爲玉綠蕊金黃，花下偏宜搆小堂。研北人閒摛彩筆，了知得句亦天香。

露湑霞觴（萬壽菊 秋海棠）

金臺玉盞漫稱揚紅玉盤承萬壽觴別註幽
風以花譜居然躋彼見公堂

寒灘釣艇

蒼巖枯樹帶前灣獨把竿絲釣艇閒莫訝寒
灘魚不餌伊人意豈得魚間

省樹添香 紫薇 茉莉

白白紅紅兩不妨丰姿一例振瓊芳舍人名
已緋臺省那更開花借助香

江樓帆影

倚巘層樓俯大江往來帆影見雙雙南巡燕
子磯頭景結習胸中底未降

金田翔翠 黃茉莉 藍雀

低亞高騫作態多風前相對舞婆娑布田設
以黃金擬翠羽應為姑栗陀 即靈鷲 出梵典

層巒蘭若

隱隱花宮據迴層一絲雲棧八崚嶒闍黎棲
託真得所不費功勳悟上乘

秋籬羅綺 木槿 翦秋羅

翦來初試綺羅新稱體顏如意相 入聲 親籬側
不殊倚脩竹浣花詩裏識佳人

松潭魚籪

漁人援木幾曾求魚籪周陸置淺流比似網
網差覺勝取因鱗類自來投

海西秋艷 洋菊

誰把籬東幻海西金風玉露亦含荑淵明慕
遇應難識五色由來令目迷

題錢維城塞外秋花九種

玉簪

夏芳出塞耐秋馨綸白為花縑葉青彳亍鶴
仙心不繫也來叢畔肖其形

藍菊

萼承露葉受風斜那識東籬處士家雖是此
花名冒菊可知還有出藍花

剪秋羅

秋羅底把并州剪應製仙人霓羽裳漫說漢
宮秋色好請看秋色在山莊

雞冠

無聲絳幘玉階頭以意分明報曉籌榆塞楓
宸崟有別宵衣一例愼咨疇

萬壽菊

葉纈壚璁爲正碧花裝琥珀是眞黃豳風八
月稱觴句常裛仙莊湛露瀼

牽牛

慢稱花葉擬天星莫詆非佳又乞馨火種刀
耕闢塞外牽牛頗喜叶農經

秋海棠

反紅正綠渾難畫酸態嬌姿正可人春好軒
山莊內軒名前風露好居然八月有三春

老少年

是花皆葉絳葳蕤韓衆千年貌似兒此卉最
宜關外種西風颯颯雁來時

菊

野卉家葩秋本稠菊花開際衆芳收女夷誰
道惟司豔可識幽貞氣獨投

題錢維城天台十景圖

青溪煙景

源出洞天嶺匯流溪澑漾鶴仙緬遙年徒杠
涉今泿人字起蘆汀去去赴鴈宕

赤城霞標

巖石色殷紅赤城名以寫如雉堞八雲可證
簪言句孫綽意如斯莫謾錯注賦設標即雲標避暑山
莊皇祖亦曾以此名嶺壓雉城以孫綽天台賦因石赤與名不與赤城重復乎

國清松徑

閭邱訪二士豐干笑饒舌携手相與去八崖
祇一瞥寺額云夢兆國清寺爲隋僧智顗所建相傳顗初至天台夢
佛指授有寺若成國即清之語因以爲寺額未識金剛偈叶

佛隴經壇

西方極樂國金田銀界道是地嶺爲名自金地嶺
下折谷中深望密樹間二水穿絡又西過銀地嶺有磨崖佛隴二大字智顗嘗登此講經
而嶺以金地銀地命名頗合佛經界道之義其義殊易曉納於芥
子中分疏自了了

華頂凌雲

天台最高處凌雲數十里陰晴皆見日殊難明其理（華頂爲天台最高處昔傳其上雖晦雨可見日出入但日出必至地平以上人始得見華頂雖高豈能見於未出之前或夏秋之雨遠近陰晴不同尚有罅漏可見若迴迹陰雲翳四宇咸周安能獨遺日出入處略無遮蔽其說查山僧傳會揆之於理殊不足信頂有經臺亦智顗故蹟）經臺傳何人依稀始智顗

石梁飛瀑

雲標匯衆流望梁千仞懸匡廬堪伯仲其餘皆眇焉石橋原可度清詞憶少連

瓊臺酌醴

瓊臺懸中天金庭擅桐柏道宮築唐時其下淙靈液一酌便登仙奚藉藍橋驛

桃源絢春

繡峯復續瑚絢綵紅霞如千樹桃已然萬年藥豈虛緬憶劉阮蹤宛讓武陵漁

雙巖佛屋

寒巖與明巖若斷復若續對峙鏡光映嵌崖有佛屋義在法華經分座人天伏

萬年福海

萬年（寺名）對碧峯淨業脩福海應眞泛鐵船石湖至今在衡文寫境人（錢維城視學浙江時經遊天台因圖其景以進茲維城歿又二年惟存此卷矣）與彼同千載

題錢維城畫幀

松湍響雪

茅屋臨泉上蔭松松泉應答謖而淙豈如此日憑軒爾面目眞教雪響逢

花港春晴

田盤沙水率滲漏假借貯之港亦成春令適寒花未放恰思前歲對花晴

疊嶂迴谿

一峯一曲一谿迴率有僧庵倚石開蕃矣心中絶佳處當前印證得斯來

山深閣靜

青縈紫抱致幽深巖下爲齋溪復臨却有板橋相訪客無端那便喜跫音

霜林初染

白露爲霜秋曉時染成幾葉上楓枝臨崖亭

子無人坐應待拈吟杜牧之

盧亭爽籟

遠山一幢望中深喬木幾株秀以森籟滿盧亭趣誰會依稀津逮有雲林

竹梧高館

竹間梧下草堂清策杖幽人橋上行童子抱琴隨後返過溪應爲寫松聲

雲屏澗筑

侍臣畫册石渠富此置山莊件闕清邂逅題詞與偏逆雲屏澗筑證形聲

題錢維城龍井八詠詩圖疊前韻作

過溪亭

過乃無心不乃留辨才此語解酬不橋亭却占第一義無語祇看溪水流

滌心沼

滌心盂與正心異儒墨那須越視秦不遠雲樓亭子路洗心題額又何人

一片雲

雲出石根石肖雲入深衣履潤氛氲九歌屈子如來此定不於中別號君

風篁嶺

延壽山西聳碧岑陰籠篠簜翠森森祇今疑似風吹動仍是春巡耳裏音

方圓菴

方圓菴記元章蹟（方圓菴記釋守一作米芾書）視履頻頻論考祥（記中有云冠圓冠以知天時履句履以知地形云云）未脫語言文字者或驚傑作亦其常

龍泓澗

天池貯水爲龍井引作飛泉壁澗流遥想高僧迓太守龍團款客正相投（見趙抃龍泓亭詩序）

神運石

徒傳龍井昔淘穿石出渾如湧出蓮神運不知誰所泐滄桑恒此閲遥年

翠峯閣

松頂樓疑落絳霄目登咫尺路非遥侍臣業復去無返畫册惟餘姓氏標

泉香亭再題錢維城畫龍井八景册

本自田盤富石泉咯摹龍井遂同焉境疑南國巡方日畫在文臣視學年（乙酉南巡時維城爲浙江學政）圖此册以進因此圖結構彷彿龍井遂以題弆今册在人亡爲之慨然因以弆藏時印證底須畢肖昔方圓（龍井向有方圓巷爲辨才故蹟）此則未竟江鄉歸去俄成古不覺披圖一惘然

題錢維城九秋圖

秋海棠

態與小名定不差馬嵬坡下斷腸花臨風仍似恨瓶史侍婢如何判鄭家

紫茉莉

艷葩繁葉䕶苔牆茉莉應輸時世粧獨有一般懷慊處誰知衣紫反無香

秋葵

蕊擎火齊瓣裁金那說西風涼不禁自有丹心稱向日陽光照處却無心

翦秋羅

綠葉已看當夏發紅葩惟是到秋開此花解識時寒暖應節輕羅早翦裁

洋菊

一例秋芳種益雜出奇競勝態姍兮雖然得與東籬並陶令何曾識海西

玉簪

聲價非高品自潔幽香淨色䕶牆陰東村儘有效顰者也解摘來頭上簪

金桂

粟想芳蕤金想黃西風常與逐蜂狂誰知一種江南卉也做中秋塞北香（秋花九種維城圖以進避暑山莊者山莊今亦有桂云）

紫木槿

五月開花至九月番番綻朶不妨秋無心學取長生術却是卉中壽者流

翠桃（紫雲花江南俗名翠桃）

度索盍無草本花彩霞幻作翠爲霞漫言枝上欽秋實意寓傾陽亦可嘉（維城自識有小草傾陽之語）

題錢維城山水花卉册

水軒松吹

侍臣舊作得隨鑾取暇題吟七字安（鏤維城南歸已數月其向年隨鑾所並册頗有存貯山莊者因暇題之不異其槖曾扈行也）水閣恰如月湖上（山莊內有半月湖）松風翻壁落高寒

遠浦潮來

海門銀線白生纔睫眼雪山推送來却憶鹽官鎮海寺目遊我亦一登臺

虛檻清陰

樹下開軒不礙虛清陰團幂蓋張如秾含此趣何曾曉掛漏當年草木書

曲港垂罾

陰陰灌木覆漁庵鎮日垂罾對碧潭魚得亦佳非亦可愛他鱗影月波涵

柳汀鴉陣

百折沙汀萬柳煙柳陰曬網繫漁船棲鴉未穩羣驚起飛向夕陽阿那邊

雲峯初霽

樹角風聲漸吹疾峯腰雲影欲歸遲前朝宿雨初收際颯景宜人固若斯

翠微秋意

葉落逋林祗剩枝惟餘松柏護峯姿山莊也自尋常看寫入畫圖故合詩

扁舟釣雪

雪滿平江蓑笠披扁舟天地一竿絲南方或可北方否此事吾惟半信疑（魚至霜降後即不食安得上餌）（按南方候暖而魚性則同然則寒江蓑笠不過宗元想像成詩非必眞有釣雪事即有之意固不在魚耳向題並亦曾辨論及之）

右橅古八種

杏花

施朱梨朶欠香梅二月春光澹蕩開設使三分添却白誰人不道藐姑來

丁香

底須香與瑞香猜丰度能斯伯仲哉任是靈心工百結東風一度也教開

紫躑躅

花開殷七訝稱神閬苑根歸誕或眞却是微

之饒逸趣山空月午句清新

紅梨花

軟紅淺白蹙爲鬟韻自超超態自嫻試看一枝夢雲意小庭何處不巫山

繡毬

雖是雕毬却囫圇江南曾見幾番春若將結繡評詩格小杜原非自詡人

貼梗海棠

不稱西府不垂絲姚冶行中頗自持貼梗羞同他嬝娜秋來結得木瓜貽

扁豆花

緺棚花落欲涼生索索秋風絡緯鳴姹紫嫣紅他閲世雲開天淡此關情

天棘

五岳都生名不同蔓垂翠綠朶標紅漫嫌未入羣花譜却有延年濟世功

虞美人

無色聲中那見聞筆談漫志辨徒紛依然小草全提占(去聲)月下風前自淨芬

金雀

頭翅天然金鑄黃宜垂勻葉鬢釵傍贈他日暮脩竹倚珠翠翻嫌時世裝

魚兒牡丹

花王自合有花妃況是形容具體微設更貫魚覲易象玩辭亦可識其幾

蒲公英

葉和花色都如菊三四月間田野稠底事柴桑渾弗愛開春祇爲(去聲)不開秋

秋葵

秋來葵朶無央數各各傾心向太陽豈識太陽弗私照隨他高下自分光

藍菊

瓣蕚藍黃賦色勻秋風一度一番新冒名菊譜雖容得法眼難瞞栗里人

西番蓮

種自西番一線分訝曾拈起悟聲聞白華却

是心如鐵不解其他祇淨芬

僧帽菊

何處高僧渡杯去留將落帽孟嘉風展圖正與高峯對（山莊南有僧帽峯）孰幻孰眞孰異同

右花卉十六種

題錢維城四季山水花卉册

南國艱逢春日晴曉曦影烘（去聲）漾舟行趣如留客張長史却亦霑衣濕潤生

右晴湖曉泛

五出氷姿頗似梅因風惜欠暗香來仍煩磬石依根壓乃得芳花特盛開

右杏

柳煙那管禁煙時杏墅斜看颭酒旗不藉牧童遥指告精神活脫紫薇詩

右花塢青帘

兩枝一例鬬春暉或著霞衣或雪衣譜向鄉嬛毋姓氏趙家燕瘦太眞肥

右貼梗海棠　李

鱗塍翠剡刺春漪荷鍤農人喜自知歸去來思彭澤叟恰當有事命車時

右東畲新綠

翩翩綠葉覆朱莛一任東風左右吹底事垂垂艱施上細看未寫老松枝

右朱藤

紅桃綠柳一溪春瀲灩輕漪到岸脣獨上高樓凝睇者依稀猶是避秦人

右桃溪一曲

桃花紅嫩菜花藍幅裏相形正好參西子病顰里婦效醜妍何用更深談

右碧桃　諸葛菜

中峯巖辟自居尊渌水迴川曲抱原蘿磴千盤落虛籟泠泠還似嘯蘇門

右蘿磴盤雲

野草閒花各弄芳但言其色不言香却如一個金盤裏置得雙魚供客嘗

右魚兒牡丹　蒲公英

溪橋策杖自婆娑問景因之過野河底識山光近首夏紅姿已讓綠情多

右山墅清妍

五色之中取兩色春風拂袊各閗齊設如蜀帝相比擬一則啼時一未啼

右紅白杜鵑

以上春景十二種

溪上人家灌木叢濃陰蔽日却延風卜居者定爲誰氏隱鹿門山龐德公

右灌木迴溪

一例塗林紅間（去聲）黃艷然映日翕輝煌無香謾共海棠誚有實有花是所長

右石榴

密林檻當作扉橫屋下流泉入耳清欲笑孔圭未免俗仍誇鼓吹是蛙聲

右林扉澗筑

輕受薰風近映欄清香名果副林蘭若方白玉爲卮子合有黃金與作盤

右卮子

紅霞縟以綠雲鋪倚樹人將作說乎我恰展圖思景概無端飛興到西湖

右荷香曲樹

鴨脚葉青偏冒竹山丹花赭畧如萱世間疑似混眞者豈獨羣芳有贅言

右淡竹　山丹

留客相將茗椀持竹深亦是納涼時三唐試一評甲乙磬折應爲老杜詩

右竹深茗話

水陸巧成簪萃芳或爲雪袂或霞裳但教品契凈眞處底較紅香與白香

右荷　茉莉

前江捕得玉花鱸携網歸來步棧途底事山居弗水宿應緣厭聽鳥相呼

右茆屋歸漁

宵雅苕華早著名隨風飄颺自專榮笑伊縱有淩霄志不附他柯總不成

右淩霄

雲羃四山卒不開須臾挾雨有風來許渾詩
與米顛畫小幅居然活脫胎

右四山欲雨

衣白人爲衣紫僧色香都忘去聲所兮能傳神
應是醉於史每寓龍門合傳曾

右晚香玉　紫茉莉

以上夏景十二種

雲看面對復眼底平處搆成巖館開試問伊
誰卜居者了知人合號衡山

右巖館停雲

花開五色逞鮮妍小草臨風態自翩設向譜
中比蘭蕙便教題鳳亦應然

右鳳仙

張帆落網捕魚腥宛轉南沽與北汀漫擬長
江浮巨艦利名心盛去無停

右漁汀帆影

夾竹桃開傍建蘭幽香嬌艷各分壇一般都
是嶺南卉底事人殊貴賤看

右建蘭　夾竹桃

仙山樓閣若飛翔尙有丹鑪雲裏藏術授鍊
形定誰氏甄栖眞遇許元陽

右翠嶂仙廬

一身雙翼態翩翾秋鼠姑爭春埭妍便是蔓
枝善攀附高飛小雀不教纏

右藍雀　纏枝牡丹

虛亭袖手古先生坐愛宜人爽氣迎已是歐
陽成絕唱重僮底更賦秋聲

右虛亭迎爽

折枝賦色任揮毫品自犂然低與高幽壑彌
年終保節剪羅那屑著紅袍

右金桂　剪秋羅

澗口楓林霜染曾飛流激石護層層落來葉
是桃花色疑有漁人認武陵

右楓林激澗

白膷紫霞相映扶黄花此日不爲孤幅中未

許他芳厠秋卉堪應並者無
右菊 黃白紫三種
波面秋風菱熟時小舟歌唱共搴斯傲他六月採蓮者花實其間品有差
右野塘菱唱
卉中兩字占風流木本春開草本秋不是掛題杜工部厭他柔裏更爲柔
右秋海棠
以上秋景十二種
林葉冬來已漸稀歸鴉繞樹匝三飛黃昏猶是蔽身宿却勝阿瞞無可依
右疎樹歸鴉
拒霜因可八初冬嬝嬝芳姿照浦穠迴顧水華似相傲耐寒還屬木芙蓉
右芙蓉
洞口飛泉一道斜是誰汎汎小舟拏藤蘿石上依然在衹欠洲前蘆荻花
右石泉蘿洞

女史覩星兆自嘉淨香競體足風華故應俯視黃金盞衹號人間醒酒花
右水仙 金盞
山意惟餘枯樹攢雲容欲雪澗收湍溪軒坐者宜青目但是高人定耐寒
右寒林水閣
不妨葉面擎微雪雅稱去聲花心射曉暉獨恨品題遺陸羽仍慙色相號楊妃
右山茶
梵界經樓疊巘間蒼松翠柏鎖孱顏雲容欲雪千巖冷無事高僧靜掩關
右松巖蕭寺
蠟以黏英珊結子有花有實冒冬榮惟應羅漢松高見不屑別傳三友名 畫家多有以此三種爲三友別開生面者幅內無羅漢松故戲及之
右蠟梅 天竺
小艇沿溪興致高南枝春信屢相遭還應傲得襄陽孟何必探梅踏雪勞

右小艇探梅

赭英粉蕚共爭新不獨迎春且探春大矣乾元善資始物猶如此況乎人

右迎春 探春

一瀑高懸銀豎落四山攢積玉参差幷刀剪水作花後轉語堪詮杜老詩

右羣峯積玉

朶開月月映階脣帶雪披風更可人須識此花深易理四時一氣貫長春

右長春

以上冬景十二種

題錢維城倣古册

林塢幽居

山勢縈迴林塢幽結茅於世復何求樂飢箇裏宜誰是宜是薛方周黨流

春浦飛帆

山頂紅樓誰縱目飛帆歷歷見其間漫言此遜彼忙者下水順風想亦閒

遥岑塔影

山村水郭相迴薄林靄溪煙接鬱盤彷彿春朝過木瀆靈巖窣堵見雲端

溪橋策蹇

急流陡澗勢滔滔木架危橋窄且高不是王尊當叱馭何須驢背此擔勞

繡壁懸流

繡壁誰爲雜組絲懸流素練就中披似嫌紫綠紛呈采淘洗鉛華有藉斯

疊嶂虛亭

遥指萬松（田盤寺名）陟翠微迴看崖頂一虛亭向遊景況分明是祗覺移來滿幅青

荻洲遠翠

荻蘆花欲作蕭蕭翠色林巒尚見遥悟得菀先枯亦早卬須舟子任招招

晴虹跨澗

亘浦長橋界鏡空忽疑天際落晴虹箇間設使青蓮遇應獨臨風懷謝公

霜林絢錦

疊樹含霜深淺紅誰能尙錦問天公精藍却闘攢叢處不藉翻經悟色空

煙坡鴈起

石瀨沙坡煙欲消夜深飛鴈響嘹嘹底緣嬾向瀟頭宿路指衡陽近不遙

松雲蕭寺

松蠹雲頭雲脚松花宮靜鎖玉芙蓉空庭底事無僧侶閉戸安禪制毒龍

嵐墅瑤屏

墅似輞川客過橋幾曾裴迪致書招雪溪粉本從誰得王維雪溪圖曾經並其邑鑒定今入名畫大觀册弆並禪室中峙背屏風展玉瑤

題厲宗萬秋林亭子圖

螺峯遙列屏草亭剛學笠倪迂與黄癡妙蘊恰收拾樹因風欲鳴苔經雨還濕莫謂無幽人孤鶴介然立

題韓幹春山遊騎圖

三卷兩軸共六馬石渠寶笈所藏韓幹畫馬三卷照夜白圖一圉人呈馬圖一馬性圖一又二軸一明皇試馬圖一又獨馬圖一畫二馬餘各畫一馬凡六馬內圉人呈馬卷幷二軸有宣和瘦金書題識均無韓幹款韓幹所繪藏石渠其三宣和瘦金識然皆藍田款識無郎今復遇不脛走覩此春山遊騎圖却亦無韓之款識徒因蕉林籤定諸是軸春山遊騎圖畫馬六亦無韓幹款識惟據梁清標題簽云唐韓幹春山遊騎圖眞跡幷蕉林收藏三印以前六馬證之筆法宛肖雖云肉脹神豪岸質以舊藏法不殊一圖乃具有六騎去聲似證其六皆然乎騎平聲者結束各個儼如間前後相招呼不名一家豈獨馬采石風止言近誣何必一一徵姓氏而爲刻舟求劍徒

題韓幹馬性圖

不求形沛艾端取性驍騰試看驊騮壽誰云凋喪曾

韓幹明皇試馬圖

烏雲一朶簇銀蹄畫肉還看世鮮齊底識明皇親試馬宣和餘得瘦金題

題韓幹猿馬圖

馬放霜蹄馳峻坂猿伸月臂掛喬枝既云意寓柰同契淩厲超騰又底爲

明皇試馬歌題韓幹所畫

我曾見趙霖六馬傳貞觀立石像人人拔箭數騎嘗寇陷陣中凜凜英風千載羨兹乃歌韓幹試馬寫明皇疑是温泉初罷醼據鞍袖手顏微酡兩人夾持尙競戰嗚呼開創何雄守何弱宴安酖毒忽爾忘天眷漁陽鼙鼓來動地難免蜀道崎嶇擁欵段畫圖所貴鑒戒存瞿然撫古興遐嘆

韓幹人馬圖歌

魏武子孫善畫馬常與照夜開生面當時弟子亦多人入其室者惟韓幹石渠寶笈富唐蹟惜哉霸作曾無見照夜粉本想付韓我向題詞嚴月旦今來復得人馬圖藝林法寶驚黃絹爾雲夾鏡骨權奇鳳鞶龍顋神萃粲驊騮氣揚技日進畫肉直可翻公案奚官紲韁緊結束指揮如意亦豪彦北人使馬南人船各有其長矜獨擅昨者錢塘試弄潮此言信哉兩奇觀

題韓幹照夜白疊前韻

古稱照夜白馬裏泰山韓絲絡爲誰老沙塲豈慮寒駿宜煩贈策良識不迴鞍冀北羣原夥由來伯樂難

韓滉五牛圖

一牛絡首四牛開弘景高情想像閒舐齕詎惟誇曲肖要因問喘識民艱

題韓滉豐稔圖眞蹟

開元賢相有肖子書傳張旭畫僧繇老筆蕭蕭寫村牧不異丙吉問喘牛或降于阿或飲池村郵擊壤西成秋此景祗宜圖上看度支當日煩持籌何如貌瘦天下肥明良一德誇韓休

題韓滉田家風俗圖用舊題者韵

灌溉

綠苗秀欲齊穡事忙村莊時澤既未霑翻車
引野塘炙背相勸劬誰越午陰涼四民惟農
苦胥矣豪富郎

收刈

穎栗有次第三時序匪卒奄觀逮銍艾豈復
辭僂折既以完官租亦將贖私稱贖稱云胡
爲聊藉禦冬月

登場

宛然覩高廩不諱豐年優多黍復多稌西陌
將東疇餘三防後歲具四播今秋孰謂農有
暇請看食未浮

持穗

顆粒附榦穗敲持要令脫糊聲互應答喜藉
微風發厮手那辭勞震耳何嫌聒遺穗可供
嫠猶省拾梋柮

簸揚

農事合家作乳子背衆前大姑待把穗簸出
珠顆圓抱哺而徘佪赴時彼何事惟是質有
禮熙熙樂逢年

礱

初揚藉簸風再礱資石齒有如琢磨功斐然
乃君子爲倉欲潔奸爲廩欲高峙珍重語兒
孫盆容輕視此

舂碓

五羊未遇時身世輕一葉豈知功業成感深
相杵苔既舂亦既碓玉粒期甘滑厭彼機心
轉盆吾胝足蹋

籭

老翁坐風簷咄咄課細簸將以輸天庾筲三
豈謂過粗粃詎狠戾得飽雞豚賀凝孫莫喚
嫗嫗孱正酣臥

入倉

饞礱既備功嘉穀應登庾湫濕防黴涴高塏
爲廊廡我屬望甘霖愁心日旁午展此冀紓
懷終風又彭怒

題蕭照瑞應圖

蕭照曾為瑞應圖曹勛作讚詡貞符蕭王好識終與漢越予包羞却滅吳二者不同失北界平生惟是樂西湖丹青披詠當年事抑以為榮抑辱乎

是卷曹勛編宋高宗瑞應故事凡十二段各綴以讚蕭照為之圖按宋史曹勛陽翟人靖康中授閤門舍人勾當龍德宮從徽宗北遷命送御衣詣康王勛自燕山遁歸建炎元年至南京以御衣進後官昭信軍節度使加太尉提舉皇城司屢充金國報謝使又畫史會要蕭照濩澤人善畫靖康中隨李唐南渡唐盡以所能授之紹興中入畫院其畫山水人物着古云云宋高宗耽樂西湖偏安南渡不能恢復中原雪君親之恥既不如光武之中興炎祚並不如勾踐之忍恥吞吳而其臣乃臚陳瑞應侈寫丹青斯真不足為榮而祇以增辱者特其畫法墨氣厚重人物山水種種精妙絕似李晞古後董其昌跋稱照此卷窮工極妍曹勛題字全學高宗臨永與足稱二絕按是卷嚴氏書畫記載之蓋曾入嚴嵩家而張丑清河書畫舫所稱項氏藏蕭照此圖共六段者乃別本又吳寬家藏集跋稱宋畫瑞應圖凡十二段段各有讚而不言蕭照至孫鳴岐直云曹勛贊李嵩畫蓋即指此卷總因無蕭照名款印識以致妄為指實而宋元來題跋又為俗手裝潢時割去自當以香光所跋為正也因題是卷并識

題蕭雲從山水長卷

四庫呈覽離騷圖始識雲從其人也羣稱國初善畫人二王（鑑原祁）惲（壽平）黃（鼎）伯仲者二王惲黃手蹟多石渠所藏屢吟把蕭則石渠無一藏侍臣因獻其所寫（雲從蕪湖人國初時工畫山水昨四庫館進其所著離騷圖檢石渠所藏向無雲從蹟侍郎曹文埴因進所藏山水長卷筆墨高簡而深淨頗合古法）堪備寶笈之遺闕事屬文房敦儒

雅展觀長卷四丈餘觀之不厭意弗捨崇山複嶺繞迴谿古寺烟村接書社士農工賈莫不具飛潛動植乃咸若運以神而法以古麗弗傷豔富如寡快哉名下果無虛圖末識語嘉誠瀉德壽會賞睎古圖雲從自識云河陽李晞古年近八十多喜作長圖大障至爲高宗所眷愛嘗題其卷曰李唐可比唐李思訓余草野中人無緣獻納雖衰老猶不肯多讓古人於是極力經營勉爲此卷藏之以俟知我其音頗見誠懇今百餘年後卷入石渠充待其願豈非翰墨有緣耶自憐作此終田野二句檃括雲從自識語豈知一百餘年後果入石渠珍弗假是老人願竟天從剪燭長歌題筆灑

蕭雲從關山行旅長卷

幾點蕭蕭樹疎皴淡淡山由來以意勝無不寓神閒秋景宜寥廓客人自往還粗中具工細見雲從自識語識語破天慳

題蕭雲從秋山紅樹卷

峯勢欲開樹爲遮崔嵬畫態閒去聲槎枒本來楓槲經霜染錯認夕陽一片霞

題補繪蕭雲從離騷全圖八韻

畫史老田野披憐長卷情四庫全書館進呈蕭雲從所著離騷圖始知其書並侍郎曹文埴因進所藏雲從山水長卷末自識云河陽李晞古作大障爲高宗所眷愛余草野中人無緣獻納雖衰老極力勉爲此卷藏之以俟知我云云詞頗誠懇昔爲題句不緣四庫輯那識此人名六法道由寫三閭蹟以呈因之爲手繪足見用心精歲久惜佚闕西清命補成共圖得百五雲從踵李公麟九歌爲離騷圖頗合古人左圖右書之意但今書止存卜居漁父合繪一圖九歌九圖天問五十四圖其餘或原本未竝或書有今闕因命南書房翰林等逐一考訂令門應兆補繪九十一圖合之原書六十四圖共一百五十五圖俾臻完善若史表幽貞姓屈性無屈名平鳴不平遷云可以汲披閱稟王明

常雩禮成述事

昨冬三白幸優滋春去夏來澤又遲十歲率逢九歲旱常雩已是嘆雩時堪憐二麥苗而秀亟待新禾耘以蓄繭叩爲民虔請命庶幾雲湊雨霶施

謝時臣山水

永會畫

窠白名家總不同疊峯迴出寺樓紅郝須留白爲雲氣林靄山嵐鎮鬱葱

謝時臣雪宵訪隱圖

將及何妨返棹孤月宵霽景迴清殊世間多少癡情者與盡猶然有嚇雛

題謝時臣幽風圖

大幅原屏幛裁裝想有年徒稱七月景未備八章全（是圖寫授衣爲裳塞戶剝棗築場納稼諸景而於幽風八章全詩未備當是大幅屏幛裝池時經俗工割裂者）謂是臨朝者胥宜置座邊印名類贋作反覺污樗仙（圖有時臣二字名印甚新篆法亦不佳按明謝時臣號樗仙藝苑卮言稱其能盡屏幛大幅有氣概此圖實非時臣不能作僞名款先經裝手割去而後人復印以僞名印轉爲樗仙之累也）

題藍瑛雪景

峻嶺奇峯玉作堆寒溪不凍落潺洄阿誰策杖野橋過知是尋詩得句迴黑襯白留蹟弗襲松蒼楓紫面重開王家飛雪千山法（見圖內瑛自識語）粉本應從想像來

藍瑛畫秋色老梧桐

法傳趙榮祿神是李青蓮更憶梅花石曾逢德壽邊（藍瑛梅石碑蹟在宋德壽宮故址辛未南巡時過之其碑尚存）

題藍瑛花鳥十二幀

柳鶯紅杏

囀喉恰恰如聞語歛翼依依似忘（去聲）飛幾縷綠楊輕映處金衣公子尚緋衣

梨花雪鳥

玉花縷縷簇金英雪鳥飛來最有情改意却尋枯榦立恐防人認不分明

海棠飛雀

似紅如白色難定擬泣疑顰態更狂麻雀翻然獨飛去豈伊亦解恨無香

青蒲古石

青蒲古石法王蒙（見瑛自識語）葉葉如生簌簌通細睇玲瓏瀟灑意宋宮碑板一般同（南宋德壽宮故址苔梅久萎瑛嘗畫石孫杕畫梅鐫於碑曰梅石碑南巡曾爲題句）

綠叢飛蝶

無名野卉有奇芳引得飛來蝶翅狂祇擬翩

翾意寫出那論大小海滕王

拳石秋筠

石似臯陶面削瓜竹如支遁靜無華忘年底用論年代介節由來本一家

垂崖秋艷

丁星秋艷有芳姿奇石相依水裔垂淨麗波光開照影恰如西子浣紗時

藍鳥芙蓉

一般出陸蓮花朶（石林燕語芙蓉有二種出於水者謂之草芙蓉出於陸者謂之木芙蓉即白樂天詩木蓮是也）鳥重（去聲）橫枝尚水濱木末芙蓉攀亦得漫疑諷喻著騷人

脩篁蕉石

綠蕉白日態相扶更有脩篁四五株設使携琴坐其側便當認作小西湖（西湖丁家山有特勝一名蕉石鳴琴）

秋巖竹菊

風前幾个瀟灑葉露下數團冷淡花設向卉中品門第天然伯仲是通家

古樹寒雅

古樹霜餘葉盡紅寒鴉翔翥夕陽中誰知筆底無多子寫出飛卿句獨工（溫庭筠詩寒鴉翠落葉紅時）

梅花文鳥

飛來翠鳥南枝上春入芳心始作花應是苔碑補德壽不教絕藝擅孫家（梅石碑盛藉孫君合璧是悄瑛則以石兼梅故戲及之）

題顏輝袁安臥雪圖

遠峯積玉皚野徑旅蹤埋獨樂蓬廬臥誰期駟馬來應門無五尺一室自三才可望不可見別饒生面開

戴嵩鬬牛圖

角尖項强（去聲）力相持蹴踏騰轟各出奇想是牧童指點後股間微露尾垂垂

再題戴嵩鬬牛圖

牧童遊戲何處去獨放雙牛鬬角叉畫跋曾經闕畫錄錄誠差跋更爲差

按廣川畫跋舉畫錄謂牛與牧童點睛圖

明對照見形容著目中牛與童子之形大小可知眸子點墨不過脫殼安能作人牛形云云其意以爲畫錄所云似指牛目中畫童子形童子目中畫牛形如是則畫錄未爲失而畫跋乃誠失之遠矣蓋畫錄所云乃謂牧童與牛彼此有相顧之情見於目中耳豈謂目中畫牛與童子之形哉向題毛益牧牛圖有脫殼安能容對照之句引而未發茲故申而論之

戴嵩騎牛圖

奇傳戴嵩牛牧人在瞳子騎背擻參差此法如何擬（畫錄稱嵩畫有牛與牧童點睛圖明對照形容著目中之語蓋謂眸子點墨僅如脫殼安能更作人牛形殊不知畫錄所云特以人牛相顧神光映發者言之乃不善會形容目中之句而復爲畫辨則適之泥耳）

題戴嵩匡廬圖

一角陵巖峙迴樓匡廬神韻望中收雖然瀑布未曾寫想像銀河眼界流

題戴進袁安臥雪圖

停鞭縣令候多時耐冷白衣與破籬漫惜全圖經割裂（圖中無袁安所臥之屋蓋畫幅本大經人割去別爲一幀亦未可知且幅中裂縫亦係既割而復行粘合之驗）伊人原不屑人知

戴文進山水

或坐溪堂或策笻垂竿釣者泛孤舠幽人勝處適其適高士寫餘逢未逢不雨崇峯猶氣潤當秋叢樾尚陰濃莫愁谷口蒲車至復澗迴巒鎖正重

題邊鸞荊棘鵪鶉圖

畫家繪鵪鶉率寓安諳意長史作此圖乃復具別義奔奔淺草坡啜啄戢其翅上有荊棘枝鉤屈多張刺乃知安與諳未免牽纏累精喻戒人深工妙誠餘事

題邊文進歲朝圖

松栢梅楳蘭水仙靈芝天竺間（去聲）便娟更看朱柿傍如意名寓其然豈易然

再題邊文進歲朝圖

歲朝圖稱歲朝懸宣德貽今三百年松竹（天竺）

（並家借用竹）梅蘭結好友（向有四友詩）栢芝茶柿悟同
禪水仙似許看半面如意惟徵獲十全（圖中所並）
（此十種）所欲胥哉消數筆渲于髣語笑應然

邊文進雙喜圖

梅舒寒蕊竹籠科喜鵲雙棲樂意多寓興若
云徵吉語所希歲美與人和

邊文進栗喜圖

栗喜立報喜寓意眞可人捷音我殷佇擬卽
聞新春

邊文進平安戩穀圖

鵪鶉名可喻平安嘉穀將登瑞露溥最是隴
西熟小雅圖成合傳歲朝看
考邊文進字景昭明永樂時畫院今閱其
署款旣作內殿臣恭進則不當僅書其字
細觀此幀尺幅本寛或眞款爲人割去或
畫成原未署款俗手不察遂爾妄增但幅
中賦色肖形工而不滯細而不冗信非文
進不能辦款之有無固不足計耳

邊文進王紱合作竹鶴雙淸圖

九龍沙縣兩幽人一味芝蘭氣合親恰似綠
筠將白鶴無心常自結高隣

邊景昭胎仙圖

飲啄蒼松下依栖蒼松上烟霞爲伴侶天宇
誠寥曠婆羅門吽音臨風一嘩吭衞軒非所
慕華表應隣妄只悔離丹臺俯仰由人狀

關仝山谿待渡

礫裂己看纑地陳谿山千古自精神蒼然暮
色橫川上尚有擔囊待渡人

關仝寒山行旅圖

來往何紛沓關山自邐迤步餘霜跡白望裏
峯容紫沽酒向茅棚問渡愁野水妙矣畫中
趣悠哉畫外旨誰非行旅人揭然獨傳此

題關仝蜀山棧道圖

關仝眞蹟天下少十八規橅九背馳蜀山棧
道之子作橫雲劍閣高嶷嶷五丁斧痕留絶
壁秋風落葉流水澌裝池屢易姓氏去細認

手筆無然疑試看氣韻生動處猶使人饒蜀
道思

題關槐山水

松下敞書寮策笻人過橋無僮若爲候有鶴
似相招春籟風前落泉紳雲外飄仙臺阿那
畔來往會王喬

題關槐霜林秋色

壘巘隆崇嶔且崎丹黃萬樹簇籠枝或能策
馬奔幽耳未可停車坐看之錦繡雲過傳甫
句精神家法自仝（謂關仝）師如斯粉本仝艱得
知得木蘭扈蹕時（關槐任中書時在軍機司員處行走曾扈蹕木蘭目所親見故能繪其景）

題關槐洋菊九種

東籬何事濫西洋瓣瓣如拖綬帶長究是此
花違本色故應拖紫不紆黃

右綬帶紫

風前常作翩躚舞飽照神傳賦不殊似解陶
家三徑畔亭亭羽客那應無

右鶴翎素

團如杏子綴枝垂本色喜他未相（入聲）離（洋菊各色錯出而黃者卻少故云）花譜謾訾比擬錯落英亦有可
餐時

右杏子黃

瓣臙脂蕊簇金黃也具盈盈裛露香誰與調
停號搓粉等閒奪得壽陽粧

右搓粉粧

淡黃千葉大如蓮君子隱人殊不懸却有三
分思故土帶來蜜蠟貨洋船

右蜜蠟蓮

翻翻輕翅掠叢芳純白胡然攙却黃設以春
情論秋色故應迷目訝梁王（蝶黃花紫梁簡文春情詩也）

右蝶翅叢

俗稱徒豔狀元紅目菊當知惱醉翁五斗折
腰猶不屑奪標豈在彼心中

右奪錦標

如絡細英蕊纈金垂垂萬點淡紅沉勞勞亭

吽如相遇寫盡離人一片心

右萬點紅

色縱奪朱心不改輪中金粟散天香可知彭澤便惡紫結友淮南尙覺當

右桂叢紫

關九思松壑攜琴圖

臨流坐石晒長空相荅還聽松下風有客攜琴來谷口便將動操響應同

關九思白雲紅樹

錦繡過雲遠嶂扶茅菴絕客不勞呼於前倣趙後開董（九思自題云仿趙松雪爲此圖而氣韻秀潤已開香光一派矣）却是山莊卽景圖

蘇軾偃松圖

東坡先生倔强人畫禪筆陣皆相似禿豪特寫老松枝老松枝偃性不死譬如壯士頭可斷古心勁節焉肯毁磕敲應作青銅聲虛堂謖謖寒濤起

蘇軾墨竹

絕壁離披數葉筠髯翁作此宿無塵（軾自識云元祐三年五月八日武昌朱君善招飲於雲龍寺宿無塵閣作此）莫嫌石瘦根似蘇學士折簡惟招裴秀才輞水淪漣琴筑響屏山巖嶭黛螺堆龍眠長卷相參證冰水青藍謾浪猜

蘇軾偃松圖向曾命張照題詠幾暇展閱因用其韻

神以行之氣以載與眞松不毫釐改玉局遨矣如晤談況綈几曾供奉在一刹那頃俱觝知喜其書亦味其詩春音大地盎筦倪徐覩謖謖圖間吹

貨郎行題蘇漢臣畫

貨郎擔（平聲）貨人休笑深宅曲院無不到借問此法創由誰乃自宣和蘇待詔待詔尤復善嬰孩森森玉筍戲庭階忽然軒渠舞且咭鞏喜街頭貨郎來貨郎擔（去聲）上無不有文具武備箱笥甄傀儡格五及樂器幣帛雜組筐籮帝都無實用象形爲推車搜以褦襶兒轉東

鄰更過西舍佁儗左右常相隨紛呼爭蕢或
力奪貨郎欲行行不脫本以鞭賈眩他人繫
徼反致他嘈聒待詔此畫非誇奇極鬧場中
合靜思金剛六如猶費說斯以一圖而轉之

蘇漢臣秋庭戲嬰圖

庭院秋聲落棗紅拾來旋轉戲兒童丹青詎
止傳神詡寓意原存相讓風

蘇漢臣戲嬰圖

庭院景含清崢嶸聚戲嬰心花知自喜而具
索人驚梨棗還相讓塤篪互不爭畫家深魯
語寫出少懷情

題蘇漢臣桂叢嬰戲圖

皋塗發華日庭院聚振振戲侶還相讓攀枝
迴絶倫崢嶸見頭角條暢有精神好學皆茍
爽登科擬郤詵插瓶香可嗅踔机貌如眞款
識雖無考知爲蘇漢臣

題蘇漢臣嬰戲圖

郁郁復亭亭傳神畢肖形易天數廿五（圖中嬰兒凡廿五）詩王（去聲）政盈宜岐嶷露頭角崢嶸蘊性
靈少懷夫子志詎止玩丹青

題顧愷之洛神圖

賦本無何有圖應色即空傳神惟夢雨擬狀
若驚鴻子建文中俊長康畫裏雄二難今並
美把卷挹靈風

題顧德謙摹梁元帝蕃客入朝圖

梁圖顧傚猶津逮婆利龜茲務遠奇可笑江
南安撮土魯河南竟入諸夷

是卷宋理宗題爲南唐顧德謙摹梁元帝
蕃客入朝圖按梁書武帝時婆利龜茲扶
南高麗等十餘國有獻方物者至大同以
後至無且元帝於侯景亂後已以長江爲
限荆州界北盡武寧西拒峽口嶺南爲蕭
勃所據詔令所行不過千里民戸著籍不
盈三萬豈尚有蕃夷朝貢之事未幾魏遣
于謹會蕭詧伐梁如入無人之境而元帝
臨敵聽講巡城和詩愚騃之態可以概見

何暇繪此圖誇張遠略哉圖中所列乃有
魯及河南名目按吐谷渾居赤水在河之
南寔以爲號其地近在涼州尙可然並非
外域也至於卷中第一人書魯則梁書諸
夷傳更無假藉此名者豈以少皥之墟判
爲異國尤不值一噱矣因閱是卷並識詩
末

顧翰寒齋話舊圖

竹樹蕭踈半欲凋雪溪又報折梅腰客來並
坐茅簷話漫擬高軒過訪焦

題顧源喜雨圖口號

藴暑如蒸待雨來圖成而霔喜應該二句驟括顧源
自識語我今展畫徒延望時正望雨嘉霔何時祗喟
哉

驟雨用題顧源喜雨圖口號韻

驟雨倏從西北來倏晴仍惜未霑該較優於
曉望於夜豈謂徒徵畫兆哉

顧正誼開春報喜圖

梅花塢裏春先到樂歲圍爐老友陪童子庭
前鳴爆竹喜音都共捷音來

題顧銓摹阮郜女仙圖疊題阮畫韻

行雲冉冉步璇空虹帶霞衣世鮮同殊彼一
時降洛浦致他八斗賦驚鴻
黃庭手把靜而娟跳脫輕伊戀世緣別有雙
成翩赴約飛來天外鶴胎仙
阮學周昉王朏顧摹阮後生師法視前人不
因新舊裝池異咄咄憐他欲逼眞

唐人江城春午圖

江城若爲好春午最相宜素絹成圖日靑蓮
得句時花光猗錦浪晴色裊遊絲揭憶潤州
北居然坐對之

題唐人秋山紅樹卷

無名較比有名過唐畫奩教宋畫訛溪石橋
頭遊騎路秋楓林下碩人薖琳琅坡面郁朱
草靑綠山容煥寶陀元四大家誇氣韻眞形
津逮可能麽

唐人遊騎圖

珠勒珊鞭控駿騋如茵芳草印蹄雙十旬休暇攜良友何處宜遊定曲江芳郊無物不熙春鳥語生歡花影新挾彈背觀聊立馬待他衮衮逐九人

題唐人會昌九老圖

轡盍車懸樂且康引年頤志洛之陽宛教撫蹟尋崖口不異同時覩會昌九老八百十六歲文筵翰墨衣冠香披圖猶憶東都路惜未會逢履道坊

題唐人倦繡圖

衣裳古雅容幽靜倦繡速娟態逼眞名識便教失文矩（按嚴氏書畫記有周文矩倦繡圖是卷所寫人物豐麗都雅迥異恒蹊雖名款無存而卷末錢選跋云唐人製此本信不誣也）精嚴法合出唐人婦無公事休蠶織刺繡猶勝歌舞人枯出易詩精義邃霅溪繪事故超倫（選跋云唐盛之時不事歌舞此開元所以成至治詩云婦無公事休其蠶織又易云无攸遂在中饋此本深得易詩之旨云云是跋義理精深誠所謂藝也而進乎道矣畫譜載郭畀山水師趙令穰人物師李伯時皆稱具體趙子昂亦嘗從之問畫法此豈得以尋常畫史目之耶）

十六應眞歌題唐人畫

湯湯渤澥雲天寥古先生此爲遊遨龍伯海若夷兒曹執圭鞠膝紛趨朝天吳前導懸旌飄持杖荷拂邉辭勞入水不溺趺坐牢髡髯蟠族承裾條連行據背騎文鰩俯視直徹萬丈濤有魚小首不目逃卓立背者笠欆毛波杯偶後曲錄腰笑謂前我詎我驕之而頰頌臆長蛟指揮如意無鞭敲和南磬折心枯焦袈裟風拂披七條一蠖昂首悲且翹何不可度以手招倚柏一晌聊逍遙翻却公案誰譬鬙眉毛拖地光白毫青童後隨牟彭喬伯呼仲諾比漆膠神龜在手非卜繇傴僂杖錫若崖坳持菓相饋來猿猱肩隨蹀步意陶陶吾宗機示成神交大胸出目鶵兮嫛徐行驅走如羊羔念珠百八三藏包忘言縱目窮青霄繪事妙詣眞神超楞伽貫休名未標飛白得

之子雲蕭以書通畫妙義苞金剛四句偈不殺彌勒樓閣珠林高

題五代人雪霽捕魚圖疊舊作韻

三冬曾未品三清（每遇佳雪必收取烹三清茶）上元鐙下希瓊霙何期節過詠甘雪硯池春暖消花淩郎景圖書得悅目是誰粉本藍出青東灣西浦船雜集生計各有參筍簹蓬頭椎髻婦子聚力雖共作心無營大魚換錢供衣米小鮮佐酒泥鑪烹浮家泛宅自無繫那愁白帖官租增作者闕名具深意慮同皮陸垂虛聲予美有句意好（去聲）生同然先得非更評兩題拖尾恐防或割去遂教乘興圖中與寫成（拖尾紙色潤質古曾香己已題趙幹江行初雪圖以當題識丙子又疊韻題本圖亦書於後茲於元宵後二日卄霙竟夕御園池沼含清不減漁村雪景是圖適在案頭復疊舊韻題之圖中紙故佳且多隙地錄以補空與寄尤深）

宋人歲朝圖

梅白棠紅一幅中良禽枝上喚東風貞元消息物皆識知以不知造化工

宋人歲朝圖

鳥解能言入花含不語芳深紅（山棠）間淡白（梅水仙）鼓翼（雉）並調吭（雀麻）試看物心喜可知春意昌吾民應斂錫漢詔義猶詳

題宋人布畫山水圖幀

宋絲（刻）唐絹詠之屢於布爲圖得未哦氣象萬千出手蹟頻繁裝潢惜名磨（是軸以布幅爲圖而筆意蒼老樓臺界畫更爲精彩較之細絹苦歲不啻過之惜無作者名款當緣歲久頻經裝潢以致發闕耳）細縕玉版堪方比白疊苔箋竟勝過續軒石渠欣擬體（內府舊藏絹素名繪最多從未見有布幅者近命內廷翰林續輯石渠寶笈得此可稱別體）愼乎好（去聲）耳抱慙多

宋人寒林樓觀圖

層疊樓臺慘澹林高低一例積瑤琳富家置酒暖烘座赴客騎驢雪灑襟勞逸眼前如說偈精神筆外自標吟李成品格猶北宋疎宕漫從四氏尋（謂元四大家）

題宋人春江漁隱卷

迤舫春江漾綠漪不希王佐隱漁師舉罾發

發銀刀活正是輕鑱出水時

題宋人秋山圖

秋山合沓草堂開秋宇霜高秋樹殷元四大家此津逮晉七賢者其往還劇憐慘淡經營處更逢峭蒨青葱間擬携新稿憑書案字句從頭自檢刪

題宋人雪窗課讀

三家村裏老先生課讀聊憑雪牖明耐得清寒原是學世間菅蒯可相輕

題宋人九陽消寒圖

展軸先問芸氣香是誰繪事出尋常容齋五筆九作久（洪邁容齋五筆九作久陽數九爲老久之義也）宋代此圖羊寓陽一始數（上聲）完八十一長徵寒盡曉春長義經明訓居觀象惟是體乾勵自强

題宋人松巖仙館圖

山川非俗世樓閣迥淩雲水落琳琅調天歸鸞鶴羣煙霞一徑遠花藥四時芬松下諸仙坐其言不可聞

題宋人溪山暮雪軸

意多渲染不多皴溪景山容自壘銀摩詰雪江石渠弆展相對與會精神

題宋人耆英會圖

洛下耆英不序官賦詩飲酒共遊盤功名就矣休重話時節迅哉且讌歡耍亦未輸唐格調因之猶見宋衣冠祝釐昨歲人增數翻笑圖中欲匹難

題宋人三秋喜報圖

三喜鵲依三色菊三秋喜報此因名正予渴盼紅旗候吉語徵來有共情

題宋人田畯醉歸圖二絶

田畯歸來自甫田醉騎牛背著僮牽和之七月休重展（馬和之有豳風圖藏石渠寶笈）三代湻風見宛然

旨否盍須嘗後知相親古道蓋如斯鮮其意但師其迹田畯嗟貧口食爲

題宋人漢宮秋圖

滿幅寒光秋意多涼生別殿罷雲和尹邢相

見驚眞是俛泣低頭歎若何

玉笙瑤瑟祀崑臺王母知來知不來剛得青鸞傳信到珠簾翠扇一時開

長信天街逛邐深石床緗几別松陰劉郎眞是秋風客落葉哀蟬獨自吟

爾時院本出宣和紈扇金砧斂怨蛾艮嶽秋聲大相似淒涼五國兆無訛

宋人柳陰高士

柳陰高士若爲高放浪形骸意自豪設問伊人何姓氏於唐爲李晉爲陶

宋人松陰訪隱

藉茅爲席葉爲衣古弁何人訪翠微風度胥殊三代下瀌翁同叟是耶非

宋人松軒訪友

有來佳客抱琴隨靜坐松軒似未知謾道主人疎禮貌神交却不在威儀

宋人灞橋詩思圖

遠山都以玉爲皴驢背迴瞻別契神千載灞橋風雪意便宜獨屬鄭家人

宋人山雲釀雨圖

雲低風颯雨來時杖策歸樓步恐遲粉本問從何處得依稀應在許渾詩

題宋人西園雅集圖

公麟然否實公麟古筆知誠出宋人跋語奚妨去其贋長圖益足尙斯眞衣衫如篆渾唐法是卷畫法渾厚生動蒼秀間現非宋名家不能辦中本無名款後有歐識亦無名乃妄目爲李公麟筆而不免蕪雜所謬因命去其贋跋以存其眞圖中諸人衣褶用筆回勁如屈鐵有古篆籀遺意憶及內府有唐人十六應眞長卷用筆正與此圖相類向曾題詠定爲唐人眞蹟並品在僧繇道子之亞因取以印證益信此圖深得唐人用筆三昧蕉石生神異李皴是卷佈景古茂雖用公麟之事而畫法則全異公麟蹊徑也名款設惟徵故紙是爲求劍刻舟倫

右卷續入石渠舊題爲李公麟西園勝會圖幾暇重加披覽見其佈景古茂雖用公麟之事而畫法則全異公麟蹊徑因命內廷翰臣等以米芾西園雅集圖記校之其人數位置皆合惟第二第三段叙次前後

不同蓋文章畫趣各適其適固自無妨也至用筆蒼秀雄渾生動開張人物衣褶有古篆籀遺意與公麟所畫用筆不類雖幀中無款自屬宋名家手筆正不藉假託龍眠以增聲價耳幀後不知何人捨記而别作識語且記中十六人僅止十一又訛李端叔爲李公擇僧曇秀爲道潛甚至兩見東坡三見王詵又訛詵作侁舛謬蕪雜之處不値一噱蓋陋者偶得是卷妄爲綴識不自知其蛇足也爰命裁去僞跋改題宋人西園雅集圖籤以存眞而旣於圖中諸人親書其名並識如右

題宋宣和畫鬪鸜鵒圖二首

鸜鵒飛爭翅跳蕭急難枝上目如椒寫情若果通於理何事助金思滅遼

活看咧咧噪枝頭想像傳眞艮嶽秋論世徒悲千載下童謡早應出乾侯

題宋人蠶織圖

南遷後以農桑重院本於今珍弆存要務彼時有過此金華未可謂知言

帝王之政莫要于愛民而愛民之道莫要于重農桑此千古不易之常經也然在高宗南渡時則更有要于此者復河北迎二帝是也爾時君若臣不聞臥薪嘗膽以恢復爲急卽下重農之詔成蠶桑之圖亦奚有裨于實政哉宋濂跋語過于頌揚而實乖論世故並識之

題宋人勘書圖

嘉賓勝日集庭除瀟灑松陰共勘書惟是研精契倪箎詎盃詮奧到蟲魚陶陰自古讐難校刑典猶存語不虛寄謂新編四庫者（時方蒐輯遺書選派詞臣校勘分別鈔刊幷爲四庫全書）漢家中壘可能如

題宋人戲嬰圖

湖石花開富貴名崢嶸遊戲亦彬彬漫教白眼看四子（圖中四嬰兒）長大都成講德人

題宋人撲棗圖

誰家曲院池塘清一株棗樹當閒庭秋來纍纍佳實成羣兒玉笥皆崢嶸或是謝家諸弟兄否則童子遣（去聲）王會樸不藉竿手雙擎以裾摟取以盤承於得戒貪都不爭善哉繪事能傳情不惟傳情童訓精

宋人隼擊圖

拳爪斂翼欲下擊衆禽喪魄各藏匿垂羽不擇音駁息是謂畫神得妙的蹇諤正士鬭奸慝勇將斫陣逐羣敵乃可方斯餘莫匹

題宋人鶺鴒圖

獨立乾荷上而無飛鳴音設非錦里意定有陟岡心

宋人牧牛圖

清泉還細草訛寢見羣牛素繪曲神肖黃鐘滿瓶牟缶勞丞相問却笑尚書猶考牧風人詠搗毫意自適

宋人雪棧牛車圖

門對通衢雪壓壓衢寒車馬往來人佳賓握手清談處旅況憐他太苦辛

題宋人畫趙遹瀘南平夷圖

是卷舊署爲宋徽宗書李嵩畫合卷今證其僞改署宋人畫趙遹瀘南平夷圖並題以句

畫出宋人筆法誠底須假借李嵩名（是卷幀首有篤恭二大字中段畫人物宮闕及出師破敵諸景而未署名卷末有元余闕跋云經歷趙君康自述其先世清獻公有第在衢因兄弟庶孽難合族衆其門稱爲世孝後於徽宗政和五年瀘南招討遹以破敵功召對問其家世賜以御書篤恭二字因倩李嵩補繪爲圖裝卷屬闕爲之跋云云今閱書筆古雅渾厚非宋人不能而篤恭二字迥不類徽宗瘦金筆法疑出闕作因命文臣考訂乃知此圖係趙遹破晏州夷人卜漏故事與宋史本傳所載俱相脗合益信出宋人手筆矣惟云李嵩所畫則大不然更令詳按諸書綏析跋證卷尾以求一是）瘦金那冠明仁殿（篤恭二字非徽宗瘦金書更有可證者所書紙幅係元代所製明仁殿龍朧中有金字印記見陶宗儀輟耕錄王士點禁扁二書元紙安得宋書其僞不待辨而自明矣）飛火似宗創墨城（按宋史趙遹傳云遹欲襲取卜漏以土丁習險而山多生猱乃遣丁伐去叢密絲石挽藤而上捕得猱數十頭束麻作炬灌以脂蠟繫猱背夜遣丁負繩梯登崖而上及賊柵然炬猱熱狂跳賊廬舍皆茅竹猱竄其上火輒發猱益驚火益熾遹軍躡雲梯攻其前賊赴火墮崖死者不可

計伊斬馘千人卜漏突圍走追獲之宴州平盡殲用田單火牛之策而不知大有乖謬者
向作書光武大破莽兵於昆陽事謂范曄稱莽軍驅諸猛獸虎豹犀象以助威此語失之
不經觀於田單火牛益足證虎豹之爲有蓋牛爲六畜之一束兵於角束葦於尾燃之必
向前奔而敵驟此事之所有也虎豹野獸也柳而畜之或可豈能聽人之束首尾乎一出
柳必亂奔橫跳或且噬敵柳之人已之軍先自亂其向能威懾前敵乎火猱之事何異虎
豹知其必出誕論矣自是平夷嘉智勇故當守節表堅
貞趙遹傳內又稱卜漏反時知砦高公老遁其妻宗女也爲夷所虜不辱而死及宴州
平詔贈節義族姬以旌之是以圖中首段卽並一大第門有綽楔上題旌表孝節仁慈六
字而趙康遂以此爲附會張本耳總之此卷全係趙康欲表揚先代爲此虛飾但自元至
今已閱五百餘年卽贋鼎亦屬古物況並幅爲宋人之筆尤不易得而昔人幾亂之功守
身之節亦善善欲長者所當嘉尚是以登之石渠非僅誇鑒賞之精審而已欲長
善善弆寶笈正論非誇賞鑒精
右繪宋趙遹平晏州夷卜漏事幀首有篤恭二大
字末有元余闕明沐昕吳訥三跋皆以爲宋徽宗
書李嵩畫

題宋繡老子青牛圖

青牛獨控去何鄉廣額方肩雙耳長魁士名
人有茀屑攘仁提義正奚妨散關令遇元經
著脩內司成寶像裝千古畫圖皆省識雖云
良賈善深藏

題宋人胡笳十八拍圖

河東已適衛仲道擄去奚難矢死持既爲去辱
賢王生子矣于歸董祀又何爲
拍成十八寫心悲端操宣城豈直辭范曄列女傳贊端操有蹤云云文姬豈足當之進退徒成無據耳特因才辯
幸文姬

題宋院本金陵圖

王氣埋金秀且雄六朝文物擅江東試看負
販輿儓輩都有謝顏徐庾風
筆妙得神已去形高樓斜矗酒旗青桂枝香
詠臨川好遺曲猶聞唱後庭
佳麗東南信莫儔勝朝猶自建都留趙家歌
館盍相讓別有輕煙翠柳樓
瓊窗綺榭簇勾欄密意酬情各締歡官妓遺
風自唐宋官妓之設啟爲敗壞風教而姜南蓉塘詩話乃豔稱明初搢紳宴集皆用官妓與唐宋同且以後始有禁爲惜謬甚矣政成何體污衣冠

幾經富庶幾離亂富庶歡娛離亂愁祇有秦淮一片月溶溶無意照千秋

畫品穠纖出內家九衢萬戶鬭豪奢秣陵五國天淵隔一例東京錄夢華

題宋人關山行旅圖

青綠關山迴崎嶇道路長客入各結束行李自周詳總爲（去聲）名和利那辭勞與忙年陳失姓氏北宋近乎唐

長江萬里歌題宋人畫卷

宋時范（寬）郭（熙）夏禹玉皆有長江萬里圖范郭眞蹟曾未見禹玉眞蹟藏石渠此卷長江圖萬里閱之終卷名氏無祇存徵明卷末跋謂之宋人信不誣却嗤懷玉（王）餘士氣且謂紙敗而墨渝（二語見卷後文徵明跋）徒觀源蜀委於吳名山勝蹟歷歷臚滯沆元氣互隱見配藜佳境非模糊爲欣禹玉卷不孤范郭名存蹟渺乎視此無名孰勝輸灑然一笑長歌吾

雪山行旅歌題宋人畫

雪山大圖傳李成郭熙行旅亦其次（李成雪山圖最爲傑搆又郭熙關山行旅圖運思精妙曾於已亥冬題有磵道崎嶇永雪歷旅人來往馬蹄疲之句）是圖出入二家法幀中却未留名字自是北宋畫院派又無畫院之習氣可稱絕代最佳作是用長歌紀其事高峯嶫嶫插半空凹處紅牆見蕭寺寒鴉作陣飛不去雪虐風饕澀雙翅勞勞赴旅名利人衆烈朔程那能避驅車乘馬步擔負勞逸雖殊冷同致旗亭賣酒或頡羹坐待賈獲三倍利石橋溪水有長源冰凍乘流木簰至超情入神運磅礴不獨刻畫稱工緻疑本大幅被割裂（是本運筆沈快超情入神自是北宋能手但裁去名款又所畫遠山上祇留餘撥寸許當是大幅被人割裂別爲一幅牟利者）將問之誰無實際佳言善行古之人似此泯寞多冰啻此則幸哉賴歌傳有名無名奚足計

題宣和雪江歸棹圖

山如䃆玉各分層水似拖銀波不與艮嶽宗惟擅花鳥化工奪處固多能

竄改右丞姑弗論卷後董其昌跋云宣和山水惟見此本觀其行筆布置是右丞本色宋時安得其匹意當時天府收貯維並向矜或徽廟借名楚公曲筆未可知也云云乃香光揣度之詞宋宣和繪事本精且蔡京跋語眞而可信固可毋庸致疑耳跋存楚國信非誇以斯精義入神思爲政施之豈致差

題宋宣和池塘秋晚圖

瀏瀏雙飛鷺拳獨秋塘位置雅相宜精思設使通爲政五國應無播越時

宣和柳鴉蘆雁卷

柳絲蘆葉粗粗繪鴉意雁姿細細摹植物無情飛物有寫眞豈不在玆乎

本於花鳥擅傳神近得寒江歸棹眞一例入微能契妙其昌已辨主和賓近得宣和雪江歸棹圖足爲石渠寶笈中宋人畫卷之冠卷後董其昌跋云宣和寫生花鳥時出殿上捉刀眞贋相錯至於山水惟見此卷疑彼時收貯維並向矜或徽廟借名楚公曲筆亦未可知余則以宣和繪事本精花鳥未嘗不可通於山水且蔡京識語謂有四圖則雪江卷乃四卷之一安得恐有名繪假託其昌論未免好奇嘗題詩辨正之今觀此卷寫鴉雁皆極精微神情入妙洵非贋鼎可充更可爲宣和以工細擅場之證

柳合藏鴉蘆聚雁天然位置位稱佳蔡京王黼繼爲相何獨用人識乃乖

江天風雨歌題宋宣和畫

江天低黯雲脚垂雨意欲慳風颭之霶霈銀竹忽立霆溟濛那辨天之涯溪頭舟子招不得驢背破繖安能支客不怨雨怨風虐迫來淫潦夫何爲北方三四月例旱微雲總被風吹散南吹雨來人不欣北吹雨去人增懣風乎風乎爾豈不徒勞何不分江國之殢雲爲北地之甘膏將一舉而兩得稱巽二之功高道君此圖意何託徒覩濕潤彌空闊九成詩奪造化功卷後有宋臣張九成跋語天餅漫從廟市獲見卷後張照記語幻榮辱亦幻風雲達觀眞不値一噱

題宋宣和四禽圖

山雀蝶梅

蝶梅那藉蝶來夆玉染微紅檀滿林崖穴不須嫌冷淡集枝山雀結同心

蠟觜海棠

蠟觜雙雙棲海棠目隨去蝶意如忙傳神阿堵原臻妙馬政應同望遠航

嘉雀玉梅

奇卉珍禽艮嶽羅祇圖嘉雀意如何難工常見易稀見神解應知別具多

竹葉鳥竹

竹枝上立竹葉鳥名象難分誰主賓多藝宣和深理趣如何五國致風塵

題宣和王濟觀馬圖

馬癖能知馬性奇據牀解絆一覿之宣和妙寫意外意逸爽人爲寓不羈

題宋宣和唐十八學士圖卽用原韻

秦王文館若爲哉無乃思儲濟世才偶憶漢家四已足（謂四皓安惠帝事不動聲色亦無兵戈也）商顏終覺勝蓬萊

旣書識卷前並用原韻成什書卷中

題宣和谿山秋色小景

雨郭煙村白水環迷離紅葉間蒼山恍聞谷口淸猿嘯艮嶽秋光想像間

題唐宋名績十幀

關仝兩峯插雲

兩峯壁處遠山圖望透浮疑闢玉扉此是秦中工簡壯（仝長安人）漫於湖上認依稀（西湖十景內有兩峯插雲）

李昇岳陽樓圖

小將軍號擬昭道湖色山光會一樓細筆微茫難辨目更誰范記補蜒頭

李成捕魚圖

落網漁人集凍湖別傳杜句擅前無豪門工技羞同處安道當年志豈殊

高克明秋林水鳥

明瑟秋林水木間新經霜葉綠兼殷畫家欲物適其性棲迴浮輕各任閒

蘇漢臣貨郎擔

一擔（去聲）擔（平聲）來百貨饒爭沽豪奪聚垂髫左支右絀忙不了郎悟其忙乃自招

劉松年松下納涼

南方梅暑忌居樓松下宜張幕綠油諼諼泛濤涼可愛寫情妙屬暗門劉

馬遠秋山羣鴈

喬松詭石九秋蕭策杖伊誰露半腰迴首看他屬目處似同人字意俱遙

馬遠松風樓觀

崇椒樓觀鬱參差松下開窗望遠宜別撰由來具神解可因畫院槩卑之

陳居中平原試馬

騎一駿復勒一駿紅衫白髮意從容問他鑠者馬援馳向平原可並蹤

惠崇春湖放鴨

初生春水黃勝綠放出鴨雛色不分欲問藺亭王逖少相看何異彼鶖羣

題唐宋元畫集錦册

曲江曾詠此連昌李昭道有曲江圖巨幀昨曾題詠此連昌宮圖雖小幅足資興亡治亂之鑒勝於曲江之僅寫煙景也界畫端傳時事詳可鑒興亡資政理勝他徒詡賞煙光

長恨連昌兩巨作元關治亂白傳情詩中甲乙定於是設論其人又合更東坡評詩有元輕白俗之說就長恨歌連昌宮詞兩篇詞意而論則元應甲而白為乙若論二人品行則樂天較為高微之所俗卑鄙又當以白為甲而元為乙也

右李昭道連昌宮圖

鍾陵遺蹟少片羽得其眞細絹非如布見册中璩之璩識語圖形乃入神名禽何遜趙昌佳果或為陳閩中荔枝興化最為奇特尤重陳紫出秘書郎陳琦家見蔡襄荔枝譜設遇襄陽米應充畫舫珍

右徐熙離支伯趙

芙蓉兼有水陸開花晷異早遲水者早而陸者遲底識湘江秋晚看他以陸代之稱名每以花鳥誰知兼備衆能獨闢道元搦指畫禪眞得上乘

右黃筌秋江芙蓉

綠葉紅花繁不稠翩翔蠟嘴占枝頭若飛若植各為趣曰色曰聲兩擅柔體物每於朝露

下傳神應在晩風收聞如勃勃生香氣訝是寫生嘉定州

右趙昌海棠蠟嘴

杞實垂紅珠秋色亦已酣杞下何所有口噤立黃鶺草蟲俯思啄虎視其眈眈何不食杞實腴液芳且甘物性率殘忍盜慮他命殲鷹鷂復爾伺畫意具理談

右崔慤杞實鶺鴒

蘆垂江江水寒花半落枝已乾飛來山雀立枝端迴頭附翼聊穩眠瀟湘瑟瑟秋欲殘別開生面寫紈干

右艾宣霜蘆山雀

駙馬工文筆法傳王晉卿荷亭寫消夏雲水瀠三庚不失富豪相而饒瀟灑情（畫中樓閣工緻而遠）（映草舍水樹頗饒幽雅）納涼如詠杜滿意更餘清

右張敦禮荷亭消夏

面水溪亭倚綠筠二難相對話良辰其言未可得聞也而可知非涉世塵

右李唐竹閣延賓

汴人疑供奉宣和法學左建頗佳致南渡畫院仍補入益覺業進精其藝傳此柳風水榭圖拂拂涼飈生細吹朗開八牖覆翠幔頓爾陰森延爽氣紹興朝退此避暑秦相優游報無事君臣一德稱格天那復迢迢憶二帝畫圖省識當年況處堂燕雀曾何異趙家家法愛丹青有其始之必有繼

右朱光普柳風水榭

花誠嫩紫蝶誠黃佳句偏宜賦省郎最惜農人勤本務祇知戴勝降于桑

右李迪紫薇戴勝

戲始軍中黃帝爲講因兵勢寓於嬉後來圖樂乃滋甚詎比猶賢博奕碁

衆目叢場注一毬曲躬蹙足態輕遒傳神自是稱待詔奚讓三毛顧虎頭

名流畫院工藝諫疏止丹青獨擅場雜記紫薇傳軼事也稱新法賭徐王

右蘇漢臣𧿹塲叢戲

猿據石巖巔鹿遊莽野裏摘果猿飼鹿親熱宛相視同遊極樂界無害熙怡耳詩如工別裁畫實具妙旨寍惟寫仙境抑且契禪理

右馬世榮仙巖猿鹿

較師勝一籌豔數暗門劉寫出神仙界相於期羨儔石牀風拂暑棐几夏如秋道古知何代羲皇以上遊

右劉松年松陰道古

映水秋花豔棲枝翠羽鮮一例經割裂誰知爲子然杭州志載馬麟遠子能世家學而不逮父遠欲麟得譽多以己畫題作麟畫云云此册各幀題款俱經割裂更不能辨其果爲麟筆否也水禽毛羽好入畫宛如生須識其中蘊羨魚逐逐情

右馬麟芙蓉翠羽

秋原極目風蕭蕭草枯樹葉落盡凋惟餘岡柏挺翠梢是時獵騎出逍遙蒼鷹在背牽獒驕僕役侍從相隨招快馬遮獸於遐椒天然其勢誠富豪抑爲金元抑爲遼不變舊俗事足高後易漢服虛名邀曾不數世改玉遭徒觀圖畫鑒戒昭七言示意爲此謠

右陳居中秋原獵騎

坐撫老榦梅株南枝消息來乎底辨買春佳趣僮抱司空玉壺

待詔名擅錢唐妙稱雞雛鳴黃見畫史會要誰識神傳阿堵不孤庾嶺春光

右魯宗貴買春梅苑

畫眉誰與名率以其眉故互鬬翠篠間椒目各逞怒豈其知京兆而預相爲妬雪川盍寓意五字因以賦

右錢選畫眉清篠

泛宅依然婦子圍圓中常得鯫魚肥底須世上留名姓名姓多因惹是非

右唐棣清溪漁樂

題唐宋元集繪册

萬壑千谿不可窮運神畢具尺圖中獨嫌未

見詩兼字署尾無能三絶同

右鄭虔峻嶺溪橋

高堂素壁姿雄奇小幅偏兼千里思藏密放彌有如此河陽誠善注庖羲

右郭熙溪山行旅

秀潤山川清且嘉粱棼玳瑁燕飛斜（用圖中詞意）

玉樓綺侶圖春思不失居然富貴家

右王詵玉樓春思

寫生虛白憶臺前爛漫花開五月天微笑錯忘省郎坐却教誤作謫仙眠（白居易詩獨坐黃昏誰是作紫薇花對紫薇郎是圖本寫此景而乃畫一臥榻者柰詩意矣）

右高大亨薇省黃昏

漢武求仙意懇哉瓊樓珠戶夜明開雙成騎得青鸞降應報西池王母來

右趙伯駒仙山樓閣

散坐坡陀滿意清靜睎月色聆秋聲誰爲能者誰所者四句金剛概七情

右馬和之月色秋聲

長夏曾爲江寺圖卷之小景寫松湖能藏能放眞奇筆姓氏何須問釣徒

右李唐松湖釣隱

峭壁危灘野艇橫籟傳紅葉泛風輕蕭然秋景合斜照濩澤人原未負名

右蕭照秋山紅樹

一箇江亭對翠微鯨波萬頃瀲斜暉底知眺者當秋晚繫纜漁舟自遠歸

右朱光普江亭晚眺

徙倚孤亭對碧江江天妙趣領無雙是誰特地引詩興棹破烟波一野艭

右張訓禮江亭攬勝

師弟聯珍畫出奇（松年師張訓禮見畫史會要）高人讀易小窗時楓丹松綠成乎性仁智分明各見之

右劉松年秋窗讀易

小景由來稱惠崇沙汀烟樹望無窮不知何處吹漁笛驚起水禽飛破空

右釋惠崇沙汀烟樹

依樹漲流徙倚時奚僮恰看抱琴隨謂僮不
必開囊撫松韻泉聲自譜之

右趙孟頫松泉高士

萬頃江波灩月華高人浮艇似乘槎鍾陵固
是得私淑天水居然有克家

右趙雍澄江寒月

題宋人合璧畫册

法述李昭道景傳李謫仙於唐稱勁後在宋
乃開先外靖內寍日風和春麗天雖然行樂
合應亦凛冰淵

右郭忠恕宮中行樂

不爲開點綴惟是具雄渾樹結琳瑯藪峯開
虎豹門靑雲原有路玉筍若無根相國寺中
壁空存高益言

右燕文貴奇峯萬木

望識夏之時風薰氣鬱滋是誰避暑客雅合
拾遺詩荷笑披芳錦柳忘動弱絲原臻畫家
美孰曰背而馳（見書畫譜趙士雷傳）

右趙士雷荷亭消暑

餞春迎夏候人靜日長時藥已姚紅錦柳將
密綠絲遷喬鳥友意入聽耳官宜命僕抱琴
至操絃欲譜之

右趙千里柳陰待琴

報春春也未策杖一探來巡徑輕風馥臨溪
幾朶開紛中眞老手花裏是仙材設曰如思
訓將軍無畫梅（見圖畫寶鑑）

右李唐策杖探梅

錢唐本是家畫院受榮誇幀裏傳生貌筆端
賦物華文禽占枝獨芳杏拂風斜邇日分南
北何心賞鳥花

右林椿杏花春鳥

界畫中（去聲）繩墨其先本木工心應薄舊習繪
乃得神功沖淡人高臥寥蕭松聽風求乎規
矩外是謂解幽通

右李嵩松風高臥

弗鞍而有羈牧野草腴滋極望平皐遠曰休

神駿宜僕緣近著說昨歲作上駟詩用莊子僕緣而拊之不時事意僕爲僕御緣即因也義訓甚明乃向秀注云僕僕然較直緣馬實屬強爲牽附詳見上駟詩語按興至重去聲題詞何處缺銜忠拊之非不時

右陳居中平阜拊馬

題宋人名畫集册

范寬雪江漁艇

遠山如睡玉爲冠平江不凍漁舟攢位置依稀富春灘冬漁弗嘬收嚴竿罟師取魚計多般斷籜網罛技各殫皸瘃那避手足寒持罾豪門供食單苦樂均齊良獨難畫者寓意觀爲去聲歎刻削細窮絲髮端而筆意勁而神完不問可知出范寬樓鑰云范寬畫刻削窮絲髮而行筆堅勁幅中人物樹石細入毫芒而清勁迥出知爲寬蹟無疑此册各幀俱無款印而筆墨並臻神妙信非宋人不能因按畫識所論辨識之

梁楷蕉石圍棋

綠蕉叢啐聚嘉賓減筆衣巾各有神梁楷宋寧宗時畫院待詔圖繪寶鑑稱其善畫人物傳於世者皆草草謂之減筆此幅簡勁有致定出楷手雖是心中無勝負未如袖手坐觀人

郭忠恕竹林水閣

水閣俯蒼茫何人坐納涼冰盤簇沉李石逕護浮篁境絕塵凡氣神遊翰墨香輞川圖漫展忠恕有摹王維輞川圖本見郁逢慶書畫題跋記李廌畫品亦稱其作樹似王摩詰茲以內府所藏維畫較之益可爲忠恕盤本之證早已識河陽

宋迪松陰對瀑

松蓋綠陰稠盤陀獨坐留隔溪試遊目飛瀑見攪頭謖韻相倡和寒光互盪流師承知有自大似李營邱迪山水師李成又喜畫松朱謀垔亟稱之此幅氣韻瀟灑極類營邱而松陰蒙密更可信爲迪作

劉夢松水仙山樣

斟酌穠纖賦色宜紅樣白間去聲水仙枝雙龍猶印宣和璽知是曾藏修內司畫並水仙曾見疑是趙孟堅但幅內有宣和雙龍小璽因考宣和畫譜云劉夢松以水墨作花於淺深之間分類色輕並以此知非趙作矣

賈師古負薪孝養

閒逛筆描孝養情應緣噬指返柴荊畫圖所

貴扶風化師古眞稱不負名（圖繪寶鑑云賈師古善畫人物師李伯時白描得閒逸之狀此幅筆墨近之所繪蓋後漢孝子蔡順事）

李公麟寒林神駿

寒林蔭淺莎結子肥且美神駿弗羈畢齧草
而飲水馳驟無之施鞭筴無之使貌馬自得
性龍眠誰並比（宋濂云公麟畫馬貌其自得之性圖中馬俊逸有神固知非他人所能辦）技愈韓幹法意寓莊周旨

燕文貴山堂會友

勝處四美旣具斯時二難亦幷語雖弗可聞
得大都不涉塵情（文貴山水不專師法自成規範設本郭若虛而樓鑰亦稱其布置精工別有一種風氣此幅筆法不名一家翛然無塵凡氣非燕家誰致而何）

趙昌杞實鵪鶉

畫鵪名取安亦每入食單獨立餐野實得處
上留義堪觀（宣和譜載趙昌雙鶉圖世不經見江少虞客云以手捫摸不為采色所圖乃眞昌畫也觀此益信）

劉松年老萊戲綵

七十猶然奉二親一家樂事孰堪倫故應寫
入南越紙不負傳將荊楚人歌舞跉姸總兒
態趨蹡爛漫任天眞誰云敦禮師承近私淑
儈繇早契神（陳善謂松年人物師張敦禮神氣精妙過之此所畫老萊子事實奕奕有神知為晴門傑作）

題宋人名流集藻畫册十二幀

畫法開宗北宋初風規猶識李唐餘（謂唐時畫法非宋李唐也）精工欞巽七夕巧（書畫譜載燕文貴七夕夜市圖至為精備）
（此幀雖其寫意之筆而唐人筆法尙存眞面）慘澹眞看一燈攄杜
氏納涼斯有謂張家觀瀑雅相如（石渠寶笈上等有張僧繇夜月觀泉圖向曾題詠）名流集藻彙十二舍是誰當
冠冕諸

右燕文貴納涼觀瀑

伯氏馳千里仲猶希遠穉二難踪已絕一幅
蹟看仍笠宇劇談客蓮宮入定僧其閒勞與
逸問孰辨淄澠

右趙伯驌碧山紺宇

蘐澤畫惟宗李唐丹林詩客寫相羊似其志
在高閒者十二何傳瑞應祥（曹勛編宋高宗瑞應故事十二段各系以讚蕭照為之圖夫高宗駐蹕西湖不圖恢復徒詩瑞應適足增羞是以丙午題）

其瑞應圖有丹青披詠當年事抑以爲榮抑辱乎之句在譬勸編列瑞應圖不足取而猶照侈寫丹青亦豈得爲高士乎

右蕭照丹林詩思

雙雛如仰望其母竟何之未解牽場啄誰憐空腹飢展圖一絜矩觸目切深思災壤民待哺慎哉羣有司

雙雛待飼何異飢民望賑覩圖𢹂何不禁惻然惕然恐地方官辦賑或有如是者近日荊州被水甚重尤切於懷蓋無時不以民艱爲念況觸目警心乎

右李廸雞雛待飼

漢臣人物稱精工多作貨郎宮市事此幅却看具別撰蕉陰毬擊雙童戲其母憑案俯慈顧兆爲畫荻教識字繪形曲肖寫意失不及前蹤李廸藝與我無邊體民心慎其嘆隅告諸吏

右蘇漢臣蕉陰擊毬

果結必資花却有無花者別名木饅頭或因形兆雅綴子於葉間纍纍（音果）復若若（叶音葉）七利名徒傳（見果譜）幾園見實寡錢塘特寫斯應寫別意也庶予與家丞箇中兩兆假

右李廸無花果圖

竹籬權閉戶松舍乃開窗却寓暗門意（錢塘清波門俗呼爲暗門松年所居地因以爲號）不同畫院腔詩書趣有永風月淨無雙童子勞掃徑足音早斷跫

右劉松年山館讀書

粉本疑從陸仲仁（珊瑚鈎詩話載陸仲仁有王右軍支道林許遠游三高圖）却揮減筆爲傳神風狂院內拋金帶何異掛冠神武人（圖繪寶鑑載梁楷善畫人物山水然其傳於世者皆草草謂之減筆嘉泰時畫院待詔賜金帶不受掛於院內嗜酒自樂號梁風子亦猶陶國居掛冠神武門之意歟）

右梁楷三高遊賞

畫鑑稱楷藝善於畫鬼神鬼神人稀見其奇自易臻（圖繪寶鑑云楷工於人物善並道釋鬼神師賈師古描寫飄逸青過於藍而傳於世者頗少）楷之精工繪石渠未弃珍寫意存一二飄逸誠鮮倫此册乃疊出胥其結撰親

夕陽疏柳閒鴉背翻金頻本色不衫履是謂
自貌真
右梁楷秋柳雙鴉
奪搶著力見童雙別一得之氣已降讀書及
第不學賈爭强欲勝徒成逐設使卒然落乎
水可能擊石破其缸冶齋夜話載司馬温公兒時與羣兒戲一兒墮大甕水中衆兒驚走公以石擊甕水迸出兒因得活
右陳宗訓秋庭戲嬰
待詔曾問花鳥工寫形有盡意無窮雖然黑
白分明判雙鴿皆白身黑尾喙所惡趙炎却寓中係有鴿向旺家之語宗貫此幀雖亦知別黑白而未免意在趙炎因題句戲及之
右魯宗貴玲峯鶺鴒
莊惠曾論知弗知傳爲奇語却無奇試如駁
曰我非子便是答云彼豈斯按莊子濠梁之語惠子以莊子非魚固不當知魚之樂莊子以惠子非我又安知我不知魚之樂駁詞旣辨世以爲奇語而不知其無奇也設使惠子更爲反詰之詞曰因我非子故不知子之知魚與不知魚則子非魚固當不知魚之樂與不樂想莊子亦無辭以對耳春水初生具春
意文鱗鬐泳愛文漪謾訾意淺色鮮耳頗類
濠梁博辨時
右陳可久春溪水族
題宋元明梅花合卷歌
逃禪老人梅性諳派衍華光青出藍弟子禹
功稱入室藝林聲價蜚江南偶拂東絹寫梅
雪梅香雪白三昧兼老人縮手不復作權吟
小令指月拈因絫同異哦俊逸萃更書法清
而嚴村梅見請蔫當代蜂蝶却見紛依簾從
來盛名顯後世無限弔古深情添王孫趙孟堅
外史張雨皆逸士識語飽玩敍腳尖二吳瓘鎮此
道乃私淑澄心堂紙光如瑊碚蕾欲開寒更
勸瓘作老幹破萼霏清馣鎮作高儀甫楊循吉黃雲徐
守和四作者各出手眼資叢談妙哉梅事嘆觀
止三復常使幽懷忺如入孤山香雪海隨其
所會酬清恬笑子時亦貌疏影愛忘其醜徒
無鹽清閟閣中誰氏子碎金揀得名偏潛卷首
題簽曰梅花三昧甲觀小清閟閣珍藏而無姓氏春窗日嫩生意足
無須索笑重巡檐

題宋元明名人畫册

三竿日上閉僧廬萬樹寒侵罷亥爐底識羣峯當雪霽橫題猶有瘦金書

右范寬羣峯雪霽

地行不識名和姓大似高陽一酒徒應是瑤臺仙宴罷淋漓襟袖尚模糊

右梁楷潑墨仙人

一拳之石幾葉竹空谷無人結契幽淡靄輕煙風入際聲相應復氣相求

右顧安拳石新篁

招提迢遞隱松岡落瀑爲溪帶野塘蓄目濛濛生濕潤副名今見有睢陽

右朱德潤松岡雲瀑

層層仙觀倚巃峯煙意雲容汗漫濃自是地靈當致雨非關羽士善驅龍

右黃公望雨巖仙觀

近水茅齋倚石磯幽人蓑笠放船歸底須世上通名姓別號天隨是也非

右吳鎮溪流歸艇

槎枒古幹間新篁欲下金衣試弄簧寄語竹林戴處士雙柑斗酒正相當

右姚公綬竹樹春鶯

雲外流泉幾一綫落來千丈遂成川風篁之下品其韻時或相然時不然

右仇英竹下聽泉

灑灑芳蕤个个葉都於塵外挺仙姿閒中設復相求友誰不云然契性宜

右文徵明蘭竹

行春橋畔治平寺蹊徑由來素所知却是春光經見慣颯然秋色見於斯

右文嘉石湖秋色

不凍吳江冬放船千峯晴雪一溪煙別開生面無梅朶知在山坳水曲邊

右陸治雪後訪梅

底須粉傅與青施興到幽香墨寫之恰似隱淪樂邱壑荒居臞服始相宜

右項元汴墨蘭

題宋元明集繪册

黃居寀萱花蛺蝶

乾德歸朝眷遇隆命搜名蹟逮江東（見圖畫見聞志）殿屏圖處超時手湖石狀尤過乃翁朶朶芳萱承曉露翩翩輕蝶下薰風設如比擬忘憂者却惹悽然思不窮

董源疊嶂飛泉

唐末畫宗開宋初砦頭小幀白雲舒法知居士非虛也色問將軍可信歟（圖畫見聞志謂源水墨類王維著色如李思訓此幅水墨而略著色故云）泉落兩峯疑束玉樓圜萬樹似懸居浮圖獨據中間峙意在堂堂標六如

文同琅玕挺秀

不筍而成攢个个梓潼此法本來開橫枝直性誰能拗豎榦孤蹤孰得攀擬以琅玕猶頓置投其縑素豈寒慳重看畫竹文與可却訝東坡阿那間

許道寍翠巘精藍

李（成）范（寬）去存許道寍（見圖畫見聞志）長安獨擅畫儀刑所長却謝其平遠（聖朝名畫評云道寍所長者三一林木二平遠三野水）別撰偏為此峭停架水飛廊高士步隔雲精舍定僧惺平生知己張文懿留得侯門幾曲屏

趙孟頫松泉瀹茗

屋蔭長松階近泉汲泉課僕事烹煎何須水訶馳符契自覺翀音勝管絃不鶴雖煙誰避鼎得魚以趣率忘筌詩禪設謂樂天似（孟頫自題云却道前身是樂天）贏彼還應是畫禪

黃公望野彴吟笻

嶽嶽高峯隔世塵結廬喜近水之濱青松丹柏秋容與氣朗天蕭宇淨眞憑矚望寍自居主過橋行亦不稱賓底須一一徵名氏總是箇中無事人

吳鎭叢薄幽居

崇山為郭樹為鄰落落疎峯淡淡皴無悶幽

居堪遯世有懷太古自超塵殊他羅雀翟門
誚誗彼馳煙孔楸噴不似文家竹掩畫故知
吳畫實通神

倪瓚喬柯新粉

僧寺住常十日過繪成小景不煩多幾竿新
篟纔脫粉一對喬枝久擢柯豈必高低相較
量雅如顧盼互婆娑丹青漫議無顏色此是
迂翁寫擘窠

李衎秋圃霜菘

墨竹從來稱薊邱別裁時亦見風流霜菘足
識貧廚味秋圃堪方農廪收豈必萬錢誚日
食可教一飯忘民訓集賢學士何多暇接踵
門前那勝求

王紱古木疏筠

古木由來不計春却憐幾个嫩疏筠詩情畧
喻忘年友見紱自題詩句並跋語　畫格能傳君子人勁
節稜稜性弗屈脩枝靄靄意懷新九龍秀氣
揾無盡印證全同庚子巡王紱自號九龍山人庚子南巡題紱

山亭文會圖堊石作跋有印證恰披行跋並題看己外仲之春句

徐賁雲壑探幽

幾箇危峯雲表攢復驚飛瀑落雲端固知此
地非塵境雅合高人自考槃網水垂垂如鐵
鎖線蹊曲曲繞虹欄都成巢父掉頭處似曰
斯宜小住看

唐寅潑墨牡丹

伯虎多能風雅倫寫生猶擅獨傳眞別成卉
裏孤高種羞說世間富貴春三朶那期歸上
苑六如想欲證前身不衫不履其人似却得
花王自在神

題元人歲朝圖

歲朝宜吉語作繪古今同缾插麻分蘚盆嬉
木寓童柏枝留臘絲柿顆帶霜紅爆竹將鳴
喜無非爲祝豐

題元人歲朝圖

欲識豐年象歲朝圖可知親朋相慶賀幼穉
共歡嬉家有蓋藏富人無凍餒咨觀茲眞愜

意然豈易逢之

題元人雪霽捕魚圖疊舊作韻

平江不凍澄波清蘆汀風動飄晴霙扁舟家計木耐冷盪槳那慮衝輕凌竹篷寒色咋皴白布衫暖意新裁青巨魚羨須結巨網奚事袖罟將手留並心赴時婦子共舉罛那許齊經營古道誰知直鉤釣好音雅稱溉釜烹春朝密雪兆農慶展觀與致居然增結撰頗異四家意楊契舟法傳芳聲江行初雪貽趙生石渠秘賞曾吟評底須致惜無名氏猶勝優孟衣冠混李成

題元人穀豐禽樂圖

穀熟西風落啄紛良禽各自與為羣分明遺秉大田趣善寫豳經意外文

題元人三陽開泰圖

百羣各取一名義實詮陽童子荷箠坐楊朱譬語良平安傳竹信佳麗發梅芳開泰曾拈說益懷乾惕長

題元人三陽開泰圖

乾九三為泰九三因之開泰有名談應思往復平陂理已在朝乾夕惕含

題元人三陽開泰圖

語擬劉琨和柳宗元喻緣羊者陽試思開以泰詎是得因王膺凛一心惕行看萬物昌壬辰曾著說闡義敬無遑泰之九三日艱貞即乾之九三日乾惕是以皆得无咎此聖人保泰之微意也詳見壬辰所著開泰說

題元人風雨歸舟圖

迎風冒雨進舟遲水閣人閒坐候之勞者自勞逸者逸世間萬事有如斯

題元人蓼塘白鵝

秋塘蓼花紫曲項臥沙濆玉翅霜毛潔綠晴黃喙分神情都曲盡姓字失前聞疑是若水作元王淵字若水工花卉翎毛憶他家右軍

元人鳩雀圖

瓦雀棲花樹錦鳩傍水石託體雖不同意各適其適

題元人老圃秋容軸子

葉凋立枯竹倚竹開寒菊黄高紫者低其葉均蔚綠文石瘦相傍莎草衞石足瓦雀共啐啄草子當（去聲）粒粟老圃景若斯秋容颯滿目作者弗留名蓋謂留名俗

題元人滕王閣圖

新府洪都景物熙落成高閣碧江湄當年帝子千古事此日嘉賓一會期擱筆應知意有屬據筵且作醉奚辭布帆快至腹藁者却喜時來風送之

題元人春雷報喜圖

火珠檾映雪瓊梅爆竹香燃戲幼孩乘震雷聲始東發兆春喜信自西來

題元人達摩像

碧眼虬髯紫跏趺色即空忽思遊少室石影得毋同

元人雪江漁艇

天寒魚不餌雪江集網師別有垂竿者或謂是翁癡翁云取適耳盍爲釜鬻資

元人樸棗圖

秋園岐嶷衆童嬉八月豳風剝棗時裝潢雖經失名姓精神知是漢臣爲（石渠寶笈收蘇漢臣剝棗圖與此絶相類是卷因無款印遂題爲元人然筆墨精神一望知爲漢臣也）

元人倣米氏雲山

七澤山圍碧水三湘雲重蒼天何必重尋姓氏直稱海岳家傳

題元四大家畫幅合壁

黄子久秋壑蕭齋

千山葉落山容出吟秋萬壑翏翏疾蕭齋搆處面羣峯插架圖書三萬帙只此虚無守谷神坐來一日似兩日問誰多事洩山靈黄氏大癡走健筆

吳仲圭寒溪略彴

溪邨待渡無輕舟略彴支波當人脚寒烟漠漠野塘秋似有行人隔叢薄漁兒一棹破滄浪短笛無腔隨意樂紛紛名利付青雲愛此

蕭閒興所託

倪元鎮瘦石疎林

枯枝疎葉披風霜颯然特立苔石旁下無幽人相倘徉上無繁葩弄芬芳倪迂妙筆勁且蒼細墨不中庸何妨千年尺素含幽光不教金碧誇李唐

王叔明春雲出谷

春氣濛濛濕林麓蒸爲靈雲滿春谷板橋杖策者何人芙蓉爲巾薜荔服悠然獨往還獨歸那管世間榮與辱我亦無心如此圖長日臥遊猶不足

題元五名家合璧卷

岸石汀沙水一灣閣閣獨把釣車閒雙松平遠契神韻（孟頫有雙松平遠卷）似貌伊家伯仲間

右趙雍松溪把釣

鉤圈畧異楊家法春滿冰心雪壓腰何礙傍人呼作杏問他杏得爾淸標

右王冕墨梅

畸人閒泛綠溪濱相擁微言不可聞便使下風聞一二赫胥前事那區分

右朱澤民淸溪客話

古屋深林柯葉樛樂飢高志抗由巢杜陵點筆成秋興且喜西風未捲茅

右張觀茅堂倚詠

依林結宇翠陰濃閉戶經年客鮮逢谷口板橋不妨設叢條都解掃塵蹤

右方從義廻溪林屋

題元人名繪集錦卷

趙孟頫文石疎篁

作石無非飛白法作竹兼能金錯刀松雪齋中偶弄墨如不經意神常超嗜彼淇澳與遐想刻畫求媚眞兒曹

管道昇翠竹烟江

碧浪舟中卽景時長烟低拂綠猗猗何人解事聯狐腋宛與吳興效倡隨

倪瓚安處齋圖卽用其韻

是誰肥遯隱君家家對湖山引興賒名取仲舒眞可法圖成懶瓚亦云嘉高眠不入客星夢消渴常分穀雨茶致我閒情頻展玩圍爐聽雪剪燈花

吳鎮中山圖

與可竹拖畫仲圭畫拖竹倩誰下轉語竹畫豈二物（叶）醉墨寫中山淋漓逼眉目虔藏戒中涓恒恐自霑溽

馬琬春山清霽

文璧山水得神韻每逢佳處率圖之春山清霽名自署爲撫爲淮非所知兩峯南北如賓主晴川一帶天無涯山房或有高士隱烟村燈火隨民宜（君琬自題正月望日畫）一日之樂未可少三日于耜惟其時從來繪事貴取義是圖可補周人詩

趙丹林陸羽烹茶圖

古弁先生茅屋間課僮煮茗霅雲間前溪不教浮烟艇衡泌棲遲絕往還

林子奐竹崎圖

坐石談仙訣仙風拂綠鬚海天無盡意師法自方壺

莊麟翠雨軒圖

白屋晒江天林泉意洒然奇蹤驚獨見絕唱幸猶全古樹圍青嶂平橋界碧川香光論福慧眞透畫禪禪

題明宣宗畫魚缸

魚樂非關濠上每玻璃缸影露浮沉看他呴藻乘波迎頗見民胞物與心

花下貍奴歌題明宣宗畫

湖石秋花庭院間一雙貍奴據茵跧不爲登局亂棊盤何那捕鼠坡翁訕分明寓意於其間而乃陳郭拒讜言責人則易責己難復議此者那能刪

題明人鄧尉觀梅圖

勝地相將勝友招觀梅燈節雪初消（見陸治識語）清香淨色兩無盡畫格詩裁一例超手眼不

妨詩各出陸治寫梅王穀祥寫人物文嘉補山石錢穀補泉各盡所長而陸師道則題識總敘其事神情原自寓同條化人寺裏憑闌
處南望無端飛興遙

題文徵明小像沈德潛詩明人畫徵明小像乞題句徵明故正士也怡然允之

飄然巾墊識吳儂文物名邦風雅宗乞我四
言作章表較他前輩慶遭逢德潛更爲徵明祠乞額因以德藝清標四字賜之德潛叙手稱慶且自謂若非遭際之隆將同徵明沈滯終身云生
平德藝人中玉老去操持雪裏松故里遺祠
瞻企近㝡哉多士善希踪

題董其昌鑒定宋元明名畫册

宋徽宗文蛤牡蠣

文蛤出沙灘牡蠣來相倚護汁憐同類連房
且共止鷸持底須慮漁利匪所擬寫生肖化
工萬物春臺裏馬政浮海去見乃異乎此

宋劉松年捕魚圖

秋浦起晉慢進船長繩絞曳牽雙肩羡魚結
網非虛計恰得槎頭縮項編

宋厲歸眞牧牛圖

放牛自齕草雙童且相嬉是謂得牧道何須
頻擾之

宋馬遠柳塘清夏

板橋長跨湖中絲柳搖漾波風人在玉壺冰
裏祝融伎倆應窮

元王淵菊竹

野菊數枝放寒葯幾幹斜露中香自遠風處
韻偏賒氣味似同道孤高本一家不凡工寫
意眞洗盡鉛華

明商喜山水

青山四百載如新具眼香光鑒定眞古寺欲
飄香界唄扁舟誰理釣竿綸楚江境訝臨清
曉大嶺法還兼富春宜弆畫禪檀匣裏底殊
寶劍合延津內府畫禪室收存董其昌名畫大觀聚集歷代畫幅鑒別品第爲精識之尤今此册亦經其昌鑒定遂與名畫大觀並弆畫禪室內氣類相同終成巧合云

題董其昌鑒定宋元明名畫册六種

沙灘蛤蠣寫宣和首幅爲宋徽宗寫生蛤蜊上有瘦金書紫宸殿遊戲五字落網得魚漁樂多大宋劉松年插魚圖作起罾得魚肤宛有漁家情景牧以不煩任豐草大宋厲歸真牧牛圖二牛齕草二牧童自相嬉戲頗得牧道云坐惟消暑對清波大宋馬遠柳塘清夏湖中亘長梧柳綠搖蔭坐對清波眞堪忘暑菊幽竹介瀟灑意大元王淵竹菊香光跋若木菊竹瀟灑不凡可稱逸品樹密山深安樂窩大明商喜山水董跋謂逼眞李唐信然合置香光畫禪室重看一世隙駒過是册經董其昌鑒定眞蹟庚辰秋各系以詩因與其昌名畫大觀並彙畫禪室中光陰迅駛倏已逾三十年矣

題明人名蹟四軸

古木槎枒峯亙匝寒泉飛落白雲涯屧廲坐待抱琴至攖醳欲爲一寫之

右文徵明古木寒泉

崇山不藉白雲高畫山者率藉雲氣以爲高遠而此不然是沈老別開生面處脩竹清溪護野臯設擬蘭亭修禊事右軍筆陣孰能操

右沈周崇山脩竹

太湖三萬六千頃卷石夫椒中卜居茅屋煙波足娛老用圖中唐寅自識意秋風底用憶蓴魚

右唐寅震澤煙樹

十洲曾寫西園景裝潢或裁舊幅長事在雅集非在人數却看著相議香光仇英寫西園雅集小幀上有董其昌跋云圖中減去二女奴殊爲莊雅鄭井陳碧虛道士秀法師亦還之不成高會所見未免著相其減去人數或因舊幅寬長後人裝潢時截去耳

右仇英西園雅集

題明人合筆花卉幀

蒼皮翠葉不同松詰曲盤拏倚碧峯合是仙人釀春酒香浮寶甕露華濃

右盛茂華柏

作朋古柏隔清溪氣合何妨貌異兮下視春芳都耐冷植中端自有夷齊

右劉原起松

是木是花祇是梅問誰松柏可相陪直標横出都丰韻分付東風好半開

右陳嘉言梅

淡紅濃綠小横斜參錯圖間亦自嘉却是伊

人有深意枝頭祇作兩三花

右王子元山茶

洛浦仙姿婀珮裙玉顏獨照水之濆五人合放衡翁筆却使楊妃換此君（文徵明畫松柏梅竹水仙爲五君子圖此幀大意相仿惟無竹而有山茶爲稍異）

右王中立水仙

題明人西山勝景書畫合璧册

久貯西山勝境圖來巡一一證無殊跽湖風景依然好拈句人慙尚故吾

右劉珏跽湖山

上方一帶皆臨水浸入青山影漾流茶磨如詢何代始依稀鴻漸與名留

右沈周茶磨嶼

橫山移郭號稱新可識稱新者古人祇有青帘與白屋閲他千載幻和眞

右沈周新郭

石室罪除勾踐繞西施猶自寵蘇臺那知暮樂朝歡裏已自橫塘有越來

右唐寅越來溪

橫亘溪湖夾鏡連兩頭桃柳鬭春烟十餘年別夫何異只覺民情越懇前

右唐寅行春橋

越來溪上跨長橋傳說當年建傅潮何必經行始留句愛他語叶稼之饒

右唐寅饒稼橋

橫築塘看南北排分流東出望無涯臨風欲擬郊寒句恐匪行春育物懷

右文徵明橫塘

水濶峯高靜絶塵題夆舊句景吟新范家枀政雖留號不啻江湖放浪人

右文徵明石湖

春日桃花滿塢披六如圖尙有遺詩長歌擬仿樂天白白俗謂他俗過之（桃花塢爲唐寅西居寅自題桃花塢長歌其意欲仿香山然香山詩昔人即有白俗之譏若寅詩則更俗而近於俚矣）

右陳湉桃花塢

治平居北紫薇南接以長橋臥碧潭五步行

看風景異山陰何異鏡中涵

右陳湻紫薇村

再題明人西山勝景册

儀山又號踞湖山箕踞太湖殊等閒吳越久

經一家矣底須要地控其間

右劉珏踞湖山

太湖臨處上方通茶磨遥思鬪茗風水厄檻

輿陸鴻漸用之於此豈知窮

右沈周茶磨嶼

齊躓隋顚千百年新移舊置久茫然闤闠今

日吳閶盛幸矣比鄰閭管絃

右沈周新郭

胥門五里路非遥一道清流幾架橋似是吳

人猶恨越洗來溪水未曾消

右唐寅越來溪

長橋圖寫自唐寅柳暗花明蔚眼新親切摯

情子依父循名差未負行春

右唐寅行春橋

小橋野艇接溪湖豁眼煙波有若無但使村

村饒稼穡吾民焉有不仁乎

右唐寅饒稼橋

北抵楓橋南甾塘分流東出利耕桑衡山自

是樂山者曾向其間築草堂

右文徵明橫塘

派分震澤洞庭滚去越入湖此問津千載後

能居此者幸他猶是范家人

右文徵明石湖

陳湻筆寫桃花塢密樹遠山景倍清今却城

中爲鬧市致疑伯虎昔傳名

右陳湻桃花塢

上方塔影太湖涵一帶湖山最可探謾道紫

薇村莫覓依稀應在治平南

右陳湻紫薇村

題明人畫扇集册

董其昌雙峽迴谿

兩峯環抱各隆崇疎處林梢見遠空西崦人

家東崦寺前溪流水後溪逦愛看古柏猶餘
綠已覺霜楓欲染紅筆意分明學癡客其昌自識
摹賞子久畫禪終是屬思翁

呂健竹枝寒雀

敗篠尚披攢風鬈凍雀寒聊喜一枝託何曾
識紇干

文徵明水閣清談

草堂溪上架喬木蔭蒼雲有客相對坐其言
不可聞清風披颯沓流水俯淙浤細睇無杯
泛休猜王右軍

林礽棠樹鳴禽

棠棣休嗤花少艷與言嘉燕詠葩經枝頭豈
是無名鳥名在三章曰鵲鴒

盧江荻洲映月

峽勢江聲似夔府不樂山樓樂洲渚孤舟沿
泛倚素琴月映荻蘆亦堪譜姓名弗問可得
知應是襄陽杜工部

呂健蘆江泊鴈

嘹月蘆花瑟瑟浴波秋水茫茫隨緣可成棲
託何必定是瀟湘

沈荊石秋渚載書

袖手坐野舫艤舫臨秋溪恐擬張志和僮婢
都不携載書以為伴獨與古人稽

仇英松坂臨流

繫馬松間對坐崖唇一問一答誰主誰賓非
絲非竹泠泠可人流水今日明月前身

題明人畫册即用其各題韻

獨坐羼羼愛嘉蔭持竿心正手還平數上聲來
漁隱難屈指何必其間辨姓名

右題沈周把釣

溪樓一碧臨萬頃吟倚幽人好是閒橫笛不
教持在手別開生面渭南間

右題沈周倚樓

松樹增青雜樹稀秋風不礙芰荷衣輕舟碧
水殷勤望遠岫白雲自在歸

右題文徵明歸雲

不獻相如封禪篇樂飢高致自怡然長松斜倚書在手醒便讀之困便眠

右題唐寅倚松

日長山靜謝賓客孤坐偏宜度小年却不耐閒聊騁目峯頭靄靄蔚輕烟

右題唐寅孤坐

耕織圖

新秋插遍繅新絲課織觀耕候未遲爲憶南邦灾歉後惻然三復聶家詩

題宮中行樂圖一韻四首

喬樹重巒石逕紆前行迴顧後行呼松年粉本東山趣（石渠寶笈藏劉松年此幅喜其結構古雅因命金廷標摹爲宮中行樂圖）摹作宮中行樂圖

小坐溪亭清且紆侍臣莫謾雜傳呼閼氏來備九嬪列較勝明妃出塞圖

幾閒壺裏小遊紆憑檻何須清蹕呼詎是衣冠希漢代丹青寓意寫爲圖（圖中衫履即依松年式此不過丹青遊戲非慕漢人衣冠向爲禮器圖序已明示此意）

瀑水當軒落澗紆巖邊馴鹿可招呼林泉寄傲非吾事保泰思艱懷永圖

題歐陽修小像

袁曰修典試江南道滁州見醉翁亭故蹟彼有藏歐陽修小像者携以來舉沈德潛爲乞文徵明題辭故事允共請書以還之

是誰三疊儼圖諸太守風流憶治滁題詠名高宋人物（像有李端叔見悅之題贊）操絃韻軼古樵漁（謂蘇軾醉翁操）醉翁樂匪山林也遺像邈眞水月如使節新從釀泉過依然鄉井下風餘

題照盆孩兒圖

呼來却弗應顧時鎮相視扶盆問水中汝是誰家子

相共揶揄嬉似與周旋慣道是影非眞誰知形亦幻

肖貌劉家法（畫品有劉宗道照盆孩兒圖）形容高氏詩（高季廸有題戲嬰圖詩）最憐玉筍種盡是籊龍兒

題蘆洲白鷺畫幅

縠紋搖漾水天秋蘆葦蕭蕭颸晚洲妙趣南華誰解得祇應鷗鷺一羣遊

櫥三友軒眞蹟各題以詩

曹知白十八公

問余底事是便宜到處圖書得自隨曹氏五鍼傳粉本漢家一樹引遐思（近在嵩陽書院曾圖漢柏一株）

趙雍枯槎寒篠（元人君子林凡七種竹今祇做其一）

君子林中貌一家石邊老幹故槎枒昨從淇澳觀如簀阿那烟梢指似耶

吳鎮老榦梅

合卷無須泥宋元（宋元梅花合卷凡三種茲亦臨其一）小吳風度宛然存廣平故里新留蹟（昨過宋璟梅花亭書其賦并繪梅花一株勒石壁間）同異誰能下一言

題天籟書屋畫卷四種

米芾雲山烟樹疊巳亥舊題韻

四卷同藏合不分貯香光物述前聞（向於董禪室藏董其昌所賞書畫名蹟茲天籟書屋亦仿其例彙是圖與吳鎮徐賁唐寅四卷均有項元汴天籟閣印記）審觀墨戲入神處構李似失精鑒云（庚子題句跋云詩成題於董卷乃知紙非宋牋的是明鼎元汴蓋失精鑒矣）

吳鎮梅竹松蘭疊辛巳舊題韻

辛巳曾留詠在前致來天籟驛途傳（辛巳年曾題此卷庚子夏自京邸致與項元汴所藏米芾等畫卷同貯天籟書屋）松蒼梅冷竹瀟灑友契蘭芳豈不然

徐賁眠雲軒圖疊壬申舊題韻

展圖那得安眠穩目共閒雲為卷舒高啟楊基詩記在（是圖有高啟題詩楊基為記丙寅秋亦曾和高啟原韻書於卷中云）重吟祇合作鈔胥

唐寅採蓮圖疊己亥舊題韻

天籟閣中四妙圖山莊說項那宜無我為意採非人採葉嶼花潭任滿湖

題倣古卷六種

老幼團圝伴侶親笭箵篧簁不離身畫中亦有天隨子肖得漁家樂逼眞

右董邦達倣文徵明漁樂圖

亦有相親亦有爭鳥猶若此況人情不如梅

竹無心性个个交枝朶朶榮

右錢維城倣王榖祥寒梅啅雀

蠉動背翹態各殊春華秋實一圖俱花貍祇在乾魚側問爾垂涎到口無

右錢維城倣陳湻蔬果雜卉

悳儞寓意寫龍眠不識美焉抑刺焉我命倣圖圖頗似展觀祇覺愧堯天

右金廷標倣李公麟擊壤圖

圖成八駿不鞍勒散放權奇態各軒何必崑崙窮足力漢文皇帝有名言

右金廷標放趙孟頫八駿圖

叢篁磊石占高風取意寍云取貌同却想山房幽絕處倣圖今亦在其中壬午南巡過獅子林曾手臨內府所藏倪瓚眞蹟一卷留貯

右方琮倣倪瓚獅子林圖

題名畫大觀十幀

溪山仙館 趙孟頫

山欲雄渾却忌粗溪如空闊終隣淺得美去疵斯已隹更惜二者難兼善於何見之見此圖引我會心良不遠天水眞透書畫禪白識溪山之仙館崇岡屏背疉樹森飛流出峽千迴轉匯爲大溪橫其前水閣臨波資宴衎周遭繚垣曲且長石壇晝靜松陰滿高樓突室各隨宜朱明無暑三冬暖彼高閒者四五人鹿服荷巾致踈散商榷應非時務策或則黃庭或內典世慮何曾繫以鞏晬容惟覺笑而莞秦家源裏有桑麻漢代雲中看雞犬不識丹成九轉時虛皇可慕呼名選

楓筠秋靜 倪瓚

幾个琅玕竹一株瀟灑楓吳江將冷意妙趣與崔同

松磵寒鳴 倪瓚

長松落落施枯藤下有寒溪淙且澄此境相宜對何客柰元道士習禪僧

古木寒溪 曹知白

寒溪烟靄濛略彴支溪曲蒼然古木閒可以

結茅屋

釣艖秋泛 盛懋

艇子秋江不繫林端晩籟相問釣得槎頭縮項眠安水而閒雲

竹溪亭子 王紱

山勢巃嵸竹韻幽孤亭如笠俯清流抱琴童子橋頭住席草先生物外遊

野墅幽筠 唐寅

竹論幽韻不論長風過疑聞新籜香曾記元暉長幅意藉來一段是三湘

草堂對雨 文徵明

老屋踈籬靜掩關展書古道照蒼顏殢雲送雨迷千嶂新水生波漲幾灣窗下披衣人獨坐橋頭曳屐客方還衡翁略說如如偈勞者隨勞閒者閒

草菴高士 文徵明

誅茅結宇綠陰嘉幽事山中日以加客到忘言惟對竹童來攜酒便斟花吟肩不礙忙敲鉢燥吻還須靜煑茶漫向倪黃論形似停雲豈是畫師家

高峯遠澗 文嘉

杜老清詩意衡翁家法傳玉山雲外矗藍水畫中懸西蜀無雙景南華第十篇清聆將靜矚與結錦城邊

題名畫大觀册

王維雪溪

涷浦舟横野渡長迷離積素帶寒光維摩不二誰能並管領香光選佛場 選佛塲蓋其昌啟語中句也

李成松崖水榭

水軒瀟灑靜無埃繩榻支頤芸帙開溪畔携琴相訪客和伊應爲所聞來

趙孟頫洞庭秋景

三湘七澤杳難分恍見微風落葉紛誰識王孫多意緒月明波冷弔湘君

趙孟頫楚江秋意

金丹煉出脫凡塵畫格書姿兩入神太史縱

然操左券也應頭地讓前人

王蒙倣燕文貴仙山圖

溟濛重翠罨顛崖始信丹梯自有階雲裏漫誇鷄犬吠塵緣忘處是無懷

陸天游丹臺春賞

山深茅屋卽仙家一葉扁舟洞口拏何必坎離論爐火雲漿活活湧丹砂

巨然江山晚興

輕風暖日晚春天瀲灩晴波恰受船指點草堂幽絶處書聲時度柳絲煙

范寬江山蕭寺

崇崖隱軫樹槎枒長日精藍搭影斜鴈閣鐘殘僧入定香臺風靜鳥銜花

黃公望芝蘭室圖

常懷杜甫詩傳神不薄今人愛古人大癡尚友意如是圖出芝蘭氣味親

倪瓚春山圖

暖霧浮嵐翠欲蒸迴風散處露峻嶒若教選佛許差等高士應居最上乘

詠古箑十幀

謖謖長松佈綠陰苔磯獨坐釣蘭潯魚無魚有都不計相嗼空明一片心

右沈周苔磯獨釣

注目遙看落峽波觀爲意較聽爲多奚僮不識其中趣欲問形聲是什麽（圖中主僕相顧意如此）

右唐寅松陰觀瀑

松間石上坐移時未解幽懷何所思僮子攜琴弗藉鼓清音山水自宣之

右仇英攜琴靜憩

石臺清迴俯秋江遠岫拖眉列一雙山態溪音歸靜眺兩相忘者是摐摐

右文徵明崇臺秋眺

淡然無事坐船脣避暑延來秋意新（見文嘉識）不肯一竿橫膝上恐防人擬陸皮倫

右文嘉澄湖放棹

綠樹青葱護梵宮鍼尖獨出欲淩空唄文窣

堵原標意（佛標身經標口塔標意見梵經）直喻色形影現中

右朱朗精藍塔影

新秋雲嶂尚餘青却看丹楓綴幾星此景未曾經目覩知他溪壑寫南屏（閔治鐘頭所題遙指南屏一望蹤之句自係西湖初秋景物而向日南屏俱在春天宜此景未經目覩也）

右陸治青嶂丹楓

含青柳尚帶輕黃選葉棲鴉意不忙却是東風解別趣與之一响助飛揚

右項聖謨新柳棲鴉

照水山花不計名帶雛江燕逐飛英頡頏中具顧復意物豈無知看有情

右王維烈野花江燕

月明不藉燒銀燭楓葉欉當桃朶紅（圖中景如是畫）（做李白春宴之趣而易以秋）寫出伊家太白景至今搖動有清風

右李士達秋園宵讌

題箑頭古畫六事

綠蕉翠竹文石傍蕭影清颸相蓊鬱氣求聲應得良朋一般都是虛心物千竿或以擬君子七處徵之聞古佛伊人寫出付清風兩非居焉概與拂

右張宏蕉竹雙清

聚頭貢高麗效爲始承汞（見天祿識餘）名流揮翰墨卒留佳蹟鑒秋亭對飛瀑清絕非人境石田之所爲託意殊堪省歲歲避暑莊此趣恒親領

右沈周秋亭對瀑

設色看來若無色雲湖（陶成號雲湖仙人）妙處孰堪齊良禽通體含香氣信可云能擇木棲

右陶成梅花翠羽

驢背溪橋過野瀟錦囊隨後負奴鑾不知詩思李乎鄭最愛畫情荊與關巧拙何須論遲速推敲還覺失高閒解元既以六如號四句金剛偈可閑

右唐寅溪橋詩思

王陽按轡返王尊叱馭過插天峻嶺高嵯峨

九折之阪臨溪河策蹇者誰意如何二王願孰居不進不退似於中途且揣摩畫家示人應有寓汝自決耳猶豫弗定空復成蹉跎

右沈顥危崖古道

結屋喬林下虛檐古帙披翻篇風代手照字月當眉或是歐陽賦不然宋玉詞淸光八颯影故與弄參差

右沈恒秋林書屋

題天籟書屋所藏四卷

失於精鑒嗤項久是處所貯四卷皆項元汴所鑒藏有天籟閣印記者而此卷向疑其似小米而非大米且亦非宋紙或竟爲贋作亦未可知蓋元汴亦失於精鑒也是亂天遊謂米眞書屋雖借元汴閣名而萬峰疊翠松柏陰森偶遇涼飈眞覺韻叶笙簧悠然天籟不啻米家一幅活畫也設以陰晴論窗景是日快晴豈非求劍刻舟人

右米芾雲山煙樹

四友爲圖先獲心向以幽蘭與松竹梅並寫册爲四友圖及後見吳鎭已有此卷可謂先得我心蒼松疏竹秀梅韻蘭會知音欣他老筆能傳照一味梅檀林裏尋

右吳鎭松竹梅蘭四友

南江北塞夫何異雲態山容本自齊笑謂幼文一何幸山莊却得兩重題亦藏徐賁獅子林畫册十二幀曾有題詠此處文圖獅子林題句每引證之賁字幼文

右徐賁眠雲軒圖

採芳江國古來傳不少妍辭與巨篇欲問卷中結搆者可能知是敖漢蓮避暑山莊蓮花乃敖漢種也色鮮而瓣大皇祖時移植於此迴非內地所及

右唐寅採蓮圖

題藝苑藏眞集古册

宣和栗蓬秋綻

滿院秋風金氣披亞蓬栗子熟垂垂設云隱寓危懼意吾謂宣和未此思

周文矩水榭觀鳧

欄曲軒虛俯碧湖水中人影自相呼孰云必妒入宮者也有閒情看野鳧

黃筌蘋婆山鳥

大顆蘋婆遇秋熟山禽背立恨難銜道元畫

可鬬拇指（蜀後主衍嘗命黃筌覩吳道元畫鍾馗令筌畫之畫畢呈覽後主怪其不同對曰道元所畫一身之力俱在第二指今臣所畫俱在拇指爲得力後主乃喜其不妄下筆）卓識應知有不凡

郭忠恕蘭亭禊飲

永和三月暮春初佳話千秋述有餘却是爲圖傳實者勝他辨帖議紛如

徐崇嗣枇杷綬帶

栩爲沒骨自稱高寓意植（枇杷）飛（綬帶鳥）任汝曹莫謂爇中紛有作太原早著鬱輪袍

易元吉喬柯猿挂

四足走勝（平聲）兩足飛怪圖猿挂發靈機豈妨墮落仍翻上冷眼傍觀識彼微

張敦禮閒庭蹴踘

趙家戚里多工繪張姓連天不讓王（謂王晉卿）習氣微嫌存富貴錦韡繡帶滿毬場

趙伯驌風簷展卷

常言開卷胥有益其益公私亦自殊（爲己爲人之學亦各有公私之分）不識風簷沈思（去聲）者心於爲己爲人乎

馬和之柳塘鴛戲

柳梳弱線池翻藻戲水文鴛實樂哉趣中畫外多風雅三百篇曾脫稿來

李唐坐石看雲

甫對松間見靄靄遂看谷口漸披披可知藝勝他人處能寫望雲在起時

李迪穀豐安樂

鵪稱安復穀稱穰作者心應喻吉祥我獨恭人憶小宛致其時實鄙周王

李安忠秋晴叢菊

花情葉意總含淸捉勒偏教獨擅名（見圖繪寶鑑）掩映庭須爲五柳其人不見定淵明

林椿山㮈霽雪

早稱花草擅錢唐喻擬青藍師趙昌㮈自禁寒雪自積紅紅白白正相當

劉松年茗園賭市

由來茗飲事之淸市賭何當似顛羡三倍漫

嗤近利翟門茶已見賦唐庚

李嵩松塢延賓

門揖賓來階左通無差繩墨本曾工（嵩曾爲木工見圖繪寶鑑）公輸巧必以規矩何事不該是語中

馬遠河干虛閣

幾間軒閣倚河邊一片虛明水接天責實循名眞不愧喜他意在筆之先

馬遠秋汀放棹

平水風輕不作波行行柳岸遠烟過舟中底用竿絲置想厭漁人事已多

馬麟臨溪放龜

丹青雖遜父之工別裁（去聲）却看致不同有悟南華篇十七放龜曳尾任泥中

魯宗貴蜀葵引蝶

弗黃那解向陽事（葵之黃者向陽紫者其別種弗向陽也）染紫似存奪赤心蛺蝶兩般都不識蜎飛祗趁閙中夅

牟益茸坡促織

在野恰當七月時茸坡相門復相嬉擣衣長卷向披詠（石渠寶笈吾牟益擣衣長卷向曾題詠卽用謝惠連擣衣詩韻）放卷總含無盡思

惠崇秋野盤鵰

鷙鳥盤空意氣揚野禽觳觫計深藏寫生雖具傳神筆以曰僧規却不當

錢選秋芳鳥語

不合予昂品獨異足知藝苑有人豪作圖敢反考功意鳥語秋芳意自高

王振鵬仙閣凌虛

界畫由來巨擘居創成樓閣迥淩虛欲咨世上求仙者漢武秦皇視此如

題歷代名賢妙蹟册

舉磬石傍蕭竹陰凝神應手若聞音伊人自是通論語似寫當年於衛心

右李公麟竹陰磬韻

春溪綠水乍生時花鯽浮深嫩藻披大呌出門上封事不羈意寓此圖之

右劉寀春溪魚藻

百物擔（平聲）來一擔（去聲）强羣嬰爭取價無償貨

郎爾亦知之否原爾自家閒惹忙

右李嵩市擔嬰嬉

和嬌浥露一枝新自署那教題作麟（見陳書杭州志）

試看飄蕭出塵格寍容卑喚院中人

右馬遠倚雲仙杏

大如邊氏五經笥又似郝家滿腹書坦臥秋

庭風日爽笑他童子曬衣裍

右趙孟頫曝書逃趣

君子林中祇一頁（三友軒所藏君子林卷皆元明人並竹內有柯九思一幅）

畬成三益見斯圖權與問孰題名喻仿彿

其人曰姓蘇（蘇軾詩松竹三益友）

右柯九思三友淸標

喬樹因風籟颯森飛泉激磵韻深沉無心有

意相問答一鳥翻飛領衆音

右錢選濤聲松韻

一塊石依幾个篁天然氣韻正相當設如二

友爭名氏伯仲之間見謝王

右倪瓚野石修篁

太行奇麗古名畫目以見之忘以摹（用從義自識語）

（見靑陽集）本學仙人具仙骨芽堂翠厂郎方壺

右方從義翠厂茅堂

一棹歸舟何自返衝風颯沓雨冥昏匆忙客

異子昭作（內府有盛子昭風雨歸舟圖軸摹寫舟中人及操舟者匆忙冒涉之狀頗得其神並幅放棹中流氣象則暇迥不侔矣）爲有雞聲報近村

（用徵明詩句意）

右文徵明雨舟歸與

玲瓏石畔立驢盧閉口生晴一事無伯虎亦

稱風雅士言深意寓長公蘇（讀畫狗防奸語）

右唐寅湖石驢厖

五柳先生豈是貧蹟同因爲寫其眞倚松對

菊無箇事疑待白衣送酒人

右陸治彭澤高蹤

名畫萃珍

儒服黃冠對弈盤緇流袖手坐旁觀鍊師自

擅還丹術開士賫來覆釜餐（二句隱括摩詰詩意）平路嶮巇此了了幻途名象任般般藝林牛耳誰富執早有人登詩畫壇

右王維圍棋圖

抑爲長信抑昭陽默坐誰能識寸腸聊得性蓮欄外伴忍教恨扇篋中藏無心去理驚鴻舞有髮羞爲墮馬妝便與世間留面目猶勝賂畫誤王嬙

右周昉宮人紈扇圖

誰云花事有窮時孤注請看設女夷黃白謾論八譜朶高低總是傲霜枝冷香宜自風前度瘦影偏於月下披畫院宣和此津逮試從勾渲認丰姿

右黃筌叢菊圖

倜儻千秋自不磨偶然遊藝與婆娑四株檜有高低境一例巖無分別科全是游龍圖夭矯那須退鷁恨蹉跎此翁磊磈多奇想知復胸中意寓何

右蘇軾叢檜圖

曲欄干側老松陰知己相於愜靜尋倚石不妨奇似貌剝蕉畢竟覓無心忘形何必輕簪組閱世依然論古今却笑阮嵇鄰放蕩一時沈醉竹林深

右李公麟文會圖

朔風吹雪滿千山縱有交遊絕往還消得此時親翰筒愛他古道照容顏開窗坐處渾忘冷入夜映來好是閒欲笑引光鑿壁者箇中三昧未容攀

右李唐雪窗讀書圖

萬玉蕭森翠影韜間（去聲）間（平聲）鬭局見方袍六波羅蜜無爭義入不還中有死壂此勝彼輪齊放下怡情適性且相邀依稀蓮社爲淸會背立之人定姓陶

右馬遠竹林僧弈圖

兩兩鴛鴦戢翼棲秋塘風定月華西已欣對立波爲鏡何必低飛浪作梯籠檻有時仍聚

首釜羃不入免調醯鷗波亭上枯毫際意寓
南華與物齊
右趙孟頫沙渚雙鴛圖
爭利分明傳范蠡扁舟長往又從斯吳顛越
躓胥夢幻月白風清無改移斷岸春波刺蒲
際歸雲遠浦落帆時𦪇薌箇裏人多矣知復
持竿釣者誰
右趙雍五湖風月圖
買舟將欲赴吳淞甫里勾留謾寄蹤見環自識語
幾曲遠山行且止一時南渚與偏濃主爲菊
徑陶元亮客是竹林阮仲容稍事經營易箇
淡只緣屬念在高峯
右倪瓚南渚泊舟圖
霜染秋林深淺紅書堂疑在絳雲中依然不
改惟獨樹似者爲誰立兩翁商酌吟情元與
白檢參畫格浩兮全平頭奴子須頻掃軟火
煎茶勝爨桐
右盛懋紅葉書堂圖

一笠孤亭對渺茫幾株高樹倍尋常依稀清
閟出塵格伯仲香光選佛場董其昌名畫大觀同藏內府自題爲選佛場云且喜聯珍同閱古更饒成珏兩存唐
畫冊惟一王維雪溪此冊首列王維圍棋圖次卽周昉宮人紈扇圖較畫猶多一唐蹟云
不脛羅致猶易舊目賢才愧莫當
右曹知白喬樹草亭圖
題名畫薈錦冊
京兆原稱士女工仿文雙艷坐春風一拈毫
寫一排思別撰傳神便不同
右張萱會文士女
施朱傅粉御時裝淡寫飄蕭御月光不識青
鸞背上者將王母命向何方
右周文矩月下乘鸞
布景長於漁浦磯江行初雪貯三希趙幹休寧人南唐時畫院學士有江行初雪圖卷其蹟貯三希堂與羲之帖同稱希珍莫嫌栗
烈輸橫卷颯颯蘆花已示幾
右趙幹霜秋漁浦
五尺之童牧且嬉瘦訛各適任犁隨蕘牽舜

箠有良喻治理亦惟弗擾之
右李迪秋林放牧
驟綱雪獺雖希見見圖繪寶鑑寒浦漁舟此厀觀
誰謂冬江魚不餌貪饕時亦上絲竿
右朱銳寒江捕魚
榴樹榴花榴結實皮開紅玉見磷磷翔禽翹
首其欲逐挾彈那知別有人
右林椿榴開見子
遠山欲雨佈濃陰待渡伊誰立岸潯旅舍隔
溪徒在望一壺信可値千金
右顏直之雨山待渡
西陽景色向誰尋幾箇歸鴉背點金獨坐茆
簷沉思者夕佳應有慕陶心
右劉松年日暮孤吟
雨絲風片一川稠路指前村歸牧牛背臥奚
童蓑笠穩勝他盛懋寫歸舟石渠寶笈有盛懋風雨歸舟圖
軸寫淋漓習涉之狀頗爲神肖較此殊遜明適也
右劉松年風雨歸牧

樓閣依然木工法見圖繪寶鑑漢宮乞巧値秋辰
看他窃宨穿鍼者隊裏應無辟輦人
右李嵩漢宮乞巧
松爲繖蓋舟爲屋碧水無風自不波烏帽朱
衣把竿者未知其釣意於何
右趙孟頫松溪垂釣
當年學士擬登瀛池館優游永日淸欲問彬
彬號仙者幾人眞有出塵情
右商喜瀛洲仙館
題名畫集册
著粉爲雪色猶看唐法存惟紓性情曠豈走
勢豪門二語用名畫評意山靜人絕跡林寒鳥不喧
香光笑顚米無李若能論是幅有董其昌題跋以米芾曾作無
李論使當日得見此圖亦必登之寶章待訪錄矣云云
右李成瑤峯珙樹
秋浦兩鴛鴦雙棲不改常蘆蒼垂白冷荷敗
罷紅芳似喜弗離別奚曾戀稻粱上人出家
者此畫却無當

右惠崇秋浦雙鴛
林句原蘇衆何人不願爲影疎水淺處香暗
月昏時自是詩中畫茲爲畫裏詩乃翁著筆
否猶此致然疑（書畫譜載馬麟遠之子能世其家學然不逮父故遠多以
己畫圖作麟款蓋欲麟得恩也此幀畫水中梅影致極生動故戲及之）
右馬麟暗香疎影
未知牛有角可亞鳳棲桐芳草雙遊綠名花
偏傍紅晨鳴相和（去聲）兩午舞獨稱雄（孔雀舞而張尾
多在午時）不以開屏麗何當入檻籠
右林椿花木珍禽
元素自耘生（周元素號自耘生）畫家不著名想當愛
高逸所以慕淵明五斗本無羨東籬覺有情
爲時酒氣勃爭座擬眞卿（張照臨顏眞卿爭座位帖幀末自跋
云酒氣勃勃從十指間出蓋自道其得意也是幀寫淵明醉態情景宛肖當亦同爲神來
之筆耳）
右周元素淵明逸致
藝苑號多能伯時具體稱（見珊瑚網及容臺集）簡圖披
小幅說偈似高僧磈石峭從減寒花朶不增

却教蜂四五飛繞惜難勝
右錢選野芳拳石
題名總萃珍
玉戲天工獨由人得自求不教隱僧寺却已
繫漁舟法密原常慣（語見圖畫見聞志）神超殊亦遒
國賓代圖壁品行可知優（畫家傳載宋景祐初命畫臣飽國賓
畫四時景於彰聖閣國賓厭慣不能下筆命克明代之可知其畫品之優矣）
右高克明谿山積雪
暗門奇蹟寫金華未識石羊本一家露柱燈
籠相顧笑笑他具眼失痲茶
右劉松年金華叱石
由來界畫擅孤雲眞僞相兼艱致分（內府石渠寶笈
多有王振鵬款然眞贗各半此頁的眞無疑）潭淹清溪渺遠域穹
窿迴榭矗層雯盡其體乃神飛表不拘法誠
意出羣百丈袤延功用得家王褒述寫佳文
（謂聖主得賢臣頌）
右王振鵬淸溪臺榭
横行江海混魚龍（二句檃括沈周詩意周傳雖見於隱逸然不過詩酒

（文士耳）已寓處士寫其狀然而稻熟亦竊食何
曾飢腹能相忘（反其意且嘲之）遐哉夷齊耻周粟采
薇獨樂西山上寄語千秋託隱人安乎否乎
當自量

右沈周稻田郭索

峯脚生雲氣花頭帶露痕意雖野體介寫以
韻爲根
是號六如者於如不著痕法非拘周（臣李唐）
孰得覓源根

右唐寅野芳介石卽用其韻二首

兩朶秋葵作俯枝向陽物乃弗承曦伊人涉
筆有別意似貌低頭待詔時

右文徵明秋葵折枝

竹寫王家好（去聲）菊傳陶氏耽古今不妨一伯
仲願成三疎處原存節叢中弗妒穠晚年懶
點筆（見藝苑巵言）贋作問誰堪

右王穀祥疎筠叢菊

予京天籟之閣中古來佳蹟蓄弗少而尤醉
心倪雲林疎落喜見此幅小山纔幾疊空不
窮樹祇三株古非槁是誠獨得淸閟神題詞
意在會其表

右項元汴空山古木

題四朝選藻册（元）

李思訓九成避暑

金碧唐家法將軍始椒源九成瓊殿疊百道
玉泉翻避暑曾貞觀傳眞擅化元魏（徵）王（勃）
辭縱典不及馬周言（按唐書高祖內禪後居大安宮而太宗每歲幸九成宮避暑其時馬周爲監察御史上疏有太上皇留熱處而陛下居涼處溫凊之道臣所未安云云考魏徵有九成宮醴泉銘王勃有九成宮頌二人之文雖極典麗然不過駢妍抽秘徒飾雕華較之馬周藹然忠孝之音相去奚啻逕庭之遠耶）

宋徽宗枇杷山鳥

結實圓而椭枇杷因以名徒傳象厥體奚必
問其聲（枇杷以形似琵琶得名）鳥自託身穩蝶還翻影
輕宣和工位置何事失東京

宋楊后垂楊飛絮

慶元有楊后可是出關西畫自女中佼書將

帝與齊風枝如向日雪絮不沾泥設較謝家
句一籌當讓兮

郭忠恕山店風帘

石渠多所弆眞贋或兼之內府藏忠恕畫甚夥卽雪霽江行圖
凡有三幅圖景若出一稿審閱眞贋參半蓋多假其名以取重耳小幅看山
店閒情在酒旗漢唐不拘法天地可爲師設
以循名較謂忠恕其名疎狂恐弗宜宋史載忠恕多游王公家
或待以美醞設張紈素於壁乘興卽畫苟意不欲固請之必怒而去云云其疎狂之態如
此何以與其名不相稱耶

燕文貴層樓春眺

渡海傳奇蹟麥人與葉舟見書畫譜聖朝名畫評幅圓
見神韻檃尺足風流繞砌紅將發叢林綠漸
稠欲窮春好處相共上層樓

趙昌南唐文會

南唐雖僻立亦自尚文規籌珮徜徉處圖書
左右披東瀛前擬法西雅後開師昌此幅取法閻立本
十八學士登瀛圖而自成結構後李公麟西園雅集圖布置筆意又脫胎於昌位置
增精密晚年還蜀爲見聖朝名畫評

易元吉羣猿拾果

好靜工引氣能吟更善緣棲枝墜岸穩拾果
倒空懸豈必問其數亦惟順厥天堯牽舜荷
箠可以悟難前

郭熙春江帆飽

春水放春舟風帆趁溯游可知事逢順須念
盛當憂畫有具深意覯無待遠求神筌誠獨
出詎止法營邱

王詵飛閣延風

戚里推儒雅莫如王晉卿詩交蘇氏軾畫法
李家成二者工其藝一時炫此名崇臺恣延
賞熟處未忘情
按鄒浩道鄉集云晉卿以尚主之貴日在
綺羅紈管閒而濡豪嬉戲皆風塵表物闊
此圖繪寫崇臺侍女景象是猶未忘情於
熟處也

張敦禮松壑層樓

不獨畫稱良讜言傳廟堂宋史載敦禮尚英宗女祁國長公主

元祐初上疏言王安石蔡確變法之害以退確進司馬光爲得可謂讜直豈特以畫見稱聊

樓臺頗富麗巖壑却幽蒼法得顧和陸譜

與章惇與王能甫聲悖爲政言敎禮忘德犯分踰正朋邪詆毀先烈乃謫官勸止朝參至崇寧初拜節度使諫官王能甫言敎禮詆毀神宗罪大謫輕不宜與之節鉞有僞紹述之志於是奪節仍爲留後亦見本傳

題詞非取藝風節可留芳

四朝選藻册亨

趙伯駒蓬瀛仙館

參差仙館類蓬瀛臨水依山風物淸可望不可即之處畫家別有寄深情

趙伯驌番騎獵歸

射得羚羊馱馬上淩風意氣自然粗韜弓撚箭仍獵去那學胡瓌卓歇圖

李唐竹林撥阮

長夏江村曾易名石渠寶笈藏李唐長夏江寺卷前有宋高宗題續得一卷筆墨雄秀亦係眞蹟原標爲長夏江村疑其有誤審閱圖中塔勢湧現是寺非村因改爲長夏江寺並一再題句詳見壬寅詩偶成人物亦高淸竹林不作醺醺醉却撥銅絲寄逸情

劉宗古瑤臺步月

步上層臺圖近月纖妍筆墨肖娉婷見畫徵紫微詩意分明寫小立依然看兩星圖中却無月故戲云

李安忠晴春蛺蝶

蝴蝶肖翾高復低春園風物已昌兮宣和畫院曾經試何未明拈逐馬蹄

蘇漢臣百子嬉春

春苑風和藹戲場猙獰頭角總圭璋問他粉本從何得應在魯論第五章

李從訓牡丹春滿

一朵鼠姑滿幅披祇容葉襯斥旁枝是圖畫牡丹一朵勢已盈幅其旁惟襯綠葉更無別枝想原圖必不止此自因歲久邊幅不全爲裝潢者裁去冊中多無名款大率類此謂他富貴已極矣何不分之獨占之

馬興祖疏荷沙鳥

葉敗花殘枝亦枯何來沙鳥立斯須伊人意寓南遷代似寫其噆爰止鳥

馬世榮碧桃倚石

寫生本自得家傳（圖繪寶鑑云世業爲與祖之子善並花禽人物山水）（得自家傳）葉綠葩紅春冶鮮別解喜他善鬪酌胞花傍以石之堅

毛益榴枝花鳥

榴子熟時鶯轉時（鴈以春初北歸鶯於三四月間方北去秋七八月榴熟時鶯即自北而轉南鴈於九月始南歸蓋鴈大耐寒鶯小不耐寒故鴈去早而來遲鶯去遲而來早京師及熱河不過見其一過而遲早略不同向屢驗之不爽是亦格物之一端也）野蟲銜得集橫枝笑他自喜欔供飽忘却有人彈挾之

四朝選藻册 利

林椿荔枝山鳥

蔡襄宋爲譜九齡唐作賦其意各自屬其文胥有據山鳥乃無心棲枝偶相顧

李嵩巴船下峽

夙稱工界畫玆却寫山水出峽忙不當就江快無比神超繩墨外是其乃所以

馬遠竹磵焚香

趺坐屧屩上鑪香獨自焚竹風拂淸烟趣在閒不問奚童立欲睡生認蓊濛雲

馬遠溪橋策杖

層樓出樹杪上更松陰布溪橋策杖人劇談罷歸去命意迴宜吟畫院故獨步

馬逵柳陰雲碓

柳陰結茅棚運水更驅牛雲碓舂穀食農民樂登秋斯樂豈易得祈年幾許憂

馬麟秋蘭綻蕊

寫蘭反楚辭亦足終古矣底識其爲秋疎葉護冷蕊意出常人表或遠代其子（麟遠子雖世家學然不逮父遠多以己畫書麟款蓋欲麟得譽也見陳善杭州志是幅意境超逸當即係遠作耳）

魯宗貴夏卉駢芳

夏卉那注名而却含至理白白（梔子）與紅紅（蜀葵）黃（萱）忘憂以喜分明詮五千無名名之始

牟益東來紫氣

擣衣及茅舍兩吟牟氏圖（石渠寶笈有牟益擣衣圖及茅舍閒吟圖俱經題句）小幅識東來那存名可呼（是幅名款圖章）

（無存原本標題牟益因仍其舊老子云無名天地之始與所圖恰合正不繫其名之有無也）却質傳其宗不繫有和無

朱紹宗菊叢飛蝶

趨炎殊衆卉放英獨於秋舞去風全香承來露半流綸者具神解淵明悟莊周

姚月華膽瓶秋卉

花似菊而紅葉則迥然異自題屬東籬（即用其詩句意）殊難解用意徒以設色工選藻許其厠

四朝選藻册　貞

錢選梅屋攜琴

茅檐重覆不計稔外樸其中何礙深（屋中深廊）三友雖然合同味（屋外並有松竹梅）一心獨自寄知音（謂梅）主人正爾虛憑賜童子却欣攜至琴（畫景如是）動操之前意已足四山答響靜愔愔

唐棣寒山蕭寺

萬樹梢頭見梵宮塔尖迥出竺樓紅宇懸秋意速天淨雲鎖峯腰無路通漫擬當前詩與畫可參即此色兮空孝恭（任）蕭寺詩獨識笑彼拘墟見未融（李學國史補載梁武帝造寺令蕭子雲飛白大書蕭字事南史任孝恭傳云少從蕭寺雲法師讀經論是當時即以此爲名寺之由至宋程大昌續演繁露見謂寺因蕭字名應屬其寺以毀劉禹錫詩句之誤按何晏注論語蕭墻云蕭之爲言肅也又晉王僧孺中寺銘有蕭宮敗構云云是蕭梁之前已稱寺爲蕭宮矣向題燕文貴秋山蕭寺圖見其卷後錄恂詩引蕭子雲事曾識其謬茲閱棣是幅寒山蕭寺圖益知因蕭字名寺者實屬過於拘墟耳）

夏泰岳陽勝槩

百尺高樓雉堞臨洞庭勝槩目前犇臨風把酒自怡性去國懷鄉孰苦吟尚覺蠅頭易爲筆竟如蟻目細標鍼（癸卯秋題夷齊廟四景即自寫卷中以限於紙境勉作細頭細書不資眼鏡尚覺易易茲閱圖左書岳陽樓記全文方不盈寸字形竟同蟻目以西洋顯微鏡照之方可辨眞稱絕藝）先憂後樂仲淹記至語眞先獲我心

王紱九龍山居

未至姑蘇先九龍南巡留詠憶重重孟端綸畫茲偶展三月風光如再逢獨見蕭然幾屋冷却殊蹤若萬民恭問他於是肥遯者詎扈蹕問可樂從

王紱雲根叢篠

磊磊石邊落落筠不疎不密得相親是爲知己交君子那復希他誇世人雲靜弗愁根移動風輕任閱代秋春介如節若相投處作者疑爲自寫眞

沈周空林積雨

茅屋空林居者誰窮愁烟火自然遲無端藝撫石田畫有意神模摩詰詩南國固當嫌恒矣（見畫中周識語）北方却是鮮（上聲）逢之題詞正值春惟仲所願息風雨及時

唐寅沛臺實景

陪家宰詠呈學士（是幅上方唐寅題詩款署正德丙寅陪大冢宰登歌風臺和詠並圖實景呈茂化學士云云俱未詳爲何人）實景成圖傳沛臺徒攬斯爲稱別矣不知其意竊何哉并存邑改語近指劉往朱來世遠猜豈謂爾時政多紊（謂正德時政）大風恐復起塵埃

周臣夏畦時澤

夏畦五日晴斯旱時澤東村（周臣號）景八觀防漏相於乘屋急罷登且喜置車（水車也）看（圖中景如是）潤秧漠漠濃含靄野樹濛濛遠接灘尚有怨咨未安者爲君周諮早知難

文徵明千林曳杖

云書云畫既云詩自許由來在韻詞閒作千林曳杖者眼空一代八圖誰龔峯置背意中足野約當前步過遲（畫中景如是）筆墨有爲法胥幻箇翁或實會於斯

陸治花溪漁隱

四朝選藻册每十四册題詩各不倫（近命內廷翰林續編石渠寶笈偶即唐宋元明集繪册中擇其尤佳者得四十幅題曰四朝選藻分爲元亨利貞四册幾暇胥爲題詠又各用一體首册五律二册七絕三册五古四册七律非以見異騁妍庶因按體弗紊耳）或以裝池失款識猶疑八鑑半譎眞（四册中有名款者不過十之二三當因歲久糊損褫潢家漸次裁去祇可就舊有標題人名各系以詩雖評鑑之下不能即信爲某某眞跡然烟雲過眼寓意而正不必留意於款識眞僞間也）花溪漁隱誠非贋陸治叔平豈爲（去聲）貧（用治語）近體七言殿全部消幾暇匪費精神

右四朝選藻四冊乃乾隆庚戌夏所鑒定者其時敕內廷翰臣纂輯石渠寶笈續編因出內府所藏唐宋元明集繪冊命擇其尤佳者得唐人一宋人二十九元人三明人七釐爲四冊冊各十幀以時代先後次其甲乙非於畫品有所軒輊也裝成後名曰四朝選藻以元亨利貞分標之緣就所有之幀爲去留故四朝惟取其人之備而其多寡之數則不能均焉次年辛亥淸和各題以詩分書幀中首冊五言律二冊七言二韻三冊五言三韻四冊七言律攡體分殊非以見異駢妍庶每冊各從其類弗致有參互淆紊之失耳石渠續編中此冊已著錄閱今數年矣而尙未登黃綾詩本蓋辛亥以後所成各詩或涖政事之大端或寫性情所偶寄與夫問暘雨課耕斂卽事摛毫均非無爲而作每歲詩本已盈無資以此補空逮上年丙辰大廷授璽初願幸符仰荷

天

祖眷詒精神純固予亦何忍遽圖自逸是以歸幾訓政猶日孜孜於事之重且要者仍如常年見諸篇什雖理宜簡詠而結習未忘浹歲所吟亦已足百篇二帙於是此詩復存篋中茲遊盤山以籌軍務望捷音之故雖來散悶而悶乃日增故卽景拈辭亦少於往歲旣檢斯舊稿錄登詩帙用補每年三春百篇之數仍於本畫冊末識其緣起如右乾隆六十二年丁巳季春御識

題十二月人物畫冊

正月

春信侵尋檻外梅倚吟秉燭共徘徊輕寒不入深庭院女伴携爐得得來

爛銀盤子上東牆繡線花紮不讓光翠蛾無語含情處一夜春風卜短長

二月

胭脂勻綴小桃枝別苑春和二月時鏡戸團圞清晝永楸枰斜倚共敲碁
竹籬石逕罨總紗逗漏春光日正賒恠底阿香移步晚爲拈紅絲偎烹茶

三月

清明時節杏花天柳岸輕垂漠漠烟最是春閨識風景翠翹紅袖蹴鞦韆
曲池風靜鏡澄波綠柳青輪兩鬢螺未許人間輕比似壺中遊戲半仙娥

四月

日日韶華鬭麗新鼠姑獨殿一園春蛾眉倚檻枏看處最妬沉香亭畔人
天香國色兩相爭轉覺詩人費品評氣韻風標都不讓只饒無語一般情

五月

池亭消夏坐薰風韻雜琴箏水竹同何用香奩重拂拭綺羅人在鏡光中
翠竹陰森夏日長冰紈初試午風涼玉魚貼體微寒切只少南方荔子嘗

六月

微風細雨柳垂絲荷芰香中語翠眉小立船頭渾不定碧波新漲一篙時
滿湖霞錦漾微風繡袂招呼挈伴同不數麗華誇步步春光六月綺羅叢

七月

桐軒晝靜綠針拋綠倚紅偎笑語交自是女郎工乞巧柳州文筆漫相嘲
新秋庭院足清娛綠蔭修梧三兩株步屧溪橋怯無力娉婷紅袖倩人扶

八月

石欄微冷透冰紗徙倚中宵玩月華環珮風清涼夜永水晶宮裏綠華家
峭寒已切薜羅裳雲外風飄桂子香指點秋光含意處遙空月色正蒼蒼

九月

深秋黃葉著霜添砌畔寒花映綺簾何必東

籬詩勝賞風情都付女陶潛

迴廊楓柏染新丹幾許秋光結伴看莫道綺羅人怯弱冰肌原不畏輕寒

十月

深閨寂靜重帷暖彝鼎縱横白壁雙消遣閒情寒不到小陽春日度明牕

何處行來洛浦仙衣裳如霧鬢如煙瑤池玉簡羣尋檢不數米家書畫船

十一月

文疏烘暖漏陽光刺繡工夫一線長捲起重簾風細處愛他輕度小梅香

玉漏銅壺滴響遲雲蛾無語立移時幀間繡出雙蓮朵多少幽情人未知

十二月

温室重闈暖氣勻党家冬日是三春寄言烹雪陶居士漫傲銷金帳裏人

貼貼貂茸稱綠鬟步來階雪印彎彎粉牆屈曲重門鎖獨共青衣一往還

題烟雲集繪册

展子虔雲山仙宇

北宗畫法有誰傳片羽欣兹見子虔冥洞靈臺璧天宇紫鸞青鳥侍眞仙行來星步八鴻遍對得瓊花四季鮮或曰停雲館中物（集繪四册）（相傳文徵明所藏舊題爲停雲集繪以無跋識可證兼有贋鼎數頁因存精去疵改題烟雲集繪云）烟雲變幻豈其然

周古言碧梧庭樹

設從題識辨求劍刻舟成（圖中無古書款識）見此唐初蹟謂饒古法誠梧桐蔓以萋庭樹窈而淸仕女嬉遊處亶其寫貌精（歷代名畫記稱其善寫貌及婦女）

李思訓僊島春晴

樓是蜃城圖是懸合非塵世合居仙上元夫人注雲笈雙成嘉慶相盤旋下視東海一杯水紅丸湧出琳瑯天瓊蓓琪樹靜微籟雲和奏弗藉管絃將軍妙筆山奇想經歷或憶前生前大同殿壁今烏有留兹尺素以小傳雖然斯人豈祇以斯傳棄官避武無愧賢

吳道元春月潮音

春江滿月印潮平視若無形聽有聲人似嫦娥倚梅樹默然對以認三生

韓幹淸溪飲馬

魏武子孫爲上足慢譽不畫骨畫肉一節所可致議者畫姚宋乃厠安祿奚官牽馬飲淸池難忘熟處長於斯固非三花及點黑脫謝鞍轡適性宜通靈感神或阿好照夜白眞同調（內府所藏有韓幹照夜白卷厲鶚題詠）權以石渠爲天閑皆其師乎曾寫照

張璪松林坐月

文通善畫松小幀驚初逢（內府藏唐畫固多此則初見也）一枝橫半宇措意固不同高人坐其下嘉蔭延淸風日夕不忍去爽拂霜鬢蓬問誰與爲伴皓月升長空

周昉蕉陰鎖吹

消夏靚裝坐綠天故知鳳管勝鸞絃含情按指未郁將葉際輕翻韻已然

陳恪秋山獵騎

秋山豔似春秋天淨如洗乘騎出遨遊不復擕弓矢臂隼獲原獸馱載付奴子旣逸而弗勞遲速在手耳寫者西京人或悟元之理

鍾師紹蓮舟仙渡

大海皛湯湯雲來望渺茫別時忘彼岸渡處藉斯航適意烟波趣通身荷芰香問誰能識得依約有東方

關仝重巒積雪

上突巍峯下瞰窮谷卓爾峭拔村彴林麓（四語檃括名畫補遺論關仝畫）畫譜所云曲盡神躅是幅如之名實允副雖佚款識信其眞玉靑出於藍沁水高足撫之寒手睇之晃目摩詰雪溪（石渠所藏）（名畫大觀册有王維雪溪小景曾於幾暇臨仿題句）此爲私淑

李煜壺中仙客

風虎雲龍圖霸略（見宣和畫譜）見稱所作過常流可憐絕藝高談者無救俘爲違命侯壺中壺外由出入借問誰爲出入人獨立更

無事爭奕玉麈龍縞底須詢

徐熙春風國艷

誰將三朵割留一（見米芾畫史是圖紙一朵白色）玉蕊居然落玉京紫魏黃姚艷堪斥文選詩甫品相爭澄心紙固殊渲染（畫鑑稱熙畫花果多用澄心紙）如布絹偏覺細精每以風前戒展玩恐防巽二妬瓊英

滕昌祐春雀引雛

卵既翼而長翼仍引以飛飛去不復返悵望徒含悲但恨飛者忍弗悟引者非害不思其初是謂未知幾

滕昌祐筠籠絡緯

點畫為草蟲吳人之所長（益州名畫錄謂昌祐其先本吳人）六月莎雞鳴（朱子國詩注斯螽莎雞蟋蟀一物隨時變化而異其名按古今注莎雞一名絡緯又詩正義絡緯鳴懶婦驚又張弱絡緯詞絡緯不停絕從昏直到明則今南方所稱紡績娘北方俗稱聒聒者近是而蟈字見周禮蟈氏掌去鼃黽注曰齊魯之間謂鼃為蟈又月令螻蟈鳴注蛙也是與蟈判然兩物又檢內廷所藏張照題鄒一桂畫蟈蟈詩云蟋蟀流黃催懶婦呼燈籬落戲兒童是亦以蟈蟈為絡緯也若斯螽據蔡邕月令云螽類乳於土中深埋其卵又埤雅曰螽斯一母百子故詩有子孫衆多之況則似蝗屬至蟋蟀即今促織秋初生得寒乃鳴故詩云蟋蟀在堂歲聿云暮比之絡緯與蝗形質較小如云一物隨時變化則小或能變大大焉能變小乎總之草木蟲魚古今南北異稱疏注家循名既紛而核實尤難因圖絡緯並及之）閨中懶婦忙覆以竹葉絲籠以竹篋著知為喜其音知為警其涼循名既已紛副實誠難詳不如泯形聲隨時賞景光

黃荃春卉鳴禽

春卉鳴禽尺幅中成都博贍有誰同兼工何礙學孫位守法還應笑孔嵩（見益州名畫錄）分立一枝關樂意能言幾囀識東風石牛（廟名）龍水那存堵絹素猶存片羽雄

邱餘慶秋蓼草蟲

廣漢家傳善草蟲肖期神韻不期工高低都適脈脈意動止無妨瑟瑟風照影偏宜秋水白禁涼尚有蓼花紅昆蚑各具含生樂誰識恢恢造物功

黃居寀蠟梅蠟嘴

蠟梅蠟其花蠟嘴蠟其鳥鳥謂花假借花曰

鳥襲鶒豈知蠟自蠟彼兩舌虛掉達者笑䩞然卽蠟誰所號叶迷頭認影眞似此殊不少

黃居寀晛荷郭索

從來螯跪善橫行稻熟秋風意氣生甲介向稱無所畏如何每入膳人烹

王靄荷擔指迷

晉人工畫佛道却非變相傳奇一擔尋常家具荷者行脚大師出門不知所向似問童子指迷聖在汝邊法爾如然又邪何疑佛兮經兮灌頂害不放下多斯

董羽滄溟湧日

溶濇望無極連雲湧赤輪榑桑定何處少海果稱神浩浩迷覗覽溦溦泯際濱堧牆不獲賞端拱豈知人類苑載董羽嘗於端拱樓壁龍水皇子幼見而驚畏遂不獲賞云

王道眞竹林晏坐

知己高文進寫生王道眞竹林遺小幀湖石坐高人拱手自無語澄心獨有神儒乎抑墨者崖略孰推循

童仁益仙人蟾戲

跣足蓬頭者草紳木葉衣戲蟾或劉海得兎自孫微不道九關閉誰云八字非仙遊閤下望那復認依稀

侯翼周處礪劍

陽羨嘆父老三害猶未除子隱自勵志問害爲誰乎入山射猛獸水搏蛟而誅見陸情以告朝聞夕改塗克己脩忠信卒爲賢大夫安定寫故事彰善非虛圖以何重丹青丹青與道俱

趙昌荷塘鸂鶒

花鳥從來屬劍南水禽夏卉照晴潭鴛鴦無礙稱其紫弟子有時勝彼藍名畫評稱昌師滕昌祐後過其藝云水宿相呼如解救沙羣式度自能諳漲灘落鳥尋常事何涉西臺紀怪談

趙昌寒塘鳧侶

平湖已動鯉魚風湖岸秋花色尚紅波上雙

鳧多樂意依稀識者有吳融

易元吉仙媛採芝

飛泉出峽青草木四時馨仙者於斯駐地兮亦自靈九光閒採擷五色辨儀形壺裏無窮樂何須過蔡經

易元吉蛛網攫猿

蜘蛛張其網捕物供腹屠黑猿伸長臂攫網爲解紛忍及不忍間二者高下分如何蟲與獸有仁有弗仁慶之非寫生直以畫訓人

宋迪南山松鶴

是誰欲上南山壽宛見松蒼鶴爲友復古未必肯出斯標題或憑後人手其示用之（陳）觀敗墻天開奇想非尋常庸渠自爲世俗態作祝嘏畫張高堂松實貞松鶴生鶴溪外南山殊峻崿謂宜贈之隱君子居可逍遥饑可樂

郭熙雪林广屋

布景不妨巧得神宛欲仙石崖聳幽屋古樹接寒天何必拘留白亶其迴入元細觀點粉意先獲我同然（往年畫山水小幀出新意以灑粉法爲雪景圖成疎密飛舞頗具繽紛之致觀熙是圖點粉畫先得此意云）

崔白秋鷺出浴

人本濠梁者自閑鳧鴈姿家鷺出浴後野水傍秋時刷羽涼非濕（凡水禽出水其羽無不立乾）延晴望以怡辭官性疎澗（見圖畫見聞志）愛合契義之

崔懿秋原隼攫

草枯眼疾厲金行搏兔陷胸先決晴枝上雙禽驚欲避予中狀物善傳情

戰德淳石岡羝牧

其蹟初未見其人亦罕聞獨於畫繼中知爲畫院人玆撫羝牧圖藝精泉鮮倫石岡立兩羝亦非三百羣觩觩意自得罷鬭如相賓想寫蘇武寐萬里意入神（見畫繼）玆幷寐者無適哉物性眞

宣和翠鑿紅橋

端邸盛名已早布惟嗜書畫及射御宣和集覽至盈千爾時唐蹟存猶富雪江點竄出王

維香光精鑒或弗誤石渠寶笈所藏宣和畫江路棹圖卷後有蔡京題識又載其昌跋云宣和山水惟見此本觀其行筆布置是右丞本色宋時安得其匹意當時天府收貯維畫尚夥或徽廟借名而楚公曲筆亦未可知云云是以向年題圖有宣改右丞姑弗論玆存楚國信非誇之句今觀此幀結構古雅沒骨設色不用皴染畫宜和繪事精妙其於唐法本所優爲正不必借唐標宋也香光賞鑒名家其云宣改王維亦或有所見耳此幀結構全唐法翠壑紅橋間丹樹沒骨設色謝皴染天以爲倪意爲赴嗟哉多藝無不能獨不能君是何故

宣和海鮮貫竹

貫竹海鮮不識名宣和何以寫形成疑因馬政通金反證己劬勞涉渤瀛

趙伯駒仙山樓閣

伯駒小景世傳多贗鼎紛哉此不訛樓閣界無失分寸峯巒層自蔚駢羅蘭香降夜迷星斗蕚綠行風響珮珂設使瑤池王母問難將蹤蹟荅如何

趙伯駒水閣彈碁

界畫差如時世裝別開生面景蒼涼水亭對奕閒延爽局趣橋中笑彼忙

畢良史溪橋策杖

石溪那畔草亭空森森綠竹佳蔭籠過橋奇亭者兩翁橋頭小立顧語衷聲不可聞神可通濠梁之上莊惠逢儵魚出遊意從容魚知樂否相諮中炙轂博辨不可窮

李唐山逕休犍

八十餘猶善畫牛農人耕罷放教休却看野烏飛翔任不羨金絲籠絡頭

蘇漢臣雜技戲孩

奏技向長街鳴鑼復擊鼓有興湊拍敲無暇郎當舞得錢誑兒癡奚辭身勞苦將謂愚彼孩不悟孩愚汝

劉松年列子御風

二首一韻後章反前章意

或似空行或地行最能寫得御風情設如刻畫句五蹟轉失南華寓意精

順風雨腋若飛行飄灑衣衫曲盡情設論鄭

人本面目推敲字義却非精
按司馬彪注云御迎也迎風而行則逆風
此圖爲順風而行故戲及之
劉松年柳閣幽談
綠柳陰碧溪上背透迤面昭曠閣三間如野
舫兩高人坐對向談何事和而倡弗可聞惟
可望賓與主各相忘遯之肥貞无妄漢子陵
晉元亮異代交他難傍
張茂蓮葉水禽
艷稱善小景（見畫史會要）小景果如斯野鳥閒棲
處枯荷欲敗時霜情傳有信水態望無涯詩
品如相較郊寒定不疑
李嵩天中水戲
少學匠師習繩墨（見圖繪寶鑑）自然界畫致精工
試看樓閣龍艘上不涸延袤此意同
天中競渡戲西湖令節嬉遊作暢娛稱姪腆
顏棄河北競之一字向金無
李嵩朝回環珮

紹熙畫院畫朝回珮環左右貂璫陪隔月偶
從重華返爾時紀綱眞奇哉馴致半年不一
覲玉津與后同遊進父子乃藉人調護斯言
誠弗可爲訓畫圖要在扶世道錢塘示戒意
眞好不似戴琬劉益輩宣和間但工花鳥
馬遠松下繁梅
喬松根厠老梅枝古幹繁英各擅姿儉不嫌
寒（松）奢匪俗（梅）橫無失直（梅）竪猶奇（松）山中
老宿相依處林下美人下顧時底事院工稱
獨步別裁原有出羣思
馬遠剡溪訪戴
溪融坡積雪殊意故事仍稱訪戴爲兩岸無
隣中一舫知他是去是還時
馬遠紫瓊深艷
祇許徘徊觀望（玫瑰有刺羣芳譜一名徘徊蓋謂艱於採擷也）却艱
採擷梳妝染面不輸藥紫衞足雅似葵黃品
在可食可佩質標有色有香漫說嵩山深處
碧英迴出尋常

馬逵棠枝么鳳

畫院難兄弟（逵馬遠弟也）翎毛竟過之（見圖繪寶鑑）茲看么鳳態倒掛海棠枝疏渲極精緻飛鳴任戲嬉雖無稻粱蓄金絡却辭羈

夏珪冒雨耕莊

族雲送雨兼以風溪田罷耘歸老農破蓑不支襏襫透迎頭更覺其力窮力窮耕到茅屋底身實勞哉心實喜禾如助長卜秋收完租債更育妻子

陳容雲海起蛟

爪三為蛟五為龍是誰傳之陳所翁借問所翁何以知亦惟見之其圖中大海湯湯雲容容蛟起其間雲海混同為利為害未審其蹤千奇萬變不可殫窮則寶非如龍德九五在天利見贊化工

張仲紫禽啅果

綠樹垂紅果黃喙落紫禽後無挾彈者飽啄且娛心

衛昇秋鶉野趣

蘧篨不能俯傴僂不能仰仰而吟秋風俯而啐粒壤俯仰頗自得應在二者上（叶）衛昇寫生即衛風切言奔奔意斯倣

趙孟頫疎軒高臥

廊通水閣虛俯水敞紗疎冰簟漪紋映細牀暑氣祛晝長罷行飯涼納且攤書高則誠高矣能無類宰予

趙雍秋林獨騎

家學秀王孫秋林尺幀存紫騮小步活烏帽客心軒落後急儑僕噌前亘野原高低張錦樹默識那無言

高克恭夏村雨艇

較米差分明比董則渾厚兼兩用其中精出尚書手夏村雨欲來風滿雲相轃（叶）高人望村歸野艇趣不苟與水合一相遑問濕衣否

錢選北苑鬬茶

石渠頗彝雪溪蹟設色繪情都逼眞茶鬬茲

看白描法伯時高足繼精神

茶品茗烹各出奇囂人近利乃如斯可憐水厄至於是萬事由來例此知

錢選苕茵臥犬

苕茵飽食恣安眠何處郊魏俱氅然掀見陳書爲命金廷標倣誰知鼻祖雪溪傳尚書錢陳羣之母陳書善畫能臨倣各家往年陳羣嘗進其母畫冊每幀俱有其父錢綸光題句因其家傳遺蹟不忍留之爲各題一絶賜還陳羣倖什襲爲傳世之寶並命金廷標倣寫成冊弆之內府今觀錢選此幅因憶陳冊似有是圖爰命取來證之則實倣此但首尾易其向乃知雪溪家學淵源有自也

錢選春水遊鯈

春水既溶瀁春藻亦流麗鯈魚作隊遊瀲瀲緣波際喰喁適其性底須論莊惠

錢選雪團吠犬

哆其口知其吠也胡爲乃然羣以稀見爲怪叶也口則哆吠則知也弗以無賊而畜不吠之儕叶也

王振鵬映水樓臺

下淩無地上淩空般礴精神想像中此日未詳平樂館早年曾寫大明宮還來小幀猶吉羽俯得清波映綺櫳鑒照每欣瑩鏡展往來祇許跨虹通高誰能匹出羣獨細豈傷纖積健雄伺壘引繩曾弗爽圜規方矩杳難窮遠山更帶林枝綠近水還支荷柄紅作序孰應成腹藁輕舟合借片帆風

王淵秋荷水鳥

荷花落盡餘荷葉立葉野禽意若憐何不長空獨飛去些兒積習與全鐍

王淵秋圃衆鮮

雜果與羣蔬例是得霜好圃師工培植豈論樊須小持以鬻街頭獲利猶苦少嗟彼久辛勤何曾享一飽

王淵曉露秋葵

曉露方濃際朝曦未上時何以知其然葵花分向枝一解圖中葵二朵各分向設使陽光騰雙花同

東向是誰使之然葵亦那知狀解二同爲植生卉而葵獨向陽惟其所以然喻忠冠羣芳解三羣芳各爭時而葵獨占秋板蕩胡不然是用興嘉謳解四

乾隆御覽之寶

新編乾隆御製文物鑒賞詩

下

石光明　主編

國家圖書館出版社

林子奐竹崎圖

坐石談仙訣仙風拂綠鬚海天無盡意師法自方壺

莊麟翠雨軒圖

白屋哂江天林泉意洒然奇蹤驚獨見絕唱幸猶全古樹圍青嶂平橋界碧川香光論福慧眞透畫禪禪

題明宣宗畫魚缸

魚樂非關濠上夆玻璨缸影露浮沉看他呴藻乘波趣頗見民胞物與心

花下貍奴歌題明宣宗畫

湖石秋花庭院閒一雙貍奴據茵跧不為登局亂棊盤何弗捕鼠坡翁訕分明寓意於其間而乃陳郭拒讜言責人則易責己難復議此者那能刪

題明人鄧尉觀梅圖

勝地相將勝友招觀梅燈節雪初消（見陸治識語）清香淨色兩無盡畫格詩裁一例超手眼不

太古無名字何致人疑布與廬

文徵明晴山策騎圖卽用其韻

昊天晴似未晴時過雨前村水滿陂款段溪橋如怯步因之也與意俱遲

文徵明聽琴圖

長松踈竹夜堂清橫膝焦桐澹蕩鳴更不題詩應有意昌黎猶自致閒評

文徵明山村嘉蔭圖

重陰綠樹覆茅堂卯索遺編共榷商童子烹茶不妨緩相投水乳正言長

題文徵明紅葉漁梁圖卽用其韻

繡繪嶤峯瀑帶崗秋光入意兩茫茫停雲若貫惠山酒問渡應知溪號梁

題文徵明蓮池濯足

炎夏乘涼濯虎邱（見徵明自識語）軒軒高致傲王侯蓮池漫道方盈畝泮逮臨淄萬里流

題文徵明獨樂園圖用蘇軾獨樂園詩韻

更教移竹補林盧長竿選
來自釣魚
香色晶晶總淨娟院體不
類院體此幀獨有氣乃其能作也
畫中悟
風度應於意表尋子固高
標細模擬墨林爲贈是知音
並倣趙子固法款作寫贈墨林
聲因其索爲賞鑒家故倍加精妙耳

仇英水仙蠟梅

冰鏤芳葩綴嫩枝託殊水陸契風姿月明相
對如相語只恐人間金玉之

題仇英桐陰畫靜圖

日長山靜綠梧稠坐聽沿階活水流一室蕭
然惟四壁片言得意足千秋心將太宇同寥
闊意與閒雲共去留掩卷匡床高臥處蝶原
是我我原周

題仇英水仙蠟梅小幅疊舊韻

而珠隱現碧爲瓐也珊縈紆襯來規矩準繩外意寓多聞直諒乎可惜斯人成古畫徒珍過後自嗤吾

題金廷標負擔圖

負擔歸來獨叩門家人秉燭啓黃昏較諸貧見棄翁子相敬高風有足論

題金廷標留帶圖

東坡玉帶既貯之以檀匣復爲錦囊什襲用示珍重白綾裹命金廷標爲圖因成是作題之

愛帶都緣爲愛人言之不足命傳神恍如坡印視予笑笑是居然未離去聲塵

題金廷標紈扇畫景

倚柳溪邊俯玩蓮清香淨色弗誇妍設如碧

倚窗哦（庚陽樂賢堂領酒臨倚窗）良話知奚謂高情有足多停橈獨坐者興會又於何

王蒙秋山草堂圖

靜看黃鶴山樵畫神蘊鉛里高人詩兩行秋樹紅復綠獨拔中峯參且差意行水宿皆適性谷粒坊芹可樂飢茅簷把卷何爲者此間奚必重題詞

王蒙秋巒夕照

溫潤神情秀拔峯溪橋策杖有人逢底知夕照秋巒表幾點丹楓間老松

題王蒙雪景

萬嶂皚然一玉如高人[illegible]翠[illegible]今涂皮[illegible]合

瓷枕

瓷枕通靈氣全勝珖與珊眠雲渾不覺夢蝶更應安僧榻雨花亂客衾霜月寒盧生如識此豈復嘆邯鄲

白瓷枕

枕石不如流漱流不如石瓷枕堅且潔堪贻如玆客旣質玉之質復白雪之白磨涅不磷緇拂拭多光澤恍揺神仙人精神㿻内積豈伴窈窕女粉黛汙顔色可薦牀之東亦宜牖以北張氏榴應羞錢家石豈特盧堂夏午開松濤泛幽席揭此夢羲皇古風如可卽

咏花瓷書燈

誰將大邑瓷相並九華枝繼晝明爲用無塵靜與宜消閒覓句際伴影讀書時何必昭陽殿徒誇金玉爲

詠瓷掛瓶

依然膽槌式（膽瓶紙槌瓶皆瓶式之最佳者）却異汝官珍動挐路搴秀靜懸屋㿻春製惟 道不易

公對昭侯會賤者瓦巵貴玉瑛注漿漏或不可乘則用瓦矣玉在屏（叶）三復絜矩將毋囂瓷無款識留標名中含銅膽生綠青底書宣德胎大明相依表裏如弟兄閱數百歲猶聯幷神物守之語信誠可以貯水簪羣英拔辭繹義靜六情

題成窰甕餋溫壺

尊彝夏商制姬室或稱壺形有方圜別意標義順殊精陶見成化大輅始昆吾文古蔚甕餋戒存惡旨夫

成窰雞缸歌

李唐越器人間無趙宋官窰晨星看殷周鼎彝世頗多堅脆之質於焉辨堅樸脆巧久暫分立德踐行義可玩朱明去此弗甚遙宣成雅具時猶見寒芒秀采總稱珍就中雞缸最爲冠牡丹麗日春風和牝雞逐隊雄雞絢金尾鐵距首昂藏怒勢如聽賈昌喚良工物態肖無遺趨華風氣隨時變我獨警心在齊詩不敢耽安興以晏

詠嘉窰娃娃杯

脫胎始永樂（世傳永樂脫胎器最輕薄然皆白色無繪畫）歷代製增佳秘器見嘉靖開庭戲衆娃傳神有獨巧撫手稱（去聲）精揩五字非玩物興予少者懷

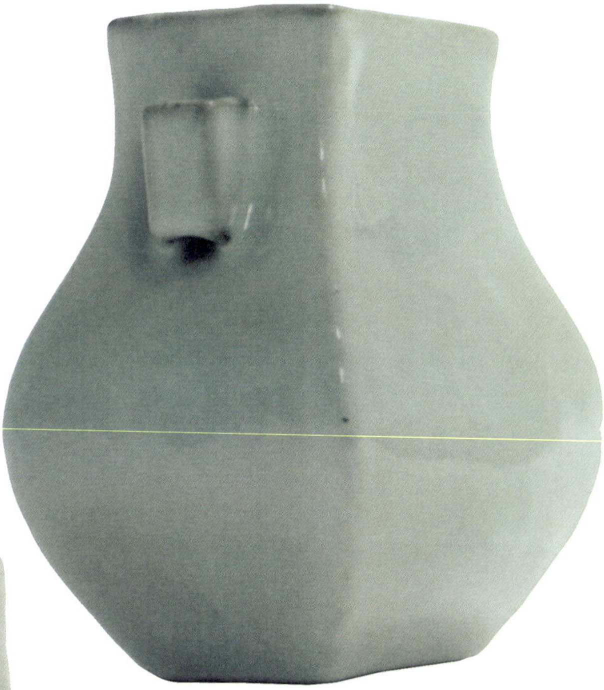

官窰爲甲哥窰乙脩内定評出宋甆生一何
妨遜生二宋時章生一生二兄弟皆龍泉窰工生二所陶青器純粹如美玉是爲官窰生一所陶淺白斷紋號百圾碎是爲哥窰評者以爲遜於官窰獻之曾
是勝微之方難圓易如人品凡製陶器範方雖於規圓以方者難於均齊平正若火候微過易形其窳以是方器佳者流傳甚少取美棄瑕
亦理宜甆器雖於輕入故哥窰率爲可貴雖有微瑕亦當偁取其美置几
簪花芳滿室却饒觸目引清思

詠官窰小方缾

中矩折旋畧橢之陶成北宋至今貽縱微髻
墍珍以古設使新瓷誰顧其

詠官窰小方缾

官下柴一等希珍致亦艱撫無蘼暴類置合
硯甌間穿耳便携帶澄心伴晏閒方難圓易
冶瓷器圓者鏇之立就獨方物即至小亦須手捻而成最難完整見巍天外乘可
以悟身閑

詠宋官窰八方缾

邵局倣東京官窰因得名兼隅同卦列守口
匹如城可以事覲世蓋云缾寓平爾時南北

硯東坡謝人送硯云吾兩手其一解寫字而有三硯何以多爲猶然愧古人

題玉韘

和闐產玉土華浮何必端惟古玉求却我輪前頻注中孤他依舊事雕鏤鵠侯久置笑空飲馬射勉爲藉引彄自臂病不能擪中久罷射鵠猶行圍藉馬力尙能射獸外暈紫雲中白月詰戎隨處可忘不

題松鹿玉韘

古松之下濯伊尼飲水食苹適性宜刻韘鉤弦還自笑擇肥命中去聲又何爲

題鶺鴒梅花玉韘

鶺鳥花間立依稀夢裏歐因材堪琢韘就玉韋黑處琢爲鶺鴒餘以竹枝花朶襯之致有佳趣兆瑞漫銜鈎黑白呈雙質形處句去聲四侯如問鳴唎唎香共好音流

詠射鹿玉韘

快馬飛生耳後風浮麈數肋中去聲無空漫言刻玉占佳兆發羽抨弦屢此同

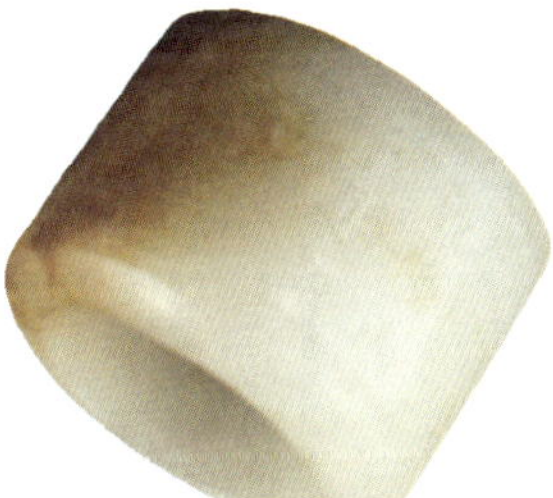

如吟七字定爲……

題和闐玉樊桐……

樊桐崑𡶴原一脈 漢書張……源其山多三……考古圖書名河所出山曰崑崙……南子圖風樊桐二山在崑崙閬闐之中則樊桐與崑崙原屬一脈按崑崙在今和闐西南回部水皆東注是和闐之河當與崑崙通而和闐夏月水盛漲玉子隨流而下者最多其質較山產者尤精則水玉疑多自崑崙來也

流入和闐產玉精試問相咨定誰氏西梁北

谷逃仙情 皮日休詩傳得三元飽飯名大宛聞說有仙卿自注云按西梁子文撰黃錦𥿻書十通其二傳大宛北谷子自號青精先生是器所鐫仙侶豈卽西梁子文北谷子之流耶

題和闐玉雙魚洗

雙魚同漢式圜洗異周金 周銀弦紋洗錄西清古鑑 貯水

色如一非銅味不侵堪欣漸還古弗致日趨

今設展羲經對應知君子心

題和闐玉倣漢獸耳洗

夏商無洗器有自姬周始 夏商以前無洗至周始有之博古圖所載諸洗亦始自周且云古者天地左海故洗當東榮 量材倣漢製漢

亦千年矣師古袪今俗是吾乃所以復思洗

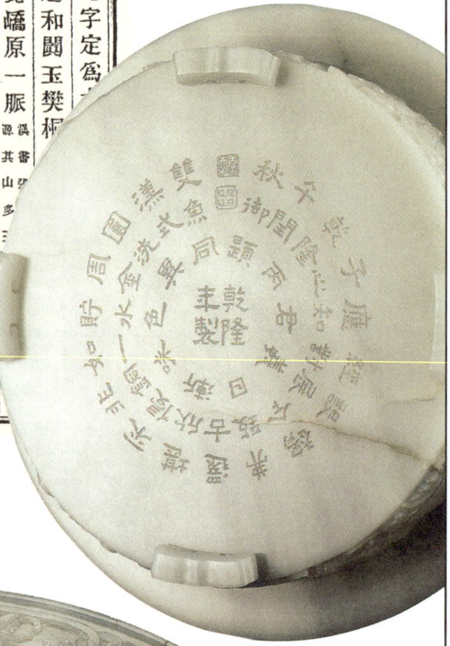

蔗段增華製越精，飛龍九五喻同聲。肖形那處十人諫，出角宛看八卦呈。詎有惕乾勉帝德，祇惟脩煉冀仙京。慎哉閱器必閱世，定論難辭惇史評。

詠嘉靖雕漆三星盒

三星像設致虔禮（光明殿旁廡供三星，猶嘉靖年所奉祀也），寫意還教作器陳（是盒刻福祿壽三字儼翔翥其間，工作巧而寓意精，蓋當時脩醮所用也）。福祿壽原修為己，正剛柔那乂勤民。貪婪豈復問奸相，令政大都付椽人。詠物由來堪論世，戒之寍在果園珍。

詠倣永樂朱漆菊花盤

吳下髹工巧莫比，倣為或比舊還過。脫胎那用木和錫，成器奚勞琢與磨。博士品同謝青喻，仙人顏似暈朱酡。事宜師古寍斯謂，擬欲擠吟愧即多。

再題倣永樂朱漆盤

碎瓣菊花攢，倣成永樂盤。匪黃處士訝，渥赭碩人看。在手若無物，因心識有官。思量均易

意實發於心以應（去聲）理與事是卽所爲如於我原皆備而何曲瓊者乃亦名如意莫識其所始（如意之名不見於六經蓋始自內典而滕製自六朝耳）以爲代語製吉語徵新春無非祝農瑞温樹積甘玉把映色同梓憶彼上農夫安從知此器

詠白玉如意

盈尺和闐玉良工琢曲瓊惟堅待爲錯曰白自含英底藉公孫辯還嗤惠子鳴指揮供代語靜默足沈情

詠白玉如意

良玉今來夥公私胥取資（自定回部後和闐春秋貢玉如額賦而私鬻蘇商者反多良材雖知之亦不甚究也）量長已逾尺揣色乃如脂代語指揮便從心左右宜求諸道非道尹語更堪思

詠白玉如意

入圖宜上士著句合初韶俗檥祛多飾良材果不雕指揮資語代温潤覺神超設曰徵如意所希暘雨調

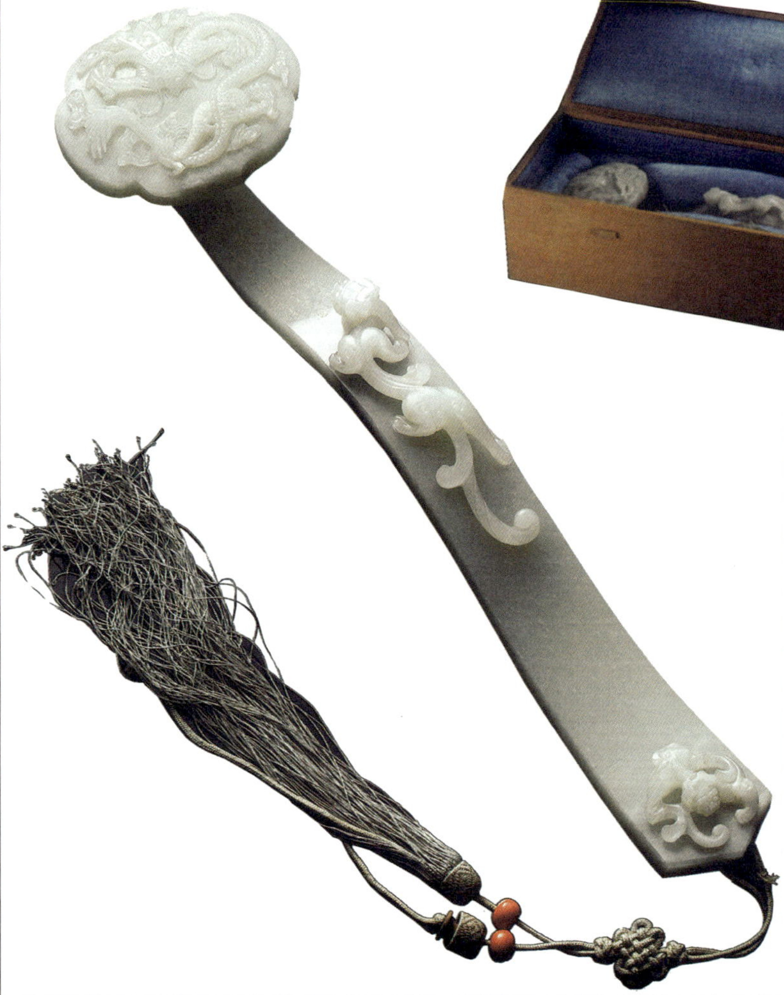

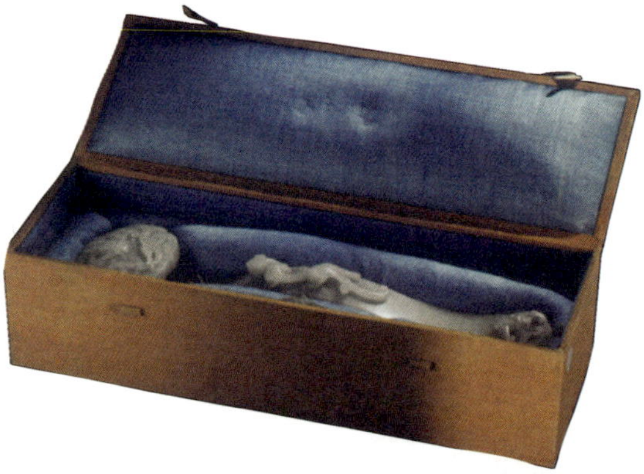

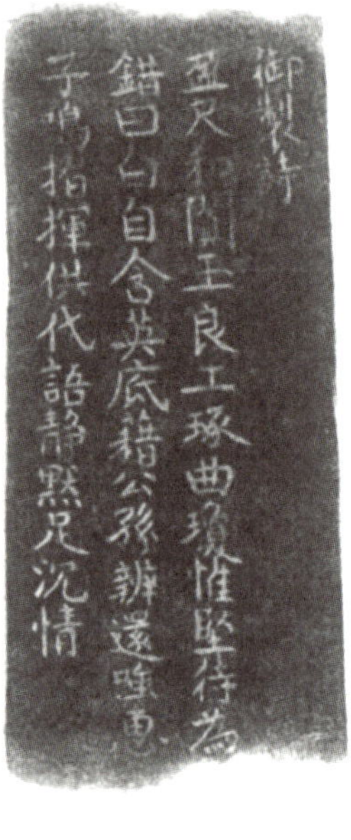

處華耿都以靜爲宜下方偏有空白處雅似
居然待我詩

詠漢玉飛魚珮

是珮蓋本爲素璧因破其半玉人因材
製爲此珮然又不知經幾百年矣輙成
是詠

素璧本在炎劉前非蒲非穀象月圓入土血
浸經千年出土跌破非昔全幸玆一半猶善
完玉人因材施雕鐫飛魚作珮最杀鮮是故
何以知其然凡深刻處脂質宜平者依舊紅
暈殷外匡內好可按看靈鱗振甲疑躍淵稜
稜鬐鬣如噓煙助山浪水疑信焉李唐賜袋
誠小旃牧人入夢徵吉言

詠漢玉延年珮

璧圜鄂瑑刻玲瓏上有雙螭盤容容繚轃可
佩禮六宗三代法物玉府充文曰延年延喜
同果然閱世出土中伊誰所用思無窮

詠漢玉龍尾觥

晬如復穆如千載闕居諸有刻無痕蹟中孚
貫實虛較之今罕有惟與古相於謂曰炎劉
物殊爲頓置渠

詠漢玉龍首觥

龍尾多看龍首鮮（上歲內府藏舊玉龍尾觥頗夥龍首觥祇此一器）
（製古而質溫潤儼時物也）似初九或是重乾戒觥勿用同
饕餮刻體無妨現半全珍此歲陳出炎代非
他年貢自和闐玉河良質頻曾做（近年頻用和闐貢玉）
（做此式爲之）舊勝新惟器亦然（宋何反題任臆意）

詠漢玉龍尾觥

龍首銜觥當龍尾貼觥身三螭相蜿蜒猶未
具角鱗追琢具古法代古泯琢痕而何出入
土乃復遭陸渾（是觥蓋遭回祿者）因悟物太美往往
多遭迍剝而弗失貞是謂全以神

詠漢玉龍尾觥

視之有紋撫若無製在三千年上乎土華隱
現璘璘鋪龍形蜿蜒風雷扶觥哉誰議觚不
觚厚薄內外如一模古人濇樸巧弗偷（叶）工

詠玉器

題周玉璧

圜好琢嘉穀芝紋外繞之製雖非子執器則寶周遺古氣如可挹土華常自披寸陰珍是競與嗣讜言垂

詠周玉素璧

質本羊脂白色今栗子黃難因辨蒲穀全不藉文章穆穆含元氣英英孕葆光原爲人世玩笑古賚收藏

題周玉穀璧

二千年已上五等執之任肉好胥如制穀夔兩邪侵（肉倍好璧之制也此璧好寬一寸肉寬二寸正合制度內肉爲穀紋外肉爲雲紋垠鄂分明特稱佳製土浸精刻更不待言）撫誠不留手對則足澄心懷古睪然處盒關珍珙琳

詠周玉斧珮

土華雖受邪斕斑一色輕黃淡赤圜寓斷佩弦佩韋似稱珍有質有文閑流傳那覓殷王斧符瑞堪同西母環自是沉埋幽壙物不知何事出人間

題周玉斧珮

尙質無文藻取裁有斧形量材剛半尺望好具三星（珮有三孔骈列）玉矣光仍葆佩之德比盒証惟珍韞櫝姬室緬儀型

詠周玉尺

周尺未盈尺漢前果是前自然存古穆曾邪事雕鐫物閱滄桑世吟憇四十賢量材設相擬惟帝尙難旃

詠周玉司寇匜

司寇鑄銅曾作彝鼎鐘款識與傳之錯金銀已詳稱古琢玉琳欣忽見斯回祿雖經英不變（是器曾經鬱攸所炙而英華尙存知其本爲良玉也）六清如設用堪資掌邦禁者伊誰氏董正周官與睪思

題周玉亞尊

銅嘗鑄而彝玉自琢之重（是器製同西清古鑑中周亞尊）難

考亞爲孰總供祭所宗形非犧與象用間（去聲）
旅和從穆若古相對依然敬以恭

詠周玉饕餮尊

尊稱饕餮西清圖銅既有之玉豈殊戒貪喻
象垂嘉謨他山良質加追磨（叶）千年土蝕暈
模糊絳雲容容護體膚偶閱舊器缶盈孚多
年闕詠誠爲疎題句遂以心惕吾所戒宜惟
飲食乎即今海寓歸皇輿持盈保泰敬畏俱
邉敢他願止足無齋名戒得斯意勖

詠周玉亞鼎

亞鼎猶周代匪銅以玉爲千年土華暈五德
石英斁詎必珌模鑄原資追琢施較金貞罕
見堅脆義堪思

周玉赤刀

玉德恒温潤刀形寓銳剛已看廉不劌信是
久彌彰蒸栗標奇色如虹叶景祥宜惟珍古
物風俗想成康

詠周玉大赤寶刀

赤刀有一應無二致二一疑捉者然（乾清宮舊貯一盈尺周玉大赤寶刀古質穆然識非僞者因題詩匣弆之茲復得此較舊者贏三寸又十分寸之五益昔者色粹而此色赤彧即西序所陳云）實責循名器斯
有後來居上語猶傳論年雖遜昭華久陳寶
還忝大訓前弆匣題詞依舊例豐城耐可偉
之聯

再題周玉大赤寶刀

大赤連雙事亦奇氣求聲應有如斯奇爲其
別偶爲合伯氏吹塤仲氏篪羊已脂藏曰瓊
否雜誠冠暈號璊宜由來物聚於所好珍在
茲斯愧在茲

詠周晉姜鼎玉版（兩片各爲一器）

千年玉鼎晉之姜毀破惟餘兩片匡雖向世
間彝耳足罣思廟裏奉烝嘗滄桑浩歎原無
定離合應知曷有常七字各題同泐識用資
佳話佐文房

內府玉版兩片各承以檀座爲綈几倚墨
之用俗所謂墨牀也忽憶更有一片共雕

琢頗同命取以比較之則鬵鬶款式無不脗合蓋玉鼎匜之兩而也久更毀破匠人取其尚完者製爲文房之用而其連耳之兩匜及四足則不知流落何所矣以西清古鑑證之爲周晉姜鼎無疑慨然成句各鐫其背

題漢玉璧

製傳自姬周稱謂率炎劉名實何常定完全喜尚留夔紋圜外緻粟顆簇中稠庇蔭登嘉穀王孫寶有由

題漢玉璧

質蘊羊脂白膚含鱔血殷祇應伴泉壤誰識出塵寰可欲兹當戒無瑕漫擬訕如將挂素壁寶月絳雲間

題漢玉璧

藉甚結璘車飛來古月如吉雲常暎護精氣早含儲佩德思無斁不雕質有餘永惟君子貴詎止重瑤琚

題漢玉璧

土華盈手鑀璘璘大孔規圜製朴湻進道不如先駟馬同心有若擲河濱誠看特達經千載言念溫其見古人質以天全容以粹世間燒染自紛陳

題漢玉璧

環以夔紋圜粟寶量之肉果倍於好周乎漢乎弗可知較諸素穀斯爲巧撫不留手呵生汁溫貞古穆其光葆邊幅齧缺理則然世間何物完恒保

漢玉璧

入土出土各萬年壽過赫胥及驪連謂之曰漢頗置焉誰謂洪荒無玉人叶否則琢磨由眞仙若無若有龍鳳卷金堂十二相周旋以古自澤以質全奚爲海水奚桑田秦爭趙奪誇智權如苔蠅聲薨薨然

漢玉璧

一泓秋水頳霞染疏列明星四五點何代連

城出幽坎設置秦臺能照膽東序大訓非厠忝相輝古色不可掩尺璧非寶式前範

漢玉璧

本來猶是崑岡石一片紅雲變英白入土出土千年易形如滿月逕迨尺天然豈有剛刻迹爲穀爲蒲不可識彘采內藏土華蝕庇廕嘉穀此其德特達廉貞壽而澤宜登宣室之筍席

詠漢玉璧

土華剝蝕幾千載闕處曾經脩補之却歎玉堅猶若此檀相錦襲又何爲

詠漢玉璧

土華深淺暈氤氳恰似濃雲與薄雲應是姮娥自珍重玉輪分付掩三分

詠漢玉璧

不知周信矣豈曰漢應然圻鄂虬紋隱模糊粟顆塡玉情融土氣軒代抑羲年欲笑雌黃者考功虛著篇

題漢玉小璧

肉惟好之半製不中考工弗蒲亦弗穀螭龍蟠雲中忽隱忽復現蒸栗蔚容容作者具深義鬱紱非所崇食淸遊乎濁和光混俗同所以閱滄桑堪稱黃石公

漢玉半璧

熊熊乍認朝霞襯規規半露秋蟾暈桂生不斫昊剛刃葆光蘊藻沉以潤璺之豈減雲門韻庇廕嘉穀贊靈逕球圖之間永爲鎮寸陰是競式前訓

詠漢玉螭文璧

古改後人爲璧（是璧似以璧改爲者）改仍古若斯如豺則已貶（史記周本紀如豺如離離即螭也）無角故云雌究亦非今製何當作雨施寶之緣庇廕楚客有佳辭

漢玉螭穀璧

漢代風猶見春官典可論中規成肉好雜器勝瑤琨似有眞人氣曾無剛刻痕每因兆多

瑴珍重未忘言

詠漢玉夔璧

雕鏤實非古夔龍蓋取方似聞拊石際應列赤刀旁蜿蜒眞如意球琳善葆光穆然疑待叩豈惜荅丁當

詠漢玉夔紋璧

非瑴非蒲別製是肉是好差殊（肉應倍好此璧肉好皆二寸故云）夔紋大似重刻土花實以久鋪黑白由其外象虛實可驗中孚揭爾摛詞有會曾經玩者誰乎

漢玉雲龍璧

雲待龍成龍御雲之而隱現靄氤氳制殊周禮五等執義表昌黎雜說文

詠漢玉徑尺璧

沕然見此虞夏器謂之曰漢實頓置誰云不劂堅且貞歲久入土頗剝蝕大體周圓肉好存得全翻因自土出使無可欲義宜思靳絜徒勞萬年計隱現白質非瓊璊是誠血浸傍埏隧顏如渥丹君子哉望古遙緬風人意

漢玉素璧

玉之古率稱漢耳斯究周姬疑夏姒蒲瑴辨等匪所云惟存素質合太始中規而圓尺以盈肉倍其好平如砥滄瀛湧出大輪團有雲暈作紅黃紫一點精瑩不受遮留照三千萬刼裏

圓規逾尺計積黍之從周古澤留珍詎浮筠之稱漢緊茲素璧成自良工準瑗環以得中合瑾瑜而比美蒸栗侔諸至寶四體備書紫章渾若太初長言用識乾隆己亥

御題并識

詠漢玉素璧

素璧異蒲瑴土華蔚赭蒼知非內因惑（子華子內之所惑赭蒼互色）喜以外含章規中（去聲）春應執虛標月滿匡置宜何處好十二紫金堂

詠漢玉素璧

古色千年穆且沈肉徑（平聲）五寸好分三琢如

不限蒲兮穀執者誰知子與男何代火炎崑
嶠逮（此璧似經火）猶餘霞起赤城含朱公疑獄分
厚薄常理居然是美談

題漢玉素璧

昌城之蕊夜光含何人琢璧肉好兼代應（平聲）
尊盧循蜚占擬以周制其奚堪形不穀蒲執
子男千年入土暈采瀊縟紋隱作雲霞纖對
之穆然情性恬作者用者漫絮談

詠漢玉盈尺素璧

色染安期棗圓疑温嶠臺曾無穀蒲刻漫致
子男猜憶錯他山石幾經刼火灰居然圓文
玩笑此底爲哉

題漢玉二器

肉好大於錢土華彬穆然譭疑子弗執曾見
酎金年

右小穀璧

容容絳雲糺英英銀月吐以有可欲存寸珍
亦出土

右小圓珮

詠漢玉穀璧

規圓如月其孔空肉好之製依考工土華剝
蝕半隱現是誰曾伴佳城中使無所欲深堪
戒匱藏市鬻奚足怪新穀熟即舊穀虧此穀
千年曾不壞

漢玉穀璧

乳文土繡堆如立撫弗留手胑而澤肉好輪
園盈周尺云漢壽寶過百什列爵五等二有
璧三後五前垂典則執者何人莫能識奉恩
宣德斯其職曰斯非寶寸陰惜企哉神禹不
可及

詠漢玉穀璧

圓已規如月輕乃溥於紙數千百年間完善
誰所使況復出入土丁甲想護此碩人面赭
渥禪客心灰死摩娑虞破裂篋衍而已矣

漢玉穀璧

視之有紋撫不覺稱曰漢璧猶卑之血土所

浸合一色碧天霞抹紅黃輝澹然蘊古以自澤夫其用者之爲誰

漢玉穀璧

幾千年復出乎土斮絜非堅有良語繡華蔚縟隱膴膴粟粒已平紋尙覩玉葆其光璧猶汝若月不受吳剛斧穆然久視湛於古

漢玉穀璧

執自在姬周稱惟紀漢劉棘珍出匱韞穀寶滿盤浮側視那分價（古玉璧但論其質美豈以厚薄爲重輕哉）負趨豈相（入起）收（用南華語）寸陰思禹惜尺璧愧堯投

漢玉穀璧

穀以續而生其字並訓善製璧識良珍詎惟襄國典姬周逮于今每以幽復顯土氣縟可掬粟粒粟堪辨足食豈辭多摛詞義兼演

漢玉穀璧

車ㄖ中規團量盈五寸寬重農惟漢詔典瑞在春官剛刻渾無迹豐綏兆有端寍須拘子執香扆侑銘盤

漢玉穀璧

好中規於內肉倍好於外故是子所執何人更何代庇蔭贊農功威儀輯王會渾無剛刻迹粟粒自擁簪翠想千年上鼓鐘斯紹介致顯或因幽以樸得不壞穀寶那厭多物玩亦宜戒

漢玉穀璧

璧以穀名執以子禮器姬周制傳始八土出土幾千年肉好漠然那識彼因悟韞物終不秘絜斮漆燈見原鄙穀因土生名已佳華復土蝕質轉美惟土物愛厥心臧旋自哂恐非謂此

漢玉穀璧

粟粒平擎若自然葆光韞采謝雕鐫楚州底論第三寶喜在嘉生兆有年

題漢玉穀璧

玉盤粟粒堆盈盈瑑以雙螭圻埒擎縟紋隱含塡星精漫言曾是出佳城何穀而非土所

生

題漢玉穀璧

玉堅土性脆此理實易見玉入土多年土蝕玉如爛穀璧實周製誰則强名漢剛斧泯玉文望若土一片惟土能生穀妙趣供繹玩

題漢玉穀璧

穀璧闊將盈周尺土華千載黯而澤粟文撫不留手跡執者爲誰弗可覈欲擲之山誠覺惜況喻綏豐義堪繹諺曰人莫知苗碩頻繁有詠意無射

題漢玉穀璧

璧始姬周非卯金製傳予執義堪尋悠哉世代何須辨寶寓民天遇輒吟

題漢玉穀璧

穀璧數弗可屈指偶遇無題輒題耳稼穡作甘多益善我意在彼不在此

題漢玉穀璧

王孫國寶曾稱六不數上聲白珩義誠淑庇蔭猶待明德馨土物緣何鈌眞穀書謂白珩非寶是也若夫穀寶則遠勝於金珠之類矣王孫圉豈而弗數何哉

題漢玉穀璧

春秋許男繦僅見吳楚莒邾不一足子國倍於許十百男執璧蒲子璧穀故應穀璧富蒲璧春官典瑞盦虛錄尚方舊貯未見蒲穀則數上聲至難更僕器也世爵藉可徵況是貞符兆多粟吾志在斯不在斯詎曰孚尹珍良玉覽奏爲之作慰南嶦額手幸民蘇

題漢玉穀璧

璧製由來本自周侵尋率以屬炎劉緣邊圻鄂目猶辨圜好粟紋手不留珍等圭璋藏秘府棄同荊棘伴荒邱珍榮棄辱原無定圜器何曾意少投

詠漢玉穀璧

孰謂玉性剛土蝕或鬆鈌孰謂玉質白血浸或縹緗謂漢實頓置在周想陳列蒲乃花形蓬穀止粟粒綴禮圖未可據埤雅具精說埤雅

云爾穀璧禮圖作草稼之象今人發古冢得爾璧乃刻文蓬蓬如爾花數時穀璧如粟粒爾則禮圖亦未可爲據

詠漢玉穀璧

土銹半模糊羊脂未始無豈期今作玩直與古爲徒庇穀還稱穀非觚莫歎觚旅獒曾熟讀一詠一慙吾

詠漢玉穀璧

水銀浸久黑如雲（漢玉土浸爲黄血浸爲紅水銀浸爲黑）出壙仍然堆粟紋詩詠黍苗陰雨膏（去聲）似爲此璧著前文

詠漢玉穀璧

豈弗成追琢全難辨跡痕呵隨口生液撫不手留捫湛古以自澤匪今得永存蔭嘉穀斯寶吉語歲朝言

詠漢玉穀璧

周制原爲子所掌八土出土千年上（叶謂上下高低之上在濛砌）有可好焉可慨焉乃爲玩物供人賞摩挲弗覺追琢痕紫綠白雲圜月朗是謂三元之三素知誰翹首向北仰

詠漢玉穀璧

製猶古略土華滋細覘頗兼燒染爲莫怪由來半眞假世間何事不如斯

詠漢玉穀璧

製本出周代名胡傳漢時肉非仍好倍（肉倍好謂之璧見爾雅此雖有穀紋而肉好相等頗類瑗也）缺已類完爲（疑經缺破玉工收小爲之）玉性廉貞耳土華剝蝕之黑雲重起處作雨穀含滋

詠漢玉穀璧

六瑞會聞周禮傳酎金享璧漢家沿吾惟穀寶知爲貴寓物題詞屬偶然

詠漢玉穀璧

穀璧多無數（去聲）逢之率有詩寓名誰似此重食合如斯體自含貞白製惟謝巧奇用能閱久世是義可深思

詠漢玉穀璧

自是周家器偏稱漢代遺何時出地府早不

贊朝儀土繡露如裛黍華風宛披情欣兆多穀綏屢豈其辭

詠漢玉穀璧

眎有穀粟紋撫無穀粟迹匪緣玉工巧歲久古而澤土蝕或灰浸有黝亦有白千百年之前題湊件誰宅終然出世間深藏竟何益

詠漢玉穀璧

莫莫復沈沉精華蘊內心惟其湛于古是以貴乎今無物持爲比有光葆則深土華合玉質久泯跡相侵

詠漢玉穀璧

玉之寶以庇嘉穀璧也而穀猶同族詎因器爲五等珍實寓意於九秋熟青其質而黃其章有縧文焉浸其賸叶是何入土還出土不封不樹義誠淑

詠漢玉穀璧

閱土中還閱世間縟文繡出絳華斑嗟哉可欲有如此張釋之言那得刪

詠漢玉穀璧

肉好合度五等頒周時物也漢豈關莒乎郕乎隹城寒何代復出入世間土華繡潤文駁斑宛若多穀堆玉盤惜得形容不得餐擘之可作鳴球覲中律那藉羊頭山

詠漢玉穀璧

規圓如月其孔空肉好之製依考工土華剝蝕半隱現是誰曾件隹城中使無所欲深堪戒匱藏市鬻奚足怪新穀熟卽舊穀虧此穀千年曾不壞

詠漢玉瑑穀璧

外圓圻瑑內簇穀瑑以示文穀示淑是爲子璧之別裁而其製原具好肉備美重粟謂叙邊幅脩謂瑑君子方之荷百祿

詠漢玉小穀璧

圓徑平聲弗三寸而羸出土千年孕穀精了識明廷非予執義因粒食得沿名

漢玉螭璧謠

崑山璊玉良工鐫（赤玉曰璊又曰瓊）雙螭升降交蜿
蜒食清亦弗遊濁焉似浮碧水偃蹇蟜乃知
以瓐（碧玉）爲質堅尚之瓊英絅則然否則佳城
血浸殷山土不知伊何年文木作架陳書筵
穆如與古相周旋

詠漢玉穀圭

七寸終葵首粟文暈彩浮誰因以聘女亦復
罷和譬徒自珍稱漢由來瑞典周吾惟知穀
寶庇蔭冀豐酬

按圭之製上銳而下方孔義云凡圭廣三
寸厚半寸剡上左右各寸半卽其義也考
工記玉人職云大圭長三尺杼上終葵首
鄭康成注之曰杼綢也終葵首椎也齊人
謂椎爲終葵爲椎於杼上明無所屈也不
知杼上者卽綢其上而使其首如終葵蓋
重文言之如由左而立於東由右而立於
西之類不可穿鑿別求義解且圭既杼上
而銳則椎又將以何物爲之卽加於杼上
亦不能附著也夫天子之尊自無所屈圭
之杼首已足以象之而又豈藉夫加之以
椎乎因詠穀圭故正其謬注如右

漢玉圭

杼上周時製循名漢代貽色將土與合錯久
石相辭徵譜非五等辨文是一夔弆藏無所
用今古制殊宜

再詠漢玉穀圭疊戊子韻

近著圭瑁說注家語率浮粗覿如有據細覈
乃難讎（應驗也見史記封禪書）此器羊脂卓通身土浸
周雖微尺寸異（孔義云凡圭廣三寸厚半寸剡上左右各半寸是圭長不及尺廣厚亦不及孔義所云蓋周尺原與今尺不同惟其質白而浸土又合於典瑞及考工記穀圭之名信爲古物也）古物句應酬

近作圭瑁說辨古無覆圭首之瑁又作搢
圭說辨古無長三尺之大圭蓋制必從先
器亦求舊考制度者非實有所指據終屬
鑿說昨徧查太常寺內務府所藏並無瑁
及大圭此穀圭久藏大內雖與周禮典瑞

考工記玉人所載穀圭以聘女者相合而
尺寸迥不相同可見古有其器後人亦可
倣而製之而其爲眞爲幻原無定耳因疊
舊韻引伸附識如右

題漢玉十二章穀圭

面雕章十二傳虞背刻穀依三禮圖麟趾闕
雎意有在周官法度祇斯乎

題漢玉璜

半壁崟山璞玉人追琢良千年出鼠朴丙夜
射虹光細理入毫髮奇紋隱混芒衡牙如飾
步聲發中（去聲）宮商

題漢玉璜

凰人事磨琢君子贊威儀出地唯天見與姬
得望時禮圖繪有據文架置無歆穿孔居然
在誰當罥繫施

詠漢玉斧珮

玉德具温潤斧形寓決妝佩兼古西董用協
此柔剛中蘊脂羊白外彰蒸栗黃周軼將漢
也世代卒難詳

詠漢玉斧珮

玉取温和斧取斷弦章合佩義尤彰以云髣
正斯爲小設曰儀鍠彼失詳（唐書儀衛志儀鍠五色幡宋志
乃云刻木如斧柄綴小銘五色帶失穿鑿矣）牧野豈曾仗周武月
宮雅稱贈吳剛脩成七寶園欒界丹桂枝那
計短長

漢玉斧珮歌

我聞仙人採藥煉丹砂騎二茅龍凌紫霞凌
紫霞乃有金芝燦燦苗玉芽人間凡鐵劚不
得持此玉斧採以歸其家仙人成仙登鸞車
遺却玉斧埋塵沙迴來四萬八千歲又閱人
間之歲華葆光染顏雲靈文隱茸茈水碧餘
潤不可黷仙人迴顧空咨嗟

漢玉斧珮歌

玉也視若匪瓊玖千年土氣受而久變文非
秦漢所有三代以上丁甲守撫之光潤不留
手却無英氣發揚露（叶）山土胡爲那脛走有

可欲焉人知否

題漢玉螭珮

似璧非圓圭不橢佳城誰氏出泥沙沈沈已是銷寶氣莫莫猶看縟土華自澤惟因湛於古小成何屑類其蛇占乾却恐飛騰去爲玉爲龍本一家

題漢玉斧珮

方折凝精旭釆遻辟邪恒協吉祥占隋珠和璧雖爲寶殷鉞周刀義取㢛脩月應歸仙幞枕含章猶見漢靈炎可貞因憶從王事特達如斯証久潛

題漢玉長樂珮

長樂號鐫宮炎劉氣蔚虹如宜子孫式西玉珮多有鐫宜子孫字語可匹夏商同傳者妒必有馮乎恨莫窮郎川識長樂宮事致傳禁中語曰勇異當熊

詠漢玉夔紋斧珮

夔寓文而斧寓武韋弦作佩兩胥資難分血浸及土浸不在周時定漢時沕穆祇因古與處華臾都以靜爲宜下方偏有空白處雅似居然待我詩

詠漢玉飛魚珮

是珮蓋本爲素璧因破其半玉人因材製爲此珮然又不知經幾百年矣輙成是詠

素璧本在炎劉前非蒲非穀象月圓入土血浸經千年出土跌破非昔全幸兹一半猶善完玉人因材施雕鐫飛魚作珮鼉釆鮮是故何以知其然凡深刻處脂質宣平者依舊紅暈殷外匡內好可按看靈鱗振甲疑躍淵稜稜鬐鬣如噓煙則山泯水疑信焉李唐賜袋誠小旂牧人入夢徵吉言

詠漢玉延年珮

璧圜鄂瑑刻玲瓏上有雙螭盤容容緣韍可佩禮六宗三代法物玉府充文曰延年延喜同果然閱世出土中伊誰所用思無窮

詠漢玉龍尾觥

睟如復穆如千載閟居諸有刻無痕蹟中孚
貫實虛較之今罕有惟與古相於謂曰炎劉
物殊爲頓置渠

詠漢玉龍首觥

龍尾多看龍首鮮上聲內府藏舊玉龍尾觥頗夥龍首觥祇此一器製古而質澹潤漢時物也似初九或是重乾戒觥勿用同
饕餮刻體無妨現半全珍此歲陳出炎代非
他年貢自和闐玉河良質頻曾倣近年頻用和闐貢玉倣此式爲之舊勝新惟器亦然末句反逕任語意

詠漢玉龍尾觥

龍首銜觥當龍尾貼觥身三螭相蜿蜒猶未
具角鱗追琢具古法代古泯琢痕而何出八
土乃復遭陸渾是觥蓋遺同祿者因悟物太美往往
多瀆迆剝而弗失貞是謂全以神

詠漢玉龍尾觥

視之有紋撫若無製在三千年上乎土華隱
現璘璘鋪龍形蜿蜒風雷扶觥哉誰議觚不
觚厚薄內外如一模古人滀樸巧弗偷叶工

執藝事相去殊人心世道紛吁吾

詠漢玉龍尾觥

玉觥一具橢而斜朱䌽千秋浸土華較以和
闐今作者我心先得竟無差
是器不中規矩蓋就其本來之材而作者
古色沕穆不知經幾千百年近因俗製和
闐玉器者雕幾瑣碎徒傷良質而不堪寓
目故和闐春秋貢至每命就其玉之本質
弗計斜狹倣漢式爲龍首龍尾等觥偶覯
是器竟同新造者但其古不可及因成是
什並識於後

詠漢玉雙螭觥

八土嗟何代出塵復此時中心標一𩌏兩耳
抱雙螭黃赤白相暈去來今可思摩挲生別
悟昔用是爲誰

詠漢玉合卺觥

雙觥連底裏三喜護蜿蜒觥外刻三螭升降護之世謂螭寓喜也
山土黃浸滿近銅綠漬堅此觥在土中或近青綠器置之

故銅銹尚存器超一切物世閱幾千年陽氣純之象故應斯睟然

題漢玉小椀

小於茗椀大於卮樸謝雕幾古所貽黃暈土華皴粟子白含玉質本羊脂籀文兩字傳光贊碾法雙鉤出漢時自是署名期不朽至今署者豈仍知

題漢玉雙盃

漢玉合巹盃內府藏者不一而足此雙盃製式如合巹而各為一器誠昏禮合巹而酳之物也各為一器則易分而未分焉疑其有丁甲護持者然點筆成章以誌感物

雙盃本各玉而追長短橢圓一例為粟粒蟠紋圍上下土華銅暈沁參差羸他合巹易成聚（合巹雖兩盃原一器是長聚也）幸此分卮永不離義叶破匏安至此佳城伴者慢懷其

詠漢玉瓜瓣盃

美質出藍田投瓜特肖焉瓊琚奚藉報葉蔓鎮如鮮置水無浮理承漿有壽延問他佈種日應在勸蘼年

詠漢玉仙桃盃

劉郎七夕承華殿王母攜來桃七枚留核種難待結實先教琢玉肖為杯

詠漢玉桃盃

一枚肉白與皮紅曾駐綵霞度索崇（陶望齡詠桃詩度索山頭駐綵霞）疑共玉環獻虞舜三千結實玉相同

題漢玉盌

逢占訨待少君知日白應思涅不緇栖間之間自伯仲碱砆以下那追隨腹空漫設遊辭諸色澤還看英氣蘐慨想茂陵終復出達觀擬事鄒（上忌）人椎

詠漢玉椀托子

托子猶存炎漢名所承東北喪朋成為金為玉器難考（謂其椀）有合有離理易明（謂托子）難辨

何時出邙阜徒教此日補豐城（托子所盛之椀不知何時佚去因以新製和闐玉椀補配適與脗合）山來玩物誠奚益望古惟增弔古情

詠漢玉蟠夔方壺

西清貯古器銅笵有方壺切玉兹雖異蟠夔却弗殊不觚休致誚如琢信非誣方直羲經義盃惟用大夫

詠漢玉輞頭

蘊土華仍斐玉英爲秦爲漢那分明自非魏晉以後製疑在木金（謂輅）之際呈溟漠君應遇掘塹中山顯乃得封城（此輞頭傳之以底可當筆筒雖後代所作而非近時俗工所能陳之几間天然文房清供）拈毫硯北摛新句望古猶餘言外情

詠漢玉輞頭

所貴玉者以其英章臺白光照連城輞頭曰漢古於漢入土出土滄桑更暈釆全隱外發色葆光祇穆內蘊精是謂去情得神獨昔之論畫貽佳評

題漢玉輞頭

輞頭古輅飾稱樸弗稱文雕琢自何代精神宛運斤千年縟華土四面蔚卿雲不識空空腹可懷冥漠君

詠漢玉五螭輞頭

輞頭多素者（輞頭蓋古之舁鼎飾也本應桒乃宜輿者肩或刻爲文然亦桒）何來刻五螭刻復經千年如一時所（漢以上物矣）爲螭實龍之子（見漢書注）飛見應有時而其數恰五乾之爻象斯九五曰飛龍作覩君道宜遑弗㝡體仁詠物興惕思

詠漢玉輞頭餅

輞頭名近俗却自古胥知云是五輅舁飾爲兩首儀璘瑞深浸（去聲）土刻畫細如絲周禮周官世翠然興緬思

題漢玉輞頭餅

輞頭於古不爲重重以歷今千百年物亦當前弗稱寶人應逮後乃知賢試看血土經沈浸已閱滄桑幾變遷張釋之言眞可省拈毫

欲詠意犂然

詠漢玉輞頭缾

玉固堅也有缺時缺而粘綴誰爲之就其土浸精煉染半眞半假出匠師然其假亦數百載遠勝油汚今所爲染玉之法亦有其道今之僞爲者率以油漬與圬者圬牆了無以異詳見昔所作玉盃記久假弗歸而惡知詠物格物紛與思

詠漢玉輞頭缾

缾以輞頭傳俗名爲周爲漢率難評古原白質今絳質土浸無情血有情不識幾人吟棐几却憐誰氏伴佳城珷瑘鑄贍堪盛水恰合隨時簪砌英

詠漢玉輞頭缾

輞頭舊法物樸素弗雕幾何此變文蔚依然鱗理輝雖云後代製也似古珍稀棐几簪時蘤采最映淨缾

詠漢玉輞頭缾

五輅輞頭飾難分秦漢周已看出棹角無復守隅頭湛古以自澤葆華弗外浮作缾插時卉淸供雅相投

詠漢玉缾

何代此琳瑘何人追琢章因其有可欲終是不能藏經火無傷潤是器有經火處乃玉質所謂有非成器後市賈僞造故雖有瘢痕仍含温潤貯花恒吐芳堂谿誰補底缾底玉色弗類自係補製然物貴適用堂谿公玉巵無當之戒於此可悟足以戒無當

詠漢玉缾

周代輞頭器漢時改作缾後經出入土難辨蝌蚪形剝蝕多殘闕存亡付杳冥堂谿漫致誚置贍插花罄缾雖無底作銅贍於中原可插花也

詠漢玉素缾口

漢玉素缾祇餘口缾身失去落誰手卽看截處土復浸去聲如不經磨知歲久長餘寸又分寸五所惜無當慢相醜珷瑘爲贍可插花原無棄物況斯玖道古笑頗類張儀歸問其妻舌在否

詠漢玉韘

未煩磨琢中規輪鼉采雲霞綫滿身在壁有緣逢巨擘却珍無意得殊珍每因廉澤思觀德詎止鉤闓詡絕倫比似佩環常不離恒看攸手較來親

詠漢玉夔紋環

肉倍於好謂之璧肉好若一謂之環斯則邊孔適相等故知環也爾雅詮折旋中矩聲必應以道去君得則還千年入土伴斫絜不知何復出入間夔紋縈繆泯刻畫繡花隱現堆斕斑是誰之器經誰玩把筆欲詠心茫然

再題漢玉娃娃

兩漢閱千年以上雙娃依舊戲嬰模萬民赤子置諸掌在彼盂云在此乎

漢玉牛

不籍而服犂而耕誰賦爾質玉人能丙吉問罷即肖形尙疑望月牟然鳴奏刀無懼於庖丁試看觧角爲犧牲汝獨樗也不和羹短尾禿速腹彭亨清泉白草心無營導食有術仙方成騎過函關一樣青

詠漢玉天馬

茂陵萬里求天馬既得作歌紀端文看有角爲奇觭爲奇偶之奇非偶天馬頭上有一角見酈道元水經注歷無皁至鎬和汾肖形刻玉太乙䮄閱世山邙長樂犖護譏水銀浸鮮據出玉內白外黑盡在壙中受水銀浸者漢家常用有前聞

詠漢玉羊

卷臥疑猶聲苹聞土中曾任邦非羵漢玉色之帶紅碧者因在土中年久土與血相漬凝結而成知其爲千餘年物也家語季桓子穿井獲如土缶其中有羊焉使問之仲尼對曰土之怪曰羵羊此玉琢作羊形故戲以爲喻如詢閱世經久近考牧應同卜式羣

詠漢玉鵞

久於筆法玩羲之曲項昂頭意不羈應識漢家舊風月影娥池上伴曾誰

漢玉筆山

溫潤剛廉具雙德千年古物黝而澤介紹管

城友印墨揮毫秀發資芸席筆陣文瀾兩無
力硯左坐對多懋色照映如近裴叔則道箎
天倪示微的

漢玉夔磬

于闐綠玉含菁英白虹五夜寶氣騰昆吾奏
巧雕鏤精神蟠轇轕翔雲征聯翩伏翼瑤光
明非環非玦非珩璜鏗然流韻清泠泠后夔
戛擊諧韶韺九苞丹鳳來虞廷宮懸縱業依
管聲奏格清廟和且平時顯時闔塵劫更土
花凝碧韜光晶神工絕奕召六丁至寶終不
幽崖扃肯教褻玩供俗聽薦之溫室珍連城
座中琬琰羅縱橫靜對淵穆含古馨爲闡潛
德視此銘

題漢玉夔磬

有玉之質泯玉英入土出土含土精夔文碎
邪縱復橫撫不留手如天成噓呵發潤沆瀣
生堯年寶露貯盈盈謂之爲漢頓置評似曾
夔手戛擊鏗祇今猶作簫韶聲

詠漢玉轆轤鎗

宮殿千門稱漢家金釭玉井製極奢轆轤之
鎗白無瑕曉粧脂粉三千娃球欄絲綆轉曲
杈雙腕浴罷排吟叉銅仙人猶淚似麻此物
自合埋黃沙入土出土事堪嗟當年何用珍
斯耶土浸畸溘如絳霞配以銅膽譬雜花與
沃精神汲井華弗失其故興懷遐

題漢玉赤刀

赤刀有赤仍餘白式仿姬家製實劉作佩何
殊戒急緩取裁兼用濟剛柔緬思大訓還堪
則隱懼太阿莫倒投設使羊脂割以正笑他
蒿目可分不

漢玉赤刀

何來天畔赤霞低豈是當年在序西晶采不
徒誇琬琰葆光寧復比玻瓈因思不琢何成
器每愛今居古與稽多少神仙題簽籍誰將
泮逮問刀圭

詠漢玉檀柄如意

漢玉香檀接柄長兩端仍漢玉爲相居今慕
古思恒永得一含三趣可詳荷葉綴頭似芝
朶辟邪承趾足徵祥期如意豈易如意難是
屢綏萬寶穰

詠漢玉辟邪

何來羸屬名辟邪大胷燿後如騰挐周身璘
玢繡土華湍水疑出吉侯家邪何曾辟翻滋
奢達觀爲爾興咨嗟

詠漢玉辟邪

威儀漢室可思哉獸號辟邪邪不來邪共滄
桑爲變幻大胸依舊守魁堆

漢玉辟邪璧

中規一片崑崙精玉人細刻辟邪形延吉祛
惡古所稱土華依約葆光晶如凍梨貌壽而
貞出從誰氏之隹城黃腸會以伴漆燈有可
欲焉終復呈孝文靳絜誠何情

詠漢玉屏風疊舊作韻

弘璧夷玉兩序間三棘六異千年右諸侯良

寶無過斯詎若寶賢以爲友孚尹比德時或
珍如乾六爻無一偶玉屏方廣遺炎靈撫之
光澤不留手温室秘賞閲三朝寓意匪詩弗
脛走東坡至人有至言世人安得如汝壽星
爲含譽雲爲卿我則成詩今復久爾時書題
借詞臣（前詩作於丙寅命學士張若靄書鐫紫檀架上）自審臨池腕
力甋彈指凡八異春秋重吟聊命疊卿勦琬
琰終合付鐫華咄哉壞質滄桑守章草鍾隸
已瞠乎那能更進辨科斗聞之七日集靈臺
王母帶垂靈飛綬雙成子登侍東西觴酌麻
姑所進酒詼諧白髮乃小兒瞿瞿何來竊窺
馴交梨火棗仙得飡斯以賜帝帝拜受什襲
百代天府琛好惡何常惟知誘鰥人遺製在
周官箠翰休論類楓柳

漢玉屏風歌

君子無事不離玉琚瑀佩左珩璜右豈伊玩
物重奇溼五德咸備堪爲友嶷嶷逾尺漢玉
屏直方大與坤爲偶產之必在方之流剖之

應自和之手天球弘璧想同時結緣垂棘望而走八土出土千餘年閱幾滄桑靜以壽藉紫檀架襲錦囊內府流傳歲已久從無題什豈有待我欲吟之恧詩醜溫潤密栗無玷瑕特達孚尹匪紺黝色得元黃之正中質具圭璋之素守如在巒羅蕭臺畔俯視日月數星斗（玉有白章如麟星斗）不為斯篆之秦璽抑埴徒汚方空綬不為增碎之漢巵承漿更濫如澠酒但為宣室之外屏義合於古納自牖所期有賢汝不蔽何慮有諫吾不受人惟求舊器豈不徒貴異物斯物誘刓眞未肯命騃人附題權令揮顏柳（是詩未曾勒之玉屏上處壞其質也乃命張若靄做顏碑書之鐫於玉屏之架云）

漢玉雙鳩

刻玉成鳩漢制遺雙棲恒不離（去聲）雄雌那因晴雨為呼逐可向榛桑想羽儀京索追求雖說俗長安變幻亦傳奇老安本是宣尼志祝鴿扶危合塵斯

詠漢玉鳩杖

良玉其形刻以鳩玢璘土浸自炎劉例因京索曾為瑞七十頤年賜仲秋

漢玉鳩頭

京索聞鳴瑞有由自茲刻玉飾鳩頭恍疑賡受歸東海娛樂田廬賜物留

詠漢玉鳩杖

刻玉為鳩杖炎劉賜老民古應習多見今却作希珍獻處徒稱瑞撫時堪寓仁健行權邛藉置待倦勤辰

詠漢玉鳩頭方竹杖

鳩頭原漢玉其杖早相離配合扶老器仍茲方竹杖天然非刻削介爾稱攜持象叶坤六二折旋常契思

詠漢玉鳩杖頭

叢薄曾稱護京索杖頭飾以賜耆年（風俗通云俗說高祖與項羽戰敗於京索遁叢薄中羽追求之時鳩正鳴其上追者以鳥在無人遂得脫及即位異此鳥故作鳩杖以賜老者）古今事有偶同者喜鵲欲

因比例焉我朝發祥之始立國居鄂多理城數世以後有不善撫其衆者國人叛戕害宗族有幼子遁於荒野國人追之會有神鵲止其首追者遙望鵲棲處疑爲枯木遂中道而返於是獲免自此後世俱德鵲誡勿加害其事與風俗通所載漢高事頗相類云

題漢玉半截觚

片羽吉光煥旗孫與作徒心空禪客蘊貌瘠
地仙腴盂可無當誚端資爲錯模夔龍蔚曼
衍田海閱須臾眞是古中古休言觚不觚足
知全體秀半截美人圖亞形父庚之類世人不能名率云美人觚然博古譜書無以此稱者以其尚相稱故仍之又元人有題半截美人圖詩因並引喩戲及之

詠漢玉章

儷駢荆國璞中寶捋讓藺臺傳裏人可考靖
王因閱代獨嘉循吏爲安民琢磨無蹟渾然
古朱白分明煥若新抑此纍纍留氏者幾何
人作翰筵珍

詠漢玉章

瑞瓊磊磊復彬彬印統分明印以眞非綮漢印統內所有者不入此選凡四十枚溯去二千年上物萃來四十
箇賢人劉昭禹論詩云五言如四十箇賢人著一屠沽不得靈光自有
蛟龍護吉字常徵芾祿臻試問伊誰宜介紹
客卿子墨舊稱賓

詠漢玉章凡六枚

盍簪羣玉羣最釆蔚絪縕藉用論千古眞看
篆六文非秋垂瑞露映日麗卿雲藝圃遊心
處常欣伴簡芸

題漢玉印章

紐篆見炎劉圭璋德並儔龍文席箇煥虹彩
屋梁浮不見雕鎪迹欣供什襲裒遐思元凱
後又遇十八周向藏漢印十六枚爲一匣曾題詩有如逢八元凱可不共疇咨之句茲閱數歲又集此十枚爲一匣藏之故末句及之

詠漢玉圖章

良瑤誰得亂繆篆獨超羣抑埴傳遙代瑰奇
煥秘文堯年垂寶露虞旦爛卿雲介紹客卿
侶彬然挹古芬

詠漢玉圖章

何代神仙侣誰家翰席間於斯對古貌可以破天慳龜紐深含碧鴻文淺印殷數來九老會雅合在香山

題漢玉章四方

譜翻印統樹滋堂片羽合兹虞大中與梁珂漢玉章一刻虞大中印一刻梁珂又二方一刻子孫一刻子孫保之賈理温潤鐫刻工雅考之秦漢印統所載悉與昭合問孰期恒子孫寶具今四美饒中藏

漢玉圖章歌

他山之石琢磨之古文繆篆精且奇不一其人亦異時何來萏萃珍無遺如八五都紛陸離紐檢錯見龜壇螭切牙鑄金徒爾為印統漫惜差毫釐刻舟求劍達者嗤一再考玩有所思抑埴者誰葆者誰

漢玉圖章歌

土華璘㻞青銅色蒲牢為紐鼂鐘式蹲踞饕餮周身刻萇弘血冷不可逼何代剛卯貲抑埴昭陵玉椀出幽宅耿氏得之重和璧重鐫丹誠誇世德萬籤插架夥圖籍品題用以辨眞蹟組中彭越無英魄族分貲散誰復惜琅編錦軸天府積此章隨八等戩甃偶撫摩之色黝赤詞臣博古均能識驗之曾鈐諸卷册不差毫釐同刻畫吁嗟乎丹誠兩字千秋勒忠我朝欸抑勝國兩端首鼠堪歎息錢氏鐵券不可得

漢玉千秋亭侯印

鄗南五成陌除設紀蕭王受命祥由肇封侯姓莫詳按後漢書光武命有司設壇場於鄗南千秋亭五成陌即皇帝位，王孝侯姓名志傳並無其人摩挲欣穆穆抑埴謝章章翰席資稽古千秋永葆光

題秦漢玉章

巧合豐城劍虛傳定武碑象牙渾覺脆金薤敢稱奇印統符秦漢玉章十有六為秦璽一漢印十五考之秦漢印統文紐大小悉合籀文辨史斯如逢八元凱可不共疇咨

匝虔秦漢印統內玉章八枚因成八韻

印統識琳琅精研紐檢詳晨星本稀見數載
猝珍藏彬爾成一部居然得八方蘇疑聯伯
仲（蘇武蘇鳳）王似合珪璋（王成王壽）代泯惟何俑名傳
徒杜章（二人皆不見正史）逃人六誠聚（謂竹溪六逸）仙客
兩虛儐（謂八洞仙）罣與古相會騰看夜有光仍餘
吉語二天祿永其昌（隸括二方吉語）

詠宋時白玉桃盃三首

瑤池桃式峚山琳泛索宣餘御酒斟共醉浣
溪亭上月風霜五國那縈心

解遺鉤緣翻種禍他人獻盞識忠臣（事見元史伯顏
傳）腹心奚待案無驗貝錦由來詠寺人

典守中人久弃存明明考據見江村（錦匣識語高士
奇書盡彼所進）荊凡總屬雲烟幻笑我無端此綴言

詠宋做玉鑪項

談元對坐兩高士玉寫風姿鑪項陳刻畫爲
圖斯鼻祖後人端是讓前人
此宣和所製鼎鑪之蓋項也既工且樸山
樹皆就皴皮爲之今所謂皮糙玉也玉工
雖有仿做者然相去遠矣

題宋玉鏤戲嬰圖

珉石瓊葩景物芳春遲暢好鬬雞場佳禽按
隊聽（平聲）使令見說神童喚賈昌（陳鴻祖東城老父傳賈昌
於元和時年九十餘開元初被召方七歲華
冠繡襦指揮羣雞如神故天下號神雞童）
精鏤會成脩內司花間綵服共遨嬉戒標漢
詔宦須貴懷取魯論亦所思

古玉璧歌

謂玉中國本有乎藍田徒名鮮玉狀謂玉中
國本無乎和闐名始炎劉翔其前穀蒲傳周
璧玉自何來琢工匠而況此璧非穀蒲樸素
製在姬周上琬琰赤刀視子孫比肩苕華見
堯讓穆然會弗事雕幾數千年浸黃白絳（叶）
其質羊脂亦間（去聲）露肉好原合考工樣天地
精英星宿芒夫豈世代可論尚

詠古玉璧

古璧何年物完全肉好留代時不知漢蒲穀
匪從周蝕土渾如土入幽還出幽慨然思閱

世弗藉屢迴眸

詠古玉璧

製本穀也而有瑑其光乃葆却弗粲雖非良工歷歲久穆然如晤古人面嗟彼廟堂之所執郤今品類文房玩詎惟器哉可論世手把五經祇增歎

詠古玉璧

無玉之英有玉精千年誰氏佇佳城土華血浸相蔚縟撫古還殷弔古情

詠古玉璧

如肪復如粟黃如蒸粟謂黃玉此璧受土浸爲絳色但如粟穀耳非穀亦非蒲三代瓊華尚千年土氣銷鄂圻撫無迹珵琚那同途遐想唐堯擲屢吟祇慚吾

詠古玉璧

肉好胥徑寸知爲曾破邊爾雅肉倍好謂之璧肉好若一謂之環是璧肉好均徑寸許而通體有穀文知原爲穀璧尺寸本大因邊有損缺良工復規而完之遂成斯璧不可謂之肉好若一之環也良工去其缺古璧復斯圜卞刖終非僞璺悲仍得全憐他水銀者此豈佇長瞑玉受土浸者黃血浸者赤水銀浸者黑此璧質白而色黑故云

再詠古玉璧

量來徑盈尺非蒲亦非穀規圜樸中去聲規亦弗計好肉乃不知有周炎劉豈堪目一面剝蝕半一面平體足剝者復血浸罨剩如脂腹識其缺土中久佇循甃族出土幾千年經幾人珍蓄彬然一再詠心神沃古穆

題古玉穀璧

粟紋平欲盡毬路直猶存穆若表形古闇然內德温何人捧朝序誰氏佇邱原入土還出土其間不忍言

詠古玉穀璧

子應穀璧男蒲璧周禮春官典制傳歷數千年致剝缺吁嗟爾玉號貞堅

詠古玉穀璧

視如有粟撫如無閱古三千年上乎弗藉他山石錯也率因佳域土侵夫觀其可欲今斯現悟彼深憐昔豈須知此捐川應不惜覼然

何事笑吟吾

詠古玉縠璧

半露羊脂半暈土淺紅深紺英英吐是誰之
血誰水銀紿若而出入市賈乙鼎癸彝豈異
斯躬伯蒲男亦會伍撫之無跡視有形粒粒
嘉穀原非黍慨古率欲捐之山以兆有年更
珍取

題古玉素璧

玉氣全沈土氣埋千年佳壞件誰哉勝於刻
畫成蒲穀為許為郗漫致猜

詠古玉素璧六韻

素璧非蒲穀古球究夏商戛夔間(去聲)琴瑟貢
禹厠琳琅穆穆含元氣輝輝暈葆光虛明通
內外肉好協柔剛入土還出土善藏終弗藏
佳哉釋之語可以悟文皇

詠古玉素璧六韻

素璧非蒲穀古球究夏商戛夔間(去聲)琴瑟貢
禹厠琳琅穆穆含元氣輝輝暈葆光虛明通
內外肉好協柔剛入土還出土善藏終弗藏
佳哉釋之語可以悟文皇

詠古蒼玉璧

瑞玉何代此垂棘其肉倍好章辨國聚兆多
穀蟠螭飾千年幽伏土華蝕復出全泯琢刻
迹英氣內葆璘磷璧榮光旁魄恒四塞黃衣
緣裏標正色衛國風人刺弗得

詠古玉雲龍穀璧

月圓古璧葆光明作此姬乎劉與嬴雖是施
工祛見數晷嫌用意巧求生撫無留手之而
現(讀雲韻)饕祝充腸禾黍盈(讀穀紋)子爵欲詢孰
之者雲龍可果未孤名

詠古玉蠶紋璧

底須肉好論冬官世代滄桑辨已難一握瓊
華斐沕沕滿身霞影纈圝圝非蒲非穀蠶紋
現如晦如明魏魄看古物惜今無用處文房
祇作雅珍觀

詠古玉虬螭璧

陽琢虬雙迤陰鐫螭四蟠坤乾凹凸巽泰否偶奇看別體具深義佳珍契古歡何須論蒲穀誰熟讀周官

題古碧玉夔璧

碧玉亦珍古土浸如古銅謂爲夏商器手持輕似蓬肉好雖依度却琢作璗瓏斯誠罕所覩難以問考工

詠古玉圭

有玉之質無玉英澹華去藻沈潛精如君子學久乃成幾千年出誰佳城瑑刻台斗山河形似周鎮圭而少銘（古玉圖譜云周玉鎮圭之瑑刻三台斗極山河之形此圭製相彷惟譜所載瑑形止一面而背有銘此則兩面皆瑑耳）姬氏禮樂斯贊經闕睢麟趾馳遙情

詠古玉琰圭

琰圭有銳鋒不知認刀斧（周禮春官典瑞琰圭以易行以除慝鄭衆注琰圭有鋒芒爲征伐誅討之象然不知周禮者或以爲玉刀玉斧矣）斯器長九寸製正合乎古溫潤而廉剛喻因除慝取那辨幾千年嗟出誰家土

再題古玉圭

不辨商周制猶存河嶽形穆然徵上瑞彬若輯明廷古質閱桑海虹光射斗星奚稱梁代璧詞艷飽卿銘

題古玉璜

卽缺璧所改爲者使無是詩人將疑其本爲璜矣

使誠無昔缺那見有今全破一巧成二因中直徹邊璧璜原得半琚瑀可同懸土色璘璘蔚曾誰件壤泉

題古玉璜

半璧何年璧曰璜果是璜衡牙鎮前後懸組祇中央斐若瑤章蔚穆然古色蒼依稀公望釣其報在齊姜

詠古玉斧珮

土華浸骨蔚斑然成珮以來那計年設曰炎劉猶頓置便稱忠夏想誰先命夔典樂堪擊石贈董安于當（去聲）佩弦撫不手留映心諡却

慗體物屢成篇

詠古玉斧珮

葆光看古玉不辨予姬年垂棘溫而潤如酥英弗妍盜須藉土浸應鄙說城連獨是何人珮爲之思睪然

詠古玉斧珮

製以廉貞寓珍惟溫潤資性眞禪者性肌是道人肌撫處不留手對之有永思若論年近遠劈正共殷時

題古玉斧珮

古璧跌缺者玉工即就缺處畧爲凹凸形以售其技人或獻之因命改爲一珮一璜於是缺體成全質各繫以詩亦惜材之意也

古璧何時缺俗工强（上聲）作能謬稱堪救弊實覺不相應取義斧惟斷量材珮可勝設如棫樸詠慗是作人會

題古玉斧珮

玉寓潤溫斧寓剛古人作珮意誠良協中並取韋弦戒比德應知仁義方成器久當越秦漢命工時或在殷商摩挲全泯夔紋迹脂白藏英韞栗黃

題古玉斧珮

覩玉之質弗覩英英華斂盡惟老成雖無其人存典型睪然望古遙集情佩弦佩韋義各行無故不去訓獨精或琢爲佩斧其形所取能斷喻廉貞乾剛著象予聽聽

題古玉斧珮

徵角宮羽無能判謂君子珮形乃羨玉取其溫斧取斷酌劑剛柔中合撰（叶）出土千載土華絢不知嬴秦何論漢刻畫閱歲紋隱現內府多年陳緗案揭爾擿詞一爲贊義重德比非物玩匹夫何罪鄙周諺

古玉斧珮疊舊作韻

瓌寶雖特達他山乃藉資眞仙青是骨古德土爲肌雕琢謝弗用剛柔協可思撫覿惟契

靜得句亦因時

題古玉英雄珮

世代商周杳莫窮𪆰熊刻珮擬英雄爾時尚
遜三王法喻意何閒五霸風孔處月圍淡雲
白浸來日射曉霞紅物之聚也必於好去聲好
古微懸訓召公

細起花文若有神撫無留手却平勻知其是
玉疑非玉謂此非珍孰是珍氣合古人餘沕
穆華羞時語詡玢幽千年遯蹟一朝現巢許
寍稱善隱淪

詠古玉夔文珮

撫不知雕迹睇如對畫姿赤非血浸汚黃是
土華滋延喜今無瑕碎邪古有辭疑為一夔
佩珮从玉為器佩从人為帶向曾辨之戛擊彼球時

詠古玉夔紋珮

浸非土與血成在夏和商質本羊脂白色微
栗子黃延禧閱桑海今聞去聲比珪璋君子曾
誰件畢然引思去聲長

詠古玉雙環

肉好原相等爾雅釋器肉好若一謂之環是器肉好相等正符古制瑤
環迴出羣一雙恒自合百代永無分豈有息
嫣恨不須摩詰文五言頌豐劍古器詎知問

古玉環八韻

肉好適相等璧非知是環萇宏血弗碧杜甫
斗曾殷曾閃朱旗北斗殷杜甫句也誰氏佳城出何年瑞
府班謁諸直士拒賜處諫臣還離相文明炳
月規朒朏刪縟紋疊起伏古色蔚斕斒撫手
渾無迹照心貞自嫺如云受王母景仰在其
間

題古玉盤螭環

璧殊五等執代閱幾千增色暈仙人醉勢騫
霄漢騰隻非求趙盾碧未變萇弘介紹宜琬
琰當年西序登

詠古玉瑗

好倍肉為瑗撫無留手指虛心銀月朗通體
絳雲皆蒲穀製非匹璧刀序或偕循名憶蘧

伯寡過亦吾懷

題古玉尺

斧殊劈正圭非鎮用以量材有孔穿已謝斑斕華蝕土祇看汾穆靜全天寍惟古尺逾今尺（晉有玉尺二皆不盈尺玆器逾彼二寸餘）不識虞年抑夏年自是佳城經出物霸陵斮絮意猶然

題古玉尺

漢玉已稱古無過土血侵兩般彼殊玭一色此純琛文劄斑斕雜精含汾穆深量才如借喻吾亦愼於心

詠古玉尺

量采全然闕葆光過姬周代直陶唐設非可準擀文筆未得輕將以此量

再題古玉尺

縱贏周尺橫二寸弗受土華一色溫代所無雙出何代言之不足更長言公會於此服神識（見世說）延吉居然擅世論疑是上淸寶鼎側仙材量盡落人垣

再題古玉刀

有玉之質無玉形純剛一片柔居貞剛柔酌劑義擅精君子德幾千歲經刃微鈌那更發硎重吟七字當勒銘

古玉韘

古玉實今韘今韘猶古名古韘不適用（漢玉古韘今頗有但其製橢而細以爲文玩則可鉤弦發羽未若今韘之勝勁弓也）鉤弦韘挽盈名實兩俱收四鍭如樹呈何異序嘉賓行葦詠岐京

詠古玉椀

素盂周代合銅器（西淸古鑑藏有周銅素盂此椀製仿之）博古圖猶紀季姜（季姜盂見博古圖）疑彼秦前無椀製視茲虞後有珍藏璘璘色未全蒸栗穆穆質還渾截肪設使東坡舉大白故應特置漢書旁

古玉小壺

論代過（平聲）秦漢陳筵間（去聲）鼏罇盧中廉不劌盎外卽之溫絮斮終無濟土華尙有痕買春曾表聖典雅至今存

詠古玉龍尾觥

龍尾爲觥向所聞於焉傾斗意猶勤爾雅注兕觥龍尾斗南王維詩陌上堯樽傾北斗古人爲觥或寓此意珪璋鄙謝元常子魏志鍾繇傳注繇有玉玦太子欲得之而難公言密使臨淄侯植轉因人說繇卽送之報書曰以爲執事有珎此者是以鄙之用未來貴而至之謝書今載文選見其事其言益可鄙耳髣髴曾陪冥漠君青綠曙霑古銅色璘玢欲隱臥蠶紋偶覩舊器成新詠顯晦惟時物理云

古玉巵

荃山良種瑕不匿罄口徑圓逾周尺古人之器君子德千年煥發光而澤綠底細纈流霞色青蓮醉此三百石貯之溫室雄虹射六清醴齊浮未得旨酒有戒古訓式

詠古玉蘇武牧羊

北海牧羝返他山攻玉任爾時寫壯貌此日識忠心朔漠景如故冰霜介豈侵還應笑范蠡可不慙去聲良金

古玉小屏歌

土華隱韞幽光耿貌似道人徹骨冷刼火三日燒猶猛是玉蓋已經火者一片不熱餘貞靜度之以掌方而整軒轅鏡象如來影鄙哉漢璽出古井綈几芸窗伴毛穎佩文比德思惟永

詠古玉章

古玉舊雕鏤賢人四十收內府舊藏古玉章甚多悉徵之桼箚印統此四十方見於印統者四之三其未經錄入者四之一自係當日搜羅未備而玉質粹美古澤盎然知爲秦漢間物因同匯弆裝畧倣劉昭禹所云五言詩如四十賢人之意蘭臺名半合柳氏製全留鈕式雖微異篆章實盡侔印統所載諸章鈕製微有不同而篆文則悉相合固不必泥形式之方圓大小校與拘拘較量耳如將較分寸是謂刻舟求

詠古玉椀托子

土浸雲籠月血浸日暈霞別稱水銀浸瑎玞名胥加是皆緣外染亦必因有瑕凡玉因有瑕然後外浸入之歲久遂如一耳古玉一色者初無鼂采華淡黃色如栗其品乃最嘉內府不多見周尺晨星誇內府舊有周玉尺四五枚色質與此椀托子同椀托子萃二合浦珠無差庚寅歲得古玉椀托子淡黃如蒸栗色因題句壬辰歲復得一玉質玉色

及規凹中孔分毫不爽蓋本一對而分失耳是以疊韻詩有久別珠還合浦時之句玆
偶檢庫藏得一較舊者玆偶檢內府庫藏舊物復得此器色質與
前二托子正同而圍徑較大實三代之物也匪琢復匪雕樸素去
飾塗二徑三寸五舊者一五寸欠些新者色澤莫
不同子孫漢視爺刻檀承其足宣甆堪品茶
五字識源委渴解生道芽然思賢材淪盌毌
似此耶

詠古玉椀玉椀托子

玉椀托子昔有兩前後得之本一對因而有
詠識奇合其椀則以宣甆配見壬辰椀托子詩卽今
玉椀玉托子乃自古未離其隊較於昔者斯
倍奇矜秘弗錯分寸契叶玉質本一土浸同
枘鑿何愁殊向背把玩徒慙無腮來欲罷不
能拈筆再

詠古玉椀托子

圓如璧有足承之置器何愁覆餗爲土浸久
成粟蒸色石攻後異草垂時不辭一旦絜城
出似恨當年玉椀離淨几原堪作珍玩曾經
誰玩亦堪思

詠古玉椀托子仍疊前韻

猶存托子椀何之靡已聊將瓷代爲一例承
漿解渴際遙懷閱世別羣時因其失乃有斯
得卽此合盌無重去聲離試淪三清消夜漏六
如悟處泯諸思

詠古玉椀托子疊前韻

向有古玉椀托子之詠玆偶得此憶與
舊器頗同取以相比則玉質玉色及規
圓中孔分毫不爽蓋本一對而分失耳
慨然有感因疊舊韻詠之

誰與爲分誰合之竟如神鬼暗中爲已飛劍
認襄城際久別珠還合浦時倿弆故應成秘
賞椀承盌復使重離拈髭吟就忽失笑未得
斯前可不思

詠白玉璧

仍是如脂色不渝虞卿所賜或然乎却殊墨
翟悲絲染堅白天然豈受塗

白玉小璧

周尺剛三寸無瑕潤羊脂設徒論輕重吾知其失之

詠白玉穀璧

古時白玉璧率被土華侵此獨留本色因何全至今鄗哉較厚薄幸矣免升沉原自無瑕掩渾然契素心

詠白玉如意

和闐供歲貢製器玉工閑雖曰來之易能忘獲以艱新年符吉兆代語得心開永願洗兵馬休言致白環

杜甫洗兵馬行云不知何國致白環寓譏於頌自是用西王母事而續齊諧記乃云有黃衣童子自稱西王母使者以白環四枚與楊寶云云夫虞舜之獻其實與否已不可知若楊寶之獲則重儓而益鄰於僞矣因用其事故並識之

詠白玉如意

意實發於心以應（去聲）理與事是即所爲如於我原皆備而何曲瓊者乃亦名如意莫識其所始（如意之名不見於六經蓋始自內典而勝製自六朝耳）以爲代語製吉語徵新春無非祝農瑞溫樹積甘玉把映色同粹憶彼上農夫安從知此器

詠白玉如意

盈尺和闐玉良工琢曲瓊惟堅待爲錯曰白自含英底藉公孫辯還嗤惠子鳴指揮供代語靜默足沈情

詠白玉如意

良玉今來夥公私胥取資（自定回部後和闐春秋貢玉如納賦而私鬻蘇商者反多其材雖知之亦不甚究也）量長已逾尺揣色乃如脂代語指揮便從心左右宜求諸道非道尹誥更堪思

詠白玉如意

入圖宜上士著句合初韶俗樣祛多飾良材果不雕指揮資語代溫潤覺神超設曰徵如意所希暘雨調

詠白玉如意

俗琢翻增惡狀披譬如不潔冒西施庸工弄巧堪厭矣一例加磨俾去之留玷圖其斤兩重袪瑕全此瑾瑜姿不論美惡論厚薄欲笑陶朱未審思

按賈誼新書載陶朱公語家有白璧二其色相如其徑相如其澤相如然其價不相如一者千金一者五百金何則側而視之其一者厚倍之是以千金云云陶朱公設言價之不齊由於璧之有厚薄理固然矣然如今之庸工攻玉其弄巧者誠堪鄙至於不論形製之美惡祇計體質之厚薄以厚者重而可獲倍價於是不復去其瑕玷以全瑾瑜之姿則又未始非陶朱公之言誤之也因改製俗匠所爲玉如意故并識之

詠白玉如意

水玉出河中（見卞和獻璞說）品高製亦工執尤宜歲首詠祇祝年豐詎比華囂玩猶存樸素風年年如意者（如意首琢雙鮎意取年年如意用協屢豐吉語）綏屢願原同

白玉如意

俗製都交磨洗清天然本色乃全呈偶題七字若無字因識六情戒有情意與心應爲所發心生意實在乎貞寄言如者如何是四勿之中仔細明

題白玉如意

水產和闐玉量材尺突長如心成曲項代語示衷腸幻異敘爲蘤珍誠脂是羊震亨長物志不測謬云防（按文震亨長物志稱如意用以指揮向往或防不測故鍊鐵爲之其言不經蓋如意自是禪家所用之物禪家何防不測之有）

白玉如意

玉雖具五色惟白最稱珍恰合爲如意於焉祝首春雕幾渾弗藉純素雅堪親歲美人和願希哉庶並臻

詠白玉素如意

玉乃白斯貴製尤素是珍弗施華藻飾足尚琢追湑瞻也宜僧紹擊哉鄙季倫設云祝如意意以孰爲因

詠白玉素如意

白色已標素曰素非重傳世降人心巧爭奇炫新裁會謂玉之厄（邇來俗工製器每爲時樣翻新弇利以致斲損）孤負球琳材侵（良材實爲可惜曾於詠和闐玉斧有斯亦玉之厄之句）尋至如意種種增華乖開士指揮物豈宜如是哉概令斲其雕返樸還厥胚乃合代語器起予商也該

詠白玉雲龍如意

八卦乾爲玉六爻均象龍他山資石錯出岫見雲從那肯珊瑚擊堪欣聲氣逢固知如意好自度在嚴恭

題白玉雲龍如意

九家（荀）傳說卦爲玉復爲龍合德於斯見成形宛相（入趾）從健行玩不息敷澤體無封如意珠常守（如意珠出梵典）緯蕭猥豈容

詠白玉雲龍如意

和闐之玉長逾尺曲首琢作如意式何不爲圭或爲璧薄古趨今人情適司教化源抑誰責弗言則已言則亟乾爲玉象龍爲德雲乃從之蔚光澤龍守共珠醫奮戟緯蕭欲鍛具達識

題白玉雲龍如意

說卦乾爲玉上經九象龍曰飛在天見相應自雲從可識意如願端因德有容春祺徵吉語歲，美藝宜農

白玉雲龍蠢

雲宛流兮龍見行品誠稱美製尤精輕浮鏤肆容將布動出之而態若生本以無形思蘊石忽成有象擬連城六淸醴齊奚堪置祇合堯年寶露盛

詠白玉鳩頭

漢玉鳩頭此肖爲（昔有漢玉鳩頭蓋杖飾也向曾題句茲倣其製爲之）扶携他日待相隨雖今步履全無藉豫立中

庸有訓辭

白玉鳩頭杖口號

白玉鳩頭刻杖扶卽今健步尚非須山莊置待耆艾用耆艾猶能至此無

詠黃玉璧

伯雍種太宜子產薦圓靈色自如蒸栗精惟化塡星剛柔叶中德溫潤永千齡鄙矣趙卿問懷哉鮑氏銘

題黃色辟邪玉圭

方水生瑤瑾雲英靜以腴截肪奚可喻蒸栗得曾無猶見先王制如逢君子儒何須撿唐史附會詡天符是玉人稱爲元黃天符按唐肅宗本紀載楚州獻寶玉十三一曰元黃天符其制上圓下方近圓有孔今是玉上下俱方兼有二孔規制不侔殆後人附會之說云

再題黃色辟邪玉圭

周尺還嬴一尺餘對之疑對鞠躬如辟邪那有邪堪辟閱古因之緬古初

題古柑黃玉鞢玉質有黃色者謂之柑黃俗作甘者訛

器非不求舊古玉得柑黃量質堪爲鞢佩文漫刻章色疑星表瑞規似月標匡射鵠今稀用飲之愧莫遑

予今八旬有七非好射之時矣加以望雨望捷心緒不宜玉人以此鞢獻對之自愧那更藉彼執藝之諫哉

詠黑玉鏡

內藏沉埋久中人弗識之那知黑可鏡出潛確類書惟貴白如脂名玖誠無價能形詎有私葆光遇眞鑑荀語塵深思

詠烏玉筆筒

烏玉爲筆筒是誰寫山水遠峯旣稜稜近水亦瀰瀰琢雖出玉工繢實由畫史高人弗露面裴楷默爲擬拈毫無凡言資益良於此

詠赤玉鞢

圓外合規度虛中命琢鑽勁能發鵰羽赤可擬雞冠贈鄙鍾繇玦鞢玦也見詩衛風疏彈羞潘岳丸穆如文作佩允矣德堪觀

赤玉韘

大幹衍崇崑玉河產瑞璠貢庭裒燦匪成器稱去聲開弴小雅曾吟決諸書亦紀璊本來五色備血浸祇虛言說文玉有五色今和闐貢玉誠五色皆備所謂蒸栗雞冠土華璘瑞者不一而足聞之則稱河中歲久受天地精華之氣而然乃知入土出土土浸血浸之語未必盡實也

題綠玉司寇匜

一握和闐玉琢爲司寇匜率因從古樸非所論時宜非綠猶餘潤栗黃徒訝奇四方永作祜博古式銘詞四方永作祜周司寇匜銘也是器初見於博古圖今入西清古鑒

綠玉盤

槃敦眞裁玉琅玕非贈青瓜皮無暈釆非葉豈瓏玲弗翼來西洱輸誠貢大庭繹思君䜋語愧覺不遑寧

題綠玉射虎韘

抨矢曾經倒應聲偶然一試不重行仲謀雖受張昭語笑彼爲車太怯生

詠綠玉韘

綠玉從來誇宋結和闐歲貢得艱斯希珍未可鏤圭用量質惟應製韘宜不墮宛看布非葉浮奩却訝異瓜皮老來臂病懶射鵠七字題端祇愧之

詠綠玉韘

綠玉稀深綠斯珍果偉珍圓光勝喻非德釆耀浮筠寶豈宋人獨用殊衞國陳詩衞風童子佩韘注云韘決也以象骨爲之著右手大指所以鉤弦闓體挽強今異昔著手愧生頻

題綠玉韘

深綠出揄次引規韘製圓瓊華體寧比非葉色如鮮五德不離珮六鈞可發弦樹侯連命中遜昔每慙然自臂病馬射雖如常射鵠則大不如昔用以爲愧

紫玉韘

瑞玭紫玉曰玭輪圓恰中去聲規虛中聊命巋人爲闓弦資力那愁勁抨矢當機未可邏紀異空傳張匡鄴取端寧藉庾公斯紫雲在手懸銀

月雅似南山暈彩時

玭瑻

紫玉曰玭碧玉曰瑻此玉內碧而外紫故名之曰玭瑻而系以詩

未辨于闐貢居然荆國倫蘊中碧水濬彰外紫雲斌一握光騰室三瑧采映旻不藏我何有永佩此堪珍

詠碧玉射鹿韘

多年射鵠不曾為馬上猶能飲用之（自庚辰臂病後久弗步射至木蘭馬上行圍射鹿藉馬力向能命中蓋自幼學習資深亦不自知其何以中也）喻色設如誇非葉獲生炙殷正相宜

碧玉盤謠

碧玉之盤徑逾尺質本規圓色光澤準夷重器守世則貯以馬湩可盈石穹廬玉醴斯陳席（準俗四月馬湩新得時置筵酬神詐馬爲慶謂之玉醴斯宴古亦然但不如其盛耳）以招百福繁生息仁義不施攻守易矯虔奪攘紛兵革休屠金人且弗惜玉盤自合棄荒棘磕破邊角秦璽阨伊犂墾田耕者獲瑯使致京飛不翼取裁改作葵花式穆然完好綿几側湯之盤銘日新德用識顛末昔華勒

詠檀玉如意一

木從繩可期其正玉受琢仍加以磨百事而今信如意問如意者意如何

詠檀玉如意

檀玉相連結三才宛一身如分合常久雖曲直猶伸代語還無語似神眞有神天花紛落處亦不問緣因

詠檀玉如意

枀是荷藏鷺根為庇守芝蘂紋中接妥檀柄兩相（金玉其相之相）宜位置誠無舛指揮斯有資齊賢設相賜慚恐弗嘉之

詠檀玉如意

古玉磨碧圭角無雲中龍爪見模糊曲頸（平聲出處）聊藉香檀擎（去聲）直足仍裝剛卯扶閱世都經千百載代談底用再三呼集成如意如何意惟冀雨暘祝遂吾

詠檀玉如意

漢玉相檀柄量材每命爲雒書紫謂玉古雖傳玉有五色然未聞紫者惟雒書云王者不藏金玉則紫玉見於深山今和闐底貢地不愛寶入玉府者甚多從無紫玉蓋緣雒書之說皆幻設耳猶幻芳譜白謂檀羣芳譜載檀性堅重清香而白檀尤盛然清異錄云僧繼顒手執香如意紫檀鏤成芬馥滿室則紫檀未始不與白檀同香也同宜追琢知誰是古玉乃昔人所爲短長恰稱之於凡幾去聲如意可識亦難期

題檀玉如意

古玉萃三秀今檀接兩端居然成一柄可以號雙難謂二難也離合何須較主賓偶相入聲安指揮供意匠溫穆悅心官順適非希具盈虛數凜覩拈毫吟五字理域異禪壇

詠檀玉如意

琢以羊脂玉相平聲惟牛首檀出梵典雖幾非所尚樸雅恰宜覩代可語深辯揮將花落攢如詢意之願歲美萬民安

詠檀玉如意

古玉非環珮琢成饕餮形飾爲如意首借寓戒貪型朶口則人賤從心惟聖宣指揮存至理漫作話禪聽

詠檀玉如意

檀體通身淨玉相恰合宜指揮堪代語靜默雅澄思厭矣祛時巧穆然標古姿云云如意者十劫五難期

詠檀玉如意

紫檀刻爲柄錯用瑟如璠輻輳成斯器指揮可代言意先心以正孰藉舌之捫設曰天花落知他者箇存

咏檀玉如意

瑰玉相檀柄巧爲如意長含三乃成一卽幻可標常取吉雖時藉相宜亦合詳清談言悖出指笑謝家郎用謝萬失軍心事

題檀玉如意

檀爲芝柄玉爲朶巧製由來出梵那意已云無如豈有空原不欠色斯多全提固弗容擬議二諦依然藉揣摩卽事問當作何說所期

歲美與人和

題檀玉如意

檀寫渭川竹玉成阿閣凰居然勝犀鏤那更藉金相不變質藏璞恒留節負霜吉人祝如意周雅詠高岡

詠檀玉如意

刻玉肖蓮朶香檀作柄拏淨哉如不染直故意無邪可以標三種佛三種如意謂能到彼變罷如意也出教乘法數由來本一家瓚公指揮處閒說落天花

詠檀玉福如意

荆蝠出乳穴片玉如蝙蝠形世遂借名爲福祿之福以爲如意之首亦取吉之意也青蓮傳語眞見李白詩序何時化爲玉千載白如銀取譬名如意須知召自身箕疇陳斂錫願被萬方民

題檀製古玉如意

今檀拏古玉古式製今工巧註求和應恍從雲與風文言誠可玩說訓合兼窮我意祈如者雨暘時若中

詠檀玉英雄如意

有以漢玉鷹熊鑲檀木爲如意者蓋寓英雄得意之喻予則以爲宜戒而不宜詡遂成詠

鷹相其首熊相尾寓意英雄暢指揮豪氣却當戒一往要歸於正在知幾

詠檀玉蓮朶如意

比德皆君子亭亭自葆光看來本同色嗅去若生香說已聞茂叔揮曾詠韻陽問宜何處置宜是芰荷鄉御園中每歲恭奉聖母賞荷處

詠玉韘

嘉哉延喜質刻以辟邪形力引烏號角飛催赤羽翮心平斯體正武緯亦文經金礪旃磨鏡相資視此銘

詠玉韘

牙角徒傳古璆琳復見茲虛中離象卦圓外月盈規詎止佩環用兼成弓矢資誰能速命中差不愧瓌奇

詠玉韘

繕人規制玉人爲彄沓闓抨是所資不稱每差童子佩如磨常憶武公詩底須象骨徒傳古恰似瓊琚匪報兹于度機張愼省括溫其德美信堪師

詠玉韘

和闐産美玉製韘琢磨爲欲手仍今日從心愧昔時（自壬午年病臂後雖木蘭馬射如常而射鵠則大不如昔屡命中矣）中窺望月滿外暈𠫤雲披寓意擿新藻御之無射思

詠玉韘

廉貞質資古溫潤製依今（今之玉韘製於古名異而闓體鈎弦爲得力適獲古玉軸頭因改琢之）闓體恒隨手剖微在正心藝惟重繩武志詎爲從禽三復車攻什淺言義寓深

詠玉韘

何年玉畫軸欲手中規輪可用資三獲盍稱挽六鈞取材率因舊得句亦從新比似蘇公硯（東坡謝人送硯云吾兩手其一解寫字而有三硯何以多爲）猶然愧古人

題玉韘

和闐産玉土華浮何必端惟古玉求却我輪前頻注中孤他依舊事雕鎪鵠侯久置笑空飲馬射勉爲藉引彄（自臂病不能屡中久罷射鵠獨行圍藉馬力向能射獸）外暈紫雲中白月詰戎隨處可忘不

題松鹿玉韘

古松之下濯伊尼飲水食苹適性宜刻韘鉤弦還自笑擇肥命中（去聲）又何爲

題鸜鵒梅花玉韘

黝鳥花間立依稀夢裏歐因材堪琢韘（就玉韋黑處琢爲鸜鵒餘以柿梢花朵襯之致有佳趣）兆瑞漫銜鈎黑白呈雙質彤虛句（去聲）四侯如聞鳴唎唎香共好音流

詠射鹿玉韘

快馬飛生耳後風浮麋㪚肋中（去聲）無空漫言刻玉古佳兆發羽抨弦屡此同

題哨鹿玉碟

哨鹿年來久棄之玉工舊稿效前爲挽弓馬上能無爾持銃林中那有斯顧示衆人仍刦武迴看昔日祇贏詩至懃力矣中（去聲）惟巧喻語予與猶可思

題寒江獨釣玉碟

追琢精球藉玉人柳州詩意獨傳神抨弦一發中（去聲）祁鹿也似竿頭得巨鱗

詠玉刻蹲虎碟

刻虎鈎弦用挽弓於莵安得負嵎叢因之心渴桓桓者亦欲干城入彀中

題松陰高士玉碟

依巖虬榦鬱葱扶般礴佳陰古帙俱舉首間（去聲）間（平聲）玉輪上較於持滿定何殊

題射兎玉碟

步射已踈馬射可一馳三獲懃（去聲）猶生（向在南苑昔一圍，迴中八兎有詩紀事今祇獲三知不如昔矣）却嗤御箭中雙兎何致詩吟薛有誠

題坰牧玉碟

薄言駉者有駰騢馳射匪資御以車體正心平繹深義經和記總訓無邪

詠秋聲賦玉碟

玉人巧意事雕鏤寫出歐陽聲賦秋藉手無他多嘆息木蘭喜聽鹿呦呦

題玉鏤碟上泉傍觀梅圖

山邊復水邊忽見一枝妍人訝弄珠是泉猶瀑布懸風流香足鄙跌宕格堪傳春信來何似無殊矢在弦

題喻政玉碟

弓矢文皇喻政深木求脈理正於心翳予職亦臨民者良譬惟殷效法欽

詠題璧玉碟賜將軍阿桂

闓體誠資挽六鈞玉工琢作刻崖人漫嗤沙苑詩無謂（方岳用秋崖事）可識浯溪筆有神臂病多年踈射鵠心塵邇日望書麟良球等度奚相稱合賜燕然勒績臣

詠獵騎玉韘

巧匠呈新樣韘鐫獵騎圖嘉其寓習武殊彼祇追娛原兔將聯中臂鷹如可呼殷勤王人意老矣略慙吾

戲題四駿玉韘

玉人精鑿四名駒欲手如前用備吾八十老翁罷弧矢此爲頌也抑譏乎

詠李廣射虎玉韘

無心貫石有心非至理由來非詭文莫怪刎身屈絶域霸陵禍伏故將軍

按李陵謂廣徒失貴臣之意刎身絶域之表此雖痛父之意耶然廣因忌霸陵醉時之呵請與俱至軍而斬之以小恨而擅殺人則其死亦有以自取之也

詠弋鳧玉韘

夫婦警雞鳴弋鳧勤力并朱注警毛序曰刺誰定是公評

詠弋鳧玉韘

雞鳴刻鏤寫風詩毋以閻弓更有思設使射鳧隨箭落亦奚藉彼繫絲爲

詩弋鳧與雁疏弋謂以繩繫矢而射也以繩繫矢其矢去已非能直且速設浮於波之雁鳧或可偶用之若列子所謂連雙鶬於青雲之際在文人甚其辭鋒巧爲比喻則可若謂實有其事試思青雲之高其繩應用幾許長繩長必牽矢勿速即無絲繫之箭亦不能高至青雲之際安能命中皆所謂未見顏色之言耳今吉林叉冰魚者實用此術鑿冰成孔魚過其下叉之使帶繳而去復至一孔復叉之三四叉其魚即可取然其繩長亦不過數十丈而已此親問叉魚人而知者夫青雲之高豈祇數十丈而已哉因並記於此

詠覵泉玉韘

松有清風泉有音覵泉高士坐松陰東坡曾不資硯備笑我頻煩著韘吟

玉盤謠

玉盤博徑得二尺圍六尺有（去聲）五寸益虛中盛水受一石素質不雕其色碧旁達孚尹瓊華澤葆光撫不留手跡羣玉之精出崑崙吉日甲子天子賓于西王母瑤池津行觴介紹簋簠鐏爾時所御器今存作鎮西極永好完未入震旦三千年問今何來不脛偶準嘻爾亡淪世守阿睦撒納兹竊取王師采入靖孽醜於將獲之聯猱走棄其重器爲我有元英大呂陳座右咄哉玉盤徒華滋不可食兮不可衣連城價詎如窮奇俘彼禍除可罷師前歌後舞樂雍熙瓌玩吾將安用之擬付鄴人一例椎

題雙魚玉盤

歲貢來回部因材作器徐抵非幾羣鵲置有一雙魚誰擘豪賓鋏難每遠客書中孚如玩象慎德正殷予

玉盤得玉卮

偶得玉盤無飲具命撿中秘得一卮焉製作玉質如出一手杯足盤脣皆脗合此與豐城之劍何以異耶因作是詩誌奇合有如此者

玉盤得玉卮酌置乃相資問盤昔何爲久謝承歃思問卮今何幸藉用聲應隨其始出一璞何年秦越離雙雙契矜祕兩兩蟠蛟螭有葢昭禹論（劉昭禹謂覓句者若掘得玉合子底必有葢）無當韓非辭互失倏已幻巧合眞復奇我無感慨者爲此與齎咨設逢分鏡人盇不增辛悲

玉卮謠

如脂白玉卮既琢復磨之成器擅工巧愜圓中規豈以盛醇醪眠花醉月飛擬以薦明水玩褻非所宜更笑博古家空爾什襲爲永惟無當戒三復實我師

題玉鏤石湖景盃（做明製犀角盃式爲之）

玉石子如犀角材鏤盃明製試摹哉上方山項楞伽寺憶我其間得句迴

詠玉桃杯

洞徹光明瑩曾問方朔探欲希玉井洗快意食芳甘崑崙山玉桃堅瑩須以玉井泉洗之乃可食見述異記帶葉露華新承漿介祉春瓊瑤眞得報精意想風人

玉椀

曾未于闐遣使求堅昆玉椀自來投詎云有翼千斤獻那肯無端大白浮賢問乃明君子德工言幾誤楚人謬歲時宴饗斟香茗延喜明廷奕葉庥

詠玉椀

崑岡孕瑞產精瑜歲以爲常貢外區作器眞看凝素液宜人惟是發華腴撫辰用惕民猶水取象宛呈震仰盂大白從來凜戒旨賜茶廣殿乃時須

詠玉茶椀

于闐何必購奩環通貢薄來每厚還保定不刖致遠域琢磨亦復藉他山示禎碧落星辰表延喜明廷樽俎間漉雪浮香眞恰當思推解渴福區寰

題舊玉祖丁尊

祖丁取式子商古饕餮爲形意戒貪銅貯西淸茲致玉欲題詞早自懷慚

詠玉爐

伊誰割璞爲磨鏤蟠夔直紋制從周博山應薄遺炎劉肯教甲煎豔香留寶茲韞德兼剛柔虹光十丈屋梁浮

題舊玉飛龍彝爐

何年廟器贊天經刻作飛龍殿四靈毛伯邢侯異周製祖丁父癸似商形依然韞匱閟桑海所惜徙薪遇丙丁是器舊曾遇回祿者土氣羊脂胥變幻秖餘雲水淡拖靑

題舊玉彝爐

舊玉香爐式作彝抑爲殷子抑周姬擬之尊斝斯成姘厠彼鼎盉仍覺宜視不射眸章以闇撫無留手穆而怡覿其入土還山土亡可

欽言深可思

詠玉托子永樂脫胎茗盃

托子古玉滄桑閱茗盃永樂傳胎脫一脆（謂瓷茗盃）一堅（謂玉托子）殊不倫相資合體誠奇絕輕於宋定薄於紙炙手微嫌茶湯熱置之托子溫須臾適用酌中品芳潔試想盧仝陸羽輩安能以此領茶悅既笑二子或逢斯掉頭弗顧應罷啜

再題舊玉掆頭瓶

雖曰飾竿琳與瑯置肩戱翫孰能當近經細繹輞頭錯遂以成吟一再詳

按掆頭爲輂輅舁竿之飾無疑今輂輅竿之頭刻龍首其尾刻龍尾即明證古人用玉爲飾亦其常但輂輅既重加以玉石之堅硬置舁者之肩戱翫惰窳有必然耳

玉甕歌

玉有白章隨其形刻爲魚獸出沒於波濤之狀大可貯酒三十餘石蓋金元舊物也曾置萬歲山廣寒殿內後在西華門外眞武廟中道人作菜甕見輟耕錄及金鼇退食筆記命以千金易之仍置承光殿中而繫以詩

昔夏有德聲教訖九牧貢金來魏闕鑄鼎象物備神姦山澤遍逮遺海物化工爲鹽數土心藍田日暖露山骨工倕縮手不敢斲乃借剛斧來月窟含形內虛象海德葆苞元氣洞芒芴駭波沓湤迴迆涎驚瀾瀵漭滀瀄汩習坎有孚坤厚載魄淵朝夕輪出沒浮黍幾粒見三山泰華安能詡昂屹何奇不有恠不儲湯湯漻澫鬱呵嗽駕山之鼇橫海鯨天吳蝄象紛悅欻元螭紫貝朱鼈羆肥遺蟰蠨蟚蜞蚏赤龍焚蘊修鼉浮蒼蚪揵鰆海馬突鱐鮚鯡魜鯤鰤鮷鮔鱏鮭鯧鱠魰鰯珊瑚璛瑁鮫人珠孕珍產瑰宏泱鬱用協上下承天庥重逾九鼎光朝藪千秋法物昭靈奇欵雲吐景鎭溟渤匪同器寶乃待人方周大訓楚檮杌

瓊罍綉篋吁奇淫商彝晉鐸埋蓬蔚瓊島春陰（元萬壽山金名瓊華島）萬景全廣寒高殿青雲拂倒茄下垂紅狎獵沉香橫泥（入聲）氣蓬勃從臣敬獻南山頌樽擬白獸頒章頼存亡歷市閲荆凡谷陵秦項紛遺佗金露秋風憶桂香（金露在李）（廣寒殿前見輟耕録）悽傍山人煨榾柮五陵年少重金刀誰從藺若夅荒碣惜乎古器就湮滅有如獻璧連遭刖刮苔滌垢露光晶天然豈用施剸劂波臣水族羣蹲踞夏鼒秦丁難撓相承光相望接堆雲（承光殿在萬歲山南隔一水惜日堆雲金元晉址惟此存耳）人有懷歸物豈不信哉安得如汝壽漢京銅仙應愧艴

玉斗

亞父未椎前謫仙已眠後芥蔕兩不知誰與辨是否他山石與磨精製說宣和泛索稱春酒朱顏拚半酡

詠舊玉斗

亞父撞之後重爲玉斗誰連成雙面畫接刻七言詩迥異俗之態依然古作師藉瑕緰松鬣（玉白質黑章爲器者藉其瑕處刻松鬣亦絶技也）思已漸鄰奇

詠玉尺

非盈今尺盈周尺總覺猶輸寸所長寶鼎仙人詠李白襄城縣令擬劉方輝輝不露截肪質沕沕全藏浸土光偶撫直方別有契問誰佳句稱斯量

詠玉尺

虞帝協時日周王相土年德惟擬君子度豈藉眞仙人是趙延吉樂懸荀顗川量盈雪同色呈瑞謝家篇

題玉尺軸

轉折成玉軸展收資短長（置尺於兩軸口收爲一尺展則爲二尺短長皆以是準之西淸古鑑中有此漢銅器舊題爲漢銅器飾蓋誤矣因命以玉做爲之適合玉尺之義而題之句）底須較尺寸（謂尺有所短寸有所長也）恰合琢琳瑯陽貨那能鈌（軸也）裴元未足方（尺也）量材設絜矩顧俊渴無遑

玉枕

素樸獨無文龜茲製出羣何人眞截玉白居易詩角枕粲寒玉高士可眠雲漫作邯鄲想誠堪翡翠焚淮南傳秘訣曾以不聞聞

題舊玉穀璧

惟土物愛厥心臧璧刻以穀寓意長詎祇子執明朝章佳城誰氏山深藏肉倍於好規製良如雲籠月不礙光而光自葆非赫揚把吟緬古仍慨慷

詠舊玉穀璧

較寸雖微欠周禮春官典瑞子執穀璧又寶櫝記穀璧徑五六寸云云是璧以周尺較之雖寸有不足而質穀均極古穆洵古物也春官一例傳星如霄宇照月實望時圓那得非剛刻恒看閱永年不關圭瑁說漢唐諸儒注疏周禮口傳耳食斷斷於圭製之長短瑁底之四邪膨爲之說紛若聚訟向作圭瑁說以正其謬誤至璧則其製圓而肉倍於好子男所執判以穀蒲不聞有異說也子執自應然

戲題小穀璧

古璧大於錢子執定難任細以漢之法合應罰酎金

題舊玉圭璧

一圭著璧未前聞應爲去聲春官誤會文此圭璧中爲璧形上下露圭末圭本向未見有此制蓋因春官四圭有邸之注謂圭末四出而誤也考宋聶崇義三禮圖其繪四圭有邸中央爲璧四面各出一圭剡首長短與肉好稱又繪兩圭有邸制亦同惟圭首上下出耳至其繪圭璧則下爲璧上爲圭首長短適均其下更不露圭本自爲可據此玉質與色俱舊而制作不合古圖豈琢玉者以意爲之未加深考耶却是千年以上物穆然土色蔚蒼雲

按介圭之名見於詩經錫爾介圭以作爾寶鄭康成箋云圭大尺二寸謂之介孔安國書傳謂介圭卽鎮圭周禮考工記鎮圭尺二寸天子守之鄭康成注曰以四鎮山爲瑑飾也據此則介圭所刻乃四鎮山非五嶽眞形圖也且五嶽眞形圖見於漢武內傳周時介圭安得刻此圖查抱朴子載道書之重者莫過於五嶽眞形圖家有此圖能避兵凶是此圭之式本係道家所用而復刻此介圭之名顯徵其僞耳

題五嶽眞形圖玉圭

五嶽眞形出道家老聃無欲後增誇介圭周器安有此不辨而知僞刻差

詠玉環

象天含動靜秉地具柔剛賜得孤臣喜遊中達士狂渾然去圭角穆若謝章相無數唐宫豔華腴正不妨

詠同心玉環

巧匠琢瓊玉同心古有聞利將見金斷臭可擬蘭芬聲應惟相合形聯永不分如占大師克麟閤佇酬勳

詠開合玉環

合若天衣無縫開仍蟬翼相聯往復難尋端尾色形底是因緣乍看玉人琢器不殊古德談禪霧蓋紅塵温句可思莫祓情牽

詠仿古夔紋斧珮

水土孕靈氣產玉秉德貞和闐開闢有豈無土浸精是玉受其華玢璘穆且淸不宜付俗匠新樣殘瑤瑛古式爲斧珮夔紋鐫琢成置之刀璧間疑侶赤與弘睪然思還渲五字示崇情

玉僧人拋毬

空色聖凡皆戲論圓毬拋出覓何從當前了識無賓主底問元沙與雪峯

詠玉人牧駝

漢玉駝蓋炎劉時物也命玉工製人立其旁儼如司牧狀

茂陵劉郎志吞胡匠肖胡產琢璵玗用誌丱忘置座隅千年出土雙峯孤如聞鳴圖過塞途金鈴續罽何須渠配以司牧事例朱（元朱德潤考古圖載至治中趙伯昂得古瑞玉馬姚牧菴以黃玉人贈之爲圖如司牧者茲略仿其規製云）試問氏族奚答諸是人姓李非姓蘇

詠玉駝

拳足昂頭曲肖奇土華璘縟卯金遺詎同唐帝過街日疑共明君出塞時

詠玉馬

美玉與良馬都稱乾德爲琢磨成特達筋骨自權奇何必施鞍勒天然伏虎羆風人詠空谷體物引遐思

玉鏤八駿歌

權輿十駿圖驕皇癸亥歲命世寍郎至今歷卅餘年長繼厥後者頗多良十中亦或備數常原非匹匹供御韁和闐貢珍琎天閑肖形事俾玉人襄合先蹄後惟掄臧爰成八數古語償引領仍屬萬吉驦以德弗以力致祥騮稱闞虎星降房雄姿威服於菟藏俊逸獨是霹靂驤木蘭圍裏殲天狼赤花鷹似朵雲翔歙彼飛隼相低昂以上四駿仍著十駿圖中者餘則其後所得後十駿內選其四有騮佶閑鳥中凰海子蹙髮胯下麈戊寅春於南苑乘此騮行圍突有狝發從胯下鼠過騮飛馳如故蹶之而仆廻鞍轡命中厄魯所進如意驄叶準噶爾台吉噶爾丹策凌所進鱗身汗血氣開張錦雲騅穩坐玉床雪山潦途健步康辛巳春巡幸五臺經長城嶺時雨雪連朝山徑泥滑乘此馬陟嶺行渾穩步如履平地寶吉騮來最後行洪豁爾遠天一方此騮爲土爾扈特親王策伯克多爾濟所進乃洪豁爾屬部色爾克斯產也其地更在哈薩克西北界鄰俄羅斯從古未通中國辛卯秋土爾扈特歸順此馬因得貢天閑謂息之果良馬也遂錫之名每歲木蘭御以行圍凡茲八者真駿莢叶無慙琢彼瓊瑤相紫檀爲屏美牧場飲齕適性樂無央龍爲友固可年忘遐想造父事穆王以車御行窮八荒何足數哉肆遊狂朝家詰戎馬射發夙所資力應表彰壽之貞珉允所當峻坂馳下爲弗徨朕自六旬以後雖每歲仍行圍木蘭但擇地略馳不似向年之登陟險峻矣作歌識與微慨慷

詠玉牛

斲玉居然此臥牛俗工誇巧作籠頭亟教磨去適其性弘景高情可悟不

俗工祇論玉之輕重以爲價之高下不肯多去疵纇又裁花鏤葉亟繁縟而益粗鄙此亦玉之一厄矣茲玉牛乃至籠其頭而韁繩拖至其尾亟命磨去之並戲成是什

玉牛疊舊作漢玉牛韻

和闐種玉如農耕河源撈取淘戸能貢來命

寫喀喇（同音牛也）形穩臥滿瓩黃鍾鳴古牸呵護煩六丁叶瑞詎比聯嘉牲雖不可食非塗羹方物足徵遵路亨持盈偃伯惟屏營盤銘一例七字成匪誇耆定輝丹青

詠玉熊

運晴善緣立吐舌欲掤蹯本是翠微守莫言紫褥鬆珍惟荊客識祥叶太人占特達深資處和丸績學灊

詠玉鶩

形肖還看色無二山陰道士乍空籠此鶩方稱此爲玉涼帶紅羅那許同（見元史輿服志）

題羲之玩鵝玉器（上刻子昂臨快雪帖）

爲書道德籠鵝返便草時晴作美談却似一籌贏禊帖縮成玉枕自河南

玉鵲

塡橋曾到漢旋復化支機聲兆吉祥信情知風雨幾動兼貞足體靜以德爲輝比似文皇鵲投懷那處飛

詠玉鵲

公輸逞奇巧方朔識晴陰恰似來員嶠非同集泮林羽輝眞擬玉音吉式如金繹詠他山石風人寓義深

玉鵲

徒見翩躚羽那聞啞喈聲形非孚翼就質自琢磨成翥矣神全肖溫其素本呈應嫌飲露侶黑白太分明

玉鴿

蜀嶺春花狀藍田瑞物呈傳書堪並雁入畫欲欺鶯雙翼如方翥圓喉未易鳴靈禽稱善合妙義示恒貞

玉雞

誰琢崑山璞宛看陳寶雄詩傳丹禁裏經注洛川東猜覘如思闞軒心那就籠宵衣陳座右可擬詠齊風

詠舊玉劉海蟾

去來無跡本無家偶託崑瑤攻琢加弄筆覷

中足罪跂呼蟾縣北口至呀純陽度後登仙籍平叔逢時贈祖砂應是蓬壺宴纔罷酣然皤腹醉流霞

題玉鏤燕子磯

磨琢渾成燕子磯登峯攬勝憶依稀長江萬古流不盡南國四巡過已違祗是民情忘未得設於景物戀斯非句吟乙酉分明㳘（乙酉南巡有登燕子磯詩今并鐫於玉璧）覺愧如他玉有輝

詠蟠桃玉石子

和闐玉河産玉八水精土氣侵夆受出亦待時非凡偶萱闈慈値八旬壽地不愛寶呈瓊玖一顆形似綏山有暈霞含赤如中酒三千歲熟雙成取崑崙致獻西王母億萬斯年祝曼耇

詠玉鳩頭方竹杖

玉相方竹鳩爲式助步他年待爾能欲善事先利其器及今製此亦云應

題舊寫玉蘭桃枝

三朶玉蘭十朶桃蘭陵舟次昔揮毫流陰廿八歲過隙饒汝舟中香色牢

題玉鏤天祿校書圖

校書天祿漢王孫太乙來臨藜照論開闢以前書既授今何其事一無存

題玉鏤戲嬰圖

巧以崟山質還成玉箭姿天機活潑處引我少懷思

題玉鏤戲嬰圖

芸編在手中戲不廢研攻魚缸如置側便擬是温公（聞見後錄記司馬光破甕救兒事無論小兒不能入甕然既入矣甕兒焉走其時已久必無得生之理日光時亦幼又烏能舉石破甕耶稗說承譌率不足信因並識之）

題密勒塔山玉大禹治水圖

冊禹敷土定九州帝都之地冀州始冀者近也距三河其中大河巨擘是導之雖曰由積石意在夆源必於尾（禹貢導河積石注家謂此爲大禹治中國河施工之始非積石卽河源也謹按聖祖御纂書經云積石山在今河州北一百二十里）

其西五十里有積石關唐置積石軍於此諸家多以此爲小積石別有大積石其實即此積石更無所謂大積石也今河州近在甘肅境內安得謂之河源古人限於疆域遂有此拘墟耳食之論耳

雍州九末繼崑崙於斯可識神禹旨

禹貢織皮一節毛晃指南云織皮上疑脫去厥篚二字不然則是史變文耳至胡渭作禹貢錐指所云不必還踵第衆以絜州之文則此爲錯簡明甚其曰織皮即熊羆狐貍織皮也但文有詳畧耳曰崑崙析支渠搜猶西傾也但國有多少耳曰西戎即敘猶言因桓是來也但辭有同異耳渭此言頗爲暢斷但于以爲織皮二字既係錯簡安知崑崙數語不亦有錯簡耶崑崙之爲河源萬古不易渠搜析支蓋即河所經之國至積石而入中國乃始有黃河之名如今所致定河源出於青海外之阿勒坦噶達素其所經之處皆蒙古土番地名均無漢字黃河之名也此語繼雍州之後蓋崑崙雖遠實爲雍州外境施工始中國之積石尋源在西戎之崑崙禹貢立言之旨本自昭然說經家何以見不及此

乘四載蹟遍寰區曾至否乎難窮紀

吳越春秋載禹周行宇內徊崑崙察六扈跡其事不見尚書正經然吳越春秋乃三代遺聞安知四載之蹤不至崑崙耶但世遠蹤湮不可考耳

崑崙河源並產玉大都早見簡明語

叶　向作河源詩及河源簡明語辨析甚詳考漢書張騫傳天子使窮河源其山多玉石采來天子攷古圖書名河所出曰崑崙云云漢武所定河源出崑崙且多玉石足爲證亦與爾雅之說合前令阿彌達往窮河源據奏稱河源爲郭敦淖爾者水綠色其西南一水名阿勒坦郭勒有巨石獨立名阿勒坦噶達素土屋黃赤色上有天池鹽流百道皆金色實河之眞源西北流入鄂敦淖爾黃色澂淡又東流千餘里至貫德堡水始全黃是河源皆土山無石安得有玉云云予河源詩按語謂昆侖在今回部中諸水皆東注蒲昌海即鹽澤水入地伏流至青海始出則天池諸水皆是又漢書謂河有兩源一出葱嶺一出于闐于闐即今和闐實產玉也正與此合此玉采自密勒塔山密勒塔者回語謂鐵也接和闐南境諸山和闐玉采之水中者小而潤澤密勒塔所產質較遜而多巨材實皆于闐境惟彼時無精通衆古回部語之人不能詳譯耳又毛晃指南云西王母石室近酒泉崑崙山崔鴻十六國春秋云張駿時酒泉太守馬岌言酒泉南山即崑崙之體上有石室王母堂俱爲荒留蓋西王母之稱爾雅但云觚竹北戶西王母日下謂之四荒是西王母乃地名非人名安有室與堂乎考古終當以經語爲據蓋河出昆侖漢武所定不爲無據若傳會武帝曾見西王母此與後人以積石爲河源同爲無稽之論耳

設曰積石即河源是實拘墟耳食矣漢武之言有見哉崑崙產玉千古美茲得密勒塔巨材崑崙宛延幹所迤其高七尺博三尺卓立如峯之巋巃不中去聲尊罍中圖畫石渠古軸傳治水裝潢邊幅失姓名顧展朱趙難猝擬

內府所藏大禹治水圖軸邊幅俱似裁去故無作者姓名按宣和畫譜有晉顧愷之夏禹治水圖郭若虛圖畫見聞志有隋展子虔及五代朱繇畫禹治水圖又王世貞續集有宋趙伯駒大禹治水圖而疑以爲非千里能辦似周文矩云云證之內府所藏愷之洛

神圖子虔春遊卷伯駒後赤壁圖筆法俱不似惟與所弆文矩璽蹟圖有相倣者其爲文矩筆亦未可知以爲粉本命玉人宛見劬勞崇伯子
免收執斧同衆工誠感神明助力疊高山以
奠及大川曰椎曰析曰剔釃功垂萬古德萬
古爲魚誰弗欽仰視畫圖歲久或湮滅重器
千秋難敗毀作歌敬誌神禹神毛晃指南誠
小耳然而吾更有後言是器致之以萬里攻
用十年告蕆事博大悠久稱觀止一之爲甚
可再乎曰惕曰慙胥在此無服遠德莫漫爲
求珍玩物或致否慎哉長言示奕禩召伯訓
當熟讀爾子爵辦西師決機定策克集大勳自底定後三十餘年以來撫綏安輯整飭懷柔無不備至所以新疆各部之人安樂愛戴效順輸忱一家臣僕每歲春秋探玉供役受賞賜聯于來絕無勞怨之狀覆此巨珍以傳古王璽蹟非耳目華質之玩可比也因即免其每歲春貢之玉著爲令典以示體卹後之人思艱圖易撫馭有方徼求勿事慎守旅獒之訓以凝承大寶庶不負予制器垂裕之深衷耳

詠刻玉松亭五友圖

滿七還看除二人松亭閒對玉山峒清標氣
度文章輩爲五荀乎抑五陳

題玉鏤達摩面壁圖

坐斷千秋詎九年世人祇道用心堅如能識
得經遮眼壁與牛皮一例穿

題刻玉赤壁圖

磨彰白質絳華留設色居然赤壁遊水裏月
原天上月刻成舟勝畫爲舟烹茶那慮避烟
鶴鼓枻不驚眠渚鷗屢舉黃州休致誚箇中
人物足千秋

題鏤玉丹臺春曉圖

元圃崑墟王母都一峯不脛走中區遂教玉
府他山錯寫作丹臺春曉圖鑪火未寒鶴爲
守橋波迴看鹿堪呼列仙傳合旅獒訓彼弗
須求此愧吾

題刻玉蘭亭圖

流觴曲水修竹述古永和暮春此畫全贏筆
畫諸人眞是玉人題詞聊紀茲日撫景揭憶
南巡辛未南巡渡江至蘭亭時當三月八日曾即景題什並成雜詠玉枕命
刻舊蹟命刻丁卯年所臨玉枕蘭亭於背愧遜昔歲精神

題鏤玉百子屏

玉鏤孩古有祥徵宜子孫吉光聯片羽詩傳叶前言略綴亭臺景宛看笑語温笋登李氏牓樹近謝家軒昔事曾傳沼漢有百子池今時亦命門瓜華宮前即百子門舊圖初所命名斯男詠則百雅化箇中存

詠玉琢五老屏

相與觀河俯綠漪首山河渚訝誰知刻成設問年久近應共昭華琯獻時

題玉鏤小屏

盈寸玉爲屏玉人偃若生指顧溪橋畔江山不盡情

題玉鏤小屏

竹林笑傲七賢同始末原標晉史中欲問幕天席地者誰誠不負玉人攻

右竹林逸致

敲棊撫畫樂忘形髮白何妨雙眼青遺蹟松年半疑信石渠寶笈藏劉松年九老圖卷闕後得二卷尤爲高古蒼秀似唐人手筆或亦係松年所爲而無名款其眞僞究屬疑信參半也豈如玉汝看斯屏

右香社高風

題鏤玉三友屏風

人中有玉卉寍無鏤玉仍宜三友乎蘇老品題精體物松竹梅爲三友始自東坡吳工追琢宛成圖此君居左右高士屏風三扇左松中梅右竹羽客飛來傍大夫松上棲鶴把筆欲吟先却俗清防眞是稱去聲稱呼

題鏤玉百子屏

百子形神各殊別琢磨了識不同時居然薈萃亭臺景都是崢嶸瑚璉姿品重蘭階將笋牓行去聲稱棗讓與梨推作人致意與周雅樂育因之繫我思

題鏤玉松鶴屏

植中松樹禽中鶴都是棱棱似玉流頗有玊許救切見正韻工玉者也人能執藝言斯庶不枉雕鏤

玉屏謠

玉屏一峯斑天府較以周尺凡得五產自瑪爾岱之山（山在葉爾羌西南）一脈崑崙走嶇峿雖非羊脂實葱白别嶺闢爾綠色取（此玉材質較之和闐玉河所產石子雖精美稍遜而博大過之玉工呼爲山料玉闢爾山相近别爲一峯產玉皆綠色曾琢爲玉雞向曾聯句題之）和闐河產視此精然率石子艱致巨精則入微巨或粗器也而理因之覩直方琢作丹臺圖樹擬淸防向扉戶正道莫敧敧邪曲用勒銘言儆當宁

題玉鏤硯屏圖

淸防耐可置書几於硯南宜北未宜設使換鵞徵往事在前眞者怵臨池（用米芾元日帖句意）

右玩鵞

撫松迴首看放鶴任去無心亦任還如玉其人泯姓氏雲龍山也抑孤山（雲龍山有張天驥放鶴亭孤山有林逋放鶴亭）

右放鶴

玉如意

竹化分眞幻銅函閱古今淸談常在手樂志每如心孯處珊瑚碎掛來蘿薜深握君曾得號禪德亦留吟貞素標瓊質指揮延藻襟休徵願時若詎爲寶球琳

玉如意

巧匠琢荆玉雅堪號握君含章洵遠俗特達迴超羣味道如可掐葆光意不紛奚稱韋刺史藉用指三軍

詠玉石子竹如意

玉爲芝朶竹爲柄石子尤稱品最良恰似端溪宋時硯（內府有端溪天然石子硯是以石子爲器不自今始也）指揮雅可佐文房

題玉雲龍如意

似堪琬琰等閒厠豈肯珊瑚孟浪敲設玩雲龍相（入聲）從象訓垂九五著乾爻

詠玉石子竹如意

石子囫圇弗琢雕竹爲柄緝素絲條（以竹森絲成柄）（圖其弗裂）那堪持用珊瑚擘合贈搧山僧紹寮

詠玉石子竹如意

石子產玉河其質勝產陸天然土氣潤璘玢絲文縟以爲如意朶初日蓮出浴其柄宜用何自宜渭川竹

詠竹柄玉石子蟠桃如意

老坑子石宋時珍內府有蔡襄端溪子石蟠桃研此玉撈從玉水濱天女散無著摩詰滓妃共可友龍賓

竹玉如意

和闐玉石子竹柄取天然廉節德原合指揮語代傳無須助談雅底藉習枯禪如意予何祝屢豐綏萬逨

題君實玉印

瑞玖鐫英篆貽今七百年眞成行以字所寶信惟賢君實宜留相臨川空擅權還勝鄭公笏名與器俱傳

題梅花玉版牋六韻

硾漿法失傳何處覓由拳幸富新宣紙倣宣德紙爲之者因成玉版牋冰紋常自綴花朶鎮如鮮林叟仍貧好去聲蘇翁且戲禪冷金眞少見側理或相沿五合偶斯藉求精奚有焉

題和闐玉璧

玉厄疵其俗樣深和闐玉材不乏佳品每爲吳市俗工以新樣製作斯亦玉之一厄向屢有詩惜之近多倣舊琢球琳俗樣者多屏棄外間近亦知不爲多從古式矣嘉茲素璧將盈尺來自和闐可號琢穀以爲文足古目瑑而起兆究機心按說文璧上起兆瑑也謂起爲壟若篆文之形夫璧琢以穀文猶合古制若多加刻鏤不免失之機巧仍由俗匠所重者利是以務在多盞加工作以求善價即此見返樸之難耳因工重斯利重革薄艱哉識此吟

詠和闐玉璧

良質和闐貢巨材周尺贏全含水以潤開去聲沁土之精徵受土浸早厭俗工巧命爲古璧呈不教拘肉好恐惜損瑤瓊此璧徑逾周尺而孔祇寸餘不當肉倍於好因惜其材弗忍去之故不能合考工之制耳

詠和闐綠玉璧

玉河恒貢玉中去聲璧致艱之正復盈周尺是璧圍徑八寸準以周尺則盈尺矣原堪匹漢時質呈韭色潤紋列穀形彌不比他瓊玖祈年重在茲

詠和闐玉穀璧

穀璧今無用存羊愛禮宜嘉茲孚尹質肯付俗工爲祈歲義堪寓寸陰競並思嫌存琢刻跡會有撫平時古穀璧徒見其紋而撫之若平茲肖爲之者不能無斧鑿痕然歷年久後自亦當撫之若無迹也

題和闐白玉穀璧

和闐歲有貢私鬻亦多來和闐貢玉雖多而私鬻於民間者亦復不少蓋商賈趨利如騖勢所難禁而亦可以弗禁也俗樣知不售向來玉工每以玉之重輕爲價之高下是以多就其形質製爲新樣而賣入於俗近日亦知其難售而不爲如此璧卽依古式爲之頗覺可玩古風今漸開試看斯穀璧實未負良材移易可云速爲君應愼哉

題和闐贏尺璧

按今尺八寸爲周一尺是璧猶贏八寸也

周尺竟踰尺斯今亦匪今羊脂略無玼玉葉果生琳見洞冥記子爵執誠合是璧爲穀璧王孫語漫侵琢章每師古可以識予心

詠和闐盈尺璧

周尺尺有餘今尺猶欠寸今度贏于古其故殊難問蓋古尙簡約黃鐘定無紊今乃期獲多分寸爭利進斯璧逾周尺寶月輝圓暈德貞不匿瑕質美原勝瑨泣獻豈藉卞完歸讓擬藺琢磨袪時樣師古遵說訓寔渠在器哉三代風愉遜

和闐漢玉歌

今之古玉率稱平聲漢和闐玉古稱去聲漢名爾時博望初鑿空月氏要領得無能去百餘人二人返傳聞纔識于寘城崑崙泑澤多玉石卽今包貢猶堪徵細窮匪開燭然現雞冠爲色斧爲形瓊璊自稟天地秀汗瀸血浸皆虛評八土出土卽信有猶當勝彼埋幽坰相如詭奪和璧返茍息假道垂棘呈抑爲得也抑爲失於玉何有紛人情不藏不逾吾慊若用誌萬里來賓誠

題和闐古玉決

今玉琢成決云何古玉吟河流忽以現土氣

受來深外自成餘質內猶得鑽心（和闐玉子土華周身）

（量質爲餘玉工用鑽盧其中心製斯決以受土氣深尙斑斕如絳雲護月也）絳雲

白月護周雅詠垂音

和闐玉斧珮

和闐玉雖黝如脂亦艱致茲質實琳琅無瑕

葆精粹相材作斧珮剛柔協中義隱現刻夔

紋縟采法古製邇來俗工輩時樣翻新意斷

器年貴賈呈進率擲棄斯亦玉之厄是用五

字刺

詠和闐玉斧珮

和闐水玉白如脂夔首靐紋斧珮披作器每

教倣古式絜乎政事却難之

題和闐白玉盤

伯克呈方物（盤爲葉爾羌三品阿奇木伯克貝勒衙郡對所進依例折價倍

値厚賚之）薄來厚往加解嘲原尙白不掩本無瑕

李氏呼爲月（李白詩小時不識月呼作白玉盤）杜家藉以霞

（杜市詩登以白玉盤藉以如霞綺）七枚貯桃子荒誕那須誇

和闐大玉盤

緑玉大盤徑二尺圍盈六尺含精澤蔥嶺之

產蔥其色研光無瑕撫無迹圍規寶月三五

魄素質弗事雕幾飾弘璧琬琰誰則識荒唐

徒見傳荆國歲貢用徵遠人格成器仍藉他

山石湯之盤銘日新德既宏博厚宥筍席式

如比義思無斁

詠和闐白玉椀

水磨天方巧專諸未足論（蘇州專諸巷多玉工然不如和闐矣）

（玉痕都斯坦玉工所製者彼叠水磨所造花葉分明撫之却無痕跡材美工巧是爲兼之）

輸誠從遠域嚮禮佐臨軒（凡御殿賜茶例用玉椀爲宜）看

去有花葉撫來無跡痕雖云酬厚往召誠意

恒存

詠和闐白玉椀

酪漿煮牛乳（即奶茶國家典禮御殿則賜茶所以示惠聯情也按奶茶即酪）

（説文酪乳漿也釋名酪澤也乳作汁所以使人肥澤也）玉椀擬羊脂御

殿威儀贊賜茶恩惠施予雍曾有譽（王肅酪奴事）

鴻漸未容知（陸羽煮茗）論彼雖淸矣（謂陸）方斯不中

（去聲）之（謂王即用其語）巨材質艱致良匠命精追（音堆詩云）

追琢其章（其章）讀史浮大白（用蘇東坡事大白或亦玉椀耳蓋玉椀用以盛酒則可於茗飲則弗倫）戒甘我弗爲

詠和闐白玉椀

和闐貢玉多無數（去聲）擇質（謂器之大小）兼之擇品（謂色之純玼）良椀則大爲盂則小（許愼說文云盌小盂也是大則爲盂小則爲盌此玉材質約圍一尺餘以之爲盌則成大器若製爲盂則尺寸轉小矣因材器使之義即於斯寓焉）仁言圓勝義言方可儀人物德誠美不揜瑜瑕說更長棐几旅獒原在側對惟怵惕自懲惶

按玉之美者爲瑜其疵爲瑕禮記聘義云瑕不揜瑜瑜不揜瑕又左傳云瑾瑜匿瑕予以爲此有二義所謂不揜者蓋其質美處多而考纇少不可以小疵而棄其大醇傳所云不以一眚掩大德即此意也至匿瑕者乃大舜隱惡揚善之義若玉之材質大段累爲精純即微有瑕玷亦尚可包容含蓄不至棄捨是以辛巳賦得詩有隱之略一玷揚矣獲連城之句夫全材希有用貴取長因詠此盌復絜矩及之幷識

詠和闐玉椀

和闐撈玉春秋貢相質（精麤）因材（大小）琢椀成五色自當白居首圍量正合尺猶贏銘觴可例食自杖歆器雖非注戒盈琥珀蘭陵從未試明廷晉用乳茶擎

和闐玉椀

詭稱五日向河投原是地靈產物尤歸我幅員同郡縣任其土貢入春秋量材中（去聲）椀圓而鉅譬色如脂沉不浮何必燒磁珍大邑扣眞哀玉擊瓔球

詠和闐玉椀

和闐歲歲貢球琳相（去聲）質施工在酌斟白似羊脂殊飯佐圓如蟾魄受茶深荒唐那藉少君識俊逸眞宜太白吟宇拓疆開盌此爲（去聲）人歸天與倍予欽

題和闐玉椀

潛確已稱中國少和闐眞是異珍多春秋陳

貢來包匭杯椀相（去歲）材命琢磨西旅却殊時
致獻（昔年準噶爾台吉回部和卓木雖屢貢玉椀不比此拓和闐爲我屬春秋貢玉如內地任土作貢也）水精盌得與同科不斟旨酒浮香
茗延喜形闓受福那

詠和闐玉茶椀

中椀材羸中爵加用非盛酒用盛茶調神眞
是有餘潤比德更稱無點瑕漢史快心異玉
局明廷襄典類瑯琊（奶茶亦酪類御殿賜茶例用之）和闐歲
貢茲成例天寶龍光珽物華

詠和闐玉三耳圓盂

取材亦稱大論品不輸良（玉雖白質而非羊脂）奚必連
城藺居然三耳臧規應月幾望貯宛水中央
設切君爲象盌須藉彼方

題和闐玉子母龍盂

豈必黃金待揀沙和闐歲歲貢精華象龍圖
出宋董氏（宋董羽有出山子母龍圖）爲玉說傳荀九家不
學而成無次第如磨繼琢有增加試看頭角
崢嶸處已似峑山欲戲拏

題和闐玉雲龍小盂

攻肖周人雅形摹韓氏辭雲疑蕁䨴𩅤龍亦
作之而撫手欲生潤澄懷足養怡還如應眞
鉢祝可現蓮甡

詠和闐玉雲龍小盂

瑞產和闐玉水瀆貢來白質赤爲文因教巧
匠琢成器宛見飛龍從以雲具體之而忽隱
現非烟容裔更氤氳九三設若喻爻象（是器琢三龍於上）
夕惕朝乾正我殷

再題和闐玉雲龍小盂

白爲玉骨赤爲皮雲宛蓊濛龍宛飛不是眼
看匠人琢誰能血浸辨希微

題和闐玉蟠夔壺

山產似水產（和闐玉有山產水產二種山產者材質大而多雜石性水產者大不過尺餘而光潤少瑕此器乃山產而質地深瑩不雜石性宛同水產）今壺法
古壺意存殷傳訓製命玉人圖周尺長猶突
（是器蓋仿周蟠夔壺原製高一尺四分而此猶過之愈爲難得）吳工巧去誣
（吳中玉工愛惜玉材每就其形似製爲新樣以質重可獲厚利意謂見巧而轉近於俗還）

來亦頗知規仿古器俾良材不至於市賈也神䰧刻蜿蜒饕餮義
同符按說文夔神魖也如龍一足為文明之象此與名取饕餮者同具深義耳

詠和闐玉蟠夔壺

品貢和闐寶形模博古圖連環兩耳貫通體
密紋鋪攻錯詠宵雅直方訓大夫旅獒讀一
再惘若每慙吾

題和闐玉漢鳧魚壺

和闐良玉琢壺成取式鳧魚漢樣精是器仿漢鳧魚
壺為之旁兩耳連環正面下又環鼻一中層周刻鳧魚之屬製最精雅耳貫環
垂合周製鳧飛魚躍肖丁呈漢長安巧工丁緩作九層博山
香爐鏤奇禽怪獸見西京雜記古時無幸今時有九寸高仍
二寸贏漢壺銅而非玉蓋艱於得玉也今西清古鑑所載漢鳧魚壺高僅九寸四
分是壺又高二寸餘乃就玉材為之瑰珍鉅質尤為古所未有理趣已堪察
上下世情益以慎虧盈

詠和闐玉鳧魚壺

和闐綠玉尺五高纏頭歲貢罽以包玉人琢
磨精鳌毫漢銅鳧魚壺製標魚泳鳧翔圍腹
腰不惟其肖其神超父已商丙辰周相為曹

事不師古厥訓昭無能擬山學神堯熱海砂
礫開棄拋來賓蒴排成珍瑤席上之珍何獨
遙

詠和闐玉夔紋環壺

和闐采山春秋貢琢器頻翻博古圖時樣頗
嫌巧乃俗周壺猶近古之模乾龍為玉魖似
矣帝樂鳴球夔戛乎設更因文思敬義丹書
語敢忘去聲斯須

題和闐玉夔紋壺

和闐來玉夥量質肖周壺倣西清古鑑周夔紋壺為之糾
繆夔紋蔚提携雙耳扶他山本資石姬室久
貽圖事或不師古攸聞匪說乎

詠和闐玉蟠螭壺

琢玉作今器笵銅取古型俗嫌時世樣雅重
考工經雖匪金銀錯依然螭象形酒漿原非
貯祇備插花馨

詠和闐玉鏤周蟠螭壺

今玉掄材倣古為雙環連耳簇蟠螭天然體

鉅高踰尺人巧工深圓中（去聲）規詎必遙同鐘鼎識端知遠勝夏商貽包來禹貢曾無見一以欣而一愧之

詠和闐玉倣周蟠螭壺

春秋玉貢至京師量質恒教匠氏為玩器最憎雕麗烏古壺雅合琢蟠螭方圓略異分卿士宗廟常因贊禮儀必有關睢麟趾意乃堪法度效周姬

詠和闐玉僧帽壺

昆邱昆水產精璚作器量材琢與鐫昉白品齊丕魏喻霽紅式合大明年（內府舊藏大明宣德年霽紅僧帽壺向有詩）似同毘柰居蘭若祇欠伽梨披水田回部無僧伊古事恰如三藏混于闐（和闐即于闐乃自古不易之回部回部自有經不信佛教不宜有僧而華嚴經稱于闐三藏沙門實叉難陀譯心知其非詢之章嘉國師乃知實叉難陀為施刹難低之訛于闐為鄧等答之訛鄧等答乃天竺西印度與于闐無涉則有高行梵僧固宜詳見翻譯名義集正訛茲以和闐玉為僧帽式因並及之）

詠和闐玉獸環壺

和闐玉貢春秋取豈是無端不脛走敖岸熏池弗能守那待卞和識璞剖茲器品固非瓊玖以鉅為佳琢磨受式擬博古周壺有召仲黎伯（皆周壺名）相左右長以尺餘中容斗圜刻虬夔互蚴蟉四環帖附四耳鈕四聰之達甦難偶

詠和闐玉倣周獸環壺

製異方圓壺號同和闐之玉肖周銅昌齡用以送辛漸一片冰心在此中

詠和闐玉倣周獸環大壺

撈玉河收大者艱（凡山玉易致大者而質不及河玉河玉質美然艱致大者）巨珍嘉峪忽班關量盈二尺曾無玷製以三秋不計鏤尊彝商家乙銘腹壺摹周代獸為環廿年回晏來包貢慰愧兩般方寸間

詠和闐玉漢獸環方壺

邇來和闐玉來多官貢（和闐春秋有玉貢駐防大臣司其事）私售（私商漸多回人亦漸知為貴物其私竊而售者較官玉多質美者雖有查禁然利之所在人所共趨亦不嚴究也）運接軫專諸巷裏工匠紛爭

出新樣無窮盡因之玉卮有惜辭凡涉華囂概從擯（叶。近時玉工製器競爲華巧牟利以致琢損良材屢見題詠有世降人心巧爭奇炫新裁曾謂玉之厄孤負琢材之句）知不獲利漸改爲方壺茲以漢爲準獸琢雙耳連以環既樸而湻纖巧泯夏商曰尊周曰壺雖云遞降古猶允返古在茲懼在茲君人好尚可弗謹

詠和闐綠玉方壺

和闐玭綠玉量質琢方壺可謂美中美誰訾（平聲。見莊子山木篇無譽無訾徐邈讀亦毀也）觚不觚羊脂雖遜素韭葉亦堪圖屢詠多何必惟應增愧乎

題和闐玉蟠龍守珠缾

和闐盈尺玉等度中（去聲）缾材花卉饜宜耳酒漿盛汙哉緯蕭河上戒守口汝州陪兩義具一器深思藝諫該

詠和闐玉驪龍守珠缾

撈取和闐盈尺奓他山石錯玉人爲一珠徑寸驪龍護守口如缾意寓茲

詠和闐雲龍玉缾

邇日吳工特弄奇琢龍缾口守珠爲鄙其俗巧取其義莊語寓言兩合之

詠和闐青玉雙環缾

琢是和闐玉肖惟倣內形（倣宋官窰缾式）如脂雖遜白比黛尚餘青具耳堪提挈採花貯馥馨設思守口喻五字當（去聲）鐫銘

詠和闐白玉雙耳素瓶

質是羊脂采是量和闐辟遞玨中朝祇如秸秸納禹貢遂令形模倣宋窰穿耳貫繩便攜挈虛心貯卉越飄蕭量來盈尺全其素琢則必資弗巧雕

和闐白玉方缾

和闐玉易致量（去聲）質琢方缾詎詡昭華瑲常疑抱璞庭（向因和闐采玉曾題隔璞辨玉之說爲妄是以有卞和三獻刖兩足審然天下應無玉之句）雷紋明似篆獸面宛呈形玩物斯同否旅獒訓著經

題和闐玉雲龍甕

方折良材毓如磨巧匠治千年露疑貯二月

草先垂變化難測矣憑依信有之昌黎著雜說精義可深思

詠和闐玉雲龍甕

雲固無知龍有知昌黎說著（去聲）互相資所憑依乃所自為（去聲）語易簡中語實奇玩象本因坎與震量材遂命琢兮追安溪申注取類廣遇合君臣道可思

按昌黎雜說謂龍噓氣成雲即乘是氣以神其靈其所憑依乃其所自為語簡而實奇李光地評此條以為寄託至深取類至廣大而言之至於君臣之遇合皆是云云可謂能發昌黎之蘊而為君者於用人之際不可不深思惕慮矣

詠和闐玉雲龍甕六韻

巨質和闐貢良材作甕堪雲容垂碧落龍德出深潭從類奇文勑應聲精賾探僧繇畫超絕韓愈說包含那有堯年露非無園客蠶遐球如近賦屢獲以為慙

和闐白玉雲龍甕

白玉故艱致鉅逾尺益稀積薪謾相誚（庚寅年大玉甕成曾與內廷諸臣聯句然彼實青玉副諸山者茲甕雖較小實白玉出和闐河中者尤足珍也）錯石俾瑑徵求氣雲龍應效忱徵索非雖然頻有詠得莫旅獒違

詠和闐玉商祖丁尊

玉工俗巧知無用（近時玉工裁花鏤葉亟繁縟而益粗鄙每命磨去茲仿商尊乃知巧俗之不售而歸於樸雅益審好惡宜慎也）琢此商尊效祖丁好惡可知如響應惕然絜矩慎儀刑

題和闐玉周諸姬尊

雖未白如脂亦無瑕玷疵取形依古鑑作器肖諸姬（西清古鑑中有此周諸姬尊圖）實厭俗新樣俾知周舊儀攸聞傳匪說永世在求師

題和闐玉周亞尊

良質和闐命琢磨堪嫌俗樣巧祛他西清古鑑式教肖周代亞尊傳不訛却笑可珍因厚薄底須有響羨環珂無過一閱付高閣自哂此非癡則何

詠和闐玉周伯和尊

器惟師古式從周同姓應稱伯叔儔名託武公傳睿聖製尊原不負精謬

和闐玉周仲尊

和闐歲貢琱都京精麤大小惟所呈是玉頗鉅重難衡非碔砆却遜瓊瑛肖周仲尊古式型高深腹圜皆覺贏古銅周仲尊原高一尺三寸七分今一尺七寸原深一尺二寸今一尺三寸九分原腹圍二尺四寸九分今三尺有三分所贏已多至揣其輕重則玉質之去西銅銖兩并不可以倍蓰計矣天右伯友仍厥銘用丏眉壽無疆徵二句檃括銘言事不師古其奚稱遐想捐山慙則誠

詠和闐玉四環罇

和闐貢良玉質鉅琢爲罇時樣巧嫌俗古圖樸可尊略仿周伯和罇式爲之提擕四環具容納六清溫通體鏤饕餮戒貪意實存

詠和闐玉仲駒尊

土浸盍須漢石磨宛見周仲駒肖形像永叔識根由此倣周范銅仲駒尊爲之尊舊入西清古鑑銘有作仲姜敦語圖說云此當爲尊而銘曰敦昔歐陽修跋終南古敦銘言大理評事蘇軾爲鳳翔府判官得古敦於終南山下初莫知爲敦也其銘有寶尊敦之文遂以爲敦豈亦此類耶云云今既倣其制琢玉爲尊並琢銘辭於器疑與圭璋則猶看饕餮留器今摹圖古遙集羣思悠

詠和闐玉三耳環罇

玉入厥時作每以古爲程寓意圖饕餮選珍琢瑾瓊予高非耳易王毋訝環呈藻句盍足尚識因貿遠情

詠和闐玉獸環尊

式擬宣和譜攻如宵雅詩不知秦與漢尚友象兮犧豈必銅需範何妨石藉治雙環常附耳可以貫繩絲

詠和闐玉格刀尊

師古量材琢碧瑛圖翻式肖格刀成不爲周舉還周史底論父辛及父庚取血啟毛備陽氣祭清灌鬯達陰精南山義與楚茨契祈穀奉先總在誠

咏和闐玉饕餮尊

饕餮爲尊古具圖戒貪飲食義深乎設如不脛問斯器於意還當有慚（去聲）無

題和闐玉倣古饕餮尊

山玉數尺尚易得水玉盈尺亦艱致嘉此巨材出玉河延袤尺餘猶未暨弗令俗工騁新樣博古圖中取古式（叶）琢爲周代饕餮尊饕餮本寓戒貪義不捐之山取諸河責實循名可無愧

詠和闐玉倣文王鼎

商書曾重事師古蘇製每因俗斥今（向來蘇州玉工每得玉材相其形質競出新樣而不知其益入於俗近頗斥之此器命玉工一依西清古鑑內文王鼎式琢成形方而雙耳四足通體饕餮象在雷紋中及底鐫銘詞云魯公作文王尊彝庶幾不違師古）足四耳雙中（去聲）纓墨底銘身象效深沉禮型既已傳周魯圖論何須泥（去聲）旦禽（西清古鑑周文王鼎圖說引博古圖有此鼎式而圓徑尺度不同至謂魯公爲周公者非是蓋周公留佐周未嘗就封此魯公爲伯禽且魯以得用天子禮樂故魯公得祭文王云云今以和闐玉倣此鼎幸其猶見三代法物之遺製其爲周公與伯禽亦不必深辨也）覲器設當思作者如傷敢異視民心

詠和闐玉倣周菫山鼎

範金赤菫昔稱山（西清古鑑有周菫山鼎按越絕書有赤菫之山古器多勒國名人名而此稱山者蓋當時鑄鼎處也）貢玉欣茲入玉關博物古圖原可倣俗工新樣概教刪伯師叔朕誠堪侶極巧窮精大合閑匪說攸聞曾熟讀久安長治廑其間

題和闐玉召夫鼎

和闐貢玉來雖夥博厚尺盈亦致艱材擬召夫今作鼎祥非王母昔貽環亞形還與摹銘款鼂彩盍當視等閒事不古師說聞匪慙因賞並把吟間

詠和闐玉倣周召夫方彝

美玉多教倣古爲召夫因琢此方彝百工何不可返樸欲擬淳風以漸移

詠和闐玉雷紋豆

商家以玉豆周代有雷紋用琢和闐質如歌小雅文五三養老度黍稷薦神芬於事不師古曾聞匪說聞

詠和闐綠玉百獸豆

和闐綠玉中（去聲）爲豆命工追琢成百獸四足
雙翼無不有奇形詭狀難窮究較之夏楬勝
其質等以商玉如其舊式取西清周代圖（西清古鑑載周百獸豆圖通蓋高六寸七分深三寸口徑五寸三分足徑三寸四分茲玉豆仿其式爲之）
想厠籩左俎之右意存復古去華囂鄙
哉時樣今猶富

和闐玉龍尾觥

和闐河裏閱千秋水氣土華浸弗浮祛俗偏
教一倣古不殊漢器詠其觩

詠和闐玉龍尾觥

相質琢成龍尾觥通身土鏽似雲卿不教俗
手爲新樣玩物仍存師古情

詠和闐玉龍尾觥

玉瓏（和闐別城名）河中產玉英絳雲千載暈含精
土華宛可就本質血浸知非有定評（玉本具五色如赤玉爲瑞非因血浸也向題玉碟有本來五色備血浸祗虛言之句）傳說言惟
在師古相如智謾擬存城雲龍北斗韓文後
誰不云然是漢觥

詠和闐玉龍尾觥

玉河產玉勝山玉土氣兼含水氣精質是羊
脂和氏璧製爲龍尾漢時觥炎劉物亦豈眞
勝虎豹鞟應漫致評俗式祗今益滋矣還語
師古每廑情

詠和闐玉龍尾觥

和闐之玉產玉河回人撈貢如賦科頗有撈
所弗到處地闕歲受土浸多偶一得乃最珍
異較與漢玉猶爲遜弗付俗工刻新樣式取
龍尾俾琢磨質之漢器無差別甌研亞旅宜
吟哦惡旨有戒謝醽醁簪芳可愛翩婆娑因
材賦物全厥美用人視此能乎麽

和闐玉龍尾觥歌

和闐石子出玉河歲久土氣受浸多質之炎
漢無差訛古式觥製龍尾髟相材弗致大琢
磨之而隱現雲中羅堪介紹殷斝周獻偶陳
棐几供吟哦旨酒有戒勿用他

題和闐玉龍尾觥

土浸和闐玉製爲龍尾觥水惟孕溫潤天與賦精英五氣無不備一纈宛爾成題詞率多矣杜老笑應誠

詠和闐玉龍尾觥

龍尾觥自三代有稱之曰漢傳人日開闢來卽有和闐較之炎漢誠更久和闐雖無觥之名玉自遙年土氣受留其土華鑿爲觥何異商尊及周卣五升七升奚必拘刻木詎如刻瓊玖俗工時樣不可窮八目翻憐爲玉咎欲引之古返厥初居然老工製精琇宋綠楚白乃雲仍赤刀大訓堪朋友對斯穆然旣憮然器易反古世能否

詠和闐綠玉龍尾觥

俗手好翻新樣奇今之玉工多欲速爭出新樣製器俗而工弗細盍因玉來者多因求速售是亦玉之一厄矣頓教瓊玖價增卑和闐綠玉撈河得龍尾翠觥俾古師是玉以和闐玉隴河秋貢所得因命法古式龍尾觥爲之製以三年弗欲速徵之五德信無遺良材韮葉非揠助絜矩菁莪或亦宜

和闐綠玉龍尾觥歌

玉具五色昔所稱和闐綠質豈無徵古器入土復出土有可愛焉吁可驚未若和闐玉河裏千年土浸自孕精相質命工事追琢古式製此龍尾觥綠如韭葉黃栗子璘玢鼉采如天成殷罍周斝可厠置翠罌結綠徒虛名幸哉良球班秋貢未入吳市俗樣呈玩物頗存復古意艱哉化民施政慚不勝

詠和闐玉漢製龍尾觥

石子週身土浸蓋數千年物矣相其質不大加追琢命爲漢製龍尾觥

今觥肖漢製豈實出炎劉睟面盎於背匪商定卽周和闐雖外域然亦商周以來所有地也羊脂內存質龍尾外加修事半功成倍悟同爲學不

詠和闐玉倣漢龍尾觥

此和闐山產石子也色青質潤就其形體命倣漢龍尾觥式略施追琢而遂成

器寓因材造就之意焉
就形具窊音蛙窫音扎得器擬炎劉浸上聲土周身
潤產山幾百秋琢磨功略施去聲饕餮戒猶留
可謂曲成善於人似此不用人之際若求全責備亦有所不能
也

詠和闐玉倣漢龍尾觥
渥赭和闐玉製爲龍尾觥一般存沁土却匪
出佳城設以擬郎將斯堪號步兵考工那可
究其次漢西京

詠和闐玉雲龍觥
和闐玉石子出水潤如脂相去聲質爲觥古餙
工祛俗奇雲從披合漠龍躍現之而九五乾
爻著體乾翳我思

題和闐玉龍頭龍尾觥
龍頭龍尾觥胥合產水產山珍略分和闐玉有山產
水產之分產於山者其材多大而間雜石性產於水者材雖較小而體質多光瑩玆觥蓋
仿漢龍頭龍尾觥式爲之者惟玉有產水產山之不同然皆通體深白可珍貴也
文
企趣時愈已闕事須師古說攸聞本身率就

囫圇質通體聊加饕餮紋置漢器間渾弗別
不孤追琢玉人勤

詠和闐綠玉龍頭龍尾觥
魏略華歆邴原管寍三人共遊學時人
稱爲一龍歆爲龍頭原爲龍腹寍爲龍
尾內府藏此式觥最夥或亦比德取象
之義
和闐包貢春秋至星瑞那論占德星禮含文嘉曰玉
石得宜則太白常明肯付劣工成俗樣原多古式倣前
型嫩葱細韭同爲色捲尾昂頭全具形製器
每教弗孤質作人絜矩不違寍

詠和闐玉饕餮觚
和闐貢美玉量去聲質製成觚無取俗時樣教
摹博古圖圜方品殊矣饕餮戒存夫久弗爲
飲器簪花佐詠娛

詠和闐玉饕餮觚
精琢和闐玉宛成饕餮觚法圖述姬室巧製
異痕都即痕都斯坦也象戒貪多者名兼飲少夫今

惟插花用似彼兩無須古觚以盛酒後世率用以簪花如瓶供耳

題和闐玉周司寇匜

西問何曾識有周但知撈玉貢春秋量材爰命考工職作器仍傳司寇庥司寇匜銘有四方永作祜語饕餮戒貪寓心凛鑒流適用酌言酬設因惡旨緬神禹師古應思在此不

詠和闐玉伯和匜

玉有春秋貢春差秋萃精和闐撈玉有春秋兩貢而秋貢者較精蓋因夏月水勢盛漲玉子多隨流而下可以揀取精良至冬月水涸所取者皆河內存剩玉子故不及秋貢之佳量材斥俗製取式得西清近時玉工製器多近俗茲所製伯和匜倣博古圖尚存彝器之舊式云匜肖伯和作銅殊大冶成遐思姬氏器實異祇同名

詠和闐玉夔匜

鑄銅多古器琢玉作今匜流鑒遵周制敦牟件祭儀銘詞殊義母錫貝勝文姬義母文姬皆周匜名笑彼呈新樣華囂徒爾為

詠和闐玉夔首匜

和闐玉來夥巧製頗紛如漸欲引之古庶幾返以初為匜肖周代作器戒虛車流鑒考工合敦牟介紹諸

和闐玉倣周夔匜歌

和闐水玉出玉津溫潤非山玉可羣小玉竊者茲已紛如捐山每置不詢濫觴乃至監視臣斯而不罪法安存去其已甚弗太勤高樸竊玉私售之案如奸商張鑾趙鈞瑞與之勾通牟利罪無可逭其在蘇州爲自張鑾者尚難辭知情之咎若再行轉售即不必窮究株連又私買同人玉石至內地售賣者訊非高樸同案止將私玉入官其人悉行省釋此即余每事去其已甚不爲已甚之意也是誠秋貢勞河膚色質胥稱琳瑯珍倣以周製為匜尊有流有鑒有夔紋時樣祛彼華藻新師古爰述說攸聞

和闐玉倣漢合巹卮

合巹原存漢玉卮選材命匠倣為之人惟求舊器非舊酌劑用同任者遲

詠和闐玉燈檠

肖是痕都式痕都斯坦製玉極精巧同人許賈者每攜其器至葉爾羌市易向得其玉燈檠曾題以句茲用和闐玉仿為之琢仍玉隴珵玉隴乃和闐六

城之一承油盤一具擎蠟幹雙撐繼照騰金焰敷光燦玉英咸賓無遠邇愼德緬王明

題和闐玉鏡臺

巧琢和闐玉渾成開府臺釆花初未識納聘訝徒猜明倚辟邪鏡祥同照世杯奇珍非所詡惟是識招徠

題和闐玉鏤霜菘花插

和闐產玉來既夥吳匠相材製器妥倣古熟乃出新奇風氣增華若何可菜葉離披菜根卷心其中空口其哆插花雅合是菜花緋桃雪梨羞婀娜民無此色庶云佳藝諫或斯默喻我

詠和闐玉玉蘭花插

詠玉蘭人多擬玉却看琢玉肖花姿孰眞孰假孰賓主花與玉原兩不知

素朶如脂態逼眞嶺南原是號迎春當年題句無忘合向詠玉蘭皆有迎春樹樹綻芳蕤之句第言其開花之早無所指實也近閱王世懋訂疑云今之玉蘭即宋之迎春迺引王禹偁言嶺南人稱玉蘭爲迎春語以證之與予詩竟有適相合者定論難窮花史頻

辛夷本名木筆詩人亦以之詠玉蘭然玉蘭寄枝用辛夷體花瓣尖銳與辛夷同特紫白異色亦未嘗不可擬以木筆此詢之花師而得者而胡仔苕溪漁隱叢話則以辛夷木筆玉蘭迎春混而爲一王世懋謂木筆紫玉蘭白判爲兩種是矣乃又謂迎春辛夷即玉蘭且言玉蘭嚼之味辛以爲辛夷之驗又失之混矣大抵紫者爲辛夷木筆白者爲玉蘭迎春則花之形色與開之遲早皆合固犂然不紊耳

題和闐玉七佛鉢

帝青石鉢日休詩開元寺藏久然疑蘇州開元寺佛鉢見皮日休詩序云帝青石作丁丑南巡索觀則陶器而非帝青石蓋時代變遷爲知不出於寺僧作僞向屢有詩辨譌因以伽楠重肖刻佛號佛偈明鐫題開元佛鉢雖非帝青石而形製古雅迥殊後命良工選伽楠香肖其製爲之上刻七佛號并佛偈七佛者第一毘婆尸佛第二尸棄佛第三毘舍浮佛第四拘留孫佛第五拘那含牟尼佛第六迦葉佛第七釋迦牟尼佛均一一鐫題鉢上茲復以迦楠香

（不若玉之堅因復刻此和闐玉缽亦爲供奉云）無號爲空稱號有有空於佛胥弗取乃今並偈各註明此義與佛差別否復因木脆玉實堅圖堅一再琢和闐豈弗愈去斯愈遠七佛無語笑輾然

詠和闐玉周亞罍

和闐孤玉黟純白略含青最鄙俗工樣特摹古器形遠非七以執（謂商父癸罍）近取亞爲銘（謂周亞罍）伯仲豆登側遐思姬氏庭

詠和闐梅鵲玉璀

俗匠最嫌時樣新不妨示稿琢瓊珍寒梅枝上立乾鵲意寓陽陽喜報春（鵲亦謂之喜鵲）

和闐玉韘

嵩高五萬幾崑崙玉孕叢生玉水源因琢精璆厥貢筐用成圓韘此閫弸閉關未可學光武勝敵聯如識叔孫馭遠詰戎服海表不忘意即箇中存

詠和闐玉韘

璧圭題彩見決韘詠希聞儒士多輕武熙朝率重文敢因家法懈猶自獵場勤（騎射爲我朝家法每諄諭子孫當爲年進守是以予雖年逾古稀必歲幸木蘭行獮猶能引控自如多有中獲蓋以身先之不敢自逸至於步射以臂痛不能中鵠久不爲矣）步射則久置思之署愧云

和闐玉韘

方物和闐獻良琮器用資矢偺肅愼氏績底羯澇支德佩猶堪繹武成敢即熙叔孫非所擬惟切燠休思

題和闐玉鷹攫雀韘

一雀鷹攫（平聲）一避藏古松輕轕色蒼蒼可同射鹿發弦疾更廑毆林寓意長

詠和闐覲泉玉韘

坐石復臨流觀瀾術有由盈科而後進逝者孰能留或立隔溪問於心悟旨不離弦試看箭是道契頭頭

題和闐綠玉韘

結緣徒聞宋作珍何如包貢識來賓截肪點

漆都無似韭葉瓜皮信有倫藝器常看不離
手德材眞覺可怡神自慙連中，（去聲）難同昔空
復長言刻詠頻

詠和闐玉桃花䃸

假藉南康嶺（見南康記）依稀婆濤枝（見六帖）沙磨成
䃸美土浸作花莛連中（去聲）非予昔（曩時習射發必貫的屢易小弨亦歷手疊中壬午癸未間以臂病稍弗如志淡肆遂疎然行圍較獵時借馬力彎控如常至今不失持滿應弦之節也）圓規徒爾爲幸猶馬上
可庾句映鞭垂（庾信詩桃花顏色好如馬）

題和闐玉鏤巖居圖䃸

與木石居鹿豕遊是誰肥遯許巢流吾惟從
善重華企莫禦機張一例遒

題和闐玉觀瀑圖筆筒

水玉出和闐專諸巧匠鐫（蘇州玉匠多出專諸巷）喜他
棄俗式堪此佐文筵觀瀑幽人獨背囊僮子
聯拈毫如有詠興必助言泉

題和闐玉雲瀑飛檽筆筒

俗工棄業知博古筆室琢成飛瀑圖檽望設
如吟七字定爲太白詠香罏

題和闐玉樊桐仙侶筆筒

樊桐崑嶠原一脈（漢書張騫傳天子使窮河源其山多玉石采來天子考古圖書名河所出山曰崑崙云云又淮南子圖風樊桐二山在崑崙閶闔之中則樊桐與崑崙原屬一脈按崑崙在今和闐西南回部水皆東注是和闐之河當與崑崙通而和闐夏月水盛漲玉子隨流而下者最多其質較山產者尤精則水玉疑多自崑崙來也）
流入和闐產玉精試問相咨定誰氏西梁北
谷述仙情（皮日休詩傳得三元餶飯名大宛聞說有仙卿自注云按西梁子文撰黃錦素書十通其二傳大宛北谷子自號青精先生是器所鐫仙侶豈即西梁子文北谷子之流耶）

題和闐玉雙魚洗

雙魚同漢式圓洗異周金（周銅弦紋洗錄西清古鑑）貯水
色如一非銅味不侵堪欣漸還古弗致日趨
今設展羲經對應知君子心

題和闐玉倣漢獸耳洗

夏商無洗器有自姬周始（夏商以前無洗至周始有之博古圖所載諸洗亦始自周且云古者天地左海故洗當東榮）量材倣漢製漢
亦千年矣師古袪今俗是吾乃所以復思洗

之義繫辭已標肯著圓而卦方聖人以心洗方知圓則神高下有定理溫潤以為質（謂玉）圓神以為體（謂洗）藏密有沃心探賾願修己

詠和闐玉荷葉洗

向謂土浸率古器今始識有陰陽異陰土浸實出佳城陽土浸自和闐至皮相華斑乃若同八骨陽淺陰深致是洗初視疑炎劉旋思彼代無斯製固知轉鬻由和闐捐玉何妨存此意（今姑蘇市上鬻玉甚多更有奕者知其為鬻賈而不深禁也）荷葉荷花成一束葉大如承水漿翠淡黃片片皴其表又似經霜將破碎古人格物或遺茲吟用長言識其備

詠和闐玉喜鵲杖頭（有序）

昔漢高帝與項羽戰敗遁叢薄中羽追求之因鳩鳴其上得脫即位後故刻鳩杖頭以賜高年我國家發祥之始立國於鄂多理城其後國人叛戕及宗族惟幼子遁于荒野會有神鵲止其首追者遙見疑為枯木遂獲免於是德鵲誡後世勿加害其事與漢高頗相類茲仿鳩杖之意製玉鵲於杖端以表其瑞彼為應劭風俗通所載僅云得自傳聞我朝則實錄所紀事可徵信且闐珍充貢用識昌符而鵲靈亦勝於鳩拙取義益宏遠矣

飾杖鳩頭例可皆彊彊形似噪喈喈一般扶老稱靈壽祝噎何如報喜佳（續漢書禮儀志云仲秋比民之年七十者賜之玉杖杖端以鳩為飾鳩者不噎之鳥也欲老人不噎之義）

題和闐玉鳩首杖頭

鑄銅及削玉（內府有漢銅及漢玉鳩首杖頭）鳩首杖頭為養老漢朝製貢珍西域馳因他食甚譬啟我教民思設曰資扶策將留待異時（予若有八十五歲歸政之志彼時或需杖扶持今則無藉乎此也）

題和闐玉如意

歲歲于闐貢製成如意多最嫌俗樣巧（近來中與玉匠多製為新樣意在炫巧圖利而不知其雕幾入於纖俗予最所弗取此如意之製尚

無礙佛緣和恰似李詩詠循古式唐李頎題璿公山池詩有指揮如意天花落之句宜同召詰訶添籌玉人琢此如意琢海屋添籌琢於平面雖義取吉祥祝嘏而仍不免於時俗所尙想亦結習難忘使然耳結習未忘麼

詠和闐玉如意

玉原具五色首以白稱珍量質爲如意比材
定古人無瑕誰得抉有願必能伸設曰天花
落猶當屬幻塵

詠和闐玉如意

一握玉如意長盈尺有奇柄文渾勝畫首素
待題詩代語翻增語罄宜無不宜問余深願
者惟在雨暘時

詠和闐玉如意

白玉和闐富產良春秋包匭珏天閶豈無竊
食生魚似頗有遺珍盈尺長錯石器成仍或
貢識關網漏正何妨和闐產玉間人採充賦貢其碎小者聽與商民市易稍大之璞則例禁本嚴其地雖有卡倫稽查不能禁其透漏也前因臣工所進白玉如意每有盈尺以上者知係新玉大材致自西域然商賈牟利遠致原以贈內地玉工而既琢成器仍以上貢則固可無庸深究耳不爲圭璧爲如意薄古
慙今好去聲吉祥

詠和闐玉如意

不獨嬴周尺量還今尺過按通志武王八寸爲尺祭元定云周家十寸八寸皆爲尺以八寸之尺起度則八尺爲尋倍尋爲常恭讀 皇祖量天尺論地之一度以周尺測驗得二百五十里而無餘以今尺測驗得二百里無餘是周之一尺當今尺八寸此如意以今尺量長一尺四寸餘當爲周尺一尺六寸餘矣製爲如
意器可當去聲答君歌受祿應思德晉名祝得
禾指揮迓新祉與物共春和

和闐玉如意歌

巨鰲噓氣出海童手持鉼插穀穗芃飛龍在
天雲以從詩詞易象合撰工寫惟如意綏履
豐萬物作覩愼吾躬徒玩物焉志斯蒙

詠和闐白玉如意

玉雖具五色自以白爲珍詎是絲堪染況非
土與陳漢玉以入土久而生色故云指揮代言語與息慍
精神意者心之發能澄發所因

詠和闐白玉如意

處處座之傍率陳如意常如意義取吉祥向來各處御座率皆陳設以符吉語而迓祥禎雖圖語告吉艱致兆頻祥比似羊脂潔較於周尺長周尺比今時尺度每尺僅止八寸此柄如意以今尺量之得一尺三寸視周尺較長五寸矣指揮憶李氏唐李頎題璿公山房詩有指揮如意天花落坐臥閒房春草深之句此詩家以贈緇流意在閒適余日理萬幾且此時祭盼各路捷音鉅細悉勞指畫豈能以閒房自況耶略愧在閒房

題和闐玉桃鶴如意恭奉

聖母以介新正佳祉

和闐玉府來包貢脂質量長尺有加琢作曲瓊宜把握號稱如意召庥嘉鶴齡閬苑雙翩羽桃實瑤池幾度花介祉新正奉

王母重儓底用說昭華

詠和闐玉飛龍如意

如意如何訓蓋如聲氣同應求無待召契合有相融琢玉質方稱爲龍理可通玩占乾九五利見慎吾躬

詠和闐雲龍玉如意

富矣和闐玉相去聲材製器良由來號如意所重足延祥抵鵲原非幻回部皆有鵲和闐獨無土人見必抵之謂非啟毀人和之兆其地即崑山旁支璞玉原不甚惜乃知桓寬所論非特假險之詞向昔著說及此爲龍必有光新年徵瑞應吾願稔農桑

題和闐玉九鶴如意

籬菊黃時阪穀熟九鶴剝啄樂呼羣品同鄴郡匣中寶意寓長沙策裏文

和闐玉石子如意

和闐玉子如芝朶土氣千年鬱苞裏底須琢磨命玉人何以柄之用筠笴天然蒸栗溢黃雲虛說佳城出牧火比似白圭玷則無捫舌功資奚不可

詠和闐玉石子

一塊玉石子玉水產和闐囫圇受土浸蓋幾千百年玢璘含絳華詎同出幽壞欲以全其眞邪肯付雕鐫絜矩爲政方胥應任天然

題和闐鏤玉石子

玉材不中去聲鼎尊卣刻畫爲圖效沈周覓句

歸來度野彴便擷新藻上書樓

右溪橋策杖

青巘白雲壘出奇科頭松下坐厜㕒一籌勝
得丹青處深淺峯巒自有姿

右松巘看雲

題和闐玉石子仕女圖

其人如玉坐匡床琢用和闐石子良鬟髮天
然辭黛染（玉人就土浸黑處爲開楷粧亦絶技也）罷拈新詠自
徜徉

和闐玉石子刻雲林草亭踈筠意幷題
以句（有序）

珍輸懸圃精純宜法物之供子出撈河
渾樸愛天成之質以無瑕爲至美晉齋
嗤顛米羅奇於不琢見眞文祕閣取迂
倪賦景規就孤亭倚磵此間合帶泉聲
擢來叢篠淩虛其外都烘雲氣每嫌鼠
璞徒誇混沌之尙全寍詡虬胎復待雕
幾之多費將隨時而比德匪耽翫志之
娛且卽事以垂箴兼著芘民之義

玉隴（和闐六城中一城名卽出玉所也）佳珍如浸土雲林大
義畧傳形兩株枯木間（去聲）留白幾个踈筠不
改青裴氏風神詎爾比倪家氣韻得卿寍獨
予別契浣花者手握乾坤一草亭

題和闐小玉屏

溪亭覓句

古弁先生冰雪姿撫牋把筆自凝思成章試
問於何會應是落花水面時

松溪讀畫

展步松蹊消飯行泠泠屐響答濤聲相商此
景如讀畫却合周家樓上情（國朝周亮工喜藏畫嘗築讀畫樓與子田盤命名不約而同詳見盤山讀畫樓詩）

題和闐玉漁樵耕讀圖屏

去俗漸從正良工究屬吳（邇來吳中製玉多倣古器畫圖頗堪玩賞雖亦意在牟利而不致良材棄於俗工亦可取也）雖然仍寓巧亦
可許歸儒鼎鼐鐘鈴別漁樵耕讀圖四民胥
樂業王道又何殊

詠和闐玉妻梅子鶴圖小屏

孤山處士勝蜀客不上君王封禪書試向白駒章句覓其人非玉更誰如

題和闐玉鏤九鵪鶉小屏

和闐玉河產瓊玖春秋包貢天閶走孕精育華土氣受較於炎漢歲應久相質製器施琢剖專諸巷益出妙手（蘇州玉工多居專諸巷世其業）小屏砡硌拖巖阜翼翼穀穗易長畝圖以鵪鶉其數九飛鳴宿食無不有奔奔曲盡神情紐是具義焉忖知否賈長沙語熟讀口久安長治基業守其責仔肩在元后慎哉敢不孚盈缶工執藝諫吾所取詎曰一再珍瑤琇

再題和闐玉鏤九鵪鶉小屏

良工追琢製精球義自長沙策裏求三至叮嚀附五業六端矩度示千秋九方久也未宜忽鵪喻安焉要在謀詎此清防資悅目返躬敢不切先憂

詠和闐玉商山四皓屏

深論牧之云滅劉設然四老可羞不（杜牧之詩南軍不袒左邊袖四老安劉是滅劉之句卓識實空千古詳見甲戌題馬和之四皓圖詩并注）是山都自崑崙衍謾議東西兩弗侔

和闐玉漁翁

于思貌亦醉漁如捕得修鱗籃納諸卻是和闐河畔者罷其撈玉乃撈魚

題和闐玉天馬

和闐斑巨玉相（去聲）體製求如（山海經求如之山滑水出焉其中多水馬水馬即天馬也又名海馬）翅搏空常翥蹏騰水若虛吉光誠特達綠色鎮甤舒見說能延喜端疑曾貢書出軒稱上瑞歌漢陋華譽値雪猶輕彼擲山益愧予

詠和闐玉牛

刻作金籠頭絡就牟然鳴似應黄鍾叫人豈解讀南史寫出不羈弘景蹤

和闐玉牛再疊前韻

愛牛緣何緣愛耕耒耜之利資爾能和闐玉子牛其形稍加琢治如牟鳴造石非同拖五

丁聚道乃全擬大牲陳蕃無計可芼羹與鋤
解甲天衢亨任土作貢無別營亦非敢詡我
武成漫因新舊評藍青

題和闐玉狻猊

何必獻生致安息試看寫象貢和闐若論平聲
不脛還善走計里寍惟五百然

題和闐玉羅漢

應眞十六此其一詢以章嘉次第殊十六羅漢之名見於梵經納鑑諾傳及法住記而俗所稱十八者不見梵典蘇軾爲貫休畫十六應眞製贊咨之章嘉國師考訂其名定其次第乃自第一阿嚩達尊者至第十六阿必達尊者悉以同文韻統三合切音字寫之一正舊日流傳之謬其後凡遇應眞像率爲印證標之識者知爲巴納嘎此像證之畫本所傳當是第十一租查巴納嘎尊者脗合音急呼之仍納字也不然訝似鬼臾區心慈貌狠何妨
也盡態窮神有是乎何處問從粉本得聖因
寺裏貫休圖貫休羅漢畫軸舊爲聖因寺藏寶迴鑾後仍命還弆寺中

題和闐玉山水圖

玉人三倍計無已不琢尊罍琢山水尊罍肖
古勢難工山水寫圖易爲美就其土浸作渲
染因彼峯稜成皴皺吁嗟牟利有是哉幾欲
擲之不顧耳

題和闐玉山水圖

豈談相聚話柴扉舉手溪橋送客歸高謝儒
巾能議論操戈却辨是和非

右溪橋送客

石林蘭棧步徐徐刻玉爲人人玉如若論高
峯著名號了知亦不讓匡廬

右五老山遊

題和闐玉觀泉煮茗圖

如玉其人北谷仙匪巖倚杖獨觀泉蓬頭童
子閒烹茗馴鶴翻飛爲去聲避煙

題和闐玉觀泉圖

崖巔袖手觀噴沫景異香罏掛練濤却訝不
曾投石激倒流躍並古松高

題和闐玉觀泉圖

石子屏山帶水落千年土氣自成皴憑欄默
坐觀泉者不問知他是玉人

詠和闐玉觀泉圖

玉厄向來已詠辭（向詠和闐玉斧珮有邇來俗工率時樣翻新意斲器牟貿呈進率鄙褻斯亦玉之厄是用五字刺之句）玉工遂有改絃爲危乎上之所好惡速矣下斯成倡隨相（去瑕）質高山流水處圖成淸聽靜觀時抱琴童子何遲至欲趁會心一寫之

詠和闐玉觀泉圖

移風頗有玉工儔俗樣改爲圖畫售（向因玉工製器多俗屢於題詠中及之邇來有改作圖畫者雖未能做古較近雅矣）高士厜㕒騁望處飛泉眞是玉爲流

詠和闐玉觀泉圖

玉厄曾經闢俗工（邇年玉工多以新樣斲器既失古意且不免俗近詠和闐玉斧珮詩有斯亦玉之厄之句）成圖佼佼見傭中飛流仰眺意不盡欲過石橋源更窮

題和闐玉應眞觀泉圖

是玉爲和闐珍品向命玉工成此圖而不戒於癸未之回祿英氣盡矣然琢磨結搆不可泯焉則以匹之常玩置於山莊夫一炬之不抵又何有三日之燒焉誠如白居易之言斯天下終無眞玉矣觸目與懷因成是什

厜㕒卓錫偶觀泉祝水能生十丈蓮慢詡精英同假玉（居易詩註云眞玉燒三日不熱）可知寂滅是眞禪一塵微裹何妨轉大火聚中如是全求劍莫㑹契舟處白居易語豈其然

詠和闐玉桐陰觀泉圖

不待爨材琴自具七絃坐聽籟陰勻何須洗濯學元鎭相答聲銷萬斛塵

題和闐玉松鶴聽泉圖

峭石長松境欲仙灑然高士立聽泉祗宜白鶴結雙友更挈靑童抱七絃喜有淸音相問答絕無塵意與周旋斯人始得稱爲玉叔則奚當著祖鞭

題和闐玉山亭松壑圖

玉水生昌蕊翻因作玉山徒觀峯岩崿尙帶瀑潺湲涼借松撑蓋幽教林掩關小亭無客

坐坐者得他閒

和闐玉對瀑仙

如茵細草坐茸茸指點飛泉走白龍自是大宛仙種在採芝底藉命青童

題和闐玉廬山瀑布圖

梵宮遺愛介嶙峋（遺愛匡廬寺名見白居易草堂記）尺計三千垂玉紳借問坐觀者誰氏青蓮合是箇中人

題和闐玉虛亭對瀑圖

振鷺摐摐落澗潺匯麗恰得一亭閒祇看四柱對寥廓似付千秋任往還叢樾合稱瓊作樹高峯眞以玉爲山躡梯阿那盤雲上更有招提碧巘間

和闐玉觀瀑圖

雪瀑掛崚嶒幽人對坐憑目隨落斜底心溯最高層本是山輝質眞看玉潤能名家唐沈輩（唐寅沈周皆有觀瀑圖）點筆笑何曾

題和闐玉竹林七賢圖

山王與（去聲）數何須黜縱酒豪歌遊滑濱欲問神交林內者幾人眞稱（去聲）玉爲人

詠和闐玉竹林七賢圖

賓主何須分不分琳瑯叢裏總微醺別峯二客如相隔隱寓顏家詠五君

題和闐玉負擔圖

步擔何嘗畏苦辛野橋溪水石磷磷求師大似叔榮往千載猶傳玉樣人

題和闐玉負薪圖

陡峽飛流瀑水瀰野橋上孰負薪巡擔纏或是秦伯樂乏產宜非朱買臣留取青山爲淨業常依綠樹結佳鄰古來作者雖無數誰得千秋號玉人

題和闐玉採藥仙

龍變態經解納新筐鋤採尙步嶙峋寄言百藥須精撿多有蹲鴟溷茯神

題和闐玉煉藥仙人圖

鍊玉居然玉作人丹鑪獨對守庚申騰騰兀

坐非無謂僕僕忘機自有神淵谷曲圍水宛轉洞門半掩石嶙峋中山李預眞癡者枉向藍田覓問津魏書李預每羨古人餐玉之法乃採訪藍田掘得若環璧雜器形者椎七十枚爲屑日服食之預鄙固不足論藍田卽有玉亦豈未經琢磨而有環璧之形記載家務奇可笑若此

再題和闐玉煉藥仙人圖

不教巧琢費工夫略藉天然成畫圖大壑鴻濛圍玉帶嵌巖蕭兀守丹鑪泥沙便可同龜曳蓬閬由來亦狗芻紅粟通身道人醉騎鸞笑煞倩誰扶

題和闐玉桃源圖

桃花夾岸小舟維洞口遲疑未入時此際欲詢陶處士一篇記語作何爲

題和闐玉桃源圖

是圖刻漁人始捨舟入洞口未見秦人意

舟自溪源捨逕從洞口尋行行初極狹去去欲窮深屋舍猶未見仙凡覺異音淵明當擱筆五字作何吟

題和闐玉桃源圖

武陵漁父捨舟時洞口幽深欲入遲數十步如罷行者避秦樂趣那由知

黃髮垂髫總玉人訝刀筆勝筆精神專諸市上多瓊玖蘇州專諸巷多玉匠及貨玉器者皆高樸等所盜竊者竊售率緣毀匱臣

詠和闐玉桃源圖

試問源中者何人非玉人允堪稱太古詎止避嬴秦耕鑿不知識往來洽里鄰漁舟還欲返已自是迷津

題和闐玉羲之書竹扇圖

一幢岡巒似蕺山索書竹扇姥心慳謂言五字精神足各售百錢疑信間競買始知蹟眞寶再來不答笑開顏其人如玉誠無忝懷祖何須愧等閒

再題和闐玉羲之書竹扇圖

千載和闐韞水濱絳雲滃滃蔚周身知非浸

出萇弘血看是傳來逊少神世外煙霞別有契天然峯岫不須皴芝蘭藉甚言誠信老嫗何期作玉人

再題和闐玉羲之書竹扇圖

石子千年玉渚中（和闐玉以産於水者爲貴稱曰石子猶李之彥硯譜所云端石以子石爲上也年代入遠土華水氣交相融結遂有成赤黄色者）土華水氣久相融右軍坦坐笑無應老嫗再來求轉空內蘊羊猶具脂白外標雞不異冠紅世傳諸浸雖誠有（世傳玉入土歲久則有土浸血浸水銀浸其說不一不知玉本有五色若此和闐玉于實圖天然白質赤章又非出古穴者可比）遜此天然造化工

和闐玉赤壁圖

兩賓一主泛扁舟赤壁良宵壬戌秋底論清風與明月玉人眞作廣寒遊

和闐玉赤壁圖

月白風淸壬戌秋東坡樂甚泛舟遊寫形刻玉斯惟當叔則何人敢與儔

題和闐玉前赤壁圖

壬戌泛舟遊挈賓淸秋赤壁景鮮新成圖那藉琢磨巧玉局原來玉樣人

和闐玉鏤東坡後赤壁賦圖

和闐貢玉歲來多選質成圖付琢磨欲擬其人誰得似不於叔則合東坡披蒙茸復踞虬龍長嘯劃然肅改容（二句檃括賦語）依舊江山與風月二任却顧不能從（任孜字師聖其弟任伋字師中皆眉州名士按蘇詩先有送伋通判黄州兼寄其兄孜作堯卿注云東坡謂之大任小任兄弟以時地計之則赤壁從遊二客其爲孜伋無疑也）

題和闐玉前後赤壁圖

山陽舟泛山陰陸秋水冬峯景頓移試問丹青工幻者可能一幅幻如斯

和闐玉鏤東坡前後赤壁賦圖

明月淸風壬戌秋相攜孜汲（二客姓任孜汲其名見東坡集）泛輕舟玉經土浸成赤壁那計黄州與潤州向曾辨和闐玉有經土浸成黄赤色者非必盡如漢玉出土佳城也此圖玉工就赤色處琢爲壁形益見巧思又東坡遊赤壁實

在黃州今潤州金山寺石刻大江東去詞蓋屬附會云

右前赤壁

撊衣千仞步崚嶒風月驚殊昔日曾莫謂曲高和者寡山鳴谷應豈非朋

右後赤壁

題和闐玉石壁泛舟圖

怪壁東流騖若飛銀河一派是耶非拏舟設復窮源去定獲支機石子歸

題和闐玉漁船圖

團圝宅汎家浮樂事此外奚求曬網捕將活鯉換錢沽得隹籥風笛有腔無調夜犬不吠何愁底識伊人如玉蓋知張志和流

題和闐玉清溪泛艇圖

量材頗不中（去聲）鐏罍却中畫圖生面開幾疊青圍山峭蒨一泓碧浸水縈洄虛亭若箇支窗望野艇何人盪槳迴總是河東叔則輩其間賓主底須猜

題和闐玉孤山圖

俗樣專諸大減今（蘇州專諸巷皆玉工所聚向來製器多就玉質形似競詩新樣而不自知其俗近日率知仿三代器物形制古雅或琢爲山水名勝圖俗樣爲之大減）賈亭西繪雅堪吟（白居易錢塘湖春行詩孤山寺北賈亭西此器繪景如是堪稱雅玩）箇中問孰宜稱玉合向山陰梅墓旁（林逋墓在孤山西北每次南巡遊覽湖山必經其地）

題和闐玉金山圖

出自和闐水鑿成氏父山一峯湧突兀萬里瀉潺湲歌詠棲遲處樓臺縹緲間其人誰可擬玉局破天慳

題和闐玉靈巖山圖

宛見靈巖靦面披蒼松翠柏擁嶔崎若峯若嶺皆成畫爲雨爲晴率有詩詎是遊情仍繾彼惟因民戀鎮縈茲設云境界渾如玉等度由來亦自宜

詠和闐玉鏤平山堂圖

第一古山堂名因郡守芳南巡曾屢到春景得吟賞琢璞形全似傾葵憶不忘其人如玉

者祇合屬歐陽

題和闐玉烏窠禪師圖

巢居上古亦烏窠莫訝禪師庵是柯八十老人行不得錢塘太守道如何（二語隱括白居易問禪師事）山僧於此忘夷險玉匠無端費琢磨隨意常言具眞諦底須三藏演波羅

和闐玉款鶴仙圖歌

赤玉曰璊紫曰玭初謂佳城血浸久和闐秋貢致盈區一握雞冠報瓊玖乃知古人不我欺五色玉本天然有命工琢爲款鶴仙質實美矣材虛受紅爲外章白內體訝是勾碌成畫手有仙有仙如中酒有鶴有鶴昂其首仙款鶴乎鶴款仙誰則主人誰則友吳門伯虎曾作圖欲問先生玆似否

題和闐玉覲梅圖

都道梅英似玉開今朝眞見玉爲梅並肩高士凝眸望縮地和闐鄧尉來

和闐玉覲梅仙圖

等度和闐玉覲梅琢作圖人將花總似艱辨楷兮逝

和闐玉幽厓垂釣圖

踞餌幽厓上直鈎應不嫌設如犇姓氏非呂定爲嚴

題和闐玉寒山拾得八巖圖

遯迹國淸寺往往狂士同豐干忽饒舌曰在庫院中刺史胡相訪把手歸碧峯香藥齋供養說偈報恩蒙呵呵八巖去內空內外空穴合非更開躅範覓何從玉人喃不得孰曰非形蹤

詠和闐玉琢奏凱圖三絕句

琢玉誰爲奏凱圖抑因昔也抑今乎讖言猶憶舒州句一將功成萬骨枯

興戎作孽彼自取黷武窮兵我非爲乃復頻逢鴻凱奏幸於斯更愧於斯

凱成玉雕因貢玉昔五年今亦五年地小於前事艱後（西師之役拓地二萬餘里賦功不過五年其中並有兵不血刃而得）

者茲兩金川以內地土司負恩反噬且係彈丸微壤自征勦至今亦已五年而取碉奪隘將士皆勵勇宣勞始能攻克其用力幾數倍於西師而軍需所費亦較前愈倍今雖近賊巢紅旗尚未報捷益深懸盼依然三捷望心懸

詠和闐玉四皓圖

四皓避世塵自是人如玉幸哉和闐河却作商顏麓

和闐玉商山四皓圖

皓首商顏遠世塵蒼松白石自怡神若論杜牧會吟句不合山中稱玉人

題和闐玉五老圖

峯如列廬阜人似會睢陽意喜泉同潔形奇松共蒼閑中鮮蹤跡幽處足徜徉漫擬遊河瑞吾方愧望洋

題和闐玉會昌九老圖用白居易詩韻

和闐質寫會昌讌雅稱去聲皤然眉與鬢七益二來成九數三山五竺擬多娛二句隱括居易詩意秘書秘書監狄兼謨府尹河南尹盧貞二人以未至七旬不及列見居易詩注歲未至李老元爽滿公僧如滿格署蠹入此二人則為九老然不

在七老之列故居易別有詩我亦祝釐鴛集侶辛巳歲恭值聖母七旬萬壽命於香山舉九老之會諸王及在朝文臣為一班武臣為一班致仕者別為一班各得九人辛卯年復依例舉行而願親王及錢陳羣鄒一桂三人已於辛巳入會後復康強預列尤為盛事並有詩紀事獨嘉賡韻鹿為扶錢陳羣遊香山曾賦詩有鹿馴殷畔當扶之句嘉其奇而正因以其詩意仿梁楷潑墨法為圖賜之贏其翰墨徒成畫視此琢磨重作圖欲問清通裴叔則玉人交此可能無

詠和闐玉香山九老圖

盛事樂天舉會昌琢追似勝畫圖詳鬚眉生動人眞玉峯巖高低山果香

題和闐玉香山九老圖

香山嘉會洛之濱八老同為不速賓初有二還年未逮白居易香山九老會詩祇七人懷州司馬胡杲年八十九衛尉卿致仕吉皎年八十八前磁州刺史劉眞年八十七前龍武軍長史鄭據年八十五前侍御史內供奉官盧貞年八十四前永州刺史張渾年七十七及居易年七十四時秘書狄兼謨河南尹盧貞以年未至七十雖與會而不列後增繼者歲過眞居易詩注云其年夏又有二老年貌絕倫同歸故鄉亦來斯會續書姓名年齒寫其形貌附於圖與前七老為九老圖仍賜以詩一為洛中遺老李元爽年一百三十六一為禪僧如滿

年九十五賦詩飲酒娛情性耀古輝今鮮等倫欲問三三箇中侶幾人誠稱去聲玉爲人

詠和闐玉桐陰仕女圖

相材取椀料就質琢圖形和闐貢玉因琢椀取鑽心所剩巽工就其料作爲是圖剩水殘山境桐簷蕉軸庭女郎相顧問匠氏運心靈義重無棄物巖他泣楚廷

題和闐玉榕陰高士圖

人與侍中同披襟榕蔭風平生磊落志騁望付長空

題和闐玉蓮葉仙人圖

叉角仙人面如玉一葉紅蓮丈餘馥緣誰傳是太乙精待詔東方識奇躅

題和闐玉鏤高人策杖圖

玉溪產玉富和闐厥貢春秋驛路傳呈質弗需荆客獻寫圖遂命鰕人鐫五音集韻治玉之工作玉音鰕鰕人即玉人也杖扶却顧僮隨影茶罷那愁鶴避煙大夏早知蜀邛竹斯人應遇漢張騫

題和闐玉石橋策杖圖

幾間茅屋隱崇椒笻拄幽人過石橋疑是山中書去後秀才裴迪赴相招

題和闐玉溪橋策杖圖

捨舟徒步過巖隈肩棹漁童歸去來絕頂相期深夜後四更吐月始言迴

石橋欲度且逡巡爲去聲愛泉聲清聽去聲頻何必世間傳姓氏斯人合喚玉爲平聲人

詠和闐玉鏤三笑圖

惠遠廬山遯跡時陸靜修陶淵明恰與契心期三入溪畔原無意一虎山中似有知琢玉寫圖圖肖彼過橋傳笑笑伊誰辯才坡老於龍井一甚宜當復再之宋僧辯才退居龍井不復出入蘇軾往見常出至風篁嶺左右曰遠公復過虎溪矣因作亭嶺上名曰過溪蓋效廬山惠遠事以博佳話也

詠和闐玉拜石圖

忽逢奇石拜顛翁石也翁乎總玉同袍笏伊人未免恨無端圖出受磨礱

題和闐玉米芾拜石圖

磬折一時屬偶然王恭豈足擬神仙斯人斯

石玉無忝可識原非癡與顚

題和闐玉鏤漁樵圖

給食爲樵擔束薪似圖翁子肖精神一時意氣誇愚婦未足稱爲箇裏人

右樵

罷釣言歸棹自持蕭然號不愧天隨斯人眞稱（去聲）刻以玉范蠡寫金笑浪爲

右漁

題和闐玉鏤漁樵圖

樵徑漁舟託隱淪頗多鄙嗇致其身設因數典評高下奚界終當遜渭濱

詠和闐玉灞橋覓句圖

鄭家詩思語稱新紫閣黃扉豈出塵風雪騎驢灞橋上其人却似玉爲人

題和闐玉松亭延客圖

俗手難爲罍與觚也知纖巧不俞吾琢成畫景聊堪詠視此松亭延客圖

題和闐玉楓林停車圖

紅於二月楓林景飛作幻春非滅春杜牧之方裘叔則也應一例玉爲人

題和闐玉東籬種菊圖

陶令歸來步三徑倚松瀏菊課童奴寫圖設以玉相較有過之無不及乎

詠和闐玉刻蓬壺仙侶圖

專諸易俗製（蘇州專諸巷玉工每得和闐玉料相其形似製爲器物意在惜材而易隣於俗甚爲不取茲刻蓬壺仙侶圖尚有雅趣可玩）繪事肖仙圖下駕鹿由去閒看鶴答呼玉京宜異境丹竈不須爐所好（去聲）人從速（近日玉工頗自知其俗多做古器及圖畫之類然人君意之所在而趨嚮甚速從違之機亦不可不慎也）亦因心惕吾

詠和闐玉蘭亭脩稧圖

和闐山玉巨（和闐山產玉其小者自山隨水而下因採之於河多其品至尋尺以上則鑿山取之號爲山料品遜水玉是以丙戌玉盌聯句詩有玉山玉水胥產玉迨尺還於山取爲之句）鑿作稧脩辰巡少爲文會永和之暮春屢經訂書蹟茲喜見圖眞借問圖中者誰誠稱（去聲）玉人

詠和闐玉石室藏書圖

織巧由來素不容向來吳閶玉工製器往往就玉之形似創爲新樣以希厚利方且自矜纖巧而不知俗不可耐每置之弗顧近日彼亦漸覺其非所製如鳧魚壺召夫方彝龍尾觥等皆規仿三代古制即丹壺春醼圖樓霞圖之類摹寫山水形勝率以古式爲宗而不墮於俗向日題句甚夥此器作石室藏書圖刻雕而弗傷古雅可供文房之玩玉人述古漸知宗圖成二酉藏書處辰漢和闐縮地逢

題和闐玉浴鵞圖

性喜閒斯覞覞哉微塵猶慮點茵苔奚僮閒課池邊浴應是黃庭換得來

題和闐玉洗桐圖

長夏梧桐滴乳新課僮汲水洗來頻誰知疎懶忘世者偏合稱之曰玉人

題和闐玉松巖仙館圖

鬱鬱層松鎖梵寮峯霞高矗赤城標考功人似裴叔度路入天台步石橋

詠和闐玉鏤攜琴譜松圖小景

松下幽軒風入頻攜琴試譜過溪濱渠宜高士如裴楷便是奚僮也玉人

和闐玉雲巘孤僧圖

一笠入山往千竿引逕來色空都淨矣刻畫底爲哉自有鶴隨錫何須海渡杯如將持抵鵲去去與相陪

題和闐玉崇椒展帙圖

扁舟捨槳野溪濱石棧攜僮陟碧峋便坐崇椒覩古帙高標眞稱去聲玉爲人

詠和闐玉樓霞圖

白玉如脂絕點瑕玉人追琢寫樓霞按正韻玉玊二字不同點在下者寶玉字也點在中者須玉許救息六三切玊工也予原俗器付不顧斯却行宮肖弗差玉人每製新樣而其俗益甚素所弗取茲乃雕琢樓霞行宮之景頗覺雅肖仍欲借其三倍之計耳暮詠朝遊昔覺暢山情水態此非逃避其惡去聲迺投其好足見君難惕以嗟知俗樣爲所惡而改圖名勝以希器賞買人之計良巧人君左右窺伺好惡者正復相類爲君之難即此可見

題和闐玉東坡留帶圖

崔氏金家兩寫眞指子忠有留帶圖向曾題句並命金廷標仿爲之重教佳話一番新誰知幾片束腰物博作全

身裏許人

題和闐玉鏤東坡夜遊圖

不眠閒訪友月色正蒼涼底用秉宵燭耐堪步野塘承天寺將到積水地何方（圖中寫東坡猶未至寺境）設謂同心孰依稀似姓張

題和闐玉達摩葦渡圖

江渡都稱一葦航抑神通也抑荒唐應眞袖手曬然笑譽實不虞毀不妨

和闐玉達摩面壁圖

幾千年隱玉河濆一旦人間色相（去聲）分無意之逢相而識不知者謂用功勤壁爲前任月爲後（圖中佈景如是）蒼寫山留白寫雲一葦西還自了了那期五祖法傳紛

詠和闐玉丹臺春曉圖

俗雕知不售改作畫圖新（玉工冀牟厚利往往不去瑕玷取其質重製爲俗樣近亦知其難售復多有改作畫圖如此類者近利三倍之風豈易還淳哉）閣雉疊仙界鼎虹升曉春相陪韓與偓邪較主和賓底藉還丹煉伊人總玉人

詠和闐玉丹臺春曉圖

層城豈必崑崙是迴閣延臺總琢珉却愛扶筇玩山水無須閉戸守庚申空教紫氣騰爐火不礙初陽伴曉春可惜地行塵外客破他牟利者傳神（玉工爭爲新樣益新益俗因一槪斥置今乃改爲圖古仍其牟利之計耳）

詠和闐玉丹臺春曉圖

一幀當門豎若屏琢磨寫較筆還靈丹臺圖出曉春麗石室名傳季道磬青質白章如設色鏤峯刻樹自成形仙僮採藥雲衢返太一罏前守六丁

和闐玉刻江城春曉圖歌

崑玉一片和闐來不中彝壺及犧罍琢爲江城春曉圖亦云製器要量材天然凹凸因其勢邱壑高下隨位置江城依巘復俯川古寺野村樹陰翳樹陰布綠春方曉疑聞間關鳴好鳥別有孤亭隱翠微欲尋幽徑殊窈窱窈窱忽開瀉江流乘流誰下三峽舟不須張帆

藉風力似臨峻坂馳驊騮十日一水五日石豈啻其久費雕刻王宰應教謝弗能門如可入林如立寶光精氣蔚鬱蒸蒸爲春雲山上凝便思膚寸作靈雨郊外卽漸農功興

題和闐玉秋山紅樹圖

疊疊秋山凡幾層丹楓點綴恰相應懸崖笠宇待遊客架澗紅橋欲過僧相去聲質傳神秀而野借皮設色巧猶能漫疑紅玉無和有此是精璊杞宋徵

題和闐玉寒山千尺雪圖

千尺雪今凡有四千尺雪在蘇州寒山辛未南巡曾題詩紀勝並於西苑熱河盤山各倣其制爲之寫圖凡四每處弆四卷精璆茲獨寫寒山寘光數典眞無忝裴楷稱名似可删

和闐玉關山行旅圖

和闐貢玉高逾尺土氣外黃內韞白量材就質鑿成圖不作瓶罍與圭璧關山行旅繪廷標圖稿金廷標所成峯嶺疊疊樹蕭蕭畫祇一面此八面圓觀悅目尤神超岧嶤之處路疑斷雲棧忽架接兩岸策驢控馬致弗同跋涉艱勞皆可按大蒙至此萬里餘圖中隱括殆盡諸各有恒情每塵彼不寶異物徒慙予

再題和闐玉關山行旅圖用舊題關仝關山行旅圖詩韻

主峯獨隆崇盤磴自逶迤天容上覆青樹色側含紫太白歌蜀道延之詠玉水誰知考工氏合相會斯旨質之關仝畫卒難分彼此

煉玉歌題和闐玉鏤圖

仙人煉玉學輕身却作玉人百斤重深巖兀兀坐盤陀閉目止觀息以踵後山童子負籃歸妙藥靈芝攜種種羽化之蹤視此乎孰曰樗材特擁腫

題痕都斯坦玉杓

掌非周玉府攻自泰西瀛絕勝舒州杓何須力士鐺璞原說荆國蕊特豔昌城試問宜誰贈應調傅說羹

詠痕都斯坦玉盤

崑嶠產瑤琳泰蒙每獻琛薄來雖厚往不寶
愿攸箴䟽鄂承還疊英華燦且沈錦囊珍什
襲可復憶雲岑

詠痕都斯坦玉盤

初琢纔磨細花攢葉篏精目原覩其蟲手乃
撫之平表裏都圓潔色形若混成新疆歲貢
果三品恰宜盛回部歲貢蘋果石榴木瓜三果每以盤貯陳設向曾與乾清宮西暖閣几上虎鐏內所供之吉祥草同繪爲歲朝圖因以聯句

題痕都斯坦雙玉盤得十韻

葱嶺接崑崙痕都天竺藩向稱溫都斯坦乃痕都斯坦之誤今考梵文改正以新疆道里方向證之其地當由回部過葱嶺至拔達克山西南即其地蓋北印度交界說詳考訛篇中
瓊枝產寶骸水磨省工煩聞彼處治玉以水磨不以沙石錯泰冒徒問浴和闐此溯源匪
求來不拒弗韞賈堪言盈尺區宧論去聲成雙
珽寔存中規仍瓣瓣合度更渾渾帶蔕芳葩
篏通身翠葉翻荒唐說泝水卞和之事向曾有詩辨其誣
約畧比嬰垣謾詡連城貴端知五德尊孫卿
有佳喻恭己慎臨軒

詠痕都斯坦滿尺玉盤

考工未藉玉人爲萬里從風貢自馳守伊犂將軍伊勒圖所進
巧匠由來琢喀嗎回古之巧匠名金神會是守
熏池規圓外復出瓜瓣尺滿中仍結蒞甤不
寶華囂寶獻善王孫圉語廑吾思

題痕都斯坦白玉盤

周尺將盈尺斯盤乃是盤幾曾掌玉府見說
鬻都丸拔達克山迤西至痕都斯坦番貨稅者皆謂之都丸團似月輪
滿薄於楮葉單截肪置其裏辨質信應難

題痕都斯坦綠玉盤

量材爲器匪瓊英此玉盤品乃中平而製絕精巧蓋以權其不逮也
工緻訝難意想成喀嗎回語以匠人爲喀嗎匠能遑彼
巧專諸人或遜其精蘇城玉人多居專諸巷相金釘寶
撫無迹篏葉攢花視有情每憶旅獒篇著訓
摛吟還覺愧平生

詠痕都斯坦椀八韻有序

材稱崑嶺精璆萬里來遐製出天方珍
椀幾番形詠煥雲朕而比潤經水磨以

呈奇葉抱全規花縈雙珥輕如蟬翅技
傳刻楮鏤氷凝似羊脂巧現心范意慾
祥徵益壽詎惟貴比連城慶洽宜春復
爾韻成五字
又詠痕都椀珍斯愧在斯雙盃祇稱珏圓寶
中（去聲）於規泰冒泰濛出磨砂磨水治精難措
其手妙已過乎思薄訝蟬無翼腴眞灝有脂
上范下葉擁左珥右璫垂大白殊史句盂方
巽子辭題成龔而置笑此屬何為

題痕都斯坦玉椀

年班伯克八朝覲（伯克回部官名而職掌及名號各不同其曰阿奇木伯克總理一城事務若內地之都統伊什罕伯克協理事務若內地之副都統其品級則自三品至七品不等皆以城務大小為差又有噶咱納齊伯克管理地畝錢糧商伯克為其協理哈資伯克司刑名詞訟訥克布伯克司貿易匠役摩提色布伯克司念經事密圖巴理伯克司買賣田產密拉布伯克司水利都管伯克司來使供給及文移等事巴濟格爾伯克司牲畜稅務巴克瑪塔爾伯克司菜圖什瑚爾伯克備差遣之事阿爾巴布伯克承催錢糧帕提沙布伯克管巡捕事明伯克管本城本村一切事及雜項差務克勒克雅拉克伯克司外來貿易稅務鄂爾親伯克司水利事默克塔布伯克司教幼童經卷塞依得爾伯克司街道巡察及圖木事務哲百伯克司軍器官品大小及員數皆不同亦視各城之繁簡為率其職掌相沿已久官名悉仍其舊而選補則由駐辦大臣等核定奏聞茲敘其大畧其詳則於西域輿圖志中備載之）包貢呈由典屬官崑
嶠良材中（去聲）盂椀痕都巧製泥雕刓食芹貢
曝通誠遠厚往薄來折賞寬（回部貢物所司例應折賞命倍其直予之以示柔遠也）不貴異物賤用物慙仍民足致
艱覿

詠痕都斯坦玉椀

良璆山大濛山石那須攻省力資水磨精鐫
本鬼工式成瓜列瓣氣吐草垂虹曾未三䑋
伐（平定回部師未至痕都斯坦）貢原西旅同

詠痕都斯坦玉椀（有序）

鄣從西土蕊蔟四面重臺碾出筠浮暈
若兩旁抱珥貢效泰蒙包匭來隨都護
歸軺用是摛吟以代紀實
截肪山泰冒製椀自痕都形色雙合相磨礱
了似無葉翻含蕾耳瓣發抱花趺通道恒來
貢懷柔義廑吾

詠痕都斯坦玉椀

劚出雲腴挐來雪椀磨是西濛之水挹殊北斗之漿圜規徑四寸而贏輕縠比五銖以薄截肪旣美超魏札鏤氷況巧壓吳工無翼斯飛有懷竭詠

良球本是出崑墟中去聲器成珍亦鮮上聲如巧製水磨貽喀嗎古時回巧匠名羞稱吳匠富專諸吳中玉匠多居專諸巷羊脂比色脂嫌膩楮葉方輕葉欠疎精玩弗求遹頻致每因挐用率𢺋予

詠痕都斯坦玉椀

璞韞崑山鏤傳印度卷芳莖而環耳攢花纈以承趺晶瑩一規允彼良工巧琢瑑縈五字嘉茲寶器恒來

西崑率產玉良匠出痕都楮刻異三載水磨成百瑜製精畫難比器鉅執如無不寶非求彼頻來却慙去聲吾

詠痕都斯坦玉椀

水磨痕都製異常痕都斯坦玉工用水磨治玉工省而製作精巧迥非姑蘇玉匠所及原從規以得圓匡一輪湧作虛中郞百瓣分披向外香兩耳挐來花葉具雙環垂出淨娟光卌年前鮮見尤物痕都斯坦頁在拔達克山西南自己卯平定回部後彼處商人時持玉器來回疆售賣始聞有購得呈進者蓋四十年前所無之物也幸處仍兼愧不當

痕都斯坦白玉椀

印度良工緊華言印度即譯痕都二字成文蓋已久矣水磨平聲佳法存彼處用水磨磨玉工省而製精羊脂標質潤菊瓣簇英翻未似楮爲久還無斧鑿痕水圓如借喻聚好去聲愧難言

詠痕都斯坦盈尺椀疊辛丑舊作韻有序

雕將雲葉截肪宛爾成雙製自月邦合璧依然盈尺聯宿則躔分四舍數應天星含章而美合前春豐徵德產庶符嘉縠之庇端宜前席之珍載叶新韶爰賡舊韻

廊廟自有寶端惟席上珍𢙨予糾愆謬贊化協星辰詎曰諸員備盍誇萬國賓何來盈尺

椀製自遠瀛人豐劍依前偶合珠聯舊循宿
分廿八妥位占四方勻（辛丑所得玉椀凡四大瓣又各爲七小瓣如四方二十八宿各按方位是椀亦如之）妙理未聞古鴻工總發
春璿璣調橐籥玉律代新陳暈彩英而素葆
光麗且渲對增心穆穆仰似德恂恂欲詠仍
慚疊言捐又惜頻不招還不拒商賈任其輳

詠痕都斯坦盈尺椀十二韻

度尺盈周尺貢珍果國珍潛光煥山澤垂棘
映星辰美質出龍首良工造罽賓流離傳漢
史琬琰賦唐人徑一綱引直圜三規中（去聲）循
釘心含萼簇分瓣布英勻列宿都拱北四時
原始春（是椀分四大瓣又各爲七小瓣如二十八宿也）雨風占異好
尊畢可同陳背面胥環抱英華復樸渲人工
天巧奪理寓器呈恂脂白鮮他比水圓切己
頻如何不脛者萬里此重輳

題痕都斯坦大玉椀

痕都精製玉水磨鬼工勝（彼處玉人用水磨製玉工省而製精）
遠路來多小（地既遠其來售者率小器品似此大者實罕見）巨材此
獨稱圍三踰尺五（音其質）葉簇見重層（音其紋）刀
斧渾無迹撫摩穆有徵盂圓切君道璧返異
臣能不貴聽其致（雖不貴異物而其來售者亦不禁也）非誇希
世曾

詠痕都斯坦玉雙環椀

規是圓之至千秋中外傳雙環肖內地（內地所製玉椀有爲雙環式者痕都斯坦向無此式今亦倣內地爲之）一椀本西天
好惡（二皆去聲）可不愼琳琊亦待鐫他山憐彼石
爲錯孰知焉

詠痕都斯坦綠玉椀

淡以水方濃以韭淡濃之際暈交幷雙垂作
蔕如含果六出爲花不離（去聲）瓊豐殺（去聲）莖柯
從節度毫芒不（平聲）鄂悉分明事諸巷裏精工
者（蘇州專諸巷出玉工較痕都水磨所爲遠不及）三舍眞當退避行

詠痕都斯坦綠玉椀

分瓣呈十出中規總一圓葉翻雙耳執朶綴
兩胎卷翠韭爲色潤攢花承足鮮方諸薦明
水曾握大宛仙

題痕都斯坦菊花椀
徑一圍三尺有餘水磨工異考工書耳垂翻
出雙苞綴足砥紛承碎瓣舒包貢却非來玉
隴和闐所屬城名通商恒是走渠胥痕都斯坦猶在拔達克山西南彼處商人時持玉器來貿葉爾羌菊花依舊重陽節合贈淵
明五柳居

詠痕都斯坦花瓣椀
罽賓巧雕刻其地近痕都製椀圓而橢撫形
有若無開花自分瓣綴葉更承趺宜贈青蓮
李蘭陵琥珀沽

詠痕都斯坦白玉杯六韻
瑩比截肪薄疑鏤翼質輕且美五銖機
若仙成制巧而精十合規由神運磨水
旣泯玆圭角貯氷自徹彼中邊徠遠足
珍詠懷非寶
稷翼出奇質良工心運靈作杯成照世映斗
見明星禮含文嘉曰玉石得宜則太白常明耳葉翻而拱身花
勻且停磨礱泯楞角攢簇鎖瓏玲在手疑無
物定晴知有形自應生穆湓那可酌湘醽

詠痕都斯坦荷葉杯
痕都斯坦玉杯一圓橢作荷葉形跗有
蔕曲柄環之旁出艾葉二達於杯脣卷
其上可執瑩薄如紙惟彼中匠能之內
地玉工謝弗及也
四疊圍荷葉雙牽長艾枝製非出華夏巧實
勝般倕撫處不留手琢時那搆思旅獒垂法
語三復畧惡斯

詠痕都斯坦白玉盃
痕都撈玉出河濱水磨去聲磨平聲成製絕倫百
瓣細攢穩承足雙葩夾輔巧持脣瓊瑤自古
來西域精緻而今勝玉人不以飲醪以啜茗
戒哉惡旨久書紳
盃圓而橢口四出趺攢菊英下圍數葉十
二左右裊葉各一上出及盃脣稍外偃復
有兩花下垂承以短葉可用執玉旣瑩淨
製薄如紙良材巧琢非中土玉工所能仿

彿也

詠痕都斯坦海棠式玉盃

痕都水磨（去聲）工精巧信難窮產自崑崙衍（痕都斯坦葱嶺外之大國在葉爾羌疆外西南千餘里其山脉亦衍自崑崙地多巧匠水磨製玉尤爲精妙）鬻今京國通薄過刻片楮輕喻舉毛鴻尤物可辭詠詠還滋愧衷

詠痕都斯坦白玉益壽壺

菊泉益壽傳佳話孰謂痕都識琢鏤中國久經聲教訖殊方應許珤珍售摯如無物思難措撫實有華手不留雙朶翻垂作嘉蓌略如述古件周卣

詠痕都斯坦祥花鑵（有序）

祥花浥露千年土銹凝鮮良玉如脂一掬水磨含韞驗豐徵於德產寶氣浮筠創巧製於天方神工刻葉嗣杯盤而託詠繫瓚卣以同稱美踵前珍吟裁六韻

天方出水磨崑玉八金鐫刻楮半分薄中規一握圓具當還具葢工鬼更工仙撫不留手蹟精惟用意專葉疑風動梟花想露承鮮土浸微存銹彼經千百年

再詠痕都斯坦玉鑵（有序）

月邦製巧祥花載詠承趺水磨工良瑞朶新瑩環耳驗雲腴於鏤楮外潤中虛賸寶氣於連城掩瑕呈美比象則輝聯瓚卣拈吟則喻叶盤盂偶獲雙珍重摛五字

巧製出痕都質高工更殊白非碧玉椀光鄙水晶盂瑞朶翻爲耳祥花團簇趺微瑕原非玷掩有却如無（玉微紋裂者爲瑕微點汚者爲玷是器有微瑕而無玷工人製葉順其紋而不隙非細覷並不知其有微瑕亦精絕矣）外潤德含被中虛義具孚聯翩致珍玩題句祗慙吾

詠痕都斯坦水盂

連蔕瓜爲盛水盂柄如曲項背鵞顱于思豈讀右軍傳解助墨池筆陣圖

詠痕都斯坦玉盂

製出月邦貢來蔥嶺撫碧琳之温潤羣

芳艾之葳蕤腴琢連城閻圃宜承晞露
花開四照善卷正艷秋陽惟置盂取義
乎益安而銘器寓懷於非寶
四出形如秋海棠葉翻雙耳執承槳瓊英那
許熏池守垂草當生敖岸陽冷語譁囂漫致
請温容沕穆自含光泰西製豈能知古喻水
休論圓與方

痕都斯坦桃耳盂歌

崑崙西極王母都孕靈毓秀產美瑜方言印度音各殊（痕都即印度之轉音）厥有玉人喀嗎呼（彼處呼玉人爲喀嗎攻玉爲水磨）水磨（去聲）製此桃耳盂寶砂琢磨巽專諸（吳中玉匠多出專諸巷）薄於紙更輕於銖撫不留手瓊華敷葆光內含外復腴西池得式其然乎

題痕都斯坦玉盂

盂耳有環垂考古製所貽何時外竊式却較內爲奇疊葉薄如紙（痕都斯坦玉工以水磨治玉製絕精巧向每有詠但容所見者式樣與內地多有不同而此盂則似竊中華之式兩耳有環下爲三足覓與西淸古鑑周丁亥盤漢歡環洗形製相仿而通體鏤鐶花葉層疊隱互其薄如紙益加精功）簇花圓中（去聲）規總應慎好惡實覺惕生茲

詠痕都斯坦所製玉盂

和闐產良玉追琢乏工爲（和闐雖產玉而無良工）却賴痕都製有過茂苑奇（蘇州專諸巷多玉工然總不若痕都斯坦用水磨治玉特爲精巧）足承花四發耳綴朶雙垂言念水圓喻（爲人君者猶盂也民猶水也盂方水方盂圓水圓見韓非子）敕幾益慎之

詠痕都斯坦玉花簇盂

一朶瓊花千瓣披圍承細葉却無枝考之芳譜名非識來自遐方製實奇撫不手留融內外問那意想發葳蕤端詳無可施鐫處檀几平猶稱（去聲）泐詞

詠痕都斯坦白玉盌

懿此嬰垣玉出惟羭次山色眞勝霜雪器豈類釵鐶設貢岐周際應陳瑰琰間車磲定何物八斗費言艱（曹植有車磲盌賦）

詠痕都斯坦小玉合

崑嶠產瓊琪良工精琢之爛然七寶聚斐若五花披漆製徒傳古金鏤詎足奇南山藍玉合雅似李家詩

詠痕都斯坦玉瓿

荷柄曲拏一朶花旁生兩蕾致堪拏琢由西海如甄瓿製弗東周有虺蛇粟縝圓雕粲瑤蕊髮絲微起尙瓊華奇珍不脛還常至空谷白駒歎轉遐

詠痕都斯坦古玉瓢

痕都玉器來已夥似玆舊物誠罕覯製旣樸雅非華囂質亦渾然穆而古瓠可酌水斯象之細腰大腹如剖瓠皮畧爲瓣疑就模（瓠無鏉此器外皮有鏉上林以模夾葫蘆成器者乃有之成外圓葫蘆本有鏉則不可知矣）柄孔穿繩便攜取瓢飲由來古所稱而彼那知顏與許嗒嗎（匠名）琢爲眉哩（汗名）用戰獵佩之隨步武賫來中國兩無藉數典難尋周玉府宣和刻印非所云（洞天清錄宣和有玉瓢御寶）建初脫粟儉堪祖（漢登帝紀有根不能瓢飲脫粟耳之語）文房眞稱（去聲）伴清吟倘用輒因懷杜甫（杜甫詩瓢飲惟三徑）

題痕都斯坦瓜瓣瓢

脂白原非綠緣何形作瓜庭堅臉如削顏子巷曾拏蔓自靑連葉背還黃綴花考工當致愧攻錯若爲加

痕都斯坦玉瓜瓣瓢

玉瓢一握如瓜瓣有蔕有葉還有花和闐出玉不解琢（和闐雖有玉工而不能精琢精琢者皆出痕都斯坦彼處亦出玉蓋愈西愈近崑崙矣）琢自痕都萬里遐崑崙之岡產美質嗒嗎水磨攻錯加製爲飲器可攜帶淸泉舉酌勝烹茶異域都大尙武備以獵以戰隨操拏是蓋彼中貴者用非褻乃似安期瓜弗徵弗索聽貿易近利市至三倍奢徒置棐几佐文玩殊方聲教奚事誇却笑設贈許顏輩棄而弗顧當興嗟

痕都斯坦玉羊頭瓜瓣瓢歌

鹿臺嘉產來遐陬彼中良工細雕鎪式異漢盃及商卣瓢飲一具琢美球瓜分數瓣花葉

浮曲柄迴顧爲羊頭匪夷所思用意周其脂
非遠其性柔東陵闢內伊誰俟

詠痕都斯坦玉瓜瓣飲器

天方瓜樣彩此器肖瓜形瓢訝留斯白皮宜藉彼青一花承妥帖五瓣列勻停貯水鄭門市挈漿裴驛亭種疑召家圃泣匪楚王庭緜瓞雖徵雅賓夷亦惕經

題痕都斯坦玉飲器

西崑玉工巧無比水磨（去聲）磨（平聲）玉薄如紙製爲飲器佐閒盌形巽梓人載周禮半匜芰荷葉翻上一朵蒼蔔花承底又如老蚌擘方諸映月分明欲生水撫不知痕睇知痕何以措思何遲指奇技直擬下增椎徐覲又復弗忍耳

詠痕都斯坦玉茄水盂

一握垂垂似白茄根猶帶葉背依花蜀人讓訝以爲藕齊相休稱不削瓜冬日飲湯夏飲水撫之無跡視無瑕幾迴吟詠還增愧毀匱難閒典守邪（回疆辦事大臣聞有以厥俸所餘購得痕都斯坦玉器呈進者乃高樸至葉爾羌藉此爲由向回人短價覓或強索而不給值種種苦累回衆無不嗟怨幾至激變且交通奸商盜竊官玉運至內地私售賄通鉅萬實爲罪不容誅）

詠痕都斯坦綠玉瓜瓣水盂

瓜皮色已奇瓜瓣製猶宜彼此殊難辨幻眞因可思靈川應未畫（錢選有瓜圖）若水却成詩豈弟思君子嘉哉挹注盆

詠痕都斯坦花玉匜

質擅山輝工成水磨栴檀尊疊酈泉益壽之花鑒曲流長周家永祜之製致潔用宜注水迎年得兆乞漿萬里譯重冊賢銘代

奇製天方器雅同周代也四環可提繫一鋬稱（去聲）攜持撫外影瞻內（言其洞）花擘葉反披（言其式）密無鐫泐處簡詠五言詩

題痕都斯坦玉荷葉洗

色如截肪薄如紙西崑玉人巧無比那知士禮設東榮萬里流沙亦有此器同其製略弗

同荷葉爲形柄曲委讀阿里卜回書名讀其書者必始於此通漢書寫義依然是承水

詠痕都斯坦玉墨瓶筆室有序

製出回中珍儲席上抽璃筦則擬毛錐戢戢珥時可比昭華貯瑜糜則見墨海潭潭蘸處奚誇銀甕琢成附體文房信具二難收便聯函璧府疑兼雙珏蓋彼貴人所用供奉謄章其來萬里而遙微慙玩物爲憶旁行左向緘祕笈者曾供削牘之書更同四角中央詠瓣香焉試續銘盤之句

削木中書擬管城中土琢毫爲筆外域削木供書猶存古製也橫行却向左而行梵書向右行外域書多同惟回書雖旁行而向左與漢書同宛看琢玉成筆室更介爲缾貯墨卿點染謄章工述事取携湊便恰恰情非珍新樣兼精玖用識同文異獻荆

詠痕都斯坦玉鐙檠

遠域逮西瀛崇崑產翠瓊省工有水磨巧匠作鐙檠那更稱銀燭雅宜燦玉瑛趺承盤一具柄置盞雙撐緻芴層翻葉昂藏獨挺莖宜誇高七尺眞足重連城善市由他致回人皆善買販都斯坦雖地富印度絕遐而世還每至葉爾羌故今恒得其玉器聞其攻玉純用水磨工省而製精尤內地所不及也頻來亦自驚似茲供繼照藉可贊離明

詠痕都斯坦玉魚

痕都精製器盤盤見多餘琢玉樣呈別夢魚巧識初分無形迹露合任泳游噓設欲遠方寄此中應置書史記載蘇武雁足係書事而古樂府亦有呼兒烹鯉魚中有尺素書句後人遂以魚雁爲寄書故實不知馬遷乃濫觴之始也史記云天子射上林中得雁足有係帛書言武在某澤中云云雖爲常惠教使者詭言以紿單于而不顯爲事理之所無也魚雁無知之物焉解人意知其所寄之處而投之不若置玉魚之腹人寄書爲相宜也故戲及之

詠陶瓷

詠古陶缶

萬年閱古壽而貞陶出河濱臥繭呈夏鼎商彝稱後輩官窰汝泑笑虛聲未經吳下詩人詠（陸龜蒙有越器詩）得自秦中農父耕（見周密癸辛雜識）我獨韋編思玩象穆然相對有孚盈

古陶缶歌

烏卵其形口在腹腹橢口弇德能畜製貽太古匪今俗坎離既濟質惟朴用缶鼓缶羲經卜渾命善好無薛暴（叶）土蝕萬年勁以穆壽逾金石貴珠玉簋簠敦彝下風伏徒紀癸丁及仲叔陶於河濱此其躅承漿酌酒來百福

詠古陶缶

出陶先越器落葉起龍艘自臝稱納約爲罇同戒蠶雅看樸素質不事琢磨勞花養能成寶箇中元氣豪（謂缶中發花即可結寶蓋蠶語也見癸辛雜識）

詠古陶弦文缶

越器代增華陶穴斯最古亶父未足云虞舜則已睹有孚比垂象納約坎示矩缾罍其子孫水土其父母（叶）銅堅千百多瓦脆一二數返樸誠有心日未艱再午

詠古陶器

質樸形猶古神農缶作遺陶成火氣泯器合道心怡遠矣無當誠何妨有用時誰加雕鏤細（此器制度渾樸自不應有花紋想係後人復加斵刻者但所雕文理不俗無斧跡痕與器同色撫不留手亦即三代以上所作物耳）破此太初姿

詠古陶器尊

青綠渾然似古銅商周鎔鑄卻非同雖經薛暴神原穆不露英華靜以融釘弗見當惟見口（凡燒造陶器以細釘搘底入窰故多有釘痕見底是尊釘痕弗見底而見口與他器異）癸無銘父及銘公（用商父癸周癸公事）殷勤詠古頻留詠消暇其中愧在中

題古陶器猊鼎

古於金就範今見土依模問敢致彼楚製堪

緬有虞肯輕添鴿炭還覺勝猊鑪周代伯師
似（西清古鑑有周伯師鼎其形似此）形疑法此夫

題貞觀陶器缾

秘色古稀有越窰中末唐（世言秘色窰器乃五代吳越錢氏有國日越州製進臣庶不得用故云秘色不知唐柳宗元集有代人進甆器狀又陸龜蒙有秘色越器詩是唐中末之際已有之此器爲貞觀時物乃陶器非甆器也）陶缾出
貞觀樸器稱（去聲）文房罕見土終脆久延銅擬
剛（陶器合土而成質雖較銅爲脆而比甆則爲堅此器下刻貞觀元年知非中末時物想於土中借近銅器故受青綠色）縹瓷潘岳賦此理究難詳（潘岳笙賦云傾縹瓷以酌酃按說文縹青白色字林甆白瓶長頸又鄒陽酒賦云醪醴既成綠甆既啟形製似與越器相彷則又疑不始於唐時矣）

詠陶器甁

繘井易象著恥罍詩詠申黃流盛旱麓黜質
出河濱火氣千年泯鍊形萬古湆窯瓷珍汝
定大輅此椎輪

題陶器周宜壺

肇陶虞氏範銅周何乃宜壺有器留享已雖
然出宋族讀詩原是述公劉（陶復陶穴公劉章句也）

詠陶壺

青綠千年色穆然疑銅實出笵銅先河濱雖
製耕稼後亳土還成父已前（西清古鑑有商父已壺）天
鹿飛熊微見象雲螭蟠虺得齊肩詎云玩物
斯珍古企若虞書第二篇

詠陶器獸環壺

河畔陶成甓器存用當抔飲佐汙尊有虞繭
缶此作友炎漢獸壺其遠孫色澤由來華所
斥質渾惟是古相敦宋窰明冶遞增麗埏埴
可知斯本源

題陶器弦紋壺

弦紋青綠製從周陶則始虞此器留孰後孰
前卒難辨爲同爲異漫詳求銅堅所見固已
夥（內府所藏商周以來尊彝鼎卣之屬甚夥盡銅以質堅故雖入土數千年後青綠盎加璀璨若陶器質脆不能耐久閒有存者實以罕而見珍）土脆何妨以鮮
收却笑兩皆沉重物千金那足濟中流（鶡冠子云中流失船一壺千金盍謂壺瓠也若銅壺陶壺沉重之物入水即沉不足以濟中流之用而名却相同故戲及之）

陶尊

有虞合土貴質湆冬官埏埴司陶人不鬲不甗見此尊入土出土幾千春斕斑青綠周身皴光匪外發內蘊眞乍覗夏鼎商彝存撫之體輕堅逾珉其響淸越如泗濱乃悟陶器成神甄苦窳髻墾非所論燥濕弗受剝弗損叶使我慕古輕華珍穆然若見封垂倫允宜徵設惪萬民

詠陶尊

成形土鼓後賦質夏尊前秘色眞囂矣偃囊何藉焉究銅閔三代出土又千年用缶約堪納惟誠易象詮

詠唐素瓶

楞伽瓶似楞伽繪唐底楞伽贊阿羅漢前置一淨水瓶似此淨水吉祥翻法華獨憶文皇賜大亮唐書李大亮不進名鷹太宗賜胡瓶以旌其直千年擬出懿公家

詠古楕片瓷

楕片出越窰較唐宋應久非盤亦非碟今俗稱小盤爲碟子字典無此訓盛水不盈口是誠無用器何以寶同玖徒因閱歲深滄桑互珍守髻墾七釘存唐宋或弗取

詠古瓷枕

何年窰冶器似趙却非柴內府舊藏柴窰枕曾經題詠是枕式做柴周所製而釉色非遵生八牋所云柴窰靑如天明如鏡者然汝窰甃潤火氣全消亦當似趙宋時物耳火氣銷全盡宵眠靜與皆神安忘枕藉手舉稱摩揩欲笑王武子惟知宜石隹

宋瓷膽瓶

芝爲華彩玉爲肌火氣全無古氣披恰似白描吳道子觀音妙相手中持

宋瓷臂擱

銅之壽者三代遺宣和博古曾辨之是時設有脩內司官汝均定精爲瓷火父水母相濟資因成器用鐍餅罍何來臂擱製雅宜色古質樸非新奇兼絕髻墾薛暴疵瘦金健筆憑爾爲未聞貴重等夏彝金堅土脆閱歲時孰卣富有似此希物以少貴固如斯名以久彰

更可思

宋甆臂擱

物有其奇必有偶乾坤示象羲經紐宋甆臂擱天府久玆獲其雙不脛走瓦形長短同薄厚鐵足淡青出藍受後先合德相爲友官窰脩內陶成後瘦金筆法擱臂肘羲之懸腕或非取此理倩誰爲判剖文房雅玩堪享帚那數琅玕瓊瑤玖卵幕杯祇盛醴酒小哉浮梁昊十九

詠宋甆枕

埏氏初凝土陶人爲鑿坏千年火氣盡一晌黑甜來金玉徒奢製松榴遜樸材誰云礙穩寐藉可至蓬萊

詠宋甆枕

修內當時秘千年製樸湻通身辭火氣徹體蘊精神木以陽城重玉非荊國珍不須更鼓響防値碎椎人

宋甆琴

齾額恢恢太古器形模不假雷霄製易漆以陶豈無爲我於重華窺其義諫者十八爭小事不如渭汭初所試焦尾斷紋渾可棄五絃七絃惟汝置元音澹泊從玆嗣響如佺羨面之粹冲以內養無火氣

宋甆鼎

見說輕堅大邑甆幾曾髻墾匠師嗤缾盆徒供家人饋均汝遙傳脩內司無益害功伊古戒大烹養聖繫吾思穆然葆釆陳棐几介紹梟鐏與鳥彝

宋甆駱駝

泉渠奇種出荒遐寫象雙峯亦自嘉乍可昂頭辭羣革漫稱閉口解埋沙致遙惟許哥舒翰負重得休紘那耶脩內陶成供秘玩詎期五國伴愁嗟

甆雁

好在沙頭溪背那勞月宿霜征有質奚憂矰繳不材無慮烹

瓷枕

瓷枕通靈氣全勝玳與珊眠雲渾不覺夢蝶更應安僧榻雨花亂客衾霜月寒盧生如識此豈復嘆邯鄲

白瓷枕

枕石不如流漱流不如石瓷枕堅且潔堪賠如茲客既質玉之質復白雪之白磨涅不磷緇拂拭多光澤恍揖神仙人精神益內積豈伴窈窕女粉黛汙顏色可薦牀之東亦宜厢以北張氏榴應羞錢家石豈特盧堂夏午開松濤泛幽席揭此夢羲皇古風如可即

咏花瓷書燈

誰將大邑瓷相並九華枝繼晝明爲用無塵靜與宜消閒覓句際伴影讀書時何必昭陽殿徒誇金玉爲

詠瓷掛瓶

依然膽搥式（膽瓶紙搥瓶皆瓶式之最佳者）却異汝官珍動挈路搴秀靜懸屋益春製惟日趨巧道不易還滔紅紫隨時閱何曾著點塵

詠柴窯椀

色如海玳瑁青異八牋遺（遵生八牋論柴窯青如天）土性承足在（亦出八牋云曹仲明則曰柴窯足多黃土）銅非箝口爲瓷（多有以銅箝口者此獨無）千年火氣隱一片水光披未若永宣巧龍艘落葉斯

詠柴窯椀

冶自柴周遂號柴冠乎窯器獨稱佳鏡明紙薄見誠罕足土口銅藏尚皆內府數枚分甲乙（夷門廣牘載柴窯世傳周世宗時所燒天青色滋潤細媚有細紋足多粗黃土又博物要覽論柴窯謂青如天明如鏡薄如紙聲如磬爲諸窯之冠今內府所藏柴窯椀共七八枚分第甲乙然色皆黑無青者亦見紀載之難信也）夷門廣牘類邊涯都爲黑色無青色紀載誰眞實事諸

詠柴窯枕

遵生稱未見（遵生八牋述柴窯論製雖有青如天明如鏡之目然其自稱則云予未之見也）安臥此何來大輅椎輪溯青天明鏡開薦牀猶蟹爪藉席是龍材古望與遐想宵衣得好陪堅貞成秘賞苦蹈漫嫌猜越器龜

彙詠方斯倍久哉

詠柴窯如意瓷枕

過雨天青色八牋早注明（遵生八牋稱柴窯有青如天明如鏡云云）睡醒總如意流石漫相評晏起吾原戒華祛此最清陶人具深喻厝火積薪成

詠汝窯盤子

趙宋青窯建汝州傳聞瑪瑙末爲油而今景德（鎭名陶瓷皆於此有官窯民窯之分）無斯法亦自出藍寶色浮

題汝窯奉華盤

爲閣爲宮不可知奉華兩字底鐫之尺鳧集裏傳名氏見說風流女畫師（盤底鐫奉華二字考宋高宗劉貴妃有奉華大小二印南宋雜事詩吳焯所撰卷內有知是風流女畫師之句注引畫史劉妃工畫人物云云尺鳧吳焯字也）

題汝窯盤子

西清三代富尊彝越器晨星修內司至理原非奇異事銅堅甃脆率應知

詠汝窯椀

秘器仍傳古陸渾祇今陶穴杳無存却思歷久因茲樸豈必爭華效彼縏口自中規非土甌足猶釘底異匏樽盂圓切已近君道玩物敢忘太保言

詠汝窯缾

定州白惡（去聲）有芒形（見輟耕錄）特命汝州陶嫩青口欲其堅銅以鎖底完而舊鐵餘釘合因點筆意爲靜便不簪花鼻亦馨當日奉華陪德壽（內府有汝窯盤底鐫奉華二字考奉華乃宋高宗劉貴妃之號妃善畫每用奉華印）（此缾釉色裂法與盤無異亦刻奉華二字）可曾五國憶留停

題汝窯雙耳缾

缾亦罇之類簪花勝酒斟（杜甫詩指點銀瓶索酒嘗李白詩玉缾沽美酒足缾亦爲酒器至唐鵝缾近多爲文房古玩、蓋以火氣全銷最宜插花固較盛酒爲勝耳）盧傳瑪瑙末（六硯齋筆記云汝窯用瑪瑙爲末作釉當時止供御殊不得易）實賴歲年深穆若非英發祺然足靜愔不教繩繫耳頓置擷芳尋

詠汝窯瓷枕

汝州建青窯珍學柴周式柴已不可得汝尙

逢一二是枕猶北宋其形肖如意色具君子
德晬面盎於背髻墾雖不無穆然以古貴今
瓷設如茲脚貨在所棄（瓷有鬃紋斑點者謂之脚貨諺雖俗而切貼）貴古而賤今人情率若是（叶）然斯亦有說
魯論示其義大德不踰閑小德可出入（叶）色
潤瑪瑙油象泯煙火氣通靈旁孔透怡神平
底置我自宵衣人幾曾此安席

詠官窯盤子

周尺將盈尺宋瓷方是瓷晨星眞可貴切火
未曾虧薛暴寍須議（物以少爲貴哥瓷雖徵有薛暴亦入珍玩若新瓷則以爲脚貨矣）完全已足奇穆然陳綈几獨切水
圓思

詠官窯盤子

盤子徑五寸如規口面圓出陶無髻墾閱世
獨完全冰裂紋隱約鐵釘蹟屬連底心鐫甲
字先得此同然（內府古器列上等者匣座皆刻甲字）

詠官窯盤子

越器惟名那見唐柴窯碩果後周藏（內府舊有柴窯）碗一實古於宋磁然亦難定其眞僞也）下茲一等推修內較以
明磁賓吉光退火自然合承水爲圓無礙此
刓方設如絜矩韓非語戒在爲君凜義長

詠官窯瓷盤

殿是宋家殿（盤底刻一殿字而無名）陶眞生氏陶閱曾
海田屢成以坎離遭細纇冰紋裂全沈火氣
韜原非赤瑛比漫慮笑櫻桃

官窯盤子

官窯盤子六釘存火色消沈古色溫底識是
誰曾磨去（底中心圓而無釉者大於錢又不見泥質蓋經人題識而復磨去者不凝其爲全器也）恰如有待訪斯言

詠官窯盤子

祗以光芒嫌定州（宋時以定州白瓷有芒不堪用不入禁中京師置窯燒造曰官窯說見老學菴筆記及留靑日札中）官窯秘器作珍留獨
緣世遠稱稀見髻墾仍多入市求

戲題官窯盤子

甲字明鐫器底心撫之薛暴手中侵笑斯假
借爲說項古已有然何況今

按考工陶旊之事鬠墾薛暴不入於市注疏家雖言之而未詳予謂鬠墾謂其器之不正薛暴謂其釉之不純茲盤乃薛暴非鬠墾也而舊鐫甲字是亦假借之而位置之上等也今之瓷器若此者亦不得價獨於古瓷器則不論矣向題官窰碟子有古丙科爲今甲第之句葢器底有舊鐫丙字是彼時三等爲今一等亦因其爲宋修內司之遺年代久遠以少而見珍耳茲盤乃舊鐫甲字物既有之人豈不然因戲題此什

詠官窰葵花盤

脩內陶秘器官窰異外間難分建隆代（宋瓷祇分窰品至明瓷始注紀年）總出鳳凰山（宋脩內司瓷窰在鳳凰山下）葵式全非赭氷紋半染殷傾陽如取譬切已獨思艱

詠官窰碟子二器

兄冶爲哥弟冶官同看百圾色青完（見春風堂隨筆）可知仲已稱勝伯漫擬太邱舉二難

坤寍爲宋抑爲明（一碟底鐫坤寍二字又鐫甲字按今之坤寍宮沿明之舊而陶宗儀輟耕錄記宋宮殿已有坤寍殿之名此器中坤寍二字不知鐫於何時矣）總以純青質過兄微薛暴原鐫甲品先（去聲）予重古薄今評（是二器火氣全消穆然古色雖微有薛暴亦稱甲品予向有古丙科爲今甲第之句以此器觀之則重古薄今不自予始矣）

詠官窯碟子

鐵足氷紋火氣鎔口分六出體規圓較於鉼罕猶多見華者脆知樸者堅

題官窰碟子

淡青氷裂細紋披秘器猶存修內遺古丙科爲今甲第人材歟亦或如斯（大內古玩以甲乙品其等第此器底有舊鐫丙字是彼時三等爲今一等因並識之）

詠官窯碟子

掙釘猶是宋窯遺氷裂紋存泑水滋一例鳳凰山下土（宋脩內司官窯在杭之鳳凰山下）不經陶鍊孰珍之

詠官窰椀

唐時越器祇餘名宋代官窰尙容見然而一二已晨星其間眞僞況居半商周靑綠實尙夥銅堅瓷脆分明辨是器允成修內司火氣銷爲水光練雖無髻墾微薜暴以少掩玭誰擇揀（瓷器自明宣成以來益務精工而無薜暴之玭至於宋磁似此雖有微玭亦珍於宣成窰器若以少見稍貴耳）古不入市今稱珍絜矩唐虞政慙爾

按考工陶旊之事髻墾薜暴不入市是三代以上已有瓷但其字未見於六經耳唐時越器始稱名而世亦不見宋時官哥已稱希珍然多有薜暴者故向題句有云古丙科爲今甲第之句以其器底有舊刻丙字耳器既如是政豈不然是以予嘆風氣之日下不獨卽物而懷慙也

詠官窰椀托子宣窰茗椀

托子成於宋歲陳椀莫弆宣窰尙堪配春茗雅宜斟靑擬天藍蔚（謂托子）紅洵霞赤侵（謂茗椀）陶君如有識謝我善知音

詠官窰葵花小盂

宣和陶器用功巧脩內督之在豎倫設曰葵花喻忠赤師成輩豈果其人

詠官窰盆

官窰原出宋猫食却稱唐（俗稱此器爲唐宮猫食盆然大內今已有三了識爲宋官窰製也）越器雖傳詠晨星久盡藏鐵釘猶見質火氣早潛光淨水宜盆手飼猧眞不當

題官窰盆

官窰創自修內司爾時外間禁用之卽今經六七百歲猶見一二晨星遺謂猧食盆誠讕語唐宮奢淫何足嗤幷華淨手滌釧釔宜贈玉臺新詠侶雖微薜暴無害佳如玉豈得無瑕皆聲聞過情君子恥和光混俗幽人懷

詠官窰三足洗

紫土陶成鐵足三寓言得一此中函易辭本契退藏理宋詔胡誇切事談（楓窗小牘載道君盆八寶爲九王初祭草詔曰太極函三迎神功於八索可謂切事云）

詠官窰筆筒

䍁椀官窰亦恒見筆筒一握見殊常宣和書畫曾經件南渡兵戈幸未亡火氣全消文氣蔚今人如挹古人芳不安銅膽插花卉枯筆吟當字字香

詠官窰筒器

品稱珍器亦稱稀生二陶成是也非植筆簪花無不可一家聲應本相依

詠官窰三登壺

中（去聲）矩還微橢形標中稔星志希可能遂手舉不期輕再化曾子擬（用莊子事）六飛王判榮（陳玆送王府判詩恩承閩國榮三釜心切槩都護六飛）籌遺九年食敢𢡟寸心誠

詠宋官窰三登方壺

周制方圜異宋陶苦窳非那稽晉唐遠難辨越邢微類玉還無玷澄泥更有輝三登如叶兆庶愜小民依

詠官窰雙耳小壺

式仿炎劉成趙宋（與西清古鑑漢獸耳小壺同）用圜旅食士相宜設淪瓦器昆吾作實近名誠塤與篪

詠官窰兩耳壺

耳貫非俗製口圜畧橢形有冰紋縷縷無火氣冥冥較昔覺微大（內府舊藏一器較此微小亦曾有詩）成雙果是靈豐城盍讓劍邵局此遺型

詠官窰兩耳壺

底論越州及汝州樸無矩度有神遒恰同高士倪迂畫不以工求以韻求敧姬茄袋品原崇古式渾疑商鑄銅近代宣成非不美惜如文體遜精工

再詠官窰兩耳壺

薄今厚古旡問孰免乎斯觀此髻墾者羣其珍重之準繩底所論圭璧漫稱奇擬似隱君子不衫不履時

詠官窰溫壺

通體純青纈細紋用圜旅食古攸聞難爲兄固有其事生二精陶實出羣（見春風堂隨筆）

詠官窰餅

當年邵局號爲官輕用民間禁有千今作市廛私貨物慨然鑒古發清歎

詠官窰瓶

鐵足腰圍氷裂紋宣成踵此失華紛而今景德翻新樣復古誠知不易云

題官窰餅

陶得純青生二成果然色質勝難兄緣（去聲）銅試看守口器（餅以銅鎖其口舊物多有如此者）書座堪思防意城（用富弼事）簪朶雅宜名意蕊稱懷已自息心旌足釘薜暴誠何礙註以微瑕棄美瓊

詠官窰餅子

修內製瓷餅色佳稱粉青浄心七字偈守口四言銘鳴自輕瓦釜古當繼土硎珍踰夏商鼎少貴似晨星

官窯瓶子歌

官窯名始宋南渡後苑製效政和故成章（邵
提舉惟御用臣庶弗敢過而顧（見居易錄）卽今六百有餘栽晨星一二猶或遇鬻從市廟供人玩誰識當年法令固不啻斯矣堪慨歎卽是殷周相鑒處

詠官窰餅

是器微有薜暴然實宋時脩內司物也憬然有思同成此詠

古瓷髻墾人亦珍今窰完善人弗貴常情大都輕目前吾於中庸識其義行爲世法言爲則豈非君子三重粹及其同時遠近者有望不厭以爲至人尚如斯物豈不宜知懼哉取物譬

詠官窰餅

消沉火氣葆幽光清供簪宜稱物芳當日官窰禁外用豈知廟市貨尋常

題宋官窰餅

陶成修內司六百歲玆貽火氣全消泯泑光益潤滋幾人曾閱賞五字合題詩吟罷還自笑由今視底爲

官窰小瓶

宋時秘色四稱名（謂汝官哥定）不及柴窰一片瑛下視永宣玆又貴由來品第鮮常衡

詠官窯小餅

陶成脩內故稱官不謂兄難弟更難設以簪花論品格詩中島瘦與郊寒

詠官窯小瓶

方橢青瓶六寸許孔穿雙耳繫繩長擷芳擕取供吟興絕勝奚奴背錦囊

詠官窰方餅　有序

御園架貯官窰餅有年矣茲經臨偶見一加拂拭居然席珍士之感遇遭際有時亦類此也爲之感惕因成斯詠

陳列橙櫥不計年把看古穆越龍泉吉雲八眼訝希矣七字成吟屬偶焉遇弗遇時爲之耳今斯今念豈徒然憬如惜復罷如懼屈者盂無似此賢

詠官窰方餅

官窰爲甲哥窰乙脩內定評出宋竟生一何妨遜生二（宋時章生一生二兄弟皆龍泉窰工生二所陶青器純粹如美玉是爲官窰生一所陶淺白斷紋號百圾碎是爲哥窰評者以爲遜於官窰）獻之曾是勝徽之方難圓易如人品（凡製陶器範方難於規圓以方者難於均齊平正若火候微過易形其竅以是方器作者流傳甚少）取美棄瑕亦理宜（甕器難於稱入故哥窰車量可貴雖有微瑕亦當節取其美）置几簪花芳滿室却饒觴目引清思

詠官窰小方餅

中矩折旋畧橢之陶成北宋至今貽縱微髻墾珍以古設使新瓷誰顧其

詠官窰小方餅

官下柴一等希珍致亦艱撫無薛暴類置合硯甌間穿耳便攜帶澄心伴晏閒方難圓易冶（瓷器圓者鏇之立就獨方物卽至小亦須手捻而成最難完整見窺天外乘）可以悟身閑

詠宋官窰八方餅

邵局倣東京官窰因得名兼隅同卦列守口匹如城可以事覲世蓋云餅寫平爾時南北

判何謂八方幷

詠官窰八方瓶

陶成緬越宋閱幾百年深不辨仁兮哲可憐徽與欽器存因論世物玩莫忘箴當底原標甲品題獲我心（禁中古器每以甲乙判其等次）

詠官窰貫耳缾

泐氣猶滋火氣磨兩傍貫耳足穿過繫緪恰稱奴僮負擷藹偏供詩客哦李氏奚囊堪伯仲陸家越器未差訛如非守口擬致問把玩曾經閱幾多

詠官窰海棠式缾

生二精陶出處州近千年物擬琳球設云如式海棠插花弗合春却合秋（缾口作秋海棠式）

詠官窰雙管缾

李唐越器久稱無趙宋官窰珍以孤色自粉青泯火氣紋猶鱔血裂冰膚摩挲眞是樸之樸詠歎仍非觚不觚合贈何人合長吉簪花得何負奚奴

詠官窰雙耳缾

耳缾趙宋出官陶薜暴猶稱聲價高（周禮有髻墾薜暴之語髻墾謂器不正薜暴謂釉不全此缾薜暴非髻墾也）賤夥珍希情合是宣成精器尚吹毛（明宣成閒甆器益稱精美然往往吹毛求疵者以較宋甆尚多亦足爲貴古賤今之證）

詠官窰雙耳缾

秘色陶脩內沈沈火氣冥脛無何以走耳有不關聽禪客安心定仙人徹骨青提携踏花陌逐步擷芳馨

詠雙耳官窰缾

脩內器猶在閱年六百賒雖輪銅暈綠（三代青綠缾叠甚彩以銅堅於甆也）漫擬玉無瑕（官窰雖微有冰裂紋不似哥窰之百圾破也）古以資盛酒今惟用插花提携便雙耳聽達緬重華

詠官窰雙耳小缾

修內精陶因號官淡青細圾滿身盤却無鬐壑誠全璧爲想重宣件上闕且以耳雙提則便奚妨口一守之難隨時隨物堪窮理寓意

長吟作靜觀

詠官窰雙絃小缾

宋時窰器至今存圜頸雙絃樸可捫設以蘇詩喻大小不希廉折愛春温

詠官窰四弦缾

邵局窰工法政和惟供御用號官科四絃縱匪宮商寓一意應則祥瑞羅（列子命官而總四絃則景風翔慶雲浮）寶露古曾貯有幾晨星今亦見無多簪花雅稱（去聲）拈毫對不謝偏欣馥鎖過（古甃缾簪花能久不謝）

詠官窰五絃缾

火氣全無釉氣滋製從脩內趙家司五絃妥貼榴花插正是薰風解阜時

詠七絃官窰瓶

秘製貽修內陶成自二生七絃存古式兩孔列橫庚提挈擷芳便汲斟戒器盈莫嫌艱動操捫扣有清聲

詠官窰三登缾

脩內成秘器年陳陶氣澄那餘下策火祇裂細文氷葆有精神足疵無髻墾曾耤迴問玩古（是日耕耤還宮將以明日幸南苑取道近也）卽物睨三登

詠官窰淨缾

生二陶成修內司全消火氣葆光滋珠林秘殿常曾見大士普門手所持

詠官窰紙碪缾

邵局由來勝處州官窰臣庶敢輕留卽今廟市貨一二宋制更誰遵守不

釉色全消火氣鮮碌青卵白潤成瑠若論紙碪傳官式應與澄心（宋時佳紙無過澄心堂者）時並傳

題官窰膽瓶

壯士膽非紫仙人骨是青規圓銅鎖口列五鐵餘釘鱔血纈紋細鴨頭撥色停春蘭秋菊外無可試簪馨

詠小官窰缾

三寸猶然未滿之簪花雅合硯傍披官窰今已晨星見以小憐他耐久時

詠官窰鑪

百圾冰紋裂五釘鐵色相海桑經以久薛暴亦其常已是晨星宋那𢀷越器唐㽞林齋裏物（鑪蓋內有項墨林父秘笈之印）曾炷六時香

詠官窰方鑪

陶器如立身圓易方難爲張禹圓融流朱雲方正持以此品其第高下原堪知磁鑪實官窰成於脩內司爾時蔡與王（謂蔡京王黼尚不如張禹童貫梁師成輩更不必言矣）較張禹猶差論器寓論世用人可弗思圓餅已屢見方者惟見斯久置檀架間未詠誠孤其炷檀烟直上氣求念在玆

詠官窰乳耳鑪

質堅色滋潤三足鐵釘承乳突疑流汁耳沖可繫繩千年火氣泯一縷篆煙凝底用柰鼻觀（去聲）居然入定僧

哥窰盤子

處州精製擅章生盤子曾供泛索盛新法不看百圾破那知得號有難兄

題哥窰盤子二首

宣（德）成（化）近代製猶精遜以宋窰鄰二生（章生一所製器紋百圾碎謂之哥窰弟生二所製爲龍泉窰）笑把葵花百圾者恰如烈士善脩名（哥窰有烈紋）

宋遜明近世間知輕近珍遙稀見奇試讀中庸章廿九無常好惡亦如斯（以世法世則之聖人而同時則不過有望不厭足見輕近珍遠矣）

詠哥窰盤子

處郡章家弟與兄弟陶純美較兄精春風堂不覩隨筆那識哥窰所得名（春風堂隨筆載宋時處州章生一生二兄弟皆主龍泉之琉田窰生二所陶青器純粹如美玉即官窰之類生一所陶淺白斷紋號百圾碎故名哥窰）

詠哥窰盤子

六出徵分花瓣一圓仍具月形器固遜於難弟果亦貯其盂磬碎紋紛纈鱔血全體却隱螺青嗟彼古時次品今爲珍玩晨星

詠哥窰盤子

色暗紋彰質未輕哥窰因此得稱名雅如法

護僧彌矣生一居然畏後生

詠哥窰盤子

鐵釘足峙六銅鎖口規圓成自章生一製從脩內前紋雖百圾破器歷數（去聲）朝堅爾日分南北何必事埴埏

詠哥窰盤

花分六出尺徑圜古色穆然火色微雖是難爲兄所造卽今匹此亦應稀

詠哥窰葵花椀

越器非出越處州生一陶已曾標甲第（椀底並刻甲字磁亦爲一等之品也）可以贈詞胥蘇子分猶憶（蘇軾詩仙葩發茗椀剪刻分葵蓉）盧家與過豪傾陽如有喻饑渴念民勞

詠哥窰葵花椀

純青雖覺遜官窰椀肖葵花意獨超義叶河圖宜貯水愛他生一有名標（宋章生一生二兄弟皆主龍泉窰生二所陶純青如官窰生一所陶淺白斷紋名哥窰生一之名有合於天一生水而椀形葵瓣六出適符地六成之之數故後二句及之）

詠哥窰葵花盌

哥窰百圾破鐵足獨稱珍恰似標壞相而能完謐神宣成後精巧柴李昔清湆此是酌中者休論器尚新

詠哥窰雙耳缾

百圾雖紛撫則平處州陶實出難兄一般樸質稱珍重那識精工宣與成

詠哥窰周素尊

素尊久弗泛流霞（尊本酒器今人率呼爲瓶爲文房古玩或插花茲則[illegible]筆以代筆筒）古質天然朴不華餘有氷紋成雜組更無火色混眞嘉鑄兮式取姬周代陶也器胎趙宋家罷插時花插湘管可知湘管也生花

詠哥窰鑪

宋器無多巧大都鑪與瓶妙香欣此爇忘嗅有餘馨提拾資雙耳丁星承六釘由來絳土色謂鐵說爲聽（高濂遵生八牋載官窰在杭之鳳凰山下其土紫故足色若鐵哥窰取土亦在此按此則鐵足乃因土色非眞以鐵爲之足也）

詠哥窰罏

魚耳邊傍穩鐵釘足底呈淡然消火氣穆若葆神情窰則代傳宋匠斯名紀生（宋時處州章生一生二兄弟皆主龍泉之琉田窰生二所陶青器純粹生一所陶色淡故名哥窰）設如分次第可識出難兄

詠哥窰罏二首

考工不入市之器（考工記陶旊之事髻墾薜暴不入市歁邪破致均）歲久茲爲席上珍古丙乎而今甲矣（宋時官哥多有薜暴者器底有覃刻丙字知非當時最上之品而今入甲第者以少見珍耳）絜其品格有如人

弟陶色美兄色淡（見春風堂隨筆）火候短長偶一朝百圾淡紋微薜暴也稱佳玩實哥窰

詠哥窰罏

伊誰換夕薰香訝至今闘製自崇魚耳色猶纈鱔紋本來無火氣却似有雲盦辨見八還畢鼻根何處分

詠哥窰瓷枕

瓷枕出何代哥哥類董窰金絲鋪荇藻鐵足節鏇簌文並柟榴重珍非翡翠澆贈宜漆園吏夢蝶悉逍遙

詠龍泉盤子

乾隆二十年五月平定伊犂其明年侍衛哈青阿自軍營歸攜古瓷盤一云得之吐魯蕃蓋宋龍泉窰也回人掘地而出以盛乳潼則夏不敗哈青阿以幣易之宋時其地爲遼夏所隔不應達彼元世祖平西北二百餘國疆索最廣是物流傳當在其時沙塞沉埋五百餘載今遠人內而入我陶鈞襲而藏之用示柔遠

盤子龍泉釉陶成脩內司何年歸絕域經歲翳沙陂飽識羶漿味宜無故土思李陵儼人也相較不如伊

詠龍泉盤子（有序）

向侍衛自吐魯番迴者曾攜一盤至亦既有詩紀事此盤乃霍罕所貢霍罕安

集延部類相近而霍罕爲之長舊伯克
額爾德尼今其姪納祿博圖襲爲伯克
其地蓋遠於吐魯番數倍使使者貢萬
壽並告新用事因成是什錄實
古宋龍泉世頗稀云何外域尚或有吐魯番
器昔詡看霍罕包貢今復走不寶厚往致頻
來所嘉彼亦知獻壽質厚色葱弗茅蕺（出趙生八）
（迭磁器開路日裝少損日茅）定窰之下斯掄首趙家幅員
未逮彼彼何以得故難剖長言紀實非玩物
更廑深意慎所守

詠龍泉窰椀

越冶無夏雪龍泉存曉星中規體月魄尚質
色天青珍自等瑤璧德猶宗土硎澆書取適
可（蘇東坡以晨飲酒爲澆書子謂酒非解渴物正宜用之茶耳）詎必鬬茶
經

詠龍泉窰椀

越器那能更見唐宋窰已自八珍藏八牋幾
度傳秘製片羽千秋輝吉光次定質堅無礙

薄擬官色翠亦相方銅箝口足耐摩玩益茗
還宜點筆嘗

詠宋龍泉無當尊

憶經無當（去聲）詠宣窰（見舊詩）誰識龍泉肖宋朝
（宋瓷既有此則宣德乃倣爲也）鐵足周圍非半器（或見無底疑爲折其）
（半並鐵足具存知爲舊製也）絃紋層疊在中腰玉巵漏水
誚恒凜銅膽插花頭自饒（昔做泉秦琺瑯製膽於宜窰無當尊）
（中此器亦置膽其中）屢見舊瓷屢有什愧哉太保訓曾
昭

詠定窰盤子

越器出盧奴七言曾詠蘇巧輪今冶矣樸副
古名夫哆口銅平鎖圓形月就模雲中見龍
爪如有復如無

詠定窰盤子

傳是定州造（趙生八牋云出宋時北定州）定州今實無彭
陶盂可比蘇詠信非誣（東坡詩云定州花瓷琢紅玉）穆若
精神足郁然花葉扶和闐玉易琢（反東坡詩意）獲
此却難乎

詠定窰皃蓮盤

定州今弗治宋代器猶遺火色馬君退灰心莊叟知陳風有蒲閒去聲大雅在溼嬉裴若暗花蔚東坡盞謂斯東坡詩定州花瓷琢紅玉今定窰絕無紅色者故俗謂之粉定而暗花者多則亦合花瓷之稱矣

詠定甆椀

簇粉堆花雙鳳翥色惟殷尚樸無奇侵爭朱氏宣成代遂有精描五采施

詠定窰蓮葉椀

趙宋傳來白定名爾時却以有芒輕卽今火色全消盡一朵玉蓮水而擎

詠定窰三羊方盂

粉定出北宋花瓷實鮮看蘇東坡詩定州花瓷琢紅玉今之定瓷皆白色無采所謂粉定也然率素質若此隱起三羊紋者卽東坡所謂花瓷亦無不可非紅盌紫奪惟白得初完坤二形堪表取直方之險乾三義具觀羊者陽也有乾九三之義因思切己戒敢忘作君難

詠定窰小盂

爾時雖是厭光芒不及官窰用廟堂歲久光芒銷以盡希珍今亦口金鑲

詠定窯盌

粉定傳宋製爾時猶厭芒宋陸游老學菴筆記云故都時定器不入禁中惟用汝器以定器有芒也蓋其時新陶初出火氣未除是以不貴今則已閱七八百年古澤幽光且以罕覯稱珍自不同當日矣至今珍玉潤入夜擬珠光譬近譽其古尚圓豈必方東坡琢紅句想未酌之詳

按今時所見定窯皆白色上者謂之粉定次者謂之土定未見有紅色者也乃蘇軾試院煎茶詩有定州花甆琢玉紅之句考宋邵伯溫聞見前錄載仁宗一日幸張貴妃閣見定州紅甆器帝問曰安得此物妃以王拱宸所獻爲對帝怒以所持拄斧碎之妃愧謝久之乃已云云似當時實有此一種然何以今時白者不乏流傳而紅者卽髫墾薛暴之鄉貨亦絕不一見耶豈當時不過偶一陶製後遂禁止不作而軾因

湜詞謌重聊因成此什並識如右

詠定窯三羊洗

中矩自成方三羊義寓陽佳哉開泰運久矣息寒芒（宋時以定窯有光芒不用惟用官窯器見高士奇詩）物每重於後品知那有常一時聊寄興五字亦成章

詠定窯海獸洗

海馬瀛羊舞浪中扶桑想見湧曦紅不爲玩器爲盂洗這樸猶餘慕古風

詠定窯花澆

全無火色罷光芒圓囿規銅其口鑲有鋬提攜貯清水澆花馥馥帶花香

詠定窯素鍑

形如漢素鍑應是釜之屬釜當受炊爨越器那堪燠（瓷器見火必裂）二甌俯仰合頗類博古籙（叶）有名乃乏實烹魚用不足稍勝髯翁詩白也非紅玉（定窯皆白從無見他色者東坡詩云定州花瓷琢紅玉豈當時原有各色者乎）

詠定窯小餅

定州粉色厭光芒特建官窯珍異常此日小餅同致貴中庸廿九注來詳

按中庸動而世爲天下道行而世爲天下法言而世爲天下則之君子其在當時不過遠之有望近之不厭而已人既如此物亦宜然定窯之賤於昔而貴於今不可注中庸之第二十九章乎

詠定窯小餅

穆若彬如火氣消玉螭芝草影飄蕭李公麟有勝人處不以丹青以白描

詠定窯餅

素餅一握穆而這火氣全消神氣勻不少永宣增繪事應知大輅此椎輪

詠定窯餅子

北定州陶佳製多白如脂玉未經磨空傳紫色及黑色（見遵生八牋然今惟白色者多）那辨宣和與政和不琢花紋敦素後獨稱質品軼文過丹泉周冶茲眞否望古徒教與羣哦

詠宋定窰乳槌瓶

定州久矣無陶竈紀載千年那易詳爾日頗嫌饒火氣（老學菴筆記故都時定器不入禁中惟用汝器以定器有芒也蓋爾時花甕紅玉尚覺火氣未除今則定州久無陶器其什一僅存者古澤睟穆堪爲珍品云）此時早覺泯光芒

詠定窰膽缾

定冶非關脩內司光芒消盡穆而滋設云氣勇生於膽此是武陽而白時

詠定窰娃娃

饑思食與困思眠赤子之心無別牽祇有大人能不失予與著語信昭然

詠定窰娃娃

粉定爲娃娃曲肱雙手叉半瞑態如活一睡樂無加藏照意堪寓忘懷道豈睬邈邈與栩栩饒語笑南華

詠定瓷娃娃枕

荷花荷葉貼腰奩跪股曲肱睡正酣作枕却供他入寐前三三卽後三三

詠定窰娃娃枕

荷葉荷花緊貼身崢嶸頭角嶷精神夢羲皇者將誰待開眼看他熟寐人

詠定窰娃娃枕

白定宋猶嫌有芒（見高士奇酬著林均窰瓶歌）於今火氣久消亡故宜入品稱珍玩便以摛吟著句賞

荷葉不離身作祓檀材新與臥爲牀（製紫檀小牀臥）之曲肱却復待入枕樂在其中意豈忘

詠定甆娃娃枕

定州陶穴精總角已崢嶸閱古無火氣葆光有玉英伏猶曲四體醒自瞪（去聲）雙睛憐爾供人寐已恒寐不成

詠定窰娃娃磁枕

爭不棗梨鬧嬉辭保傅嚴錦綳曲肱臥玉笥舉頭瞻巧製傳白定晏眠資黑甜緊予夙輿者却置祇吟拈

詠定窰睡孩兒枕

北定出精陶曲肱代枕高錦綳圍處妥繡榻

臥還牢彼此同一夢蝶莊且自豪警眠常送響吳越備史載武肅王錢鏐在軍未嘗睡每用圓木作枕熟睡則欹名曰警枕而陳武帝嘗勅雞人投鋼籤階石之上令鎗然有聲以警宵眠此枕動搖則內有聲或亦警枕之類歟底用擲籤勞

定窰瓷枕

八角定瓷枕面平中則虛一陶樸初就七寶侈何如妥帖宵眠穩淸凉古色舒治猶遜虞夏敢曰夢華胥

詠定窰瓷枕

頭角崢嶸疑曲肱樂意眞已羸珊作枕堪與錦爲茵沕若無火器睟然見古神如因成吉夢良弼定何人

定窰瓷枕

冶成邵局幾百年火色盡泯秘色全是誰佳兒崢嶸然曲肱踞股伏臥便背披荷葉垂朵蓮枕之而樂曾孰焉晝寢有戒宣尼言丙夜亦豈每晏眠於余此在應棄捐藉因望古置座邊武丁遙企能夢賢

再詠定窰瓷枕

哇哇如有聲曲盡小兒情八丱側匐與覆荷妥貼平高濂評雅合濂著遵生八箋自言得定窰哇哇枕與此形製悉合蘇軾譬尤精夢旦吾何敢宵衣置五更

孔子之歎蓋以不能行周公之道而已程朱之注乃以爲盛時果於夢寐之間曾見之及老而衰遂不復見其然豈其然哉夫夢由心想其實幻境至人無夢且不必言怪力亂神夫子所不語夢而常見周公豈不近於四者乎今人於難行之事未遂之人率云不曾夢見夫子之歎亦如是而已語本平易何必穿鑿爲奇且道不行乘桴浮於海是夫子誠欲浮海乎若以爲果常夢見是子路之喜其不識聖人之意遠矣因用其事故並識之

題均窰椀 有序

烏魯木齊屯田軍士墾地得舊瓷椀都統索諾穆策凌於入覲時攜以呈進視

其色澤似宋均州窰而足間泑水微缺蓋元時做造者此瓷流傳頗有尚非難致之物惟是烏魯木齊在漢為蒲類國仍其王自領之當日祇目為西域唐雖於此置後庭縣與金滿輪臺西海同隸北庭大都護府而戶口不登貢賦不入亦不過羈縻而已元之幅員最廣其地皆得統而有之乃考元史地理志謂河州以下載籍疎畧莫能詳錄則亦未能實撫而郡縣之也今自平定伊犂以來天山迤北皆歸疆索其舊時大部落皆駐兵分防星羅碁布而烏魯木齊尤山北孔道因設都統治之並建迪化州宜禾縣與鎮西府同為嘉峪關以外都會邇則阡陌日開耕屯相望廬井皁而倉廩實與內地赤縣埒緊茲恬熙景象當思所以保其樂樂利利於無窮撫斯椀之出土完好益殷予持盈戒滿之懷用題什以示意若舊器之不脛而至則固非予之所尚耳

烏魯木齊天山北漢之蒲類唐後庭屢內屬外屬荒畧千年沿革難詳評平定伊犂駐兵衛斯為道中開墾耕翻土得茲銅瓷器（別有銅器數種皆同時開墾得者）都護郵致貢然呈細覩製否宋內府蓋元做宋而非精雅具祕玩詎所尚用誌屯戍安邊堠閭閻百世謀恬樂題什不覺心猶驚

題均窰椀

均窰都出脩內司至今盤多椀艱致內府藏盤近數百椀則晨星見一二何物不可窮其理椀大難藏盤小易於斯亦當知懼哉愈大愈難守其器

題均窰椀

青器欣存北宋傳閱年八百尚完全圜匡底用以銅鎖（古窰器多有以銅鎖口足者固其堅也此椀獨無而完全實可珍也）口足原看似鐵堅摩撫天成豈茅蔑萬規月

樣鎮圓圓柴瓷罕見玆稱古望古因之意罣然

均窯椀歌

承漿小盂謂之盌古惟用木因從木越器始乃出中唐椎輪其製猶渲樸均窯擬宋脩內司黛質冰紋潤如玉方餅圓碟時或見完全斯椀看誠獨八稜分瓣如菱花底圓鐵色爲之足細銅箝口具深意饕餮寓戒恣貪欲彝常飲食未可用那許腥葷汚清穆宜盛明水取方諸遙酹柴桑以黃菊

詠均窯水盂

修內遺來六百年喜他脆器尙完全（磁器脆於銅故古銅器多而磁器少也）況非礜鋻不入市却是清眞可設筵詎必古時無盌製由來君道重盂圓細紋如擬冰之裂在玉壺中可並肩

詠均窯雙耳餅

耳雙穿組提攜便（去聲）脩內當時位置宜欲問宣和精物理達聰虞訓可曾思

題均窯乳耳罏

貯火恐傷質薰香久罷馨曰罏名徒甲（大內玩器一等者爲甲）題什實相丁耳兩乳爲拱足三鐵作釘均稱甄氏具信未負其形

詠宋均窯硯

越器曾希見宋窯今始題（宋磁所詠雖多硯則今始見此）石堪匹老洞（硯石以采自端溪水洞者最佳大即以澄泥爲貴是硯雖出於埏埴而質本澄泥發墨與洞石同）磁本是澄泥磨已興雲蔚呵如帶露淒文房珍別品蘇語漫須提

題均窯硯

趙宋均窯製硯臺面平去釉有池隈（瓷釉不生墨去釉則與澄泥無異可磨墨矣）老坑佳品應難得別裁（去聲）澄泥用作陪

、詠宣窯椀

雨過腳雲婪尾垂夕陽孤鶩照飛時泥澄鐵鏇丹砂染此椀陶成色肖之

右霽紅

落霞綵散不留形浴出長天霽色青成化雞

釭詩五色椎輪於此溯儀刑

右霽青

詠宣德紅錦壺

宋窰惟一色作繪始朱明白地縟紅錦陶藝擬琢瓊耳穿便繫組口哆稱罌英長吉如逢此奚囊較定贏

題霽紅僧帽壺

宣德年中冶太和齋裏藏壺座鐫雍邸淸玩及太和齋製蓋皇考在藩邸時所鑒賞太和齋今在雍和宮撫摩欽手澤吟詠識心傷潤透硃砂釉盛宜流瀣漿如云僧帽式眞幻定誰常

詠宣窰霽紅小花觚

火色而渾火氣無落霞訝失鶩飛孤名存實否者多矣小品盍論觚不觚

詠宣窰霽紅瓶

暈如雨後霽霞紅出火還加微炙工見天工開物世上硃砂非所擬西方寶石致難同見遵生八牋插花應使花羞色比畫翻嗤畫是空數典宣窰斯最古誰知皇祐德尤崇聞見前錄載宋仁宗幸張貴妃閣見定州紅瓷器問安得此物妃以王拱宸所獻爲對帝怒以斧碎之妃愧謝久之乃已云云是北宋時已有紅瓷器也

詠宣德窰無當尊

一窰成器必不少其式相同應亦多銅膽置之詩詠彼內府舊有宣窰俗所謂杖鼓尊者頗多後得一尊其中銅膽鐫宣德年字因名之曰無當而繫以詩此尊正與同製而無膽爲之置然銅膽對可每尊隨而有之瓷尊肖也例從他兩端皆坦雲爲簇中孔惟穿月作窠景泰兼資識宣德宣德銅膽既不可多得因用景泰琺瑯法爲膽代之以愼無當之誚韓非誠語義無磨

詠宣德窰無當尊

製與商父乙尊頗同而兩端皆坦似臺盤罍如遵生八牋所云坐墩花囊者其中孔無底則又未盡合因以韓非語名之而系以詩

官汝之次稱宣成世代愈降製愈精輪輅拙巧遞變更欲返其初嗟孰能是器本擬尊罍瓶胡爲無當水難盛抑別具義得試評堂谿

公對昭侯曾賤者瓦巵貴玉瑛注漿漏或不可乘則用瓦矣玉在屏（叶）三復絜矩將毋驚瓷無款識留標名中含銅膽生綠青底書宣德貽大明相依表裏如弟兄閱數百歲猶聯幷神物守之語信誠可以貯水鬱羣英揆辭繹義靜六情

題成窰甕饔溫壺

尊彝夏商制姬室或稱壺形有方圜別意標義順殊精陶見成化大輅始昆吾文古蔚甕饔戒存惡旨夫

成窰雞缸歌

李唐越器人間無越宋官窰晨星看殷周鼎彝世頗多堅脆之質於焉辨堅樸脆巧久暫分立德踐行義可玩朱明去此邪甚遙宣成雅具時猶見寒芒秀采總稱珍就中雞缸最爲冠牡丹麗日春風和牝雞逐隊雄雞絢金尾鐵距首昂藏怒勢如聽賈昌喚良工物態肖無遺趨華風氣隨時變我獨警心在齊詩不敢耽安輿以晏

詠嘉窰娃娃杯

脫胎始永樂（世傳永樂脫胎器最輕薄然皆白色無積盤）歷代製增佳秘器見嘉靖閒庭戲衆娃傳神有獨巧撫手稱（去聲）精揩五字非玩物與子少者懷

詠漆器

詠永樂雕漆畫景盤

坐對健談高尚趣世間𨚗肯姓名留不知何許人如擬應是野王二老流

亦有松風亦有軒但看相對不聞言未經宣德倫官匠喜尚年標永樂存（永樂中果園廠製剔紅器針刻大明永樂年製字比元季作者似爲過之宣德時廠器不逮前工屢被罪因私購內藏盤合磨去永樂針書細款刀刻宣德大字濃金填掩之故宣款皆永器也間存永樂原款則希有矣見帝京景物畧）

題永樂雕漆八仙盤

鋮刻猶存永樂製匠工未許易雕鐫（永樂雕漆器皆鋮刻細書大明永樂年製匠工殷爲精巧宣德時製不逮前工人私去原款改鐫宣德款其間存永樂原款則希有矣見方逢年帝京景物畧）寫生眞足稱獨手佈景宛看會八仙楊茂張成徒往代漢臣唐士友忘年老人南極坐無事鶴舞鹿鳴聽自然

題永樂雕漆小盤

松鶴之間撫爨材是誰高士坐相陪小山欲聽淮南操不爲（去聲）高山流水來

詠永樂雕漆茶盤

細鋮刻未匠人倫笻杖伊誰適罷遊咫尺高軒歸詠句聊因解倦試茶甌

詠永樂雕漆愛蓮茶盤

巧匠精雕圖愛蓮錯陳朱綠淺深鐫幸猶未致俗工改細字宛存永樂年（永樂雕漆最精其款皆針鐫細字宣德年所製雕漆不及永樂遠甚其時工匠多有私去永樂款改鐫宣德款以僞充者）

詠永樂朱漆菊花盤

初明製器果園時四百年茲雅玩貽絕後徒勞宣德倣空前眞比至元奇輕於紙葉朱紅豔堅似金胎菊瓣對虞舜椎輪應遜此十人猶諫義當思

題永樂雕漆百花盤

見恒永樂細鋮鐫亦頗𦭋名贋鼎傳獨此百花製甲午（盤刻大明永樂甲午年製）紛如羣卉寫黃筌細

枝搖若迎風裊嫩葉翻猶帶露鮮運意摹神奪畫格果園那得混爲宜

詠永樂雕漆盒

果園佳製剔朱紅蔗段尤珍人物工無客開窗吩秋宇攔僮侍杖聽松風（所雕人物景如此）細書題識猶堪辨後代仿爲究莫同三百年來此完璧文房撫古念何窮

題永樂雕漆品茶圖盒

代傳永樂號選匠事雕鏤畫先（去聲）唐寅作（唐寅有品茶圖向懸盤山之千尺雪屢經題詠此盒爲永樂時造其盤本更在唐寅前矣）人爲陸羽流避烟雙燕去扇火一僮留置內宜何物龍團小品收

題永樂雕漆垂釣盒

靖難兵迴稱永樂果園漆器製精良盒圖垂釣一老叟廣孝應緣擬廣張（廣張三千六百釣李、白梁甫吟）（用太公事）

詠永樂雕漆牡丹盒

漆已十八諫加雕應若何𡵨華驚後世信鮮挽迴波花映祥曦暖葉承瑞露多細鋮鐫永樂誰與護而呵

題永樂雕漆三友盒

果園創精製生面畫圖開竟貌誾諒直非資松竹梅張薿如有問許勃自相陪策杖階前者應爲高僕來

題永樂雕黑漆太眞上馬圖盒

永樂雕工技絕孤直教染漆不調朱徒覩天寶倚欄立却是太眞上馬圖方喜溫泉行樂耳那知北塞起兵乎身親靖難誠無此執藝何妨有諫徒

題永樂雕漆登瀛盒子

內局漆雕求雅精圖因博古述登瀛便教傳曾文皇盛總屬家門事倒行

詠永樂雕漆茶花盒

別翻花譜樣圖作寶珠叢朶朶能承露枝枝如受風雕幾泯痕迹深淺謝皴烘以置趯臺裏眞稱照殿紅

題永樂雕漆愛蓮盒

弆置山莊歷有年猶看永樂細紋鐫溪亭正値荷開候即景欣他是愛蓮

詠永樂雕漆雙螭芝草盒

剔紅原出果園廠蒸餅類將花草施蔗段較哉斯次矣（見帝京景物略廟市卷）劍鐶比則謂過之細書永樂猶存款巧購內藏未售私（宣德時立後殿器不逮永樂時所製工匠被罪因私購內藏盤盒磨去永樂針書細款刀刻宣德大字濃金塡掩之此盒永樂細款猶存蓋未經私購者）却憶舜時十人諫似茲精亦豈曾知

題永樂雕漆峯雲松籟香盒

翠岫閒雲出蒼松颯籟含徘徊坐高士眺聽自忘談全泯雕幾迹當如圖畫衆於中貯沈水雅合供罌曇

詠永樂雕漆擷芳圖盒子

曲欄干畔小倘佯洄石迴看喜擷芳童子花籃肩負處不殊李賀背奚囊

詠永樂雕漆盌托子

托子尚餘永樂製不知盌失自何年畫圖悉泯刀痕刻款識猶存鍼蹟懸補以後休誚居上（以嘉靖雕漆盌補其上分寸脗合亦可資佳話也）闕其半乃幸成全幸全那免重闕半擲筆翻因笑囅然

詠永樂雕漆祥花尊

漆亦最稱古雕斯踵事華精工傳永樂尊器見祥花俛朶仰葩㩁翻枝覆葉斜三生認時拈一偈却無差

題永樂雕漆進履圖

果園永樂創爲模漆器雕鐫精巧殊斯豈洪髹（漆匠名見嘉興府志）所能寫祇疑道衍授之圖彼因進履明其忍乃寓譏帷炫己謨深險無非資詭計匠家徒爾費工夫

詠宣德雕漆橫琴盤

茶盤硃漆尚深紅圖寫橫琴坐老翁細睇全書宣德款疑更永樂出髹工（明宣德時雕漆器不及永樂時所製精巧工人因磨永樂針刻細書款刀刻宣德年款大字劉侗帝京景物略詳載其事）

詠宣德雕漆五君子盤

滿七除其二在十去以五謂鬼韓文嘲詠君顔詩補圖中宛其人多難屈指數顔延之五君詠乃指阮籍嵇康劉伶阮咸向秀又按小學紺珠載五君顔邵諸葛瑾步隲嚴畯張承又徐鉉李昉石熙載王祐李穆亦號五君要之均爲賢姓字寍煩舉喬松庭院問揖讓翩仙侶遙緬舜之臣安得爲弼輔

詠宣德雕漆盒

果園貽此器宣德識其年底刻大明宣德年製色煉丹砂燗紋成如意連一圓月上下四百歲完全經孰文房玩撫吟爲憬然

詠宣德雕漆盒

代筆以刀畫意傳勝於漢法吏侵權高人望月松籠影僮子烹茶鶴避烟何藉大家詡元季題標內府製明年因思諫者十八昔未必精工若此然

題宣德雕漆四子盒

二子豨幽徑兩賢對劇棊不須問姓氏總是契埴箎那藉塡前號帝京景物略載剔紅塡漆永樂中果園廠製比元作者似爲過之其底針刻大明永樂年製字宣德時剔紅等製終不逮前工屢被罪因私賄內藏盤合磨去永樂細款刻宣德大字濃金塡掩而進之云云此盒鏤刻精細不譲果園遺製且年號字小似非改刻舊款也居然肖舊規如問相講德寫出子淵詞

題宣德雕漆盒

越藝今頗富宣窰漆器希逢宣德雕朱盒依然成內府文房雅足伴疏寮幽人自適聊爲步童子相隨若可招圖也不須施渲染藝林生面認前朝

詠宣德雕漆九龍盒

永樂搬朱漆文孫應見之原從果園製亦類肯堂爲著色層披赭雕紋細八絲九龍各蠖略粉本所翁貽

詠宣德雕漆撫琴盒

鬚鬢看皤然相於兩地仙調琴松八採烹茗鶴嘘烟道笕非俗韻塵寰即洞天問渠瀟適者可識五朱絃

詠宣德雕漆士女盒

圖成士女用深宮不見刀痕見畫工調鶴教鸚當化日薰罏攬鏡對和風周昉筆得八神處當建詞兼寓意中大字金塡掩永樂笑他何必太精窮帝京景物畧戧漆器永樂中果園廠製最精宣德時製不減前因私購內藏盤盒磨去戧書永樂細款刀刻宣德大字湊金塡掩之故宜款皆永器云云作僞心勞殊可笑也

詠宣德雕漆登瀛盒子

細雕漆盒事稱唐把玩無殊李畫張內府舊藏李公麟十八學士登瀛洲圖嘗作歌詠其事稽古居今非玩愒枕經葄史共相羊試看一代蹇和夏未愧當年杜與房西苑同遊人十八明宣宗嘗宴大臣於西苑命蹇義夏原吉楊士奇楊榮等十有八人從遊萬歲山復賜登御舟泛太液池雖一時稱爲盛事然有意仿效貞觀未免著相耳登瀛太覺效秦王

詠明宣德雕漆燕山五桂圖盒

詠若十八器誰見果園近更事雕幾休稱漆已永樂遜且勝磁如修內稀官汝窰爲宋時修內司所造今已稀見若永樂宣德雕漆器時或有之究以代近且漆堅於瓷也格物通乎堅脆理論時可識廢興機喜他道古不鄰俗五桂燕山是也非

詠宣德雕漆八仙鑵

廠園漆器細雕鐫蔗段明標宣德年聚八仙人相笑傲閱三百歲尚完全已輕元凱聲名炫遠異顧廚禁錮麈世酒漿那宜貯堯時寶露合盛旃

詠宣德雕漆登樓奕碁圖

事繪黃岡禹偁文丁丁入子若堪聞仲連干木聯翩至想欲登樓爲解紛

詠嘉靖雕漆盤

雕盤精記幾層牢明果園廠漆器最精此嘉靖二雕漆盤底刻第二層第三層齋宮時醮壇用爲供器欲壘高以表其敬耳想爲醮壇壘置高可笑爾時稱瑞者鹿生予與獲仙桃嘉靖崇信左道感溺已久甚至幄後獲桃苑鹿生子亦謂奇祥詡稱天眷尤爲可笑

詠嘉靖雕漆茶盤

果園秘製刻雕精破悶偏宜茗椀擎何必宜成彝舊器越窰新漾煮三清嘗以雪水烹茶沃梅花佛手松

實吸之名曰三清茶紀之以詩並命兩江陶工作茶甌環系御製詩於甌外即以貯茶致爲精雅不讓宜德成化窰瓷也

詠嘉靖雕漆椀

果園精品剔朱紅嘉靖相承永樂同梓氏彖人各呈技捎當捲素遞施工蹲堂署寓稱侊意篆刻萬壽二字或躍原包利見中繞以升降二龍設使盂圓凜切己脩齋當日豈欽崇

誌嘉靖雕漆椀

刻鏤盡精奇皇壇乃用之嘉靖好道今之欽安大高光明諸殿皆其建皇壇修醮處也斷紋雖舊泥完器至今貽翔翥二靈衛麟鳳龜龍謂之四靈茲但刻龍鳳故云琳琅七寶披青詞誰所撰多半山分宜

題嘉靖雕漆盒

明漆盒存大者鮮完而大此物之尤朱將爲絳閱年久刻不留痕見技優齋醮徒供用西內奸貪那事問東樓由來以器堪論世周鑒在殷同是不

詠嘉靖雕漆飛龍盒

厰漆精工山果園希珍二百歲餘存剔朱宛見飛龍逹襯綠還看渤海翻高下徒知列天地剛柔未識叶乾坤羲經泰否明標卦不學從來有昔言地天泰天地否乃一定不易之卦象此盒蓋刻飛龍形而列卦畫於其首似取開泰之義顧其卦誤作乾上坤下則爲否矣此由不學無術之故因識而正其誤

題嘉靖雕漆銀錠盒

西苑應緣用道場遊龍舞鶴共翶翔延禧自幾去聲長生術那計蒼生痏與瘡

題嘉靖雕漆龍鳳丹臺盒

雕漆朱明代有傳獨稱嘉靖好求仙迴環龍鳳供隨扈叱咤風雷聽命宣紫氣不殊函谷日青瞳似降禹餘天道如可道非常道糟粕丹爐異五千

題嘉靖雕漆雲龍盒子

雲龍本以喻君臣雕漆因之新樣陳試問修眞用器者鈐山貪佞豈其人

題嘉靖雕漆八方飛龍盒

蔗段增華製越精飛龍九五喻同聲肖形那慮十人諫出角宛看八卦呈詎有惕乾勉帝德祇惟脩煉冀仙京愼哉閱器必閱世定論難辭悖史評

詠嘉靖雕漆三星盒

三星像設致虔禋（光明殿旁廡供三星猶嘉靖年所奉祀也）寓意還教作器陳（是盒刻福祿壽三字雲鶴翔翥其間工作巧而寓意精蓋當時脩醮所用也）福祿壽原修爲己正剛柔那乂勤民貪婪豈復問奸相令政大都付椽人詠物由來堪論世戒之寔在果園珍

詠倣永樂朱漆菊花盤

吳下髹工巧莫比倣爲或比舊還過脫胎那用木和錫成器奚勞琢與磨博士品同謝靑喻仙人顏似暈朱酡事宜師古寔斯謂擬欲摛吟愧郎多

再題倣永樂朱漆盤

碎瓣菊花攢倣成永樂盤匪黃處士訝渥赭碩人看在手若無物因心識有官思量均易致惟是得賢難

題聯騎春遊雕漆盤

不辨髹之代猶餘刀者名（盤中樓閣兩柱分鐫平涼王銘刀五字王銘蓋雕工名但書籍無可考不能詳其時代）春郊試聯騎洲閣擬登瀛自是鬼工手能傳仙客情剔紅還襯綠雅製究張成（元時漆工名見高士奇金鼇退食筆記）

詠舊雕漆玩鵞茶盤

僮持供具鵞遊水取水烹茶茶亦香却勝蘭亭會賓從泛來旨酒飲如狂

詠雕漆多子盒

果園精器多男畫永樂年乎宣德年未被匠人行竊刻（帝京景物略載明永樂年果園廠紅雕漆還勝元季作者宣德時工人屢以不逮永樂時所製獲罪因私購內藏盤盒磨去針刻細款刀鐫宣德大字以濃金掩之是器尚未被竊刻雖莫定爲永樂宣德而其眞轉因以傳矣）不傳却得以眞傳

詠舊雕黑漆香盒

盒貯名香圖爇香是誰蘭炷鬢鬟蒼篆煙心字消何處松影不遮明月光

詠朱漆菊花盒

髹作法前明踵增製越精攢英如菊秀一朶比花輕把手初無覺映心似有情設云十八諫慙愧不期生

詠雕漆彀之書扇圖盒

十八諫後踵增滋佳此書奩翰席宜減筆却因學梁楷圖繪寶鑑載梁楷宋嘉泰畫院待詔描寫飄逸世謂之減筆石渠寶笈載梁楷右軍書扇圖此盒所雕彷彿得其筆意深雕乃爾貌彀之初來五字無心贈再至千金不浪貽雅合文房貯四事獨思懸腕愧臨池

詠雕漆幼齡廷試圖盒

三日試詩賦五篇立成下筆七齡年廟堂偶爾遇頒器宰執何須進賀牋却早珙乎論劉項恰同泌也詠方圓嘉其果局能稱古明雕漆器出果局者製最精差勝雕花鏤葉妍

題朱漆菊花茶杯

製是菊花式把比菊花輕啜茗合陶句裛露掇其英

詠雕漆賭墅文房

賭墅方贏復弈棊淮肥報捷羽書馳矯情既作無喜色屐齒何須又折之

詠雕漆洗桐筆筒

桐乳污桐意弗甘課童爲俗汲清潭癖痴頗似嵇中散好潔贏他七不堪

詠雕漆屏

不是三壺即八瀛列仙那若姓和名呼來鶴駕將別往弗往瑤池定玉京

右海嶠仙蹤

背巖面水起層樓開著樓窗颯似秋謖謖松濤寒不濕却疑直向座間流

右雲閣松濤

懸流百丈落嶔崎策杖巡崖緩步移爲憶石梁高且仄採芝童子過來遲

右石梁芝秀

詠硯

題宋端硯 背刻坡翁二字

坡翁兩字背鐫深豈往端溪客所弆此老當時眞手用果然不壞到於今

詠宋端硯

天池一月印 硯面 空宇衆星攢 硯背 爝火盃相比陶泓永得完依然北朝宋眞出老坑端清伴文房暇摛辭愜染翰

題宋端石硯 背刻中岳外史

拜命曾吟中岳詩 石渠寶笈有米芾拜中岳詩眞跡刻入三希堂法帖 或因外史自稱之臨池欲試還應恧那似顛翁川筆奇

題宋端石九芝硯

生巖似桂却無芳本石應非追琢章晦夜設離三百步英英早合見其光 見抱朴子

題宋端石騰蛟硯

側理微存翠點加墨池潤意蕊心芽騰蛟設以喻文筆應贈詞宗學士家

詠宋端雲龍九九硯

石出舊坑六百年堅以爲質緻爲理墨池容容蔚瑞雲隱現驪龍率九子覆手柱亦九十九各各鸜眼活如視作者眞具深意焉乾元用九戒其始黃鐘數亦在茲乎綈几研朱欽妙旨

宋紫端石九龍硯

舊阬紫端刻龍九製古樸撫不留手出沒洪波無或有墨華八骨深而黝寵賜安道識世守 是硯宋阬紫端石周刻九龍墨華深銹覆手刻紹興十九年十月臣安道伏蒙寵賜傳諸子孫云云按宋王安道畫宗李迪花鳥迪在紹興間爲畫院副使賜金帶安道爲迪弟子或亦得供奉蒙賜耳 今其子孫仍守否

詠宋端石海天旭日硯

海天旭日乍升初爝火珠光耀則虛寄語緯蕭依攖取驪龍雙眼正晶如

題宋紫端梟硯

生民什裹詠其形琢硯摛詞字亦馨鴝眼巧成作鼂眼硯係宋紫端石子琢者就材作鼂形卽以鴝鴿眼爲鼂眼可稱制雅心盂不傷雅特用心靈

詠宋端石三十六洞天硯

端溪古石宋時製式是玉堂翰苑珍意寓洞天三十六伊人應厭利名人

題宋端石嘘雲硯

嘘氣成雲龍守池昌黎雜說善詮之懋勤什襲誠可耳運筆宜無少懋去聲斯

題宋端石星柱硯

活眼爲星百六羅誠齋手筆此研摩祇宜綈几供清玩慙愧臨池工擘窠

題宋端石鳳池硯

鳳池硯合玉堂用草制誰能公且平蘇軾宜非正人者鄙他劊子自稱名

唐始有知制誥至宋而其權益重凡除拜譴免皆有制詞陳長方步里客談載蘇軾作責呂惠卿詞語人曰三十年作劊子手今日方剮得一有肉漢吁是何言耶不幾以九重之絲綸爲一身之報復乎夫軾正人也視草時尚欲快恩讐之私以擅榮辱之柄其他尚可問乎蓋權者上之所操太阿不可倒持雖文字爲空言而褒貶是非所繫綦重亦未可輕忽我國家一掃歷代陋習凡文武遷除皆無制詞惟外任大員得給誥勅苐視其品秩明訓數語卽覃恩封誥亦各有成文並論官不論人司事者無從高下其手實萬世不易之良法也

題宋端石鳳池小硯

懷鉛一例提攜便小篆分明泐鳳池疑是早朝歸買至從容吟得七言詩

題宋紫端太平有象硯

爾時邪說倡豐亨有象因之頌太平可惜端溪一片石並無其實祇孤名

翠爲雲氣紫爲霞溫潤而貞製不華署幸蔡京識文義較明漆器卦無差内府有嘉靖雕漆飛龍盒蓋刻

泰卦誤作乾上坤下實由不學無術之故向曾題句辨證之茲硯並卦無差蓋出蔡京所爲耳

題宋端石石渠硯

石渠名始漢唐硯以澄泥宋代倣前代端溪山舊溪義方原可喩仁靜亦堪稽曾執綠綺掌鳳毛不愧題

題宋紫端石渠硯

舊硯多看製石渠想因漢閣取名與不知其北肆心者可與劉歆手答書

宋端石綬帶硯歌

端溪之石潤溪瀨誰鑿爲硯刻綬帶蓋不出乎熱中流寓意乃在不言外鐵崖改綬以爲壽欲藉硯田永年久二句隱括楊維楨銘語大明鐃歌鼓吹曲亦曾用此擣詞否維楨於元仕不顯而不肯仕明似爲全人然其集中有大明鐃歌鼓吹曲非刺故國頌美新朝與劇秦美新何異豈貳全人所爲夫錢謙益既仕本朝復陰爲詩文詆毁深惡其進退無據然猶稍有懷故國之心若維楨則直毁故國其較謙益尤甚昨歲因閲四庫全書見所録維楨集曾爲文揭其卷首以斥之爲壽榮乎抑辱乎龍賓有識慙斯徒

題宋端石映月硯

一月懸高空有形惟映水著物則不然可悟虛實旨是硯出舊坑色白而側理鴝眼潤於眉相映方池裏其下柱近百柱柱眼堪指是爲一印千禪機示些子

題宋端石紫袍金帶硯

伴誰草制玉堂卿石是端溪出老坑身著紫袍束金帶笑他責實太循名

題宋紫端平直研

舊品依然存舊式名稱平直義精微告伊試墨搆文者兩字毋教出範圍

題宋綠端蘭亭硯

數典臨池禊帖宜因應圖景再三之蘭亭景硯先後凡有三此硯於集序四十二人全列且各具景態爲曲水迴環尤爲工巧合法王孫跋裏分明道得骨得皮者阿誰

題宋端石七光硯

七柱分明朗七光旋輪九氣玉淸祥設如內景黃庭注宜贈山陰內史王

題宋端石三星硯

硯額猶存雀腦斑三星背柱刻爲圜束薪設以摽梅較美剌分明在此間

詠宋端石七星研

隆池（彭年號）銘語三橋（文彭號）識一槃百枚與湧泉（讓括二人刻硯文）設以爲文方北斗昌黎境詣豈輕肩

題宋端溪子石蟠桃核硯

子石天然似桃核遂教附會詡西池漢家仙幻宋家效識者付於一哂之

題宋端石重卦硯

奇偶八含八復重卦成六十四爲宗由來天地自然數豈是羲文剏作蹤刻柱令人明著眼不言惟硯密藏胸玩辭則置斯觀象用者宜誰宜邵雍

題宋端石聚奎硯

燦然五柱五星懸昭象文明乾德年濂洛關閩傳道統是眞儒也豈詞妍

洗象歌詠宋宣和端石硯

宣和博古通儒釋選材製硯鑿端石命工刻作洗象圖不迷聖經述佛蹟應知洗象寓色空而何通金啟金陵汴梁富麗一朝盡可憐龍賓埋瓦礫是誰得之誰用之依舊無言演梵筴

題宋端溪歸去來辭硯

蕉葉白猶出宋坑柴桑歸去一舟輕乃瞻衡宇僮僕喜便到華門婦子迎圖事書詞皆足述篆鐫畫刻信稱精銘辭却弗識姓氏（硯邊環列隸書銘辭有美瑯玕至我以玄玉四十八字而不著撰銘姓氏文非甚佳亦無可考）既尚陶哉此漫評

題宋端石二十八宿硯

趙宋玉堂是也非呵之墨銹潤霏微二十（平聲）八宿循環閱佐我批硃勅萬幾

詠宋端石倣唐石渠硯

石渠唐硯貯西淸趙宋端溪此倣成雖曰文房聚所好欲因題句輒慚生

宋端石百一研歌

猶是端溪老坑石緊何人兮爲琢刻近千年矣文房側斑駁墨鏽黯而澤上額下昂依古式有義存焉應物格㶊戒其驕昂拱辟復示象焉在周易損上益下其名益覆手列柱數百一各具眼寓四門闢休璉作詩懷周客我曾效彼體吟什難中（去聲）惟是人情惕（應璩百一詩有宋人逕周客之語余之詠百一則云百難一中惟人情盡璩意在百慮一得其詞隱而未發余則惟恐百慮一失因推及於人情之難中義較親切耳）卽今綈几居其北松煙染翰批簡尺百恐一失凜君德

應眞渡海歌題宋絲端石硯

宋絲端石刻蘭亭題之不啻已三四兹硯別體圖應眞大海湯湯渡以戲騎鯨御虎各諡態天龍脩羅肅環侍神通變現莫可窮諸上人漠如無意作者想達聲聞乘不然何以措神思迴視羲之臨墨池小矣悲夫寓文字

題宜和絲端石華嚴海會硯

巨鼇嘘氣爲乾闔大海環之渡應眞靈素爾時崇道教華嚴何藉演金輪

題宋陸佃端石什一硯

窮經無火月光披什一賦猶硯誌之遂以青苗迕安石受經誠未負其師

詠姜夔紫端七星硯

鴒眼恰存七柱看墨卿滴露助文瀾宋明珍此多名士（是硯覆手七柱各有鴝眼宋姜夔爲銘明文徵明祝允明亦俱有題詠云）北斗其人誰似韓

米芾天然端石硯歌

兩山左右賓主分天然景無斧鑿痕遠岫奇峯足辨文（面刻天然遠岫奇峯及可泉等字）下有可泉際渚瀆寶晉松雪齋中賓（背刻寶晉齋米芾仿刻子昂松雪字蓋皆經珍用）質古蓋出宋䕶村不知何時入暢春所司舊物呈覽陳爲之刮垢挑翳塵綈几光耀席上珍冊載棄置嗟沈淪一時喜逢如故人宗儀硯山空嶙峋（陶宗儀輟耕錄載有硯山圖諸峯嶙峋極爲玲瓏而適用則不及此也）適用眞過琅玕峋緊子別有戒心存賢材盂無似此云

再題米芾天然端石硯

不惟弄米兼珍趙（背刻寶晉齋米芾倣刻子昻藏字）自是宜詩更入圖綈几似非存所樂偷閒樵帖少工夫

題元釋海雲端石硯

海雲自是釋家人銘語八言似不倫（硯右側鐫于以用之邦家之光八字銘左側鐫海雲二字考海雲爲元僧工畫硯或其所用第釋家爲此銘詞殊不稱耳）或者退之文熟讀反其師道步儒塵

詠趙孟頫宋端石玉堂硯

古製直方坤二符宋端出自老坑都王孫書畫原超衆用此時曾憶宋無

題明人瑞硯

期頤把筆命龍賓傍識鐫存春澤眞壽祝百年猶弗足（硯倣欵書人瑞二字下鐫林春澤印考林春澤侯官人明正德甲戌進士官至知府壽踰百歲以上有人瑞翁集子應亮以戸部侍郎侍養亦七十矣又考江盈科雪濤小說載閩中林太守春澤壽一百四歲富九十九歲里人拜賀祝曰願公百齡公怫然怒且笑曰不曾要君家發我奈何限我壽耶云云可謂不知足矣因戲及之）此翁未識硯磨人

題明綠端石蘭亭硯

硯寫蘭亭不一足（內府收藏蕃硯刻繪蘭亭鵝詠曾經題句者不一而足）又看鵝詠弄天球（是硯以綠端石爲之有吳郡周天球銘三十六字）得皮誰者誰得骨把筆之時憶此不

題王紱端石玉堂硯

軒稱友石昔曾藏（硯背面刻友石軒）何事山人（紱又號九龍山人）羨玉堂（玉堂硯蓋宋時筆制詁者所用式故戲及之）紱芾由來久通用漫須錯認米襄陽（右側有芾字方印）

詠文嘉舊端九芝硯

咯似雕還似弗雕天然池上九芝標設如良玉喻揚子言美不文意實超

題項元汴端石四螭硯

四螭鑑式法炎劉書畫千秋助鑑收不識當年天籟閣躬行鑑已亦思不

題李夢陽圭式端石硯

二銘獻吉語鐫奇有眼緣何無眼之（夢陽銘詞頗佶屈且硯首正中高眼圓活銘詞乃云世以眼貴而汝無此殊不可解）跅弛既稱能負氣對山救我氣胡卑

題楊士奇舊端子石硯

水阬子石美之最，背楷分明志士奇（硯背鐫永樂壬辰禮闈竣事過廷器先生得此大快廬陵楊士奇志廿三字）。學行已稱榮溥讓，彌縫還擬杜房持。于謙終以薦得濟，王振弗能制可悲。逮事四朝臣固幸，其朝幸否亦當思。

詠陳洹綠端石平安硯

刻硯其形肖綠玕，作書恰合報平安。泰山胡氏却相反，家信看餘擲澗灘。

題梁清標端石蕉葉硯

蕉林端硯爲蕉葉，迤趣綠天契雅音。不識付之撰明史，如何泚筆以書心。

黃任端石玉堂硯

義取坤三銘語鐫（是硯銘曰簡而文麗以則含章可貞君子之德十四字隸書款署莘田黃任字也），古端曾是莘田舊。藏十硯軒之一（硯右側鈐方印二曰莘田自賞曰十硯軒圖書西清硯譜內著藏黃任石田硯一得此珠聯璧合亦增韻事也），得此欣他珠有聯。

詠舊端石直方硯

誰氏藝文房，千年翰墨香。不風惟是直（古硯多有作風字形者），曰性本來方。中則無非正，柔而亦具剛。研朱點周易，坤二正相當。

詠舊端石玉堂硯

淬妃蓋久別龍賓，呵出滃濛吐玉津。十硯軒珍今萃四（是硯爲閩人黃任十硯齋中所珍任字莘田康熙壬午舉人官縣令有硯癖內府舊藏其三茲又得其一），復宜四美具其鄰（內府儲彝董其昌鑒藏名畫四卷顧愷之畫女史箴一李公麟蜀川圖一九歌圖一瀟湘臥遊圖一以四美具名之茲黃任所藏十硯中已得其四亦可謂四美具云）。

舊端石蘭亭硯

撫欲汁流墨銹青，是誰舉古刻蘭亭（是硯周刻蘭亭通景並四言詩覆手鐫蘭亭序但不署款不知何人所作）。西清此式不一足，稧賞都因迤少罄。

題舊端石環螭風字硯

端石天然風字存，面螭亦泯刻雕痕。川之批諾猶深慮，草偃於斯豈易言。

題舊端石梅朵硯

梅花阬石性同梅，聚五攢三朵朵開。設贈藝

林供點筆元章縮手意應猜（王冕畫梅多纇纇如貫珠此硯式頗同）

題舊端石石田硯

幾年端玉出溪濱學稼何妨此作因漫曰石田耕鮮穫菑畬經訓豈孤人

題舊端石轆轤硯

轆轤紐界硯和池意蕊心芽啟沃滋設詠韓詩思汲古得脩綆者又眞誰

題舊端石蟬硯

隨材斲作樹蟬秋滴露研松鳴欲流沉響待題誰似駱無言常懼或同劉

題舊端石方池硯

書牕恒是伴人南活限一如月沿涵十硯軒珍得其二（硯覆手銘詞後署款曰華田任下有黄任二小印硯側有華田自賞十硯軒圖書二印考黄任閩人康熙壬午舉人官縣令有硯癖以十硯名其軒此及已入譜之石田硯乃其十硯中之二也）半欣聚古半懷慙

題舊端石雲雷編鐘硯

編鐘摹漢柳摹周（博古圖周漢編鐘皆有此式）隱現雷紋雲氣流水部設如方待扣金聲擲地亦相投

題舊端石鐘硯

懷鉛提槧以後艸人覓氏而兼鳳尾設供批諾宵衣可警晨嚴

題舊端石星羅硯

雖非鸜鴿下岩珍亦自上岩佳品眞月鏡設如懸朗鑑星羅何礙衆多陳

題舊端石天然六星硯

天然猶見舊阬青鸜鴿高低現六星元命苞如喻成就斯文萬物解形形

題舊端石七星石渠硯

石渠唐製茲惟倣背柱居然刻七星設以文章方北斗昌黎此席孰曾經

題舊端石天然壺盧硯

雕幾曾不藉多加形賦天然絲蔓縈憐彼耕而弗穫者無端還擬歎匏瓜

題舊端石雁柱硯

趙宋李唐難辨年鴿晴廿五柱端鐫義山几

上設逢此錦瑟那吟五十紋

詠舊端石蕉葉硯

橫文破葉意精含棐几應教置以南設贈藏眞書自叙綠天剪處主賓參

舊端石蟠桃硯歌

水岩石子閱千秋因其天然稍雕鏤撫泯痕迹手不留疑是王母漢宮遊贈之其核化琳球刼笑方朔無能偷

詠舊端石癡菴硯

癡菴自是泐元代大嶺曾經圖富春墨鏽依然蔚雲氣畫禪什襲合同珍黃公望號大癡道人此硯側篆刻癡菴二字或卽其所用大癡有富春山居圖乃其生平傑作舊或稱爲富春大嶺後經訂正原卽山居卷今弆盋禪室中

詠舊綠端石蓬萊道山硯

綠端出舊坑刻作瓊樓疑額蓬萊道山意寓求仙矣其上懸雙丸其下湧海水渡者應眞輩神通莫可擬用此非儒乎仙釋何紛委滴露試研朱不能無疑爾

題舊端石蓬萊仙闕硯

是何閬苑是瑤池覆手惟存無字碑欲告含毫吮墨者立言不易合深思

詠舊端溪石函魚藻硯

分元爲二合成一無縫天衣有樂魚宵雅設徵桑扈什禹之所惡敢忘諸

陳家瑪瑙趙家石春渚稱奇載紀聞何薳作春渚紀聞載徐州護戎陳皐行田間得瑪瑙盂四淨無雕鏤文容二合許疑古酒卮也陳用以貯水注硯因見硯之中有一鯽長寸許游泳可愛意爲偶汲水得之不以爲異後或疑之取置缶中盡出餘水驗之魚不復見復酌水滿中須臾一魚泛然而起以手取之終無形體可拘不知爲何寶也又水曹趙子立於相國寺市得一異石將爲紙鎮遇一玉工求以錢二萬易之趙不與玉工歎息數四曰此寶非余不能精辨餘人一錢不直也持歸幾年了無他異其季子歲不直工言以斧破硯之中有泓水一蝌蚪出發刺於地急取之亡矣是亦斯盂之類也云云此硯池中刻爲魚形或卽取其意否未肯缶中還置水恐防躍去沼之濱

詠舊端石蘭亭硯

舊端圖寫禊脩時粉本猶傳宋代遺誰得其皮與其骨趙王孫語可深思

舊端石驪珠硯歌

橢圓佳品宜墨受深池平面斜居右環刻渤海起波濤鸜鵒爲珠驪龍守緯蕭之義不言圖意喻繞阬取石否天吳海童相遘迕或突而遊或鬪走木華賦句鎔鑄中復有奇觀鏤發手衆星羅列柱之端巨者爲月麗上首是皆活眼非假借如印溟澥上下偶我獨箕嚋審省從所願綏豐福九有

題舊端石十二章硯

周刻虞章意創新幾曾上古有龍賓眼中却合堯夫句三十六宮都是春

詠舊端石珠斗硯

舊坑本是出端溪七活眼標珠斗低不識三人經用者是硯爲端溪蕉葉白硯面鸜鵒眼七如斗杓圜手眼三如三星又有李廌山余甸周紹龍三人銘款摘文可得似昌黎

詠舊紫端朗月疎星硯

李氏淑流何許人疎星朗月識龍賓應知作者深於詠四字全該摘句神

題舊阬端石雲芝硯

質已珍龍尾色猶葆馬肝淪疑吐雲氣靜足助文瀾恒此披三秀堪因消四難日新伴棐几銘似讀湯盤

題舊坑端石括囊硯

舊坑端石今希有搜尋內庫獲以苟凡物顯晦亦有時彰之彌因閟之久質爲烏玉迹城珍形作括囊三緘口慎不害已演坤爻更中金人銘義守想當熙寧紹聖間權奸用事正人醜然而時豈無忠臣讜論直言頻納歸憬然鑒古更惕然恐論人明論已否

題舊端石鵞硯

愛之一筆更書之化石依然守墨池不負主人合如是山陰道士未應知

詠舊製端石鵞硯

老阬子石誰磨礱不辨製自南北宋或是右軍撫玩罷化作硯硯傲池鳳其溫如玉疑舜環其潤如露餘堯甕近雖外景寫黃庭近得宋臨

且以目力尚佳復臨黃庭外景經一冊盧硯嗤哉屏弗用

題舊綠端浴鵞硯

柳溪蘆岸極幽閒坤數鵞羣浴箇間不必蘭亭景佈置得之象外破天慳

題舊端石瓜瓞硯

硯作瓜形刻瓜瓞瓜田半畝更精鐫不知作者意何寓却我重書雅至緜近重書詩經全部至瓜瓞篇適檢是硯因題句

題宋楊時龍尾歙硯

金星佳品訪於錢高似孫硯牋云龍尾溪石金星爲貴景祐中錢仙芝守歙得李氏取石處大溪水深不可入改溪別道所得盡佳石賜識宣和之五年硯背鐫篆文云宣和五年五月五日命召還英殿說書賜此硯其後子孫世守之楊時識二十八字宋殿說書忠實殫程門立雪學眞傳道南羅從彥李侗明承派議北童貫梁方平直斥奸內聖外王原不二吾於斯也兩茫然

題文徵明金星歙石玉堂硯

待詔雖非玉堂客玉堂能幾似其人直方不負永年者題括徵明識硯語日寫千文迨九旬

詠歙石龍象硯

直方大坤二爻占呵似堯年寶露霑匠者無端鑿龍象祇宜釋氏寫楞嚴

詠舊金星歙石玉堂硯

金其星玉堂其式凡幾百年墨銹沉寄語拈毫製詞者爾音無似有遐心

詠漢澄泥硯

寶藏漢時墨背篆漢墨寶藏四字器類楚王甎質異洪家譜洪景伯有歙硯譜珍傳朱氏編朱長文墨池編誌澄泥硯所自始陶泓信此耳居默彼誰焉設寄鳳池客宜知八影遷

詠宋元符虢州澄泥硯

唐代澄泥出虢州此硯爲元祐都刺所肄見其識語元符題識尚堪求伊人宜渠誇博古嫺惡應知貿有猷

題宋澄泥天馬硯

墨鏽漬來幾百春是泥是石孰知眞欲詢潑墨金壺客硯背刻金壺二字金馬可如待詔人

題宋澄泥直方硯

宋澄泥不減溪端歲久色如砂化丹合贈子瞻華序伏火鬱羅臺畔謁靈壇

詠宋澄泥天池硯

王扶泥硯屬文同歲久錚錚聲作銅我爲陶泓賀得所常供和墨寫筠叢

題宋澄泥芝池硯

泥將爲玉久堪知樸潤益然芝作池識呂字希見今見（宋時呂翁爲澄泥硯色紫而堅硯額墳刻呂字至爲難得此硯紫潤堅緻硯側鎸呂字成即其遺製也）欣因斯即懼因斯

題宋澄泥列錢硯

遍圍青緑貼三錢在壙近銅理或然設使魯褒欲著論可容斯也置身邊

題宋澄泥蕉葉研 有序

懋勤殿庫貯新舊研不下千餘內侍典司識件數而已不復別其優劣因命內廷翰林揀擇以進得宋澄泥研六枚此其一焉閱之果皆舊物也系之詩者凡四（即以下四首）系之銘者凡二（入御製文本）蓋內侍供奉筆研惟務華美飾觀其材質佳否初不之計此固非若輩所能知亦非若輩所宜知也然此諸研庫藏不知幾何年矣溷跡塵土之中與衆研伍一旦甄錄及之則拂拭而登諸几席顯晦頓殊若有定數亦如瓌奇之才或有淪棄者非待識拔無由表見可因以悟用人之道矣

庫貯懋勤閱歲時幾曾綈几 陳之豈無遺者聊令檢遂有賚如屢得奇龔異李郎紫雲割蕉疑懷士綠天披珊瑚筆架琉璃匣彼所知哉斯豈知

詠宋澄泥五嶽眞形硯

澄以泥爲質堅如璠作形（赤玉爲璠見詩龜衣如璠注）氣呵珠吐潤露滴墨霏馨五嶽眞傳嶽六經未見經（五嶽眞形之文不見六經蓋出道家之言）祇宜贈逖少搶筆寫黃庭

題宋澄泥石渠硯

石渠本效漢名為滴露研朱此合宜不必劉揚徵往事可知庾許有新詞晝金早是泥陳跡刻獸亦非出近時曾傍宣和工字畫如何獨味作君師

宋澄泥石渠硯歌

石渠之名始自漢石渠之硯製自唐越宋澄泥兼兩代函三得一輝文房註書更生精彀梁著疏文貞奏文皇東坡草制亦宜用其他用此應慙惶獸形夔首錯為章背刻子孫其永昌古鑄應出修內良是誰所寶無翼翔檀匣什襲懋勤藏

詠宋澄泥蟠夔石渠硯

呂叟應曾煅製來夔為蟠以玉為胎石渠天祿人爭羨誰果不孤視草臺

詠澄泥倣唐石渠硯

澄泥易細不易堅既堅而潤斯為全是在火候精陶甄哭中近來得法便奚必遠溯呂翁傳石渠唐製茲肖焉益毫起墨佐翰筵用彰厥美摛文篇

題宋澄泥虎符硯

澄泥製已久呂翁獨擅宋此硯虎符式宜是行軍用四王皆名將武穆巨擘中而未終厥志遺譏抱冤痛安能草露布恢復中原頌陶泓若有知亦自懷慙恧

詠宋澄泥虎符硯

虎符本以調軍馬肖形澄泥出精冶歲逾數百泥似銅戛作銅聲青綠赭墨銹斑斕餘古香磨而不磷佐儒雅試問持贈宜何人倚馬能書露布者

詠宋澄泥虎符硯

式為兵符形似虎意寓炳文濟其武坡云磨甓可供書奚必陶泓猝爾許

詠宋澄泥鳳鏡硯

唐時佳話宋時製鏡古依然見已宜（檃括硯背銘語）合贈舍人賈至矣鳳毛池上用為儀

題宋澄泥倣建安瓦鐘硯

泥也而金若鑄成宋甃齊鏄莫傳名摛文設擬洪鐘響欲問伊誰爲(去聲)發鯨

題宋宣和澄泥硯

澄泥貢硯識宣和小篆分明泐未磨撫不手留質古玉暎教心潛色春波出陶底異銅臺瓦受墨偏宜棐几娥溫室餘閒常命什勑幾惟覺慚(去聲)賡歌

題洪邁澄泥玉堂硯

席上珍經景慮用(兒背刻邁銘語)爾時著述許淹通欽宗紀頗本孫覿不避合教闞晦翁

題蘇軾澄泥鵞戲硯

澄泥製硯肖鵞鵝背刻東坡想用之設以換攀遺事論斯人誠不愧研(平聲)斯

題蘇軾澄泥半碣硯

宋代澄泥珍大蘇李(沖元)黄(庭堅)銘識已模糊式如半碣復無字或戒昌黎諛墓乎

題明趙宧光澄泥石函硯

泥也宛爲石底兮未離(去聲)函符同合以兩極一具其三質潤呵成汁形端靜且湛寒山亦曾到未見几之南(硯北則几之南也)

澄泥瓦硯歌

汾水之泥紗囊盛棄粗留細取其澄(遵生八牋稱唐之澄泥硯品爲第一其法以紗囊盛汾水中取其泥極細者陶以爲硯澄瑩如玉因命習甚就汾水取泥俾蘇工依古法製此硯)制倣古法陶煉精爲硯仍從漢瓦形未央弗藉鄴侯名建安銅雀尤所輕卽今彼二(謂未央銅雀瓦硯)夫豈誠或云五代贗鼎成(昔人貴未央銅雀瓦硯以陶通澄細法製精良也然歐譜言古瓦少眞者近人乃以澄泥如古瓦狀埋土中久而琢以爲硯米史亦云相州土人自製陶硯在銅雀上蓋自宋以前已有僞爲者矣且未央毀瓦無慮億萬片豈能皆鎸鄴侯之名銅雀之瓦亦然此不待辨而亦可知其爲僞矣)久假弗歸眞遂稱然豈終瞞精鑒能存眞祛僞斯硯呈綈几用陪子墨卿絲綸佐我籌治平

詠澄泥玉堂硯

尼山那出絳州沙誰把澄泥認石差(玉堂澄泥硯一圓手作圭式上鎸尼山精氣四字旁刻銘曰尼山之英融而爲硯佑啟後人維聖克念盍)

誤以澄泥爲尼山石云設以斯文論精氣萬年祐啟實
東家用硯中銘語意

詠澄泥海嶽硯

出陶雖非未央瓦亦自七百年上下視之如石黝而赭持輕呵潤眞泥也澄於絳縣沙囊者化脆爲堅信神冶海嶽菴中老顛把書畫超凡似誠寡何來文房佐儒雅用緬伊人率欲捨

題南軒寫經澄泥硯

南軒曾是友龍賓師事胡宏授受眞治郡立朝多實踐空言道學豈其人

舊澄泥水面梅花硯

巧不傷纖樸有華底須題識辨誰家設如水面文章喻可識梅花先去聲衆花

題宋澄泥倣唐石渠硯

石渠漢傳閣唐季琢爲硯趙宋又倣之一名凡三見總以儒林稱慕藺無妨羨內府舊存唐相證神彩煥煥而饒穆洵友墨賓文翰

詠舊澄泥石渠硯

澄泥自是漢瓦貽石渠之閣亦漢制比隣未央豈其遙未央之瓦祇弆二西淸硯譜中載漢未央宮東閣瓦硯一漢未央宮北溫室一殿瓦硯一至於澄泥蓄已夥內府所藏澄泥硯殆夥其入譜者已三十餘方合而爲一惟此値或逢劉向用傳經杜老嘆他違心事

詠舊澄泥蟠夔硯

未央銅雀雖稱瓦鼻祖澄泥實在茲製器弗明是何代鏤紋宛看有蟠夔學書徒撫王家帖稽古猶慙董氏帷所好聚來物滋夥箇中應懼自應知

題舊澄泥雷紋饕餮硯

墨繡斑斕蔚硯池精鐫饕餮義宜思寄言勦襲爲文者握筆時當深鑒之

題舊澄泥鳳沼硯

西畯硯爲鳳沼形硯側有西畯二字款考西畯爲朱彝尊之子昆田字曝書亭讀父書聽宜其墨銹斑斕處釃郁依然醉六經

題舊澄泥玉堂硯

陶自唐年抑宋年玉堂舊式看依然欲詢孰筆其北者上水船乎下水船

題舊澄泥海濤異獸硯

知雕不辨鑿痕施獸若騰濤濤若披疑供木家成賦後掞天鎔出許多奇

題舊澄泥卷荷承露硯

荷葉卷爲承露盤松煤研處溢文瀾筆非秋以垂而擬影落蟾蜍在廣寒（硯池內凸起作蟾蜍形）

題舊澄泥石渠文藻硯

錦衣尚絅闇爲章玉質仍存栗子黃以供石渠染翰侶裴然文藻自殊常

詠舊澄泥鐘硯

模削誰成几上賓洪鐘作式出陶均設如洞理文流響七召噏爲待扣人

漢建安甎太極硯歌

晉唐硯已稱最古未央銅雀以九數（內府所有晉硯二唐硯七又漢未央瓦硯三銅雀瓦硯六茲建安甎硯色黝墨池刻作太極圖硯背有建安十五年造隸書六字）茲乃漢甎識建安想亦銅雀之侶伍墨池刻作太極形陰以爲凹陽爲凸宜贈深於易者人繃几瞠乎慙相輔（用周易泰卦大象語）

銅雀瓦硯歌

偶憶瓦硯或尚有居然此器呈座右未央銅雀各存一貯之乾清題句久（乾清宮貯有未央瓦硯銅雀瓦硯各一向俱書題句）斯蓋其次未經詠徒命西清試吟手（此硯昔未親題惟命內廷翰林賦詩鐫識今閱其名乃梁詩正汪由敦張若靄勵宗萬裘日修陳邦彥董邦達七人無一存者爲之悵然）重觀歷歷作古人不覺悵然爲搔首四時代嬗刻無停信哉何物如汝壽然予更復致疑焉瓦片識年理難剖卽今宮殿黃瓦覆何曾一一年歲鏤（叶）或云六朝好事者所倣爲之誌不朽此事雖假亦久哉惡知非眞亦非苟

題銅雀瓦硯

靜爲用復泰爲貞淨几文房永伴清毛舉不須說毛顯陶成原得號陶泓鄴臺一旦辭榱棟漳野多年埋棘荆可惜建安空紀歲（背識建安）

（十五年）爾時覬覦早深萌

銅雀瓦硯歌

范土爲瓦瓦成石石瓦土兮誰本質摩挲蒼玉認前朝尚有建安年可識相州當日築高臺鴛瓦精傳陶氏術鉛丹細搗雜胡桃大淩稽天不漏滴貯歌藏舞鄴齊雲更擬二喬陳筍席仲謀孟德今何在相爭霸業春氷釋銅雀荒涼荊棘叢谷陵遷變匪朝夕遂使多於帛縷物一器千金乃不易何人規爲潤色生洼尊圓月中細尺歲月既久火性沉潤似端溪老坑山松滋寶箒獲嘉朋書媒文畝資幽適詎數虢州土貢佳呵之直欲流神液寄情竹素玩古今松雪齋中想捉筆（是硯爲趙孟頫家藏今流傳內府）非人磨墨墨磨人東坡果入維摩室

未央瓦硯歌

未央宮自漢時建覆瓦其數多無萬炎劉棟折落人間乃至人間珍一片一片眞贋猶莫知晉宋以來夥贋爲卽今贋者幾（平聲）眞奪今古不相及若斯此硯較比舊者小（是硯比內府所藏漢瓦硯三方尺度較小當是四圍裁去者其體質甚輕墨鏽古潤流傳亦有緒云）墨鏽土香融亦好漫因文（去聲）過嘖有言豈若不貪之足寶

漢未央宮瓦歌

未央瓦硯貯有三其二入譜一尙未（內府舊藏漢未央瓦硯凡三其二已入西淸硯譜一爲未央宮東閣瓦硯一爲未央宮北溫室殿瓦硯）未者其製小於前已覺贋鼎詩以識（其一癸卯未入譜者尺度比前二硯較小或是四圍裁去然體質甚薄疑其非眞歐譜言古瓦少眞者米史亦云相州土人自製陶硯在銅雀上蓋宋已前已有僞爲者是以癸卯未央瓦硯歌有一片眞贋猶莫知晉宋以來夥贋爲之句）卽今偶得未央瓦並疑入譜前者二二胥鐫有鄴侯名無萬覆瓦豈有是（叶前入譜二瓦硯背俱有鄴侯名茲得一未央整瓦止有圓項刻未央長生四字却無年代及監製者姓名將前二瓦亦疑其僞矣未央殿瓦無慮億萬必皆鐫鄴侯之名萬無是理況是瓦外似恒而體質實細富爲未央眞瓦無疑）斯瓦眞瓦却非硯亦靡炎劉年代記凹身一尺有五寸未央長生項刻字半錯細紋半平面（瓦背之製如此）（不似今瓦通身皆平亦奇）視若蠡笨撫乃細沕如其光靜

其體寙爲悅目實澄意弆之可以證羣硯晉

宋良工笑多事

未央宮瓦硯歌

噲豨越布皆功狗相國發縱常居守楚歌四起霸業墮漢王南面朝九有功成治定作未央連雲榱棟將侈富（叶）翡翠參差覆反宇日射華光八文鵩燕啄皇孫炎火微頓教闕戸嗟豐蔀金銅仙人辭漢去淸淚汍汍濕肩肘一木難支大厦傾荆煙壒露埋形久何人湔剔供濡毫青鐵硯此翻覺醜呵之有澤理緻精弊而不壞純且厚以靜爲用故永年尙卿螺子爲文友銅雀硯亦擅佳名陶成四百年以後共置明窗淨几間阿瞞有知應自咎鄭侯豈藉是硯傳是硯眞因鄭侯壽

題漢瓦硯

硯之珍者宋時端漢瓦更古千載焉長盈尺橫五寸寬（洪适容齋續筆云先世得瓦硯長尺有半闊八寸中爲瓢形背有隱起隸字曰建安十五年云云此瓦款製與洪适所載相合惟長僅盈尺闊止五寸或洪适當日依古尺核計古尺較今爲短故尺寸不符耳）背隸建安十五年容齋故物或疑然內府舊器向題篇未央銅雀各一全（內府舊弆漢未央宮瓦硯銅雀瓦硯各一向俱曾題句）得茲三友佳話傳於面滴水不易乾拭水乃潤蒸露溥承溜含滋理可詮何物不可致有言惡哉蔿目吾於賢

詠漢長生無極瓦頭硯

雀臺較後未央鄰（漢時宮殿之瓦工料堅緻故未央宮銅雀臺瓦後人多製爲硯此長生無極瓦頭亦漢初爾何所監造者較之銅雀臺成於漢末建安時者更前四百年矣其云長生無極蓋與長生未央長樂無極同爲吉語云）猶是簷頭中副名斯足矣喜盼暮霞紅

題晉硯（旁刻王廙銘背刻廙允文銘）

瑯琊貽朴製雍國勒鴻篇承燧宜冬日（用王廙銘語）合華悅意田文房欣璧合（內府舊藏晉硯亦有廙允文銘曾題以詩）美質得天全尤喜唐庚語靜爲用永年

題廙允文晉研

撫不留手呵流汁玉蘭堂中曾什襲（研旁篆玉蘭堂三字）尙傳雍國舊文房（研下有允文銘識）介紹管城友

子墨感深合浦見珠還翊我馳驅三十年（用允文句）沙塵灰燼幸埋沒未入陳通返棹船離兮何戚合何喜即今此研豈虞氏臨池徒憶晉人言後今與昔同一視遐思當日非承平會稽樓處胡爲情淬妃有靈設相問道媿文家玉帶生

題褚遂良石渠硯

下巖端石尚貽唐況是曾賓褚遂良摹古可臨蘭亭帖憂讒或草愛州章淑躬克踐潤爲德持己無慚式以方（二句隱括背鐫遂良自銘語）獨笑咸亨竟昏懦那思執手付文皇

唐柳公權風字硯

蘭亭用書序想像運神間後法遙開米齊驅可配顏風形猶製古墨銹尚存斑要是歸心正千年語不刪

題宋硯

物殊顯晦各有時晦藏顯出誰使其穆然宋硯古色披猶是老坑出端溪蘭亭圖畫前序詞精鐫四面筆法奇宣和紹興璽識遺後有米芾小印施或即顛翁手所爲山莊散置今見之是誠寶也逾珣琪康熙舊册還可稽綈几曾用供臨池兆愛彝鼎惟愛斯崇文並與示儉垂生敬生愧心自知

題宋坑子石荷葉硯

宋坑子石石之仙不雕不琢存其天如破荷葉枯卷（平聲）然變荷之脆爲石堅咄哉此語半非全脆堅荷石誰主賓（叶）胥非眞也幻現前墨磨聊以佐文筵三朝名士相寶傳（硯爲宋坑子石硯石脈屈曲作荷葉式有大觀印記及褒平米氏題趙孟頫倪瓚並各有銘）空教銘識紛泐鐫

題宋蕉白玉堂硯

水坑活眼聚星辰式擬玉堂翰苑賓若論爾時司制誥蘇家創手語非純

蘇軾知制誥作責呂惠卿制詞語人曰三十年作劊子今日方剮得一有肉漢蘇軾

正人視草尚為此快恩讐擅褒貶之語其他殆不可問權者上之所操文字雖空言而是非毀譽即威福之漸不可不慎我朝文武遷除皆按其職任統為訓詞無令文臣各為制詞寓褒貶實為萬世良法向題董其昌書告身曾詳論及之

題宋蕉葉白七子硯

蕉葉還因側理為久堅發墨故其宜設如七子詢名姓應是竹林雅會時

題宋蕉白太素硯

磨礱圭角已全無太素循名若是乎漢晉碑文書未得合書二典緬唐虞

題舊蕉葉白瓠葉硯

蕉葉白為瓠葉硯孰賓孰主莫能分笑他荷簣果哉者厲揭徒論深淺云

題宋臒村鳳池硯

龍賓休說臒村無猶此晨星一二俱謾詡外庭希見也豈知內庫久藏乎養心殿內庫所貯硯甚多命內廷翰林揀擇得舊既舊製者凡十有二此其一也沉淪佳士如方彼剪拂良材祗愧吾製作鳳池供染翰不宜章蔡合歐蘇

題宋製蘭亭硯

舊阮想出蘋村湄圖作蘭亭修禊時韻事自來應入畫雅人端合有深思崇山峻嶺依然在視昔由今定不疑欲告臨池摹帖者阿誰誠弗愧羲之

詠宋哥窰蟾蜍硯

書滴曾聞漢廣川翻然為硯亦其年硯作蟾蜍形仰腹承墨處無釉背印篆書永壽二字若論生一陶成物自合揮毫與湧泉

題宋宣和驪珠硯

驪龍夭矯守珠為泚筆宣和用睿思宋時殿名設以返躬喻所守爾時施設豈忘之

題宋宣和睿思東閣硯

當年東閣此臨池背識瘦金今見之既曰睿思思底事足知洪範未曾思

題宋宣和紫玉硯

玉具五色初無紫硯可當之以義起發揮文章與妙理玉有是乎謂勝彼受潤千年老坑水琢爲龍賓伴書几宣和二字猶存底其時似此蓋多矣今則晨星或見耳物賓年主豈不是然而貴賤已殊視則因徽宗自取毀

題宣和梁苑雕龍研

消閒藝圃遊墨林懋勤舊物聊檢尋宣和石出老坑深漆匣久如斷紋琴龍德賡符銘硯陰曰梁苑義可酌尉宋都汴梁河之潯端王潛邸愛古怡後升宮額龍德錫（叶）彰符襲瑞如球琳然吾疑焉羲彖箴飛龍九五剛中欽宜如何其惕君臨寄情花鳥變僉壬既謀遼而更侮金用招大禍民罪歆徒精詩畫字何心慨然詠古凜難諶

題宣和風字硯

畫宗書陣兩超神曾是宣和伴紫宸却想淬妃應有恨未能正務佐絲綸

題宋宣和八卦十二辰硯

端溪紫石出舊坑宣和製作樸且精歷遭兵燹致殘缺猶存面背呵甲丁面匡可辨者八字（硯面左右邊匡鐫篆字銘左上缺一角餘亦有漫漶處可辨惟中之華溫潤渾無涯八字）背刻八卦十二辰（叶）圍鐫八蠻脩職貢爾時君臣詡豐亨淬妃有靈醜其事現身此示敗與成現身此示敗與成不遠殷鑒言堪驚

題宋宣和二十八宿硯

鴝眼數來剛廿八恰如星宿麗天文宣和內府曾經用書畫徒工又底云

題南宋蘭亭硯

永和九歲禊景定五年春（硯面右方下鐫此五字蓋宋理宗時物也）舉古非徒漫獲今有宿因鬼工泯刻迹繪事善傳神深入墨池鏽猶疑曲水濱

題宋辛文悅金星龍尾硯

猶是南唐開採初金星龍尾煜光舒房州特以知州事帝業那忘授業餘李流得來重有識（去聲）剗鑿貽後不爲虛研朱因識（入聲）戒所好

無翼翩來賓作予

題薛紹彭蘭亭硯

薛米由來弟與兄（見米芾書史）襄陽惟是意爲傾綠端恰寫蘭亭景凹背還鐫禊帖成知古法仍兼畫趣祛時態早契書評郎看墨沼蒼雲潤欲出呼之聚有精

題黃庭堅儀象硯

方中圓外繞爲池山谷鑿斯象兩儀綈几不教揮翰用伊人經用惕然思

題黃庭堅秋葉硯

秋來秋葉落庭除便刻紫端式肖諸設使分窊將試墨欲吟句莫若爲書（宋史稱魯直工於詩然其詩終不如其書故庭及之）

題宋蔡元定玉堂硯

損缺雙趺孰磨去（是硯雙趺損缺復經磨治僅存其半左側硯銘止餘龍潑雨雲元定識七字）幸仍元定識存餘伊人手用宜珍惜應是曾經註尚書

題宋蘇軾龍珠硯

曾記偃松玉局圖侍臣題句亦吟吾（石渠寶笈有蘇軾偃松圖張照曾題以詩余嘗仿寫成卷並用張照韻題之）下巖重此龍珠詠今昔憑參同與殊（硯有張照題識余復題詠及之與偃松圖卷相似而實不同也）

題蘇軾珮首石渠硯

製擬石渠用玉堂坡翁手筆永擅薌王言自合同謨典劄子鄙哉謂非當

蘇軾知制誥時作責呂惠卿制詞語人曰三十年作劊子今日方剮得一有肉漢其言深可鄙詞臣視草豈可以九重之絲綸爲一身之報復即呂惠卿小人斥之本當亦不可爲此語也蘇軾正人且然他可問乎我國家一掃歷代陋習文武遷除皆無制詞司事者無從高下其手實萬世不易之良法己亥歲詠端石鳳池硯已詳論及之茲題蘇軾石渠硯即其視草所用因復識如右

詠蘇軾璧水硯

永貞用六方象坤環以璧水無竭源躁靜戾
聽性質溫貞硯不壞聞云云呼之欲出其人
存

題晁補之玉堂硯

銘背依然存補之用當秘閣校書時堅如石
尚有剝蝕未若石堅者可思

題陸游素心硯

猶是端溪出老坑素心恒泐舊交誠見游自刻銘詩
李仙杜聖詩律逮張顛草楊風行書體明見游詩
染翰抽思同彼伴桑田海水獨斯更七言
吟罷還成笑何異放翁當日情

詠周必大天池雲帶硯

二周於宋可稱賢均此畜畬事硯田硯左側銘云題此硯周益公用此硯周草窗齋必大封益公周密號草窗也一晌摩娑興
罣思去聲石傳仍賴以人傳

宋米友仁瓦硯歌

未央銅雀瓦稱珍十中曾無一二眞是瓦較
彼加廣博却不規橅葛麻文質垂理細古而

澤旁識藏者米友仁想其家學傳書畫時時
濡墨斯龍賓後來弄經天籟閣元汴法眼寃
疑齎萬青山館銘深刻由來不知何許人再
斯可矣謂米友仁項元汴斯何必忽笑斯更饒云云

題米芾平直硯

紫端平且直宋製歷元明曾經漫仕用墨華
猶英英書法眞稱佳詩格未臻精雖有顛狂
言去太白遠誠撫物憶其人遂以致公評

題宋米芾龍文硯

海嶽龍文研舊端春秋六百閱暄寒以云書
法誠無忝設論詩裁欠有瀾

題宋米芾盋斯瓜瓞硯

細鐫瓜瓞隱盋斯寓意南宮在虎兒墨戲瀟
湘雲海潤畫禪精鑒早拈之內府有米友仁瀟湘圖卷極墨戲之妙董其昌跋有宋人以此卷爲當代第一之語因與米芾雲山圖同弆畫禪室中如幾獻合璧今題瓜瓞硯、想見翰墨家風淵源有自云

詠米芾盋斯瓜瓞硯

質貞潤復製精奇兩面胥堪受墨宜既盛既

毓珍寶晉周南大雅意兼斯

再題米芾遠岫奇峯硯

遠岫奇峯米老貽秀王孫宅亦藏之硯面下方之右鐫子昂藏三字孟頫秀王後也宋元明卽一瞬閱紙墨筆斯四友宜豎寓靜而橫寓動此硯豎視之儼然並幅而不可用橫並乃堪磨墨故以此分動靜也詩爲詠更畫爲垂既再爲題詠鐫之硯並用夾紙片圖其兩面形製同貯匣中以便觀覽設如定武臨眞本此寶崇山峻嶺披

題元結庴亭硯

浯溪上構庴亭旌卽隱括元結語按字典中無庴字俯仰常欣山水清不識屢忝節度者龍賓倚馬有何成元結在肅宗時獨天下士所上時議三篇未見施用僅於山南西道荆南山南東道幕府忝佐久之始刺道州頗有政績旋以罷歸漫浪於人間結蕝文士中之有用者惜當時不能盡其材以致迄無成也

題張雨天然如意硯

歙石宋坑舊直方作几形銹猶留暴雨點畧露金星全體雖傷半精神不礙靈琢池肖如意應爲寫蓮經

題虞集澄泉結翠硯

絳紗漉取歷陶甄泥也而今較石堅通奉信稱能體物溯源結翠到澄泉

題趙孟頫硯

王孫松雪齋頹久遺跡空傳翰墨香祇有淬妃猶好在芸帷時晤十三行

題明製瓦硯

內府庫藏分典守各司存不相授受偶搜所弆舊陶泓復得三十皆瓊玖內府藏硯分貯各處因命內廷翰林檢之於懋勤殿藏者擇其十四養心殿藏者擇十二御書房藏者擇四硯之皆茲物也遂各爲題詠或端溪舊或澄泥乃識天家何不有此瓦雖非漢唐宋亦二百年用以久質堅製古與墨宜佐我文房之四友一以愜是召公言一以愬非坡翁手翁於二猶以爲多題此紛呈徒自醜

詠宣德蓬島仙壺硯

樓閣仙山湧海波製從宣德倣宣和同工書畫殊爲政是硯刻琢工巧倣宣和遺製傍有宣德年欵宣德亦工書畫而卽位

（後政平吏治綱紀修明較之宣和之君臣逸豫怠棄國政者不可同年語矣）明帝過於宋帝多

題文徵明研

衡山十四字留銘抽思能生翰墨馨棐几恰供宣席用高軒不共白雲停（衡山有停雲館）

題王寵登瀛硯

永和既仿右軍帖（背刻寵自書蘭亭叙）貞觀還摹學士圖豈不託懷千載壽雅宜今日亦知乎

題王世貞涵星硯

大海涵星沈不沈式如玉亦式如金設云何故珍鸜眼藉用文房鑑古今

王問四靈硯

行草升堂米與黄四靈刻硯佐文房爾時可有安邊策款印猶稱古職方（嘉靖時邊方已漸有事時王問官車駕郎中有古職方氏款印）

題項元汴東井硯

項家東井猶餘硯豈是五星所聚會閣亦山莊額天籟（避暑山莊內有閣亦額曰天籟）殊其閒雅用非應

詠董其昌畫禪室硯

老坑石貼五銖錢（背有五銖錢七枚董其昌得時已經入土出土者矣）側畔分明泐畫禪既曰香光契禪理依然著象豈真詮

題趙宧光聽雨硯

猶是宋坑石千年色古含撫看聽雨篆想共老禪參（硯額篆聽雨二字背鐫寒山趙宧光爲悟石老禪作）憶昔寒山畔每因遺蹟探臨池偶一試飛興到江南

題朱彝尊井田硯

曝書亭裏考經義井字硯田磨欲平自是伊人思復古可知復古實難行（井田不可行於後世向每切論之及題夏休周禮井田譜復爲闡發其義詳見前詩注）

題紫金石太平有象硯

紫金石硯臨朐產起墨益毫略亞端刻作太平稱有象斯之未信敢心寬

詠古銅壺硯

硯譜曾未別體撰（近著硯譜端歙諸石古瓦澄泥各備而獨無銅硯）範銅得此實欻見顯祖禾生說誕哉（硯範銅爲壺式）

形製樸雅墨濆深厚按北史齊顯祖本紀始有禾生銅硯之文又李方叔帖稱米元章錫生銅硯甚佳是硯雖無銘款而色澤古香當是數百年前物也元章筆墨誠

無間續存別體付懋勤亦弗臨池習六文太

保之訓曾孰讀語託好古徒云云

海天硯歌

湯湯瀛海洪波翻巖巖湧山蓬萊山三島峙

立噴華泉樓閣縹緲不可攀天吳罔象出沒

淵下臨無地上有天左日右月浴其間硯四周為波濤異獸而於海上湧出蓬萊三山樓閣聳峙額為三辰以象天因兩活眼為日月是

誰搠製未記年東坡卅二字勒篇硯背篆鐫蘇軾與墨為入云云硯銘疑南宋時坑出端細繹其義具精詮

黃庭尺宅方寸田中為硯窪方二寸餘上有池靈池有液

旱勿乾以沃道種滋腴妍凡手未可予墨研

宜贈右軍資腕懸俾書內外景以全

詠烏玉硯

不冰雖足爪巖寒受墨終須遜舊端應寄香

山白少傅陸機文讀試燒看

題蒼雪菴鳳凰池硯

非端弗玉玉其質責實循名名則疑既是中

峯緇侶用那更必繫鳳凰池硯左側有蒼雪菴寶用五篆字考明僧讀徹字蒼雪居吳之中峯能詩此硯或即其所用耳

定名米老堪徵矣硯上方鐫蛀硯何名米元章所謂晉研如鳳字兩足者名為鳳凰池也破奪荀君乃悵然蒼雪菴中粥飯

罷且供文字小乘禪

詠太極硯

太極初無物兩儀有是生名詮著茂叔妙義

寓陶泓高眼墨池表見李之彥硯譜方城石理庚見米芾硯史不愁眞硯壞玉局語尤精

詠天鹿玉硯

範銅肖天鹿琢玉作陶泓祇以靜為用寍稱

製特精楚庭無藉獻文苑共騰英設贈劉子

政青藜欲讓明

詠紅絲鸜鵒硯

鴻漸不羨用為儀石亦能言製亦奇疑是禰

衡成賦後鏤肝吐出一絲絲

題紅絲石四直硯

紅絲鸜鵒昨曾吟（昔有紅絲鸜鵒硯曾經題句以其有鸜鵒形因借用鸜衡事然彼乃歙石中之一種此則產自臨朐地雖異而名適同亦足稱以類聚也）小
式直方茲盍簪未識拔茅聲應處能如斯否
惕予心

題駝基石五螭硯

駝基石刻五螭蟠受墨何須誇馬肝設以詩
中例小品謂同島瘦與郊寒

詠舊臒村石玉堂硯

剎蝕漫嫌體不全成形物豈久長堅何年用
者玉堂客至著可過八影磚

詠舊蕉白七螭硯

龍之子或云雌者蕉白蠖然稱硯材設以南
朝人品擬抑爲陸也抑爲崔

詠舊子石科斗硯

不雕不琢適其初天作硯池科斗如爲告拈
毫習字者須從此法悟權輿

題鄭所南硯

坐惟南向此龍賓介石千秋尚有神博學宏

詞世恒有睪思叩闕上書人（見萬姓統譜）

題馮子振七星鳳池硯

活眼別開生面巧不於覆手於池端（刻石眼者多於覆手中茲刻於硯面池上殊別致也）想伊賦十八公際舉目七
星頭上看

題飲鹿硯

端溪巖石種尙有礦金存體具剛柔質光涵
雷電翻神龍誰割霧玉兔昔朝元琢作飲泉
鹿天池即此源

詠洮石蘭亭硯

洮石雖然遜舊端質佳亦得伴文翰坐來賢
主對嘉客疑是羲之與謝安訝撫畫圖原述
晉可知亭子得稱蘭題斯景不一而足（內府所藏）
（蘭亭硯入西清硯譜者五方俱經題詠）摹帖永和每憠（去聲）難

周天球玉堂硯

取友資他闇以章（鐫括天球自銘語）浴蘭津逮玉蘭
堂（是硯有周天球銘左側鐫浴蘭軒三篆字天球少遊文徵明之門玉蘭堂乃徵明書室故云）書箋畫卷常珍賞悟自箇中流出芳

題乾清宮所藏五硯

乾清兩（東西）暖閣書案披二酉案各陳名硯（乾清宮東暖閣書案陳晉玉蘭堂硯一西暖閣書案陳晉王獻璽水硯一高案陳元澄泥龍珠硯一）染翰三代久（是三硯皆國初所有每一濡毫式欽手澤）茲五乃散置較向覺自醜爰命皆於一漆匣藏珍玖多福（一宋漢硯多福硯）欽斂錫是川為之首九芝（二宋端石九芝硯）幷次之恰與蘭為友荷葉（三宋端石荷葉硯）宜夏淨睿思（四宋睿思東閣硯）實宋有翠雲（五松花江玉翠雲硯）松花玉（是硯乃松花江玉于即位以前所用雍正壬子曾為長歌）書屋陪予舊（叶）拭目覿故人愸在斯誠厚長言紀顛末龍賓庶不負五合擬過庭更惡揮毫手

索引

繪畫類

五畫

六畫

七畫

九畫

十畫

十一畫

十三畫

十四畫

十五畫

十六畫

十七畫

十八畫

十九畫

二十一畫

佚名

器物類

玉器類

周玉

漢玉

黃黑紅綠紫玉

檀玉

其他玉

和闐玉

痕都斯坦玉

陶瓷類

陶

瓷

柴窰瓷器

汝窰瓷器

官窰瓷器

哥窰瓷器

漆器類

硯類

端硯

歙硯

澄泥硯

其他硯

人物小傳

二畫

刁光胤（約八五二—九三五），五代後唐畫家。名刁光，一作光引，雍京（今陝西西安）人。工畫湖石、花竹、猫兔、鳥雀。性情高潔，交遊不雜，一生作畫勤奮，多爲花鳥，爲五代著名畫家黄筌老師，親授其藝。傳世作品有《寫生花卉册》，但後世有學者指其爲僞託之作。

丁雲鵬（一五四七—？），明末書畫家。字南羽，號聖華居士，休寧（今屬安徽）人。工書法，學鍾繇、王羲之。擅畫白描人物、山水、佛像，無不精妙，白描酷似李公麟，設色學錢選，絲髮之間而眉睫意態畢具，非筆端有神通者不能也，兼工山水、花卉；中年用筆細秀，略近文徵明、仇英畫法，晚年風格樸厚蒼勁，自成一家。供奉内廷十餘年，與董其昌、詹景鳳諸人交遊，故流傳作品多有董其昌、陳繼儒等人的題贊。董其昌贈以印章，曰『毫生館』，其得意之作，嘗一用之。作品有《山水》《洗硯烹茶圖》《羅漢圖》《摹宋人明皇夜宴圖》等。

丁觀鵬（一七三六—一七九五），清代畫家。北京人。工道釋、人物、山水，亦能作肖像，尤擅仙佛、神像，以宋人爲法，不尚奇詭，畫風工整細緻，受到歐洲繪畫的影響，學明代的丁雲鵬筆法，有出藍之譽。雍正四年（一七二六）進入宫廷爲畫院處行走，是雍正、乾隆朝畫院高手，與唐岱、郎世寧、張宗蒼、金廷標齊名，在宫廷畫院五十年左右，作品近二百件。傳世作品有《法界源流圖》，現藏吉林省博物館；《乞巧圖》卷，藏上海博物館；《無量壽佛圖》軸、《寶相觀音圖》軸藏故宫博物院；《説法圖》軸藏德國柏林民俗博物館。

四畫

仇英（一四八二—一五五九），明代畫家。字實父，號十洲，太倉（今屬江蘇）人，後移居吳縣。擅畫人物，尤長仕女，既工設色，又善水墨、白描，能運用多種筆法表現不同物件，或圓轉流美，或勁麗豔爽。偶作花鳥，亦明麗有致。與沈周、文徵明、唐寅並稱爲『明四家』。傳世作品有《竹院品古》《琵琶行》《明妃出塞》《劍閣圖》等。

尤求，生卒年不詳，明代畫家。字子求，號鳳丘（一作鳳山），長洲（今江蘇蘇州）人，後居太倉。畫學劉松年、錢選，工山水，尤長人物仕女，亦善道釋畫，嘗畫太倉小西門關帝廟壁，又爲弇山藏經閣壁畫諸佛像。傳世作品有《飲中八仙圖》卷、《品古圖》軸、《紅拂圖》軸、《風雲起蟄圖》軸、《人物山水圖》冊、《昭君出塞圖》卷、《圍棋報捷圖》軸、《柳陰遠眺圖》軸、《畫閣早梅圖》等。

卞文瑜（約一五七六—一六五五），清初畫家。字潤甫，號浮白、蘿庵，江蘇蘇州人。善山水、樹石勾剔，甚有筆意。嘗從董其昌講求筆法，故筆墨亦相近。萬曆三十九年（一六一一）作《荷亭消夏》扇，康熙十年（一六七一）作《湖莊清夏》扇，均藏故宮博物院。

文同（一〇一八—一〇七九），北宋文學家、畫家。字與可，號笑笑居士、錦江道人等，人稱石室先生，梓潼永泰（今四川鹽亭）人。神宗時期曾一度奉詔知湖州，未到任，半路而卒，但世人仍稱其爲『文湖州』。文學修養較高，蘇軾曾稱其詩、《楚辭》、草書及畫爲四絕。善畫墨竹，不唯寫形，賦予竹以品格，托物寄興，抒發個人情懷。作品有《墨竹圖》《盤谷卷》等。

文徵明（一四七〇—一五五九），明代文學家、書畫家。原名壁，字徵明，四十二歲起以字行，更字徵仲，因先世居衡山，故號衡山居士，世稱『文衡山』，長州（今江蘇蘇州）人。曾官翰林待詔。詩宗白居易、蘇軾，文受業於吳寬，學書於李應禎，學畫於沈周。在詩文上，與祝允明、唐寅、徐真卿並稱『吳中四才子』。在畫史

上與沈周、唐寅、仇英合稱『吳門四家』。其詩、文、書、畫無一不精，人稱是『四絕』的全才。在繪畫方面，他雖學繼沈周，但仍具有自己的風格。他一專多能，能青綠，亦能水墨，能工筆，亦能寫意。山水、人物、花卉、蘭竹等無一不工。繪畫作品有《青綠山水》《春雨晚煙圖》《晴山策騎圖》《紅葉漁梁圖》《東坡詩意圖》等。

文嘉（一五〇一—一五八三），明代畫家。字休承，號文水，長洲（今江蘇蘇州）人，文徵明仲子。吳門畫派代表畫家。畫承家傳，善畫山水，筆法清脆，頗近倪瓚，著色山水具幽澹之致，間仿王蒙皴染，亦頗秀潤，兼作花卉。作品有《梅花》小幅、《蓮藕淨因圖》《南村草堂圖》《仿米家苕溪春色》卷，《仿米友仁雲山》卷等。

文伯仁（一五〇二—一五七五），明代畫家。字德承，號五峰、攝山長、葆生、攝山老農、五峰山人、五峰樵客，長洲（今江蘇蘇州）人，文徵明侄子。工畫山水，效王蒙，學『三趙』（孟頫、令穰、伯駒），筆力清勁，巖巒鬱茂，佈景奇兀，時以巧思發之。善畫人物，亦能詩。其山水畫有簡、繁兩種面貌，簡者效文徵明細筆山水，景色疏朗，筆墨細秀，多抒情意趣；繁者出自王蒙，山林層疊，構圖飽滿，皴點繁密，境界鬱茂。作品有《山水》《品茶圖》《秋巖飛瀑圖》《松岡竹塢圖》《天池石壁圖》等。

文從昌，生卒年不詳，明代畫家。字順之，號南嶽，長洲（今江蘇蘇州）人，伯仁孫。質樸古雅，以書名。山水得家法，出入趙伯駒、王蒙，落筆娟秀，流風餘韻，往往似之。作品有《虎邱圖》等。

文從簡（一五七四—一六四八），明末書畫家。字彥可，號枕煙老人，長洲（今江蘇蘇州）人，文徵明曾孫，文嘉孫。山水畫似文徵明、文嘉，能傳家法，筆墨簡淡，略帶荒率之致，但較少變化，用水墨居多，境界空靈，氣韻渾厚。兼學王蒙、倪瓚，喜用枯筆皴斫，脫盡時人蹊徑。書法李邕，最得其神。繪畫作品有《停雲館圖》《鄭州風物圖》《瀟湘八景圖》《初冬燕居圖》《江山平遠圖》《介石書院圖》《寒山圖》等。

文俶（一五九五—一六三四），明代畫家。字端容，長洲（今江蘇蘇州）人，文從簡女兒，嫁趙宧光子趙靈筠，故文俶常在畫上落『天水趙氏文俶』款，鈐『趙文俶印』。文俶生性聰慧，書畫得家法，更工花鳥，見物既能摹寫，對捕捉花木草蟲的性情特徵，有獨到之處。作品有《花石寫生》等。

毛益，生卒年不詳，南宋畫家。崑山（今屬江蘇）人，一作沛（今江蘇沛縣）人。孝宗乾道間畫院待詔。工畫翎毛、花竹，尤能渲染，似欲飛鳴。傳世作品《牧牛圖》卷，描繪煙柳平丘、牧童牧牛之生動情景，造型準確，用筆簡率，現藏故宮博物院。

方從義（約一三〇二—一三九三），元末明初道士畫家。字無隅，號方壺，又號上清羽士、不芒道人、金門羽客、鬼谷山人，貴溪（今屬江西）人。善畫，兼工詩文、書法。其畫初師董源、巨然、米芾，又學趙孟頫、高克恭之法，畫風瀟灑，筆致跌宕，意境蒼茫，無塵俗之氣，以幽爲其畫特色，善畫雲山墨戲，筆下的景色多是冷寂、幽閉、塵俗絕少的地方。早年畫風嚴謹，晚年不拘於形，用筆奔放，滿含激情。存世作品有《雲山圖》《白雲深處圖》，藏上海博物館；《武夷放棹圖》，藏故宮博物院；《高高亭圖》《神嶽瓊林圖》，藏臺北故宮博物院。

方琮，生卒年不詳，清代畫家。字黃山，一字友璜，號石顛，浙江人。善山水，宗黃公望，從學於張宗蒼，深得其傳，作品以摹古爲多。嘗仿王希孟《千里江山圖》卷、黃公望《富春山居圖》卷、倪瓚《松林亭子圖》軸等，乾隆年間供奉内廷，作品深受乾隆喜愛，入藏内府甚多。作品有《山水八幀》《秋山行旅圖》《仿文伯仁聽雨樓圖》《仿黃鼎羣峯雪霽圖》等。

方鈞，生卒年不詳，清代畫家。字范斯，號秋巖，江蘇青浦（今上海市）人。山水仿『元四家』，筆墨秀潤，尤工墨竹。有《袖珍山水》卷藏之内府。

王齊翰，生卒年不詳，五代南唐畫家。金陵（今江蘇南京）人。後主李煜時爲宮廷翰林圖畫院待詔。工畫人

物、佛道宗教畫，兼擅山水、花鳥，以畫猿獐出名，好作山林丘壑、隱巖幽谷，以筆法工細爲特色。作品有《江山隱居圖》《勘書圖》《荷亭嬰戲圖》團扇等。

王詵（一〇四八—一一〇四），北宋畫家。字晉卿，太原（今屬山西）人。畫風承李成、郭熙筆法，多畫煙江遠壑、晴嵐絕澗、寒林幽谷等景致。作品傳世不多，代表作爲故宮博物院收藏的《漁村小雪圖》卷和上海博物館收藏的《煙江疊嶂圖》青綠、水墨各一卷。《煙江疊嶂圖》傳世不止一本，上海博物館所藏兩卷，一爲宋宣和裝裱青綠本，一爲水墨本，兩畫曾同時見著錄於《宣和畫譜》，均有徽宗題簽。

王希孟（一〇九六—？），北宋畫家。徽宗趙佶時係圖畫院學生，後召入禁中文書庫，曾奉事徽宗左右，經其親授指點筆墨技法，藝精進，畫遂超越矩度，工山水，作品罕見。徽宗政和三年（一一一三），終於繪成名垂千古之鴻篇傑作《千里江山》卷，時年僅十八，不久英年早逝。該圖現藏故宮博物院。

王淵，生卒年不詳，元代畫家。字若水，號澹軒，一號虎林逸士，錢塘（今浙江杭州）人。幼習丹青，受趙孟頫指教，故所畫皆師古人，無一筆院體。山水師郭熙，花鳥師五代黃筌，先勾勒，後皴染，水墨濃淡深淺，極有韻致，得寫生之妙，時稱『絕藝』。人物師唐人吳道子，注重綫條勾勒，不講究墨彩渲染，史稱『有筆而無墨』，自成風韻。作品有《三白獻瑞圖》《花竹春禽圖》《鸜鵒梅雀圖》《秋塘立鷺》卷等。

王振鵬，生卒年不詳，元代畫家。字朋梅，永嘉（今浙江溫州）人，官至漕運千戶。工墨筆界畫，筆法工緻細密，自成一體，亦擅人物。元仁宗賞識他，賜號弧雲處士（一作孤雲處士）。作品有《魚藻圖》《龍池競渡圖》等。

王冕（一二八七—一三五九），元代畫家、詩人。字元章，號老村、煮石山農、放牛翁、會稽外史、梅花屋主等，諸暨（今屬浙江）人。墨梅師法宋楊無咎，畫梅以胭脂作沒骨體，或花密枝繁，行草健勁，生意盎然，別具風格，是畫壇上以畫墨梅開創寫意新風的花鳥畫家；亦善畫竹石，兼能刻印，用花乳石作印材，相傳是他始

創。著有《竹齋集》。傳世作品有《南枝早春圖》《墨梅圖》等。

王蒙（一三〇八—一三八五，一說一二九八—一三八五），元末明初書畫家。字叔明，因晚年居黃鶴山，號黃鶴山樵，又號香光居士，湖州（今屬浙江）人，趙孟頫外孫，出身元代書畫世家。工書法，能詩文，尤擅畫山水，亦兼畫人物，與倪瓚、黃公望、吳鎮並稱『元四家』。書得家法。獨創『水暈墨章』，人氣磅礴、用筆熟練；山水常用皴法，好用蜷曲如蚯蚓的皴筆，有解索皴和牛毛皴兩種，以擅用筆撳變和『繁』著稱，並用淡墨勾石骨，純以焦墨皴擦，使石中無餘地，加以破點，望之鬱然深秀。傳世作品有《谷口春耕》《花溪漁隱圖》《秋山草堂圖》《夏日山居圖》，現藏於臺北故宮博物院；《葛稚川移居圖》，現藏於故宮博物院。

王繹，生卒年不詳，元末肖像畫家。建德（今屬浙江杭州）人，係曲藝人王曄之子。曾得到顧逵指點。著有《寫像秘訣》，爲其畫肖像的經驗之談，其中《彩繪法》《寫真古訣》《收放用九宫格法》等内容，爲現存較早之畫像著述。作品有《松下聽泉圖》等。

王紱（一三六二—一四一六），明代畫家。一作王芾，又作王黻，字孟端，後以字行，號友石，又號九龍山人、青城山人，無錫（今江蘇無錫）人。以墨竹名天下，得文同、吳鎮遺法，山水師王蒙、倪瓚，自有風度，用筆精到。傳世畫作有《瀟湘秋意圖》《江山漁樂圖》《秋林隱居圖》《竹鶴雙清圖》《墨竹圖》《蘆溝曉月圖》《燕京八景圖》《枯木竹石圖》等。

王謙，生卒年不詳，明代畫家。字牧之，號冰壺道人，錢塘（今浙江杭州）人。善畫梅，所作清奇可喜，落筆雄奇，有蒼龍出岫之勢。筆力挺勁幾如拗鐵，千花萬蕊，柔密疏簡，璀璨筆端。傳世作品有《梅花圖》軸，現藏故宫博物院；《卓冠群芳圖》軸藏上海博物院；《冰魂冷蕊圖》軸、《爲伯禮寫梅圖》軸藏天津藝術博物館。

王諤（一四六二—一五四四，一說一四五七—一五三〇），明代畫家。字廷直，奉化（今屬浙江）人。弘治初以繪事供事仁智殿。凡奇山怪石、古木驚湍之類，盡摹其妙，以畫名東南。其畫樹石多著煙靄之態，勢如潑

墨，而無四面枝幹叢生疏密之意；山水畫被宣宗稱爲『當代馬遠』。傳世作品有《江閣遠眺圖》《雪山行旅圖》《寒山圖》《秋堂吹簫圖》《瑞雪凝冬圖》《觀瀑圖》《雪嶺風高圖》《豐年農慶圖》《溪橋訪友》等。

王寵（一四九四—一五三三），明代書畫家。字履仁，後改字履吉，號雅宜山人，人稱『王雅宜』，長洲（今江蘇蘇州）人。工書畫，亦善詩文，兼擅篆刻；書法中尤擅小楷、行草書，代表作有《李白古風詩》《張華勵光詩》《石湖八絕句卷》，繪畫作品有《高樹虛亭圖》等。

王穀祥（一五〇一—一五六八），明代書畫家。字祿之，號酉室，長洲（今江蘇蘇州）人。嘉靖八年（一五二九）進士，官吏部員外郎。善寫生，渲染有法度，意致獨到，即一枝一葉，亦有生色，爲士林所重；書仿晉人，篆籀八體，用筆自如清新，頓挫有力，並臻妙品。繪畫作品有《水仙圖》《春雛得飼圖》《梅竹羣雀卷、《花鳥冊》等。

王問（一四九七—一五七六），明代官吏、書畫家。字子裕，號仲山，無錫（今屬江蘇）人。嘉靖十一年（一五三二）進士，歷官車駕郎中、廣東按察僉事等。書法類米芾，又似黃庭堅，點染山水、花鳥皆精；詩作蕭閑疏放，冲然自得，有《仲山詩選》《崇文館稿》等。繪畫作品有《山水》《拾得像》等。

王維烈，生卒年不詳，明代畫家。字無競，吳郡（今江蘇蘇州）人，周之冕弟子。工花鳥，筆致蒼拙，妍麗工整，落筆草草卻有情趣。作品有《猫石圖》《菱塘哺雛圖》《寒雀爭梅圖》《雙喜圖》《芙蓉秋鴨》等。

王綦，生卒年不詳，明代畫家。字履若，一作履石，吳縣（今江蘇蘇州）人。工山水，結構奇幻，別出新意；亦作人物、樹石、花鳥，隨意點染，不拘成法，所作筆墨高古，迥出流輩之外。傳世作品有《松林清話圖》《溪橋紅樹圖》《秋樹暮鴉圖》《秋園習靜圖》《東籬秋色圖》《梅花圖》《秋景山水圖》等。其中，《松林清話圖》《溪橋紅樹圖》，現藏臺北故宮博物院。

王時敏（一五九二—一六八〇），清初畫家。初名贊虞，字遜之，號煙客，自號偶諧道人，晚號西廬老人

等，太倉（今屬江蘇）人。崇禎初以蔭官太常寺少卿，故被稱爲『王奉常』。擅山水，專師黄公望，筆墨含蓄，蒼潤勁秀，渾厚清逸，對後代影響較大，王翬、吳歷及其孫王原祁均得其親授，並由此開創了『婁東畫派』，與王鑑、王翬、王原祁、惲壽平、吳歷合稱『清六家』。作品有《片石雙松圖》《晴嵐煙翠》長卷等。

王時翼，生卒年不詳，清代畫家。字又溟，太倉（今屬江蘇）人，王時敏族弟。工山水，法師李唐，蒼古雄渾；人物類宋旭、崔子忠，遒勁多姿。作品有《岳陽大觀圖》等。

王鑑（一五九八—一六七七），清代畫家。字元照，一字圓照，號湘碧，又號染香庵主等，太倉（今屬江蘇）人。『清六家』之一。崇禎六年（一六三三）舉人，曾一度官至廉州（今廣西合浦）太守，故人稱爲『王廉州』。因家藏古今畫作甚豐，繪畫初以摹古爲主，故早期作品多爲摹古之作，晚年師法山水大家董源、巨然畫法，並兼師法王蒙、黄公望等人筆法，擅長山水，用筆精到，善用中鋒，並喜以濃墨渲染樹木，能產生鬱鬱葱葱的效果，所畫山林丘壑深邃，皴法細密、爽朗，所作青綠山水，烘染得法，簡淡清麗，富有情趣，能體現出清爽宜人、妍麗融洽的感覺。現存作品有《虞山十景圖》冊、《溪色棹聲圖》軸等。

王翬（一六三二—一七一七），清代畫家。字象文、石谷，號臞樵、天放閒人、雪笠道人、海虞、山樵、清暉主人、烏目山人、耕煙外史、清暉老人、耕煙老人、耕煙散人、劍門樵客等，常熟（今屬江蘇）人。畫有家學，初拜張珂爲師，專摹元人黄公望的山水畫，後轉師王鑑，畫藝大進，經王鑑推薦，又師王時敏，在名師的指導下悉心臨摹歷代佳作且遊歷山川，畫藝終登堂入室，聲譽益著。康熙三十年（一六九一）奉詔入京，主持繪製《康熙南巡圖》，三年後完成，遂榮歸故里，以畫終其一生。他的弟子衆多，形成了『虞山畫派』，影響後世頗深，與王時敏、王鑑、王原祁、吳歷、惲壽平合稱爲『清六家』。作品有《春山飛瀑圖》《夏木垂陰圖》《秋山聳翠圖》《仿巨然夏山圖》等。

王原祁（一六四二—一七一五），清代畫家。字茂京，號麓台，又號石師道人，太倉（今屬江蘇）人，著名

畫家王時敏之孫。康熙九年（一六七〇）進士，官至戶部侍郎，人稱王司農。以畫供奉內廷。擅畫山水，繼承家法，學元四家，以黃公望爲宗，喜用乾筆焦墨，層層皴擦，用筆沉著，自稱筆端有金剛杵。與王時敏、王鑑、王翬、吳歷、惲壽平合稱『清六家』。作品有《仿古畫幀》《山水》卷、《秋山晴霽圖》《松壑流泉小景》等。

王炳，生卒年不詳，清代畫家。工山水，受業於張宗蒼之門。作品有《山水圖》《雪崖高士》《水村春色小》卷、《仿趙伯駒春山圖》等。

王元逢，朝代、生卒年不詳，繪畫作品僅見乾隆御題《芳杏叢蘭圖》。

巨然，生卒年不詳，北宋畫家。江寧（今江蘇南京）人，一說鍾陵（今江西南昌）人。曾爲江寧開元寺僧，後隨南唐後主至開封，在開寶寺爲僧。師法董源，專畫江南山水，所畫峰巒，山頂多作矾頭，林麓間多卵石，並掩映以疏筠蔓草，置之細徑危橋茅屋，得野逸清靜之趣，深受文人喜愛；以長披麻皴畫山石，筆墨秀潤，爲董源畫風之嫡傳，並稱『董巨』，對元明清以至近代的山水畫發展有極大影響。傳世作品有《秋山問道圖》《層巖叢樹圖》二軸，現藏於臺北故宮博物院；《萬壑松風圖》，現藏於上海博物館；《煙浮遠岫圖》，現藏於日本大阪市立美術館；《溪山蘭若圖》，現藏於美國克利夫蘭美術館。

五畫

愛新覺羅・弘曆（一七一一—一七九九），清高宗，一七三六至一七九五年在位，年號乾隆。乾隆皇帝好詩、書、畫，作品極多，詩作多達四萬餘首，其作品多採用『御題』，句中句尾多有跋語。紫禁城宮殿內絕大部分的匾額、楹聯，亦是出自其御筆。乾隆皇帝一生鍾情書畫藝術，不僅廣泛搜求收藏歷代書畫名跡，而且自己也熱衷於遊藝翰墨，其書法、繪畫、詩文都有一定的造詣。

愛新覺羅・弘旿（一七四三—一八一一），清聖祖康熙皇帝孫，愛新覺羅・胤秘第二子。字卓亭，號恕齋，

一號醉迂，別號瑤華道人，又號一如居士。能詩，工書、畫，以三絕稱。弘旿工畫，師董邦達，在清宗室諸畫家中與紫瓊道人胤禧齊名。

史杠，生卒年不詳，元代畫家。字柔明，號橘齋道人，永清（今屬河北）人。官至行省右丞。善畫人物、山水、花卉、翎毛等。作品有《杏花麻雀》等。

六畫

牟益（一一七八—？），南宋書畫家。字德新，一作德彩。工畫人物、山水，尤善仕女，師唐代周昉畫法，得其各色狀貌，所作情性神姿有唐人風韻，仕女白描筆法如行雲流水，神情意態生動傳神；所畫水墨山水，清潤秀美，超逸絕俗；書法亦佳，晚年喜篆書。嘉熙四年（一二四〇）作《搗衣圖》卷，畫中庭院秋深，高槐葉落，三十二位婦女搗練、裁衣、縫衣之勞動情景生動有致，圖後自跋云：『作於嘉熙庚子』，現藏臺北故宮博物院。

米芾（一〇五一—一一〇七），北宋書畫家。亦作米黻，世居太原，遷襄陽，後定居潤州（今江蘇鎮江），字元章，號襄陽漫士、海嶽外史等，故稱米海嶽、米襄陽，自號鹿門居士。歷任校書郎、書畫學博士、禮部員外郎等職，又因狂放，有潔癖，人稱米顛，與其子米友仁，世稱『二米』，或『大小米』。工詩文、善書畫、精鑒賞，好收藏。書法得力於歐陽詢、褚遂良、王獻之，用筆爽勁，與蘇軾、黃庭堅、蔡襄合稱『宋四家』；繪畫擅長枯木竹石，尤工水墨山水，將書法中的點畫用筆融於繪畫，並用大筆觸的水墨表現雲雨微茫的山林景色，獨創了『米點山水』，即用渾圓凝重的橫點錯落排列，連點成綫，以點爲皴，乾濕兼用，輔以寫染，將江南煙雲迷茫、風雨變幻的景象表現得淋漓盡致。繪畫作品有《雲山圖》《雲山煙樹》卷等。

米友仁（一〇八六—一一六五），南宋書畫家，米芾長子，人稱小米，初名尹仁，後更名友仁，字元暉，別號懶拙老人，世居太原，遷襄陽，後定居潤州（今江蘇鎮江）。善行書，山水畫師承其父米芾，又加以變化，自

成一家，所作山水，點雲煙水氣，遠山村落隱顯，其遠近、高下、前後巧妙布陳，準確而有層次地表現了『煙雲出沒萬變』的江南景色。繪畫作品有《瀟湘奇觀》《雲山墨戲圖》《雲山圖》等。

任仁發（一二五四—一三二七），元代官吏、水利專家、畫家。字子明，一字子垚，號月山，松江（今上海市）人。主要從事水利興修，曾先後主持過吳淞江、通惠河、黃河、練湖和海堤等工程，在中國水利史上作出過傑出貢獻，著《水利集》十卷。吏事之餘從事繪畫創作，善畫鞍馬、人物、花鳥等；其人物、鞍馬師法唐人及李公麟，用筆工細，綫條簡練而精確，設色明快秀麗，形象真實生動，有唐人風致，與趙孟頫齊名；花鳥畫師法黃筌，工整豔麗一格，接近宋代院體花鳥畫風。傳世代表作有《二馬圖》《出圉圖》《張果仙蹤圖》，均藏故宮博物院。

朱德潤（一二九四—一三六五），元代官吏、書畫家、詩人。字澤民，號睢陽山人，睢陽（今河南商丘）人。善詩文，工書法，畫山水，初學許道寧，後法郭熙，多作溪山平遠、林木清森之景，重視觀察自然，當北遊居庸關時，嘗作《畫筆記行稿》。繪畫作品有《山水》卷，《雪溪清興圖》《秀野軒》卷，《溪山秋霽圖》等。

朱叔重，生卒年不詳，元末畫家。一作叔中，吳縣（今江蘇蘇州）人，一云婁東（今江蘇太倉）人。工山水。作品有《秋山疊翠圖》《春塘柳色》等。

朱瞻基（一三九八—一四三五），明代皇帝，仁宗朱高熾長子，一四二六至一四三五年在位，廟號宣宗。雅尚翰墨，尤工於山水、人物、走獸、花鳥、草蟲等。其書畫作品常贈與重臣，上書年月及受賜者姓名，鈐『廣運之寶』、『武英殿寶』及『雍熙世人』等印章。繪畫作品有《魚缸》《花下貍奴》等。

朱倫瀚（一六八〇—一七六〇），清代武將、書畫家。字涵齋，又字亦軒，號一三。歷城（今屬山東）人。康熙五十一年（一七一二）武進士，官至正黃旗漢軍副都統，嫻技勇，能左右射。善書法，兼及衆體，蠅頭，擘

窠，各極其妙。繪畫得之天授，年四歲，即以石炭塗壁，肖諸鬼鳥獸像。工指頭畫，高麗國王嘗具厚幣乞畫，一時傳爲美談。繪畫作品有《松陰横琴圖》等。

朱汝琳，生卒年不詳，清代畫家。嘗於康熙五十年（一七一一）作《草蟲》卷。

阮郜，生卒年不詳，五代畫家。工人物，尤擅仕女，凡纖濃淑婉之態，瑶池閬苑之趣，萃於毫端，且多取道教題材。傳世作品有《閬苑女仙圖》，描寫西王母侍女萼綠華與董雙成的神仙故事，霓旌羽蓋，飄若淩雲，用筆精練，色彩豔麗，爲稀世珍品，現藏故宫博物院。

祁序，生卒年不詳，北宋畫家。江南人。工山水、人物、花竹、翎毛，兼長水牛及猫，尤善畫牛，有戴嵩遺風。傳世佳作有《江山放牧圖》卷，畫面近處有耕牛十六頭，形態各異，生動有趣，整幅畫面構圖開朗，筆力勁健，卷前有金章宗完顔璟簽題『祁序江山放牧圖』，現藏故宫博物院。

七畫

冷謙，生卒年不詳，明初道士。字啟敬，或曰起敬，道號龍陽子，錢塘（今浙江杭州）人，一作嘉興（今浙江嘉興市）人，或曰武陵（今湖南常德）人。行藏不詳，現存記載僅見其從事音樂、繪畫之事。作品見於著録者有《竹溪琴友圖》。

余省（一六九二—一七六七），清代宫廷畫家。字曾三，又字唯亭，號唯亭居士，常熟（今屬江蘇）人，余珣之子。乾隆時與唐岱、周鯤、徐璋、張廷彦等同侍内廷，師蔣廷錫。擅畫花鳥、蟲魚，尤擅畫蝴蝶，兼工蘭竹、水仙。作品有《秋芳圖》《海天羣鶴圖》《魚藻》卷、《菊花》《仿宣和三思圖》《雜花草蟲》卷、《仿林椿四季梅》等。

杜瓊（一三九六—一四七四），明代畫家。字用嘉，號東原耕者、鹿冠道人，人稱東原先生，南直隸蘇州府

吴縣（今江蘇蘇州）人。明經博學，翰墨書畫皆精，山水宗董源，層巒秀拔，亦工人物，好爲詩詞，其詩於評畫尤深。傳世作品有《天香書屋圖》軸，現藏上海博物館；《山水圖》軸及《友松圖》卷等，藏於故宫博物院；《聽泉圖》軸、《師林圖》軸藏於臺北故宫博物院；《墨筆山水》軸藏於四川省博物館。

呂紀（一四七七—？），明代畫家。字廷振，號樂愚，鄞（今浙江寧波）人。弘治年間曾被徵入畫院，曾一度官至錦衣指揮使。擅花鳥、人物，工筆花鳥名重一時。繪畫前期師法邊景昭，所畫花鳥工筆纖細，精巧秀麗，兼學林良水墨法，後臨仿唐宋諸家名跡，受馬遠等大家影響較大，兼工人物畫，喜運用簡練筆法、頓挫有致的綫條勾勒人物，注重傳神。現存作品有《桂菊山禽圖》《南極老人像》《殘荷鷹鷺圖》《雪梅斑鳩圖》等。

宋旭（一五二五—一六〇六），明代畫家。字初陽，號石門、石門山人，後爲僧，法名祖玄，又號天池髮僧、景西居士，嘉興（今浙江嘉興）人。爲『蘇松畫派』的先聲，爲吴門派支流。善山水，兼長人物，師沈周，學有師承。其山頭樹木，蒼勁古拙，巨幅大幛，頗有氣勢。與雲間莫廷韓入芝山社繪白雀寺壁，時稱妙絕。趙左、沈士充、宋懋晉等都出於他的門下。作品有《山水》《五嶽圖》《天香書屋圖》《歲朝圖》《西湖圖》等。

何浩，生卒年不詳，明代宫廷畫師。廣州人。以畫松著稱。存世作品有《萬壑秋濤圖》卷，現藏廣東省博物館。

汪承霈（？—一八〇五），清代官吏、畫家。字受時，一字春農，號時齋，別號蕉雪，汪由敦之子，原籍安徽休寧，後遷錢塘（今浙江杭州）。善詩詞，能書，工山水、人物及花卉。作品有《歲寒三益圖》《古柏水仙》等。

沈瑞，生卒年不詳，元代畫家。亦稱沈生，據元人陶宗儀的《輟耕錄》記載，爲黄公望弟子，曾爲楊維楨作《君山吹笛圖》。作品有《子猷訪戴圖》等。

沈度（一三五七—一四三四），明代書畫家。字民則，號自樂，松江華亭（今上海松江）人。永樂時以善書

選爲翰林典籍。他擅長篆、隸、真、行諸體書，書風婉麗，藏於秘府，被稱爲『館閣體』，爲明代臺閣體書法的代表人物，最得明成祖朱棣所喜愛，被朱棣譽爲『我朝王羲之』。傳世墨蹟較多，有楷書《敬齋箴》、隸書《四箴》、行書《詩頁》、跋宋劉松年《登瀛圖》、跋宋李公麟《歸莊圖》等；亦精繪畫，但作品極少，有《山水》《山意衝寒欲放梅圖》等。

沈周（一四二七—一五〇九），明代書畫家。字啟南，號石田，晚號白石翁，世稱『石田先生』，稱其所居爲『有竹莊』，居相城，故人稱『相城翁』，長洲（今江蘇蘇州）人。一生不仕，淡泊功名，博覽勤學，工山水畫，與文徵明、唐寅、仇英並稱爲『明四家』；畫名最大，是吳門畫派領袖。四十歲後始拓爲大幅，亦伴細筆，人物、山水、花鳥無一不精，而以山水、花鳥成就最爲突出；早期山水師承家學，兼師法董源、巨然和元四家，受王蒙影響較大，作品精工縝密，筆法纖細、嚴謹而微妙；中期改宗吳鎮，兼學倪瓚山水畫法，用筆勁強，墨色偏於濃重，以渾厚蒼鬱爲主，有磅礴之氣；晚期相容各家之長，形成了『粗枝大葉』、天真爛漫的獨特風格。作品有《山水》長卷、《秋風話歸圖》《秋林策蹇圖》《寒江垂釣圖》《盆菊圖》《竹堂寺觀梅圖》等。

沈士充，生卒年不詳，明代畫家。字子居，華亭（今上海市）人。工山水，筆法松秀，墨色華淳，丘壑蓓葱，皴染淹潤；畫山很少有突兀之勢，清蔚蒼古，爲松江畫派畫家。作品有《天香書屋圖》軸等。

吳道子（約六八〇—七五九），唐代畫家。畫史尊稱吳生，又名道玄，陽翟（今河南禹州）人。少時曾師從書法大家張旭、賀知章學習書法，後來改爲習畫，師法張僧繇、張孝師等大家，並逐漸形成豪放婉約兼而有之的畫風，把傳統的中原畫風與西域畫風融合起來，自創格局，年未弱冠已蔚然有大家氣象，早年筆法纖細流麗，至成熟期一變爲豪放灑脫；山水一改隋代以來的工緻風格，漸趨疏放，而他的人物畫更爲著名，有『吳帶當風』之譽，並能於焦墨綫條中略施淡彩，形成獨特的風格，世稱『吳裝』，被後人譽爲『畫聖』，被民間畫工尊爲祖師。作品據文獻記載有《五聖圖》《趙景公寺執爐天女》《菩提寺舍利佛》《天王力士》《地獄變相》《鍾馗捉

鬼圖》等，均已失傳。日本大阪市立美術館藏有《送子天王圖》傳爲其作。

吴鎮（一二八〇—一三五四），元代畫家，『元四家』之一。字仲圭，號梅花道人、梅道人、梅沙彌、梅花和尚等，嘉興（今屬浙江）人。少時曾學理學，終其一生隱居不仕，精通儒家經典，並好鉆研佛道。畫山水師承山水大家巨然，以蒼古沉鬱取勝，常用披麻皴，充分發揮了水墨豐潤、渾然的特色，以簡練荒疏的筆法體現出一種隱逸意味，天真自然；畫墨竹師承文同，格調簡率遒勁。作品有《山水》卷、《夏山欲雨圖》《松竹梅蘭四友圖》《秋江漁隱圖》《晴江列岫》卷等。

吴雲，生卒年不詳，明初官吏、畫家。字友雲，宜興（今屬江蘇）人。性明敏，善詩詞，工山水。元代爲翰林待制，入明仕太祖爲湖廣行省參政。作品有《谿午納涼圖》等。

吴彬，生卒年不詳，明代畫家。字文中，自稱枝庵髮僧，莆田（今屬福建）人。年輕時流寓金陵，歷官至工部主事。所畫人物、佛像形狀詭怪，自成一格，白描尤佳，筆意秀雅，款字多用篆字。山水結構精微，景色奇異，亦別具一格。花鳥工整清麗，生動傳神。作品有《五百羅漢圖》卷、《山水》長幅、《文杏雙禽》《山陰道上圖》《十八應真圖》等。其中，《十八應真圖》現藏於山東青島市博物館。

吴歷（一六三二—一七一六），清代畫家。本名啟，號漁山、桃溪居士等，因所居有言子墨井，又號墨井道人，常熟（今屬江蘇）人。『清初六大家』之一。早年師法王鑑、王時敏，皴染工細，清潤秀麗；中年以後，改學元諸大家，深受王蒙和吴鎮影響，逐漸形成自己的風格，重實景取材，風格深沉雄厚，多用中鋒，擅用重墨、積墨；晚期作品古健沉雄，結構嚴整，謹嚴沉著。作品有《湖天春色圖》軸、《人物故事圖》《松壑鳴琴圖》軸、《天池石壁圖》等。

吴應枚，生卒年不詳，清代畫家。字小潁，一字潁庵，歸安（今浙江湖州）人。雍正二年（一七二四）進士，官大理寺少卿。工詩，善畫山水，師王原祁。作品有《摹王維江村雪意圖》等。

李昭道，生卒年不詳，唐代畫家。字希俊，甘肅天水人。唐朝宗室，彭國公李思訓之子，長平王李叔良曾孫，曾爲太原府倉曹、直集賢院，官至太子中書舍人。擅長青綠山水，世稱小李將軍，兼善鳥獸、樓臺、人物，並創海景，畫風細緻精微，雖『豆人寸馬』，也畫得鬚眉畢現。傳世作品有《春山行旅圖》《明皇幸蜀圖》等。

李昇，生卒年不詳，隋唐時期畫家。小字錦奴，成都（今屬四川）人。年才弱冠，志攻山水，天縱生知，不從師學。始得唐張璪山水一軸，凝玩數日，云：『未盡妙矣。』後遂心師造化，意出前賢，數年之中，創成一家之能，俱盡山水之妙。作品有長卷《山水》《袁安臥雪圖》等。

李贊華（八九九—九三六），五代後唐官吏、畫家。本名耶律倍，小字圖欲，契丹人，遼太祖耶律阿保機長子，遼世宗耶律阮之父。通陰陽，知音律，工遼、漢文章，擅畫契丹人物。阿保機死後，次子耶律德光繼位，耶律倍受到監視，其恐遇不測，長興二年（九三一）投奔後唐，後唐明宗賜姓李，更名贊華。曾官懷化節度使，瑞州、慎州觀察使等。所寫貴人酋長胡服騎射，皆稱珍華。元朱德潤題其《射鹿圖》云：『筆法圓細，人馬勁健，真有盛唐風韻。』《射鹿圖》現藏於美國紐約大都會博物館。

李成（九一九—九六七），北宋畫家。字成熙，北海營丘（今山東臨淄）人。山水畫初師荆浩、關仝，繼承發展了北方山水畫派的風格，並有所創新，與關仝、范寬並稱北方山水畫三大家。所作山水具有氣象蕭疏、煙林清曠、毫鋒穎脱、墨法精微等鮮明特點，擅長以爽脱的筆法和富有微妙變化的墨色，表現山水煙靄霏霧和風雨明晦的不同景象，富有很強的筆墨表現力，用墨清淡而有層次，被後世稱爲惜墨如金。作品有《寒林鴉集》小卷、《寒林平野圖》《大禹泣辜圖》《茂林遠岫圖》等。

李公麟（一〇四〇—一一〇六），北宋畫家。字伯時，號龍眠居士，舒城（今安徽桐城）人。熙寧三年（一〇七〇）進士，歷任南康、長垣尉，泗州錄事參軍等職。師承顧愷之、陸探微、張僧繇、吳道子等前輩畫家，又綜合唐宋諸家之長，合成一家，初以畫馬出名，所畫之馬形神皆備，栩栩如生。後擅佛道宗教題材和人物，注

重刻畫人物內心，尤重『立意爲先』，能突出體現不同人物的不同身份特點，以及不同地域、種族、性格的具體特徵；畫法以白描最爲著稱，即僅以單純洗練、樸素自然的綫條來表現物象的形貌情態，使以往僅作爲粉本的白描，成爲獨立的、具有高度概括性和表現力的藝術形式，成爲可與重彩和水墨相抗衡的傳統繪畫樣式之一，爲豐富中國畫的表現技法作出了重大的貢獻，在中國繪畫史上有很高的地位。傳世作品有《五馬圖》，現藏於日本東京國立博物館；《臨韋偃放牧圖》，藏故宮博物院；《麗人行》，藏臺北故宮博物院。

李延之，生卒年不詳，宋代畫家。官至右班殿直。喜畫魚蟲草木，工寫生，得詩人之風雅。作品有《蓮塘秋色圖》等。

李唐（約一〇六六—一一五〇），北宋末南宋初畫家，字晞古，河陽三城（今河南孟縣）人。徽宗時任畫院待詔。早年山水師承荆浩、范寬，筆墨峭勁，寫北方山川的雄峻氣勢，結合了荆浩畫山石四面峻厚的氣勢和范寬墨氣厚重、皴法老硬的技法；晚年後筆力益健，去繁就簡，筆法宏闊、皴長、墨潤、勢暢，積墨深厚，創製『大斧劈』法，淋漓暢快，一變北宋山水畫嚴謹的格局，而開南宋豪放簡括的水墨山水畫的新面貌。傳世作品有《萬壑松風圖》《江山小景圖》《清溪漁隱圖》《采薇圖》等。其中，《江山小景圖》與《清溪漁隱圖》現均藏於臺北故宮博物院。

李迪，生卒年不詳，南宋畫家。河陽（今河南孟縣）人。孝宗、光宗、寧宗三朝時曾入畫院。繪畫受李唐影響，筆法細膩，但不失粗放韻致，所繪禽鳥、雞雛、猫犬等動物，均精確生動，羽毛刻畫尤爲細膩入微，富有質感，所畫襯景樹石，多用筆勁挺豪放，喜用水墨大筆渲染，筆法娟秀精細，流暢而自然。其始創工細與粗放相結合的畫法，多爲後代畫家效仿。傳世作品有《狸奴小影》《穀豐安樂》，藏於臺北故宮博物院；《雛雞待飼圖》《鷹窺雉圖》，藏於故宮博物院；《雪樹寒禽圖》，藏於上海博物館；《紅白芙蓉圖》，現藏於日本東京國立博物館。

李嵩（一一六六—一二四三），南宋畫家。錢塘（今杭州）人。出身貧寒，年少時曾以木工爲業。好繪畫，被宮廷畫家李從訓收爲養子，承授畫技，終成一代名家。光宗、寧宗、理宗三朝畫院待詔，時人尊之爲『三朝老畫師』。工畫人物道釋，得從訓遺意，尤長於界畫，人物畫用筆細緻，神采奕奕；花鳥畫精麗嚴謹，不覺繁縟呆滯；山水畫以意匠經營，情留象外，引人入勝；界畫不用界尺，而宮苑樓閣規矩繩墨皆備，不同凡響。現存作品有《貨郎圖》卷，藏於故宮博物院；《西湖圖》卷，藏於上海博物館。

李士行（一二八二—一三二八），元代書畫家。字遵道，薊丘（今北京市）人，李衎子。工詩文書畫，善山水，有前輩風致。畫竹繼承家法，枝葉挺秀，得寫生妙趣，精妙勝於乃父，兼師趙孟頫、鮮于樞法，風致高雅，山水界畫亦精。傳世作品有《江鄉秋晚》卷、《古木叢篁圖》《竹石圖》《山水圖》《松石圖》等。

李早，生卒年不詳，金代畫家。工人物、善畫馬，嘗作《三馬圖》《寒林獵騎圖》等。

李山，生卒年不詳，金代畫家。平陽（今山西臨汾）人。金世宗大定中（一一六一—一一八九）出任汾州節度使。善畫山水、樹石，師法郭熙、王詵，筆勢縱橫，若不經意，揮灑自如，不失法度。晚年精力不衰，能在壁上作大樹石。傳世作品《風雪松杉圖》卷，現藏美國弗利爾美術館。

李升，生卒年不詳，元代畫家。字子雲，號紫筼生，濠梁（今安徽鳳陽）人。晚年居青浦（今屬上海）澱山湖畔，築草堂，人稱『謫仙』。擅墨竹，喜作窠石平遠山水，頗有清趣。

李士達，生卒年不詳，明代畫家。號仰槐，一作仰懷，吳縣（今江蘇蘇州）人。萬曆二年（一五七四）進士。畫人物、山水名世，嘗論畫有五美云：『蒼、逸、奇、遠、韻』。五惡云：『嫩、板、刻、生、癡』。人謂其深得畫理。主要作品《松陰搔背》《松竹高士》《坐聽松風》《蕉陰獨酌》《西園雅集》《寒林鍾馗》《羅漢》卷、《仙山樓閣》《三駝圖》等。

李紹箕（一五五〇—一六三一後），明代畫家、詩人。字懋承，松江（今上海）人。紹箕少承家學，長於詩

文，擅畫山水，師岳父顧正誼，能師承其畫風，並因任職南昌，多涉歷山川勝景，畫藝益進，晚年運筆蒼勁，年八十有餘尚揮灑不倦。萬曆十七年（一五八九）嘗作《溪山訪隱圖》。

李肇亨，生卒年不詳，明代書畫家。字會嘉，號珂雪，又號醉鷗、爽溪釣士，後爲僧，法名堂瑩，嘉興（今屬浙江）人。工書法，精畫理，善山水，與趙左齊名，氣息渾古，風韻靜穆。作品有《鵠送春聲圖》等。

李因（一六一〇—一六八五），清初女詩人兼畫家。字是庵，號龕山逸史，晚號今生，會稽（今浙江紹興）人，一作錢塘（今浙江杭州）人。工畫山水、花鳥，疏爽雋逸，毫無女子纖弱之氣。亦工詩，著有《竹笑軒吟草》等，詩筆清奇，有中唐遺韻。繪畫作品有《墨卉圖》卷。

李世倬（一六八七—一七七〇），清代畫家。字漢章、天濤，號穀齋、菉園、星厓，別號十石居士、太平拙吏、伊祁山人、清在居士、芥道人、敬原主人、丁卯客，三韓（今內蒙古喀喇沁旗）人，一作奉天（今遼寧瀋陽）人。善山水、人物、花鳥、果品，各臻其妙，人物學吳道子筆法，花鳥、果品各種寫意則改其舅氏高其佩指畫爲筆畫，寫意傳神，頗有生趣，晚年亦喜用指墨寫人物、花鳥、小品，以焦墨細擦，得輕重淺深之致，神韻倍增，自具風貌。傳世作品有《雜畫》冊、《鍾馗策蹇載酒圖》《溪山訪友圖》《嵩祝圖》《亭林山色圖》《牡丹圖》《清舒山館圖》《秋雨江南圖》等。

李勉，生卒年不詳，清代詩畫家。字嘯村，懷寧（今屬安徽）人。工詩畫，擅山水、花卉、翎毛。時爲兩淮鹽運使，畫《虹橋攬勝圖》，著名於時。作品傳世不多，揚州博物館藏有其《墨荷圖》軸。

八畫

卓迪，生卒年不詳，明代書畫家。字民逸，號清約，奉化（今屬浙江）人。善寫水墨山水，嘗師朱自芳，得其心妙，而筆法精緻實過之。兼工隸篆，永樂中以能書召入翰林。南京報恩寺湧壁有其手跡。繪畫作品有《修禊

圖》等。

居節（約一五二四—約一五八五），明代書畫家。字士貞，號商谷，吳縣（今江蘇蘇州）人。少從文徵明遊，書、畫爲入室弟子。山水畫法簡遠，有宋人之風。傳世作品有《品泉詩意圖》《松蔭觀瀑圖》《雲嵐松色圖》《萬松小築圖》《潮滿春江圖》等。

金鉉（一三六一—一四三六），明代書畫家。字文鼎，一字倚素，華亭（今上海松江）人。自幼嗜學，至孝其母，洪武中徵薦之京師，以母老辭。工書法，尤擅章草，詩文流麗，善畫山水，稱三絕。山水仿黃公望、高克恭。作品有《滄浪濯足圖》《白鷗話舊圖》等。

金昆，生卒年不詳，清代畫家。康熙時供奉內廷。善畫山水、花鳥，乾隆五年（一七四〇）曾與陳枚、孫祜、程志道、丁觀鵬合作《慶豐圖》。作品有《虎邱待月圖》等，傳世作品有《烏詩圖》冊（二十幅），現藏故宮博物院。

金廷標，生卒年不詳，清代宮廷畫家。字士揆，烏程（今浙江湖州）人。畫家金鴻（字耕山、令昭）子。繼承父藝，工畫人物、山水、寫真、花卉，界畫亦精緻，尤擅白描，設色淡逸明潔，用綫剛勁，轉折處鋒芒畢露，無不勁健。衣紋提按長描連綿不斷，眉目傳神，所畫不以工緻取勝，而以機趣爲尚。傳世作品有《春元瑞兆圖》軸，藏日本大阪市立美術館；《觀音大士像》軸，藏瀋陽故宮博物院；《婕妤擋熊圖》軸、《瞎子說唱圖》軸、《羅漢圖》軸、《蓮塘納涼圖》軸等，藏故宮博物院。

周昉，生卒年不詳，唐代官吏、書畫家。字仲朗，一字景玄，京兆（今陝西西安）人。曾任越州、宣州長史。善寫貌，時人稱：『韓幹得形似，昉得精神姿致』。佛像真仙、人物仕女，皆稱神品。作品有《麻姑仙壇書畫幀》《美人調鸚鵡圖》等。

周文矩（九一七—九七五前後），五代南唐畫家。建康句容（今江蘇句容縣）人。後主李煜時期任翰林待

詔。工畫佛道、人物、車馬、屋木、山水，尤精於仕女，亦是出色的肖像畫家，還善於描寫兒童生活，有《嬰戲圖》卷、《宮中圖》卷等。傳世作品有《明皇會棋圖》卷、《重屏會棋圖》卷等。

周東卿，生卒年不詳，宋末元初畫家。專工畫魚。有文天祥贊周東卿畫魚詩云：『觀君瀟湘圖，起我濠上心。』完成於至元二十八年（一二九一）的《魚樂圖》，當爲周東卿傳世僅存的作品，一九四七年爲美國大都會博物館購藏。

周砥，生卒年不詳，約一三六七—一四一六年前後在世，明代畫家。字履道，號東皋，別號匊溜生，吳縣（今江蘇蘇州）人，寓無錫（今江蘇無錫）。善山水。作品有《秋山落木圖》《宜興小景》與沈周合作《山水合卷》等。

周臣（？—一五三五），明代畫家。字舜卿，號東村，吳縣（今江蘇蘇州）人。擅畫山水人物，畫法嚴整工細，爲世所寶。作品有《豐樂圖》《村莊農慶圖》《春畦挈榼圖》《春泉小隱圖》《羊裘垂釣圖》等。

周用（一四七六—一五四七），明代官吏、畫畫家。字行之，號伯川，江蘇吳江人。弘治十五年（一五〇二）進士，授行人，官至吏部尚書。爲人端亮有節概，書法俊逸；善繪事，佈置渲染，備極高雅。繪畫作品有《鋤經圖》《甫田農慶圖》等。

周天球（一五一四—一五九五），明代書畫家。字公瑕，號幼海（《明畫錄》作幻海），太倉（今屬江蘇蘇州）人。少游文徵明門下，習爲書法。亦工蘭草，間作花卉，自具風格，有出新之妙。繪畫作品有《古寺清江便面》等。

周之冕（一五二一—？），明代畫家。字服卿，號少谷，長洲（今江蘇蘇州）人。善畫寫意花鳥，用勾勒法畫花，以水墨點染葉子，人稱勾花點葉法。其作花鳥，形象真實，意態生動，設色鮮雅。蹊徑異趣，作品有《松蔭雙鶴圖》《梅花圖》《寫生》卷等。

周道行，生卒年不詳，明代畫家。吳縣（今江蘇蘇州）人。萬曆間以繪事知名，山水、人物佈景似張宏。作品有《歲朝圖》等。

周璕（一六四九—一七二九），清代畫家。字昆來，號嵩山，江寧（今江蘇南京）人。工畫人物、花卉、龍馬。嘗以所畫龍掛於黃鶴樓，標價百金。作品有《鐵騮圖》《墨龍圖》等。

周鯤，生卒年不詳，清代宮廷畫家。字天池，常熟（今屬江蘇）人。工山水、人物，亦擅梅花。乾隆時與唐岱同直內廷，供奉如意館。作品有《山水》冊頁、《山水十幀》《仿唐寅終南十景圖》等，傳世作品《風俗圖》冊頁，現藏故宮博物院。

范寬，生卒年不詳，北宋畫家。一名中正，字中立，華原（今陝西耀縣）人。擅畫山水，爲北宋山水畫三大名家之一。初學李成，後隱居終南、太華，對景造意，寫山真骨，自成一家。其畫峰巒渾厚端莊，氣勢壯闊偉岸，令人有雄奇險峻之感，用筆強健有力，皴多雨點、豆瓣、釘頭，山頂好作密林，常於水邊置大石巨巖，屋宇籠染黑色，作雪景亦妙。存世作品有《溪山行旅圖》《雪山蕭寺圖》《雪景寒林圖》等。

范時成，朝代、生卒年均不詳，繪畫作品僅見乾隆御題《秋山訪友圖》。

郎世寧（一六八八—一七六六），意大利人，出生於米蘭。清代天主教耶穌會修士、畫家兼建築家。康熙五十四年（一七一五）來中國傳教，任清朝宮廷畫家，曾參與增修圓明園建築工事。擅長肖像、花鳥、走獸，畫馬最多，亦最傳神，所作參酌中西畫法，注意透視及明暗，刻畫細緻，注重寫實，在具體的表現手法上，郎世寧發揮了西洋畫法中常應用的前重後輕、前實後虛、前大後小等寫景方法，使畫面產生空曠深遠的境界，草木、山水、人物無不寫實精緻，以別具一格的中西合璧畫法而聞名清代畫壇，是把西洋畫技法運用於中國畫創作的典型代表人物。傳世作品有《萬樹園賜宴圖》《白猿圖》《松鶴圖》《竹蔭西圖》《嵩獻英芝圖》《聚瑞圖》《孔雀開屏圖》《平安春信圖》《乾隆皇帝大閱圖》等。

九畫

愛新覺羅・胤禧（一七一一—一七五八），清聖祖康熙皇帝第二十一子，雍正皇帝異母弟。雍正皇帝胤禛即位後，爲避名諱改爲『允』字排行，胤禧因此又作『允禧』。胤禧一生能文能武，詩畫文采在康熙諸子中較爲突出，自號『紫瓊道人』，又號『春浮居士』，著有《花間堂詩鈔》等。其畫風遠習五代時南唐畫家董源，近學明代畫家文徵明。

柯九思（一二九〇—一三四三），元代書畫家。字敬仲，號丹丘生，台州仙居（浙江天台）人。博學能詩文；善書，四體八法俱能起雅去俗。素有詩、書、畫三絕之稱。他的繪畫以『神似』著稱，擅畫竹，並受趙孟頫影響，主張以書入畫，曾自云：寫幹用篆法，枝用草書法，寫葉用八分，或用魯公撇筆法，木石用折釵股、屋漏痕之遺意。作品有《夏山欲雨圖》《白雲精舍圖》《鳳尾竹圖》《晚香高節圖》等。

侯懋功，生卒年不詳，明代畫家。字延賞，號夷門，吳縣（江蘇蘇州）人。山水師錢穀，受法於文徵明，後宗王蒙、黃公望，入元人之格，爲世所珍。作品有《溪山高逸圖》等

俞舜臣，生卒年不詳，明代畫家。字治甫，號海峯，錢塘（今杭州）人，俞恩子。繪事頗得其父法，喜觀長流疊嶂，工山水人物，花鳥尤精。作品有《百花圖》《多黍久安圖》等。

姚廷美，生卒年不詳，元代畫家。活動年約爲元至正年間（一三四一—一三六八），字彦卿，吳興（浙江湖州）人。與孟珍、吳庭暉同時齊名。善山水，師郭熙，筆亦勁健。存世作品有《餘閒圖》《雪江漁艇圖》《雪景山水圖》《溪閣流泉圖》等。

姚綬（一四二二—一四九五），明代官員、書畫家。字公綬，號穀庵，又號仙癡、丹丘生、穀庵子、雲東逸史，浙江嘉興大雲寺人。能詩，工書畫，擅畫山水及竹石小景。山水宗吳鎮，亦取法趙孟頫、王蒙。繪畫作品有《江南春雨圖》《寒林鸜鵒圖》《煮茶圖》《秋英馴猫圖》《秋江獨釣圖》等。

姚體倫，生卒年不詳，明代書畫家。字汝明，號次華，金山（今屬上海）人。工花卉、禽蟲，凡蟲魚花草，隨意點綴，無不靈動如生，風格在陳淳、孫叔美之間。作品有《蜻蜓紅蓼圖》等。

姚文瀚，生卒年不詳，清代宮廷畫家。號濯亭，順天（今北京）人。乾隆時供奉內廷，工道釋、人物、山水、界畫，曾作《仿清明上河圖》卷，乾隆題詩並注：『此卷較擇端原本尺幅縱橫倍減，而臨摹畢肖，人物益小，尤見精能。』嘗畫《梧蔭清暇圖》《春朝嬰戲圖》《歲朝歡喜圖》《觀音像》《文殊像》《仿宋人宮市圖》《紫光閣錫宴圖》《竹林七賢》等。

胡瓌，生卒年不詳，五代後唐畫家。山後契丹烏索固部落人，隨李克用入中原，定居范陽（今河北涿州）。擅寫北方遊牧民族牧馬、馳獵等生活，穹廬什器、射獵部屬，纖悉形容備盡。所作用筆清勁，構圖巧密，人物氣質獷悍，形象各異，尤工畫馬，骨骼體狀生動有神。傳世作品有《卓歇圖》卷，現藏故宮博物院。

胡廷暉，生卒年不詳，元代畫家。吳興（今浙江湖州）人。工寫山水，所畫青綠山水及花鳥，甚精密，尤善補畫，技藝高超。作品有《白雲出岫圖》《紅槿花圖》《素馨花圖》《雁來紅圖》《歸去來圖》等。

胡桂，生卒年不詳，清代畫家。號月香，吳縣（今江蘇蘇州）人。工山水，酷似惲壽平。嘉慶四年（一七九九）仍供奉內廷，年已五十餘，凡內府所賞賜諸王公貴人畫扇，皆其手筆。作品有《仿吳彬山陰道上圖》等。

十畫

展子虔（約五五〇—六一七），隋代畫家。渤海（今山東陽信縣）人。善畫人馬、山水、樓臺。曾在洛陽天女寺、雲花寺、長安靈寶寺、崇聖寺等繪製佛教壁畫。作品有《法華變相圖》《長安車馬人物圖》《弋獵圖》《王世充像》《朱買臣覆水圖》《北齊後主幸晉陽宮圖》《授經圖》《石勒問道圖》等。傳世作品有《遊春圖》

軸，現藏故宮博物院。

倪瓚（一三〇一——一三七四），元末畫家、詩人。初名珽，字泰宇，後字元鎮，號雲林子、荆蠻民、幻霞子等，無錫（今屬江蘇）人。家富，博學好古，四方名士常至其門。擅畫山水、墨竹，師法董源，受趙孟頫影響，早年畫風清潤，晚年變法平淡天真，疏林坡岸，幽秀曠逸，筆簡意遠，惜墨如金，以側鋒乾筆作皴，名爲『折帶皴』；墨竹偃仰有姿，寥寥數筆，逸氣橫生；書法從隸入，有晉人風度；亦擅詩文。與黄公望、王蒙、吳鎮合稱『元四家』。作品有《萬壑秋亭》《水竹居圖》《獅子林圖》《竹溪清隱》卷、《秋亭嘉樹圖》等。

夏圭，又作夏珪，生卒年不詳，南宋時期畫家。字禹玉，錢塘（今浙江杭州）人。寧宗時曾爲畫院待詔，畫風與馬遠極爲相近，構圖亦多空白，人稱『夏半邊』，畫史中多以『馬、夏』並稱。夏圭的小幅作品，大多筆法簡括，墨色蒼潤，詩意濃厚。與李唐、劉松年、馬遠合稱『南宋四大家』。是北派山水代表人物之一。作品有《山水》卷、《秋江風雨圖》《長江萬里圖》《溪山清遠圖》等。

夏昶（一三八八——一四七〇），明代官吏、畫家。字仲昭，號自在居士，又號玉峰，江蘇昆山人。永樂十三年（一四一五）進士，後歷任中書舍人、吏部考功主事、瑞州知府、太常寺少卿等職。擅畫墨竹，初期繪畫風格師法王紱，後改學吳鎮、倪瓚等山水大家，逐漸形成了自己獨創的風格。其藝術特點是構圖嚴謹，注意法度、結構，筆濃墨深，起筆收筆時擅以楷書入畫，簡潔清潤，富有情趣，畫巨幅喜歡一氣呵成，流暢自然，水墨畫叢竹坡石、枝葉紛披，臨風搖曳，筆勢挺勁瀟灑。作品有《竹泉春雨圖》《松泉竹石圖》等。

袁尚統（一五七〇——一六六一年後），清初畫家。字叔明，吳縣（今江蘇蘇州）人。善畫山水、人物、花鳥，山水蒼潤渾厚，意境宏遠，人物筆墨超逸奔放，頗得宋人筆意，獨具自家風格。傳世作品有《遠溪秋興圖》《枯水寒鴉圖》《泰山松色圖》《維揚古渡圖》《寒鴉圖》《洞庭風浪圖》《寒江獨釣圖》《歸人爭渡圖》《迎春圖》《枯林孤棹圖》等。

袁瑛，生卒年不詳，清代宮廷畫家。字近華，號二峰，元和（今江蘇蘇州）人。善山水、花卉。乾隆三十年（一七六五）供奉内廷。傳世作品有《普寧寺圖》《喬木高居圖》《江山秋色圖》《泰山漢柏圖》《攜尊問事圖》，與姚文瀚合畫的《盤山圖》軸，與方琮等繪製的八開《山水合冊》等。

唐棣（一二九六—一三六四），元代畫家。字子華，號遁齋，祖籍錢塘（今浙江杭州），因先世在吳興做官，遷徙歸安（今浙江湖州）。幼年聰穎好學，文思敏慧，能詩善畫，有『奇童』之稱，爲趙孟頫、馬煦賞識，常出入趙府，交往益深；馬煦陞爲刑部尚書，遂攜唐棣至京，延祐初進薦仁宗，以繪畫侍奉宮廷。作品有《山水圖》《椒盤慶歲圖》《踈林策蹇圖》《秋林對弈圖》《煙波漁樂圖》《朔風飄雪》等。

唐寅（一四七〇—一五二三），明代文學家、書畫家。字伯虎，一字子畏，號六如居士、桃花庵主、魯國唐生、逃禪仙吏等，據傳明憲宗成化六年（一四七〇）庚寅年寅月寅日寅時生，故名唐寅，吳縣（今江蘇蘇州）人。其山水師周臣和李唐、劉松年等人，初期多呈院體風貌，早年擅長工筆重彩，設色豔麗，秀潤清麗；後期改師法元人畫法，長於水墨寫意，大幅氣勢磅礴，小幅清秀亮麗，多表現雄偉險峻的江山，描摹江南景色，朦朧秀麗，體現出文人逸士悠閒的生活；人物畫多描寫古今仕女生活和歷史故事，造型準確，體態優美，情態瀟灑自然而高雅，社會寓意深刻；花鳥以水墨爲主，灑脫活潑，秀逸可人。與沈周、文徵明、仇英並稱『吳門四家』。作品有《山水》卷、《品茶圖》《湖光晴色》《採蓮圖》《層巖策杖圖》《秋山讀書圖》《折梅仕女圖》等。

唐岱（一六七三—一七五二），清代畫家。字毓東，號靜巖，又號知生、愛廬、默莊，滿洲正藍旗人。山水畫初從焦秉貞學，後與王敬銘、張宗蒼同爲王原祁弟子，名動京師。康熙帝甚賞其畫，常召作畫，賜『畫狀元』，其作品和理論在畫院稱譽於時。山水師法王原祁，遠承董、巨、黄、王之遺脈，用筆沉厚，佈局深穩，但爲適應宮廷需要，其畫風更趨纖秀細膩，瑣碎繁複，富於裝飾性。作品有《山水》軸、《山莊春曉圖》《秋林讀易圖》《寒山萬木圖》《重巒疊翠圖》《劉長卿詩意圖》《松鶴圖》《溪流曲盡圖》等。

唐岳，生卒年不詳，清代畫家。字東巖，嘉興（今屬浙江）人。畫人物栩栩如生。繪畫作品有《秋英圖》等。

高克明，生卒年不詳，宋代畫家。絳州（今山西新絳）人。主要活動時期在太宗、仁宗二朝，爲當時的山水畫家，亦善佛道、人馬、花竹、翎毛、禽蟲、畜獸、鬼神、屋宇等，皆造於妙。工畫山水，採擷諸家之美，參成一藝之精，團扇臥屏，尤長小景。作品有《廬山草堂圖》等。

高克恭（一二四八—一三一〇），元代畫家。字彦敬，號房山，回鶻人，曾官至刑部尚書。善畫山水，墨竹。初學米芾父子，晚年糅合李成、董源、巨然等多家風格而自成一家。尤以《林巒煙雨圖》《雲横秀嶺圖》的描繪最爲精絕。時與趙孟頫、商琦、李衎並稱『元四家』。作品除提到的二幅外，還有《青山白雲圖》《青山半晴雨》卷、《林壑高風》《雨景》等。

馬和之，生卒年不詳，南宋畫家。錢塘（今浙江杭州）人。爲南宋宮廷畫院中官品最高的畫師，居御前畫院十人之首。擅畫佛像、界畫、山水，尤擅人物，人物師法吴道子、李公麟，用筆起伏、綫條粗細變化明顯，著色輕淡，筆法飄逸流利，活潑瀟灑，富有韻律感，出入古法，脱去習俗，自成一家，時有『小吴生』之稱。作品有《周頌圖》《袁安臥雪圖》《松下撫琴圖》《荷亭納爽圖》《秋林曳杖圖》等。

馬遠，生卒年不詳，南宋時期畫家。字遥父，號欽山，祖籍河中（今山西永濟），生長錢塘（今浙江杭州）。光宗、寧宗時期曾爲畫院待詔，畫法受其家學影響較大，並師法李唐，後漸形成自己獨有的風格。其山水畫善於取景，常能以偏概全，從小中見大，故時人稱之爲『馬一角』；用筆上，擴大了斧劈皴法，並擅用勾綫，畫山石喜用筆直掃，水墨俱下，淋漓暢快，且棱角分明；其獨創勾綫畫法，對南宋後期院畫有很大的影響。與夏圭、李唐、劉松年合稱『南宋四家』。作品有《歲朝圖》《秋江漁隱圖》《江山萬里圖》《歲寒三友圖》《探梅圖》等。

馬麟，生卒年不詳，南宋畫家。麟一作驎，原籍河中（今山西永濟），南渡後三代居錢塘，馬遠之子。畫承家學，擅畫人物、山水、花鳥，用筆圓勁，軒昂灑落，畫風秀潤處過於乃父。寧宗嘉泰間授畫院祇候。作品有《溪山行旅圖》《花卉小幀》《靜聽松風圖》等。其中《靜聽松風圖》軸，現藏臺北故宫博物院。

馬琬，生卒年不詳，明初畫家。字文璧，號魯鈍生、灌園人，出生秦淮（今江蘇南京），元末客居松江（今上海市）。明太祖洪武三年（一三七〇）被召進京，出任撫州知府。善詩文，少年時曾就學於楊維楨；楊極推重他的畫，因此名望甚高。擅長山水，師法董源、巨然、米芾，尤醉心黄公望，多作淺絳山水，構圖嚴謹，景物繁複，筆墨清潤細密。傳世作品有《春山清霽圖》，現藏臺北故宫博物院；《暮雲詩意圖》，現藏上海博物館；《雪崗渡關圖》，現藏故宫博物院；《青山紅杏圖》冊頁，現藏天津藝術博物館；《夏山欲雨圖》，現藏日本大阪市立美術館；《溪山行旅圖》軸，藏美國高居翰先生景元齋。

孫克弘（一五三二或一五三三—一六一一），明代書畫家。一作克宏（避高宗諱），字允執，號雪居，松江（今上海市）人，禮部尚書孫承恩子。天資高敏，刻意書、畫，畫山水學馬遠，雲山仿米芾，花鳥似徐熙、趙昌，竹仿文同，蘭仿鄭思肖，時寫人物、仙釋，兼帶粱楷，縱横點綴，皆有根據，善用枯老之筆行幹作花，或著色或水墨，皆極古淡。晚年摒卻一切，僅寫墨梅，亦有雅尚。作品有《松泉》《盆蘭》《百花圖》《折枝花卉圖》《蛛竹圖》等。

孫枝，生卒年不詳，明代畫家。字叔達、微之，號華林、華林居士，吴縣（今江蘇蘇州）人。工書善畫，長於山水，師法文徵明，所作山水意境幽深，風格秀整；花卉、人物亦佳，爲吴門派畫家之一。作品有《聽泉圖》等。

孫杕，生卒年不詳，清初畫家。錢塘（今浙江杭州）人。用筆遒勁，畫寫生花鳥直逼黄筌、趙昌，尤精鈎勒飛白竹石，兼工真、隸、行、草。有與藍瑛合繪《竹菊文石圖》。

孫祜，生卒年不詳，清代宮廷畫家。江蘇人。工人物、山水，宗法王原祁。乾隆元年（一七三六）曾與陳枚、金昆、戴洪、程志道合繪《清明上河圖》。有與周鯤、丁觀鵬合繪《十八學士圖》等。

孫琰，生卒年不詳，清代宮廷畫家。善山水，嘗繪《仙山樓閣圖》。

徐熙，生卒年不詳，五代南唐畫家。金陵（今江蘇南京）人，一說鍾陵（今江西南昌附近）人。擅畫花竹林木、禽魚、蔬果，蟬蝶草蟲等題材，其妙與自然無異。無師承，自成一家。其代表作有《雪竹圖》《海棠圖》《石榴圖》《玉堂富貴圖》《雛鴿藥苗圖》等。

徐崇嗣，生卒年不詳，北宋畫家，金陵（今江蘇南京）人，徐熙之孫。其兄崇矩、崇勳均爲北宋名畫家。工花鳥、草蟲，初學其祖父畫法，因不合當時畫院程式和風尚，遂改學黃筌、黃居寀父子，後他自創新體，畫花全用彩色暈染而成，不見墨筆，世稱『沒骨圖』，亦稱『沒骨花』，他是『沒骨花』的創始人。存世作品極少，傳有《豆花蜻蜓圖》《荷塘雙鴛圖》《花下烏員圖》等。

徐賁（一三三五—一三九三），明初畫家、詩人。字幼文，祖籍四川，居毗陵（今江蘇常州），後遷平江（今江蘇蘇州）城北，號北郭生。工詩，與高啟、楊基、張羽齊名，稱『吳中四傑』，亦被列爲『明初十才子』之一。擅畫山水，亦長於墨竹。作品有《閬州山水》卷、《關山行旅圖》《吳興清遠》卷、《廬山讀書圖》《獅子林圖十二幀》等。

徐渭（一五二一—一五九三），明代文學家、書畫家、軍事家。字文清，後改字文長，號天池山人，晚號青藤道士，或署名田水月，浙江山陰（今浙江紹興）人。天才超逸，詩文書畫皆工，且知兵好計。繪畫方面山水、人物、花鳥、竹石無所不能，以花卉最爲出色，公認爲青藤畫派之鼻祖。作品有《寫生》卷、《潑墨十二種》《墨花九段》卷等。

徐揚，生卒年不詳，清代宮廷畫家。字雲亭，蘇州（今屬江蘇）人。擅長人物、界畫、花鳥草蟲，畫梅既蒼

勁又秀雅。乾隆時期供奉內廷。受法蘭西人賀清泰（一七三五—一八一四）、波希米亞人艾啟蒙（一七〇八—一七八〇）影響，寫實功力日益精深。於乾隆二十四年（一七五九）畫《姑蘇繁華圖》卷（又名《盛世滋生圖》卷）。而後又畫出了著名巨作《乾隆南巡圖》（共十二卷）等歷史畫卷。作品還有《白鷴花卉》卷、《芙蓉水禽圖》《梨花雙燕圖》《摹黃公望筆意》卷等。

陶成，生卒年不詳，明代書畫家。字孟學，一作懋學，號雲湖仙人，寶應（今屬江蘇）人。作山水花鳥，或作人物，均氣韻飄逸，意境悠遠，被尊爲畫壇巨匠，與明初浙派創始人戴進及其以後的江夏派之首吳偉並駕齊驅。工詩及篆、隸，多才藝，隨意作山水、花鳥，人物逼肖南宋人，山水多用青綠，尤喜作鈎勒竹兔與鶴鹿。作品有《歲朝圖》《蓼花鴛鴦》《松林策騫圖》《雲中送別圖》《蟾宮月兔圖》等。

郭忠恕（？—九七七），五代末宋代初畫家。字恕先，又字國寶，洛陽（今屬河南）人。工畫山水，樓觀舟楫皆極精妙，所畫重樓複閣建築頗合規矩，比例十分準確精細；作石似李思訓，作樹似王維，每當自畫屋木，王士元便給其補綴人物，合作頗爲默契。兼精文字學、文學，善寫篆、隸書，尤其界畫爲世人推重。《聖朝名畫評》中評他的界畫爲『一時之絕』，列爲『神品』。作品有《雪霽江行圖》等。

郭熙（約一〇〇〇—一〇八〇），北宋畫家、繪畫理論家。字淳夫，河陽溫縣（今河南孟縣）人。出身平民，早年信奉道教，游於方外，以畫聞名。熙寧元年（一〇六八）召入畫院，後任翰林待詔直長。山水師法李成，山石創爲狀如卷雲的皴筆，後人稱爲『卷雲皴』，樹枝如蟹爪下垂，筆勢雄健，水墨明潔。早年風格較工巧，晚年轉爲雄壯，常於巨幛高壁作長松喬木，曲溪斷崖，峰巒秀拔，境界雄闊而又靈動飄渺。存世作品有《早春圖》《關山春雪圖》《窠石平遠圖》《幽谷圖》等。

郭畀（一三〇一—一三五五），元代書畫家。字天錫，號雲山、退思，祖籍洺水（今屬河北），居於京口（今江蘇鎮江）。身材魁梧，蓄有長須，人稱郭髯。業承家學，擅長辯論，通曉蒙文。工書畫，書法學趙孟頫，

長於小楷；畫仿米芾，又師事高彥敬，得其筆法，與無錫畫家倪瓚爲好友；山水有米家風範，尤善竹木窠石，極富天趣。作品有《雪竹圖》《墨竹》《雨梧煙柳圖》等。

郭詡（一四五六—一五三二），明代書畫家。字仁弘，號清狂道人，泰和（今屬江西）人。工書畫，善山水，嘗遍歷名山，又善雜畫，信手作人物，輒有奇趣。七十三歲尚作《磨鏡圖》。作品傳世不多，八開《雜畫冊》現藏上海博物館；《琵琶行》圖軸藏故宮博物院。

陸曜，生卒年不詳，唐代畫家。唐張彥遠《歷代名畫記》云：『陸曜開元末時人，善鬼神，人物有氣韻，而人莫得而傳見之』；另有說法：陸曜即陸庭曜，真僞待考。傳世作品有《六逸圖》卷。

陸廣，生卒年不詳，元代書畫家。字季弘，號天游生，吳縣（今江蘇蘇州）人。能詩，工小楷。擅畫山水，取法黃公望、王蒙，風格輕淡蒼潤，蕭散有致，後人評其格調在曹知白、徐賁之間。作品有《山水》等。

陸師道（一五一〇—一五七三），明代官員、學者。字子傳，號元洲，後更號五湖，長洲（今江蘇蘇州）人。嘉靖十七年（一五三八）進士，授工部主事，改就職於禮部。師文徵明詩、文、書、畫，所謂文氏四絕。山水淡遠類倪瓚，精麗者不減趙孟頫。作品有《雲壑松濤圖》《仿王蒙山水》《吉祥菴圖》等。

陸治（一四九六—一五七六），明代書畫家。字叔平，因居包山，自號包山，吳縣（今江蘇蘇州）人，倜儻嗜義，以孝友稱。好詩及古文辭，善行、楷，尤心通繪事。工寫生，得徐、黃遺意，點染花鳥竹石，往往天造；山水受吳門派影響，也吸取宋代院體及青綠山水之長，用筆勁峭，景色奇險，意境清朗，自具風格，在吳門派畫家中具有一定新意，與陳淳並重於世。作品有《清秋放棹圖》《雪窗見易圖》《花谿漁隱》小幅、《層巖飛瀑《四時蔬果》卷等。

陸遠，生卒年不詳，清代畫家。字清寰，湖州（今屬浙江）人。山水及設色花鳥俱效法陸治。作品有《歲朝嘉慶圖》等。

陳居中，生卒年不詳，南宋時期畫家。擅人物、蕃馬、走獸等，筆墨精緻，色彩豔麗，形象準確，神情生動逼真。作品多描繪西北少數民族生活情態及鞍馬等，多表現社會混亂、民族矛盾給人們帶來的離別痛楚。嘉泰時任畫院待詔。有《文姬歸漢圖》《四羊圖》等傳世作品。

陳容，生卒年不詳，南宋畫家。字公儲，號所翁，福建長樂人，一作臨川（今屬江西）人。詩文豪壯，暇則遊戲翰墨，善畫龍，畫龍善用水墨，深得變化之意，潑墨成雲，噀水成霧。傳世作品有《霖雨圖》軸，現藏故宮博物院；《墨龍圖》卷與《雲龍圖》軸，藏廣東省博物館。

陳琳，生卒年不詳，元代畫家。字仲美，錢塘（今浙江杭州）人。善畫花鳥、山水、人物，尤善臨摹古跡。陳琳存世花鳥畫僅有一件，即《溪凫圖》，現藏於臺北故宮博物院，作於大德五年（一三〇一），畫中有趙孟頫的潤飾和題字。作品特色鮮明，工筆略帶寫意，粗細兼用，筆墨瀟灑流暢，濃淡墨色富於變化，形象生動，風格古樸，具有文人水墨寫意畫的韻致，這幅畫既反映了陳琳的繪畫特色，也代表了元代花鳥畫嬗變的時代特徵。其水墨寫意畫法傳世作品還有《秋山行旅圖》《蒼崖古樹圖》等，

陳仲仁，生卒年不詳，元末明初畫家。江右（今江蘇）人。善山水、人物、花鳥。作品有《山水圖》《仿古花果》冊等。

陳汝言，生卒年不詳，元末明初畫家、詩人。字惟允，號秋水，臨江（今江西樟樹）人。能詩，擅山水，兼工人物。與兄陳汝秩（字惟寅）齊名，時人呼爲大髯小髯。陳汝言畫山水遠師董源、巨然，近宗趙孟頫、王蒙，行筆清潤，構圖嚴謹，意境幽深。

陳淳（一四八三—一五四四），明代畫家。字道復，後以字行，更字復甫，號白陽，又號白陽山人，長洲（今江蘇蘇州）人。善繪山水，技法學米友仁、高克恭，多以江南風景爲題材，手法簡練，極具文人生活情趣；寫意花卉方面，獨得玄門，筆法揮灑自如，富有疏朗輕健的風姿。存世作品有《紅梨詩畫圖》《山茶水仙圖》

《葵石圖》等。

陳栝，生卒年未詳，明代畫家。字子正，號沱江，長洲（今江蘇蘇州）人，陳淳子。畫花卉，筆似其父，畫花鳥，繼其有法，而又出己意。筆致放浪而有生趣，亦能詩。作品有《墨戲十種》等。

陳錄，生卒年不詳，明代畫家。字憲章，以字行，號靜齋，別號如隱居士，會稽（今浙江紹興）人。善墨梅、松、竹、蘭蕙，筆意儒雅，與王謙齊名。傳世作品有《萬玉圖》《煙籠玉樹圖》《梅花圖》等。

陳祼（一五六三—約一六三九年），明代畫家。初名瓚，字叔祼，後去掉『叔』字，號道樗、白市，吳縣（今江蘇蘇州）人。善畫山水，遠宗趙伯駒、趙孟頫諸家，近師文徵明，摹古人筆法逼真，能工書。作品有《松齋講學圖》《石橋觀瀑圖》《洗硯圖》等。

陳洪綬（一五九八—一六五二），明末清初書畫家、詩人。字章侯，幼名蓮子，一名胥岸，號老蓮，晚號老遲、悔遲、九品蓮臺主者，又號悔僧、雲門僧，浙江諸暨市楓橋鎮陳家村人。年少師事劉宗周，崇禎年間召入內廷供奉。明亡入雲門寺爲僧，後還俗。一生以畫見長，尤工人物畫，與順天崔子忠齊名，號稱『南陳北崔』。名作《九歌》《西厢記》插圖、《水滸葉子》《博古葉子》等版刻傳世，有《寶綸堂集》。

陳嘉言（一五九九—一六七八），明末清初畫家。字孔彰，嘉興（今屬浙江）人。善寫花卉翎毛，縱毫揮染，筆致松秀，設色清麗，韻格兼勝。天啓三年（一六二三）嘗作《松鼠葡萄》扇及《野庭秋色》扇，現藏故宮博物院。

陳卓（一六三四—？），清代畫家。字中立，號晚純癡老人，北京人，長住江蘇南京。擅長畫青綠山水，兼工花鳥、人物。其山水畫工細密，構圖嚴謹，筆法細緻入微，設色清麗淡雅，令人心曠神怡。花鳥畫設色豔麗，畫風屬金陵畫派體系。傳世作品有《雲山青嶂圖》軸，現藏安徽省博物館。

陳書（一六六〇—一七三六），清代畫家。字南樓，號上元弟子，晚號南樓老人，秀水（今浙江嘉興）人。

善花鳥、草蟲，筆力老健，風神簡古，山水人物亦擅長，間繪觀音、佛像等。其畫清內府所藏甚多，作品有《幽居清夏圖》《畫頁十種》《荷花》等。著有《復庵吟稿》。

陳枚，生卒年不詳，清代畫家。字載東，號殿掄，晚號枝窩頭陀，婁縣（今上海松江）人。畫初學宋人，折衷於唐寅，參以西洋法，能於寸紙尺縑，圖群山萬壑，以顯微鏡照之，峰巒林木、屋宇橋梁、往來人物，諸色俱備，其用筆之妙，與巨幅同。乾隆元年（一七三六）與孫祜等同繪《清明上河圖》。

十一畫

商琦（？—一三二四），元代畫家。字德符，號壽巖，曹州濟陰（今山東菏澤）人。工山水，宗法宋代李成、郭熙一脈，筆墨俊雅，亦有高趣，以切身感受入畫，聲譽於時，與高克恭、趙孟頫並稱爲『元初三傑』，有『天下無雙比』之譽，對元代後期畫家有一定影響。兼工墨竹，自成一家。一生繪壁畫甚多，均爲蒙古貴族宅第和宮廷殿宇裝飾而作，所繪皆劍閣崢嶸、群峰崔嵬、恢宏壯麗之巴蜀風光或江南秀麗景色，亦能畫金碧山水。作品有《春山圖》《嵩陽訪真圖》等。

商喜，生卒年不詳，明代畫家。字惟吉，一作恒吉，會稽（今浙江紹興）人。宣德年間供奉內廷，授錦衣衛指揮。工山水、人物、花卉、翎毛，筆致秀逸，皆有宋人風格，爲時人所重，亦精歷史故事畫。傳世作品有《關羽擒將圖》《歲朝圖》《遐齡永喜圖》等。其中《關羽擒將圖》《歲朝圖》二圖均藏於故宮博物院。

莫維賢，生卒年不詳，元代文學家、書畫家。字景行，錢塘（今浙江杭州）人。繪畫作品有《西湖草堂圖》等。

莫是龍（一五三七—一五八七），明代文學家、書畫家。字雲卿（因得米芾石刻『雲卿』兩字，因以爲字），更字廷韓，號秋水，又號後明、碧山樵、貞一道人、畏壘居士、雲龍山人、玉關山人，華亭（今上海松

江）人，莫如忠長子。八歲讀書，十歲屬文，十四歲補郡諸生，人稱『神童』，性格豪邁，不喜科舉業而攻古文辭及書法、繪畫。詩文宗韓愈、柳宗元，卓然成家；書法宗鍾繇、王羲之及米芾，小楷精工婉媚，行草豪逸有態；善畫，山水宗黃公望而能自辟蹊徑，揮染時磊磊落落，鬱鬱葱葱，神酣意足，別具風貌。繪畫作品有《東岡草堂圖》《仿趙大年江鄉小景》等。

崔白（約一〇〇四—一〇八八），北宋畫家。字子西，濠州（今安徽鳳陽）人。人物山水畫採取工筆水墨相結合，人物寫實，自然寫真；花鳥動物畫則寫意寫真並舉。一生作畫甚豐，僅《宣和畫譜》就載入二百四十一幅，但存世稀少，故宮博物院僅有《寒雀圖》，臺北故宮博物院有《雙喜圖》《蘆雁圖》《竹鷗圖》《枇杷孔雀》等圖。

崔彥輔，生卒年不詳，元代畫家。一作名彥輝，字遵暉，號雲林生，錢塘（今浙江杭州）人。善篆、隸、詞賦，畫筆亦超逸。至正二年（一三四二）嘗作《溪山春靄圖》。又有《吳興清遠圖》卷，現藏於上海博物館。

崔子忠（一五七四—一六四四），明末畫家。初名丹，字開予，改名子忠，字道母，號北海、青蚓（一作青引），原籍北海（今山東萊陽）人，後移居順天（今北京）。曾經師從董其昌，善畫人物、仕女，題材多佛畫及傳說故事，取法唐宋，頗具古意，時與陳洪綬齊名，有『南陳北崔』之稱。作品有《掃象圖》《桐陰博古圖》等。

盛顥，生卒年不詳，南宋畫家。題馬[山耆]禪師。高宗紹興間曾與黃龜年等交遊。作品有《馬[山耆]煙雨圖》卷等。

盛洪，生卒年不詳，元代畫家。臨安（今浙江杭州）人。作品有《水仙》等。

盛懋，生卒年不詳，元代畫家。字子昭，臨安（今浙江杭州）人，盛洪子。懋承家學，善畫人物、山水、花鳥，早年并得畫家陳琳指點，畫山石多用披麻皴或解索皴，筆法精整，設色明麗。現存作品有《秋林高士圖》《秋江待渡圖》《滄江橫笛圖》《溪山清夏圖》《松石圖》等。其中，《秋江待渡圖》現藏故宮博物院。

盛茂焌，生卒年不詳，明代畫家。長洲（今江蘇蘇州）人。工山水。作品有《歲朝歡讌圖》等。

梁楷，生卒年不詳，南宋畫家。原籍東平（今山東東平）。寧宗嘉泰年間曾任畫院待詔，後厭惡畫院羈絆，離職而去，因個性豪放不羈，有『梁瘋子』的綽號。善畫人物、山水、佛道、鬼神、花鳥等題材，風格變化多樣，擅用細筆和減筆，細筆人物與李唐、賈師古等人相近，同時近似五代及宋初石恪的風格，筆法工細，人物眉目清楚簡潔，其獨創的大筆潑墨減筆畫，筆法酣暢淋漓，人物衣紋用筆簡練，放縱自如。存世作品有《秋柳飛鴉圖》，現藏故宫博物院；《潑墨仙人圖》，現藏臺北故宫博物院；《雪景山水圖》《六祖破經圖》《六祖截竹圖》現藏日本東京國立博物館等。

曹霸（約七〇四—約七七〇），唐代將軍、畫家。沛國譙（今安徽亳州）人。魏武帝曹操後代，官左武衛將軍。能文善畫，時人甚至以其祖先『三曹』比之，有『文如植武如操字畫抵丕風流』之美譽。擅畫馬，與其門生韓幹最著名，成名於玄宗開元年間，天寶間曾畫《御馬》，亦工肖像，曾修補《淩烟閣功臣像》。

曹知白（一二七二—一三五五），元代畫家、藏書家。字又玄、貞素，號雲西，人稱貞素先生，華亭（今上海青浦）人。家有藏書數千卷，也喜蓄字畫。善畫山水，受趙孟頫影響，而趨向李成、郭熙，也吸取董源、巨然畫風，筆墨疏秀清潤，後期作品，用乾筆皴擦，情味變爲簡淡，當時爲黄公望、倪瓚所推重。作品多以柔細之筆勾皴山石，極少渲染。早年筆墨較秀潤，晚年變爲蒼秀簡逸。作品有《雙松競秀》《羣峯雪霽圖》《秋涉圖》等。

曹夔音，生卒年不詳，清代畫家。江寧（今江蘇南京）人。工畫山水，善摹古，能集諸家之長而不專一格者也。乾隆時供奉内廷。作品有《溪雲山雨圖》《江山秋意圖》《山水十二幀》《仿董邦達匡廬圖》等。

張僧繇，生卒年不詳，南朝梁官吏、畫家。吳縣（今江蘇蘇州）人。梁武帝天監中爲武陵王國侍郎，在宮廷秘閣掌管畫事。擅長寫真、釋道人物及佛教畫，亦善畫龍、鷹、花卉、山水等。作品有《五星二十八宿神形圖》

《梁武帝像》《漢武射蛟圖》《吳王格武圖》《行道天王圖》《清谿宮水怪圖》《摩納仙人圖》等。傳世作品有《五星二十八宿神形圖》。

張符，生卒年不詳，唐代畫家。號煙波子。善畫牛，技法受韓滉影響，時爲畫牛名手。所繪《出牧圖》，於兒童橫吹藉草之狀，凡一蓑一笠，皆妙造入神。

張南本，生卒年不詳，唐代晚期畫家。益州（今四川成都）人。工畫佛道鬼神，兼精畫火。嘗於成都金華寺大殿畫八明王，又嘗畫寶曆寺水陸功德，曲盡其妙。作品有《華封三祝圖》等。

張訓禮，生卒年不詳，南宋畫家。原名敦禮，避光宗諱改名訓禮，汴（今河南開封）人。工山水，人物學李唐，恬潔滋潤，時輩不及。劉松年之師。有作品《圍鑪博古圖》存留於世。

張渥（？—約一三五六前），元代畫家。字叔厚，號貞期生、江海客，祖籍淮南，後居杭州（今屬浙江）。能畫山水，擅長人物，法李公麟，白描得其清麗流暢之風，亦嘗作彌勒佛像。所畫綫條剛勁飄逸，人物形神刻畫生動。兼畫梅竹，亦瀟灑有致。傳世作品有《九歌圖》卷、《雪夜訪戴圖》軸、《竹西草堂圖》卷、《瑤池仙慶圖》軸等。

張守中，生卒年不詳，元末畫家。一名中，字子政，亦作子正，松江（今屬上海）人。山水畫得黃公望指授。尤擅繪花鳥，多以水墨點簇暈染，生動而富韻味，與王淵并稱元代水墨花鳥畫代表人物。作品有《寒塘浴雁圖》《秋荷雙鳥圖》等。

張羽（一三三三—一三八五），明初畫家。字來儀，後以字行，更字附鳳，由江西潯陽遷吳郡（今江蘇蘇州）。工詩擅畫，山水宗米氏父子。與高啟、楊基、徐賁稱爲『吳中四傑』。作品有《松軒春靄圖》存留於世。

張舜咨，生卒年不詳，元代書畫家。字師夔，號櫟山，又號輒醉翁，杭州（今屬浙江）人。善畫山水、竹石，兼工書法，亦精詩文，人稱『三絕』。其繪畫吸取各家之長，自成一家。作畫講究佈局，大幅小景，佈置各

有其法。所作山水畫，使人有身臨其境之感，古柏蒼老擎天，別具風氣。繪畫作品有《楚雲湘水圖》《關山行旅圖》《古柏》《枯木圖》《秋野圖》《畫樓酌別圖》《小景圖》《詩意圖》《春江聽雨》《樹石圖》《歸思圖》等。

張子俊，生卒年不詳，明代畫家。號古淡，浙江人。由中書舍人官至禮部員外郎。善畫山水。作品有《秋山書屋》等。

張元舉，生卒年不詳，明代畫家。字懋賢，號五湖，吳縣（今江蘇蘇州）人。畫得外祖陳淳之傳，善花鳥，氣韻生動。作品有《山水》《溪山深秀圖》卷等。

張元士，生卒年不詳，明代畫家。號文峯，吳縣（今江蘇蘇州）人，元舉弟。工花鳥，善寫生。作品有《華山鳥道圖》等。

張璞，生卒年不詳，明代人。字廷采，別號友山，室名拳幹齋。正統中爲陳、沂兩州學正。刻志於學，躬耕隴畝。工詩、善畫。作品有《層巒初雪》等。

張祚，生卒年不詳，明代人。繪畫作品有《溪亭對話》等。

張宏（一五八〇—一六四九後）明末清初畫家。字君度，號鶴澗，別號晚溪道人，吳縣（今江蘇蘇州）人。擅畫山水，重視寫生，筆力峭拔，墨色濕潤，層巒疊嶂，丘壑深邃，有元人古意。又能畫寫意人物，形神俱佳，散聚得宜。作品有《歲朝圖》《棲霞圖》《松秋山觀瀑圖》《崖水閣圖》《靈巖積雪圖》《雪夜訪戴圖》《姑蘇名勝四景圖》等。

張鵬翀（一六八八—一七四五），清代畫家。字天扉，一作天飛，號抑齋、南華山人、南華散仙，人謂之漆園散仙，崇明（今屬上海）人，居嘉定（今屬上海）。工書法，師法蘇軾，又長於山水畫，師法元四家。作畫亦頃刻能盡數紙，愛佳山水，常攜糧往遊。嘉定六君子之一。繪畫作品有《山水》冊、《秋林讀書圖》《翠巘高秋

圖》《秋湖夜泛圖》《林壑秋清圖》等。

張照（一六九一——一七四五），清代官吏、書畫家。字得天，又字長卿，號涇南、天瓶居士、南華山人、羲之後一人、舍照誰能若等，江蘇華亭（今上海松江）人。學問淵博，能詩善書，尤善畫梅。爲有清一代大書法家，深受康熙、雍正、乾隆三朝皇帝器重，特命侍書御前。其筆下梅花，絕少粗枝大幹、繁花似錦，而是簡之又簡，瘦勁孤高，格調超群，大有『人與梅花一樣清』的況味。作品有《枯枝梅》等。

張若靄（一七一三——一七四六），清代官吏、書畫家。字晴嵐，號景采，又號煉雪道人、晴嵐居士、蘊真閣、梅花納、藕得書屋、佳夢軒等，安徽桐城人。張若靄家學淵源，祖父張英、父親張廷玉均爲康熙進士，並官至大學士。若靄雍正進士，官至禮部尚書，以書、畫供奉內廷，善畫花竹、禽蟲，深得王穀祥、周之冕筆意。繪畫作品有《北風驚浪圖》《蓮塘浴鴨圖》《松竹鳴琴圖》《五君子圖》等。

張若澄，生卒年不詳，清代畫家。字鏡壑，號默井、龍眠山樵、鏡壑居士、龍瞑樵者、款花廬主人，桐城（今屬安徽）人，大學士張廷玉次子，若靄弟。工山水，善畫梅、蘭，兼長翎毛走獸。作品有《山水十二幅》《桐蔭清露圖》《蓮池書院圖》《水亭高士圖》《闕城疊嶂小景》《灞橋覓句圖》等。

張宗蒼（一六八六——一七五六），清代宮廷畫家。字默存，一字墨岑，號篁村，又號太湖人，晚稱瘦竹，吳縣（今江蘇蘇州）人。善畫山水，他是清代初期山水畫家黃鼎的弟子。高宗南巡，宗蒼進《吳山十六景》畫冊，甚得乾隆意旨，『命入都祇候內廷』。他的山水畫，畫風蒼勁，用筆沉著，山石皴法多以乾筆積累，林木之間使用淡墨，乾筆和皴擦的手法相結合，表現出了深遠的意境和深厚的氣韻，深受乾隆的喜愛，據《乾隆御製詩文集》統計，有乾隆皇帝題詩的作品就多達六十餘件，國內現存的傳世之作約九十餘件。作品有《吳山十六景》《四季山水圖》《松蔭高士圖》《靈巖山圖》《絕壁精藍圖》《湖山霽色》卷等。

張經，生卒年不詳，清代畫家。字研夫。善畫，工山水、人物，師法沈周、戴進，筆墨工整，結構嚴謹，蒼

勁渾厚，設色淡雅。乾隆二十二年（一七五七）作《歲朝圖》。傳世作品有《載鶴圖》軸。

張雨森，生卒年不詳，清代宮廷畫家。初名雨，字作霖，一字紫琅，號蒼埜，南通州（今江蘇南通）人。工山水，善潑墨，用墨皆摻以膠。亦善畫花鳥。作品有《山水畫》《秋林曳杖圖》《摹沈石田山水幅》等。

張廷彥，生卒年不詳，清代宮廷畫家。邗水（今江蘇揚州）人。乾隆朝供奉內廷，工人物，善界畫。作品有《平定烏什戰圖》《登瀛洲圖》《慶燈市集圖》《仿宋人越王宮殿圖》《中秋佳慶圖》等。

十二畫

惠崇（九六五—一〇一七），北宋僧人。建陽（今屬福建）人，擅詩、畫，作爲詩人，他專精五律，多寫自然小景，忌用典，尚白描，力求精工瑩潔，頗爲歐陽修等大家稱道；作爲畫家，北宋郭若虛稱他『工畫鵝雁鷺鷥，尤工小景，善爲寒汀遠渚、瀟灑虛曠之象，人所難到也』。現有詩作《北宋九僧詩》、畫作《沙汀煙樹圖》等傳世。

喬仲常，生卒年不詳，北宋畫家。河中（今山西永濟）人。工雜畫，尤擅人物、道釋故事，畫師法李公麟，但不爲成法所囿，用筆簡率生拙，氣韻野逸。作品有《煮茶圖》等。

惲壽平（一六三三—一六九〇），清代畫家。初名格，字壽平，以字行，又字正叔，別號南田，一號白雲外史、雲溪外史、東園客、巢楓客、草衣生、橫山樵者，武進（今隸屬江蘇常州）人。早期承襲家學，擅長山水，師法黃公望，花鳥深得徐崇嗣筆法精髓，爲清初六家之一。書學褚遂良，詩筆超逸，賦色之妙，爲古今絕藝，被譽爲『毗陵六逸之冠』。作品有《山水》軸、《萬橫香雪圖》《水村春曉圖》《梅花書屋圖》等。

項元汴（一五二五—一五九〇），明代收藏家、書畫家。字子京，號墨林，別號墨林山人、墨林居士、香嚴居士、退密庵主人、退密齋主人、惠泉山樵、墨林嫩叟、鴛鴦湖長、漆園傲吏等，嘉興（今屬浙江）人。項氏精

鑒藏，工繪畫，兼擅書法。山水學元代黃公望、倪瓚，尤醉心於倪瓚，筆致疏秀，神合處輒臻勝境，且每繪一畫，必自題跋，其辭句之累贅，和鈐印不厭多的習慣相類。作品有《種竹圖》《竹石圖》《王維避暑詩意圖》等。

項聖謨（一五九七—一六五八），明末清初畫家。初字逸，後字孔彰，號易庵，別號甚多，有子璋、子毗、胥山樵、古胥山樵人、松濤散仙、大酉山人、煙波釣徒、狂吟客、鴛湖釣叟、逸叟、不夜樓中士、醉瘋人等，浙江嘉興人，項元汴之孫。其山水畫沒有專門和直接的師承，而只是廣泛地領略古人，師法造化，加上其個人詩文、書法、篆刻等方面的修養互相融合而形成的一種獨特畫風，既不同於當時勢力最大的華亭畫派，也不同於他所居住地區的浙派，在明末清初的畫壇上獨樹一幟，時有『嘉興派』之稱。作品有《東籬佳色》《松濤散仙圖》《天香書屋圖》《摹韓滉五牛圖》等。

程嘉燧（一五六五—一六四三），明末書畫家、詩人。字孟陽，號松圓、偈庵，又號松圓老人、松圓道人、偈庵居士、偈庵老人、偈庵道人，晚年皈依佛教，法名海能，休寧（今屬安徽）人。工詩善畫，通曉音律，亦工山水，宗倪瓚、黃公望，畫花卉沉靜恬淡，格韻並勝，筆墨枯淡，偏於閒靜，與李永昌屬天都派，亦爲新安派先驅，吳梅村把他稱爲『畫中九友之一』，與同里唐時升、婁堅並稱『練川三老』，與李流芳爲詩畫友，後人把他與唐時升、婁堅、李流芳合稱『嘉定四先生』。作品有《芭蕉書屋圖》等。

黃筌（？—九六五），五代後蜀畫家，字要叔，成都（今屬四川）人。主要創作活動在後蜀時期。擅畫花、竹、翎毛、佛道、人物和山水，是一位技藝全面的畫家，以畫品『富貴』流佈後世。作品多描繪宮廷中的異卉珍禽，畫花濃麗工緻，勾勒精細，幾乎不見筆跡，後人把他與江南徐熙並稱『黃徐』，有黃筌富貴，徐熙野逸之評。作品有《杏竹文禽》《梨花山雀》等。傳世作品《寫生珍禽圖》卷，現藏於故宮博物院。

黃居寀（九三三—九九三後），五代後蜀畫家。字伯鸞，成都（今屬四川）人，黃筌季子。擅繪花竹禽鳥，

精於勾勒，用筆勁挺工穩，填彩濃厚華麗，其園竹翎毛形象逼真，妙得自然；怪石山水超過乃父，與父同仕後蜀，爲翰林待詔，嘗合作殿廷牆壁、宮闈屏幛，不可勝記。作品有《芙蓉珍禽圖》《蛤子蝴蝶圖》《山鷓棘雀圖》等。

黃公望（一二六九—一三五四），元代畫家。本姓陸，名堅，常熟（今屬江蘇）人。後過繼永嘉（今浙江溫州）黃氏爲義子，因改姓名，字子久，號一峰、大癡道人。擅畫山水，師法董源、巨然，兼修李成法，並得趙孟頫指授。所作水墨畫筆力老道，簡淡深厚，又於水墨之上略施淡赭，世稱『淺絳山水』。晚年以草籀筆意入畫，氣韻雄秀蒼茫，與吳鎮、倪瓚、王蒙合稱『元四家』。擅書能詩，撰有《寫山水訣》，爲山水畫經驗創作之談。存世作品有《富春山居圖》《九峰雪霽圖》《丹崖玉樹圖》《天池石壁圖》等。

黃鼎（一六五〇—一七三〇），清代畫家。字尊古，號曠亭，又號閑圃、獨往客，晚號淨垢老人，常熟（今屬江蘇）人。善畫山水，臨摹古畫，咄咄逼真，尤以摹王蒙見長，後學王原祁，一變其蹊徑，筆墨蒼勁，畫品超逸。存世作品有《醉儒圖》，現藏廣東省博物館；《山水圖》，現藏故宮博物院。

黃增，生卒年不詳，清代宮廷畫家。字方川，號筠谷，長洲（今江蘇蘇州）人。工山水，善寫真，嘗寫御容稱旨得賜八品頂戴，所繪《火井鹽井圖》卷尤爲當世所讚歎。作品有《嬰兒鬬草圖》等。

黃展，生卒年不詳，北周末隋初畫家。字伯仁，汝南（今屬河南）人。多才藝，鄉里稱爲『智海』，官至光祿大夫殿內將軍。工畫佛像、人物、樓臺、車馬，雖無祖述，不愧前賢，動筆肖似，筆外有情。與北齊展子虔同時入隋室，並稱『董展』。先後在汝州白雀寺、固州海覺寺、江陵終聖寺、洛陽光發寺等處作壁畫。作品有《三顧草廬圖》等。

董源（？—約九六二），五代南唐畫家。一作董元，字叔達，江西鍾陵（今江西進賢）人。南派山水畫開山鼻祖。事南唐中主李璟時，任北苑副使，故又稱『董北苑』。擅畫山水，兼工人物、禽獸。其山水初師荊浩，筆

力沉雄，後以江南真山實景入畫，不爲奇峭之筆，疏林遠樹，平遠幽深，皴法狀如麻皮，後人稱爲『披麻皴』；山頭苔點細密，水色江天，雲霧顯晦，峰巒出沒，汀渚溪橋，率多真意。米芾謂其畫『平淡天真，唐無此品』。存世作品有《夏景山口待渡圖》《瀟湘圖》《夏山圖》《溪岸圖》等。

董祥，生卒年不詳，北宋畫家。開封（今屬河南）人。宋神宗熙寧年間爲翰林待詔。工畫花木，尤擅畫玻璃瓶中的雜花折枝。作品有《歲朝圖》《蘭竹圖》《瓶蘭》等。

董其昌（一五五五—一六三六），明代書畫家。字玄宰，號思白、香光居士，華亭（今上海松江）人。萬曆十七年（一五八九）進士，授翰林院編修，官至南京禮部尚書，卒後謚『文敏』。擅畫山水，師法董源、巨然、黄公望、倪瓚，筆致清秀中和，恬靜疏曠；用墨明潔雋朗，溫敦淡蕩，青綠設色古樸典雅，以佛家禪宗喻畫，倡『南北宗』論，爲『華亭畫派』傑出代表。其畫及畫論對明末清初畫壇影響甚大。存世作品有《巖居圖》《秋興八景圖》《畫錦堂圖》等。著有《畫禪室隨筆》《容臺文集》等。

董邦達（一六九九—一七六九或一七七四），清代官員、書畫家。字孚聞、非聞，號東山，富陽（今屬浙江）人。雍正十一年（一七三三）進士，乾隆二年（一七三七）授編修，官禮部尚書，謚『文恪』。好書、畫，篆、隸得古法，山水取法元人，善用枯筆，其風格在婁東、虞山派之間。作品有《山水畫》冊、《春水泛舟圖》《秋林煙岫小景》《楓溪觀瀑圖》等。

董誥（一七四〇—一八一八），清代官員、書畫家。字雅倫，一字西京，號蔗林，一號柘林，董邦達長子，與其父有『大小董』之稱，富陽（今屬浙江）人。乾隆二十九年（一七六四）進士，授翰林院庶吉士。工詩古文詞，書法宗王羲之、獻之，山水稟承家學，雅秀絕塵。作品有《歲朝圖》《夏山十幀》《山水花卉》冊、《江寧名勝圖十幀》等。

十三畫

賈全，生卒年不詳，清代宫廷畫家。工道釋人物、花卉及馬，畫作有《平定烏什戰圖》《遊香山二十七老圖》《八駿圖》《詠梅圖》等。傳世作品有《十六羅漢圖》册，現藏故宫博物院。

鄒復雷，元代道士。能詩、畫。齋居蓬蓽，琴書餘興以寫梅自樂。至正二十年（一三六〇）作《春消息圖》，現藏美國弗利爾美術館。

鄒一桂（一六八六—一七七二），清代官員、畫家。字原褒，號小山，晚號二知老人，無錫（今屬江蘇）人。雍正進士，授翰林院編修，乾隆時官至内閣學士。工繪事，山水法宋人，擅畫花鳥，分枝佈葉，條暢自如。作品有《山水畫》《秋色》卷、《楓林停車圖》《榴下雄雞圖》《豐鄉慶節圖》《東竺庵杏花圖》《芙蓉雙鷺圖》《花卉草蟲》小册等。

楊昇，生卒年不詳，唐代畫家。玄宗開元十一年（七二三）與張萱、楊寧同時任史館畫直（宫廷畫師）。擅長人物、臺閣，尤工寫真。嘗爲玄宗、肅宗畫像，論者謂『深得王者氣度』，兼善没骨山水，法張僧繇。作品有《蓬萊仙弈圖》等。

楊無咎（一〇九七—一一七一），宋代詞人、書畫家。字補之，楊一作揚，一説名補之，字無咎，自號逃禪老人、清夷長者、紫陽居士，清江（今江西樟樹）人，寓居洪州南昌。善書畫，詞格殊工。善畫梅竹松石、水仙，亦工白描人物，尤以畫梅最著名，風格似文同、蘇軾，純以水墨爲之。水墨人物師法李公麟。作品有《梅花》《水仙》《雪梅卷》《蝴蝶花》等。

楊維楨（一二九六—一三七〇），一作維禎，元末詩人、文學家、書畫家和戲曲家。字廉夫，號鐵崖、鐵笛子、鐵笛道人、鐵心道人、鐵冠道人、東維子、抱遺老人、梅花道人，會稽（今浙江紹興）人。工行、草書，行筆清剛勁邁，縱横奇崛，自成面目。善畫松石、蘭竹，清逸高雅。傳世作品有《玉井香圖》《歲寒圖》等。《鐵

笛圖》軸現藏臺北故宮博物院。

楊基（一三三六—一三七八後），明初畫家、詩人。字孟載，號眉庵，祖為嘉州（今四川樂山）人，居吳（今江蘇蘇州）。善寫墨竹，得文同、蘇軾之法，為明初畫竹名手。與高啟、張羽、徐賁並稱『吳中四傑』。存世作品《淞南小隱圖》等。

楊寧載，生卒年不詳，明末畫家。工花鳥，無論是用筆、用墨還是風格韻味，都酷似陳淳。熹宗天啓五年（一六二五）作《花鳥》軸，用墨極具濃淡之變化，清新雅致。乾隆帝詩題：『茶朵棱棱誇傲雪，水仙落落自依巖。野禽獨選梅枝立，寓意知其迥不凡。』

楊晉（一六四四—一七二八），清代畫家。字子和，一字子鶴，號西亭，自號谷林樵客、鶴道人，又署野鶴，常熟（今屬江蘇）人。為王翬入室弟子，學翬畫風酷似，幾可亂真。傳世作品有與王翬合寫《王時敏小像》及《王翬騎牛圖》《赤壁賦圖》《豪家佚樂圖》《山水圖》《空山獨往圖》《花鳥寫生圖》《四季花卉圖》《山水花鳥圖》冊等。

楊鉉，生卒年不詳，清初畫家。字鼎玉，順天（今北京市）人。善畫山水、人物。順治元年（一六四四）作《摹董源夏景山口待渡圖》卷，現藏故宮博物院。

楊大章，生卒年不詳，清代宮廷畫家。乾隆時期內廷供奉，工畫人物、花卉、翎毛，偶畫山水。師法宋人，擅長水墨花卉，極有重名。其作五色菊，墨花五彩，有清冷雋逸之氣。作品有《牡丹》《紫白丁香》《綠竹紅桃》《碧桃翠雀圖》《仿趙幹江行初雪圖》卷。

十四畫

管道昇（一二六二—一三一九），元代女性書法家、畫家、詩詞創作家。字仲姬，一字瑤姬，浙江德清茅山

（今德清縣幹山鎮茅山村）人，祖籍青浦（今屬上海）。幼習書畫，篤信佛法，曾手書《金剛經》數十卷，贈名山寺，嫁元代吳興書畫名家趙孟頫爲妻，封吳興郡夫人，世稱管夫人，元延祐四年（一三一七）冊封魏國夫人。尤擅畫墨竹梅蘭，晴竹新篁爲其首創。作品有《修竹幽蘭圖》《紫竹庵圖》《竹溪攬勝圖》等，存世《水竹圖》卷，現藏故宮博物院；《竹石圖》藏臺北故宮博物院。

趙幹，生卒年不詳，五代南唐畫家。江寧（今江蘇南京）人。擅畫山水、林木、人物，長於構圖佈局，所畫皆江南風景，多作樓觀、舟楫、水村、漁市，點綴花竹，表現的是南方『煙波浩渺，風光明媚』的湖光水色。傳世名作有《江行初雪圖》卷。

趙宗漢，生卒年不詳，宋宗室、畫家，英宗幼弟。字獻甫，封東陽安康郡王，嗣濮王，徽宗時卒，追封景王，謚『孝簡』。爲人博雅該洽，無他嗜好，惟書詩是習，兼工蘆雁，嘗作《八雁圖》，有江湖荒遠之趣。嘉祐二年（一〇五七）作《雁山送別圖》。

趙令穰，生卒年不詳，北宋宗室、畫家。字大年，汴京（今河南開封）人。宋太祖趙匡胤之五世孫，與趙伯駒、趙孟頫合稱『三趙』。其擅畫設色平遠小幅，運思精妙，清麗雅致；寫陂湖、水村、煙林、鳧雁，風格清麗，其江村集雁、湖上飛鷗等意境荒遠，富有詩意。其小景山水，在宋代山水畫中別具一格。兼能墨竹、禽鳥。作品有《湖莊清夏》《江南春圖》等。

趙昌，生卒年不詳，北宋畫家。字昌之，廣漢（今屬四川）人，一作劍南（今四川劍閣）人。工畫花果，多作折枝花，兼工草蟲。師滕昌祐，後過其藝，亦效徐崇嗣『沒骨法』，常於清晨朝露未乾，圍繞花圃觀察花木神態，調色描繪，自號『寫生趙昌』。作品有《四喜圖》《杏花圖》《寫生蛺蝶圖》《寫生杏花圖》《歲朝圖》《茄實小幅》《茶梅百雀圖》《丹桂仙禽圖》等。

趙士雷，生卒年不詳，北宋宗室、畫家。字公震。繪畫師法惠崇，湖塘小景，馳譽於時。所繪溪塘飛鳥，有

詩人思致，至其絕勝佳處，往往形容之所不及。又作花竹，多在風雪荒寒之中，洗盡綺紈之習，故幽情雅趣，落筆高超。山水人物，尤清雅可愛。傳世作品有《湘鄉小景圖》卷等。

趙佶（一〇八二—一一三五），宋代皇帝，廟號徽宗，書畫家。涿縣（今屬河北）人，書法初習黃庭堅，後又學褚遂良和薛稷、薛曜兄弟，並雜糅各家，取衆人所長且獨出己意，最終創造出別具一格的『瘦金書』體；其畫尤好花鳥，並自成一家，充滿盎然富貴之氣，令花鳥畫步入其全盛時期。趙佶宣導文藝，使承繼五代舊制的『翰林圖畫院』又營運了一百多年。在他的宣導下，還編撰了《宣和畫譜》《宣和書譜》兩部圖書，輯錄了大量名家書畫，成爲中國書畫史上的重要資料。繪畫作品有《鬬鶉鴿圖》《雪江歸棹圖》《柳鴉蘆雁》卷等。

趙伯駒（一一二〇—一一八二），南宋畫家。字千里，汴京（今河南開封）人，趙令穰之子。工畫山水、花果、翎毛，筆致秀麗，尤長金碧山水。遠師李思訓父子，並吸取北宋文人畫家水墨山水的表現手法，形成清麗秀雅，『精工之極，又有士氣』的青綠山水，頗有書卷氣。作品有《蓮舟新月》卷、《桃源圖》《仙山樓閣》《弘文雅集圖》《秋山行旅圖》《漢宮圖》《後赤壁賦圖》《六馬圖》《桐蔭仕女圖》等。

趙葵（一一八六—一二六六），南宋將軍、官吏。字南仲，號信庵，一號庸齋，衡山（今屬湖南）人，京湖制置使趙方季子。歷任中大夫、左驍騎將軍、華文殿直學士、淮東安撫制置使、湖南安撫使、資政殿學士、福建安撫使、樞密使兼參知政事、丞相兼樞密使等。其閒暇之餘工詩文善繪事，被後世稱爲儒將。傳世作品有《杜甫詩意圖》等。

趙孟堅（一一九九—一二六七），南宋宗室、書畫家。字子固，號彝齋，海鹽（今屬浙江）人，一說爲湖州（今屬浙江）人。工詩善文，家富收藏，擅畫梅、蘭、竹、石，尤精白描水仙。其畫多用水墨，用筆勁利流暢，淡墨微染，風格秀雅，深得文人推崇。並有書法墨蹟《自書詩》卷。繪畫作品有《白描水仙》卷、《落水蘭亭》《歲寒三友圖》等。

趙黻，生卒年不詳，南宋末年畫家。京口（今江蘇鎮江）人，居長江邊的北固山。善作人物、山水、窠石、江勢、波浪，有氣韻，有筆力。存世作品《江山萬里圖》卷，以長卷形式描繪長江景色。

趙霖，生卒年不詳，金代畫家。雒陽（今河南洛陽）人。供職於世宗朝（一一六一—一一八九），善畫人馬。同時代善畫馬者甚多，如楊邦基、完顏允恭等，惜流傳作品甚少，而趙霖所作《唐太宗六馬圖》卷，更是一幅難得精品，現藏故宮博物院。

趙淇（一二三九—一三〇七），元代畫家。字元德，號平遠，又號太初道人、靜華翁，衡山縣（今屬湖南）人。善墨竹，長竿勁節，風致甚佳。作品有與周伯琦合作的《相鶴圖》等。

趙孟頫（一二五四—一三二二），元代書畫家。字子昂，號松雪道人，中年曾作孟俯，因賜第湖州，故爲湖州（今屬浙江）人。宋宗室。孟頫博學多才，能詩善文，工書法，精繪畫，擅金石，通律呂，解鑒賞。特別是書法和繪畫成就最高，開創元代新畫風，被稱爲『元人冠冕』。其山水，取法董源和李成，人物、鞍馬師李公麟和唐人法，均以筆墨蒼潤見長。他畫的花鳥，成爲以後的範本。繪畫作品有《山水》卷、《浴馬圖》《秋郊飲馬圖》《吹簫士女圖》《墨蘭圖》《汀草文鴛》等。

趙孟籲，生卒年不詳，元代畫家。字子俊，趙孟頫弟。善書畫。人物、花鳥頗佳。繪畫作品有《十八羅漢》卷、《梧桐蠟嘴圖》《喬木高齋圖》《芙蓉睡鴨圖》等。

趙雍（一二八九—約一三六〇），元代書畫家。字仲穆，湖州（今屬浙江）人，趙孟頫次子。以父蔭入仕，官至集賢待制、同知湖州路總管府事。書畫繼承家學，擅山水，尤精人物鞍馬，亦作界畫。書善正、行、草，亦長篆書。繪畫作品有《山水》《山鷓棠梨》《採菱圖》《三陽開泰圖》《三馬圖》《臨李公麟人馬圖》等。

趙麟，生卒年不詳，元末明初書畫家。字彥徵，趙孟頫之孫，趙雍次子。善畫人馬、山水，其構圖、技法、筆墨等方面深得家傳，書法亦承襲趙字風骨，可謂書畫均能造其祖、父之域。元至正二年（一三四二）作《春山

圖》，二十五年（一三六五）作《洗馬圖》。

趙原，生卒年不詳，元末明初畫家。本名元，入明後因避朱元璋諱而改作原，字善長，號丹林，莒城（今山東莒縣）人，一作東平（今屬山東）人，寓吳（今江蘇蘇州）。善詩文書畫，明洪武初奉詔入宮，因所畫不稱旨而被殺。擅山水，師法董源、王蒙，作品多作淺絳山水，筆墨圓勁秀逸；亦長於畫竹，畫法多變，有龍角鳳尾金錯刀之稱。作品有《山水》《合溪草堂圖》《剡溪雲樹圖》《晴川送客圖》《聽松圖》等。

趙左，生卒年不詳，明末畫家。左一作佐，字文度，華亭（今上海松江）人。善用乾筆焦墨而又長於烘染，後受董其昌的畫風影響，形成筆墨靈秀、設色雅致的風格。他與弟子沈士充、朱軒、葉有年、陳廉、李肇亨等構成的藝術群體，被人們稱爲『蘇松畫派』。作品有《秋山幽居圖》扇面、《溪山無盡圖》《長江疊翠圖》《富春大嶺圖》《寒江草閣圖》《仿大癡秋山無盡圖》《山水》卷等。

鄭重，生卒年不詳，明末清初畫家。字千里，號無著，歙（今安徽歙縣）人，流寓金陵（今南京）。好樓居，日事香茗。善寫佛像，必齋沐而後舉筆。丁雲鵬推爲趙伯駒後身，亦工山水小景，摹仿宋元，體韻精妍。作品有《臨王蒙葛仙移居圖》《達摩渡江圖》等。

蔣乾（一五二五—？），明代畫家。字子健，江寧（今江蘇南京）人，隱居吳郡（今江蘇蘇州）之虹橋，因以爲號。承家學，工山水。作品有《抱琴獨坐圖》《赤壁圖》《仿王蒙山水》等。

蔣廷錫（一六六九—一七三二），清代官吏、畫家。字揚孫，一字酉君，號西谷，一號南沙，又號青桐居士，常熟（今屬江蘇）人。康熙四十二年（一七〇三）進士，官至大學士。幼得庭訓，擅花卉，初學惲壽平並參宋人各家畫法，常與馬元馭、顧文淵相切磋，筆法自然洽和，細而不纖，豔而不俗，風神生動，別具一格，是繼惲壽平寫生花卉畫以後，『蔣派』花鳥畫之開拓者，盛名於時。傳世作品有《竹石圖》《花卉圖》《幽蘭叢竹圖》《瓶荷圖》《桃花鸚鵡圖》《芙蓉鷺鷥圖》等。

蔣溥（一七〇八—一七六一）清代官吏、畫家。字質甫，號恒軒，常熟（今屬江蘇）人，蔣廷錫長子。雍正八年（一七三〇）二甲第一名進士，官至東閣大學士兼戶部尚書。性情寬厚而警敏，任職後，精心奉職，勤於政事，是乾隆時期的重臣。善畫花卉，得家傳，亦是蔣派花鳥畫藝術的重要代表。作品有《雪中梅竹》《金蓮花》等。

十五畫

樊圻（一六一六—一六九四後），清代畫家。字會公，更字洽公，江寧（今江蘇南京）人。擅畫山水、花卉、人物，爲『金陵八家』之一。故宮博物院藏有其《柳溪漁樂圖》。

魯治，生卒年不詳，明代畫家。字子化，號岐雲、岐雲山人、岐雲生，吳郡（今江蘇蘇州）人。善畫花卉、翎毛，著色天然，饒有風韻，落筆瀟灑脫俗，活潑而有生趣。傳世作品有《百花圖》卷，現藏故宮博物院。

劉松年，生卒年不詳，南宋時期畫家。錢塘（今浙江杭州）人。因居清波門外，故被後人稱之劉清波，清波門又有一名爲『暗門』，所以外號『暗門劉』。孝宗、光宗、寧宗三朝時期曾爲宮廷畫家，畫學李唐，筆精墨妙，山水風格宗董源、巨然，清麗嚴謹，著色妍麗典雅，兼精人物，所畫人物神情生動，衣褶清勁，精妙入微。後人把他與李唐、馬遠、夏圭合稱爲『南宋四大家』。作品有《山水》《烹茶圖》《東山絲竹圖》《中興四將圖》等。

劉貫道（約一二五八—一三三六），元代畫家。字仲賢，中山（今河北定州）人。曾任御衣局使。擅道釋、人物、山水、花竹、鳥獸，道釋、人物師承晉、唐，筆法工細，色彩濃麗，形象真實生動；山水學郭熙，花鳥遍師歷代諸家。其畫筆法凝練，堅實有力，造型準確，生動傳神。作品有《元世祖出獵圖》《消夏圖》《積雪圖》等。

劉珏（一四一〇—一四七二），明代官吏、書畫家。字廷美，號完庵，長洲（今江蘇蘇州）人。正統三年（一四三八）中舉人，授刑部主事，遷山西按察司僉事，年五十棄官歸。老而嗜學不衰，爲詩清麗可詠；書正、行出自趙孟頫，行草學李邕，山水出王蒙，各極其妙。繪畫作品有《織讀圖》《清白軒圖》等。

劉原起（一五五五—一六三二後），明末畫家。初名祚，以字行，更字子正。工詩畫，山水師錢穀，頗肖其神。亦善花卉。傳世作品有《虎丘後山圖》《蕉石讀書圖》《歲寒五友圖》等。

劉度，生卒年不詳，清初畫家。字叔憲，一字叔獻，錢塘（今浙江杭州）人。山水師藍瑛，深得畫理，後師大小李將軍（李思訓、李昭道），工界畫，所畫人物，細入毛髮。作品有《看楓圖》《山水冊》《白雲紅樹圖》《溪亭客話圖》《仿趙孟頫山水》《仿李營丘山水圖》《仿李成山水圖》等。

十六畫

燕文貴（九六七—一〇四四），北宋畫家。文貴一作貴，又名燕文季，吳興（今浙江湖州）人。擅畫山水、屋木、人物。所作山水，不專師法，極富變化，獨立一家規範。作品有《夏山圖》《秋山蕭寺圖》《溪山樓觀圖》《匡廬清曉圖》等。

燕肅（九九一—一〇四〇），北宋畫家、科學家。字穆之，青州（今山東益都）人。性精巧，學識淵博，造指南車、記里鼓、蓮花漏等儀器。工詩善畫，以詩入畫，意境高超。善畫山水寒林，與王維相上下，亦擅人物、牛馬、松竹、翎毛。其作品有《春岫漁歌圖》《夏溪圖》《春山圖》《冬晴釣艇圖》《山居圖》紈扇等。傳世作品有《春山圖》《寒林巖雪圖》等。

衛賢，生卒年不詳，五代南唐畫家。長安（今陝西西安）人。仕南唐後主李煜朝爲内廷供奉。善畫界畫及人物，初師尹繼昭，後刻苦不倦，執學吳道子。長於樓觀殿宇、盤車水磨，能按比例『折算無差』，透視正確，構

圖嚴謹，刻畫精細，無俗匠氣，見勝於時，被稱爲唐五代第一能手；兼工山水、高崖巨石，渾厚凝重而皴法不老。傳世作品《高士圖》軸，畫東漢梁鴻、孟光夫婦『相敬如賓，舉案齊眉』之故事，全圖山石渾厚、樹木茂密、乾筆點苔、皴染精到、結構嚴謹，具有較高藝術成就，現藏故宫博物院。

閻立本（約六〇一—六七三），唐代畫家兼工程學家。雍州萬年（今陝西西安臨潼縣）人。其父閻毗、其兄閻立德皆工書畫、工藝及建築工程。閻立本承其家學，尤長於繪畫，善畫道釋、人物、山水、鞍馬。作品有《太宗真容》《秦府十八學士圖》《淩烟閣功臣二十四人圖》等，其中《淩烟閣功臣二十四人圖》局部圖繪唐太宗李世民及衆臣，形象逼真傳神，是當時名作，時人譽之爲『丹青神化』。現存相傳爲閻立本的作品（或摹本）有《歷代帝王圖》《蕭翼賺蘭亭圖》《竹林五君圖》《職貢圖》等。

錢選（約一二三九—一二九九），南宋畫家。字舜舉，號玉潭，湖州（今屬浙江）人。與趙孟頫、王子中、牟應龍、肖子中、陳天逸、陳仲信、姚式並稱『吴興八俊』。擅長人物、山水、花鳥等題材，人物畫師法李公麟，風格古拙，筆墨工整且質樸天真，並發展了文人畫題寫詩文的傳統；山水師法趙令穰、趙伯駒等大家，擅長彩墨，喜用勾斫筆法，意境恬淡自然，表現出隔絕塵世的理想境界；花鳥師法趙昌，擅作折枝花卉，用筆盡勁，細潔而光潤，設色淡雅清麗，精巧傳神；其所提倡的繪畫『士氣說』，對後世文人畫的發展有很大的影響。作品有《綠圃春蔬圖》《時苗留犢圖》《觀梅圖》《林檎雙雀圖》等。

錢穀（一五〇八—約一五八七），明代畫家。字叔寶，號磬室，吴縣（今江蘇蘇州）人。少時游於文徵明門下，學習詩、文、書、畫。山水爽朗可愛，蘭竹兼妙。繪畫作品有《山水寫生》卷、《惠山煮泉圖》《秋林讀書圖》《南城看雪圖》等。

錢貢，生卒年不詳，明代畫家。字禹方，號滄洲，吴縣（今江蘇蘇州）人。善畫人物，間仿文徵明、唐寅兩家，卻能逼真。傳世作品有《坐春雲起圖》《山水圖》《漁樂圖》《乞丐圖》《歲寒圖》等。

錢載（一七〇八—一七九三），清代官吏、詩人、書畫家。字坤一，號擇石，又號匏尊，晚號萬松居士、百幅老人，秀水（今浙江嘉興）人。乾隆十七年（一七五二）進士，官至禮部侍郎。學問淵博，人品修潔，工詩及古文。畫作設色花卉，筆力清勁，簡淡超逸，寫長林修竹，雨葉風枝瀟灑自然，大有陳淳、徐渭遺意，尤善蘭石，蘭葉縱筆偃仰，神趣橫溢，飛白寫石，遒勁流動，生趣盎然。傳世作品有《蘭石圖》《墨梅圖》《菊石圖》《枯木寒鴉圖》等。

錢維城（一七二〇—一七七二），清代官吏、畫家。初名辛來，字宗磐，一字幼安，號紉庵、茶山，晚號稼軒，武進（今屬江蘇）人。乾隆十年（一七四五）狀元，官至刑部侍郎，謚『文敏』。書法宗蘇軾，初從陳書學畫寫意折枝花果，後學山水，經董邦達指導，遂成名手，供奉內廷，爲畫苑領袖，其畫深受乾隆喜愛。作品有《山水畫》《五君子圖》《寒齋對話圖》《秋巖蕭寺圖》《玉蘭紅杏》等。

勵宗萬（一七〇五—一七五九），清代藏書家、書畫家。字滋大，號衣園，又號竹溪，靜海（今屬天津）人。以畫供奉內廷，兼工山水、花鳥，筆意恬雅，設色古淡；書法褚、顏、蘇、米，圓勁秀拔，與張照齊名，稱『南張北勵』，繪畫作品有《秋林亭子圖》等。

蕭照，生卒年不詳，南宋畫家。字東生，濩澤（今山西陽城）人。學畫拜李唐爲師，高宗紹興（一一三一—一一六二）間，補入南宋畫院爲待詔。能山水、人物、屋宇及舟車，畫風酷似李唐。作品有《瑞應圖》《山腰樓觀圖》《秋山紅樹圖》《岳祠漢柏圖》《光武渡河圖》《竹林七賢圖》等。

蕭雲從（一五九六—一六七三），明末清初畫家。原名蕭龍，字尺木，號默思，又號無悶道人，晚稱鍾山老人，蕪湖（今屬安徽）人。姑熟畫派創始人。善畫山水兼工人物，與孫逸齊名，合稱『孫蕭』。

十七畫

韓幹（约七〇六—七八三），唐代畫家。京兆藍田（今陝西西安市東南部）人，一作大梁（今河南開封）人。相傳年少時曾爲酒肆雇工，經王維資助，學畫十餘年而藝成。擅繪肖像、人物、鬼神、花竹，尤工畫馬，而重視寫生，堅持以真馬爲師，遍繪宮中及諸王府之名馬，曾作《玉花驄圖》《照夜白圖》《洗馬圖》《鑿馬圖》《戰馬圖》《六馬圖》《八駿圖》《百馬圖》等。所繪馬匹，體形肥碩，態度安詳，比例準確，一改前人畫馬螭頸龍體、筋骨畢露、姿態飛騰的『龍馬』作風，創造了富有盛唐時代氣息的畫馬新風格。與戴嵩並稱『韓馬戴牛』。

韓滉（七二三—七八七），唐代書畫家。字太沖，長安（今陝西西安）人。工書法，草書得張旭筆法。畫遠師南朝宋陸探微，擅繪人物及農村風俗景物，摹寫牛、羊、驢子等動物尤佳。所作《五牛圖》卷，元趙孟頫贊爲『神氣磊落，希世名筆』。作品還有《豐稔圖》《田家風俗圖》等。

謝時臣（一四八七—一五六七），明代畫家。字思忠，號樗仙，吳縣（今江蘇蘇州）人。能詩，工書，善繪畫。山水法吳鎮、沈周，筆意而稍變；作山巒重疊，高聳險峻，筆墨或細密蒼勁，或勁健沉鬱，或縱橫紛披，富有變化。作品多構爲長卷巨幛，江河湖海，無不精好。有《杜陵詩意圖》《溪山攬勝圖》《策杖尋幽圖》《武當霽雪圖》《謫仙玩月圖》《山陰歸棹》等傳世。

十八畫

藍瑛（一五八五—約一六六四），清初畫家。字田叔，號蝶叟，晚號石頭陀、又號東郭老農，錢塘（今浙江杭州）人，浙派後期代表畫家之一。工書善畫，長於山水、花鳥、梅竹，尤以山水著名。其山水法宗宋元，又能自成一家，師沈周，落筆秀潤，臨摹唐、宋、元諸家，師黃公望尤爲致力，晚年筆力蒼勁，氣象峻嶒，與文徵

明、沈周並重。作品有《雪景》《秋色老梧桐》《花鳥十二幀》等，現存作品《秋壑霜林圖》《江皋話古圖》，藏於故宫博物院。

顔輝，生卒年不詳，元代畫家。字秋月，江山（今浙江江山）人，一作廬陵（今江西吉安）人。人稱老畫師，擅畫道釋人物，元大德年間（一二九七—一三〇七）曾在輔順宫作壁畫。亦善畫猿，曾作《百猿圖》。間作山水，得北宋李成、郭熙法。傳世作品有《鍾馗雨夜出遊圖》《水月觀音圖》《李仙像》《觀瀑圖》《山水樓閣人物圖》《李鐵拐圖》《山水圖》《袁安臥雪圖》等。

戴嵩，生卒年不詳，唐代畫家。韓滉弟子。擅畫田家、川原之景，畫水牛尤爲著名，後人謂得『野性筋骨之妙』。與韓幹之畫馬，並稱『韓馬戴牛』。傳世作品有《鬥牛圖》。

戴淯，生卒年不詳，元代畫家。字厚夫，錢塘（今浙江杭州）人。擅長山水畫。有《匡廬圖》軸傳世，現藏於臺北故宫博物院。

戴進（一三八八—一四六二），明代畫家。字文進，號靜庵、玉泉山人，錢塘（今浙江杭州）人。早年爲金銀首飾工匠，後改工書畫，宣德間以畫供奉內廷，官直仁殿待詔，後因遭讒言被放歸，浪跡江湖。擅畫山水、人物、花鳥、蟲草，山水師法馬遠、夏圭，中年猶守陳法，晚年縱逸出蹊徑，卓然一家，所作雄俊高爽，蒼鬱渾厚，用筆勁挺方硬；畫人物筆法嫻熟，頓挫間風度益著；所作花鳥、蟲草亦饒有生意，爲浙派開山鼻祖。作品有《春山積翠圖》《風雨歸舟圖》《三顧茅廬圖》《達摩至惠能六代像》《南屏雅集圖》《歸田祝壽圖》《葵石蛺蝶圖》《三鷺圖》等傳世。

邊鸞，生卒年不詳，唐代畫家。長安（今陝西西安）人。官右衛長史。攻丹青，最長於花鳥，折枝草木，亦精蜂蝶之妙，下筆輕利，用色鮮明，窮羽毛之變態，奪花卉之芳妍。其在花鳥畫獨立成科的過程中起到重要作用。傳世作品有《梅花山茶雪雀圖》，圖錄於《唐宋元明名畫大觀》。

邊景昭，生卒年不詳，明代宮廷花鳥畫家。字文進，延平府沙縣（今福建沙縣）人，祖籍隴西（今屬甘肅）。永樂年間任武英殿待詔，至宣德時仍供奉內廷，後爲翰林待詔，常陪宣宗朱瞻基作畫。爲人曠達灑落，且博學能詩。繼承南宋『院體』工筆重彩的傳統，其作品工整清麗，筆法細謹，賦色濃豔，高雅富貴。有『花之妖笑，鳥之飛鳴，葉之蘊藉，不但勾勒有筆，其用筆墨無不合宜』之說。

十九畫

關仝（約九〇七—九六〇），五代畫家。一作關同，長安（今陝西西安）人。畫山水早年師法荊浩，刻意學習，幾至廢寢忘食，所畫山水頗能表現出關陝一帶山川的特點和雄偉氣勢，其在山水畫的立意造境上能超出荊浩的格局，而顯露出自己獨具的風貌，被稱之爲關家山水。他的畫風朴素，形象鮮明突出，簡括動人，被譽爲『筆愈簡而氣愈壯，景愈少而意愈長』。作品有《山谿待渡圖》《寒山行旅圖》《蜀山棧道圖》等。

關思，生卒年不詳，明代畫家。字何思，號虛白（明畫錄謂字九思，後以字行，更字仲通），烏程（今浙江吳興）人。萬曆間名重海內，與宋旭齊名，善畫山水，骨法氣韻入二李、三王之微，擬王蒙、倪瓚更妙。初年的山水構圖繁密，蹊徑水口猶多重疊，至晚年山頭石面，粗疏數筆，林樹離披，略加墨葉，人物飄然，舟室古雅，令人閱之，眼界肅清。崇禎三年（一六三〇）作《月夜行旅圖》《溪山雨霽圖》。

關槐，生卒年不詳，清代畫家。字晉卿，一字晉軒，號雪岩，一號署笙，又號柱生，晚號青城山人，仁和（今浙江杭州）人，官禮部侍郎。詞章翰墨，脫穎不群，畫山水入宋、元之室，品詣在奚岡、居倬之間。供奉內廷。作品有《霜林秋色》《溪山秋爽》軸、《洋菊九種》等。

蘇軾（一〇三七—一一〇一），北宋文學家、書畫家。字子瞻，號東坡居士，眉州眉山（今屬四川）人。博學多才，唐宋八大家之一，與父親蘇洵、弟弟蘇轍並稱『三蘇』。工書法，爲宋四家（蘇軾、黃庭堅、米芾、蔡

襄）之首。善畫花鳥，繪畫作品有《墨竹》《偃松圖》《古木怪石圖》卷等。

蘇漢臣，生卒年不詳，南宋初畫家。汴梁（今河南開封）人，一説爲錢塘（今浙江杭州）人。曾爲北宋宣和畫院待詔，南渡後又復職，任承信郎。擅畫佛道、仕女，尤精兒童，師法劉宗古、張萱、周昉、杜霄、周文矩等，其仕女多畫閨閣中仕女的意態，作品多嬰戲圖，成功地表現了兒童形象及其遊戲時天真活潑的情趣，筆法簡潔勁利，色彩明麗典雅。有《秋庭戲嬰圖》軸、《五瑞圖》《擊樂圖》《嬰戲圖》《桂叢嬰戲圖》等傳世。其中，《秋庭嬰戲圖》軸現藏故宮博物院；《貨郎圖》軸現藏臺北故宮博物院。

顧愷之（三四八—四〇九），東晉畫家。字長康，小字虎頭，無錫（今屬江蘇）人。工詩賦、書法，尤善繪畫，精於人像、佛像、禽獸、山水等，時人稱之爲三絶：畫絶、文絶和癡絶。顧愷之與曹不興、陸探微、張僧繇合稱『六朝四大家』。顧愷之作畫，意在傳神，其『遷想妙得』、『以形寫神』等論點，爲中國傳統繪畫的發展奠定了基礎。相傳爲顧愷之作品的摹本有《女史箴圖》《洛神賦圖》《列女仁智圖》等。《女史箴圖》現藏英國倫敦不列顛博物館；《洛神賦圖》今存宋摹本五種，分藏於故宮博物院、臺北故宮博物院、遼寧省博物館及美國弗里爾美術館等處。《列女仁智圖》卷亦爲故宮博物院所藏。

顧德謙，生卒年不詳，五代南唐畫家。建康（今江蘇南京）人。喜好畫道教神像畫，又善畫動植物，深受李後主厚愛。他畫的人物，神韻清勁，筆力雄健。傳世作品有《太上像》《太上度關圖》《太上圖》《太上採芝像》《四子太上像》《採芝圖》《仙跡圖》《洞庭靈煙圖》等。

顧源，生卒年不詳，明代畫家。字清甫，號寶幢居士，應天府（今江蘇南京）人，明世宗嘉靖年間秀才。年少灑脱，才華出衆，工於詩書，善於繪畫。作品有《喜雨圖》等。

顧正誼，生卒年不詳，明代畫家、詩人。字仲方，號亭林，華亭（今上海松江）人。工畫，早年即以詩畫馳名江南，家中收藏名畫甚富，尤以元四家爲多。其山水初學馬琬，後出入於吳鎮、黃公望，畫山多作方頂，層巒疊峰，少蓄林樹，自然深秀。後遊長安，名聲大噪。作品有《開春報喜圖》等。

顧銓，生卒年不詳，清代畫家。字載衡，號易亭。善寫意人物，乾隆時供奉內廷。乾隆三十五年（一七七〇）嘗與賈全、杜元枝合仿嚴宏滋《三元星官圖》，三十七年（一七七二）摹阮郜《女仙圖》卷。

顧翰，朝代、生卒年均不詳，繪畫作品僅見乾隆御題《寒齋話舊圖》。